Der Kuss des Vampirs
Im Harem des Prinzen

I0561788

Mona Vara

Der Kuss des Vampirs
Im Harem des Prinzen

Zwei erotische Liebesromane

Plaisir d'Amour Verlag

Mona Vara
Der Kuss des Vampirs
Im Harem des Prinzen
Zwei erotische Liebesromane

© 2008 Plaisir d'Amour Verlag, Lautertal
© der Erstauflagen: 2005 Plaisir d'Amour Verlag, Lautertal
Plaisir d'Amour Verlag
Postfach 11 68
D-64684 Lautertal
www.plaisirdamourbooks.com
info@plaisirdamourbooks.com
Coverfotos: © Forgiss - Fotolia.com
ISBN 978-3-938281-50-5

.

Mona Vara
Im Harem des Prinzen
Erotischer Liebesroman

Bagdad, im 9. Jahrhundert,
in den Jahren nach Harun al-Raschid

Prolog

„Viel Poesie besitzt unser Volk", sagte ein alter Mann, der an einem Springbrunnen unter einer mächtigen Kuppel saß, die hellblau bemalt war und wirkte, als wäre der Himmel darin eingefangen. Um ihn herum hatten sich auf weichen Kissen wunderschöne junge Frauen gelagert, die seinen Worten aufmerksam lauschten. Zarte Vorhänge bewegten sich im sanften Luftzug, der den berauschenden Duft eines prachtvoll blühenden Gartens mit sich brachte.

„Gedichte, die von der Herrlichkeit unserer Herrscher erzählen", sprach der alte Mann, der viele Jahre das Land bereist und vieles gesehen hatte, weiter. Er trug ein langes, weites Gewand, und auf seinem Kopf thronte ein mächtiger Turban. Sein Gesicht war schon runzelig, der Bart weiß, aber seine dunklen Augen leuchteten, wenn er erzählte, und ließen ihn jung und heiter erscheinen. „Aber auch von ganz einfachen Leuten, von ihrer Liebe und ihrem Leid sprechen sie. Und es gibt wundersame Geschichten, Märchen von stolzen Frauen und Männern, die einander Liebe und Erfüllung schenkten und sich auf diese Weise schon auf Erden das Paradies erwarben."

„Das Märchen, das ich euch jetzt erzählen will, ist noch gar nicht so lange her, nicht einmal hundert Jahre. Ich war damals zwar noch nicht geboren, aber mein Großvater erzählte mir oft von der schönen Byzantinerin, die das Herz eines Prinzen erobert hatte. Und wenn ihr aufmerksam zuhört, meine schönen Gazellen, dann werde ich euch ebenfalls davon erzählen, und die Menschen darin werden vor euren Augen lebendig werden, ganz so, als hättet ihr mitten unter ihnen gelebt."

Er schloss die Augen, als wollte er in seinem Inneren in eine lang zurückliegende Vergangenheit, die Zeit seiner Vorfahren, blicken, lächelte dann und begann zu erzählen:

„Alles begann auf einem Sklavenmarkt inmitten unseres schönen Bagdads, der Stadt der Kalifen, die weder im Morgenland, noch im Abendland ihresgleichen hat ..."

Am Sklavenmarkt

Fedora stand zitternd vor Angst, Abscheu und Zorn zugleich neben den anderen Frauen. Um sie herum waren fremde Stimmen, Eselsgeschrei, Händler übertrumpften sich gegenseitig in der Lautstärke, mit der sie ihre Waren feilboten, verhüllte Frauen, dunkelhäutige Männer, die mit kostbaren Tüchern verhangene Sänften begleiteten. Sie war dankbar dafür, dass der Duft, mit dem man sie eingeölt hatte, den Geruch, den die Menschen, Tiere und die zahlreichen Abfälle auf dem Platz ausströmten, überdeckte und um sie und die anderen Frauen eine Insel des Wohlgeruchs bildete. Sie kannte ähnliche Märkte aus ihrer Heimat. Allerdings hatte sie diese zu jener Zeit gut verborgen von einer Sänfte aus gesehen, beschützt von ihren Begleitern – und ohne ihre in feinen Pantoffeln steckende Füße mit dem Kot der Straße zu beschmutzen.

Das Schluchzen neben ihr verstärkte sich. Die junge Frau, mit der sie sich während der Reise angefreundet hatte, hielt den Kopf gesenkt, und fast ununterbrochen flossen Tränen über ihre Wangen und tropften hinunter auf den heißen Stein. So manch andere weinten, hatten ihre Gesichter hinter Schleiern verborgen, während andere wieder neugierig umherblickten und leise tuschelten.

Sie selbst weinte nicht, auch wenn sie sich nicht weniger trostlos fühlte als ihre Schicksalsgenossinnen. Niemals würde sie den Männern mit hohen Turbanen, dunklen oder grauen Bärten und Blicken, die ihr die wenigen Kleider, die man ihr noch gelassen hatte, vom Leib zu reißen schienen, dieses Zeichen ihrer Schwäche geben. Sie stand aufrecht und sah durch den Tumult und die Menschen hindurch, so, als wären sie nicht vorhanden.

Sklavenmärkte waren ein Teil der Welt in der sie lebte. Alle hatten Sklaven, zumindest jeder, der sie sich leisten konnte. Auch in ihrem Vaterhaus hatten sie die verschiedensten Arbeiten verrichtet, und sie hatte auch einmal eine Sklavin auf einem der Märkte von Konstantinopel ersteigert. Ein junges braunhäutiges Mädchen, fast noch ein Kind, das sie gedauert hatte, weil es so unglücklich und mager dort gestanden war, vor Angst fast in sich gekrochen. Sie war selbst nicht viel älter gewesen als die Kleine, hatte ihren Diener jedoch gedrängt, sie für einige Goldstücke zu erwerben und mit nach Hause zu nehmen. Das Mädchen war so dankbar gewesen – auch sie schenkte ihr bald ihre Zuneigung, machte sie zu ihrer Dienerin und Vertrauten und teilte mit ihr kleine Geheimnisse.

Ihre Freundin war jetzt daheim, in Sicherheit, während sie selbst auf einem solchen Markt feilgeboten wurde. Aber nicht in Konstantinopel, sondern in Bagdad. Der Stadt der Menschen, die einen Allah anbeteten und nicht die Heilige Dreifaltigkeit, und in der der Kalif ebenso uneingeschränkt herrschte wie der oströmische Kaiser über Byzanz. Sklavenhändler hatten sie überfallen, ihre Männer entweder getötet oder gefangen genommen und sie selbst hierher verschleppt. So lange sie sich einfügten, waren sie überraschend gut behandelt worden, nicht nur die Frauen, sondern auch die männlichen Sklaven, die nach der

Reise allerdings in getrennten Quartieren untergebracht worden waren. Sie hatten reichlich zu essen bekommen und niemand war geschlagen worden.

Man hatte ihr sofort nach ihrer Ankunft in Bagdad die kostbaren, jetzt allerdings zerrissenen und schmutzigen byzantinischen Kleider fortgenommen und sie mit den anderen Frauen, die für den „besseren" Sklavenmarkt bestimmt waren, in ein Bad geführt, das die Händler offenbar zu diesem Zweck benutzten. Einige scheltende alte Weiber hatten sie gewaschen, abgetrocknet, ihr Haar frisiert, sie mit duftenden Ölen eingerieben und danach in ein feines, leichtes Gewand gehüllt, das mehr von ihrem Körper zeigte, als es verbarg. In ihrer Kleidung unterschied sie sich nun durch nichts mehr von den anderen Frauen, und wäre nicht ihr rotes Haar gewesen, dessen Schimmer durch den zarten Schleier, den man ihr umgelegt hatte, nicht verborgen blieb, so hätte niemand geahnt, dass sie noch vor wenigen Wochen in Konstantinopel gelebt hatte, dem Zentrum der Christenheit.

Einige der Frauen hofften, von reichen Kaufleuten heimgeführt zu werden, die sie nicht nur zu ihren Dienerinnen, sondern später auch zu ihren Konkubinen machten – und nicht bei einem armen Mann zu enden, dem sie nur die niedrigsten Dienste verrichten mussten. Andere wieder, die sich überraschend schnell mit ihrem Los abgefunden hatten, sprachen sogar davon, dass der Kalif selbst immer wieder junge Sklavinnen erwarb, die er dann in seinen Harem steckte, in dem sie behandelt wurden wie Prinzessinnen. Jene, die das Glück hatten, ihm ein Kind zu schenken, gewannen sofort die Freiheit und blieben nicht als Sklavinnen in seinem Palast, sondern als seine Konkubinen. Fedora dagegen hätte es vorgezogen, den Rest ihres Lebens als Dienstmagd bei einem armen Mann zu fristen, anstatt als lebendes Spielzeug für einen wollüsternen Reichen zu dienen, der sich das Recht über sie und ihren Körper anmaßte.

Ihre Freundin zuckte zusammen und trat schnell einen Schritt zurück, als der Händler seinem Gehilfen ein Zeichen gab, und dieser auf sie zukam. Sie war jedoch nicht die nächste, sondern Fedora war es. Der Mann, ein schmieriger, schmutziger Mensch, packte sie an dem geflochtenen bunten Seidenband, mit dem man ihre Hände gefesselt hatte, und zerrte sie auf ein Podest.

Sie verstand nicht, was der Händler sagte, fühlte nur die Blicke der Fremden, deren Augen im grellen Sonnenlicht von den ausladenden Turbanen beschattet wurden, während er auf sie zeigte und sie anzupreisen schien. Sie presste die Lippen aufeinander, als der Mann sie am Arm fasste, sie herumdrehte, damit die anderen sie von allen Seiten bestaunen konnten. Schon längst hatte er das Tuch von ihrem Haar gerissen, das nun in der Sonne brandrot leuchtete und die Männer zu erstaunten Ausrufen veranlasste.

Der Händler schien einen Preis auszurufen, einige der Käufer schrien etwas zurück, aber er wackelte ungeduldig mit dem Kopf, offenbar wollte er den Preis noch in die Höhe treiben. Ein älterer, durch sein kostbares Gewand hervorstechender Mann hob die Hände und streckte alle zehn Finger aus. Dann ballte er wieder die Faust, streckte die Finger abermals aus. Fedora hatte keine Ahnung, was er damit für sie bot, aber das vom Bart halb verborgene Lächeln des

Händlers ließ auf einen guten Preis schließen. Er sah in die Runde, hob die Arme, schien die Käufer aufzufordern, mehr zu bieten.

Fedora starrte auf den Mann, der so viel für sie geboten hatte. Das war also ihr zukünftiger Besitzer. Bei dem Gedanken daran krampfte sich etwas in ihrem Magen und ihrer Kehle zusammen, und sie hätte alles darum gegeben, jetzt alleine sein zu können, sich irgendwo zu verkriechen und zu weinen, bis sie keine Tränen mehr hatte. Ihr zukünftiger Besitzer. Sie, eine Frau aus kaiserlichem Geblüt, war nichts weiter als eine Sklavin, die wie das Vieh am Markt feilgeboten wurde.

Die harte Stimme des Händlers drang wieder an ihr Ohr. Als er jedoch in ihr Haar griff, um es zu lösen, und auch an ihrem Gewand zerrte, um den Käufern mehr von ihrer körperlichen Schönheit preiszugeben, vergaß sie ihre Angst und fuhr wütend auf ihn los.

„Wage es nicht, du schmutzige Kreatur, mich anzurühren! Du hast mich geraubt, mich entführt und kannst mich auch verkaufen, ohne dass ich mich wehren kann! Aber wage es nicht, mich mit deinen abscheulichen Fingern zu berühren!"

Der Händler war unwillkürlich zurückgezuckt, hatte wohl kein Wort verstanden, weil Fedora Griechisch gesprochen hatte, aber sein Gesicht verzerrte sich vor Zorn, und er hob die Hand, um sie zu schlagen. Fedora wich keine Handbreit zurück, bereit, den Schlag furchtlos entgegenzunehmen, als in diesem Moment eine volltönende Stimme aus der Menge erklang: „Fünfhundert Dinar!"

Der Sklavenhändler ließ von ihr ab und wandte sich dem Sprecher zu, dessen Gesicht halb hinter dem Zipfel seines schwarzen Turbans versteckt war. Er grinste, verbeugte sich, wiederholte die Summe und sah aufmunternd zu dem reichen Alten, der Fedora abschätzend musterte, bevor er das Angebot übertrumpfte. „Siebenhundert!"

Der Neuankömmling erhöhte mit ruhiger Stimme die Summe. Fedora versuchte durch die sengende und blendende Sonne hindurch sein Gesicht zu erkennen. Er trug einfache, aber saubere Kleidung, weitaus bescheidener als die des anderen, der nun ärgerlich eine Summe nannte, die dem Händler ein offenes Grinsen entlockte. Fedora drehte angewidert den Kopf weg, als sich das wuchernde Gestrüpp seines Bartes teilte und eine löchrige Reihe gelber Zähne sehen ließ. Als er sich – sichtlich in der Hoffnung, den Preis noch weiter zu treiben – wieder dem zweiten Bieter zuwandte, hob der nur die Hände, wandte sich um und ging.

Seltsam enttäuscht sah Fedora ihm nach. Er war etwas größer als die anderen, und sie konnte seinen Weg verfolgen, bis er von einigen Kamelen verdeckt wurde, die soeben mit Lasten beladen den Platz durchquerten. Sie wusste nicht weshalb – schließlich war einer nicht besser als der andere – aber seine Stimme allein hatte ihr Vertrauen erweckt. Sie war ruhig gewesen, angenehm dunkel und nicht so hart wie die der anderen.

In der Zwischenzeit war der Handel abgeschlossen worden, und Fedora sah sich einem Diener gegenüber, der auf einen Wink seines Herrn hin ihre seidenen Fesseln erfasste und sie vom Podest führte. Man warf ihr ein dunkles Tuch über, das ihren Kopf und ihren Körper fast völlig verdeckte, und ihr neuer Besitzer wandte sich, ohne ihr noch einen Blick zuzuwerfen, um und ging davon. Fedora, die keine andere Wahl hatte, folgte hocherhobenen Hauptes. Sie mochten sie vielleicht als Sklavin hierher geschleppt und an den Meistbietenden verkauft haben, aber sie würde ihnen nicht die Genugtuung geben, sie klein und erbärmlich zu sehen.

Sie kamen an der Gruppe der anderen zum Verkauf stehenden Sklavinnen vorbei, und Helena schenkte ihr unter Tränen ein trauriges Lächeln. „Gott schütze dich", flüsterte sie ihr zu, „und er erbarme sich unser."

✄ ✄ ✄

Der Weg schien endlos zu sein. Ihr neuer Gebieter hatte sich schon längst in eine bequeme Sänfte gesetzt und ließ sich von zwei kräftigen Männern tragen, während der Diener mit ihr hinterhertrottete, vorbei an Händlern, Lastenträgern und Bettlern, die er abwehrte, wenn sie zudringlich werden wollten. Fedora war versucht gewesen, sich von ihm loszureißen, um in den überfüllten Straßen zu entkommen, aber er hielt die Fesseln so fest, dass sie ihr allein schon beim Anziehen ins Fleisch schnitten.

Sie war überrascht, als sie plötzlich aus den engen Gassen auf einen weiten Platz kamen, der von mächtigen, mit einer Mauer verbundenen Türmen beherrscht wurde. Man führte sie weiter, und bei ihrer Annäherung öffnete sich ein breites Tor, durch das die Sänfte verschwand. Sie selbst wurde ebenfalls hindurchgeführt und fand sich in einem Hof wieder mit den Ausmaßen eines kleinen Platzes, an dessen gegenüberliegender Seite ein Gebäude stand, das kaum weniger prächtig war als der Palast des byzantinischen Kaisers.

Der Diener zerrte sie weiter, als sie sich neugierig umsehen wollte. Sie betraten das Gebäude jedoch nicht wie ihr Käufer durch das Haupttor, sondern durch einen Nebeneingang. Ein kühler Gang, dessen Fenster vergittert waren, weiche Teppiche am Boden, die den Lärm der Schritte dämpften, dann grimmig aussehende Wachen mit Krummsäbeln. Ein kunstvoll geschmiedetes Tor wurde geöffnet, ihr Begleiter schob einen Teppich zur Seite, und Fedora betrat jenen Ort, der ihr als zukünftige Heimat zugedacht war: den Harem.

Für Momente vergaß Fedora vor Staunen ihre Angst. Mitten im Raum war ein großes Becken, in dessen Mitte ein kleiner Springbrunnen plätscherte, überall waren Vasen und Gefäße mit blühenden Pflanzen, und es duftete herrlich nach Rosmarin und Aloe. Durchsichtige Vorhänge unterteilten den Raum in kleinere Bereiche, und ringsum standen Dienerinnen und fächerten den auf weichen Kissen lagernden Frauen Kühlung zu. Noch nie sah Fedora so viele schöne Frauen zugleich. Sie waren prächtig angezogen, durch ihr Haar zogen sich Perlen- und Juwelenschnüre, und bei jeder Bewegung hörte man das leise Klingen der edlen Steine, mit denen sie sich geschmückt hatten.

Ein weiterer Diener erschien, dem sie übergeben wurde. Er löste ihre Handfesseln und winkte einigen der jungen Dienerinnen zu, die mit vor der Brust überkreuzten Armen an der Wand standen, bereit, die Befehle ihrer Herrinnen auszuführen. Sie nahmen Fedora in ihre Mitte und brachten sie in einen mit wertvollen Kacheln ausgestatteten Raum. Es waren mehrere Wasserbecken darin, und nachdem man Fedora ihre Kleider vom Leib gezogen hatte, bedeutete man ihr, hineinzusteigen. Sie tat dies ohne Widerrede. Zum einen, weil sie es vom Haus des Sklavenhändlers schon so gewohnt war, und zum anderen, weil das kühle Wasser sie erfrischte. Der Weg vom Sklavenmarkt war lang gewesen, und in den engen Gassen, in die kaum ein Lichtstrahl drang, war die Luft stickig und erfüllt von den Ausdünstungen von Mensch und Tier. Hier jedoch war es sauber, Duftwolken hüllten sie ein, und zu ihrer Erleichterung brachte man sogar einen Krug mit süßem Zuckerwasser und einige Leckerbissen, mit denen sie Hunger und Durst stillen konnte.

Sie konnte sich diesem Genuss jedoch nicht ungestört hingeben, da die anderen Frauen ihre bequemen Plätze auf den Kissen aufgegeben hatten und sich nun um das Becken drängten, um den Neuankömmling anzustarren. Sie tuschelten, zeigten auf sie, einige kicherten und zwei gingen sogar so weit, sich über das Becken zu beugen und Fedoras Haar zu berühren. Sie zog sich mit einem wütenden Blick auf die beiden in die Mitte des Beckens zurück, bis zum Hals im Wasser eingetaucht, um wenigstens ihren Körper vor der Neugier der anderen zu schützen.

Zu ihrer Erleichterung trat eine ältere Frau ein, bei deren Anblick die Mädchen das Weite suchten und Fedora mit der anderen alleine ließen. Diese sagte etwas zu ihr. Fedora hatte auf der Reise nach Bagdad nur wenige Worte von dieser Sprache gelernt, aber sie verstand immerhin so viel, dass sie aus dem Bad kommen sollte. Sie stieg heraus und wurde von einigen Dienerinnen in Empfang genommen, die ihren Körper mit einer dicken Paste einrieben. Fedora, die schon lange erkannt hatte, dass es nutzlos war, sich zu wehren, hielt mit angehaltenem Atem still, als die Frauen die Paste wieder mit einem Messer abzogen. Auch daheim gab es viele der reichen Damen, die ihre Körperbehaarung entfernten – sie selbst hatte sich immer davor gescheut, jetzt jedoch hatte sie keine andere Wahl. Als eine der Dienerinnen auch das rote Dreieck ihrer Scham rasieren wollte, hielt die ältere Frau, die hier offenbar eine übergeordnete Stellung einnahm, sie davon ab. Sie sagte etwas, die anderen kicherten und begnügten sich damit, Fedora wieder ins Bad zu tauchen und dann mit weichen Tüchern abzutrocknen. Schließlich wurde sie mit duftenden Ölen gesalbt und danach in kostbare Gewänder gehüllt.

Die ältere Frau beaufsichtigte alles, war nicht unfreundlich, lächelte, sprach auf sie ein, und Fedora begriff so viel, dass der alte Mann sie nicht für sich selbst, sondern für seinen Herrn gekauft hatte. Ibrahim al-Fadal war sein Name, und er war der Sohn des Wesirs, dem nach dem Kalifen mächtigsten Mann im Land.

„Der Gebieter", flüsterte eine dunkelhäutige Schönheit ihrer Freundin zu und erhob sich, um ihrem Herrn entgegenzueilen.

Fedora befand sich nun schon seit drei Tagen im Harem dieses Mannes, ohne ihn bisher zu Gesicht bekommen zu haben. Abgesehen von den Frauen und einem Eunuchen, der für die Ordnung und die Erfüllung aller Wünsche der Haremsdamen zuständig war, war niemand zu ihnen gekommen. Sie hatte die Gelegenheit genutzt, ihr schimmerndes und glitzerndes Gefängnis zu erforschen, war jedoch immer nur an Fenstergitter gestoßen und hatte bald bemerkt, dass es nur einen einzigen Ausgang aus diesen Räumlichkeiten gab. Dieser war jedoch nicht nur durch besagte Eisentür verschlossen, sondern es hielten Tag und Nacht auch zwei kräftige Eunuchen davor Wache, bereit, jeden Flüchtling aufzuhalten und jedem Fremden den Zugang zu verwehren. Fedora hatte mit Staunen bemerkt, dass von diesen Frauen jedoch ohnehin keine an Flucht dachte. Im Gegenteil, sie schienen sich sogar sehr wohl zu fühlen, ließen sich von den Dienerinnen verwöhnen, naschten den ganzen Tag Zuckerwerk und gaben sich in jeder Beziehung dem Genuss und dem Nichtstun hin. Ihr eigener Körper schien für sie im Mittelpunkt ihres Interesses zu stehen, und sie konnten Stunden damit verbringen, ihr Haar zu frisieren, sich massieren und ihre zarte Haut mit duftenden Ölen einreiben zu lassen.

Fedora hatte den Plan gefasst gehabt, ihrem Besitzer, sobald sie seiner ansichtig wurde, vorzuschlagen, sie gegen Gold, das sie ihm anbieten wollte, gehen zu lassen. Es war nicht unüblich, dass zwischen Konstantinopel und Bagdad Gefangene ausgetauscht oder gegen Lösegeld frei gelassen wurden, und sie gedachte, diese einzige, sich ihr noch bietende Fluchtmöglichkeit zu nutzen. Als jedoch einige der Frauen, offenbar seine Favoritinnen, zu ihm gerufen wurden und erst am nächsten Tag wieder zurückkehrten, kam sie von diesem Plan ab und zog es vor, sich im Hintergrund zu halten und abzuwarten. Die Mädchen hatten erschöpft ausgesehen, und zwei davon hatten sogar Striemen am Rücken gehabt, die von den Dienerinnen mit allerlei Salben behandelt wurden. Eine der jungen Frauen, mit denen sie sich den Schlafplatz teilen musste, und die ein wenig Griechisch sprach, hatte ihr zugeflüstert, dass Ibrahim ein sehr strenger Herr sei, der jeden Anflug von Ungehorsam schon im Keim erstickte und oftmals Gefallen daran fand, Sklavinnen, die nicht sofort jeden seiner Wünsche erfüllten, zu misshandeln.

Fedora, die dem Treffen mit diesem Mann ohnehin schon entgegengebangt hatte, wünschte sich nun mehr denn je weit weg und bereute zutiefst ihre Dummheit, die sie in die Hände der Sklavenjäger getrieben hatte. Um wie viel besser hätte sie es nun daheim haben können! In einem Palast, der diesem an Pracht um nichts nachstand, mit Dienerinnen, die sie umhegten, und in der Gewissheit, nicht der Willkür eines Mannes ausgesetzt zu sein, der alles mit ihr tun konnte, was ihm in den Sinn kam, nur weil er sie auf einem Sklavenmarkt käuflich erworben hatte. In ihrer Heimat verhielten sich anständige Frauen in der Öffentlichkeit zurückhaltend, waren im eigenen Heim jedoch die uneingeschränkten Herrinnen über die Frauengemächer, die selbst der Kaiser in seinem Palast nicht unerlaubt betreten durfte.

Aber hier war nicht Konstantinopel, und sie war nicht die Herrin ihres Palastes, sondern eine gekaufte Sklavin, die zum ersten Mal jenen Mann sehen sollte, von dem es abhing, ob sie hier bleiben musste oder die Freiheit erhielt, nach Hause zurückzukehren. Sie war zwar aus gutem Grund aus Konstantinopel geflohen, aber je länger sie sich hier aufhielt, desto geringer schien ihr das Übel, das sie daheim erwartet hätte.

Die Wächter stießen die Vorhänge zur Seite, und Ibrahim trat im Gefolge von zwei jungen Männern ein, deren kräftige Oberkörper nackt waren, und die um den Hals lederne Bänder trugen, wie Fedora es bei den Jagdhunden ihres Onkels gesehen hatte. In der allgemeinen Aufregung, in der die Sklavinnen ihren Gebieter umschwärmten, auf ihn einsprachen, kicherten und sich ihm förmlich zu Füßen warfen, gelang es Fedora, sich hinter einen Vorhang zurückzuziehen, wo - so dachte sie jedenfalls – ihr Käufer sie vorerst nicht finden würde.

Sie sollte sich jedoch falschen Hoffnungen hingegeben haben, denn kaum hatte er den Raum betreten, sah er sich auch schon suchend um. Auf seine Frage zeigte eine schwarzhaarige Sklavin auf Fedora. Zwei der Frauen kamen gelaufen und zogen die Widerstrebende kichernd hinter dem Vorhang hervor, bis vor ihren Herrn, der sich schwer in einen Stapel von Kissen hatte fallen lassen. Er lachte und streichelte eine seiner Frauen – die sich sofort neben ihn gekniet hatte – über die Brüste, während er seine Blicke über Fedora schweifen ließ, die angeekelt sah, wie er sich mit der Zunge genießerisch über die Lippen leckte.

Es war noch schlimmer, als sie befürchtet hatte. Insgeheim hatte sie trotz allem, was ihr bisher flüsternd über ihn zu Ohren gekommen war, zumindest noch einen halbwegs ansehnlichen Mann erwartet. Dieser jedoch war zutiefst abstoßend. Alles an ihm. Seine fettige Stimme, sein rundes Gesicht, das dem Mond zu ähneln schien, sein kräftiger Bart. Er war so dick wie die beiden jungen Männer zusammen, die jetzt links und rechts neben ihm Aufstellung genommen hatten und so taten, als würden sie nichts von dem sehen und hören, was hier vor sich ging.

Ibrahim sagte etwas zu ihr, aber Fedora schüttelte den Kopf. „Ich verstehe Euch nicht", antwortete sie auf Griechisch, der Sprache ihrer Heimat.

„So? Du verstehst mich nicht!" Ibrahim lachte. Er bediente sich jetzt ebenfalls des Griechischen, aber nur sehr gebrochen und mit starkem Akzent. „Wahrhaftig, Hassan hat nicht übertrieben. Ein wahres Prachtstückchen hat er mir hier gebracht. Frisch und saftig. Und noch ganz unberührt, wie er mir sagte."

Fedora presste die Lippen aufeinander. Bevor sie auf dem Sklavenmarkt zur Schau gestellt worden war, hatte im Bad eine der älteren Dienerinnen, noch ehe sie sich hatte dagegen wehren können, blitzschnell zwischen ihre Beine gegriffen. Fedora hatte sie weggestoßen und beinahe geschlagen, aber die Alte hatte nur zufrieden gekichert und zu ihrer Begleiterin eine Bemerkung gemacht, die Fedora nicht hatte verstehen können. Jetzt wusste sie, was die Alte damit bezweckt hatte.

Ihr Besitzer setzte die Prüfung ihres Äußeren fort. „Ich werde dann bald feststellen, ob er nicht gelogen hat oder betrogen wurde." Er beugte sich etwas zu ihr vor. „Ich mag frisches Fleisch, an dem noch kein anderer vor mir seine Manneskraft bewiesen hat. Es ist süß und erregend, und schmeckt dem Kenner besser als benutzte Ware. Komm ein bisschen näher."

Als Fedora stehen blieb, zogen die beiden Frauen, die sie zuvor geholt hatten, sie weiter, und von hinten schoben noch einige nach. Ibrahim lachte schallend. „Du bist noch schüchtern, mein Hühnchen! Aber das wird sich bald geben, und dann wirst du mit den anderen wetteifern, mein Lager mit mir zu teilen!"

Fedora sah sich trotz ihrer Gegenwehr knapp vor ihm wieder. Er hob die Hand und betastete ihr Brüste, die von dem fast durchsichtigen Gewand kaum verhüllt waren. „Nicht sehr groß", sagte er, „aber fest. Ich werde hübsche rothaarige Kinder mit dir zeugen!" Er lachte wieder, und Fedora drehte angewidert den Kopf weg.

„Jetzt komm! Setz dich hierher."

Fedora wurde weitergeschoben, und ehe sie sich wehren konnte, hatte er sie auch schon neben sich gezerrt, fuhr gierig mit der Hand über ihren Körper und presste seine wulstigen Lippen auf ihren Hals. „Halt still", fuhr er sie wütend an, als sie versuchte, sich aus seinem Griff zu befreien."

„Lasst mich!"

Ibrahim war ein schwerer Mann, der wohl das Dreifache an Gewicht von ihr hatte, und Fedora versagten die Kräfte, als er sich über sie rollte. Plötzlich war seine Hand unter ihrem Gewand und griff derb zwischen ihre Beine. „Tatsächlich", keuchte er zufrieden, sein Atem roch säuerlich, und Schweiß stand auf seiner Stirn. „Hassan hat die Wahrheit gesagt ... und jetzt sei ein bisschen lieb zu mir. Streichle mich, errege meine Lust." Fedoras Widerwillen wuchs ins Unermessliche, als er ihren Körper zu betasten begann und sie derb zwischen den Beinen streichelte. Sie kämpfte um ihre Freiheit, und es gelang ihr, sich unter ihm hervorzuwinden. Als sie jedoch aufspringen und weglaufen wollte, griffen die beiden Wächter nach ihr und hielten sie fest.

Ibrahim setzte sich schnaufend auf. „Eine schüchterne kleine Katze, aber das kann auch sehr reizvoll sein. Warte nur, dich bekomme ich schon! Und dann werde ich dir deine Schüchternheit austreiben, bis du glaubst, nicht mehr ohne meinen Stab der Freude leben zu können." Er winkte den anderen Frauen zu, die sich sofort an seine Seite begaben und auf seinen Befehl hin begannen, ihn zu liebkosen, zu streicheln, zu küssen, auch an Stellen, über deren Vorhandensein Fedora am liebsten Unwissenheit bewahrt hätte. Sie wollte sich abwenden, starrte dann jedoch fasziniert hin.

Die Anstrengungen der Frauen schienen von Erfolg gekrönt zu sein, denn Fedora sah mit Erstaunen, wie etwas zwischen seinen Beinen herauswuchs, das sie nur als hässlich und abstoßend bezeichnen konnte. Kurz und dick war es, mit einer dunkelroten Spitze. Die Frauen schienen weniger Abscheu zu empfinden, denn sie herzten es, als wäre es der Mittelpunkt ihrer Sehnsüchte, und eine hellhaarige Schönheit ging sogar so weit, es zwischen ihre Lippen zu nehmen und tief in ihren Mund einzuführen. Sie begann zu saugen, während zwei andere fortlaufend um Ibrahim bemüht waren, ihn streichelten, küssten und gurrend lachten, wenn er ihre Brüste presste, während er in einen Zustand der Erregung verfiel, der Fedora nur befremdlich erscheinen konnte. Er keuchte, stöhnte wie ein Leidender, der sich in unheilbaren Krämpfen wand, und stieß plötzlich einen kehligen Schrei aus, der Fedora erschrocken zusammenzucken ließ. Sie sah wieder auf die Hellhaarige, in der Annahme, sie hätte aus irgendeinem Grund zugebissen, aber diese lächelte nur, saugte weiter, wobei sie ihre beiden Hände um Ibrahims Glied legte und zuerst sanft und dann stärker zu ziehen begann, als wollte sie eine Kuh melken, und dann noch einige andere Kunstgriffe anwandte, die Ibrahim Befriedigung zu verschaffen schienen.

„Ja", keuchte ihr Herr, „ja, ich fühle, wie ich wieder kräftig werde. Mach weiter so ... mach weiter" Er schloss die Augen. „Mach weiter, weiter ... tiefer ... streichle mich tiefer ... So ... genug. Genug!" Er packte die blonde Frau an den Haaren und zerrte sie von sich weg. „Genug, habe ich gesagt!" Sein Blick fand Fedora, die vor Ekel und Angst zitterte. „Bringt sie wieder her! Diesmal will ich in ihr frisches Fleisch stoßen."

Die beiden Männer hielten Fedoras Arme wie mit Eisenklammern umfasst, und sie musste es dulden, abermals neben Ibrahim gezerrt und dort auf dem Rücken liegend zu Boden gedrückt zu werden. Einer der Männer hielt ihre Arme fest, während Ibrahim mit einem Ruck die seidige Hose von ihren Hüften zog, sodass ihr Unterkörper frei vor ihm lag. Er lachte, als er sie unbekleidet sah, kraulte ihr dunkelrotes Dreieck und sagte etwas zu den anderen Frauen, die daraufhin kicherten. Dann kroch er auf allen vieren über sie. Sein „Stab der Freude", wie er ihn genannt hatte, stand steif weg, und plötzlich wusste Fedora, die bis zu diesem Moment in diesen Dingen völlig unerfahren gewesen war, dass er versuchen würde, damit in sie einzudringen. Mit der einen Hand stützte er sich neben ihr auf, während er seine andere derb zwischen ihre Beine schob und zu ihrem steigenden Entsetzen so tief und grob mit den Fingern in sie eindrang, dass sie einen Schmerzenslaut unterdrücken musste. Eine der Frauen reichte ihm auf seinen Wink hin einen Krug mit Öl, das er auf ihre Scham goss.

„So", sagte er heiser, „jetzt werde ich dir geben, was du brauchst, meine rothaarige Katze. Und zwar so oft und so stark, bis du um Gnade winselst."

Er wollte sich soeben schwer auf sie fallen lassen, als Fedora alle ihre Kräfte zusammennahm und sich mit einem Ruck losriss. Sie schlug so fest sie konnte zu und sah mit Genugtuung, dass Ibrahims feistes Gesicht sich bei dem Schlag förmlich verformte. Im nächsten Moment kratzte sie ihm quer über die Wange, sodass sogar einige Haare seines Bartes unter ihren Fingernägeln hängen blieben. Ibrahim schrie diesmal nicht vor Lust, sondern vor Zorn und Schmerz auf, aber ehe er nach ihr greifen konnte, hatte sie sich auch schon unter ihm herausgewunden und lief zum Ausgang hin. Die anderen Frauen kreischten, einige kicherten hysterisch, und dann hatten die beiden Wächter sie wieder eingefangen und schleppten sie zurück zu ihrem Herrn. Dieser hockte mit blutigem Gesicht und einem gefährlichen Glimmen in den Augen auf den Kissen, während drei seiner Frauen gleichzeitig um ihn bemüht waren.

„Das wirst du mir büßen, du Tochter einer Hyäne", fuhr er sie böse an. „Lasst mich jetzt!" Er stieß die anderen Frauen fort, stand auf und trat dicht vor Fedora hin. „Das wirst du mir büßen!" Er hob bei diesen Worten die Hand, und die schallende Ohrfeige ließ sie gegen die beiden Männer taumeln. Etwas Nasses, Warmes rann ihr über das Kinn und den Hals hinab, und als sie danach tastete, war ihre Hand rot von ihrem eigenen Blut. Der derbe Schlag hatte ihre Lippe aufplatzen lassen. Bevor sie sich jedoch klarmachen konnte was geschehen war, traf sie schon der nächste Hieb. Dann griff er nach ihr, schleppte sie an den Haaren durch den Raum, wobei er unablässig mit der Faust auf sie einschlug. Sie stolperte, fiel mit dem Kopf gegen die Wand, ein stechender Schmerz durchzuckte sie, dann gaben ihre Knie nach, und sie sank zu Boden.

Die Männer zerrten sie wieder hoch. „Zuerst erhält sie zweihundert Schläge", sagte Ibrahim böse, seine Wange betastend, die immer noch blutete. „Wenn sie dabei in Ohnmacht fällt, schüttet Wasser über sie und macht erst wieder weiter, bis sie sich ihres Verbrechens und der verdienten Strafe erneut bewusst wird. Es soll Tage dauern, und ich möchte sehen, wie sich das Fleisch von ihren Knochen löst! Und dann schlagt ihr den Kopf ab und bringt ihn mir, damit ich ihn auf eine Stange spießen kann, zur Abschreckung für all jene, die es wagen, sich gegen ihren Herren aufzulehnen!"

Die Männer zogen Fedora, die kaum stehen konnte, fort.

„Aber erst morgen früh!", schrie Ibrahim ihnen nach. „Bis dahin sperrt sie ein, damit sie noch über ihr Verbrechen nachdenken kann!"

Fedoras Beine wollten sie nicht mehr tragen, als man sie über lange Gänge in einen fensterlosen Raum schleppte. Sie stießen sie einfach hinein, Fedora stolperte, stürzte, etwas Weiches unter ihr quietschte auf. Eine schwere Holztür wurde zugeworfen, und dann war sie allein.

Sie brauchte einige Zeit, bis sie wieder zu sich fand und begriff, was geschehen war. Ihr Kopf und ihr ganzer Körper schmerzte, und sie fühlte sich elend wie nie zuvor in ihrem Leben. Sie war nicht wirklich allein in dieser Finsternis, kleine dunkle Wesen huschten umher, und Fedora schrie auf, als eines davon über ihr Bein lief. Sie tastete sich zurück bis zur Wand, lehnte sich dort an, zog die Beine an den Körper und versuchte ihrer Angst, ihrem Schmerz und ihrem Ekel Herr zu werden.

Sie hatte ihren Besitzer, ihren Herrn und ihren Gebieter, verletzt. Er hatte sich zwar schon gerächt, indem er sie mit Schlägen bedeckt hatte, deren Wucht sie jetzt noch auf ihrem Körper fühlte, aber das war ihm nicht genug. Auspeitschen wollte er sie lassen.

Fedora zitterte am ganzen Körper, als sie daran dachte. Zweihundert Peitschenhiebe. Sie hatte einmal als Kind zugesehen, wie ein ungehorsamer Sklave am Hof des Kaisers ausgepeitscht worden war. Der Bedauernswerte war stehend zwischen zwei Stangen gebunden worden, und dann hatte der Henker zugeschlagen. Schon beim ersten Schlag war das Fleisch aufgeplatzt. Der Mann hatte erbärmlich geschrien, aber man hatte weitergemacht. Ihr Vater hatte sie schnell fortgebracht und sein weinendes Mädchen getröstet, aber die Erinnerung daran war sie niemals mehr losgeworden. Dabei war diese Strafe üblich, manchmal fast die Regel. Und doch empfand Fedora immer noch dasselbe Entsetzen wie damals als kleines Kind.

Zweihundert Schläge. Wie sollte ein Mensch, eine zarte Frau, das überleben? *Und wenn es Tage dauert*, hatte er gesagt. Sie würde das Schwert des Henkers als Erlösung willkommen heißen.

„Aber ich werde euch kein Schauspiel bieten", flüsterte sie erstickt. „Du wirst mich nicht wimmernd und klein sehen, du Elender. Diese Genugtuung werde ich dir nicht geben." Mit diesem Gedanken schloss sie die Augen, faltete die Hände und betete.

❊ ❊ ❊

Fedora war die ganze Nacht wach gewesen. Selbst wenn die Schmerzen und die kleinen Nager, die unaufhörlich in Bewegung waren, sie hätten schlafen lassen, so waren da immer noch die Angst und das Grauen vor dem, was sie erwartete. Sie zuckte zusammen, als schwere Schritte ertönten, dann wurde die Tür aufgestoßen und die beiden Männer, die sie schon hierher geschleppt hatten, fassten sie und zerrten sie hinaus. Sie gelangten über einen Gang direkt auf einen großen Hof, der vermutlich regelmäßig für Bestrafungen oder Hinrichtungen verwendet wurde. Fedora sah Eisenketten an den Mauern, seltsame, umgekehrt liegende Bänke, deren Beine hinaufragten, ein Becken mit glühenden Kohlen und einen kräftigen Mann, der eine Peitsche in der Hand hielt.

Man führte sie zur Wand, dann legte einer der Männer die Ketten um ihre Handgelenke und zog an, bis sie fast auf den Zehenspitzen stand. Jemand riss ihr mit einem Ruck das ohnehin schon zerrissene Gewand vom Körper, sodass sie nackt war. Aber das war ihr seltsam gleichgültig. Was sie erwartete, ließ alle Scham im Keim ersticken.

Fedora biss die Zähne zusammen, um gegen das Zittern, das sie ergriffen hatte, anzukämpfen. Sie hatte Angst, schreckliche Angst vor dem, was ihr jetzt bevorstand, und sie betete um genügend Kraft, um den anderen gegenüber nicht ihre Schwäche zu zeigen. Als sie den Hof betreten hatte, war ihr nicht verborgen geblieben, dass Ibrahim auf der anderen Seite an einem Fenster stand. Er wollte vermutlich zusehen, wie man das Urteil an ihr vollstreckte, aber sie würde ihm nicht die Genugtuung geben, sie um Gnade flehen zu hören.

Noch geschah nichts. Fedora wartete auf den ersten Schlag, aber er kam nicht. Sie wandte vorsichtig den Kopf. Ibrahim stand immer noch dort, und trotz der Entfernung konnte sie den Hass in seinen Augen sehen. Plötzlich klatschte er in die Hände und im selben Moment, so, als hätte er nur darauf gewartet, ließ der Henker die Peitsche auf ihren Rücken knallen.

Sie stöhnte auf, hatte sich jedoch sofort wieder in der Gewalt. Der nächste Hieb kam weniger unerwartet, aber nicht minder schmerzhaft. Dann folgte einer nach dem anderen. Sie zählte mit. Je länger sie durchhielt ohne in Ohnmacht zu fallen, desto schneller konnte sie die Erlösung durch das Schwert erwarten.

Plötzlich, mitten in das Pfeifen der Peitsche und das Klatschen auf ihrer Haut, ertönte eine scharfe, befehlende Stimme über den Hof. Der Henker hielt ein. Es waren erst vierzehn Schläge, die sie erhalten hatte. Noch unzählige mehr, bis sie endlich der Gnade des Todes teilhaftig werden konnte. Stunden von Qual und Schmerzen standen ihr noch bevor, und sie wollte sie nur so schnell wie möglich hinter sich bringen, um das Unvermeidliche nicht hinauszuzögern.

Sie wartete, aber der nächste Schlag kam nicht. War das eine Teufelei von Ibrahim? Wollte er ihr ein wenig Erholung gönnen, um ihr die Schläge dann umso bewusster zu machen?

Da war seine Stimme. Sie klang laut und wütend, brach jedoch abrupt ab. Durch das Rauschen in ihren Ohren hörte sie Schritte, die sich näherten, wieder diese befehlende dunkle Stimme, und dann wurde sie losgebunden. Sie sollten aber nicht aufhören, sie sollten weitermachen, es vorübergehen lassen. Der Tod war ihr ohnehin gewiss. Keine weiteren, hinausgezögerten Qualen mehr ...

„Nicht", sie klammerte sich an der Kette fest, um nicht zusammenzusacken, „ich will nicht ..."

Zwei kräftige Arme packten sie, hoben sie hoch, berührten dabei die offenen Striemen auf ihrem Rücken. Sie presste die Zähne zusammen bis sie knirschten, um keinen Laut von sich zu geben. Vor ihren Augen tanzten rote und schwarze Kreise, und sie konnte nicht sehen, wohin man sie brachte, fühlte nur, dass sie längere Zeit getragen wurde. Ein leichtes Schaukeln, Schlagen von Wasser, Befehle, Worte, die, obwohl mit leiser Stimme gesprochen, in ihren Ohren dröhnten, dann verlor sie das Bewusstsein.

Sie erwachte erst wieder, als sie mit verblüffender Vorsicht und Zartheit abgesetzt wurde, sanfte Hände fassten nach ihr, eine beruhigende Stimme sprach auf sie ein – und obwohl sie deren Worte nicht verstand, gab sie nach, ließ sich mit dem Gesicht nach unten auf ein weiches Lager betten. Jemand machte sich an ihrem Rücken zu schaffen, es brannte ein wenig, aber die Schmerzen waren erträglich, und langsam fand sie sich wieder in der Lage, ihre Umgebung wahrzunehmen und darüber nachzudenken, was geschehen war.

Man hatte sie aus einem unbekannten Grund nicht mehr in die kleine fensterlose Kammer gebracht, in der sie die vergangene Nacht verbracht hatte, sondern in einen hellen, freundlichen Raum. Die Fenster waren vergittert, aber die Gitter bestanden aus kostbaren Schnitzereien, die das grelle Tageslicht und die sengende Hitze dämpften und das Innere in ein angenehmes Dämmerlicht tauchten. In der Mitte des Raumes befand sich ein kleines Becken mit einem Springbrunnen, aus dem leise Wasser plätscherte und mit jedem Luftzug, der von den Fenstern hereinwehte, einen kühlen Hauch mit sich brachte.

Sie versuchte den Kopf zu heben, obwohl die Anstrengung die Schmerzen wieder stärker werden ließen, aber eine ruhige Stimme hielt sie davon ab.

„Du bist jetzt in Sicherheit. Bleib nur ruhig liegen, es wird dir nichts geschehen."

Fedora wandte langsam den Kopf nach der Sprecherin. Es war eine Frau mittleren Alters mit hellem Haar und blauen Augen. Sie sprach Griechisch. Die Sprache ihrer byzantinischen Heimat.

„Wo ..." Sie konnte kaum sprechen, weil ihre aufgesprungene Lippe schmerzte, und ihr Mund trocken war.

„Prinz Ahmed ist hinzugekommen, als Ibrahims Männer dich peitschten. Er hat ihnen Einhalt geboten und befohlen, dass man dich hierher bringt. Ich nehme an, er wird dich dem Sohn des Wesirs abkaufen."

Der Raum um Fedora schien sich zu drehen. Die Schmerzen in ihrem Rücken wurden stärker und ihre pochenden Lippen wollten ihr kaum gehorchen. „W ...weshalb sollte ... er ..."

„Sprich jetzt nicht", sagte die andere beruhigend. „Es wird alles gut. Prinz Ahmed ist nicht der Mann, der zusieht, wie man eine Frau zu Tode peitscht. Auch nicht, wenn es sich um eine Sklavin handelt. Hier", sie half ihr, sich ein wenig herumzudrehen und hielt ihr den Kopf, während sie ihr einen Becher an die Lippen setzte. „Trink das, das wird die Schmerzen lindern und dich schlafen lassen. Und wenn du aufwachst, wird es dir besser gehen. Dann werde ich dir alles erzählen. Und nun trink."

Fedora schluckte gehorsam und fühlte fast unmittelbar darauf eine wohlige Wärme durch ihren Körper fließen. Ihre Glieder und ihr Kopf wurden seltsam leicht, die Angst verschwand und dann versank alles um sie herum.

Der neue Gebieter

Als sie erwachte, saß die andere wieder neben ihr, strich ihr zart übers Haar und lächelte sie an. „Nun, wie geht es dir heute?"

Fedora wollte sich aufsetzen, aber ein brennender Schmerz im Rücken hinderte sie daran.

„Nicht! Nicht so schnell. Du kannst schon aufstehen, aber langsam! Wir wollen doch nicht, dass die Striemen aufplatzen. Sie sollen gut verheilen, damit deine Haut wieder glatt und weich wird." Sie lachte leise. „Prinz Ahmed soll doch einen schönen Körper auf sein Lager bekommen, nicht wahr?"

Fedora sah sich um. Dann war es doch kein Traum gewesen: Der behagliche Raum um sie herum, die geschnitzten Fensterläden, das Becken mit dem Brunnen in der Mitte und die weichen Kissen, die überall verteilt auf dem Boden lagen. Sie selbst ruhte auf seidigen Decken, ihr Oberkörper war unbekleidet, und unwillkürlich bedeckte sie ihre nackten Brüste mit den Händen.

„Du musst dich hier nicht schämen", lachte die andere. „Aber es ist besser, wenn man die Wunden frei lässt. Sie sollen atmen können, dann geht der Heilungsprozess schneller vor sich. Du siehst ganz schrecklich aus, aber das wird alles verheilen." Sie besah sie mitleidig. „Hat er dich auch mit der Faust geschlagen?"

Fedora nickte und tastete mit dem Finger nach ihrer Lippe. Sie war geschwollen und schmerzte noch ein wenig. „Wie lange ... habe ich geschlafen?"

„Die Sonne ist zweimal untergegangen", erhielt sie zur Antwort, und die Frau, ihrem Gewand nach zu schließen eine der Dienerinnen, griff nach einem Becher. „Hier, das ist Milch von der zartesten Kuh im Besitz des Prinzen. Sie wird dir gut tun."

Fedora fasste den Becher mit beiden Händen und trank gierig davon. Die Milch schmeckte frisch und süß, und sie war erstaunt, wie kühl sie war. Sie war hungrig und durstig zugleich und konnte ihre Rettung kaum fassen. Aber ... war sie wirklich gerettet? War sie nicht dem einen Teufel entgangen und dem anderen in die Hände gefallen? Was hatte diese Frau gesagt? Sie hatte von einem Prinzen gesprochen ... Ahmed ... Ja, das war der Name gewesen, den sie genannt hatte.

Als sie den Becher bis zum letzten Tropfen geleert hatte, sah sie die Dienerin fragend an. „Und jetzt sag mir, wo ich bin. Und weshalb. Und wer du bist."

„Wo du bist, habe ich dir schon gesagt: Du bist im Palast von Prinz Ahmed, der dich Ibrahim, dem Sohn des Wesirs, abgekauft hat. Und ich selbst bin Hayana, eine Dienerin."

„Du sprichst meine Sprache und siehst gar nicht aus wie eine Araberin."

„Das bin ich auch nicht – zumindest wurde ich unweit von Konstantinopel geboren. Als Kind verkaufte mich mein Vater jedoch an einen Händler, weil wir arm waren und er noch vier weitere Töchter hatte, ohne Möglichkeit, sie an einen Mann zu verheiraten. Und dann landete ich hier, im Palast des Kalifen, als Dienerin von Dananir, die damals noch seine Lieblingskonkubine war, dann jedoch seine Gattin wurde. Da ich Griechisch, also deine Sprache spreche, hat

Prinz Ahmed seine Mutter gebeten, mich in seinen Palast nehmen zu dürfen. Für deine Betreuung, bis du selbst genug Arabisch sprichst, um zu verstehen und dich verständlich zu machen."

„Weshalb sollte der Prinz mir solche Freundlichkeit erweisen?", fragte Fedora misstrauisch.

Hayana zuckte mit den Achseln. „Der Prinz ist zu allen seinen Frauen freundlich. Er behandelt sie alle gut, und sie lieben ihn dafür und beten ihn an. Du wirst ihn demnächst sehen. Er ist heute früh verreist, aber er wird bald wiederkommen, und noch bevor der Mond das zweite Mal voll ist, wirst du ihm deine Dankbarkeit für deine Rettung zu Füßen legen können."

✄ ✄ ✄

In den folgenden Wochen blieb Fedora meist sich selbst überlassen. Lediglich Hayana war um sie und einige Mädchen, die sie bedienten, ihre Wünsche erfüllten und sie mit einer Behaglichkeit umgaben, die sie nicht einmal im Hause ihres Vaters gekannt hatte.

Ihre Lippe war gesundet, und die dunklen, blutunterlaufenen Flecken auf ihrem Körper verschwanden. Auch ihr Rücken war schon fast völlig verheilt, und gelegentlich erinnerte sie nur ein kleines Ziehen daran, dass sie nahe davor gewesen war, auf Befehl eines hasserfüllten Mannes halb zu Tode gepeitscht und dann geköpft zu werden. Sie wusste zwar nicht, was sie von ihrem neuen Besitzer erwarten durfte, da dieser jedoch vorerst verreist war, gelang es ihr, jeden Gedanken an ihn wegzuschieben und stattdessen die sie umgebende Pracht zu genießen, die ihresgleichen wohl nirgendwo fand.

Auch im Harem von Ibrahim war es prächtig gewesen, aber ganz anders als hier. Aufdringlich hatte Fedora dort die grellen Muster, die mit Edelsteinen überladenen Teppiche und Vorhänge empfunden, und die protzige Zurschaustellung von Reichtum verachtet. Hier jedoch lagen und hingen überall Teppiche, die Fedora alleine durch ihre feine Arbeit und außergewöhnliche Schönheit entzückten, und auf denen Vögel, Pferde, Blumen und geometrische Muster zu sehen waren. Hayana erklärte ihr, dass die Teppiche in diesen Gemächern nicht weniger kostbar waren als jene, auf denen die Frauen des Kalifen selbst saßen, und dass der Prinz, obgleich weitaus weniger verschwenderisch als seine Brüder, sich gerne mit wirklich schönen Dingen umgab. Zart schimmernde Vorhänge teilten das Gemach, schirmten ihre Schlafstelle vom übrigen Raum ab, bewegten sich im leichten Luftzug und ließen zarte Glöckchen erklingen, die Fedora an Engelsläuten erinnerten. Ihr Bett bestand nur aus einer weichen Matratze, die mit Federn gefüllt und kühler Seide überzogen war. In diesem Bereich des Raumes stand auch eine Truhe, die so groß war, dass Fedora sogar darauf hätte schlafen können, und die neben zwei anderen, kleineren, Kleider beinhaltete, die jede Frau in Entzücken versetzen mussten.

Rund um das Becken in der Mitte des Raumes, in dem sie sich tagsüber aufhielt, gab es Gefäße, in denen die schönsten und seltensten Blumen blühten, deren Farben und Duft ihr Herz erfreuten, ebenso wie der erfrischende Brunnen, an dem sie gerne saß, ihre Hände unter das kühle Wasser haltend und vor sich hinträumend. Das war aber noch bei Weitem nicht alles. Zwischen zwei schlanken Säulen führte ein Torbogen in einen Garten, der ein Wunder an Schönheit war. Die Blumen in den Beeten waren farblich so gesetzt, dass sie Zeichen bildeten – Prinz Ahmeds Lieblingsgedichte, wie Hayana ihr erzählte, die der Schriftkundige von den Beeten ablesen konnte. Mit Halbedelsteinen eingefasste Wasserbecken, in denen man die Bäume und Sträucher sich spiegeln sehen konnte, luden zum Verweilen ein, und dann war da noch ein kleiner Bach, der quer durch den Garten und durch einen zauberhaften Pavillon floss, der genau in der Mitte des Gartens stand. Das Schönste waren für Fedora jedoch die Rosen, die um eben diesen Pavillon gepflanzt waren und einen Duft verströmten, der berauschender war als all die exotischen Gerüche, mit denen die Frauen in Ibrahims Harem sich parfümiert hatten.

Natürlich war ihr der Weg aus ihren Gemächern hinaus versperrt. Nicht alleine durch die geschnitzten Türen, die sich hinter goldbestickten Vorhängen verbargen, sondern auch durch zwei kräftige Eunuchen, die jeden – außer den Dienerinnen – davon abhielten, die Räume zu betreten oder sich daraus zu entfernen. Aber wohin hätte sie sich schon wenden sollen, selbst wenn sie aus ihrem goldenen Gefängnis entwich? Sie hatte keine Freunde in der Stadt und da war wohl niemand, der einer entlaufenen Sklavin helfen würde. Sie würde nur alleine durch die Straßen dieser unbekannten Stadt irren und sich am Ende wohl sehr schnell wieder in den Händen eines Sklavenhändlers und eines noch schlimmeren Menschen wiederfinden.

Hayana, die als Dienerin nicht immer an den Palast gebunden war, erzählte ihr von Bagdad, der märchenhaften Stadt des Kalifen, die über zwanzig Paläste beherbergte, die nicht weniger prächtig sein sollten als jener, in dem sie sich nun befand. In dieser Stadt stand auch der berühmte Palast der Ewigen Seligkeit, den der Vater des legendären Harun al-Raschid am Ufer des Tigris hatte erbauen lassen, und der das Zentrum des Reiches war. Er umfasste nicht nur die Privatgemächer des Kalifen und seines Harems, sondern es gab auch reich ausgestattete Audienz- und Empfangssäle, sowie Räume für die Würdenträger und Sekretäre des Reiches. Auch sie selbst war darin untergebracht gewesen, und zwar in jenem Teil des Palastes, der dem Wesir und seiner Familie zur Verfügung stand. So lange, bis Ibrahim sie hatte töten wollen und Prinz Ahmed, der zufällig hinzugekommen war, sie in seinen eigenen Palast hatte bringen lassen, der auf der anderen Seite des Tigris lag.

Hayana erzählte nur wenig von den anderen Frauen im Harem des Prinzen, die weitaus weniger große Räume zur Verfügung hatten, während Fedora in Gemächern lebte, die sonst nur einer Ehefrau oder Lieblingskonkubine zustanden. „Der Prinz muss starkes Wohlgefallen an dir haben, dass er dir eine derartige Bevorzugung zukommen lässt", sagte sie eines Tages.

„Wie kann er denn Wohlgefallen an mir gefunden haben?", fragte Fedora stirnrunzelnd. „Er kennt mich doch nicht, hat mich nie gesehen."

Die Dienerin zuckte mit den Achseln. „Das darfst du mich nicht fragen. Aber Prinz Ahmed ist nicht der Mann, der nicht wüsste, was er tut."

❇ ❇ ❇

Eines Abends kam Hayana herein. „Der Prinz will dich besuchen. Du musst dich umkleiden."

„Was will er von mir?", fragte Fedora erschrocken. Der Moment, dem sie mit Bangen entgegengesehen hatte, war gekommen. Dieser Prinz Ahmed hatte ihr zwar das Leben gerettet, aber zweifellos nur, um selbst seine sündige Lust an ihr zu befriedigen. Und dass er das wollte, stand nach Hayanas Worten außer Zweifel. Jedoch alleine schon der Gedanke, einer dieser gottlosen Fremden könnte ihren Körper in Besitz nehmen und sich all jene Rechte anmaßen, die nur einem Gatten zustanden, erfüllte Fedora mit Abscheu und Schrecken zugleich. Die Erinnerung an den Sohn des Wesirs, an seine derben Hände, seine wulstigen Lippen, sein widerliches Lachen und an seinen stinkenden Atem hatte sie bis in ihre Träume verfolgt, und in ihrer Einbildung hatte sie sich von ihrem Lebensretter ein Bild gemacht, das jenem Ibrahims glich wie ein Ei dem anderen. Wie konnte er auch anders sein? Ein Mann, der sich einen Harem hielt! Der einen anderen Gott anbetete und zu den Feinden gehörte, die schon seit vielen Jahren versuchten, Byzanz zu erobern und in vielen Landstrichen bereits Städte geplündert und ihre Bewohner in die Sklaverei geführt hatten!

„Was er will? Dich sehen, natürlich! Willst du ihm denn nicht deine Ehrerbietung und Dankbarkeit erweisen?", fragte Hayana erstaunt.

„Dankbarkeit? Dafür, dass er mich von einer Sklaverei in die andere gebracht hat? Hätte er mich nur mir selbst überlassen, dann wäre ich jetzt schon tot!"

„Das würde dir schon bald leid tun", entgegnete Hayana kopfschüttelnd. „Außerdem ist der Prinz weit anders als der Sohn des Wesirs. Er ist viel schöner anzusehen. Jede Sklavin am Hof des Kalifen würde sich ihm mit Freuden hingeben. Außerdem ist er sehr klug und gütig, nicht so ein Tier wie der andere, Ibrahim."

„Ich will ihn dennoch nicht empfangen!"

„Du hast gar keine Wahl." Hayana klatschte in die Hände, und sofort liefen einige Mädchen herein, die Fedora gegen ihren Willen auskleideten, sie mehr oder weniger sanft in das große Becken schubsten, sie wuschen, abtrockneten, mit duftenden Ölen salbten und sie dann in kostbare, aber durchsichtige Seidengewänder hüllten.

Fedora, die bald schon eingesehen hatte, dass sie sich mit Widerstand nur lächerlich gemacht hätte, ließ alles über sich ergehen, ihre Lippen fest aufeinandergepresst und die Augen brennend vor ungeweinten Tränen der Demütigung. Noch vor fast sieben Wochen war es ihr ebenso ergangen, bevor man sie in Ibrahims Gemächer geschleppt hatte. Aber was dann gekommen war,

war noch viel schlimmer gewesen, und sie wusste, dass sie auch jetzt nichts anderes erwarten würde. Und am Ende würde sie wieder nackt angekettet sein, während einer der Eunuchen die Peitsche schwang, und der Henker schon dahinter mit dem Beil auf sie wartete. All der Lobgesang, den Hayana in den vergangenen Tagen auf diesen Prinzen Ahmed angestimmt hatte, konnte sie nicht irreführen, was seinen unzweifelhaft verdorbenen Charakter betraf.

Plötzlich hörte sie von draußen eine befehlende Stimme. Jemand näherte sich. Hayana scheuchte die Mädchen hinaus, und dann stand Fedora alleine mitten im Raum, vor Aufregung bebend. Einen kurzen Augenblick lang dachte sie an Flucht, aber das wäre sinnlos gewesen – der einzige Weg, der ihr offen stand, war jener in den Garten, und dieser war von Mauern umgeben, die sie nicht überwinden konnte.

Der Vorhang, der den Eingang verdeckte, wurde zur Seite geschoben, und ein Mann trat ein. Er blieb nach wenigen Schritten stehen und blickte zu Fedora herüber, die bei seinem Eintritt stolz den Kopf zurückgeworfen hatte, fest entschlossen keine Angst zu zeigen, und ihn dabei nicht weniger prüfend ansah als er sie.

Sie war verblüfft. Das war nicht der Mann, den sie erwartet oder gefürchtet hatte. Kein Wüstling wie der andere, der ihr auf den ersten Blick Abscheu einflößte.

Der Prinz mochte so um die dreißig Jahre alt sein, also kaum jünger als Ibrahim, sah jedoch vollkommen anders aus. Er war schlank und hochgewachsen, seine Haut hellbraun, wie von der Sonne gebräunt, und sein dunkler Bart war kurz geschnitten, ließ die Wangen frei und bedeckte nur das Kinn und die Oberlippe. Er war auch nicht so prächtig gekleidet und mit Edelsteinen behangen, sondern fast schlicht, auch wenn der dunkelblaue Mantel, den er über einem fast bodenlangen hellen Gewand trug, zweifellos aus einem kostbaren Stoff gefertigt und mit einer schmalen, goldbestickten Borte umrandet war. Um den Leib trug er eine Schärpe in derselben Farbe und als einzigen Schmuck eine Rubinnadel, mit der sein Turbantuch festgesteckt war, und die wohl ein Symbol seiner Macht darstellte.

Fedora hatte, noch bevor er eingetreten war, rasch nach einem großen, fein gearbeiteten Wolltuch gegriffen und es sich um den Körper gewickelt, sodass sie von den Schultern bis zu den Knien bedeckt war. Solcherart vor seinen Blicken weitaus besser geschützt als in dem durchsichtigen Stoff, fühlte sie sich sicherer und sah ihrem neuen Besitzer aufrecht entgegen, als er seine Musterung endlich beendet zu haben schien und langsam auf sie zukam. Sein Blick ruhte unverwandt auf ihr, und sie fühlte eine seltsame Unruhe aufsteigen, als sie in seine Augen blickte. Sie waren überraschend hell und klar, und es lag eine Freundlichkeit darin, die sie nicht erwartet hatte.

„Wie ich sehe, hast du dich schon erholt."

Sie lauschte seiner angenehmen, dunklen Stimme nach, die ihr vertraut erschien. Es war dieselbe Stimme, die sie schon im Hof von Ibrahims Palast vernommen hatte, kurz bevor sie losgebunden und hierher gebracht worden war. Zu ihrer

Überraschung sprach er Griechisch und das auf eine Weise, die nicht erkennen ließ, dass diese Sprache ihm jemals fremd gewesen wäre. „Man sagte mir, dass ich Euch mein Leben schulde", erwiderte sie endlich mit einer Stimme, die nicht ihr zu gehören schien.

Ein amüsiertes Aufblitzen in den hellen Augen, als er sah, wie sie das Tuch krampfhaft vor dem Körper zusammenhielt, und dann blieb sein Blick an ihrem Haar hängen, das Hayana gekämmt hatte bis es glänzte, und mit geübter Hand lediglich einige Perlenschnüre hineingewunden hatte, sodass die vollen roten Locken frei über ihre Schultern und ihren Rücken fielen.

„Ich habe schon Frauen mit rotem Haar gesehen", sagte er, ohne auf ihre Worte einzugehen, „aber die meisten benutzten Mittel, um es zu färben. Deines jedoch ist echt, von der Natur geschaffen wie eine Flamme." Er hob die Hand, wollte es berühren, aber Fedora machte einen Schritt zur Seite.

Sie sah ihn fest an und schlug auch nicht die Augen nieder, als sein Blick erstaunt auf ihr ruhte. Offenbar hatte er nicht erwartet, dass die neue Sklavin ihm nicht sofort zu Füßen oder in seine Arme fiel.

„Werdet Ihr mir sagen, was Ihr mit mir zu tun gedenkt? Hayana, die Ihr mir freundlicherweise als Dienerin schicktet, hat mir erzählt, dass Ihr mich Ibrahim abgekauft habt. Wenn Ihr nun Eure Güte auch noch vergrößern wollt, so gebt mir die Möglichkeit, mich abermals freizukaufen. In meiner Heimat, Konstantinopel, gibt es Personen, denen mein Leben und meine Freiheit viel Gold wert sind, ... es wäre gewiss nicht zu Eurem Schaden." Sie wusste, dass die moslemischen Truppen, wenn sie byzantinische Städte angriffen, wenig Tote zurückließen, sondern es vorzogen, Gefangene zu machen, die sie dann entweder selbst als Sklaven verkauften oder gegen Lösegeld wieder freigaben. Zweifellos war dies ein Angebot, das dem Mann vor ihr ebenfalls zusagen würde.

„Das Gold dieser Leute interessiert mich nicht", erwiderte der Prinz zu Fedoras Ärger gleichgültig. „Ich habe dich Ibrahim abgekauft, weil mir dein rotes Haar gefällt. Wenn ich dich jetzt wieder gehen lasse – was habe ich davon? Gold habe ich selbst genug, aber eine Frau mit so leuchtend rotem Haar und einer so weißen Haut bekomme ich nicht so leicht wieder."

„Ich bin aber gegen meinen Willen hier", hielt sie ihm entgegen. „Ich wurde geraubt und verschleppt, und ich habe nicht die geringste Absicht, den Rest meines Lebens in einem Harem zu verbringen."

Belustigung trat in seine hellbraunen Augen. „Du hast keine Absicht. So?" Er breitete die Arme aus und sah sich um. „Geht dir hier etwas ab? Werden deine Wünsche nicht erfüllt? Behandelt man dich schlecht?"

„Nein", gab Fedora widerwillig zu. „Im Gegenteil." Sie konnte sich wahrlich nicht beklagen. Die Dienerinnen beeilten sich, jedem ihrer Winke zu folgen, und Hayana, die eine gewisse Zuneigung zu ihr gefasst zu haben schien, umgab sie sogar mit einer mütterlichen Sorge, die ihr guttat.

„Weshalb bist du dann unzufrieden?" Er klang erstaunt.

„Weil ich nicht freiwillig hier bin!", erwiderte Fedora ungeduldig.

„Vermutlich nicht", kam es unbeeindruckt zurück.

„Weshalb lasst Ihr mich dann nicht gehen?!"

„Ganz einfach: Weil ich nicht will." Der Prinz klang erheitert und in seinen Augen, die sie eingehend musterten, lag ein Lächeln. Im Gegensatz zu Ibrahim hatte sie seltsamerweise nicht die geringste Angst vor ihm, aber es störte sie, dass er sie und ihre Worte nicht ernst zu nehmen schien. „Außerdem bin ich solche Reden nicht gewöhnt", sprach er in einem nachsichtigen Ton weiter. „Es ziemt sich nicht für eine Sklavin, in dieser Art mit ihrem Gebieter zu sprechen. Ich habe einen hohen Preis für dich bezahlt und besitze dich nun. Du wirst dich schneller damit abfinden, als du jetzt denkst." Er sah sich um und nahm dann auf einigen Kissen neben dem Wasserbecken Platz, wobei er neben sich deutete. „Komm, setz dich zu mir und lass uns reden."

Fedora blieb etwas entfernt von ihm stehen und sah misstrauisch auf ihn hinunter. „Ich habe bereits alles gesagt, was es zu sagen gibt!"

„Wie unfreundlich. Meine anderen Frauen sind wesentlich entgegenkommender und wetteifern darin, mir zu gefallen. Du hättest es doch viel schlechter treffen können – weshalb bemühst du dich nicht um ein wenig Liebenswürdigkeit? Ihr Byzantinerinnen seid doch sonst nicht so prüde."

Fedora drehte den Kopf weg.

„Aber vielleicht langweilst du dich ja auch hier. Hayana hat mir erzählt, dass du versucht hast, die Zeichen auf den Teppichen und in den Blumen im Garten zu lesen. Soll ich dir vielleicht einen Lehrer schicken, der dir beibringt, wie man unsere Sprache liest und schreibt? Möglicherweise gefällt es dir hier dann besser?"

Fedora presste die Lippen zusammen und starrte unverwandt auf den leise plätschernden Springbrunnen. Die Freundlichkeit dieses Mannes verunsicherte sie. Weshalb bemühte er sich so um ihr Wohlergehen?

„Bei uns misst man den Wert einer Sklavin nach ihren Künsten und ihrem Können", sprach er weiter, nachdem er einige Zeit vergeblich auf Antwort gewartet hatte. „Lass mich sehen, ob ich es bedauern muss, einen so hohen Preis für dich bezahlt zu haben. Dein Haar ist zwar schön, ist aber doch hoffentlich nicht alles, was du zu bieten hast."

Fedora wandte sich ihm erschrocken zu und zog unwillkürlich das Tuch fester vor der Brust zusammen.

Prinz Ahmed lachte, dass seine weißen Zähne blitzten. „Das meinte ich nicht! Ich möchte nicht, dass du dich ausziehst oder schon heute meine Lust befriedigst. Noch nicht ... ich habe Zeit ... nein, ich will, dass du tanzt."

Ihre Hände sanken herab. „Tanzen?", fragte sie verblüfft.

„Gewiss. Ibrahim wird dich wohl nicht nur deiner äußeren Schönheit wegen erworben haben. Du musst doch noch andere Fähigkeiten besitzen!"

Fedora hob hochmütig die Augenbrauen. „Wozu?"

„Du kannst also nicht tanzen", stellte er trocken fest. „Kannst du singen?"

Sie schüttelte langsam den Kopf.

„Dann bist du vielleicht eine Dichterin?"

„Nein."

„Oder bist du etwa eine Königin der Liebeskünste?"

Fedora schwieg, merkte jedoch, wie sie errötete.

„Auch nicht", sagte Ahmed, traurig den Kopf schüttelnd. „Was mag Ibrahim nur an dir gefunden haben?"

„Ich habe ihn nicht gebeten, mich zu kaufen!", fuhr Fedora auf. „So wenig wie ich Euch gebeten habe, mich ihm abzukaufen!"

„Hm." Ahmed strich sich nachdenklich über den Bart. „Dann habe ich wohl viel Geld für nichts ausgegeben." Er seufzte. „Kannst du und weißt du denn gar nichts?"

„Wohl nichts, was für Euch von Interesse sein könnte", erwiderte Fedora, in der plötzlich der Wunsch hochstieg, ihn zu beeindrucken. „Daheim allerdings habe ich den Lauf der Gestirne studiert und die Geometrie und Arithmetik der griechischen Gelehrten erlernt."

„Tatsächlich?" Er musterte sie mit neuerwachtem Interesse. „Ich selbst hatte einen Lehrer, der aus Konstantinopel stammte und lange Jahre hier unterrichtete, bevor er wieder heimkehrte. Hast du vielleicht schon von den astronomischen Tafeln gehört, die mein Vater zusammenstellen ließ?"

„Nein, aber mein Vater ist selbst ein großer Gelehrter", erwiderte sie stolz. „Alles, was ich weiß, habe ich von ihm. Er hat mir sogar die Siddhantas, das große Werk über die Sternenkunde, gegeben und es mir erklärt."

In Ahmeds Blick veränderte sich etwas, eine gewisse Spannung trat in seine Augen. „Die Siddhantas, diese Sammlung astronomischen Wissens, kenne ich, man hat zu Lebzeiten des großen Harun al-Raschid begonnen, sie zu übersetzen. Aber sie waren sehr schwierig zu verstehen, daher hat er befohlen, dass unsere Gelehrten bei euch lernen und eure zu uns kommen, um unser Wissen auszutauschen und zu bereichern." Er beugte sich ein wenig vor. „Wir haben dabei auch viel von eurer Dichtkunst kennengelernt und die anderer Völker. Kannst du mir vielleicht Verse zitieren, die man in deiner Heimat kennt? Wir lieben die Kunst der Poesie, und weniges erfreut uns mehr als kluge, wohlgesetzte Worte."

„Ihr würdet sie nicht verstehen", erwiderte Fedora mit leichtem Hochmut in der Stimme. Sie wollte nicht zugeben, wie sehr sie dieser Mann beeindruckte, auch wenn er sich über sie lustig machte.

„Versuche es doch einfach." Seine Stimme klang unverändert freundlich und nachsichtig.

Sie zögerte, dann richtete sie ihren Blick auf den leise plätschernden Brunnen. Viele Gedichte waren in ihrem Kopf, die sie immer wieder gelesen hatte, weil auch sie die Dichtkunst liebte. Es waren viele Liebesverse darunter, aber sie hütete sich, einen davon zu zitieren, sondern entschied sich für ein Gedicht über das Werden und Vergehen und die Zeit, das sie immer am meisten beeindruckt hatte. Es bestand aus fünf Strophen, die Fedora, nach den ersten Worten völlig in den Versen und der Erinnerung aufgehend und ihre Umgebung dabei völlig vergessend, mit der gleichen Innigkeit wiedergab, in der sie sie immer gelesen hatte. Erst als sie geendet hatte, wurde sie sich ihres Zuhörers wieder bewusst, der sie gebannt ansah. Etwas in seinen Zügen hatte sich verändert und die Belustigung war aus seinen Augen verschwunden.

„Das war sehr schön", sagte er schließlich. „Aber ich kenne dieses Gedicht. Es stammt nicht aus deiner Heimat, sondern aus einem Land, das ferne im Osten liegt. Arabische Gelehrte haben es schon vor vielen Jahren in unsere Sprache übertragen. Es ist eines meiner Lieblingsgedichte, auch wenn ich es noch nie mit solchem Gefühl rezitieren hörte." Er musterte sie gedankenvoll. „Ich hatte Unrecht, was dich betraf, meine schöne Byzantinerin. Allein schon dieses Gedichtes wegen und der Freude, die du mir dabei geschenkt hast, wäre kein Preis, den ich Ibrahim für dich bezahlt habe, zu hoch. Ich bin froh, dich in meinem Harem zu haben. Wir werden uns noch oft über all diese Dinge, und auch die Siddhantas, unterhalten."

Als er sich erhob und auf sie zu kam, brauchte Fedora ihren ganzen Mut, um stehen zu bleiben und ihm ruhig entgegenzusehen. Er trat dicht zu ihr hin. „Ibrahim hat es falsch angefangen mit dir. Er ist zu grob und denkt zu einfach. Er versteht es nicht, mehr von einer Frau zu wollen als ihren Körper. Erst der Besitz ihres ganzen Wesens, ihres Geistes und am Ende ihre freiwillige Hingabe machen die wahre Lust der Liebe aus." Er streckte bei diesen Worten seine Hand nach ihr aus und strich spielerisch über ihren Oberarm, aber Fedora trat einen Schritt zurück.

„Ich mag es nicht, von Euch berührt zu werden", sagte sie ärgerlich.

Sie hatte kaum ausgesprochen, als es auch schon in den hellen Augen aufblitzte. Und bevor sie noch ausweichen konnte, hatte er sie gepackt und hielt ihre Handgelenke fest. „Du hast gar keine Wahl, meine ungehorsame Byzantinerin. Und wenn ich dich Ibrahim nicht abgekauft hätte, wäre dieser bewunderungswürdige Körper schon längst ein Fraß für die Geier. Und dieser widerspenstige Kopf würde wahrscheinlich schon zu Ibrahims Genugtuung auf einem Pfahl stecken, zur Abschreckung für andere aufsässige Sklavinnen."

„Besser der Tod als die Schande", presste sie hervor, immer noch das unwürdige Schauspiel vor Augen, das Ibrahim und seine Frauen ihr geboten hatten.

„Bist du wirklich dieser Meinung? Ist es dir wirklich so furchtbar, in meinem Harem zu leben, schöne Kleider und Schmuck zu tragen und erlesene Köstlichkeiten vorgesetzt zu bekommen, dass du den Tod vorziehst?"

„Ihr habt mich gekauft", zischte sie ihn an, während sie versuchte, sich zu befreien, „aber Ihr werdet mich nicht besitzen! Niemals!"

„Niemals ist eine lange Zeit", erwiderte er erheitert, „aber ich denke, du wirst deine Meinung noch ändern. Es wird außerdem reizvoll für mich sein, deinen Widerstand zu überwinden." Er drehte ihr bei diesen Worten die Handgelenke auf den Rücken und zog sie an sich, sodass sie in seinen Armen lag und seinen Atem auf ihrem Gesicht spürte. Sie wandte den Kopf zur Seite und versuchte sich nach hinten, von ihm weg, zu lehnen. Er hielt sie fest, ohne ihr dabei im Geringsten wehzutun, und sie empfand eine beunruhigende Schwäche, als er sie noch enger an sich presste. Noch nie war sie einem Mann so nahe gewesen, und sie stellte voller Verwirrung fest, dass der Druck seines Körpers auf ihren Brüsten, ihrem Bauch, seiner Schenkel auf den ihren, fremde Gefühle in ihr aufsteigen ließen und Wünsche erweckten, die sie bisher nie gekannt hatte.

„Meine Mutter stammt von den Herren der Wüste ab", sprach Ahmed weiter. „Sie wurde als junges Mädchen geraubt und kam in den Harem des Kalifen von Bagdad. Als ich älter wurde, hat mein Vater mir gestattet zu reisen, um die Welt kennenzulernen und mein Wissen über sie zu mehren. Dabei kam ich auch zu dem Beduinen-Stamm meiner Mutter. Ich traf meinen Großvater und lebte einige Zeit mit ihm und seiner Familie. Er schenkte mir ein Pferd, eine Stute. Ein wildes, schönes Tier mit einem langen Schweif, der in der Sonne glänzte wie rotes Gold – fast so wie dein Haar. Sie war zart, aber ungebärdig, und sie gehorchte nur meinem Großvater. Als er sie mir zum Geschenk machte, trat sie und biss nach mir und warf mich ab. Bis ich sie zähmte, und sie mich auf ihrem Rücken duldete. Wenn ich des Morgens erwachte, erwartete sie mich schon vor dem Zelt, in dem ich schlief, und am Abend führte mich mein letzter Gang zu ihr."

„Habt Ihr sie geschlagen, damit sie Euch gehorche?", fragte Fedora, den seltsamen Zauber, der sich über sie legte, gewaltsam abschüttelnd.

„Niemals. Ein stolzes Tier darf man nicht schlagen, sonst zieht man sich nur seinen Hass zu. Nein, ich habe sie mit Liebe gezähmt. Mit Geduld. So wie ich auch dich zähmen werde, meine wilde Stute."

„Ich bin kein Pferd!"

„Umso mehr Freude werde ich daran haben ..." Seine Stimme klang belustigt.

„Und ich lasse mich nicht abrichten!"

„Ein Pferd muss aus freiem Willen gehorchen und seinen Herren lieben, dann trägt es ihn durch alle Gefahren." Er brachte seinen Mund dicht an ihr Ohr, sein Atem strich über ihr Gesicht wie eine körperliche Berührung und Fedora fühlte, wie ihr Widerstand gegen ihn schwand, ihr Körper nachgiebig wurde, und sie dem Druck seiner Arme nachgab. Sie atmete zitternd ein, sich seiner Nähe so sehr bewusst, dass sie vermeinte, ein leises Knistern auf ihrer Haut zu fühlen. „Ich werde dich zähmen, meine wilde, freiheitsliebende Stute. Ganz langsam, bedächtig und geduldig. Dich an meine Hand gewöhnen, bis du freiwillig zu mir kommst und mir folgst, wohin ich immer gehe. Man bindet eine Frau nicht durch Fesseln, sondern indem man eine Sehnsucht in ihr erweckt, die nur durch ihren Liebsten und durch sonst nichts befriedigt werden kann."

Er ließ sie so unvermittelt los, dass sie taumelte, und wandte sich zum Gehen. Kurz bevor er den Raum verließ, sah er sich noch einmal um. „Verstehst du dich auf die Kunst des Schachspiels?" Seine Stimme, soeben noch eindringlich und verführerisch, klang nun wieder ruhig und heiter.

Fedora brauchte einige Momente, um sich wieder zu fangen. Sie empfand ihre plötzliche Freiheit als unangenehm, und es beunruhigte sie, dass ihr die Wärme seines Körpers fehlte. „Man ... man hat es mich bereits als Kind gelehrt", erwiderte sie verwirrt.

Der Prinz nickte lächelnd. „Gut, ich spiele nämlich sehr gerne."

Fedora atmete erleichtert auf, als der Vorhang hinter ihm zurückfiel, und sank mit zitternden Knien auf ein Kissen.

❄ ❄ ❄

Am nächsten Tag war er wieder da, gefolgt von zwei Dienerinnen, die ihm Bücher, Feder und Tinte sowie einige leere Bogen Papier nachtrugen.

Fedora trat einen Schritt zurück, als er neben sich auf die Kissen wies. Sein Lächeln verstärkte sich. „Nimm ruhig neben mir Platz. Ich werde dich nicht berühren, sondern dir nur vorlesen. Und dann wirst du wiederholen, was ich gelesen habe. Und bis morgen die Zeichen nachmalen."

„Vorlesen?", fragte Fedora misstrauisch und hockte sich an den äußersten Rand der Kissen.

„Ja, gewiss. Du hast mich gestern mit einem Gedicht erfreut, und heute werde ich dasselbe für dich tun."

„Weshalb?"

„Um dich an meine Stimme zu gewöhnen. Ich sagte dir ja schon, dass ich keine Lust dabei empfinde, eine Frau gegen ihren Willen zu besitzen. Das heißt jedoch nicht", fügte er mit einem Lächeln hinzu, „dass es mich nicht reizt, deinen Stolz zu überwinden und deine Unbeugsamkeit zu besiegen. Aber vorerst werde ich dich lesen und schreiben lehren, damit du unsere Sprache verstehst und uns besser kennenlernst."

„Wozu tut Ihr das?", fragte Fedora verwundert. „Weshalb gebt Ihr Euch so große Mühe mit mir? Ihr sagtet doch selbst, dass Eure Frauen um Eure Gunst wetteifern. Wie kann Euch da jemand wie mich interessieren?"

„Weil du die erste Frau meines Harems bist, die die Siddhantas gelesen hat. Und weil du mir vom ersten Moment an, an dem ich dich auf dem Sklavenmarkt sah, gefallen hast." Prinz Ahmed lachte bei der Erinnerung leise in sich hinein. „Deine grünen Augen schleuderten Blitze, und dein von der Sonne beschienenes Haar war wie Flammen, die um deinen Kopf züngelten. Ich gehe selten auf Sklavenmärkte, ich vermeide sie, wann immer es möglich ist, aber bei Allah, noch nie habe ich dort eine Frau gesehen, die sich mit solchem ungebrochenen Feuer zur Wehr setzte! Die anderen standen nur herum, weinten vor sich hin. Meine Sinne waren im selben Moment gefangen genommen, und ich bot mit, ohne es eigentlich zu wollen."

„Ihr wart der zweite Mann, der für mich geboten hat?", fragte Fedora überrascht.

„Ja."

„Weshalb habt Ihr mich dann am Ende doch dem anderen überlassen?" Sie war aus einem ihr unbekannten Grund gekränkt und enttäuscht.

„Weil ich dann plötzlich meinen klaren Verstand wiederfand." Er zuckte mit den Schultern. „Ich habe einen Harem. Er ist verglichen mit dem der anderen Prinzen oder gar des Kalifen zwar klein, aber er genügt mir. Die Frauen darin sind schön und liebenswürdig und geben mir alles, was ich mir wünsche oder brauche. Warum sollte ich den Frieden meines Hauses durch eine byzantinische Ungläubige gefährden, die nur Unruhe stiften und meine anderen Frauen stören würde?"

Fedora schwieg, rückte ein wenig von ihm ab und sah zum Fenster hinaus bis Ahmed sich herüberbeugte und ihre Hand ergriff. „Du hast keinen Grund, es mir übel zu nehmen, meine stolze Stute. Welcher Mann, der auch nur ein wenig Vernunft besitzt, zöge nicht den Frieden seines Harems vor? Abenteuer sucht der Weise entweder gar nicht oder außerhalb seines Heims, damit dieses ein Ort der Stille bleibt, an dem er ungestört verweilen kann." In seiner Stimme klang ein Lächeln mit, und Fedora wandte rasch den Kopf.

„Ihr wart es ja nicht, der vor allen zur Schau gestellt und angeboten wurde!"

„Habt ihr daheim keine Sklavenmärkte? War dies deine erste Begegnung mit einem? Oder hast du selbst schon Sklaven gekauft oder durch deine Diener kaufen lassen?" Er nickte, als sie schwieg. „So. Hast du also. Dann war dies wohl nicht mehr als eine verdiente Lektion."

„Es war nicht verdient! Es war ein Verbrecher, der mich dorthin brachte! Das sagte ich Euch doch schon!"

„Siehst du", erwiderte er mit einem leichten Zittern in der Stimme, „und schon wieder erhebst du deine Stimme gegen deinen Herrn und Gebieter. Und wieder ist der Frieden meines Hauses gestört. Hatte ich nicht gut daran getan, vorsichtig zu sein?"

„Ist das der Grund, weshalb ich meine eigenen Gemächer habe?", fragte Fedora gereizt. „Habt Ihr Angst, ich könnte die anderen Frauen dazu bringen, sich Euch zu widersetzen?!"

„Das würdest du wohl auch ganz ohne Zweifel tun. Und am Ende hätte ich statt liebevoller Gefährtinnen nur einen Haufen unbeherrschbarer, quengelnder Weiber, die mir das Leben zur Hölle machten und den unwiderstehlichen Wunsch nach den Huris des Paradieses in mir weckten! Aber genug geredet, ich habe dich heute aufgesucht, um dir vorzulesen und nicht, um mit dir zu streiten."

„Ihr habt wohl viele Frauen", konnte Fedora sich nicht enthalten zu sagen.

„Sie genügen mir", erwiderte er gleichmütig.

„Da könntet Ihr doch auf eine wie mich verzichten. Auf eine, die Euch nur Widerstand entgegenbringt, die eine Gefahr ist für den Frieden Eures Harems ..."

„Wenn ich es so überlege, hast du vollkommen recht", sagte er zustimmend. „Ich werde den Kaufpreis von Ibrahim zurückfordern und dich ihm zurückgeben."

Fedora schwieg entsetzt. Sie mochte sich vielleicht gegen ihn und den Zauber, den er gegen ihren Willen auf sie ausübte, auflehnen - aber die Vorstellung, wieder diesem abscheulichen Menschen ausgeliefert zu werden, ließ ihr das Blut in den Adern gerinnen. Zu sehr schon hatte sie sich in den letzten Wochen, seit sie in Ahmeds Haus wohnte, daran gewöhnt, dass vielleicht ihre Tugend, aber nicht ihr Leben in Gefahr war.

Ahmed betrachtete ihr blasses Gesicht mit offensichtlicher Genugtuung. „Bist du jetzt endlich still? Dann können wir wohl anfangen."

Er blickte ins Buch und las ihr ein Gedicht vor. Es war Arabisch und obwohl sie in den vergangenen Wochen versucht hatte, sich bei den Dienerinnen verständlich zu machen und auch sie zu verstehen, begriff Fedora kaum etwas von dem, was er ihr vortrug. Als er geendet hatte, hielt er ihr das Buch hin, las ihr das Gedicht Wort für Wort vor und verlangte von ihr, es zu wiederholen. Nach einer Stunde konnte sie die Zeichen ganz flüssig lesen, die Worte richtig aussprechen, kannte aber immer noch nicht deren Bedeutung. Da begann er ihr das Gedicht auf Griechisch zu erklären, übersetzte jedes einzelne Wort, und als er dann abermals von ihr verlangte, es vorzulesen, stockte sie, und eine tiefe Röte überzog ihre Wangen.

„Nichts will ich, Liebster, noch als dich beschreiben,
Und dann allein mit deiner Liebe bleiben.
Vereine mich in Liebe nun mit dir,
dass Herz und Seele leuchtend werden mir."

Am Ende verstummte sie, den Kopf gesenkt, und Ahmed schwieg ebenfalls, offenbar in Gedanken versunken.

Schließlich erhob er sich. „Schön und wünschenswert ist die Vereinigung der Seelen. Der Höhepunkt des Zusammenseins von Mann und Frau ist aber beides: Die Vereinigung von zwei Körpern und zwei Seelen." Er blickte mit einem seltsamen Ausdruck auf sie herab. „Ich möchte, dass du dieses Gedicht bis morgen abschreibst und es auswendig lernst. Du wirst es mir zitieren, wenn der Tag gekommen ist, an dem ich dich auf mein Lager rufe. Und bis dahin wirst du es vielleicht sogar verstehen."

✤ ✤ ✤

Die Worte des Prinzen klangen in Fedora nach, lange nachdem er gegangen war. Sie verfolgten sie in ihren Träumen und gingen ihr nicht aus dem Kopf, wenn sie wach war. Eine Woche war es her, dass er sie zu ihr gesprochen hatte. Sieben Tage, an denen er sie jeden Nachmittag aufgesucht hatte, bei ihr gesessen war, ein Buch in der Hand, und ihr zuerst vorgelesen und sie dann alles hatte wiederholen lassen. Sie hatten sich aber auch noch über andere Dinge unterhalten, viele Stunden lang, die sie genossen hatte: Über den Einfluss der Sterne auf das Schicksal der Menschen, über die Völker und Länder, die er bereist hatte, und über die Werke der großen Gelehrten.

Er hatte auch versucht, sie über ihr Leben daheim, in Konstantinopel auszufragen, aber Fedora hatte immer nur ausweichende Antworten gegeben. Zu schmerzlich war die Erinnerung daran und zu groß ihre Reue. Wäre sie daheim bei ihrem Vater geblieben, um das Schicksal anzunehmen, das man ihr zugedacht hatte, so hätte sie ihm und sich viel Unglück erspart.

Ihr Vater hatte sie geliebt, war ihr Lehrer gewesen und hatte sie in Dingen unterrichtet, in denen eine Frau sonst niemals unterwiesen wurde. Und nun hatte sie ihm den Schmerz angetan, ihn zu verlassen. Er würde glauben, dass sie getötet worden war, und um sie trauern, und sie hatte keine Möglichkeit, ihn wissen zu lassen, dass sie im Harem eines arabischen Prinzen lebte - eine Sklavin, eine Gefangene in einem Käfig aus Gold und Seide.

Als Prinz Ahmed an diesem Abend kam, trugen zwei Dienerinnen ein niedriges Tischchen herein, auf denen kostbar geschnitzte Schachfiguren aus Elfenbein und Ebenholz aufgebaut waren. Er ließ es an das Becken stellen, dort, wo sie auch saßen, wenn sie ihre Leselektionen erhielt, und bedeutete Fedora, auf der anderen Seite des Brettes Platz zu nehmen.

„Du sagtest doch, dass du spielen kannst", sagte er, als er den überraschten Blick sah, mit dem sie ihm gegenüber auf einem Kissen Platz nahm.

„Mein Vater hat es mich gelehrt", erwiderte sie erfreut, „schon als ich noch ein kleines Kind war. Es birgt schöne Erinnerungen für mich."

„Nun, dann hoffe ich, dass auch das heutige Spiel zu deiner Zufriedenheit ausfallen wird", sagte er mit einem versteckten Lächeln. „Du hast den ersten Zug. Fang an."

Als Fedora einen der Steine vorrücken wollte, hob er die Hand. „Einen Moment noch, meine gelehrte Byzantinerin. Wir wollen um etwas spielen. Das gibt dem Spiel mehr Reiz."

Sie sah ihn erstaunt an. „Worum sollen wir denn spielen?"

Er öffnete eine Schatulle, die eine Dienerin hereingebracht und neben ihn gestellt hatte, und Fedora sah, dass sie bis oben hin mit Juwelen gefüllt war. „Hier. Für jeden meiner Steine, der von dir geschlagen wird, erhältst du ein Stück aus dieser Schatulle. Du kannst es dir selbst aussuchen."

Fedora nickte langsam.

„Aber ich habe keine Schatulle voller Schmuckstücke ..."

„Dann wirst du mir eben für jeden Stein, den ich schlage, eines deiner Kleidungsstücke geben."

Fedora sah an sich herab und errötete. Sie hatte ein etwa knielanges seidiges Hemd an, darunter weite Hosen, die in der Taille und an den Fesseln zusammengebunden waren, an den Füßen steckten reich bestickte Pantöffelchen, und um die Schultern trug sie das schützende Tuch, in das sie sich immer hüllte, wenn der Prinz sie besuchte. Kurzentschlossen zog sie die Perlenschnur aus dem Haar, mit der Hayana ihre Locken zurückgehalten hatte. „Ich kann das hier einsetzen!"

„Wenn es genügen sollte", erwiderte Ahmed mit einem leichten Lächeln. „Dann beginnen wir also."

Fedora, die das Schachspiel so gut beherrschte, dass sie nicht nur ihren Vater, sondern auch viele andere Männer am Hof des Kaisers darin besiegt hatte, nickte nur. Der Prinz mochte vielleicht ein guter Spieler sein, aber er würde große Mühe haben, gegen sie zu gewinnen.

Der Verlauf des Spiels schien ihr auch recht zu geben. Sie schlug eine Figur des Prinzen nach der anderen und suchte dann triumphierend die schönsten Juwelen aus der Schatulle, die ihr bereitwillig hingehalten wurde.

Als Ahmed nur noch wenige Spielsteine übrig hatte und schon absehbar war, wer der Sieger in diesem Spiel bleiben würde, seufzte er. „Ich fürchte, meine kluge Byzantinerin, ich habe in dir meinen Meister gefunden. Auch meine anderen Frauen spielen Schach, aber noch keine konnte mich besiegen."

„Spielt Ihr dabei auch um denselben Einsatz?", fragte Fedora spitz.

Ahmed blickte von dem Brett, das er finster gemustert hatte, auf und lachte. „Gewiss! Welcher andere würde sich schon lohnen?"

„Dann solltet Ihr das Spiel vielleicht heute noch einmal bei Euren Frauen wiederholen", erwiderte sie verstimmt.

„Ja, vielleicht ...", er sah sie nicht mehr an, sondern strich sich mit der Hand über den Bart, schon wieder ganz vertieft in seinen nächsten Zug. Sein Gesicht war ernst dabei, und Fedora stellte nicht zum ersten Mal fest, dass er nicht nur besser aussah als Ibrahim, sondern überhaupt der schönste Mann war, den sie jemals gesehen hatte.

„Es sieht zwar fast hoffnungslos aus", murmelte er, „aber ich bin nicht der Mann, der frühzeitig aufgibt ..." Er schob einen seiner Türme um zwei Felder weiter, bevor er Fedora anblinzelte. „Die Dame ist in Gefahr, meine Byzantinerin. In großer Gefahr."

Fedora blickte verblüfft auf das Brett, stützte den Kopf in die Hände und dachte nach. Es war unglaublich, wie sie ihm blindlings in diese Falle getappt war! Sie hatte noch keinen einzigen Stein verloren, aber sie konnte nicht mehr ziehen, ohne die Dame oder gar den König zu gefährden. Aber das konnte nur Zufall sein. Bisher hatte er eher gedankenlos gespielt, ... kein Gegner für sie.

Zwei Züge später lag bereits Fedoras Perlenkette neben dem Prinzen. Dann ihr Schal. Schließlich ihr rechter Pantoffel, danach der linke, und als er lächelnd einen weiteren Stein vom Brett nahm, legte sie unwillkürlich ihre Arme um den Körper.

„Ihr werdet doch nicht wirklich darauf bestehen, dass ich Euch ein weiteres meiner Kleidungsstücke gebe!", fragte sie entsetzt.

Er hob erstaunt die Augenbrauen und deutete auf den kleinen Haufen Juwelen, der neben ihr lag. „Aber das war so vereinbart. Du hast doch ebenfalls deinen Gewinn erhalten."

„Dann gebe ich ihn Euch hiermit zurück", erwiderte Fedora rasch, erleichtert aufatmend, weil ihr diese Lösung eingefallen war.

Der Prinz winkte ab. „Das war nicht ausgemacht." Er streckte die Hand aus. „Dein Hemd."

Fedora warf ihm einen bitterbösen Blick zu, erhob sich und streifte die leichte Hose ab. Dann warf sie ihm den zarten Stoff hinüber und kniete sich so vor das Brett, dass Knie und Beine von dem Hemd bedeckt waren.

Beim nächsten Zug erhielt sie wieder ein Juwel aus der Schatulle, aber diesmal konnte sie ihre Freude daran nicht mehr genießen. Und dann schlug Ahmed ihre Dame.

„Die Dame ist geschlagen", sagte er ruhig und ohne sie anzusehen. „Gib mir dein letztes Kleidungsstück."

„Nein! Das könnt Ihr nicht von mir verlangen!"

„Wir hatten eine Abmachung. Oder willst du mir beweisen, dass Ihr Byzantiner einen Vertrag nicht einhalten könnt? Es wäre nicht das erste Mal, dass jemand aus deinem Volk wortbrüchig wird."

Fedora funkelte ihn böse an, zog sich dann jedoch nach einigem Zögern das Hemd über den Kopf, sich gleichzeitig ein Kissen vor den Körper haltend und hastig das lange Haar nach vorn frisierend. Es fiel in weichen Locken über ihre Brüste und bedeckte sie fast völlig. Sie warf Ahmed einen scharfen Blick zu, aber der schien nur auf das Schachbrett konzentriert zu sein. „Was erhalte ich, wenn ich dich schachmatt setze?", fragte er plötzlich.

„Ich habe nichts mehr auszuziehen", zischte Fedora ihn wütend an. „Oder sollte Euch das etwa entgangen sein?"

Sein Blick ruhte immer noch auf den übrigen Schachfiguren. „Wenn ich dich schachmatt setze, dann wirst du aufstehen, damit ich dich ansehen kann."

„Nein!"

Er hob den Kopf, und Fedora legte schützend ihre Arme vor den Körper, als sein Blick sie traf. „Doch."

Fedora senkte den Blick und überlegte. Es war aussichtslos. Wie schnell sich das Spiel zu seinen Gunsten gewendet hatte! „Ihr habt mich vorhin gewinnen lassen", sagte sie anklagend, als sie die Wahrheit erkannte. „Ihr habt Eure Figuren geopfert, um mich in Sicherheit zu wiegen! Das war wohl von Anfang an Euer Plan!"

„Stimmt", entgegnete Ahmed ungerührt.

„Das war nicht sehr edel von Euch!"

Zu ihrem Ärger lachte er. „Meine schöne Byzantinerin, was erwartest du von mir? Ich bin nur ein Mann, der mit einer sehr reizvollen Frau Schach spielt und versucht, einen Vorteil daraus zu ziehen. Außerdem – es war ein ehrliches Spiel. Du hattest deine Chance, und ich hatte sie ebenfalls. Und nun tu deinen nächsten Zug."

„Wozu? Jeder kann sehen, dass Ihr ohnehin gewonnen habt!" Fedora wischte mit einer wütenden Handbewegung die verbliebenen Steine vom Brett. Dann überwand sie sich und stand auf, das schützende Kissen zornig zur Seite werfend. „Ihr sollt nicht sagen, wir Byzantiner wären nicht ehrenhaft oder stünden nicht zu unserem Wort!"

Ahmed blickte zu ihr auf, sein Blick glitt über ihr Haar, ihren Bauch, das rote Dreieck ihrer Scham und über ihre Beine. „Stell dich dort hin, zu den Kerzen, damit ich dich deutlicher sehen kann."

Fedora tat die wenigen Schritte, die Lippen fest zusammengepresst.

„Und jetzt dreh dich um." Seine Stimme klang sanft, aber es lag ein Ton darin, der Fedora frösteln ließ. Jedoch nicht aus Angst, vielmehr aus … Sie dachte diesen Gedanken nicht zu Ende, sondern drehte sich langsam herum, kehrte ihm den Rücken zu und drehte sich dann weiter. Als er sich ebenfalls erhob und näher kam, senkte sie den Kopf. Er schob vorsichtig ihr Haar zur Seite, ohne ihre Haut zu berühren, und legte es über ihre Schultern, sodass ihre Brüste frei vor ihm lagen.

„Du bist nicht nur eine schöne, sondern auch eine ehrenhafte Verliererin", sagte er anerkennend. „Aber du sollst nichts vor mir verbergen, ich will dich ganz sehen. Auch deine grünen Augen, die die kostbarsten Smaragde überstrahlen."

Fedora hob den Kopf, unfähig sich seiner schmeichelnden Stimme zu widersetzen. Als sie in seine Augen blickte, brannte ein rätselhaftes Feuer darin. „Ja, bei Allah", sagte er leise, „ich möchte verzaubert werden von der Magie deiner Augen." Einen unfassbaren, verwirrenden Moment lang sah er sie ernst an, dann lächelte er. „Ist es tatsächlich so schlimm für dich, nackt vor deinem Gebieter zu stehen?"

Er lachte, als sie – verärgert über seinen Spott – den Kopf in den Nacken warf, und wandte sich zum Gehen. „Es ist soweit. Ich werde dich morgen rufen lassen, um mit deiner Zähmung zu beginnen. Halte dich bereit, meine stolze Stute."

„Hört auf, mich so zu nennen!", fauchte Fedora ihm nach. „Ich bin kein Pferd! Und ich habe einen Namen: Fedora!"

Ahmed blinzelte ihr zu. „Fedora? Ein schöner Name, sehr wohlklingend. Vielleicht werde ich dich einmal damit rufen, meine widerspenstige Stute."

Fedora drehte zornig den Kopf weg, aber tief in ihr war eine Neugier erwacht und eine Sehnsucht, der sie noch keinen Namen geben wollte.

Erste Lektion

„Prinz Ahmed erwartet dich im Pavillon."

Fedora zuckte bei Hayanas Worten merklich zusammen. Sie hatte den ganzen Tag darauf gewartet, sich innerlich vorbereitet gehabt, und nun, da es so weit war, schienen ihre Knie versagen zu wollen. Man hatte sie wieder gebadet, massiert, geölt und schwere, exotische Düfte auf ihrem Körper verteilt. Und nun sollte sie zu dem Mann gehen, der ihr Besitzer war, und der sie zähmen wollte wie ein Pferd. Sie hatte plötzlich Angst, alles in ihr lehnte sich dagegen auf, dem Ruf Folge zu leisten. „Ich gehe nicht!"

„Du hast keine andere Wahl", sagte Hayana. „Wenn du nicht gehorchst, wird man dich zwingen."

„Dann sollen sie mich eben töten, wenn sie wollen!", rief Fedora wütend aus.

Hayana wiegte den Kopf. „Das ist sehr unvernünftig von dir, mein Kind. Sterben, nur um deinen Willen durchzusetzen? Was willst du damit beweisen? Deine Stärke? Wen würde das schon beeindrucken? Hier ist niemand, der dich dafür bewundert, wenn du ausgerechnet Ahmed, den Lieblingssohn des Kalifen abweist. Im Gegenteil – sie würden dich nur für verrückt halten. Wenn du auf mich hörst, dann folgst du seinem Ruf, bevor die Eunuchen dich in sein Gemach tragen. Und das werden sie tun. Ein sehr unwürdiger Auftritt, wenn du mich fragst, auf Alis Schultern vor deinen Herren und Gebieter geschleppt zu werden wie ein Sack, den man sich über den Rücken wirft. Ich an deiner Stelle würde es vorziehen zu gehen und meine Würde zu bewahren." Als sie Fedoras halb ängstlichen, halb eigensinnigen Blick sah, streichelte sie ihr über die Wange. „Hab keine Angst, mein Liebchen, der Prinz wird dich nicht schlecht behandeln. Ich habe es von einigen seiner anderen Frauen gehört, dass er ein sehr rücksichtsvoller Gebieter ist und ein Meister in der Kunst der Liebe. Aber setz dich noch einmal hierher, ich muss dein Haar hinaufbinden."

Fedora ließ sich errötend auf ein Kissen drücken. Hayanas Worte hatten in ihr eine Saite zum Klingen gebracht, die ihr bis vor kurzem noch fremd gewesen war. „Weshalb tust du das?", fragte sie, als die Dienerin ihre Locken zusammendrehte, mit einem Perlennetz umwand und sie dann mit einer der Smaragdnadeln, die aus ihrem Gewinn vom Schachspiel stammte, feststeckte.

„Das ist der Befehl des Prinzen. Er will dich mit hochgebundenem Haar sehen. So, fertig. Jetzt geh, mein Kindchen, und sei vernünftig, vergräme deinen Herrn nicht durch dein aufbegehrendes Benehmen."

Fedora folgte der Stimme der Vernunft, die aus Hayana sprach, und Ali, der Eunuch, der ihr als oberster Bewacher zugeteilt worden und dafür verantwortlich war, dass es ihr weder an etwas fehlte, noch es ihr gelang, ihrem goldenen Gefängnis zu entfliehen, begleitete sie durch den Garten. Schon oft war sie auf diesen Wegen gegangen, hatte die sie umgebende Schönheit genossen und auch den Pavillon aufgesucht, aber heute war es anders. Schon Alis Gegenwart zeigte, dass sie nicht freiwillig ging, sondern hingeführt wurde wie ein Opfer zur Schlachtbank.

Ali schob die schweren Vorhänge zur Seite, sie trat hindurch und sah sich Prinz Ahmed gegenüber, der auf einigen Kissen Platz genommen hatte und in einem Buch las. Nun hob er den Kopf und sah ihr lächelnd entgegen, während er das Buch zur Seite legte. Er war zu ihrer Überraschung barhäuptig. Sie hatte sein Haar bisher niemals gesehen, immer war es durch den Turban verdeckt gewesen, und sie war erstaunt, wie dicht und lockig es war.

Es dunkelte bereits, ein angenehm kühler Wind wehte durch die geschnitzten Gitter herein, und Ahmed hatte Kerzen anzünden lassen, deren Duft schwer auf der Luft lastete und den kleinen Bach, der leise durch den Raum plätscherte, in ihrem Schein glitzern ließen, als wäre er mit Diamanten gefüllt.

„Ihr habt mich rufen lassen", sagte sie kalt. „Was wollt Ihr?"

„Deine erste Lektion", sagte er mit hochgezogenen Augenbrauen. „Hatte ich dir das nicht gesagt? Komm her und knie hier neben mich hin."

„Eine Byzantinerin kniet nur vor Gott!"

„Du musst mich nicht anbeten", lachte Ahmed. „Du musst gar nichts tun, nur hier knien und die Augen schließen. Keine Angst, ich werde nicht über dich herfallen und dir deine kostbare Tugend rauben. Ich habe Zeit abzuwarten, bis du sie mir von selbst anbietest." Sein Lächeln vertiefte sich. „Und das wirst du eines Tages, auch wenn du es jetzt selbst noch nicht weißt."

„Das wird niemals geschehen!", sagte Fedora flammend. „Niemals wird sich eine Tochter Konstantinopels einem Gottlosen beugen!"

„Worauf bist du so stolz?", fragte er spöttisch. „Auf dieses Land? Diese Herrscher? Auf Kaiserinnen, die ihre eigenen Söhne blenden ließen, um die Macht zu behalten? Söhne, die ihre Väter ermorden? Männer, die ihre Wohltäter ersticken? Ihr seid nicht unbesiegbar - es gab sogar einen eurer Kaiser, dessen Schädel nun einem feindlichen König als Trinkgefäß dient."

„Ihr wisst viel von uns", sagte Fedora.

„Das muss ich. Es ist gut, den Feind zu kennen."

„So gebt Ihr also zu, dass wir Feinde sind!"

„Noch sind wir das offenbar, aber das wird sich ändern", erwiderte Ahmed gleichmütig. „Und jetzt tu, was sich dir sage. Du bist nicht hier, um mit mir zu streiten."

„Und wenn ich nicht gehorche, bekomme ich wohl die Peitsche zu spüren?!" Fedora wies auf eine Peitsche an der Wand, in deren Knauf ein Edelstein in der Größe einer Kinderfaust steckte. Sie war ihr schon früher aufgefallen, aber plötzlich wusste sie, wofür sie da hing. Ganz zweifellos für unbotmäßige Sklavinnen, die gegen den Prinzen aufbegehrten. Er war wirklich nicht besser als Ibrahim, dessen Haremsdamen regelmäßig seinen Zorn und seine perverse Lust zu spüren bekamen.

Ahmed stand auf, nahm die Peitsche von der Wand und betrachtete Fedora stirnrunzelnd, dabei nachdenklich über seinen Bart streichend. „Würde dir so etwas gefallen?"

Fedoras Augen wurden schmal. „Habt Ihr mich aus den Fängen des Henkers gerettet, um mich nun selbst schlagen zu können?"

„Es gefällt dir also nicht. Und mir bereitet es ebenso wenig Genuss, Schmerzen zuzufügen, wie selbst welche zu erleiden." Der Prinz befestigte die Peitsche wieder an der Wand. „Die Peitsche dient mir lediglich als Erinnerung. Daran, was mir als Kind gelehrt wurde." Er lächelte Fedora an. „Meine Brüder und ich hatten einen sehr strengen Lehrer. Er war der Klügste unter den Männern Arabiens, der Weiseste und der Gütigste. Alles, was ich heute bin und weiß, verdanke ich ihm und erst an zweiter Stelle meinem Vater, der ihn für mich ausgewählt hat. Aber", er blinzelte ihr zu, „er war auch sehr streng. Und es ist nicht die Art des Kalifen, seine Söhne verzärteln zu lassen. Ich habe diese Peitsche so manches Mal zu kosten bekommen und sie deshalb hier aufbewahrt, um mich daran zu erinnern, dass Wissen und Weisheit nicht von selbst zu uns kommen, sondern hart erarbeitet werden müssen. Das einzige Ziel, für das sich ein wenig Schmerz lohnt." Sein Lächeln verstärkte sich. „Aber sei völlig ohne Sorge, meine misstrauische Schöne, bei deinen Lektionen werde ich andere Mittel zu verwenden wissen, um dich dorthin zu führen, wohin ich dich haben will." Er streckte die Hand nach ihr aus. „Und jetzt komm."

Als sie zögerte, trat er zu ihr hin, nahm ihren Arm und führte sie zu den Kissen. Seine Stimme klang sanft, als er seine Hand auf ihre Schulter legte, um sie leicht zu Boden zu drücken. „Knie dich hin, meine stolze Byzantinerin, oder willst du, dass meine Eunuchen dich halten, bis ich mit der Lektion fertig bin?"

Fedora sah dorthin, wo dicke Teppiche den Eingang verbargen, dann senkte sie den Kopf und kniete sich gehorsam auf das Kissen. Schlimmer noch als ihm nachzugeben war die Vorstellung, der dicke Ali könnte sie halten und dabei zusehen, wie Ahmed sie streichelte. Etwas in ihr drängte ja sogar danach, von ihm berührt zu werden, auch wenn ihr Verstand und ihr Stolz ihr einzureden versuchten, sich dagegen wehren zu müssen.

Seine Hand lag immer noch auf ihrer Schulter, und sie fühlte die Wärme durch den hauchdünnen Stoff ihres Gewandes hindurch. Eine Wärme, die sich von ihrer Schulter auf ihren ganzen Körper auszubreiten schien und das Zittern nahm, das sie kaum zu unterdrücken vermocht hatte.

„Ich werde dich nur berühren", flüsterte er nahe an ihrem Ohr, während er sich dicht hinter ihr niederließ. „Nicht mehr. Nur hier, auf deinen Armen, deinen Schultern", seine Finger folgten seinen Worten und ein wohliger Schauer durchlief Fedora, „und deinem Hals. Jetzt schließe deine Augen." Fedora schloss die Augen und hielt den Atem an. Sie wusste nun, weshalb ihr Hayana das Haar hatte hochbinden müssen.

Zuerst war es nur seine rechte Hand, die von ihrer Schulter abwärts über ihren Oberarm glitt, sie streichelte, liebkoste, bis ihre Haut unter seinen Fingerspitzen zu kribbeln begann. Sie war so darauf konzentriert, dass sie zusammenzuckte, als er plötzlich mit der anderen Hand den Stoff ihres Gewandes von ihrer Schulter schob. Dasselbe Spiel mit den Fingern, das sich von der Schulter auf ihren Oberarm ausdehnte und dann wieder zurückkehrte, weiter und weiter aufwärts bis zu ihrem Hals. Er fuhr über ihre Kehle, tastete in die zarte Halsgrube, dann die Linie ihres Kinns entlang, berührte ihre bebenden Lippen und kehrte wieder zurück, um über ihren Nacken zu streicheln, bis dorthin, wo sich die ersten Löckchen ringelten.

Sie hatte nicht geahnt, dass ein Mann zu so hauchzarter Berührung überhaupt fähig war, und obwohl sie innerlich zitterte und sich mit ihrem ganzen Verstand dagegen auflehnte, begann sie sich schnell daran zu gewöhnen, empfand das Streicheln angenehm erregend und lehnte sich, ohne sich dessen bewusst zu sein, seinen Händen ein wenig entgegen.

Nun wurde der Druck seiner Hände fester, besitzergreifender. Sie wanderten wieder hinab über ihren Rücken, ihre Arme, strichen über ihre Hände, kehrten wieder zurück und begannen das Spiel von neuem. Fedora gab einen kleinen Laut der Überraschung von sich, als sie plötzlich noch etwas anderes fühlte: Seine Lippen, die auf ihrem Nacken lagen. „Ich habe nicht gesagt, dass ich dich nur mit meinen Händen berühren werde", murmelte er an ihrem Hals. Der Hauch seines Atems war warm auf ihrer Haut, und seine dunklen Locken berührten ihre Wange. Wunderbar fühlte es sich an, und als seine Lippen weiter über ihre Schulter wanderten, hatte Fedora plötzlich das Gefühl, diesen Moment festhalten zu wollen, ihn nicht enden zu lassen. Sie bog den Kopf ein wenig zur Seite, als er begann, ihren Hals zu liebkosen und warme, feuchte Küsse auf ihrer Haut hinterließ, die leise kitzelten, weil er sie dabei auch mit seiner Zungenspitze zu berühren schien.

Fedora erschauerte wohlig unter diesen ungewohnten, aber äußerst erregenden Zärtlichkeiten und seufzte leicht auf, als seine Hände tiefer hinabglitten über ihre Hüften, über ihren Bauch strichen und weiter hinauf. Sie erstarrte jedoch, als sie sich ihren Brüsten näherten, die von dem zarten Gewand kaum angemessen bedeckt wurden. Sie hatte noch versucht, das Wolltuch umzulegen, als sie ihre Gemächer verlassen hatte, aber Hayana hatte es ihr mit einem Kopfschütteln einfach aus der Hand genommen.

„Nein, heute noch nicht, meine rothaarige Huri", hörte sie in diesem Moment seine Stimme. „Noch nicht. Das wird eine andere Lektion, die ich mir für morgen aufhebe." Er legte die Arme um ihre Taille, zog sie etwas enger an sich und presste seine Lippen auf ihre nackte Schulter.

„Morgen?", flüsterte sie heiser.

„Natürlich." Er blies verspielt auf die kleinen roten Löckchen in ihrem Nacken, bis sie fühlte, dass sich ihre Haut zusammenzog. „Oder hattest du gedacht, dass es bei dieser ersten Lektion bleibt? Anfangs habe ich dich mit mir und meiner Stimme vertraut gemacht", sagte er mit einem dunklen Ton, der sie nicht weniger erschauern ließ als sein warmer Atem. „Heute war die erste Lektion, in der sich deine Haut an meine Hände gewöhnt hat, und morgen werden deine Brüste erfahren, was es bedeutet, von mir gestreichelt und liebkost zu werden." Er ließ sie langsam und fast zögernd los, legte sich neben sie auf die Kissen und stützte den Kopf in die Hand, wobei er sie amüsiert musterte. Sein Blick glitt über ihr errötetes Gesicht, ihren Hals und blieb an ihren Brüsten hängen.

Fedora, die niemals geduldet hätte, dass ein anderer sie so ansah, empfand seinen Blick nicht als aufdringlich. Es lag nicht die Gier darin, die sie bei Ibrahim abgestoßen hatte, sondern nur ein unausgesprochenes Begehren, das ihre Sinne erregte. Sie verschränkte die Arme vor dem Körper, um zu verbergen, dass die Spitzen ihrer Brüste sich aufgestellt hatten. „Ihr wollt dieses Spiel also tatsächlich fortsetzen?"

Sofort trat wieder dieses Lächeln in seine Augen. „Aber gewiss doch! Hast du etwa daran gezweifelt? Das solltest du nicht. Was ich sage, das meine ich auch so, und mein Wort nehme ich nicht zurück. Außerdem", er hob die Augenbrauen, „ist es kein Spiel – so wie du es meinst. Ein Liebesspiel vielleicht, aber keines, das nur einem oberflächlichen Vergnügen dient. Die Kunst der Liebe ist alt und bedeutsam. Ihr würdigt sie herab mit Eurer Enthaltsamkeit, die Ihr als größte Tugend anseht, aber für andere Völker ist sie erlaubt, ein Teil des Lebens und der Freude daran. Es steht geschrieben, Sinnesfreude und Wollust haben die Schönheit der Berge. Wenn dem nicht so wäre, würden sonst so wunderbare, sanftmütige Huris auf uns warten, sobald wir ins Paradies eintreten? Ewige Jungfrauen, die uns wie Gattinnen umsorgen und uns bedingungslos gehorchen? Wofür würden wir sonst leben und sterben – wenn nicht für die Aussicht darauf?"

„Und was wartet Eurer Meinung nach auf uns Frauen? Doch wohl keine Huris!"

Er hob mit einem leisen Lachen die Schultern. „Frauen kommen nicht in dieses Paradies, meine ungläubige Schönheit. Wahrscheinlich wäre es sonst auch keines, und das Zanken und Widersprechen würde weitergehen bis in alle Ewigkeit."

„Und an das soll ich glauben?!", fragte Fedora empört.

„Das steht dir frei." Ahmed rollte sich auf den Rücken, verschränkte die Hände unter dem Kopf und schloss die Augen. „Du kannst jetzt gehen."

Fedora zögerte.

„Was gibt es noch?"

„Wie seid Ihr in diesen Pavillon gelangt?", stellte Fedora die Frage, die sie schon seit ihrem Eintritt beschäftigt hatte. „Ich sah Euch nicht durch meine Gemächer gehen, und doch scheinen diese der einzige Zugang zu sein."

Ahmed lachte. „Es gibt noch eine geheime Pforte. Aber mach dir keine Hoffnungen. Die ist gut verschlossen, und ich bin der Einzige, der den Schlüssel dazu besitzt."

Zweite Lektion

„Setz dich dort hin", sagte Ahmed, als sie am nächsten Abend ein wenig atemlos vor unbestimmter Furcht und sich selbst kaum eingestandener Neugier den kleinen Pavillon betrat. Er deutete auf einige dicke Kissen, die an der Wand aufgestapelt waren. Als sie zögerte, hob er die Augenbrauen. „Soll dich erst Ali dazu überreden?"

„Hört auf, mir mit diesem fetten Tier zu drohen!", fauchte sie ihn an.

„Tier?" Das belustigte Lächeln wurde stärker. „Du nennst ihn ein Tier? Das mag er schon sein. Aber nicht mehr und nicht weniger als du und ich. Er atmet, isst, trinkt und lebt so, wie es sein Körper von ihm verlangt. Er ist uns also gleich, auch wenn diejenigen, die ihm schon als Knaben die Manneskraft nahmen, ihm damit jenen Teil unseres tierischen Wesens versagt haben, den wir beide einmal miteinander teilen werden."

„Ihr glaubt, dass Ihr mich mit diesen ‚Lektionen', wie Ihr es nennt, dazu bekommt, Euch zur Verfügung zu stehen. Aber seid Euch nur nicht zu sicher, dass ich mich je so weit vergesse, freiwillig einem Feind anzugehören! Ich bin ebenso wenig zu erobern wie Konstantinopel, das immer noch die mächtigste Stadt der Welt ist!", sagte Fedora flammend.

„Euer Stern wird bald sinken. Euer Patriarch gilt bereits weniger als der römische Papst, und es gibt im Westen starke Kaiser, stärker als der Eure, dessen Macht begründet wurde durch Morde."

Fedora schwieg. Sie wusste dies nur zu gut. Der jetzige Kaiser hatte das Blut seines Vorgängers an den Händen. Es hatte einen Aufruhr gegeben, als bekannt geworden war, dass der Kaiser von seinem eigenen Schützling ermordet worden war. Das Volk war auf die Straße gegangen, der Pöbel hatte den Anlass benutzt, um Häuser, Paläste und Kirchen zu stürmen, und dem selbsternannten Kaiser war es nur mit Mühe gelungen, eine Rebellion niederzuschlagen. Und nun tat er alles, um seine Macht nicht nur militärisch zu festigen, sondern auch, indem er Mitglieder der ehemaligen, vom Volk sehr geschätzten kaiserlichen Familie mit seinen Söhnen und Vertrauten verband. Und Fedoras früh verstorbene Mutter war eine Schwester des ermordeten Kaisers gewesen.

„Vieles haben wir schon von eurem Land erobert und am Ende wird auch noch eure stolze Stadt fallen, meine hochmütige Byzantinerin."

Fedora wäre die erste gewesen, die über den Tod des jetzigen Kaisers triumphiert hätte, war jedoch stolz auf ihre Heimat und wollte solche Worte nicht hören. „Das wird Gott nicht zulassen, dem wir die prächtigste Kirche gebaut haben, die die Christenheit kennt!"

„Wir werden dort bald Allah dafür danken, dass er uns eure Stadt geschenkt hat", erwiderte Ahmed mit einem spöttischen Lächeln.

„Allah? Den mögt Ihr nur behalten! Diesen Gott, der uns Frauen kein Paradies vergönnt!", sagte Fedora hitzig.

„Du solltest glücklich darüber sein, wenn es tatsächlich so wäre", lachte Ahmed. „So könntest du umgekehrt auch nicht in unserer Hölle landen für deine Aufsässigkeit. Und nun tu, was ich gesagt habe."

Fedora bedachte ihn mit einem erbosten Blick, nahm dann jedoch mit vor der Brust verschränkten Armen auf den Kissen Platz. Er betrachtete sie eine Weile mit einem kleinen Lächeln, dann setzte er sich neben sie und drückte sie sanft zurück auf die weiche Unterlage. „Ich werde dir nicht wehtun, weder deinem Körper noch deinem Stolz, sei ganz ruhig. Ich werde dich nur berühren, so wie gestern."

„Es verletzt meinen Stolz aber, wenn ich Euch gegen meinen Willen gehorchen muss!"

„Das ist nur zu Beginn", antwortete er leichthin, „nach einiger Zeit wird es dir ebenso gut gefallen wie die gestrige Lektion."

„Es hat mir nicht gefallen!"

„So?" Es zuckte um seine Lippen. „Dann habe ich mich wohl einer Täuschung hingegeben. Mach die Augen zu. Es ist Teil der Unterweisung, dass du lernst, mir mit geschlossenen Augen zu vertrauen."

Fedora starrte ihn feindselig an, er hob die Hand und legte sie über ihre Augen. „Tu es einfach, meine widerspenstige Byzantinerin. Einfach nur deshalb, weil ich dich darum bitte." Ein Lachen schwang in seiner Stimme mit, und Fedora schloss die Augen, schon um nicht sein amüsiertes Blinzeln sehen zu müssen.

„Es ist unwürdig, was Ihr hier mit mir tut", sagte sie dennoch.

„Unwürdig war, was Ibrahim mit dir tun wollte", erwiderte er gelassen, während er sanft ihre verschränkten Arme löste und neben ihren Körper legte. „Ich dagegen lehre dich, mir und meinen Händen zu vertrauen, bis du sie und mich nicht mehr als Fremde siehst, sondern als Freunde, die dir Wohltaten bringen."

Wohltaten? Unwillkürlich dachte Fedora an den vorigen Tag und daran, wie angenehm sie seine Berührung empfunden hatte. Sie drückte sich dennoch tiefer in die Polster, als er ihr Gewand sachte von ihren Schultern schob, bis ihre Brüste frei vor ihm lagen. Sie hielt die Augen gerne geschlossen, weil sie dann das Gefühl hatte, seinen Blicken nicht so ausgesetzt zu sein ... und sich selbst nicht zu verraten. Denn sie war neugierig. Neugierig darauf, wie sie seine Liebkosungen heute empfinden würde. Noch immer vermeinte sie seine Hände auf ihrer Haut zu spüren, die fast liebevoll darüber gestreichelt hatten, und heute würde es wohl nicht anders werden, nur dass die Haut auf ihren Brüsten zarter war und weitaus empfindlicher.

„Du bist schon voller Erwartung", hörte sie ihn zufrieden murmeln.

„Wie wollt Ihr das wissen?!"

„Die beiden oberen Zentren deiner Lust haben sich bereits erhoben. Aber sie werden noch fester werden, wenn ich sie erst berühre."

Sie hielt den Atem an, als seine Hand sich von unten um ihre Brust legte, sie dabei sanft anhob, sein Daumen über ihre Brustspitze streichelte und damit spielte.

„Du hast schöne Brüste, meine stolze Byzantinerin. Nicht groß und schwer, aber so wohlgeformt, dass einem Mann alleine schon der Anblick Freude bereitet. Und die zartrosa Spitzen haben etwas ungemein Verführerisches, so wie deine ganze Haut, die ich in dieser Reinheit noch nie gesehen habe. Mein Bruder hatte einmal eine rothaarige Sklavin, deren Körper über und über mit Flecken übersät war. Sie war schön und belesen und sang wie eine Nachtigall. Ich habe mich gerne mit ihr unterhalten."

„Euer Bruder und Ihr teilt Euch Eure Sklavinnen?", fragte Fedora verächtlich.

„Nicht auf die Weise, die du jetzt im Sinn hast", lachte er, „aber sie hat uns des Öfteren Gesellschaft geleistet, wenn ich in seinem Palast war, hat uns vorgesungen und Gedichte rezitiert. Sie kannte den ganzen Koran auswendig. Ich bin überzeugt, dass sie im Gegensatz zu dir einmal ins Paradies eingehen wird. Sie war sehr fromm und klug."

Fedora hatte Mühe seinen Worten zu folgen, da seine Hände jetzt über ihre Brüste strichen, sie massierten. Einmal so hauchzart, dass ihre Haut sich zusammenzog, dann wieder fester. Seine Finger umrundeten ihre Spitzen, neckten sie und entfernten sich wieder. „Ihr sagt das so, als wäre Klugheit etwas, das Ihr an einer Frau schätzt", erwiderte sie mühsam. Im Grunde wollte sie nicht mehr sprechen, sondern sich nur dem aufsteigenden Gefühl wohliger Beunruhigung überlassen, das er in ihr auslöste. Aber sich schweigend hinzugeben hätte bedeutet, ihn wissen zu lassen, dass seine Hände ihr willkommen waren, und das ließ wiederum ihr Stolz nicht zu.

„Das tut es auch. Schon mein Vater und mein Großvater hatten nur kluge und gebildete Frauen und Konkubinen. Junge, begabte Sklavinnen werden sogar in Schulen geschickt, wo ihnen Schreiben und Lesen, Singen, Tanzen und Dichten gelehrt wird."

„Habt Ihr mir aus diesem Grund Eure Sprache beigebracht? Weil das so Sitte ist?"

„Das tat ich, damit du die Gedichte und Erzählungen meines Volkes lesen und damit unsere Lebensart besser verstehen kannst."

„Ist das nicht gleichgültig?", fragte sie bitter.

„Nein", erwiderte er ernst. „Und jetzt schweig. Du bist heute nicht hier, um mich auszufragen."

Er glitt bei diesen Worten mit seinen Händen hinauf bis zu ihren Schultern, streichelte ihren Hals und fuhr dann sanft seitlich ihres Körpers entlang, bis dahin, wo sich unter den Armen Brüste und Leib verbanden, und die Berührung für Fedora am erregendsten war. Fast noch sinnlicher für sie als das Streicheln der Spitzen. Er schien das zu merken, denn er hielt sich lange Zeit damit auf, sie dort zu liebkosen, bis sie endlich sich selbst und ihm nachgab, sich entspannter zurücklehnte und diese Lektion mit jeder Faser ihres Körpers genoss. Sie zuckte nicht einmal zusammen, als er sie unter den Beinen fasste und hinüberdrehte, sodass sie flach auf den Kissen zu liegen kam, sondern streckte sich nur aufseufzend und hob ihren Körper seinen Händen entgegen.

Seine Berührungen wurden fester, fordernder, nicht mehr so hauchzart wie zuvor, und Fedora merkte, wie ihr Körper mit jedem Moment heißer wurde, wie eine fremde Leidenschaft in ihr wuchs, die sie bisher niemals gefühlt hatte. Bis zu diesem Zeitpunkt hatte – von diesem abscheulichen Ibrahim abgesehen – es noch kein Mann jemals gewagt, sie an Stellen anzufassen, deren Berührung alleine ihrem zukünftigen Ehemann vorbehalten war. Ibrahim hatte sie zurückgestoßen, aber bei Ahmed wäre ihr dieser Gedanke trotz ihrer äußeren Gegenwehr niemals in den Sinn gekommen.

Sie zog überrascht den Atem ein, als sie plötzlich seine Lippen auf ihrer Haut fühlte. Nein, nicht nur auf ihrer Haut, sondern auf dem Zentrum ihrer Brust, dort, wo ihre zarten Spitzen schon fast schmerzlich auf seine Liebkosung warteten. Seine Lippen waren feucht und warm, seine Zunge umreiste ihre Brustwarze, spielte damit, einmal mit mehr Druck, dann mit weniger, und sie musste ein leises Stöhnen unterdrücken, als er sanft zu saugen begann.

Ihr Körper wollte ihr nicht mehr gehorchen, sie wand sich unter seinen Lippen, seinen kräftigen, streichelnden Händen und fühlte, wie das Kitzeln seines Bartes auf ihrer Haut sie sogar noch mehr erregte. Ihr Innerstes glühte und eine unbestimmte Sehnsucht erwachte in ihr, die nach mehr verlangte. Sie wollte ihn ebenfalls berühren, streicheln und liebkosen wie er es tat, aber sie krallte die Hände in die weichen Kissen unter sich, um diesem Drang nicht nachzugeben. Sie durfte nicht vergessen, dass sie nicht freiwillig hier war, sondern verschleppt und am Sklavenmarkt gekauft worden war wie ein Stück Vieh. Sie war sein Besitz, und so sehr sie sich auch zu ihm und seinen Berührungen hingezogen fühlte, so sehr war auch ihr Stolz verletzt.

Als er nach einer halben Ewigkeit, in der sie kaum mehr einen anderen Gedanken als ihn und seine Lippen und Hände gehabt hatte, von ihr abließ, blieb sie still liegen, unfähig, jetzt die Augen zu öffnen oder gar mit ihm zu sprechen. Er hatte sich aufgesetzt, und sie fühlte, dass er sie anblickte.

„Zufrieden mit dieser Lektion?", fragte er mit einem Unterton, in dem sie ein verstecktes Lächeln vermutete.

Sie öffnete die Augen, sah ihn an und drehte den Kopf weg. Ihre Brüste waren feucht von seinen Küssen und die Spitzen, an denen er zuletzt so heftig gesogen und sogar unendlich zart mit seinen Zähnen geknabbert hatte, schmerzten ein wenig. Aber es war ein Schmerz, den sie genoss und der nach mehr verlangte. Nach viel mehr.

„Geht es dabei um meine Zufriedenheit?", fragte sie herb zurück.

Er hob die Schultern. „Nun, ich dachte, dich dabei recht gut behandelt zu haben. Zumindest habe ich noch selten eine Frau gesehen, die von so wenig Aufmerksamkeit so leidenschaftlich reagiert."

Fedora bemerkte, wie eine tiefe Röte in ihre ohnehin schon heißen Wangen stieg. „Und wenn ich Euch nur etwas vorgespielt hätte?"

Er beugte sich über sie und hielt ihren Blick mit dem seinen fest, als wolle er tief in ihre Seele schauen. „Nein", sagte er schließlich. „Dazu bist du zu stolz. Im

Gegenteil, ich hatte eher den Eindruck, du müsstest dich beherrschen, um mir nicht zu zeigen, wie gut es dir gefiel."

Fedora setzte sich auf und zerrte sich mit einer wütenden Bewegung ihr Gewand über die Schultern. „Kann ich jetzt wieder gehen?"

Ahmed lachte. „Gewiss. Die heutige Unterrichtsstunde ist vorbei."

Sie drängte sich an ihm vorbei, sprang auf und lief zum Ausgang.

„Beim nächsten Mal, meine kostbare Huri", rief er ihr nach, „werde ich dich lehren, meine Küsse zu lieben. Und ich werde dich lehren, mich wiederzuküssen, bis wir beide brennen!"

❄ ❄ ❄

Am nächsten Tag wurde sie bereits am frühen Nachmittag gerufen. Allerdings brachte Ali sie nicht in den Pavillon, sondern führte sie in einen großen Saal, der so viele blühende Pflanzen barg, dass er fast schon wie ein kleiner Garten wirkte. Fedora hatte jedoch kaum einen Blick für all die Pracht. Sie sah nur Ahmed, der mit unterschlagenen Beinen am anderen Ende auf einigen Kissen saß. Neben ihm hockte ein alter Mann, dessen Bart bereits weiß war, und der einen Turban trug, der doppelt so hoch und breit war wie jener des Prinzen. Es steckte ein Smaragd darin mit einer schillernden Feder, die noch weit über den Turban hinausragte. Der Fremde war auch sonst sehr kostbar gekleidet, wesentlich prächtiger als Ahmed, der immer nur einfache Gewänder trug. Sein Übermantel war dunkelrot und mit Perlen und Juwelen bestückt, ebenso wie die Schärpe, die er um den Leib trug.

Ali führte sie hin, verneigte sich dann tief und ging, während Fedora mit stolz erhobenem Kopf stehen blieb.

„Das ist also die neue Sklavin, die du in deinem Harem aufgenommen hast und von der nicht nur im Palast meines Bruders, sondern in der halben Stadt gesprochen wird", stellte der Fremde fest. „Die streitbare Katze, unter deren Händen Ibrahim al-Fadal einige seiner Barthaare lassen musste. Und die er dir dann nicht einmal abtreten wollte, sondern noch die Stirn hatte, sie dir zu verweigern!"

Ahmed nickte grimmig. „Er wird noch viel mehr Barthaare verlieren, wenn ich ihn einmal für seine Anmaßung zur Rechenschaft ziehe. Noch geht das nicht, weil der Wesir seine schützende Hand über ihn hält – und du weißt ja selbst, wie hoch er in der Wertschätzung des Kalifen steht."

„Aber nicht zu Unrecht, der Wesir ist ein ebenso tüchtiger Mann wie sein Sohn ein Nichtsnutz", nickte der andere, während er seine Blicke über Fedora schweifen ließ. Hayana hatte sie diesmal besonders sorgfältig zurechtgemacht, ihre Augen mit schwarzem Kohl umrandet, sodass sie noch ausdrucksvoller wirkten als sonst, und ihr auf Befehl des Prinzen goldene Armreifen übergeschoben und Kettchen um die Fußgelenke gelegt, die bei jedem Schritt leise klirrten. Ihre Füße steckten in reich mit Perlen bestickten Pantöffelchen, und sie trug statt der leichten Seidenhose und des Hemdes, in dem Ahmed sie immer zu sehen wünschte, ein kostbares, bodenlanges Brokatkleid mit einem goldverzierten Gürtel um die Taille. Am Ende hatte Hayana ihr noch einen großen Schleier aus grüner Seide und Gold umgelegt und ihn so drapiert, dass er ihr Gesicht und den Kopf bis auf die Augen verdeckte. Dennoch blitzten noch genug rote Locken hervor, um den Fremden anerkennend nicken zu lassen.

„Ich bin beeindruckt von der Anmut dieser Frau und von ihrem Haar. Aber üblicherweise tragen Sklavinnen keine Schleier. Warum diese?"

„Weil es mein Wunsch ist", sagte Ahmed freundlich.

Der Besucher warf Ahmed einen überraschten Blick zu, dann widmete er sich noch etwas eingehender Fedoras Studium. „Hast du viel für sie bezahlt?"

„Nein, nein, sie war ganz billig. Ibrahim war am Ende dankbar, dass ich sie ihm abnahm, auch wenn er sich vorher zierte und sich nicht von ihr trennen wollte." Ahmeds Stimme bebte leicht, und Fedora richtete sich unwillkürlich noch ein wenig mehr auf. Es gefiel ihm also wieder einmal, sich über sie lustig zu machen!

„Was kann sie denn?", fragte der alte Mann weiter. „Tanzt sie?"

Ahmed schüttelte den Kopf.

„Dann singt sie vielleicht?"

„Ich habe sie noch nie singen hören", erwiderte Ahmed bedauernd.

„Dann kann sie den Koran rezitieren?", fragte der andere weiter.

„Nein, das gewiss nicht. Aber sie ist sonst genügend klug und schlagfertig."

„Schlagfertig? Das hörte ich schon aus Ibrahims Palast", erwiderte sein Besucher trocken, Fedora aufmerksam anblickend. „Aber dennoch bin ich überrascht. Sie kann nichts, und dennoch nimmst du eine Sklavin in deinem Harem auf, deren Auge nur Aufruhr zeigt und nicht die Sanftmut, die eine Frau ihrem Herrn zu erweisen hat? Und die sich erwiesenermaßen schon an ihrem früheren Gebieter vergriffen und ihn sogar verletzt hat?"

„Eben dieser Aufruhr ist es, der mir gefällt", erwiderte Ahmed gutgelaunt.

„Sie hat einen wohlgestalteten Körper", nickte der andere. „Das gebe ich zu. Und eine grünäugige Sklavin mit so rotem Haar hatte ich noch nie. Fast hätte ich Lust, sie dir abzukaufen. Aber – hör auf meine Worte – schicke sie in die Schule von al-Yahad. Dort lernt sie gute Umgangsformen und das Spiel auf der Laute. Und sie lernt, wie sich eine Sklavin ihrem Herrn gegenüber zu verhalten hat." Er warf Fedora einen Blick leichter Missbilligung zu. „Sie lernt auch, dass sie in der Gegenwart ihres Gebieters zu knien und ihm Leckerbissen zu reichen hat, anstatt wie festgewachsen dort zu stehen und dir Blicke zuzuwerfen, die wie Dolche sind."

„Nun, vielleicht überlege ich mir das mit der Schule noch", antwortete Ahmed, Fedoras Blick vermeidend, die ihn empört anfunkelte.

„Tu das. Du wirst es andernfalls nicht leicht mit ihr haben. Du könntest stattdessen Hunderte ebenso schöner und weitaus sanfterer Sklavinnen haben – ich schicke dir zehn oder zwanzig aus meinem eigenen Harem, wenn du willst!"

„Aber sie ist keine gewöhnliche Sklavin", sagte Ahmed. „Und sie amüsiert mich. Sie bringt mich zum Lachen."

„Sie amüsiert dich? Das ist alles?! Wenn du Erheiterung suchst, weshalb nimmst du dir nicht einen Affen?"

Ahmed warf den Kopf zurück und lachte schallend.

„Wollt Ihr mich hier vielleicht vorführen wie einen dressierten Affen?! Soll ich mich auf den Kopf stellen, auf einem Bein herumhüpfen und allerlei Kunststücke vollbringen?" Aus Fedoras Augen schossen jetzt Blitze.

„Was hat sie gesagt?"

Sie hatte Griechisch gesprochen, eine Sprache, die dem Besucher offenbar fremd war.

„Nichts weiter", entgegnete Ahmed, zutiefst belustigt, „nur eine Nebensächlichkeit."

„Kann ich dann gehen?", fragte Fedora wütend. „Oder muss ich mich etwa noch weiter von Euch beleidigen lassen?"

„Was sagt sie?"

„Du kannst gehen", sagte Ahmed, bevor Fedora seinem Onkel noch zusätzliche Beispiele ihrer Unbotmäßigkeit geben konnte. Er sah ihr mit einem amüsierten Lächeln nach, als sie sich umwandte und hinauslief.

„Sie bewegt sich anmutig, aber etwas ungestüm", ließ sich sein Onkel vernehmen.

Ahmed lachte wieder. „Ich habe schon meine Wege, ihre Umgangsformen ein wenig zu verfeinern. Und das Ungestüme mag ich an ihr."

Der alte Mann schüttelte den Kopf. „Du hattest immer schon seltsame Ansichten. Diese hier allerdings braucht eine feste Hand, sonst bringt sie nur Unruhe in deinen Harem und in dein Herz. Wenn du auf meinen Rat hörst, verkaufe diese rothaarige Gazelle, bevor sie noch Verwirrung in dein Leben bringt."

„Ich werde sie nicht verkaufen. Nie. Wenn es mir aber jemals gelingen sollte, sie zu zähmen und mich zu lieben, so werde ich sie zu meiner Gattin machen", antwortete Ahmed ruhig, als Fedora den Saal verlassen hatte und ihn nicht mehr hören konnte. „Sollte ich jedoch versagen, so werde ich sie gehen lassen. Dann soll sie heimkehren und dort in Frieden leben."

Sein Onkel sah ihn erstaunt an, Ahmed lächelte jedoch und sprach:

„Sie schalten meine Lieb zu einer Sklavin,
Weil sie ihr Herz nicht so wie ich verloren.
Ich sprach: „Der Liebende sieht mit dem Herzen,
So lasst dem Herzen, was es sich erkoren."

Der alte Mann hatte bei diesen Worten den Kopf gesenkt und nickte leise. „Du antwortest mir mit Versen, die von meiner eigenen Hand stammen. Es stimmt, mein Sohn, auch mir ging es einmal so." Er seufzte wehmütig. „Auch wenn das schon viele Jahre zurückliegt – mehr als ich zählen kann und will …"

Als Hayana ihr am Abend behilflich war, das leichte Hemd anzulegen, das sie während der Nacht trug, begann Fedora, sie zum ersten Mal über Ahmed auszufragen.

„Sag mir, Hayana, was bedeutet ‚Ahmed‘ eigentlich in unserer Sprache?"

Hayana, die soeben ihr volles Haar mit einem elfenbeinernen Kamm frisierte, hielt kurz in ihrer Tätigkeit inne. „Es bedeutet: ‚Der des Lobes würdig ist‘."

Fedora sann darüber nach. „Ein schöner Name", sagte sie schließlich.

„Und ich kenne keinen in Bagdad, der ihn mit mehr Recht tragen würde", setzte Hayana mit Überzeugung in der Stimme hinzu.

„So?" Fedora hatte Ahmed die Szene vor einigen Stunden noch immer nicht verziehen. Es war grausam von ihm gewesen, sich gemeinsam mit diesem alten Mann über sie lustig zu machen. „Ich finde aber nicht, dass er besonders viel Lob verdient."

„Aber doch! Niemand mehr als er!"

Fedora zuckte geringschätzig mit den Schultern, wollte jedoch noch mehr wissen. „Du bist doch schon so viele Jahre hier", fing sie vorsichtig an, „da hast du doch schon vieles gesehen und gehört ..."

„Ja, sehr vieles, aber ich habe mich gehütet, meine Zunge in Gefahr zu bringen, indem ich es weitererzähle", erwiderte Hayana trocken.

„Aber du kennst den Prinzen Ahmed doch schon lange, nicht wahr?", bohrte Fedora weiter.

„Seit ich hierher kam. Sein Vater hat mich damals gekauft, damit ich seiner Gattin diene. Und das habe ich immer getan, bis ich zu dir kam, weil ich deine Sprache spreche."

„Und sein anderer Harem? Warum bekomme ich den nie zu sehen?"

Hayana zuckte mit den Achseln. „Da musst du den Prinzen schon selbst fragen. Vielleicht glaubt er, dass du zuviel Unruhe bringst."

Fedora entschied sich, nicht näher auf diese Vermutung einzugehen, die so genau mit Ahmeds eigenen Worten übereinstimmte, sondern fragte weiter, was ihr mehr am Herzen lag. „Hat er Kinder?"

„Er hatte eine Tochter, Mamuna, sein Sonnenschein", nickte Hayana traurig. „Sie starb vor nicht einmal einem halben Jahr. Nur zwei Monate nach ihrer Mutter." Sie seufzte. „Das hat ihn tief getroffen. Er hat beide sehr geliebt."

„Aber seine anderen Frauen, waren sie ihm kein Trost?"

„Gewiss, aber Salimana war etwas Besonderes. Sie war seine einzige Ehefrau. Und bisher hat er keine andere genommen."

„Einzige Ehefrau?", fragte Fedora erstaunt. „Aber ich dachte, er hat einen ganzen Harem!"

„Ja, aber das ist etwas anderes. Nach seiner Religion dürfen die Männer Sklavinnen und Konkubinen haben so viel sie sich leisten können, aber nur vier Ehefrauen."

„Vier zur gleichen Zeit?"

„Gewiss."

„Was ist eigentlich der Unterschied zwischen einer Ehefrau und einer Konkubine?", fragte Fedora nachdenklich.

„Eine Frau hat viel mehr Rechte als eine Konkubine jemals erhalten könnte. Sogar das Recht, sich von ihrem Mann zu trennen, wenn er sie schlägt oder eine zweite Frau zu heiraten beabsichtigt. Das ist so festgelegt."

„Aber wie kann ein Mann denn überhaupt mehrere Frauen gleichzeitig lieben?"

„Weshalb denn nicht?", fragte Hayana lachend. „Ist das bei uns daheim denn anders? Hat nicht fast jeder Mann eine Gattin und daneben, wenn auch meist im Verborgenen, eine oder mehrere Geliebte? Jede Frau ist anders, und die Männer lieben eben ihre besonderen Eigenheiten. Ihr Haar, ihre Hände, ihre Stimme ...."

„Das sind Äußerlichkeiten", erwiderte Fedora abwehrend. „Die Seele ist es, die uns Menschen ausmacht."

„Die Frauen sind vor allem da, den Männern zu gefallen und ihnen zu dienen."

Fedora schwieg. Sie selbst war knapp davor gestanden, mit einem Mann vermählt zu werden, den die Politik ihr zugedacht hatte. An seiner Seite hätte sie wohl ein nicht viel weniger elendes Dasein gefristet als in einem Harem. Nur eine Schachfigur, die man dorthin schob, wo man sie brauchte. Sie war ihm entflohen, aber anstatt die Freiheit zu erringen, war sie zur Sklavin eines Sarazenenprinzen geworden. Eine von vielen, während sie in der Heimat immerhin die einzige rechtmäßige Ehefrau gewesen wäre.

Aber das war vorbei, lag in der Vergangenheit. Weitaus wichtiger war nun Ahmed für sie geworden, der sie mit seinem Lächeln, seiner Klugheit und seinem weitaus feineren Benehmen sofort in seinen Bann geschlagen hatte. Ein völlig anderer Mann, der sich auf die Schönheiten dieses Lebens verstand und vermutlich noch nie im Leben ein Schwert auch nur in den Händen gehalten hatte. Alexios war ein Krieger gewesen, ein Feldherr, der sich am Schlachtfeld und unter seinen Soldaten am wohlsten gefühlt hatte. Ein ungezogener Mensch. Fedora erinnerte sich mit Schaudern daran, wie er einmal in ihrer Gegenwart ungehemmt Läuse aus seinem ungepflegten Bart gesucht hatte.

„Wie viele andere Frauen hat Prinz Ahmed denn?", fragte sie weiter, den Gedanken an den derben, ungeschlachten Alexios beiseiteschiebend.

„Ungefähr dreißig – das ist weitaus weniger als der fette Ibrahim hat oder gar der Kalif, der zweihundert in seinem Palast hält. Sie wurden ihm zum Großteil als Geschenke übergeben. Die letzten erhielt er von seinem Vater, nach dem Tod seiner Gattin, und erst kürzlich hat ihm seine Mutter wieder fünf sehr schöne Frauen geschenkt." Sie teilte Fedoras Haar in mehrere Strähnen und begann Zöpfe zu flechten, damit das Haar über Nacht lockig wurde. Sie wusste, dass dem Prinzen dies gefiel.

„Und die Frauen sind gerne hier?", fragte Fedora weiter.

„Wohin sollten sie denn gehen? Sie leben hier, das ist ihre Heimat. Und sie haben es gut. Du bist die Einzige, die sich dagegen auflehnt", sagte Hayana kopfschüttelnd. „Die anderen können es kaum erwarten, von ihm geliebt zu werden und ihr Ziel zu erreichen."

... von ihm geliebt zu werden ... Fedora wusste, dass ihre Dienerin nicht von reinen Gefühlen sprach. Auch sie würde von Ahmed einmal geliebt werden, nämlich dann, wenn ihr Widerstand brach. Dieser Gedanke stieß sie ab und erregte sie zugleich. „Welches Ziel?", fragte sie neugierig.

„Nun ja, die erste, die einem Kind das Leben schenkt, wird vermutlich seine erste Frau und steht dann über allen anderen. Und wenn es dann noch ein Sohn ist ..."

„Er hatte aber bisher nur eine Tochter ...?"

„Ein liebes Ding. So freundlich, klug und hübsch. Der Liebling aller und besonders von Ali, der wohl nicht weniger untröstlich war als der Prinz selbst, als sie starb."

„Und ihre Mutter", forschte Fedora weiter. Sie wollte noch mehr von dieser Salimana hören, die Ahmeds Gattin gewesen war, und der offenbar seine Liebe gehört hatte.

„Starb bei der Geburt eines kleinen Sohnes, der sie nicht mehr als eine Stunde überlebte." Hayana schien ihre Zurückhaltung aufgegeben zu haben und sprach jetzt weiter, ohne dass Fedora sie drängen musste. „Salimana und Ahmed kannten einander schon als Kinder, und es war bereits vor vielen Jahren zwischen den Vätern beschlossen, dass sie einmal heiraten sollten. Salimana war ein hübsches Mädchen und wurde zu einer wunderschönen Frau. Ihre Augen waren wie Mandeln, ihr Haar wie schwarze Seide, und sie war so zart und feingliedrig wie die Fee, von der die Märchen erzählen. Und von so liebreizendem Wesen! Sanftmütig, immer mit einem Lächeln auf den Lippen. Und dann war sie tot ... Ach, welch ein Gram herrschte nicht nur hier im Palast, sondern in ganz Bagdad! Sie war so eine gütige Frau gewesen, die viel Gutes getan hat, Brunnen hat errichten lassen, ... Ja, auch das Volk hat sie geliebt."

Fedora erfuhr weiter, dass Ahmed von Trauer gebeugt dem Sarg seiner toten Gemahlin gefolgt war, barfuß durch den Schlamm von vielen Regenfällen. Und dann in das Grab hinabgestiegen war, wo er selbst die letzten Gebete gesprochen hatte. Seitdem hatte er fast täglich ihr Grab besucht. Die schönsten Rosen, die im Garten wuchsen, gehörten ihr alleine.

„In diesem Garten hier?", fragte Fedora betroffen. Sie verspürte einen schmerzhaften Stich bei dem Gedanken, dass diese Rosen, die sie so bewunderte, plötzlich nicht mehr ihr zu gehören schienen, sondern der toten Gattin des Prinzen.

„Nein, nein, sie lebte in einem anderen Teil des Palastes, einen, den Ahmed seitdem nicht mehr betreten hat. Hier hat, bevor du gekommen bist, noch nie eine Frau gewohnt. Der Prinz hat nur den Garten und den Pavillon benutzt."

„Er muss sie tatsächlich sehr geliebt haben", sagte Fedora leise. Ein seltsames, neues Gefühl für Ahmed war mit einem Mal in ihr. Sie sah ihn plötzlich nicht mehr als Besitzer eines unüberschaubaren Harems, der seine Zuneigung wahllos zwischen seinen Sklavinnen verteilte, sondern als liebenden Gatten und Vater. Eine unbestimmte Sehnsucht stieg in ihr hoch, und langsam wurde ihr klar, dass sie ebenfalls von ihm geliebt werden wollte. Mit dem Herzen geliebt und nicht nur auf die Weise, die Hayana zuvor im Sinn gehabt hatte.

Sie seufzte und richtete sich unwillkürlich auf. Unsinnig war es, sich diesem Traum hinzugeben. Das hatte ihr alleine schon die Tatsache bewiesen, dass er sie heute zu sich befohlen hatte, um sie von diesem alten Mann begutachten und beleidigen zu lassen. Nein, sie war nicht mehr für ihn als eine weitere Sklavin, auch wenn ihn ihre Abwehr reizte, und er sich offenbar deshalb mehr um sie bemühte, als eine Sklavin dies üblicherweise erwarten konnte.

Und sie durfte sich nicht in falschen Träumen verlieren ...

✳ ✳ ✳

„Zürnst du mir?", fragte Ahmed belustigt, als er sie am nächsten Tag aufsuchte, und Fedora ihn keines Blickes würdigte, sondern am Fenster saß und so tat, als wäre sie in ein Buch vertieft. Er kam näher, setzte sich neben sie auf die Kissen und sah ebenfalls hinein. „Ein altes Märchen aus der Heimat meiner Mutter", sagte er überrascht. „Kannst du es denn schon lesen?"

Sie wandte sich ein wenig ab und blickte auf die Schriftzeichen, ohne auch nur ein Wort davon zu erfassen. Sie war tatsächlich immer noch gekränkt, weil er sie dem Spott des alten Mannes ausgesetzt und sich dabei auch noch amüsiert hatte. Ahmed hob plötzlich die Faust und legte sie auf die Seiten. Als er seine geschlossenen Finger öffnete, war ein goldener Ring mit einem riesigen Rubin darin. Fedora starrte darauf, ohne sich zu rühren.

„Nimm ihn, er gehört dir."

„Eine Art Kaufpreis? Das habt Ihr nicht nötig, Ihr besitzt mich ja schon! Oder", sie hob den Kopf und sah ihn hart an, „ist das eine Art Abschiedsgeschenk, weil Ihr die Absicht habt, mich weiterzuverkaufen?"

„Du hast also doch mehr verstanden, als ich gedacht hatte", erwiderte Ahmed erheitert. „Aber dann wirst du auch vernommen haben, dass mein Onkel dich in diesem ... nun ... ungeschliffenen Zustand noch nicht abkaufen würde. Erst, wenn du tanzen und singen gelernt hast." Seine Stimme schwankte etwas.

„Wollt Ihr also meinen Preis steigern?", fragte sie spitz. „Mit diesen Lektionen? Um mich dann teurer verkaufen zu können?"

Ahmed legte den Kopf zurück und lachte. „Bei Allah, meine messerzüngige Byzantinerin, so amüsiert wie über dich habe ich mich wahrlich noch nie! Kein Weib hat mich je so belustigen und zugleich reizen können wie du! Wie war mein Leben doch eintönig, bevor du in mein Haus kamst! Der Tag sei gesegnet, an dem ich dich das erste Mal sah!"

„Und mich dann dem anderen überließet", ergänzte Fedora bitter seinen Satz.

„Verflucht sei die Stunde, in der ich es tat", erwiderte er, plötzlich ernst geworden.

Fedora warf ihm einen bösen Blick zu, bevor sie den Ring mitsamt seiner Hand vom Buch schob. „Lasst mich jetzt. Ich möchte alleine sein und lesen."

„Du wirfst deinen Herrn und Gebieter hinaus?"

„Geht fort und sucht Euch einen Affen, der Euch belustigt!"

„Das wäre weitaus weniger erheiternd! Der würde mir nämlich nicht widersprechen. Außerdem ist ein Affe nicht so reizvoll wie du, auch wenn er seinem Herrn gegenüber vermutlich weniger aufsässig wäre."

Fedora antwortete nichts, sondern blickte wieder ins Buch.

„Es ist ein Geschenk", sagte Ahmed schließlich ruhig, ihr den Ring abermals hinhaltend. „Einfach nur ein Geschenk, das ich meiner ... einer meiner Sklavinnen mache. Zur Versöhnung", fügte er hinzu. Als Fedora nicht reagierte, ergriff er fast ärgerlich ihre Hand und schob den Ring auf den mittleren Finger. „Ich wusste, dass er dir passen würde", sagte er zufrieden. Er beugte sich näher zu ihr, sodass sie seinen Atem warm auf ihrem Gesicht fühlte.

„Ich denke deiner Lippe und küss des Rings Rubin –
Da ich sie nicht erreiche, küss ich voll Sehnsucht ihn.

Damit nahm er ihre Hand in die seine, zog sie an die Lippen und küsste den Ring. Dann erhob er sich und verließ sie, ohne sich noch einmal umzusehen. Fedora saß eine Weile still da, blickte auf den Ring. Schließlich hob sie die Hand und presste ihre Lippen auf den blutroten Stein.

Dritte Lektion

Als sie am nächsten Abend von Ali in den kleinen Pavillon im Garten gebracht wurde, fand sie dort Ahmed vor, der nicht wie sonst dasaß und auf sie wartete, sondern unruhig hin und her ging und erst bei ihrem Eintritt stehen blieb und ihr aufmerksam entgegenblickte. Als er den Ring an ihrer Hand bemerkte, wich die Spannung aus seinem Gesicht. „Dann hast du mein Geschenk also angenommen. Und bist sogar freiwillig gekommen und nicht weil Ali dich gezwungen hat mitzugehen?"

„So freiwillig, wie eine Sklavin eben ihren Herren aufsucht", entgegnete Fedora widerspenstig.

Ahmed griff nach ihrer Hand und strich sanft darüber. „Es gibt nicht viel, was wir freiwillig tun, meine stolze Byzantinerin. Wir glauben oftmals nur, dass es aus eigenem Antrieb geschieht, weil wir uns des Zwanges dahinter nicht bewusst sind, oder weil wir uns bereits daran gewöhnt haben. Ein Zwang, der oft aus uns selbst kommt, unserem eigenen Körper und Geist, ohne dass wir uns gegen ihn wehren können." Er blickte sie lächelnd an. „Du könntest mir ruhig ein freundliches Gesicht zeigen, meine aufsässige Schöne. Schenk mir doch einmal ein Lächeln, anstatt mich anzusehen wie deinen größten Feind."

„Lasst mich gehen, dann werdet Ihr nicht mehr durch mein Benehmen beleidigt!", erwiderte Fedora erbittert.

„Du hast nichts anderes im Sinn als deine Freiheit, nicht wahr? Dieser Gedanke lässt dich wohl niemals los! Bist du hier so unzufrieden?"

„Die Freiheit gilt mir viel!" Eher hätte sich Fedora die Zunge abgebissen als zuzugeben, dass sie sich bereits so sehr zu ihm hingezogen fühlte, dass sie es kaum erwarten konnte, nachzugeben und diese erregende neue Lektion erteilt zu bekommen. „Ich will nicht die Sklavin eines Barbaren sein!"

„Barbaren seid wohl eher ihr", erwiderte Ahmed abfällig.

„Ihr seid es, die ihr Mädchen und Frauen unseres Volkes raubt und zu euren Sklavinnen macht!", hielt Fedora ihm entgegen. „Es müssen schon Tausende sein, die in euren Harems schmachten und von lüsternen, fetten Männern gezwungen werden, ihnen zu Willen zu sein!"

„Eure eigenen Kaiser haben den Kalifen immer wieder die schönsten Sklavinnen geschickt, um sie mit diesen Geschenken zu besänftigen", erwiderte Ahmed höhnisch, von Fedoras Widersetzlichkeit langsam erzürnt. „Und diesen Sklavinnen ist es in unseren Harems wohl besser ergangen als dort, wo sie herkamen!"

„Aber nicht dieser Kaiser! Dieser ist mächtig und wird sich euch niemals beugen! Und nicht lange – und er wird kommen und euch vernichten! Und dann werde ich frei sein! Ob es Euch passt oder nicht!"

„Euer Kaiser liegt dir wohl am Herzen", sagte Ahmed grimmig. „Du hast ihn wohl sehr bewundert. Ihn heimlich von der Ferne angebetet, wenn er in seinem Glanz durch die Straßen eurer Stadt zog, und dir nichts auf der Welt mehr gewünscht, als eine Prinzessin zu sein und neben ihm auf dem Thron zu sitzen!"

„Der Thron wäre mir gleichgültig gewesen!"

„Weil er für dich unerreichbar war, du einfältiges Geschöpf! Was würde dir deine Freiheit schon bieten? Was hätte dich in deiner Heimat erwartet?! Ein Leben in Armut vermutlich. Als Frau eines Schneiders vielleicht, der den ganzen Tag über seine Stoffe gebeugt sitzt und vor seinen Kunden buckelt, während du von Kindern umringt an der Feuerstelle stehst und Ruß schluckst! Du solltest wahrlich dankbar sein, dass ich mich überhaupt herablasse, mich mit dir abzugeben!"

„Wie viel lieber wäre mir ein christlicher Schneider, und wäre er auch noch so arm!", fauchte Fedora. „Worauf bildet Ihr Euch eigentlich etwas ein? Ein Schneider arbeitet, er ist ein ehrenhafter Mann, während Ihr hier inmitten der Pracht sitzt und nur in die Hände zu klatschen braucht, damit Euch alle Wünsche erfüllt werden! Und ebenso einfach glaubt Ihr, sei es auch mit mir!"

„Schweig jetzt! Kein Wort mehr! Ich habe genug von deiner Aufsässigkeit!"

Fedora warf den Kopf zurück, starrte ihn wütend an, und er blickte finster zurück. „Du hast mir mit deiner losen Zunge den Tag und die Laune verdorben", sagte er schließlich. „Geh jetzt! Aber wage es nie wieder, mir mit diesem Ungehorsam zu begegnen wie heute. Auch meine Nachsicht hat Grenzen!"

Fedora wandte sich um und schritt hocherhobenen Hauptes hinaus. Sie war Siegerin geblieben, hatte nicht nachgegeben, sondern ihm die Stirn geboten.

Und sie bedauerte es zutiefst.

✤ ✤ ✤

Es gefiel dem Prinzen weder am nächsten noch am übernächsten Tag, sie zu sich zu rufen, und Fedora hielt sich tagsüber viel im Pavillon auf, die Zeit mit Träumen verbringend, in deren Mittelpunkt Ahmed stand. Um sich abzulenken spazierte sie oft im Garten umher, ihrem Wächter Ali Gesellschaft leistend, der eine besondere Liebe zu den Rosensträuchern hegte und diese keinem der Gärtner überlassen wollte.

„Du liebst deine Rosen", sagte sie zu ihm, während sie ihm zusah, wie er die Blätter nach Ungeziefer absuchte, verdorrte Äste mit dem Messer entfernte und bereits verwelkte Blüten abschnitt. Sie unterhielt sich gerne mit Ali, staunte über dessen Wissen, das sie niemals in ihm vermutet hätte, und half ihm dabei, seine Rosen zu pflegen. Im Gegensatz zu früher brachte sie ihm nun keine Abneigung mehr entgegen, sah in ihm nicht mehr den Wächter, der sie in ihrer Freiheit beschränkte, sondern einen Mann, der in diesem Palast im Grunde ebenso gefangen war wie sie selbst.

„Wie lange bist du eigentlich schon in den Diensten des Prinzen?", fragte sie schließlich.

„Schon viele Jahre. Früher war ich beim Kalifen selbst, und dann folgte ich dem Prinzen in sein eigenes Haus."

„Hat man ... ich meine ... wann ...", Fedora verstummte tief errötend, aber Ali hatte verstanden und lachte leise.

„Das würde der Koran verbieten", erwiderte er. „Nein, es war mein eigener Vater. Ich war der jüngste Sohn, hatte noch vier Brüder, und damit war der Fortbestand der Familie gesichert. Ich dagegen wurde meiner Männlichkeit beraubt, weil mein Vater hoffte, mir so einen Platz in der Nähe des Kaisers zu sichern. Das ist nichts Seltenes, wisst Ihr", erklärte er weiter, als er Fedoras entsetzten Blick sah, „sondern geschieht häufig, da die Kaiser sich in ihrer engsten Umgebung nur mit Eunuchen umgeben." Er lachte. „Auf diese Weise glauben sie sicher sein zu dürfen, dass die Kinder ihrer Gattinnen wirklich von ihnen stammen. Genauso wie die Gebieter eines Harems ..." Er nickte. „Ja, genauso. Im Grunde gleicht sich hier viel ..."

„So stammst du aus Byzanz?", fragte Fedora erstaunt.

„Allerdings hieß ich damals noch Konstantin, zu Ehren des Kaisers, der unser Reich so groß und die Stadt berühmt gemacht hat. Mein Name sollte ein gutes Omen sein. Es sah auch eine Zeit lang so aus, als würde sich der Wunsch meines Vaters erfüllen, aber dann fiel ich bei einem Auftrag des Kaisers in die Hände der Sarazenen und endete schließlich im Palast des Kalifen. Und nun bin ich hier."

„Hättest du niemals ein Weib haben wollen?", fragte sie neugierig.

„Ein Weib? Nun, ja es gibt viele, die sich Ehefrauen und sogar Konkubinen nehmen, um das zu befriedigen, was man ihnen noch an Lust gelassen hat, aber ich selbst habe die Frauen niemals besonders geschätzt. Sie bringen nur Zank und Hader in das Leben eines Mannes. Mir sind meine Rosen viel lieber. Hätte mein Vater mich nicht für den Dienst beim Kaiser bestimmt, so wäre ich gewiss in ein Kloster eingetreten, um dort ein Leben in Zurückgezogenheit zu führen." Er trat einen Schritt zurück und betrachtete den Rosenstrauch, an dem er gearbeitet hatte.

„Sie sind wunderschön, diese Rosen", sagte Fedora bewundernd. „Man sieht, dass sie von einem Mann gepflegt werden, der etwas davon versteht."

„Ich pflege sie nicht nur, ich liebe sie auch. Sie sind wie meine Kinder. Ich sehe wie sie heranwachsen, größer und stärker werden, wie sie Blüten bekommen und sich fortpflanzen." Er trat zu einem der weißblühenden Sträucher, brach eine der Rosen ab und steckte sie vorsichtig in Fedoras Haar. „Diese Rose passt gut zu Euch", sagte er lächelnd. „Sie ist weiß wie Eure Haut. Prinz Ahmed kann sich glücklich schätzen, Euch für sich gewonnen zu haben."

„Er hat mich aber nicht für sich gewonnen!", widersprach Fedora heftig. „Er hat mich gekauft wie eine Ware!"

Ali lächelte nur wissend und wandte sich wieder seinen Rosen zu.

❆ ❆ ❆

Der Prinz ließ sie erst einige Tage später wieder zu sich rufen. Fedora, die vor sich selbst nicht zugeben wollte, wie sehr sie seine Nähe vermisst hatte, lief so eilig zum Pavillon, dass Ali, der sie traditionsbewusst begleitete, ihr kaum folgen konnte.

Als sie eintrat, kam ihr Ahmed schon entgegen. „Bist du heute besser gelaunt, meine widerspenstige Stute, oder wirst du deinem Herrn und Gebieter wieder Dinge sagen, die ihn erzürnen müssen?"

Fedora, die sofort eine schroffe Antwort auf der Zunge hatte, schwieg nach einem Blick ins Gesicht des Prinzen. Er sah müde aus und hatte dunkle Schatten unter den Augen, in denen ein fremdes Licht brannte.

Hayana hatte ihr erzählt, dass er den Palast verlassen und mit Freunden durch das Land geritten war, so wie er das nach Salimanas Tod sehr oft getan hatte. Ihre Dienerin hatte das mit leichtem Vorwurf gesagt, und Fedora, die ihre kränkenden Worte schon längst bereut hatte, war von einem schlechten Gewissen geplagt gewesen, das nicht einmal der Gedanke daran mildern konnte, dass sie sich bei dem Streit im Recht gefühlt hatte. Aber zumindest hatte sie so die Gewissheit, dass er die vergangenen Tage nicht mit seinen Frauen im Harem verbracht und sich bei ihnen all die Vergötterung geholt hatte, die sie ihm versagte.

Sie hatte erwartet, dass er sofort mit der neuen Lektion beginnen würde, aber stattdessen fasste er sie an den Schultern und blickte sie lange Zeit forschend an, als wollte er in ihren Augen ihre Gedanken lesen. „Sag mir, wenn du nicht auf den Sklavenmarkt gekommen wärst", sagte er endlich, „sondern jetzt noch daheim in Konstantinopel lebtest – was würdest du dann dort tun?"

„Ich wäre wohl schon vermählt", erwiderte Fedora, erstaunt über diese Frage. Seine Hände lagen warm auf ihren Oberarmen, und sie empfand dabei ein Gefühl der Vertrautheit, das sie verwirrte.

Ahmeds Blick verdunkelte sich, und sein Griff wurde plötzlich fast schmerzhaft. „Du wolltest dich vermählen? Mit einem Mann, dem dein Herz gehörte? Zierst du dich deshalb so? Bin ich es etwa, den du verabscheust und nicht die Tatsache, dass du dich deiner Freiheit beraubt fühlst?"

Fedora spielte mit dem Gedanken ihn zu belügen, um ihm zu zeigen, wie wenig ihr an ihm liegen konnte, aber dann sagte sie: „Ich wäre mit einem Mann verheiratet, den man für mich ausgewählt hat. Einen Mann, den ich niemals lieben könnte."

Ganz anders als dich, dachte sie plötzlich und senkte den Blick, damit ihre Augen sie nicht verrieten. *Dich könnte ich lieben - mehr als mich selbst - wäre ich nicht nur eine gekaufte Sklavin, an der du deine Macht erprobst, und die du dir unterwerfen willst.'* Eine sanfte Unterwerfung zwar, so wie er es gesagt hatte, aber doch eine Unterwerfung. Wie er eine Stute zähmen und sich untertan machen würde.

Für eine kleine Dauer war es still. Als Ahmed wieder sprach, klang seine Stimme seltsam rau. „Komm jetzt, es wird Zeit für die nächste Lektion."

Fedora folgte ihm zu den Kissen, die diesmal in der Mitte des Raumes lagen, und ließ sich auf seinen Wink darauf nieder. „Tut Ihr das alles auch mit Euren anderen Sklavinnen?", fragte sie plötzlich.

Ahmed hob die Schultern. „Nun, gewiss. Oder hältst du mich für einen Narren, der unter einem Baum voller reifer, süßer Früchte sitzt und wegläuft, wenn eine herunterfällt, anstatt zuzugreifen und sie zu essen?"

„Wie viele Frauen braucht Ihr, um befriedigt zu sein?", fragte sie weiter.

Er sah sie erstaunt an. „Was für Fragen du stellst! Ist das so Brauch in deiner Heimat, so zu fragen?"

„Ibrahim hatte seinen ganzen Harem um sich, der sich um ihn bemühte", erwiderte Fedora. „Tut Ihr das auch? Liebt Ihr auch mehrere Frauen gleichzeitig? Lässt Ihr Euch auch von dreien auf einmal streicheln und liebkosen?"

„Nun, das hat gewiss seinen Reiz", erwiderte er amüsiert, „und in meiner Jugend hatte ich wohl ähnliche Gelüste, aber nun ziehe ich es vor, nicht vor den Augen meines gesamten Harems mit meiner Lieblingsfrau ins Paradies einzugehen." Er rückte ein wenig von ihr ab und betrachtete sie neugierig. „Würdest du das wollen, meine wilde Stute? Würde es deine Lust entfachen, wenn ich dich inmitten meiner Frauen in Besitz nähme?"

„Nein!", sagte Fedora entsetzt. „Ich dachte nur, das wäre so üblich."

„Hast du noch weitere Fragen, die du mir stellen willst", fragte er belustigt, „oder können wir nun mit der Lektion beginnen?"

Fedora wandte den Kopf ab, wartete jedoch bebend vor heimlicher Erwartung darauf, was jetzt kommen würde.

„Deine Lippen", sagte er leise, während er sich neben sie kniete, „heute werde ich mich nicht mehr damit zufrieden geben, den Ring zu küssen, sondern werde deine Lippen berühren. Schließe wieder die Augen." Er drehte ihren Kopf zu sich und legte seinen Daumen auf ihre bebenden Lippen, die sich unter dem Druck leicht öffneten. Er streichelte darüber, ganz sanft und zärtlich, fuhr die Linie ihres Mundes nach, umkreiste ihn. Fedora hatte gehorsam die Augen geschlossen, und als er die andere Hand unter ihr Kinn legte, um ihren Kopf ein wenig anzuheben, gab sie widerstandslos nach.

„Zur Lippe kam die Seele", flüsterte er, „reich deine Lippe mir, dass ich dir legen kann die Seele in den Mund!"

Ein angenehmes Zittern ging durch Fedora. Ahmed verstand es, sie allein schon mit Worten zu erregen, und sie vermeinte seine Berührung schon zu fühlen, bevor sein Mund den ihren noch erreicht hatte. Aber es war nur sein Atem, der über ihr Gesicht und ihre Lippen strich. Sie hatte schon früher zu ihrer Überraschung festgestellt, wie gut er sich auf ihrer Haut anfühlte. Im Gegensatz zu Ibrahim al-Fadal gab es bei Ahmed nichts, was ihr an ihm ekelte, sondern alles an ihm war ihr so vertraut wie ihr eigener Körper.

Und dann endlich lagen seine Lippen auf den ihren. Ganz sanft und spielerisch streichelten sie darüber, hinterließen eine weiche Feuchtigkeit, liebkosten ihre Mundwinkel, ihr Kinn, ihre Wangen, ihre geschlossenen Augen und kehrten wieder zu ihren zitternden Lippen zurück. Wunderbar war es. Erregend schön. Noch weitaus schöner, als sie es sich in den Nächten, in denen sie schlaflos darauf gewartet hatte, dass die Stunden bis zu ihrem Wiedersehen vergingen, ausgemalt hatte.

Sie kam nicht im Geringsten auf die Idee, die Augen zu öffnen. Zu sehr schon vertraute sie ihm und seinen Berührungen und gab sich einfach nur ihren Gefühlen und seinen Liebkosungen hin. Liebkosungen, deren der Mann, der ihr zugedacht gewesen war, niemals fähig gewesen wäre. Alexios war ein Krieger, ein harter Mann. Und sie selbst war eine Ware für ihn gewesen. Ein grober, ungeschlachter Mensch, der mit seinen Truppen umgehen und sich bei ihnen Respekt verschaffen konnte. Ein Mann, der es auch nach dem Tod seines Vaters vermutlich schaffen würde, den Frieden in Byzanz selbst und an den Grenzen zu erhalten. Aber kein Mann, der ihr auch nur einen Bruchteil der Zärtlichkeiten geschenkt hätte, die sie hier, von einem Feind ihres Volkes erhielt, der ihr Herz schon längst erobert hatte. Sie wusste immer noch nicht, wie viel sie ihm bedeutete. War sie nur ein Zeitvertreib für ihn? Eine Herausforderung? Wollte er ihren Willen beugen, sie sich ihm untertan machen und dann von sich stoßen, um das Spiel mit der nächsten fortzusetzen?

Ahmed begnügte sich nun nicht mehr damit, ihre Lippen einfach zu küssen und zu streicheln, er hob die Hand, fasste ihre Unterlippe zwischen Daumen und Zeigefinger und küsste sie, saugte sanft daran, und zog sie dann zwischen seine eigenen Lippen, bis Fedora zart seine Zähne spüren konnte. Sie hielt ganz still. Der Raum um sie herum schien sich in die Ewigkeit auszudehnen, das leise Plätschern des Baches verstummte, und ihre Gefühle konzentrierten sich nur auf den Mann vor ihr. Ihr Körper gab plötzlich nach und sie sank, von seinem Arm gehalten, nach hinten in die weichen Polster. Ahmed glitt über sie, bedeckte ihr Gesicht mit Küssen, während er leise Worte murmelte, die sie nicht verstand, deren Tonfall jedoch unendliche Zärtlichkeit ausdrückte.

Schließlich wandte er sich wieder ihrem Mund zu, presste seine Lippen auf ihre, bis sie vermeinte, nicht mehr atmen zu können. Sie gab seinem Druck nach und fühlte seine Zunge, die an ihre Zähne stieß, die Innenseite ihrer Lippen ertastete und dann weiter glitt, bis sie die ihre erreicht hatte. Ohne nachzudenken kam sie ihm entgegen, fühlte das leichte, erregende Kitzeln, als er sie koste, sie mit seiner umrundete. Der Bart auf seiner Oberlippe stach ein wenig auf ihrer zarten Haut, aber sie genoss es, öffnete den Mund noch etwas weiter, um ihm mehr Raum zu geben, seine aufreizenden Spiele fortzusetzen.

Schon längst ließ Ahmed es nicht mehr bei dem Kuss alleine bewenden, und Fedora erglühte, als seine Hände über ihren Körper streichelten, unter ihr leichtes Gewand glitten, um ihre Brüste zu massieren und deren zarte Spitzen mit seinen Daumen zu reiben, bis sie hart emporstanden. Die Gefühle, die sie während der vorigen Lektionen empfunden hatte, waren nichts im Vergleich zu der Leidenschaft, die sie jetzt ergriff. Ihr ganzer Körper schmerzte vor Sehnsucht nach seinen Berührungen, und zwischen ihren Beinen war ein bisher wohlgehüteter Punkt, der aufzuschwellen schien und zu pochen begann.

Ohne es zu merken, stöhnte sie in seine Lippen hinein. Ahmed schien zu erraten, was in ihr vorging, denn er verminderte den Druck auf ihren Lippen und ließ sie nur zart auf den ihren liegen, während er sprach: „Umarme mich, meine stolze Byzantinerin. Und streichle mich, wie ich es tue."

„Nein, niemals." Fedora musste sich in den Kissen unter ihr festkrallen, um sich selbst nicht nachzugeben. Sie konnte kaum mehr denken, fühlte nur ihn, seine Leidenschaft, die die ihre erweckt hatte, aber ihn ebenfalls zu berühren war ihr unmöglich, hätte ihre Niederlage und Unterwerfung bedeutet.

„Tu es." Seine Stimme klang bittend und fast sehnsüchtig.

„Nein." Fedora wollte den Kopf wegdrehen, als sich sein Griff verstärkte.

„Doch!"

„Nicht einmal, wenn Ihr mich dafür auspeitschen lasst!"

Der Zauber war mit einem Mal verflogen. Fedora öffnete die Augen und begegnete einem Blick voll unterdrückten Zorns. „Ich sollte es tun lassen!", fuhr Ahmed sie erbost an. „Bei Allah! Ich sollte es sogar eigenhändig tun, du missratenes Geschöpf! Langsam frage ich mich, ob du meiner Langmut und Freundlichkeit überhaupt wert bist!"

„Dann lasst mich doch gehen!", fauchte sie zurück, erzürnt über sich selbst, dass sie ihm bereits so verfallen war, dass jedes böse Wort aus seinem Mund mehr schmerzte, als Peitschenhiebe das jemals gekonnt hätten.

„So nicht!", erwiderte Ahmed wild. „Zuerst will ich diese Lektion selbst auskosten und mir das nehmen, was du mir vorzuenthalten wagst!" Fedora schnappte nach Luft, als er sie auf die Kissen drückte und seine Lippen mit einer Heftigkeit auf die ihren presste, bis sie seine Zähne spürte. Sein Körper lag schwer auf ihrem, seine Hände hielten ihren Kopf, sodass sie ihn nicht zur Seite drehen konnte. Sie hob die Hände, um ihn zu schlagen, aber das hätte bedeutet, ihn zu berühren, also ballte sie nur die Fäuste und lag reglos da, bis er zur Besinnung zu kommen schien und von ihr abließ.

Ihr Mund schmerzte von seinem harten, fast endlosen Kuss, der ihr den Atem geraubt hatte, aber sie hatte die Genugtuung, dass sie Siegerin geblieben war. Sie hatte ihn nicht berührt, ihm nicht das gegeben, was er von ihr verlangt hatte!

Ahmed starrte ihr schweratmend in die Augen, dann sprang er plötzlich auf und zerrte sie hoch. „Geh jetzt! Geh endlich, bevor ich mich völlig vergesse und über dich herfalle wie ein wildes Tier!" Er stieß sie von sich, und Fedora taumelte aus dem Pavillon und lief dann so schnell sie konnte in ihre Gemächer.

✖ ✖ ✖

In den folgenden Tagen hörte und sah sie nichts von Ahmed. Der Prinz hüllte sich in Schweigen, ließ sie nicht mehr zu sich kommen, um die Lektionen, nach denen sie sich so sehr sehnte, fortzusetzen, und Fedora kam bald zu der Auffassung, dass sie bei ihm in Ungnade gefallen war.

Es gab natürlich Momente – einige wenige -, in denen sie sich selbst verachtete, weil sie sich so sehr zu einem Feind ihres Volkes hingezogen fühlte. Einem Mann, der in ihr nur einen Besitz sah, ein Spielzeug! Aber mit jedem Tag, der ohne Ahmed verstrich, rückten diese Überlegungen in den Hintergrund und der Gedanke, sich vielleicht das Wenige, was er ihr an Zuneigung entgegengebracht hatte, verscherzt zu haben, begann ihr Schmerzen zu bereiten. Und am Ende zürnte sie sich selbst für ihren dummen Stolz, der sie nicht hatte nachgeben lassen, sodass sie kaum noch schlafen konnte, tagsüber stumm und traurig im Pavillon saß, der ohne Ahmed leer und einsam zu sein schien, und an nichts anderes denken konnte, als an ihn und die Zuneigung, die sie für ihn empfand.

Als sie eines Tages wieder in den Pavillon ging, um ihm dort nahe zu sein, bemerkte sie zu ihrer Überraschung, dass jemand anderer außer den Dienerinnen oder Ali darin gewesen sein musste. Die Kissen lagen anders als am Vortag, und in einer Ecke waren mehrere Bücher und Schriftrollen übereinandergestapelt.

Neugierig näherte sie sich und öffnete eine davon. Eine kundige Hand hatte mit rascher Feder einige Worte darauf festgehalten, die Fedora nun schon leicht entziffern konnte. Es war die Liebeserklärung eines Unbekannten an eine ebenso unbekannte Geliebte.

Mein Leib schmilzt von der Glut des Herzens,
Mein Herz kann selbst nicht mehr bestehen ...
Ich lieb dich mit solcherlei Liebe, wie ich sie nicht fand bei anderen Liebenden.
Aber der Liebe Meer ertränkt den, der drin schwimmt mit Macht,
und ihr Feuer brennt und sengt und ihre Qual bedrängt den, der da nächtens wacht ...

Fedora flüsterte die Worte leise vor sich hin, während sie las. Deren Innigkeit erfasste sie und berührte eine Saite in ihr, die, seit sie in Ahmeds Harem gekommen war, immer stärker und heftiger zum Schwingen gebracht worden war. Ging es ihr nicht selbst so? War sie nicht schon so sehr in Liebe zu dem Herrn dieses Palastes entflammt, dass sie glaubte, daran zerschmelzen zu müssen? Und brannte trotz ihres äußeren Widerstands nicht in den einsamen Nächten dieses ständige Feuer in ihr, das sie zu verbrennen drohte?

Tief bewegt griff sie nach einer weiteren Rolle. Diesmal war es keine Liebespoesie, sondern Verse an ein totes Kind. Fedora hielt unwillkürlich den Atem an, als sie darüber den Namen von Ahmeds verstorbener Tochter las: Mamuna. Mit zitternden Fingern glättete sie die Rolle.

O Tochter des, der keine Tochter gewünscht,
Erst fünf, erst sechs warst du,
Als du vom Atemholen ruhtest
Und brachst mein Herz und meine Ruh ...

Diese Worte mussten von Ahmed selbst stammen. Und es war dieselbe Hand, die auch die Liebesverse geschrieben hatte. Aber da war noch mehr ... Sie wollte soeben weiterlesen, als sie hinter sich Schritte vernahm. Tödlich verlegen und in dem Bewusstsein, eine Schwelle übertreten zu haben, die ihr verschlossen hätte sein sollen, senkte sie die Rolle und blickte Ahmed entgegen, der langsam auf sie zukam.

„Ich hatte nicht gedacht, dich hier zu finden", sagte er ruhig.

„Ich bin oft hier", erwiderte sie mit einem leichten Zittern in der Stimme, „aber ich habe Euch bisher noch nie in diesem Pavillon getroffen, wenn Ihr mich nicht hattet rufen lassen ..."

„Es ist mein Lieblingsplatz. Ich habe diesen Garten und den Pavillon ganz nach meinen Wünschen anlegen lassen, als ich diesen Palast vor vielen Jahren von meinem Vater geschenkt erhielt. Ich halte mich tagsüber nicht viel in diesem Teil des Palastes auf, aber ich verbringe oft die Nächte hier."

Fedora spürte einen leichten Schmerz. Er war also hier gewesen, in ihrer Nähe, ohne sie zu besuchen oder sie rufen zu lassen. Mit demselben Gedanken stieg plötzlich eine stechende Eifersucht in ihr hoch. Wenn er die Nächte hier verbrachte, dann hatte er vielleicht in den vergangenen Tagen eine andere Frau aus seinem Harem hier gehabt, sich unweit von ihr mit einer seiner Konkubinen vergnügt, während sie sich über seine Abwesenheit gekränkt hatte! Eine Frau, der vielleicht diese Liebesworte galten! „Wart Ihr mit anderen Frauen hier?", fragte sie gequält. Sie hatte diese Frage nicht stellen wollen, aber sie war ihr einfach entkommen.

„Sollte dich das etwa interessieren?", fragte er überrascht. „Oder hast du dir gar damit geschmeichelt, ich würde mich um eine lieblose Frau wie dich bemühen und dabei meinen anderen Harem vernachlässigen?"

Sie senkte den Kopf und gab keine Antwort. Seine Worte hatten ihr wehgetan, mehr als sie ertragen konnte, und sie fühlte, wie Tränen der Kränkung in ihre Augen stiegen. Sie hatte tatsächlich gehofft, etwas Besonderes für ihn zu sein. Mehr als nur eine Sklavin, ein Weib, das er sich durch seine Spiele untertan machen wollte. Sie hatte nicht daran zu glauben gewagt, aber sie hatte es sich mehr gewünscht als alles andere.

Er trat zu ihr hin und nahm ihr die Schriftrolle aus der Hand. „Du liest Dinge, die dich nichts angehen, meine neugierige Byzantinerin. Hat man dich keinen Respekt vor dem Eigentum anderer gelehrt?"

Fedora wusste, dass sie kein Recht gehabt hatte, diese Worte zu lesen, aber die Kränkung und die unterdrückten Tränen saßen so beklemmend in ihrer Kehle, dass sie nicht sprechen konnte.

„Geh jetzt, lass mich allein. Und komm nie wieder ungerufen hierher." Er wandte sich um und sah zum Fenster hinaus, so, als hätte er ihre Anwesenheit bereits vergessen.

Fedora erhob sich rasch, blieb dann aber nach wenigen Schritten stehen. Sie hatte ihn noch mehr erzürnt durch ihre Neugier, und sie wollte nicht gehen, ohne ihn deshalb um Verzeihung gebeten zu haben. Zu sehr hatte sie seine Trauer um das tote Kind berührt.

Als sie nicht ging, wandte er sich um. „Was ist? Sonst kannst du es doch kaum erwarten, mich zu verlassen! Weshalb zögerst du heute?"

„Weil ich glaube, Euch gekränkt zu haben. Durch meine Neugier, mit der ich Eure Worte las."

Der Ernst in seinem Gesicht wich einem kleinen Lächeln, als er langsam näher kam. Fedora blieb stehen und sah ihm entgegen, ohne seinem Blick auszuweichen. Aber diesmal lag kein Widerspruch und Aufruhr in ihren Augen, sondern nur die Sorge, ihn verletzt zu haben. Als er ganz dicht vor ihr stand, hob er die Hand und strich über ihre Wange. Es war keine Berührung von der Art, wie sie sie fürchtete und ersehnte zugleich, sondern liebevoll, und zu ihrer eigenen Verwunderung fühlte sie ein warmes, zärtliches Gefühl für ihn in sich aufsteigen, das so ganz anders war als ihre bisherigen leidenschaftlichen Empfindungen.

„Du hast mich nicht gekränkt, meine stolze Byzantinerin, aber du hast Erinnerungen aufgetan, die ich vergessen glaubte."

„Verzeiht", hauchte sie.

„Es gibt nichts zu verzeihen." Er beugte sich vor, und Fedora hielt still, als er sanft seinen Mund auf ihren legte, ohne sie jedoch zu küssen. Dann trat er einen Schritt zurück und wandte sich halb ab. „Und nun geh."

Sie senkte tief errötend ihren Kopf, wandte sich um und verließ den Raum. Seine Berührung, die nicht mehr als ein Hauch gewesen war, hatte sie mehr erschüttert als die Küsse, die sie vor einigen Tagen ausgetauscht hatten – und hatte die Sehnsucht nach ihm fast unerträglich gemacht.

✠ ✠ ✠

„Endlich kommst du!", rief Dananir ungeduldig aus, als Hayana den Raum betrat. „Bringst du endlich neue, bessere Nachrichten von meinem Sohn?"

„Wie man es nimmt ...", entgegnete Hayana zögernd.

„Haben ihm die Frauen, die ich ihm schenkte, keine Freude bereitet? Haben sie ihn nicht von seinem Schmerz abgelenkt?" Sie schüttelte mitleidig den Kopf. „Noch selten habe ich einen Mann gesehen, der so untröstlich war wie er, dass ihn nicht einmal die reizvollsten neuen Sklavinnen dazu bringen können, sich wieder den Freuden des Lebens hinzugeben."

„Nun ...", fing Hayana an, „sie reden natürlich nicht davon, aber ich glaube, er hat noch keine einzige davon zu seinem Weib gemacht. Sonst hätten manche von ihnen wohl keinen Grund, mit einem so sauren Gesicht herumzulaufen. Und die anderen besucht er auch nicht mehr. Jedenfalls nicht, um mit ihnen zu schlafen. Er sucht sie zwar auf, spricht mit ihnen, hört sich ihre Beschwerden und kindischen kleinen Wünsche an, aber dann geht er wieder." Sie lachte leise in sich hinein. „Ihr solltet nur sehen, wie sie sich immer aufputzen, sich schmücken, um ihm zu gefallen, diese albernen Gänse, wie sie um ihn herumflattern und ihm schöntun, und doch kommt keine zum Ziel."

Dananir ließ sich entmutig in die Kissen sinken. „Meinst du ... meinst du, meinem Sohn fehlt etwas? Hat sich vielleicht ein böser Dämon seiner bemächtigt, der ihm die Freude am Leben und an der Liebe nimmt?"

„Nun, eine Art Dämon wohl schon", erwiderte Hayana geheimnisvoll.

Ahmeds Mutter sah schnell auf. „So sprich doch!"

„Es gibt da eine neue Frau in seinem Harem, die seine Sinne entflammt hat ..."

„Etwa die neue Sklavin, von der man sich erzählt?", fragte Ahmeds Mutter gespannt.

Hayana nickte.

„Ist es tatsächlich jene, die zuvor Ibrahim angegriffen und dabei fast den Tod gefunden hat? Ganz Bagdad spricht darüber, und Ibrahim muss vor Demütigung fast grün werden, weil er nicht verhindern konnte, dass diese Kunde sich aus seinem Harem auf die Straßen ausbreitete! Ich wollte Ahmed darüber befragen, aber er gab mir nur ausweichende Antworten."

„Es ist dieselbe."

„Und mein Sohn findet sie tatsächlich ansprechend?"

„Dies ist genau die Frau, die er brauchte, um seine verstorbene Gattin zu vergessen. Sie ist nicht wie die sanfte Salimana und schon gar nicht wie die anderen, sondern hat einen starken Willen, den sie ihm auch zeigt." Hayana lachte leise. „Sie ist klug, widerspricht ihm aber auch, widersetzt sich ihm. Das beschäftigt ihn."

„Und er lässt sich das gefallen?"

„Er brennt lichterloh", erwiderte Hayana zufrieden. „Schickt ihr die ausgefallensten Süßigkeiten, lässt aus den Bergen Eis holen, um damit ihre Getränke zu kühlen, und hat ihre Truhen mit Kleidern gefüllt, die weitaus kostbarer sind als die der anderen Frauen. Ich möchte schwören, dass seine Gedanken unaufhörlich darum kreisen, wie er sie für sich gewinnen kann."

„Mein Sohn zu Füßen einer Sklavin?" Dananir verzog den schönen Mund.

„Keine gewöhnliche Sklavin", erwiderte Hayana nachdenklich. „Sie mag vielleicht auf dem Sklavenmarkt zum Verkauf gestanden sein, aber ihr ganzes Auftreten, ihre stolze Haltung, ihr Blick zeigen mir, dass sie nicht aus dem gemeinen Volk stammt, sondern edle Vorfahren haben muss. Wenn Ihr sie kenntet, würdet Ihr das auch sagen, meine Herrin."

„Wie sieht sie aus?"

„Sie hat leuchtend rotes Haar, blasse Haut und die Taille einer Wespe", erzählte Hayana. „Aber dennoch sind ihre Hüften breit und ihre Brüste voll genug. Ihre Augen sind grün. Und sie ist sehr gebildet, bemüht sich, unsere Sprache zu lernen und übt sich im Schreiben. Der Prinz unterhält sich gerne mit ihr, über alle Dinge, die ihm am Herzen liegen. Und sie hat sich mit Ali angefreundet." Hayana setzte diese Worte hinzu wie einen Triumph.

„Mit Ali?" Dananir sah überrascht hoch. Sie kannte Ali, den Eunuchen, den Wächter der Frauen ihres Sohnes, seit sehr vielen Jahren. Sie mochte ihn, schätzte wie Ahmed seine Treue und Zuverlässigkeit. Er begegnete ihr mit dem Respekt der ihr zustand, und sie wusste, dass er sie bis zu einem gewissen Grad auch mochte, aber gleichfalls wusste sie auch, dass er die meisten Frauen verachtete. Und nun war da eine neue Frau, eine Sklavin, die mit ihm Freundschaft geschlossen hatte! Keine Sekunde dachte Dananir, die Alis absolute Ergebenheit ihrem Sohn gegenüber ebenso kannte wie seine Unfähigkeit, seinen Herrn in dieser gewissen Sache zu betrügen, es könnte etwas in dieser Freundschaft sein, das nicht ihr Wohlgefallen erregen könnte. Nein, im Gegenteil, diese Bevorzugung durch den sonst so zurückhaltenden Mann machte die neue Sklavin interessanter und ... sogar liebenswert.

„Bring sie einmal zu mir", sagte sie zu Hayana. „Ich möchte sie kennenlernen."

„Das geht nicht, meine Herrin", erwiderte die Dienerin. „Der Prinz hat streng verboten, dass Fedora jemals den Palast oder auch nur die Gemächer, die sie bewohnt, verlässt."

„Aber seinen anderen Konkubinen erlaubt er doch auch, sich unter der Aufsicht der Wächter außerhalb des Palastes zu bewegen und zu gehen, wohin sie wollen!", rief Dananir erstaunt aus. „Es hat mich oft verwundert, wie viel Freiheit er ihnen lässt! Mehr noch, als ich selbst als Gattin des Kalifen genieße."

„Gewiss, er ist sonst sehr großzügig", sagte Hayana. „Aber bei dieser Byzantinerin ist er weitaus strenger. Er ist ihr gegenüber so nachsichtig wie er nur sein kann, aber er erlaubt nicht, dass sie sich aus seiner Nähe entfernt."

„Dann komm öfter und erzähl mir von ihr. Und vielleicht lässt es sich sogar einmal einrichten, dass ich sie besuchen kann."

Vierte Lektion

Jetzt, wo sie wusste, wie nahe Ahmed ihr in den Nächten war, fand Fedora noch weniger Schlaf als bisher. Die Sehnsucht nach ihm und seinen Händen ließ sie erglühen und der Wunsch, seine Stimme zu hören und mit ihm zu sprechen, wurde fast übermächtig. Zwei Tage und Nächte verbrachte sie so, dann, eines Nachts, fasste sie endlich einen Entschluss: Sie erhob sich leise von ihrem weichen Lager, huschte unhörbar an den schlafenden Dienerinnen und Hayana vorbei und lief die nächtlichen, vom Licht der Sterne und des Mondes beleuchteten Wege entlang, bis sie den Pavillon erreicht hatte. Durch die geschnitzten Fenstergitter konnte sie sehen, dass drinnen Kerzen brannten. Er war also hier. Eine unfassbare Freude stieg in ihr hoch, dann zögerte sie jedoch einzutreten, voller Furcht, Ahmed könnte nicht alleine sein, und sie fände ihn zusammen mit einer anderen auf denselben weichen Kissen, auf denen er sie geküsst und gestreichelt hatte. Sie schob leise den Teppich zur Seite und lauschte hinein, bereit, sofort wegzulaufen, wenn sie auch nur einen Ton hörte, der ihr die Anwesenheit einer anderen Frau verriet.

In diesem Augenblick griff eine harte Hand nach ihrem Arm und zerrte sie derb hinein. „Wer wagt es ...?!" Im selben Moment, in dem Ahmed sie erkannte, ließ er sie los, und der Zorn in seinen Augen machte der Verblüffung Platz.

„Du? Was willst du hier? Sehen, ob es noch mehr Dinge gibt, die zu lesen es sich lohnt?"

Fedora wand sich unter diesen Worten, aber dann fasste sie sich ein Herz. „Ich komme zur nächsten Lektion", sagte sie leise.

Er starrte sie an ohne sich zu rühren. „Wer sagt, dass ich dir überhaupt noch Lektionen geben will?", fragte er schließlich finster. „Vielleicht bin ich es schon überdrüssig, mich mit einer Frau abzugeben, die an Sturheit nicht zu überbieten ist?"

„Wäre ich dann hier, wenn ich so stur wäre, wie Ihr meint?", erwiderte sie fast unhörbar.

Ahmed blickte sie mit einem seltsamen Ausdruck an. „Die nächste Lektion wäre jene, in der ich dich überall berühren würde", sagte er dann langsam. „An jeder Stelle deines Körpers, auch an den geheimsten. Bist du sicher, dass du das willst?"

Bei seinen Worten war ein Beben durch Fedoras Körper gegangen. Sie berühren, überall ... Es musste unerträglich schön sein, von ihm berührt zu werden, dort, wo es schon beim Gedanken an ihn heiß wurde.

Ahmed hatte ihre Reaktion bemerkt. „Hast du Angst?", fragte er spöttisch. „Bereust du es schon, gekommen zu sein?"

Sie schüttelte den Kopf, ohne ihn anzusehen. Keine Angst vor ihm, vielmehr vor ihren eigenen Gefühlen, die sie schon bei ihren früheren Begegnungen unter seinen Liebkosungen fast mitgerissen hatten. Und wenn er jetzt jene Stellen berührte, in denen die Hitze mit jeder seiner Zärtlichkeiten wuchs, die nach ihm verlangten, dann wusste sie, dass sie endgültig ihren eigenen Willen verlieren und ihm so sehr verfallen sein würde, dass sie nicht nur äußerlich, sondern auch innerlich seine Sklavin wurde. Aber deshalb war sie ja gekommen. Um den letzten Schritt zu tun. Weil sie es ohne ihn nicht mehr aushielt.

Er stand vor ihr, musterte sie mit einem prüfenden Blick, dann atmete er tief durch. „Gut, beginnen wir mit der Lektion." Er trat nahe an sie heran, hob die Hände und schob ihr leichtes Nachtgewand von ihren Schultern. Es glitt sanft und seidig an ihr herab, bis es zu ihren Füßen lag. Fedora hatte die Augen geschlossen und wartete zitternd darauf, was weiter geschehen würde.

„Sieh mich an", sagte er plötzlich. „Ich will heute deine Gefühle erkennen können."

Sie öffnete ihre Augen und erschrak vor der Glut in den seinen. Sie waren dunkler als sonst, brennender und fremder, und für einen kurzen Moment bereute sie es, ihre Schritte hierher gelenkt zu haben.

„Du hast doch Angst", murmelte er, während seine Hände warm von ihren Schultern über ihre Oberarme glitten und wieder zurück. Es war eine beruhigende, liebevolle Geste. „Ich sehe es in deinen Augen. Aber du musst keine haben. Ich werde dir nicht wehtun, dich nicht verletzen. Ich werde dich nur streicheln, bis du keinen anderen Gedanken mehr hast als mich. Bis dein unseliger Wunsch nach Freiheit unter meinen Liebkosungen zu Asche verbrennt."

Zu ihrer Überraschung fasste er sie unter den Knien und unter den Armen und hob sie hoch, um sie zu den weichen Kissen zu tragen. Dann richtete er sich wieder auf, stand vor ihr und betrachtete ihren Körper.

„Du bist schön. Schöner als jede Huri, die uns das Paradies verspricht. Aber ich wollte, du wärst mir ebenso ergeben und würdest nicht nur kommen, weil dein Fleisch danach verlangt."

Statt einer Antwort streckte Fedora sehnsüchtig die Arme nach ihm aus.

Ahmed schüttelte den Kopf. „Nein, du sollst mich nicht mehr berühren. Ich will es nicht. Zumindest nicht heute und nicht so. Du sollst mich erst berühren, wenn du ... mich liebst. Nicht eher." Er kniete neben ihr nieder, und Fedora erschauerte, als er seine Hand schwer auf ihren Leib legte. Es war eine sanfte, aber sehr besitzergreifende Geste, und sie atmete zitternd ein, als er langsam über ihren Bauch strich, weiter hinauf über ihre Brüste, ihren Hals und ihre Schultern und Arme, dabei auch nicht die kleinste Stelle auslassend. Sie kannte dieses Gefühl schon, das diese Liebkosungen in ihr auslösten, aber dieses Mal war es noch erregender. Sie war zum ersten Mal seit dem Schachspiel völlig nackt, und sie genoss seine Blicke auf ihrer Haut nicht weniger als seine Berührungen.

Sie gab sich bedingungslos seinen Händen hin, die steigende Erregung erwärmte ihren Körper, bis er sie sanft herumdrehte, sodass sie ihm ihren Rücken zukehrte. Er schob ihr Haar zur Seite und streichelte mit den Fingerspitzen über ihre Schultern, ihren Rücken und kehrte wieder zurück bis zu ihrem Nacken. Hauchzart war seine Berührung, ließ sie erschauern und ihre Haut sich wie schon so oft bei seinen Zärtlichkeiten genussvoll zusammenziehen.

Als er plötzlich seine Hand zurückzog, blieb sie zuerst abwartend liegen, dann wandte sie leicht den Kopf.

„Soll ich weitermachen?", fragte er ruhig.

Fedora nickte nur. *Ich werde dich an jeder Stelle deines Körpers berühren*, hatte er gesagt, *auch an den geheimsten.* Sie hatte ein wenig Angst davor und doch eine unstillbare Sehnsucht, die sie nach mehr verlangen ließ.

Sie fühlte seine Hände auf ihrem Gesäß. Schwer und warm lagen sie darauf und Fedora, die bisher niemals gedacht hätte, dass eine solche Behandlung sie jemals so erregen konnte, zog überrascht die Luft ein, als sie plötzlich seine Lippen fühlte.

„Du solltest dich inzwischen schon daran gewöhnt habe, dass ich dich überall küsse, wo es mir gefällt", murmelte er an ihrer Haut, auch das kleinste Stückchen ihres Rückens mit Küssen bedeckend. Fedora gab sich mit einem tiefen Aufseufzen dieser neuen Zärtlichkeit hin und hielt erst wieder den Atem an, als seine Finger den Wirbeln ihres Rückgrates folgten, immer weiter und weiter hinab bis zwischen ihre Gesäßbacken. Sie stieß einen kleinen Laut der Lust aus, presste ihr heißes Gesicht in die kühlen Seidenkissen, als sie seine Finger noch tiefer fühlte. Sie gab dem Druck seiner Hand nach, öffnete die Beine etwas mehr und fühlte, wie seine Finger, nachdem sie das weiche, nachgiebige Fleisch zwischen ihren Schenkeln ertastet hatten, weiterglitten – eine zarte Feuchtigkeit auf den Innenseiten ihrer Oberschenkel hinterlassend.

Plötzlich hielt er inne, strich mit der anderen Hand über eine Stelle auf ihrem Rücken. Sie wusste, dass sie dort kleine Narben hatte, wo die Peitsche von Ibrahims Henker die Haut hatte aufplatzen lassen. Sie würden vergehen, hatte Hayana sie beruhigt, aber es würde wohl noch ein Jahr dauern, bis die Haut wieder glatt war wie zuvor. Ihre Dienerin rieb ihr jeden Abend und Morgen ein heilendes Öl ein, das angeblich alle Male verschwinden lassen sollte.

„Stört Euch dieser Schönheitsfehler?", fragte sie beunruhigt, als er immer wieder mit den Fingern über die zarten Vertiefungen fuhr.

„Nein. Aber ich sollte ihn selbst dafür ..." hörte sie Ahmed zwischen den Zähnen hervorpressen.

„Hayana hat gesagt, dass sie bald vergehen werden", fuhr sie fort.

„Man sieht sie kaum", erwiderte er heiser, „ich kann sie nur erfühlen. Wenn ich ein wenig später gekommen wäre ..." Er sprach den Satz nicht zu Ende, aber Fedora wusste, was er meinte, und ein Gefühl tiefer Freude stieg in ihr hoch. Er war wütend, aber nicht auf sie, sondern auf Ibrahim, weil dieser sie hatte schlagen lassen.

Sie drehte sich unter seinen Händen herum bis sie auf dem Rücken lag und sah ihn ernst an. „Ihr zürnt mir jetzt nicht mehr?"

Ahmeds Blick verlor sich für die Dauer unzähliger Herzschläge in dem ihren. „Nein. Nein, ich glaube, ich könnte dir gar nicht ernsthaft böse sein, meine Byzantinerin. Denn wärst du auch nur ein wenig nachgiebiger, so würdest du jetzt in Ibrahims Palast wohnen und nicht in meinem." Das kleine Lächeln, das sie an ihm lieben gelernt hatte, stahl sich zum ersten Mal seit langem wieder in seine Augen. „Allein der Gedanke daran lässt mich wünschen, etwas zu tun, das der

Koran verbietet, und Ibrahim einer Behandlung zu unterziehen, die ihn in die Reihe der Eunuchen bringen würde."

Fedora erwiderte, ohne sich dessen bewusst zu sein, sein Lächeln und Ahmeds Blick wurde seidenweich.

„Dies ist das erste Mal, dass du mich anlächelst, weißt du das?"

„Bitte küsst mich", bat Fedora. „Ich habe mich in den vergangenen Tagen so sehr danach gesehnt."

Ahmed beugte sich über sie, seine Lippen fuhren über ihre Wange, ihr Kinn und fanden dann endlich die ihren. Als sie jedoch ihre Arme um ihn legen wollte, hielt er sie davon ab. „Nein, jetzt nicht. Ich möchte deine Nachgiebigkeit auskosten, meine wilde Stute, sehen, wie du mir gehorchst. Außerdem, es gibt nichts, was die Glut noch mehr entfacht, als unerfüllte Wünsche und Sehnsüchte." Er fasste sie an den Handgelenken und schob ihre Arme hoch, bis sie über ihrem Kopf lagen, dann brachte er seine Lippen wieder ganz nahe an ihre. „Ich brenne vor Leidenschaft, meine schöne Huri, aber ich werde mein Verlangen und deines erst stillen, bis ich sehe, dass auch du in Flammen stehst, die ich alleine löschen kann."

„Ich stehe in Flammen", hauchte Fedora. Noch nie war sie so vor ihm gelegen, nackt, mit den Armen über dem Kopf, ihm so völlig preisgegeben.

„Ja, aber sie lodern noch nicht hoch genug." Ein Lächeln lag in seiner Stimme. „Glaube mir, das, was du jetzt empfindest, ist nichts gegen das, was ich noch in dir entfachen werde. Bis du vollkommen mir gehörst …"

Bei diesen Worten glitt seine Hand, die bisher ruhig auf ihrer Brust geruht hatte, weiter hinab. Seine Finger suchten ihren Nabel und Fedora, die noch niemals eine derartige Liebkosung gekannt hatte, fühlte, wie ein Blitz von der Mitte ihres Körpers zwischen ihre Schenkel fuhr. Sie zog überrascht die Luft ein und spannte sich unwillkürlich an, als sich der Druck von Ahmeds Fingers zart verstärkte.

„Nicht, meine Schöne", sagte er leise lächelnd, „du darfst mir und meinen Händen keinen Widerstand entgegensetzen. Bleib nur ganz ruhig liegen und warte ab, was weiter geschieht. Du wirst es nicht bereuen, glaube mir."

Das heiße Gefühl schien sich zwischen Fedoras Beinen zu sammeln und wurde noch heftiger, als Ahmed seine Finger zurückzog und stattdessen seine Lippen über ihren Nabel legte und mit der Zunge hineinbohrte. Das Kitzeln, manchmal heftiger, dann wieder hauchzart, ließ sie zuerst leise auflachen, aber als er auch noch seine Hände zart über ihren Bauch und ihre Brüste wandern ließ und alle jene Stellen suchte, die empfindsam waren, wand sie sich bereits unter seinen Berührungen. Das Pochen zwischen ihren Beinen, das sie zum ersten Mal unter seinen Küssen gespürt hatte, war wieder da, wurde heftiger, verlangender und etwas schien aufzuschwellen, feucht zu werden.

„Was tut Ihr nur mit mir?", flüsterte sie erregt. Ihre Brustspitzen standen dunkelrot empor, und sie schloss die Augen, als er seine Lippen um sie schloss, daran saugte, bis sie schmerzten. Seine Hand war tiefer gewandert, lag jetzt über dem Punkt, der nach Aufmerksamkeit verlangte, ohne dass Fedora sich bewusst war, welcher Art diese sein sollte.

Er verstärkte den Druck seiner Hand, bis zwei seiner Finger federleicht genau auf der Quelle des Pochens lagen. „Ich werde dir sagen, was ich mit dir tue, meine kostbare Byzantinerin, die trotz allem noch so erregend unschuldig ist." Seine Stimme klang rau, aber weich, und sein Atem strich heiß über ihr Gesicht, während seine Lippen an ihrer Wange lagen. „Allah sei Dank, der dich mir so erhalten hat – ich habe es noch nie so genossen, die Leidenschaft und Liebe einer Frau zu wecken wie bei dir." Er küsste ihre Augen. „Ich werde dir sagen, was ich tue: Ich werde das Feuer weiter schüren, dich bis zum Äußersten bringen."

Fedora, alleine schon von der Vorstellung erregt, atmete zitternd ein. All ihre Furcht war verflogen, und sie wollte nur eines: Ahmed fühlen, seine Hände und Lippen auf ihrem Körper spüren und in unsäglicher Lust und Liebe vergehen. „Bitte tut es", wisperte sie. „Tut es."

Ahmed lachte leise, aber es war ein erregtes Lachen, voller Lust und Freude an dem Spiel und an ihr und ihrem Körper. „Aber ich werde das Feuer nicht löschen", sprach er weiter. „Nicht heute. Ich möchte unserer beider Leidenschaft noch warten lassen, bis sie die Erfüllung findet." Seine Lippen kosten ihr Ohr. „Das habe ich noch nie getan, es lässt mich leiden, aber es verschafft mir auch einen Genuss, der fast unerträglich ist."

Sein Mund war nahe an ihrem Gesicht, und sein Blick ließ sie nicht los, verfolgte jede ihrer Bewegungen, jede Veränderung ihres Ausdrucks, während seine linke Hand tiefer glitt. Sie schrie leise auf, als er eine Stelle ertastete, die so empfindsam war, dass sie die Berührung kaum ertrug.

„Du bist bereits voller Erwartung", flüsterte er. „Deine Quelle der Leidenschaft ist feucht und glühend und heißt mich willkommen." Als er ihre Beine ein wenig weiter öffnen wollte, verhärtete sich ihr Körper. Die Erinnerung an Ibrahims derben Griff ließ sie unwillkürlich nach einem der Kissen greifen und sich daran festkrallen.

Ahmed betrachtete sie nachdenklich. „Du hast Angst", sagte er ruhig. „Das musst du nicht." Er schien ihre Gedanken lesen zu können. „Hat Ibrahim dich hier berührt?"

Sie drehte verschämt den Kopf zur Seite und nickte.

„Hat er dir wehgetan?"

„Es ... es war sehr unangenehm ..." Sie hatte plötzlich Angst vor ihren eigenen Erwartungen, davor, sich seine Berührungen so sehr zu wünschen und dann enttäuscht zu werden.

„Das wird es jetzt nicht sein." Ahmed beugte sich über sie, küsste sie zärtlich auf den Mund, ihre Wangen. „Du sollst nichts vor mir verbergen", flüsterte er an ihrem Mund. „Es soll keine Stelle an deinem wunderbaren Körper geben, die mir verschlossen bleibt. Vertraue mir, meine süße Huri, und öffne dich mir, damit ich die Knospe deiner Lust liebkosen kann, bis sie sich unter meinen Berührungen zu einer wunderbaren Blüte entfaltet."

Als er diesmal seine Hand zwischen ihre Schenkel legte, gab Fedora nach, vor Erregung zitternd, als er ihre Knie leicht auf die Seite bog. Sie hatte angenommen, dass er sofort mit seinen Fingern in sie eindringen würde, aber stattdessen streichelte er zart über ihre Scham, fuhr mit den Fingerspitzen die äußeren und inneren Formen nach. „Wie eine Blüte", flüsterte er, „eine wunderbare, rosige Blüte, die unter meinen Berührungen erblüht." Sein Finger fuhr tiefer zwischen ihre Beine, aber in dem Moment, als sie abermals dachte, er würde eindringen, zog Ahmed seine Hand zurück. „Nein", murmelte er, „noch nicht. Dort sollst du mich erst spüren, wenn ich in dir liege. Nein, zuvor sollst du eine andere Art der Wonne fühlen."

Ohne dass Fedora – die kaum noch denken konnte – nunmehr den geringsten Widerstand leistete, bog er ihre Beine weit auseinander und kniete sich dazwischen. Hayana hatte sie bereits vor einiger Zeit davon überzeugen können, dass es nicht genug war, ihre Gliedmaßen vom Haar zu befreien, sondern dass der Prinz es schätzen würde, eine Frau zu lieben, die keinen „tierischen Pelz zwischen den Beinen" trug. Fedora war schon verliebt und sehnsüchtig genug nach Ahmeds Berührungen gewesen, um nachzugeben, und war nun dankbar für Hayanas guten Ratschlag.

„Was tut Ihr?!" Sie hatte gedacht, er würde sie nur ansehen oder berühren wollen, aber als er seinen Kopf hinabbeugte, hielt sie vor Überraschung und Entzücken den Atem an.

„Ich küsse dich", murmelte er. „Ich küsse die Blätter dieser Blüte, die feucht ist vom Tau der Liebe und Erwartung, und suche nach deiner Knospe der Leidenschaft, ... dem Zentrum deiner Lust und deines Begehrens." Sein Atem strich kühl und zugleich heiß über die Feuchtigkeit ihrer Scham, und sie erbebte, als er mit den Fingern sanft die weichen, schützenden Lippen etwas weiter auseinanderzog, um zu dem Punkt zu gelangen, der fast schmerzlich pochte. Sie schrie leise auf, als er seine Zunge darum tanzen ließ und wand sich unter seinen Berührungen, die nichts Fremdes oder Beängstigendes mehr hatten, sondern ihren Körper zum Glühen und jeden Gedanken zum Erlöschen brachten. Das Pochen und die Lust zwischen ihren Beinen war kaum noch erträglich, breitete sich von ihren Schenkeln aufwärts wandernd über ihren ganzen Körper aus und ließ sie in einen Zustand der Wonne verfallen, der nur noch aus einem heftigen Brennen bestand, das sie zu verzehren drohte.

Er hielt ihre Schenkel fest, als sie sich aufbäumte, seinen saugenden Lippen entgegen, aber plötzlich, kurz vor einem Punkt, von dem Fedora niemals gedacht hatte, dass er überhaupt möglich war, ließ er plötzlich von ihr ab. Seine Hände lagen zwar immer noch auf ihrem Körper, aber streichelten sie, beruhigten sie, glitten sanft über ihren Bauch, ihre Brüste.

Fedora, die nur langsam wieder in die Gegenwart zurückfinden konnte, öffnete die Augen, als seine Hände sich von ihr zurückzogen. „Ist es ... ist es schon vorbei?", fragte sie atemlos. Sie fühlte sich erhitzt, voller Lust – aber unbefriedigt, so, als hätte er ihr noch einen Höhepunkt ihrer Gefühle vorenthalten. Noch weitaus stärkere Gefühle, von denen sie ahnte, dass sie vorhanden sein mussten.

Ahmeds Augen fesselten ihren Blick, liebkosten ihr Gesicht, aber er berührte sie nicht mehr. Sie wollte ihn bitten weiterzumachen, sie jetzt nicht alleine zu lassen, jedoch er erhob sich seltsam schwerfällig und atmete tief durch. Zu ihrer

Erregung sah sie, dass sich sein Gewand vorne wölbte. Sie wusste, was sich darunter verbarg. Etwas, das sie berühren und besitzen wollte.

Als er ihren Blick bemerkte, lachte er ein wenig mühsam. „Ja, meine leidenschaftliche Geliebte, es scheint mir doch schwerer zu fallen, der Glut und der Erlösung zu widerstehen, als ich zuvor dachte. Und fast neige ich dazu, meine Entscheidung zu bereuen." Er ging zu dem kleinen Bach, kniete sich hin, dann tauchte er die Hände hinein und warf sich Wasser ins Gesicht, bis er wieder ruhiger atmete.

„Mein Gebieter ..."

Es war das erste Mal, dass sie ihn so nannte, und er lächelte sie an, als sie die Hand nach ihm ausstreckte. Er ergriff sie und zog sie an seine Lippen. „Es wird Zeit für dich, mich für heute zu verlassen", flüsterte er in ihre Handinnenfläche hinein.

„Ist es wirklich schon zu Ende? Schickt mich jetzt nicht fort. Lasst mich bei Euch bleiben!"

„Morgen, meine süße Huri." Seine Stimme klang rau. „Morgen werde ich dich zur nächsten Lektion rufen. Aber vermutlich werde ich diesmal nicht damit warten können, bis der Abend kommt, sondern schon viel früher nach dir schicken. Du bist wahrhaftig die erregendste Frau, die ich je berührt habe. Ich weiß aber auch, dass du noch nicht so weit bist, mir das zu geben, was ich mir ebenso sehr von dir wünsche wie deinen Körper." Er beugte sich zu ihrer Überraschung zu ihr hinunter und hob sie hoch. „Du bist leicht, meine rothaarige Gazelle, leichter als ich dachte. Es ist schön, dich auf meinen Armen zu halten."

„Und es ist schön, von Euch gehalten zu werden." Fedora hob ihre Hand, um mit den Fingern durch sein Haar zu fahren.

„Nicht, meine wilde Stute", sagte er, bevor sie ihn noch berühren konnte, „das wäre zu viel für mich. Und ich will diese Nacht in der köstlichen Erwartung verbringen, dich die letzte Lektion zu lehren, bevor wir uns vereinigen."

„Noch eine weitere Lektion?" Fedoras Augen waren dunkel vor Sehnsucht und unerfüllten Wünschen.

„Noch weißt du nichts oder nicht viel über die Lust des Mannes", erwiderte er mit einem leisen Lachen. „Oder", sein Blick verdunkelte sich, „hat dieser Hund Ibrahim es gewagt, dich dazu zu zwingen? Musstest du ihn berühren?"

„Die einzige Berührung, die er von mir erhielt war die meiner Nägel an seiner Wange", flüsterte Fedora. „Aber ich habe zugesehen, wie seine Frauen es taten", fügte sie hinzu. „Es war ... nun ..."

„Abstoßend?", ergänzte Ahmed ihren Satz, als sie den Blick senkte.

Fedora nickte verlegen.

„Dann werde ich es dich sehr langsam lehren. Bis du dich ebenso daran gewöhnst wie an meine Berührungen und Küsse. Es soll nichts an unserer Vereinigung sein, das du nicht willkommen heißt."

„Es gibt nichts, mein Gebieter, das ich von Euch nicht willkommen heißen würde." Fedora legte ihren Kopf auf Ahmeds Schulter und schmiegte sich an. Es war schön, von ihm im Arm gehalten zu werden, und sie fühlte sich geborgen und sogar zufrieden.

Ahmed trug sie aus dem Pavillon hinaus in den Garten bis zu ihren Gemächern und legte sie erst in ihrem Schlafraum sanft in die Kissen. Dort küsste er sie auf die Stirn. „Schlafe wohl, meine Geliebte, und träume von mir."

Fedora wartete, bis er ebenso leise den Raum verlassen hatte, wie er gekommen war, dann drehte sie sich mit einem Lächeln zur Seite und schlief ein. Das erste Mal seit Tagen.

Und die stets wachsame Hayana, die ihr Lager im Raum davor aufgeschlagen hatte, tat dasselbe.

Der Abschied

Fedora wachte erst auf, als die Sonne hoch am Himmel stand. So gut gelaunt und erfrischt wie schon lange nicht mehr ließ sie sich von den Dienerinnen dabei helfen, ins Becken zu steigen und sich danach anzukleiden. Ihr leichtes Nachtgewand hatte sie im Pavillon vergessen, und sie spielte kurz mit dem Gedanken, Ahmed unter dem Vorwand, es zurückholen zu wollen, aufzusuchen. Dann jedoch sagte sie sich, dass er den Garten vermutlich schon längst wieder verlassen hatte, und geduldete sich auf später, wo er sie hoffentlich zu sich rufen würde. Die Leidenschaft, die er in ihr erweckt hatte, konnte mit nichts, was der Tag ihr brachte, befriedigt werden, und sie sehnte sich danach, Ahmed wiederzusehen, unter seinen Händen zu vergehen und die letzte Lektion gelehrt zu bekommen, bevor er ihr endlich die Erlösung ihrer Wünsche und Sehnsüchte gestatten würde.

Als er sie dann einige Stunden später aufsuchte, tat er das jedoch nicht, um wieder ihre Glut zu entfachen, sondern um ihr eine Mitteilung zu machen, die sie noch weit schlimmer traf, als sie noch wenige Wochen davor sich das jemals hätte vorstellen können.

„Ich bin gekommen, um dir zu sagen, dass ich verreisen muss, meine schöne Byzantinerin. Es gibt Unruhen im Norden des Landes."

Fedora, die von Hayana bereits vor Tagen von kriegerischen Auseinandersetzungen mit einigen Rebellen, die sich gegen den Kalifen auflehnten, gehört hatte, horchte beunruhigt auf. „Aber Ihr werdet doch nicht etwa in den Kampf ziehen, gemeinsam mit dem Heer des Kalifen?"

„Es ist meine Pflicht, ihm beizustehen."

„Aber weshalb überlasst Ihr das denn nicht den Kriegern?!", fragte sie entsetzt. „Hat der Kalif denn nicht genügend Soldaten, die für ihn kämpfen?"

„Auch ich wurde für die Schlacht ausgebildet, meine süße Geliebte. Es wäre ein Zeichen von Feigheit, würde ich hierbleiben und meine Brüder nicht begleiten." Er trat ein wenig näher und griff nach ihrer Hand, um sie an seine Lippen zu ziehen. „Es schmerzt mich zutiefst, dich verlassen zu müssen, und ich bin mir selbst gram, dass ich die gestrige Nacht nicht genutzt habe, um mich ganz mit dir zu vereinen." Er lächelte schwach. „Welch eine Narretei, noch abzuwarten, anstatt endlich das zu tun, wonach ich mich schon seit so langer Zeit sehne. Nur, weil ich mich der Vorstellung hingab, deine Zuneigung dadurch noch zu vertiefen und am Ende sogar dein Herz zu erringen." Er legte sein Gesicht in ihre Hand. „Aber wer weiß, wäre mir das überhaupt jemals gelungen? Jetzt jedoch ...? Allah alleine weiß, was die Zukunft uns bringt, und ich habe mich vielleicht dadurch um die höchsten Wonnen gebracht, die das Leben für mich bereithielt." Bevor Fedora etwas antworten konnte, zog er sie an sich und küsste sie sanft auf den Mund, sich dann schnell von ihr lösend, als könne er seinen eigenen Gefühlen nicht trauen.

„Was meintet Ihr damit, als ihr sagtet, Ihr wolltet meine Zuneigung vertiefen und wüsstest nicht, ob es Euch gelingen würde, mein Herz zu erringen?", fragte

Fedora hastig, als er sich umwandte, um sie zu verlassen. Sie hatte nach seinem Gewand gegriffen und hielt ihn fest. „Bin ich nicht gestern freiwillig zu Euch gekommen?"

Er wandte den Kopf und sah mit einem kleinen Lächeln auf sie herab. „Doch, das bist du. Aber ich wollte nicht nur deinen Körper und deine Willigkeit, sondern dein Herz, meine stolze Byzantinerin. Ich wollte, dass ich deine Gedanken einnehme, so wie du meine. Dass ich dein letzter Gedanke bin, bevor du einschläfst, und dein erster, wenn du aufwachst. Dass du mich vermisst, wenn ich nicht bei dir bin. Dass du mir all die Gefühle gibst, die ich für dich empfinde." Er lachte leicht auf, als er ihr betroffenes Gesicht sah. „Aber noch ist es, wenn Allah uns gnädig ist, kein Abschied für immer, und wer weiß ..."

„Wartet!", sagte Fedora schnell, als er gehen wollte. „Wenn es Euch gelänge, mein Herz zu gewinnen, so wie Ihr es wollt", fragte sie drängend, „was würdet Ihr damit tun?"

„Es halten wie eine Kostbarkeit, und es nie wieder loslassen", erwiderte Ahmed ernst. Sein Blick blieb an ihren Augen hängen, dann drehte er sich abrupt um und ging.

Fedora stand wie festgebannt dort, wo er sie soeben verlassen hatte. Ein überwältigendes Gefühl war in ihr. Freude. Nein, mehr! Ein Glück, das sie noch kaum fassen konnte. Sie wusste jetzt nur eines: Dass er ihr seine Liebe gestanden hatte, und sie ihn noch vor seiner Abreise wissen lassen musste, wie sehr sie seine Gefühle erwiderte.

Sie zögerte nicht lange, sondern ließ sich von einer Dienerin Papier und Tinte bringen. Dann dachte sie kurz nach, bevor sie die Feder in die Tinte tauchte und ein Gedicht hinschrieb, das sie vor Kurzem auswendig gelernt hatte, weil es so deutlich ihre Empfindungen für Ahmed auszudrücken schien.

Niemals steigt und niemals sinkt die Sonne,
Ohne dass nach dir der Wunsch mir stände.
Keinen Hauch tu ich, betrübt und fröhlich,
Dem sich Dein-Gedenken nicht verbände.
Mit den Leuten sitz ich nicht zu sprechen,
Ohne dass mein Wort du bist am Ende.
Keinen Tropfen Wasser trink ich dürstend,
Ohne dass dein Bild im Glas ich fände.

Sie blies vorsichtig über das Papier, um es zu trocknen, rollte es zusammen und schnitt sich eine Haarsträhne ab, die sie darum wickelte wie ein seidenes rotes Band. Dann rief sie nach Hayana.

„Hier, bringe das Prinz Ahmed. Aber nur ihm persönlich, hörst du? Und dann komm sofort wieder her und berichte mir, was er gesagt oder getan hat."

Als sie nur kurze Zeit danach Schritte hörte, sah sie hoch, in der Vermutung, Hayana zu sehen, die von ihrem Botengang zurückkehrte. Aber dann wurde der Vorhang ungeduldig zurückgestoßen und statt ihrer Dienerin stand Ahmed vor ihr, in den Augen ein Leuchten, wie sie es noch nie zuvor darin gesehen hatte. Er musste eben dabei gewesen sein sich umzukleiden, denn er war barhäuptig, trug nur einen mit einer Schärpe hastig zusammengebunden Mantel, der über der Brust ein wenig offen stand, und hatte weder Pantoffel noch andere Schuhe an.

Fedora sah ihn stumm an, dann trat sie dicht zu ihm hin. Er rührte sich nicht, aber in seinen Blick trat eine fast unerträgliche Spannung, als sie die Hand hob und ihn berührte. Das erste Mal seit sie in seinen Harem gekommen war.

Ahmed schloss die Augen, wie um ihre Berührungen noch tiefer zu empfinden, als ihre Fingerspitzen ganz zart und fast schüchtern sein Gesicht ertasteten. Sie strich leise über seine Wange, den kurzen, gepflegten Bart, dann glitt sie weiter, streichelte über seine hohe Stirn unter dem lockigen dunklen Haar. Sein Haar war weich und voll, es war angenehm mit den Fingern hindurchzufahren und noch angenehmer, dass er es dieses Mal mit einem kleinen Lächeln geschehen ließ.

Endlich berührte sie seine Lippen. Sie fühlte den Hauch seines Atems auf ihrer Hand, sah, wie er unwillkürlich tief die Luft einzog. Schmal und wohlgeformt waren sie, und es stieg heiß in ihr auf bei der Erinnerung daran, wie er sie damit geküsst und liebkost hatte.

Als sie ihre Hand wieder zurückziehen wollte, hielt er sie fest. „Mach weiter, meine schöne Byzantinerin, hör jetzt nicht auf." Er nahm ihre Hand und legte sie auf seine Brust, dort, wo sein Gewand leicht geöffnet war.

Fedora atmete zitternd ein, als sie seine warme Haut fühlte, seine Atemzüge, und fast vermeinte sie, seinen Herzschlag zu spüren.

„Fühlst du, wie es schlägt, Fedora?", fragte er in diesem Moment. „Es schlägt jetzt nur für dich."

„Nur jetzt?" Aus einem unerfindlichen Grund schien Fedora dies nicht genug zu sein. Immer sollte es für sie schlagen. Sie wollte seine Sinne und sein Herz besitzen, so, wie er das ihre schon besaß.

Endlich öffnete er wieder die Augen, und Fedora schien in deren unergründlicher Tiefe zu versinken. „Ich kann keine Versprechungen für die nächsten einhundert Jahre machen", ließ er sich mit einem leisen Lachen vernehmen. „Allah alleine weiß, was morgen ist."

„Euer Allah scheint ein grausamerer Gott zu sein als der unsere", erwiderte Fedora nachdenklich.

„Nein, denn er hat mir dich gegeben."

Sie nahm ihn bei der Hand, führte ihn in ihr Schlafgemach und zog ihn neben sich auf die weichen Kissen.

„Ich will nicht auf Euch warten", sagte sie leise. „Ich will Euch jetzt angehören. Ihr sollt die Erinnerung daran mitnehmen, und sie soll Euch wieder zu mir zurückführen." Ihre Hand drückte ihn sanft zurück. Er gab nach, ließ sich in die Polster sinken und wandte keinen Blick von ihr, als sie sich über ihn beugte. Eine Hand schien ihr nicht mehr genug, ihn zu berühren, und sie legte beide auf seine Brust, schob sie unter sein Gewand, und was sie darunter fand, ließ sie angenehm erschauern.

Ihre Daumen streichelten in kleinen Kreisen um seine Brustspitzen, so wie er das bei ihr getan hatte, bis sie zu ihrem Entzücken hart wurden. Dann gab sie ihrem Wunsch nach, beugte sich vor und küsste sie, fuhr mit der Zunge darüber, schob ihre Hand noch tiefer in sein Gewand, fühlte seine kräftige Brust, die gut ausgebildeten Muskeln, die sie erstaunten. Sie hatte ihn noch niemals unbekleidet gesehen, und es war ein erregendes Erlebnis für sie, seine nackte Haut zu riechen und zu ertasten, wie er die ihre bereits gekostet hatte.

Sein tiefes, zitterndes Einatmen ließ sie den Kopf heben. Sein Blick ruhte voller Verlangen auf ihr, und als er sie näher an sich heranzog, gab sie willig nach, bis ihr Gesicht nahe dem seinen war.

„Küss mich jetzt, Fedora."

„Heute ist es das erste Mal, dass Ihr mich bei meinem Namen nennt", sagte sie leise.

„Heute ist es das erste Mal, dass du mich berührst und mir nicht mehr das Gefühl gibst, einen Feind zu sehen, dem du nur unwillig gehorchst", erwiderte er sanft. „Oder nur deshalb, weil deine eigene Sinnlichkeit und Lust dich dazu treibt."

„Ich sehe schon lange keinen Feind mehr in Euch." Sie senkte den Kopf, bis ihre Lippen auf den seinen lagen, weich und warm, und sein Atem sich mit dem ihren vermischte. Er atmete jetzt unregelmäßiger als zuvor, ebenso wie sie auch selbst, aber bevor sich ihre Lippen für längere Zeit vereinigten, hob sie den Kopf und sah ihn ernst an. „Ich muss immer an die Worte denken, die Ihr mir sagtet, als Ihr mich das erste Mal küsstet", erwiderte Fedora. *„Zur Lippe kam die Seele – reich deine Lippe mir, dass ich dir legen kann die Seele in den Mund!"*

Er sagte nichts, sah sie nur an.

„Und das will ich nun tun mit diesem Kuss", fuhr sie fort. „Euch meine Seele geben. Sie mit Eurer vereinigen, wie Ihr es mich lehrtet."

Seine Hand griff in ihr Haar, zog ihren Kopf zu sich herunter, und die Welt um sie herum schien zu versinken, als seine Lippen sich öffneten und ihrer Zunge, die noch schüchtern tastete, Raum gaben. Es war ein anderer Kuss als zuletzt, wo sie nur still gehalten hatte, während er ihren Mund und ihre Lippen liebkoste. Diesmal erwiderte sie das Streicheln seiner Zunge, bis sie das leise, vertraute Pochen zwischen ihren Schenkeln fühlte, von dem sie nun endlich wusste, was es bedeutete und wohin es sie führen würde.

Noch wollte sie diese Zärtlichkeiten fortsetzen. Es gefiel ihr, ihn zu fühlen und seine wachsende Erregung zu spüren. Sie nahm, so wie er es getan hatte, seine Unterlippe zwischen zwei Finger, knabberte daran, bis er seinen Griff in ihrem Haar verstärkte und seine Zunge besitzergreifend zwischen ihre Lippen schob. Sie umfasste sie mit ihren Lippen und saugte daran, bis sie etwas Hartes fühlte, das sich durch sein Gewand gegen ihren Schenkel presste.

Er lachte leise, als sie innehielt und an ihm hinabsah. Dann nahm er ihre Hand und legte sie auf die Erhebung.

„Das wäre eigentlich die nächste Lektion gewesen, meine schöne Byzantinerin. Mich zu streicheln, zu erregen, zu lernen, mich mit deinen Händen und deinen Lippen zu befriedigen. Aber nun scheint es, als würdest du diese Kunst besser beherrschen als ich es für möglich gehalten hätte."

Ihre Hand lag um sein Glied, und sie war erstaunt, wie dick und fest es sich anfühlte. „Wie weit wird diese Lektion heute führen?", fragte sie drängend. „Werdet Ihr heute das Brennen löschen, das Ihr in mir verursacht?"

Sein Blick tauchte in ihren, dann nickte er leicht. „Ja, weil ich das Brennen in mir selbst nicht mehr ertragen kann ... ich ..." Er unterbrach sich, weil Fedora sich erhob, ihr Gewand von ihren Schultern streifte und nackt vor ihm stand.

„Lasst mich Euch jetzt liebkosen", bat sie. „Lasst mich Euch in jeder Weise zufriedenstellen. Ich möchte nicht, dass Ihr geht, ohne von mir alles bekommen zu haben, das Ihr Euch wünscht und dessen ich fähig bin." Sie wusste, was Ahmed gemeint hatte, als er von der Lust des Mannes gesprochen hatte, und während es für sie unvorstellbar gewesen wäre, einen anderen Mann an diesen Stellen zu berühren, gab es nichts, was sie nicht mit Freuden für ihn getan hätte.

Er legte den Kopf zurück und verfolgte sie mit seinem Blick, als sie sein Gewand öffnete. Sie löste die Schärpe, warf sie hinter sich, bevor sie über seine Brust strich, sie küsste und dann mit den Händen und ihren Lippen weiter hinunterwanderte, bis dorthin, wo seine Beinkleider sie davon abhielten, ihren Weg fortzusetzen. Sie zerrte daran, bis er lachend – wenn auch nicht minder ungeduldig – ihr dabei half, sie zu öffnen.

Fedora hatte das Glied von Ibrahim, ihrem ersten Besitzer, gesehen und verabscheut, aber jetzt staunte sie über das, was frei vor ihren Augen lag, und es schien ihr weitaus weniger hässlich, als sie vermutet hatte. Im Gegenteil ...

„Was ist denn?", fragte Ahmed verwundert, als sie, anstatt ihn zu streicheln und zu erregen, ihn neugierig von allen Seiten betrachtete.

„Ich dachte nicht, dass Euer Stab der Freude so groß sei", erwiderte sie.

„Stab der Freude?"

„Diesen Ausdruck hat Ibrahim gebraucht."

„Vergiss, was Ibrahim gesagt oder getan hat. Vergiss, dass es ihn überhaupt gibt. Ich kann es ohnehin nicht", sagte Ahmed finster.

Sie zögerte. „Ich weiß, dass Ihr damit in mich dringen werdet – aber ..."

Ahmeds Augen wurden weich, er nahm ihre Hand, küsste sie und führte sie dann zu seinem erregten Glied. „Er ist dafür geschaffen, in dir zu ruhen, meine Geliebte", sagte er sanft. „Du musst keine Angst haben."

„Ich habe keine", sagte sie lächelnd und voller Vorfreude auf das, was sie beide erwarteten. „Ich hatte niemals Angst vor Euch. Nur vor dem, was Ihr in mir auslöstet." Sie beugte sich hinunter und legte ihre Lippen auf sein Glied, streichelte mit den Fingern darüber, küsste es, so wie sie es bei Ibrahims Frauen gesehen hatte, saugte an der roten Spitze, die bei Ahmed so gar nichts Abstoßendes hatte, und bemerkte mit Entzücken, wie er mit jeder ihrer Berührungen härter wurde. Sie genoss es, die samtene Haut zu streicheln, mit ihren Lippen zu berühren und dehnte ihre Liebkosungen auch auf seine Hoden aus, völlig ihrem Tun hingegeben, das sie mehr erfreute, als sie es sich jemals hätte träumen lassen. Sie hörte erst auf, als Ahmed sie sanft neben sich auf das Lager zog.

„Genug, meine süße Huri." Seine Stimme klang erregt und atemlos. „Nicht jetzt. Zuerst will ich dich mir zu Eigen machen – wie ein Mann sein Weib besitzt."

Er rollte sich über sie, flüsterte Liebesworte, bedeckte ihr Gesicht, ihren Hals, ihre Brüste mit leidenschaftlichen Küssen, sog an den zarten Spitzen bis sie hart und dunkel wurden, und legte dann seine Hand zwischen ihre willig für ihn geöffneten Schenkel, wo er sie streichelte und liebkoste, bis sie sich wand.

„Du bist schon ebenso bereit wie ich", murmelte er. Seine Finger waren nass von ihrer Erregung, als er ihre Hand nahm und auf die Spitze seines Gliedes legte, die ebenfalls feucht war. „Unsere Leiber sind bereit für die Vereinigung", sagte er leise. „Bist du es ebenfalls?"

„Schon lange, Gebieter meines Herzens und meines Körpers." Fedora spürte, wie die wachsende Leidenschaft ihren Körper erhitzte, so sehr, dass kleine Schweißperlen zwischen ihren Brüsten standen. Ahmed bemerkte sie ebenfalls, beugte seinen Kopf herab und küsste sie fort. Dann hob er seinen Unterkörper etwas an und schob sein Glied zwischen ihre Schenkel, ohne jedoch einzudringen.

„Ich habe dir einmal versprochen, dir nicht wehzutun und dich nicht zu verletzen", sagte er sanft, „aber nun werde ich es tun müssen. Das ist der Lauf unserer Vereinigung und unserer Liebe. Es ist natürlich."

„Ich weiß". Fedora schlang ungeduldig Arme und Beine um ihn und zog ihn an sich. Er gab nach und senkte sich auf sie, während er seinen Blick nicht von ihrem Gesicht ließ. Der Druck zwischen ihren Beinen wurde stärker, und sie war überrascht, wie fest er sich anfühlte, als er gegen ihre Enge drängte. Ein kleiner, scharfer Schmerz, der sie ein wenig zusammenzucken ließ, aber Ahmeds Kuss erstickte den Laut, der sich zwischen ihren Lippen formte. Und dann lag er endlich in ihr. Fedora streichelte seinen Rücken, genoss das Gefühl einer Verbundenheit, die sie nie zuvor empfunden hatte, und die sie ebenso beglückte wie bestürzte. Es war, als hätte sie einen fehlenden Teil ihres Lebens gefunden, als wäre sie ohne Ahmed und seinen Körper bisher nicht vollständig gewesen.

Er küsste ihr Gesicht mit einer Glut, die sie noch mehr erhitzte. „Noch ist es nicht vorbei, Fedora, meine schöne Geliebte. Jetzt kommt jener Teil, den die Dichter mit dem Tod vergleichen. Der uns direkt ins Paradies versetzt und uns in den Armen des Geliebten wieder aufwachen lässt. Bist du auch dafür bereit?"

„Ich möchte mit Euch ins Paradies eingehen", flüsterte Fedora. Das leise Brennen hatte aufgehört, sein Glied schmerzte nicht mehr, sondern lag fest und voll in ihr. Das Pochen zwischen ihren Beinen wurde jedoch stärker, drängender, und sie wusste, dass noch etwas geschehen musste, ohne das ihre Leidenschaft nicht befriedigt und ihre Verbindung nicht vollständig war. Als er sich vorsichtig in ihr zu bewegen begann, stöhnte sie wohlig auf. Wie anders war das, als was dieser Ibrahim ihr hatte antun wollen. Und welch unsagbare Freuden erlebte sie nun in Ahmeds Armen.

Eine namenlose Lust ergriff sie, die sich von ihren Schenkeln über ihren ganzen Körper ausbreitete wie eine endlose Welle. Noch konnte das nicht alles sein, es musste mehr kommen, etwas, das ihr die Erlösung brachte und sie zufrieden und beruhigt zurückließ und das unstillbar scheinende Verlangen endlich löschte. Ahmed löste sich ein wenig von ihr, sie wollte ihn halten, aus Angst, er würde sie verlassen, die Ursache ihrer Wonne nehmen, aber da kam er schon wieder zu ihr zurück. Als er das zweite Mal ihren Körper verließ, genoss sie bereits das Gefühl des Reibens, der Erweiterung und der Beengung zugleich. Immer schneller bewegte er sich in ihr, immer heißer wurde ihr Leib, und all ihr Denken schwand, löste sich in einem roten Nebel von Gefühlen auf, die ihr die Besinnung rauben wollten. Da zuckte es wie ein scharfer lustvoller Schmerz durch sie hindurch, ließ ihren Körper aufbäumen, ihr Inneres zog sich rhythmisch zusammen, presste sein Glied, ein heiseres Stöhnen entrang sich ihrer Kehle, das sich mit dem Ahmeds vermischte, der von derselben Lust gepeinigt, noch einige Male heftig und tief zustieß. Ihre Beine zuckten, und sie schlang sie fast unbewusst um ihn, der nun ruhig in ihr lag, ihr Gelegenheit gebend, das Gefühl bis an seine Grenzen auszukosten. Erst im Abbeben ihrer Erregung wurde sie gewahr, dass er ebenso wie sie die Pforten des Paradieses überschritten haben musste und wieder mit ihr gemeinsam zurückgekehrt war. Ahmed küsste sie. Es lag diesmal Zärtlichkeit darin und nicht diese Leidenschaft, die sie gemeinsam emporgetragen hatte, bis sie sich ihrer nicht mehr hatten erwehren können oder wollen.

„Es war wunderbar", flüsterte sie. Sie fühlte sich zufrieden wie noch nie zuvor. Endlich hatte er ihr die Erlösung geschenkt, nach der sie schon verlangt hatte, seit er sie zur ersten Lektion hatte rufen lassen. Wie lange schien dies her zu sein. Waren wirklich nur wenige Wochen seither vergangen? „Es ist mir, als würde ich dich ewig kennen", sprach sie ihre Gedanken aus, ihn zum ersten Mal vertraulicher anredend als bisher.

Ahmed strich sanft über ihr Gesicht, ihr Haar. „Du hast mich meine Geduld und Selbstbeherrschung nicht bereuen lassen", erwiderte er. „Und Allah weiß, wie schwer es mir gefallen ist, mich in diesen vergangenen Wochen nicht hinreißen zu lassen. Einmal wäre es fast so weit gewesen, als ich dich bat, mich zu berühren und zu streicheln, weil ich es kaum mehr ertragen konnte. Und wenn du nicht so aufsässig gewesen wärst, meine widerspenstige Byzantinerin, dann hätte ich die Erfüllung meiner Liebe zu früh erhalten." Er lächelte an ihrem Mund. „Noch nie habe ich etwas schmerzlicher herbeigesehnt als diesen Moment und noch nie etwas mehr genossen."

„Mir erging es ebenso", antwortete Fedora zärtlich. Als Ahmed sich von ihr lösen wollte, hielt sie ihn fest. „Nein, verlass mich noch nicht, bleib noch bei mir, Gebieter meines Herzens! Ich kann jetzt nicht ohne dich sein!"

„Ich gehe noch nicht, meine Geliebte. Ich werde lediglich eine der Dienerinnen mit der Botschaft an meinen Vater senden, dass ich mich erst morgen früh seinem Heer anschließen werde." Er lachte leise. „Ich weiß, er würde Verständnis für mich aufbringen, wüsste er, was mich hier zurückhält."

Fedora sah ihm zu, wie er aufstand. Er hatte einen schönen Körper, kräftig und geschmeidig, und ihr Blick suchte jenen Quell der Lust, der soeben noch so erregend von ihr Besitz ergriffen hatte. Er bemerkte ihren Blick und lächelte, als er den Mantel, den sie zuvor von seinen Schultern geschoben hatte, aufhob und ihn sich umlegte, bevor er die schützenden Vorhänge verließ und hinaustrat. Sie wusste, dass Hayana die Dienerinnen aus den Gemächern gewiesen hatte, war sich jedoch wohl bewusst, dass jede einzelne von ihnen genau wusste, was sich hier abgespielt hatte.

Sie rollte sich auf die Seite, streckte sich wohlig und erlebte in Gedanken noch einmal die Leidenschaft und die Lust der vergangenen Stunde. Das Zusammensein mit Ahmed übertraf alles, was sie sich jemals in den romantischen Bildern ihrer Kindheit und Jugend ausgemalt hatte. Später, als ihr klar geworden war, dass ihre zukünftige Ehe nur auf Überlegungen von Macht basieren würde, hatte sie sich keinerlei Illusionen mehr hingegeben. Sie hatte gewusst, dass sie einen Mann heiraten würde, den die Vernunft ihr zuführte und nicht die Zuneigung, der ihren Körper, aber niemals ihr Herz besitzen, und dem sie pflichtgemäß Kinder schenken würde.

Nun aber war alles ganz anders gekommen, und sie verstand selbst nicht mehr, wie sie sich so lange gegen Ahmed und ihre Liebe zu ihm hatte sträuben können. Dabei hatte sie sich vom ersten Moment an zu ihm hingezogen gefühlt und gewusst, dass dies der Mann war, den ihr das Schicksal zugedacht hatte. Die Demütigung, die ihr bei der Entführung und der Zurschaustellung am Sklavenmarkt widerfahren war, schien dagegen klein, unwichtig und gottgewollt, und selbst die Bedrohung ihres Lebens und die Peitschenhiebe, die man ihr zugefügt hatte, waren nichts gegen das, was nun mit ihr geschah.

Sie musste nicht lange warten, bis Ahmed zu ihr zurückkehrte. Draußen, hinter dem Vorhang, in dem Raum, in dem sich das Becken für ihr tägliches Bad befand, hörte sie schnelle Schritte, Flüstern, Gefäße klirrten, dann war es wieder still. Schließlich hörte sie Hayanas Stimme: „Es ist alles vorbereitet, Gebieter."

„Vorbereitet?" Fedora war verwundert, als Ahmed ihr die Hand hinhielt und sie hochzog. Als sie sich eine Decke um ihren Leib wickeln wollte, um nicht nackt vor den Augen der anderen zu erscheinen, noch mit den Spuren ihrer Liebe und ihrer ersten Begegnung, winkte Ahmed ab. „Wir sind ganz alleine, Fedora, meine Geliebte. Niemand wird es wagen, uns in den nächsten Stunden zu stören."

Fedora trat hinaus und fand, dass unsichtbare Hände niedrige Tischchen neben das Becken gestellt hatten, auf denen die erlesensten Speisen standen.

Ahmed ließ seinen Mantel fallen, hob sie hoch und stieg mit ihr gemeinsam ins Becken. Das Wasser kühlte sie ab, wusch den Schweiß von ihrem Körper und belebte sie. Als er sich mit ihr gemeinsam auf eine Stufe, die um den inneren Rand des Beckens führte, setzte, bemerkte sie, wie sich in ihr wieder Gefühle zu regen begannen, die sie noch kurz davor befriedigt geglaubt hatte. Sie schlang die Arme um ihn, küsste ihn und streichelte verlangend über seinen Körper.

Ahmed lachte leise. „So schnell erwacht die Leidenschaft wieder in dir? Willst du dich nicht zuerst ein wenig stärken? Sieh doch nur, all diese Köstlichkeiten."

„Es gibt nur eine Köstlichkeit, nach der mich jetzt verlangt!" Unter ihren drängenden Berührungen wuchs seine Leidenschaft so rasch, dass es nicht lange dauerte, bis sie beide engumschlungen mitten im Becken schwammen und sich einem neuen Spiel der Liebe hingaben, dessen Feurigkeit nicht einmal von dem kühlen Wasser gelöscht werden konnte. Als Ahmed endlich Fedoras Beine spreizte und sie um seine Hüften legte, zog sie sich ungeduldig an ihn heran. Sie bewegten sich beide in einem immer schneller und heftiger werdenden Rhythmus, bis Ahmed, der in dem Becken gerade noch stehen konnte, den Halt verlor, und sie beide im Wasser versanken. Anstatt ihn jetzt jedoch loszulassen, klammerte sich Fedora noch fester, presste ihre Lippen auf seine und trat mit ihm ein weiteres Mal ins Paradies der Liebe ein.

Als sie kurz darauf prustend und außer Atem wieder an die Wasseroberfläche kamen, schüttelte Ahmed den Kopf. „Bisher hatte ich dich für eine wilde Stute gehalten, meine schöne Byzantinerin, aber jetzt bin ich geneigt zu glauben, dass du ein mystisches Wasserwesen bist, das die Gläubigen in ihren Bann zieht und dann ertränkt!"

Fedora lachte, hustete ein wenig und schwamm zu den Tischchen hin, die gleich neben dem Rand des Beckens aufgestellt worden waren. Jetzt, wo ihr Begehren ein zweites Mal befriedigt worden war, fühlte sie erst, wie hungrig sie war.

Ahmed schwamm neben sie. Als sie nach einem der goldenen Teller greifen wollte, hielt er sie auf. „Warte, lass mich das tun." Fedora setzte sich an den Rand des Beckens und ließ sich von ihm mit den Leckerbissen verwöhnen, die er für sie auswählte. Schließlich hob er sie aus dem Wasser, trocknete sie vom Kopf bis zu den Füßen ab und trug sie dann zurück auf ihr Lager.

„Noch mehr?", fragte sie entzückt, als er sich über sie beugte und seine Lippen über ihren Körper gleiten ließ.

„Wenn ich dich morgen verlasse, möchte ich so viele Erinnerungen wie möglich an dich mitnehmen, meine süße Geliebte."

„Was tust du da?", fragte sie atemlos, als er seine Zärtlichkeiten zwischen ihren Beinen fortsetzte und dabei den lustvollsten Punkt berührte.

„Ich küsse dich", flüsterte er mit einem leisen Auflachen.

„Aber ..."

„Sei still, meine süße Huri, einfach nur ganz still."

Er bog ihre Beine etwas weiter auseinander und legte die Lippen auf ihre offene Scham. Seine Zunge spielte dieses bereits bekannte, sehr gekonnte Spiel, das Fedora schnell dazu brachte, sich zu winden und mit den Fingern in die Polster unter ihr zu krallen, bis ihre Lust ins Unerträgliche gesteigert wurde. „Ich hätte bis gestern nie gedacht, dass es noch etwas Besseres gibt als deine Hände", stammelte sie. Er antwortete nicht, seine Berührungen wurden jedoch heftiger, bis sie vermeinte, es nicht mehr aushalten zu können, und ihm die Hand auf das Haar legte. „Mein Körper verlangt ganz nach dir. Ich möchte dich in mir spüren, mein Gebieter. Komm zu mir, ich bitte dich."

„Willst du denn nicht alles haben?", flüsterte er, als er über sie glitt „Soll ich dich nicht zuerst mit meinen Lippen zum Wahnsinn treiben? Ich könnte das, du weißt es."

„Ich habe alles, was ich mir wünsche, in meinen Armen", erwiderte sie und schlang fest ihre Arme um ihn. „Keine Frau könnte mehr verlangen als ich nun in meinen Armen halte."

Sie fühlte, wie er seinen Unterkörper etwas anhob. Die Spitze seines Gliedes fand ihren Weg, überwand die erste Enge und glitt unendlich langsam weiter. „Du lässt mich warten", hauchte sie.

Seine Lippen streichelten über ihre Lippen, ihre Wangen und ihre Augen und kehrten wieder zu ihrem Mund zurück. „Ich lasse uns beide warten", murmelte er. „Gefällt es dir nicht?"

„Doch."

„Gezügelte Leidenschaft ist der wahre Genuss", sprach er weiter. Seine Stimme klang rau. „Den Moment der paradiesischen Vereinigung hinauszögern, die lustvolle Qual verlängern, bis der Körper sein Recht verlangt."

„Ich will, dass dieser Moment nie mehr vergeht", flüsterte sie in sein Ohr. „Dass er bleibt. Ich will mich nie wieder von dir trennen."

„Dann würdest du all das andere versäumen, das ich dich noch lehren kann", erwiderte er lächelnd.

Fedora bog den Kopf etwas weiter in den weichen Kissen zurück, um ihn ansehen zu können. „Weitere Lektionen?", fragte sie mit einem Aufblitzen in den Augen.

„Noch unzählige", erwiderte er mit einem kleinen Lachen.

„In einem der Bücher, die du mit sandtest, habe ich über diese Dinge gelesen", sagte Fedora. Er lag ruhig in ihr ohne sich zu bewegen, küsste nur ihre Wangen, ihre Lippen, ihre Augen. Es machte ihr Freude, mit ihm darüber zu sprechen, und es steigerte ihre Erregung. „Auch über verschiedene Stellungen, die sehr lustversprechend sein sollen."

„Ich werde sie dich lehren", flüsterte er an ihrem Ohr. „Du sollst jede Art der Freude kennen und genießen lernen."

„Wir könnten auch wieder einmal Schach spielen", überlegte sie.

„Vorerst", sagte er mit dem dunklen Ton in der Stimme, den sie so sehr liebte, „werden wir dieses Spiel in einer kleinen Abwandlung wiederholen, meine bezaubernde Byzantinerin."

„Eure Sklavin fügt sich Eurem Willen, Gebieter meines Herzens", flüsterte Fedora, mit einem tiefen, glücklichen Aufseufzen die Augen schließend. Sie hatte gedacht, dass er nun das wiederholen würde, was ihr zuvor solche Lust bereitet hatte, aber stattdessen rollte er sich mit ihr herum, bis er auf dem Rücken lag und sie auf ihm.

Fedora hatte sich an ihm angeklammert, um ihn nicht zu verlieren, und lag nun ein wenig erstaunt da. „Was ...?"

Ahmed lachte, als er ihren verblüfften Ausdruck sah. „Setz dich auf, meine Geliebte."

Sie richtete ihren Oberkörper auf, bis sie halb kniend auf ihm saß, sein Glied fest zwischen ihren Beinen.

„Gefällt es dir nicht?"

„Doch, sehr." Es fühlte sich gut an, gab ihr ein Gefühl der Macht. Sie bewegte sich langsam und bemerkte, wie er schneller atmete. Er hob die Hände, erfasste ihre Brüste, streichelte, massierte sie, erregte ihre Spitzen, während sie sanft auf ihm schaukelte, den Kopf etwas vorgebeugt, sodass ihr langes Haar wie ein Schleier über seine Arme bis auf seine Brust fiel. Sie ließ ihr Becken leicht kreisen, auf diese Weise jene Bewegungen ausprobierend, die ihr und offenbar auch ihm die größte Lust verschafften. Plötzlich löste er eine Hand von ihren Brüsten und fuhr mit den Fingern spielerisch abwärts bis zu ihrer Scham. Er schob sie tiefer hinein und Fedora zuckte zusammen, als er sie berührte, im Rhythmus ihres Wiegens den Druck verstärkte, nachließ, bis sie sich völlig seinem Willen anpasste, sich schneller und heftiger bewegte, wenn er es wollte oder langsamer wurde, sanfter. Ihr Körper wurde heißer, hitziger, die Leidenschaft zog sich von ihren Beinen hinauf zu ihren Brüsten, sie glühte und dann war er wieder da, dieser Höhepunkt der Lust, der alles Denken stilllegte, die Welt um sie herum versinken ließ. Ahmed hielt ihre Hüften fest, als sie den Kopf zurückwarf, während ihr Inneres ihn presste, ihr Körper zuckte, und hieß sie dann mit seinen Armen willkommen, als sie sich aufatmend auf ihn sinken ließ.

„Zufrieden?", fragte er, als sie auf ihm lag, das Gesicht in seiner Halsgrube vergraben, während er sanft ihren Rücken und ihre Gesäßbacken massierte.

„Ja, vorerst ..." Fedora hob den Kopf und bedeckte sein Gesicht mit Küssen.

Ahmed lachte leise in ihre Küsse hinein. „Meine süße Huri, der Mann, der dich besitzt, bedarf wirklich keiner weiteren Frau mehr – es wird ihm schon schwer genug fallen, dich alleine zufriedenzustellen."

Fedora lächelte müde, umschlang ihn fester mit den Beinen, schob ihre Arme unter seinen Kopf, um sich an ihn zu drücken und schlief dann einfach auf ihm liegend ein.

„Ich muss jetzt gehen", sagte er leise, als sie am anderen Morgen in seinen Armen erwachte.

„Lass mich mit dir gehen!"

„Wie willst du das tun?", fragte Ahmed lächelnd. „Willst du mich in den Kampf begleiten?"

„Auch Mohammeds Witwe ist auf einem Kamel reitend in die Schlacht gezogen", erwiderte Fedora unnachgiebig. „Das habe ich in euren alten Schriften gelesen."

„Du bist aber nicht Mohammeds Witwe, meine streitbare Huri. Und, Allah sei Dank, auch noch nicht die meine. Und solange ich lebe, möchte ich dich hier in Sicherheit wissen und mich darauf freuen, dich wieder in meinen Armen zu halten, anstatt dich im Kampfgetümmel zu sehen!" Er küsste sie. „Ich verlasse dich jetzt, komme vor meiner Abreise aber noch einmal, um mich von dir zu verabschieden."

Fedora ließ ihn nur ungern aus ihren Armen und eilte ihm entgegen, als er zwei Stunden später wieder in ihr Gemach trat. Als sie ihm um den Hals fiel, presste er sie eng an sich.

„Wenn es Allah gefallen sollte, dass der Engel des Todes an mich herantritt, so bete ich, dass wir dereinst im Paradies vereinigt sein mögen."

„Das wird nicht möglich sein", erwiderte Fedora neckend. „Deinem Glauben zufolge kommen wir nicht in dasselbe Paradies. Aber du wirst mich nicht lange entbehren müssen, Ahmed, die Huris, die euer Prophet euch verspricht, werden dich zu trösten wissen."

„Huris ...", murmelte Ahmed nachdenklich, „all die Freuden des Paradieses, die man uns ausmalt, seit wir das erste Mal von unserem Glauben gehört haben. Wie schön und erstrebenswert habe ich mir dieses Paradies immer vorgestellt, und nun, da ich es nicht mit dir teilen sollte, erscheinen mir alle Wonnen trüb und gleichgültig. Alle Huris des Paradieses müssten neben dir verblassen."

„Nach meinem Glauben teilen sich Männer und Frauen das Paradies", erwiderte Fedora. „Allerdings ist mir dieser Weg wohl auch versperrt, da ich dein Weib geworden bin, Gebieter meines Herzens, ohne nach unseren Gesetzen getraut zu werden."

„Gesetze werden von Menschen gemacht", erwiderte Ahmed. „Uns verbindet etwas anderes, das weit darüber hinausgeht – über Völker, Gesetze, Grenzen und Feindschaft." Er nahm eine Kette ab, an der ein schwerer goldener Schlüssel hing. „Hier, meine Geliebte, dies ist der Schlüssel zur geheimen Pforte. Du findest sie hinter den Rosensträuchern verborgen, die am nördlichen Ende des Gartens dunkelrot blühen."

Fedora nickte, die Neugier hatte sie schon dazu getrieben, diese Pforte zu suchen. Sie hatte sie auch gefunden, war aber niemals auf die Idee gekommen, den Schlüssel an sich zu bringen. Zu sehr schon hatte sie Ahmeds Nähe gesucht, als dass der Gedanke an Flucht auch nur ein einziges Mal in ihr aufgetaucht wäre.

„Du hast sie schon gefunden, nicht wahr?", fragte er mit einem leichten Lächeln. „Nun, so höre, dass dahinter ein geheimer Gang liegt, der sowohl in meine Gemächer führt als auch in den Harem, in dem sich die anderen Frauen befinden – und weiter hinunter zum Tigris. Er wurde als Fluchtweg angelegt, sollte der Palast jemals angegriffen werden." Er drückte ihr den Schlüssel in die Hand. „Dieser Schlüssel hier öffnet und schließt all diese Türen, ich überlasse ihn dir als Zeichen meiner Liebe und meines Vertrauens, Fedora."

Sie blickte zu ihm empor, unendlich glücklich über diesen Beweis seiner Zuneigung. „Ich werde mich deiner Liebe würdig erweisen, Gebieter meines Herzens", sagte sie überwältigt.

Er beugte sich zu ihr und küsste sie. „Gebieter meines Herzens", murmelte er. „Wie sehr habe ich mich danach gesehnt, dies von dir zu hören."

„Das bist du auch", erwiderte Fedora innig, „jetzt, und so lange ich denken und atmen werde."

Der Eindringling

Fedora saß unglücklich im Pavillon und gedachte ihres Geliebten und der wohligen Stunden, die sie mit ihm hier verbracht hatte. Wie viel Zeit hatte sie doch verschwendet! Wie viele Tage hinausgezögert, die sie schon längst in seinen Armen hätte verbringen können! Er selbst hatte ihr gesagt, dass er dieses Zögern genossen hatte, die unerfüllte Leidenschaft, die begehrte Erlösung. Und doch war ihr die letzte Nacht mit ihm zu wenig gewesen, um die Sehnsucht nach ihm und seinen Liebkosungen zu stillen. Jetzt, wo sie wusste, wie wunderbar die Vereinigung von Körpern und Seelen war, das Eingehen in ein irdisches Paradies, war der Wunsch nach mehr in ihr erwacht. Ein Verlangen, das – wie er selbst es vorausgesagt hatte – nur von ihm gestillt werden konnte und von nichts und niemandem sonst.

Aber das war nicht alles, was ihr fehlte. Es war alleine schon seine Gegenwart, die sie vermisste. Das Wissen, dass er nahe war. Wie sehr hatte sie früher insgeheim ihre Gespräche und Leselektionen herbeigesehnt, trotz ihrer zur Schau getragenen Abwehr. Nur seine Stimme zu hören, mit ihm über Dinge zu reden, die ihnen beide am Herzen lagen und ihren Geist erfreuten, hatte sie schon beglückt.

Neben ihrer Sehnsucht nach Ahmed plagte sie jedoch auch die Sorge um ihn. Er war in einen Kampf gezogen, in dem er verletzt und sogar getötet werden konnte, und Fedora verbrachte mehr Stunden damit, den Schutz des Himmels für ihren Geliebten zu erflehen, als sie nach ihrer Gefangennahme durch den Sklavenhändler für sich selbst übrig gehabt hatte. Wie viel unwichtiger erschien ihr dagegen alles andere, denn sollte Ahmed nicht mehr zu ihr zurückkehren, so war ihr, als müsse damit auch ihr eigenes Leben vorbei sein.

Hayana hatte sie zu trösten versucht. „Hab keine Sorge, mein Kindchen, es ist nicht das erste Mal, dass der Prinz in einen Kampf zieht. Er wird heil zu dir zurückkommen. Sollte es seinem Gott jedoch gefallen, ihn zu sich zu nehmen, so ist auch für dich Sorge getragen. Prinz Ahmed würde niemals zulassen, dass sein Harem einfach aufgelöst und seine Frauen weiterverkauft werden wie Ware. Ich weiß von seiner Mutter, dass er schon früher entsprechende Anweisungen hinterlassen hat, den Frauen hier die Heimat zu erhalten, wenn das ihr Wunsch sein sollte, oder ihnen die Möglichkeit zu geben, einen Mann zu finden, der sie achtet. Wie viel mehr wird er dann dafür gesorgt haben, dass es dir an nichts mangeln soll ...“

Hayana hatte es mit diesen Worten gut gemeint, damit aber weder Fedoras Angst noch ihren Schmerz beruhigen können, und sie hatte sich wie so oft alleine in den Pavillon zurückgezogen, durch nichts aufzuheitern und durch nichts zu trösten als durch Briefe, die sie ihrem Geliebten schrieb, und die durch Boten zu ihm gebracht wurden. Drei Wochen war Ahmed nun schon fort, und sie hatte gehofft, auch von ihm eine Botschaft zu erhalten, zu hören, dass es ihm gut ging, er gesund war. Aber bisher kamen die einzigen Neuigkeiten von Hayana, die diese von der Mutter des Prinzen mitbrachte, die immer genau wusste, was vor sich ging.

Um Ahmed nach seiner Rückkehr zu erfreuen, hatte sie sogar begonnen, bei einem der Eunuchen Unterricht im Lautenspiel zu nehmen. Sie hatte sich auch als Sängerin versucht, diesen ehrgeizigen Plan auf Hayanas eindringliches Anraten hin jedoch bald wieder aufgegeben. Nun verbrachte sie also neben dem Briefe Schreiben so viel Zeit wie möglich damit, auf der Laute Melodien zu üben, mit denen sie Ahmed überraschen wollte. Allerdings schien ihr das Spiel weniger leicht von der Hand zu gehen als das Schreiben der ihr noch vor Kurzem so fremden Zeichen, und sie verzagte oftmals und war nahe daran, das kostbare Instrument wutentbrannt im Brunnen zu versenken.

In einer der trübsten Stimmungen fand Ali sie vor. „Kommt mit mir", sagte er, „dann zeige ich Euch etwas, das Euer Auge erfreuen wird."

Fedora stand von dem Brief auf, in dem sie Ahmed gerade ihre Liebe und ihre Sehnsucht mitgeteilt hatte, legte die Feder weg und folgte Ali in den Garten. Er führte sie zu dem kleinen Teich, in dem die Lotusblumen ihre Blätter öffneten. „Seht, ist das nicht wunderschön?"

Fedora nickte nur und wünschte sich, diesen Anblick mit Ahmed teilen zu können, der so sehr auf das Erblühen dieser Seerosen gewartet hatte und nun nicht hier war, um sich mit ihr daran zu erfreuen.

„Ihr müsst Euch nicht um den Prinzen sorgen", sagte Ali, als er ihr trauriges Gesicht sah. „Der Prinz ist ein geübter Kämpfer und ein hervorragender Reiter. Seine Pferde sind im ganzen Land berühmt, und er selbst hat so manches Rennen auf dem Hippodrom gewonnen, das einer seiner Vorfahren erbauen ließ. Auch im Bogenschießen hat er nicht bald seinesgleichen, auch im Ringkampf hat er sich sogar ausgezeichnet."

„Ich wollte, er wäre wieder bei mir", erwiderte Fedora nur. Hayana hatte ihr vor einigen Tagen erzählt, dass Ahmed nicht nur ein Mann der Feder, sondern auch des Schwertes war, aber selbst, wenn sie Stolz darüber verspürt hätte, wäre dieser schnell der Angst um ihn gewichen. „Lieber einen Mann der Feder", hatte sie ihr geantwortet, „als einen, der mit dem Schwert getötet wird. Lieber einen Feigling, den ich in den Armen halten kann, als einen Helden, der nach seinem Tod besungen wird!" Hayana hatte auf diese Worte hin nur gelacht und gemeint, dass es noch wesentlich angenehmer für eine Frau sei, einen lebenden Helden in den Armen zu halten als einen toten Feigling besingen zu müssen, und sie spätestens nach Ahmeds Rückkehr ebenfalls dieser Meinung sein würde.

„Er kommt gewiss bald zurück", tröstete Ali sie nun. „Und bis dahin solltet Ihr vergnügter sein, meine Herrin. Der Prinz wäre sicher untröstlich, wüsste er, wie sehr Ihr Euch um ihn grämt. Aber jetzt kommt bitte mit mir." Er führte sie ans andere Ende des Gartens, wo einige junge Sträucher gepflanzt waren.

„Hier", er wies voller Stolz darauf.

„Ja?" Fedora sah nur kleine Blätter und junge Dornen, aber keine einzige Knospe.

„Man sieht sie noch nicht, aber sie stammen aus einer Zucht, die ich vor Kurzem begonnen habe. Ich gebe mich nämlich nicht damit zufrieden, einfach die vorhandenen Pflanzen zu pflegen, sondern ich versuche sie zu kreuzen und neue Farben zu schaffen. Und wenn es mir gelingt, erhalten sie einen Namen. Diese dort drüben", er deutete zu einem hellrosa blühenden Strauch, „heißt Dananir, zu Ehren meiner ehemaligen Herrin. Jene dort, die dunkelrote, fast schwarze, habe ich gezüchtet als Prinz Ahmed das Licht der Welt erblickte. Ich habe sie dann, als ich dem Prinzen hierher folgte, mitgebracht. Und diese hier", er betrachtete den Strauch vor sich mit einem liebevollen Blick, „habe ich nach Euch benannt: Fedora. Und wenn es mir gelingt, was ich mir wünsche, dann werden diese Dornen Blüten von der Farbe Eures Haares tragen."

Fedora sah betroffen von dem Strauch auf Ali. Ein Tier hatte sie ihn einmal genannt, und wie bereute sie jetzt diese Worte, die ihrem Zorn und ihrer Unkenntnis entsprungen waren! „Das ist sehr ... denkst du denn, dass ich einer solchen Ehre überhaupt würdig bin?", fragte sie gerührt.

Ali sah sie freundlich an. „Ihr seid eine sehr liebenswerte Frau, meine Herrin. Und weitaus würdiger als jede andere die Gemahlin meines Gebieters zu werden, den ich in meinen Armen geschaukelt habe, und den ich liebe wie einen Sohn. Ihr habt ihm wieder die Freude gegeben, die er verloren hatte, und Eure Liebe zu ihm ist groß und wahr. Mir mag vielleicht die Erfahrung eines Liebeslebens mangeln, aber ich habe viel vom Leben und den Menschen gesehen und bin alt und weise genug, um das zu erkennen. Deshalb werde ich Euch immer beschützen und immer für Euch da sein, wenn Ihr mich braucht."

Fedora lächelte ihn warm an und legte ihm die Hand auf den Arm, als sie plötzlich ein Geräusch hinter sich hörte. Erschrocken wandte sie sich um und sah sich einem Mann gegenüber, dessen Gesicht von einem Tuch verdeckt war. In der Hand hielt er ein Schwert.

Im nächsten Moment wurde sie von Ali zur Seite gestoßen. „Bringt Euch in Sicherheit, meine Herrin!" Er stürzte sich mit bloßen Händen auf den Eindringling, der unter der überraschenden Wucht des Ansturms sein Schwert nicht gebrauchen konnte, sondern sein Gleichgewicht verlor und zurücktaumelte. „Hund! Du wagst es, in den geheiligten Garten meines Herrn einzudringen und seine Lieblingsfrau zu bedrohen!?"

Der andere stürzte, und schon lag Ali über ihm und drückte ihn mit seinem gewaltigen Gewicht zu Boden. „Lass mich sehen, wen ich zerquetschen werde wie eine Laus, die sich im Pelz des Bären einnisten wollte!" Er riss ihm den Turban vom Kopf und legte dem kleineren Mann die riesengroßen Hände um den Hals.

In demselben Moment, in dem das Gesicht des röchelnden Angreifers sichtbar wurde, schlug Fedora vor Überraschung die Hände zusammen.

„Leon??!!"

Ibrahim al-Fadal, der Sohn des Wesirs, musterte die junge Frau, die mit nacktem Oberkörper vor ihm kniete. „Und du bist dir völlig sicher, dass du gesehen hast, wie ein Fremder den Harem von Prinz Ahmed betreten hat?"

„Vollkommen sicher, mein Gebieter", erwiderte die dunkelhaarige Schönheit, auf deren rechter Wange ein kleiner Leberfleck prangte. „Er hat die Wachen überlistet und ist dann in die Gemächer der Favoritin des Prinzen eingedrungen, dieser rothaarigen Hexe, die Ahmed von uns fernhält." In ihrer Stimme klang nur schwer unterdrückter Hass mit.

„Und dann?"

„Ich habe mich herangeschlichen durch den geheimen Durchgang, zu dem Ihr mir den Schlüssel gabt", sprach sie weiter, während sie seine nackte Brust streichelte und ihre Finger über seinen „Stab der Freude" tanzen ließ. „Zuerst stürzte sich Ali, der Obereunuch des Harems, auf den Eindringling, aber dann hielt ihn diese Kröte, die Allah in die tiefste Hölle verdammen soll, davon ab, ihn mit bloßen Händen zu zermalmen." Sie beugte sich ein wenig näher. „Sie kennt den Fremden, mein Gebieter. Hat ihn mit Namen angesprochen: Leon. Er muss ein Grieche sein – aus ihrer Heimat. Und soweit ich verstanden habe, kam er hierher auf der Suche nach ihr." Sie lächelte mit leichtem Spott. „Ihr schlechter Ruf hat sich in den Straßen Bagdads verbreitet und muss wohl auch ihm zu Ohren gekommen sein ..."

„Schweig!", fuhr Ibrahim sie an, der durch nichts an die Schmach erinnert werden wollte, die Fedora ihm zugefügt hatte.

Zaida zuckte mit den Schultern. „Nun, wie dem auch sei, er hat sie jedenfalls gefunden. Und nun sitzt er bei ihr im Pavillon des Prinzen und lässt sich von ihr füttern und verwöhnen."

„Das ist gut". Ibrahim tätschelte ihre schweren Brüste. „Sehr gut. Besser noch als alles andere. Ich wollte sie töten, um meine Rache an ihnen beiden zu nehmen. Aber das wird ihn noch mehr treffen. Sein Stolz wird verletzt, wenn seine kostbare Blume seine Liebe mit Füßen tritt und sich einem anderen zuwendet, kaum dass er sein Haus verlassen hat. Er ist ein Schwächling", fügte er abfällig hinzu, „der nicht einmal seine eigenen Frauen zu beherrschen weiß und es besser versteht mit dem Federkiel umzugehen als mit dem Schwert. Und wäre nicht sein Vater der Kalif, hätte ich ihn schon längst zermalmt. Ihn unter meinen Füßen zertreten wie einen Wurm!"

„Soll ich die Wächter rufen, damit sie die Untreue festnehmen?", fragte Zaida, der weniger daran gelegen war, Ahmed tot zu sehen, als die verhasste Rivalin aus seiner Nähe entfernt zu wissen. Sobald diese Frau fort war, würde sich Ahmed wieder seinen anderen Konkubinen zuwenden, und sie verstand sich so hervorragend auf die Kunst der Liebe, dass sie Grund hatte zu hoffen, bald die Lieblingsfrau des Prinzen zu werden. Ahmed gefiel ihr nur zu gut. Er war kein brutaler Wüstling wie Ibrahim, dessen Peitsche sie mehr als einmal zu spüren bekommen hatte, als sie noch seine Sklavin gewesen war, sondern von vornehmer Wesensart, war klug und roch nicht nach dem verbotenen Wein, sondern nach duftendem Ambra. Wie viel lieber hätte sie in diesem Moment sein Glied in den Händen gehalten, um seine Leidenschaft zu erregen.

„Das würden sie nicht tun", erwiderte Ibrahim nach kurzem Nachdenken. „Sie würden es nicht wagen, die Favoritin des Prinzen einzukerkern. Und sie wäre gewarnt und könnte fliehen. Nein, das muss anders geschehen."

„Aber es muss überzeugend sein. Ahmeds Glaube an diese Tochter einer Hyäne ist sehr tief, sonst hätte er ihr nicht sogar den Schlüssel zur geheimen Pforte anvertraut, wie ich genau sehen konnte." Ihre dunklen Augen funkelten böse. „Sie hat ihn verhext, völlig verzaubert, sodass er nichts anderes mehr sieht als sie!"

„Dein Hass interessiert mich nicht, Weib!", unterbrach Ibrahim sie.

„Was ich Euch damit sagen wollte, erlauchter Gebieter", fuhr Zaida lauernd fort, seine Hoden in ihre Behandlung einbeziehend, „ist, dass er es nicht glauben wird, wenn man ihm den Verrat hinterbringt. Er wird misstrauisch werden, auch wenn es die Wahrheit ist. Er darf nicht ahnen, dass wir die Hand im Spiel haben, sonst deckt er am Ende sogar auf, dass wir einen zweiten Schlüssel zur Pforte besitzen. Nein, er muss es auf andere Art erfahren. Durch einen Brief vielleicht, den sie selbst an ihren Geliebten schrieb …"

„Wie sollen wir an einen solchen Brief gelangen?", fragte Ibrahim, der sich in den weichen Kissen räkelte, hin und her gerissen zwischen der Vorfreude Ahmed zu schaden oder ihn gar zu vernichten, und der sinnlichen Befriedigung, die diese Sklavin ihm bereitete, die eine wahre Künstlerin der Liebe war. Er hatte sich damals erstaunlich schwer von ihr getrennt. Schwerer jedenfalls als von jeder anderen, aber das war es ihm wert gewesen. Er hatte über sie Einfluss auf Ahmed gewinnen wollen, den Lieblingssohn des Kalifen, aber nun erwies sie sich als noch wesentlich wertvoller, indem sie ihm Mittel und Wege zur Rache in die Hand gab.

„Wenn Ihr erlaubt?" Zaida hielt kurz inne und zog ein Stück Pergament hervor. „Hier, mein erhabener Gebieter, ist er."

Ibrahim nahm das Schreiben entgegen und las es. Dann sah er auf. „Hast du ihn verfasst? Er wird erkennen, dass es nicht ihre Hand ist."

„Aber der Brief stammt von ihr", sagte Zaida triumphierend. „Sie schrieb ihn selbst, er war wohl für Ahmed gedacht. Aber sie beendete ihn nicht, und ich konnte ihn entwenden und für sie vervollständigen. Ich habe dazu sogar dieselbe Tinte und Feder benutzt."

Ibrahim las den Brief ein weiteres Mal, warf den Kopf in den Nacken und lachte. „Ja, meine kluge Katze! Das wird ihn überzeugen! Du bist durchtrieben! Aber jetzt lass mich die Kunstfertigkeit deiner Zunge fühlen! Lass sie mich spüren."

Zaida beugte sich über seine Lenden, und für Minuten unterbrach nichts die Stille des Raumes als das immer lauter werdende Stöhnen Ibrahims, das ekstatische Laute erreichte und dann in einem Röcheln erlosch.

„Es ist übrigens nicht der einzige Brief, der in meine Hände gelangt ist", fuhr Zaida fort, als Ibrahim zufrieden schnaufend in den Kissen lag. Sie verabscheute diesen brutalen Mann zutiefst. Aber sie brauchte ihn. Die Rivalin musste erst vernichtet werden, bevor Ahmed sich ihr, Zaida, zuwenden würde. „Jeden Tag hat sie einen geschrieben, seit Ahmed Bagdad verlassen hat, und auch er sandte ihr Briefe. Aber ich habe sie alle in meiner Hand." Sie lächelte überlegen. „Einer der Palastdiener ist mir verfallen. Ein Eunuch, dem ich durch meine Kunst die geringen Freuden gebe, deren er fähig ist, und der mir deshalb meine Wünsche erfüllt. Er hat Ahmeds Briefe an sich gebracht, noch ehe Ali sie überhaupt sehen konnte, und hat auch verhindert, dass die Briefe dieser Kröte an den Boten weitergereicht wurden."

„Das heißt", setzte Ibrahim diese Überlegungen fort, „sie haben beide seit längerem nichts voneinander gehört, und der Schlag kommt völlig unvorbereitet. Das hast du sehr gut gemacht. Du hast mich zufriedengestellt, meine Schöne. Hier!" Er warf ihr einen Beutel mit Gold und Juwelen zu. „Das ist für deine kunstfertigen Dienste. Ich werde dich wieder rufen lassen, sobald ich weiß, wie ich am geschicktesten vorgehen werde. Und nun geh, ehe man in Ahmeds Palast deine Abwesenheit bemerkt."

Zaida hatte den Raum kaum verlassen, als Ibrahim seine beiden Leibwächter rief. „Man hat mir zugetragen, dass sich im Palast des Prinzen Ahmed ein Eindringling aufhält, ein Grieche. Ich wünsche, dass ihr alle Ausgänge bewacht, auch jenen Geheimgang, der stromaufwärts am Ufer des Tigris mündet. Ruft unsere verlässlichsten und verschwiegensten Männer, und sollte jemand den Palast verlassen, der nicht zu Ahmeds Leuten gehört, so nehmt ihn fest und bringt ihn hierher. Aber ohne, dass jemand im Palast darauf aufmerksam wird! Es muss am Ende so wirken, als wäre der Grieche nur durch Zufall in unsere Hände gefallen, habt ihr mich verstanden?!"

Die Männer verschwanden, und Ibrahim widmete sich wieder dem Studium des Briefes. „Ausgezeichnet", murmelte er. „Sobald ich diesen Griechen in meinen Händen habe, werde ich dafür sorgen, dass Ahmed davon überzeugt ist, der Brief wäre an den Geliebten seiner rothaarigen Sklavin gerichtet. Umso mehr, als man ihn bei diesem Mann finden wird!" Er klatschte in die Hände. „Bringe mir meine Favoritinnen", sagte er, als der Eunuch eintrat. „Ich will mich mit ihnen vergnügen."

❊ ❊ ❊

Fedora, die nichts von der Intrige ahnte, die man gegen sie spann, saß mit ihrem Freund Leon im Pavillon, hielt seine Hand und streichelte fast unaufhörlich darüber.

Sie hatte, nachdem sie ihren Freund erkannt hatte, Ali mit aller Macht davon abhalten müssen, ihn entweder zu töten oder die Wachen zu rufen, damit der Unglückliche festgenommen und in den Kerker geworfen wurde. Es hatte ihre ganze Überredungskunst gekostet, um ihn davon zu überzeugen, dass Fedora ihm lieb und wert war wie eine Schwester, und nur die Sorge um sie ihn dazu getrieben hatte, in den Palast einzudringen und den Frieden und die

Abgeschiedenheit des Harems zu stören. Sie selbst wusste zwar, dass es in diesem Land üblicherweise für jeden Mann streng verboten war, die Frauen eines anderen zu sehen oder zu sprechen, aber in diesem Fall glaubte sie, dass Ahmed nichts dagegen haben könnte, und ihr sogar gestatten würde, ihren Freund zu empfangen.

„Mein Lieber, ich kann es immer noch nicht fassen, dass du hier bist! Dass du mich überhaupt gesucht hast! In meinen Gedanken hatte ich schon Abschied genommen und euch im Stillen um Verzeihung gebeten für mein Verschwinden, aufgrund dessen ihr mich für tot halten musstet."

Leon erwiderte innig ihren Händedruck. „Du hattest deinen Tod gut vorgetäuscht, und für die meisten sah es tatsächlich so aus, als wärst du bei einer Bootsfahrt ums Leben gekommen. Aber mir ließ es keine Ruhe. Und als deine Dienerin und Vertraute mir unter Tränen gestanden hatte, dass du geflohen warst und wohin du wolltest, versuchte ich, deine Fährte zu finden. Ich traf jedoch nur auf einen deiner Männer, der den Überfall des Sklavenhändlers schwer verletzt überlebt hatte und es nicht wagte, ohne dich wieder heimzukehren. Ich folgte auch dieser Spur und gelangte nach Bagdad, wo Händler, die ich von früher kenne, mir von einer rothaarigen Sklavin erzählten, die vom Sohn des Wesirs erworben worden war. Ich erfuhr weiter, dass eben diese Frau sich nun im Besitz eines der Söhne des Kalifen befand. Und so kam ich hierher zu diesem Palast. Es gelang mir, mit einem Trick Zugang zu erhalten und dann diesen Garten zu finden, wo du dich aufhieltest."

„Du hast dein Leben aufs Spiel gesetzt, um mich zu finden", sagte Fedora bestürzt.

„Für meine Schwester", erwiderte Leon ernst. „Aber ich kann nicht glauben, dass du tatsächlich geflohen bist. Nicht du, meine Fedora!"

„Und doch bin ich feige geflohen vor einem Mann, den ich nicht liebte und niemals lieben könnte", erwiderte Fedora beschämt. „Und habe damit meine Familie in Schande gestürzt und euch Kummer bereitet."

Ihr Freund blickte sie traurig an. „So widerwärtig war er dir, du Ärmste? So entsetzlich war dir der Gedanke an diese Ehe, dass du dein Leben in Gefahr brachtest? Und am Ende als Sklavin im Harem eines Barbaren endetest?" Er nickte grimmig. „Aber nun habe ich dich gefunden und werde dich retten. Du musst Alexios nicht heiraten, sondern ich bringe dich auf das Landgut meines Vaters. Er ist gewiss damit einverstanden, und weder der Kaiser noch sein Sohn werden dich dort suchen. Zudem hält man dich ja für tot. Dein Vater kann ebenfalls dort leben, ich weiß, dass er die Stille des Landes schon lange dem bunten Treiben Konstantinopels vorziehen würde."

Er fasste ihre Hand, „Du warst immer wie eine Schwester für mich, Fedora, aber muss es denn so bleiben? Als meine Gemahlin wärst du in Sicherheit, selbst wenn der Kaiser dich fände …"

„Aber Leon", sagte Fedora sanft, „mein lieber Leon. Ich danke dir von Herzen, aber ich will doch gar nicht mehr fort von hier."

„Schämst du dich?", fragte er ernst. „Hast du Angst, man könnte dich dafür verachten, dass du diesem Barbaren zu Willen sein musstest? Niemand wird das tun, das schwöre ich dir, Fedora. Keiner kann dir etwas vorwerfen, wozu du gezwungen wurdest. Und als meine Gattin wärst du vor allen Verleumdungen sicher."

„Niemand hat mich gezwungen", erwiderte Fedora, während eine zarte Röte in ihre Wangen stieg. „Im Gegenteil, denn Prinz Ahmed hat mich vor Qualen und dem Tod bewahrt. Und er hat mich nicht gezwungen, sein Lager mit ihm zu teilen. Ich bin freiwillig sein geworden, aus Liebe zu ihm." Sie lächelte leicht, als sie Leons Blick sah. „Und er ist alles andere als ein Barbar. Er kennt all die Philosophen, die auch uns nahe stehen, hat mich in seiner Sprache Schreiben und Lesen gelehrt und behandelt mich nicht wie eine Sklavin, sondern wie eine Prinzessin. Sieh doch", sie hielt ihm den Ring mit dem Rubin hin, „das ist ein Unterpfand seiner Liebe." Ahmed hatte ihr nach dem verlorenen Schachspiel die ganze mit Juwelen gefüllte Schatulle geschenkt, aber der Ring war ihr weitaus kostbarer, weil er ihn selbst an ihre Hand gesteckt und ihn geküsst hatte.

„Aber du bist hier eine Gefangene", sagte Leon fassungslos. „Eine Sklavin im Besitz eines Feindes!"

„Ich mag ihm gehören, aber er ist nicht mein Feind", entgegnete Fedora fest. „Er war es niemals."

„Das kann nicht dein Ernst sein!" Leon sprang erregt auf. „Man hat deinen Geist mit Gift getrübt! Ich werde dich mitnehmen, und dann wirst du bald gesunden und diesen Mann vergessen haben!"

„Ohne diesen Mann wäre ich schon tot. Und ohne ihn kann ich nicht weiterleben", sagte sie ruhig. Sie erhob sich ebenfalls und umarmte ihren Freund. „Du kannst jetzt nicht länger bleiben, sonst wirst du entdeckt. Ich höre schon Ali, der zurückkommt. Du bist zwar an den Wachen vorbeigekommen, aber wie leicht könnte dich eine der Dienerinnen hier finden!"

Als der Eunuch eintrat, trug er einen schwarzen Mantel und ein großes schwarzes Tuch in der Hand. „Schwarz ist die Farbe des Kalifen", sagte er. „Damit wird dich jeder für einen Angehörigen des Palastes halten." Er half Leon den Mantel umzulegen und band ihm dann das Tuch um den Kopf, sodass Leons Haupt bald von einem großen Turban verdeckt wurde, dessen Zipfel hinunterhing. „Mit dem Ende kannst du dein Gesicht verbergen", erklärte Ali. „Und hier habe ich noch einen Beutel mit Wasser und einen mit Nahrung mitgebracht. Wie meine Herrin es befohlen hat, steht am Ende des Ganges ein Pferd für dich bereit, mit dem du fliehen kannst." Er warf Leon einen strengen Blick zu. „Eigentlich müsste ich dich töten, weil du hier eingedrungen bist, aber weil du mir dein Wort gegeben hast, es nur aus brüderlicher Liebe zu meiner Herrin getan zu haben, kann ich mein Gewissen damit beruhigen. Es ist Brüdern erlaubt, ihre Schwestern ohne Schleier zu sehen und mit ihnen zu sprechen. Aber dennoch würde ich dich nicht ziehen lassen, hätte meine Herrin mich nicht darum gebeten. Wenn nicht einmal mein Gebieter ihr zu widerstehen vermag –

wie kann ich, ihr armer Diener es dann? Aber nun geh! Halte dich nicht länger auf. Ich werde dich begleiten und die Pforte dann wieder verschließen."

„Fedora!"

„Nein, still, mein Lieber. Ich habe dir gesagt, weshalb ich bleibe. Aber ich danke dir für deine Liebe, mit der du nach mir gesucht hast, und dafür, dass du meinem Vater Botschaft von mir bringst. Er hat keinen Grund mehr, um mich zu trauern. Er mag sich mit mir über mein Glück freuen, das ich daheim niemals gefunden hätte."

Nach einigem Zögern, und erst als Ali ihn nachdrücklich weiterschob, verließ Leon den Pavillon. Fedora begleitete die beiden bis zur geheimen Pforte, umarmte ihren treuen Freund dann nochmals mit Tränen in den Augen und blieb zurück.

❌ ❌ ❌

Als Fedora wenige Tage später wieder im Pavillon saß, spürte sie, dass die tiefe Unruhe immer noch nicht von ihr gewichen war. Wie ein unheilvolles Ahnen war es, das ihr den Schlaf und die Ruhe raubte. War es das Gewissen, das sie plagte, weil sie Leon zur Flucht verholfen hatte? War es ein Fehler gewesen, ihn durch die geheime Pforte und den Gang, der aus den Palastmauern führte, fliehen zu lassen? Leon, den Gespielen ihrer Kindheit, der ihr wie ein Bruder war, dessen Mutter sie gestillt hatte?

Nein, es war richtig gewesen. Niemals hätte sie ihn in den Fängen der Wächter sehen wollen. Sie hatte von Hayana gehört, was mit jenen Männern geschah, die den Frieden und die Unantastbarkeit des Harems störten. Man stach ihnen die Augen aus, und wenn sie Glück hatten, ließ man sie dann auf den Straßen von Bagdad betteln. Andere landeten unter dem Beil des Henkers. Ihr fröstelte. Nein, sie hatte richtig gehandelt, als sie die Wächter irreführte und Leon hatte fliehen lassen, und sie hoffte inständig, dass er in der Zwischenzeit schon in Sicherheit war.

Sie sah unwillig hoch, als sie plötzlich Schritte hörte. Sie wollte nicht gestört werden. Dieser Pavillon war ein Ort, an dem sie sich zurückzog, um mit ihren Gedanken an Ahmed und mit sich selbst alleine zu sein.

Die Schritte näherten sich, der Vorhang wurde zur Seite geschoben und Fedora blickte voll freudiger Fassungslosigkeit in Ahmeds helle Augen. Im nächsten Moment lief sie ihm auch schon entgegen, umarmte ihn und schmiegte sich an ihn.

„Ahmed, mein Geliebter, mein Gebieter! Wie sehr hatte ich dich ersehnt! Gott hat mein Bitten erhört und dich zu mir geschickt!" Sie sah erstaunt auf, als er nicht ebenfalls die Arme um sie legte, sondern nur mit einem seltsamen Ausdruck auf sie herabsah. „Was ist denn, mein Gebieter? Ist etwas geschehen?" Sie löste sich von ihm, ließ hastig ihre Blicke über ihn schweifen und betastete unruhig seinen Körper. „Bist du etwa verletzt?!"

„Das weiß ich noch nicht", erwiderte er gepresst. „Ich weiß noch nicht, ob ich verletzt wurde."

„Aber ... was ist denn geschehen?", fragte sie zutiefst beunruhigt. „Gestern noch sagte mir Ali, dass du oben im Norden seiest, und nun stehst du hier vor mir und bist so fremd." Sie nahm ihn bei der Hand, um ihn zu den Kissen zu ziehen. „Komm, setz dich. Ich werde Befehl geben, dass du ein gutes Mahl erhältst. Soll ich dich entkleiden, dir beim Bad behilflich sein?", fügte sie mit einem Blick auf sein staubiges Gewand hinzu. Er sah erschöpft und schmutzig aus, als wäre er eben erst nach einem langen Ritt vom Pferd gestiegen.

Er entzog ihr seine Hand. „Zuerst beantworte mir eine Frage."

Sie hielt inne. „Ja, Gebieter meines Herzens?"

Bei der Anrede wurden seine Augen schmal. „Nenne mich erst wieder so, bis du meine Frage beantwortet hast – zu meiner Zufriedenheit beantwortet hast, Byzantinerin."

Da war sie wieder, diese Unruhe, diese unbestimmte Angst. Und diesmal hatte sie mit Ahmed zu tun, mit seinem befremdlichen Benehmen. „So stell sie mir, mein Gebieter. Ich werde sie beantworten." Sie sah fast ängstlich hoch, versuchte in seinem verschlossenen Gesicht zu lesen.

„Hast du den Schlüssel, den ich dir bei unserer Trennung anvertraute, benutzt?"

Fedora errötete. Sie wusste nicht, woher Ahmed davon gehört haben konnte, aber sie versuchte keine Ausflüchte. „Das habe ich, mein Gebieter."

„Und zu welchem Zweck?" Ahmeds Stimme war so kalt wie seine Augen.

„Um einen Mann entkommen zu lassen", erwiderte Fedora mit letzter Kraft.

„So ist es also wahr." Ahmeds Stimme klang tonlos, und eine tiefe Blässe überzog sein Gesicht, als er sich abwandte.

Fedora griff nach seinem Arm. „Ich weiß, ich hätte das nicht tun sollen, aber ich hatte solche Angst, er würde von den Wächtern ergriffen und getötet werden! Verzeih mir, mein Gebieter! Wenn du hier gewesen wärst, hätte ich seine Freiheit erbitten können, aber du warst so weit fort und ..."

„Schweig!", herrschte er sie an. „Du warst treulos! Diesen Schlüssel hätte ich nicht einmal Salimana, meiner Gattin, anvertraut, und sie hätte mich niemals hintergangen!"

„Ich habe dich nicht hintergangen!", fuhr Fedora entsetzt auf. „Ich habe ihm lediglich zur Flucht verholfen!"

„Wer war dieser Mann? Nicht, dass ich es nicht schon wüsste", sagte er scharf, „aber ich will es von dir hören."

„Der Spielgefährte meiner Jugend."

„Nicht etwa der Mann, den du in deiner Heimat heiraten wolltest?"

„Aber nein! Mein Ziehbruder, der aus Liebe zu mir kam, um mich zu retten", erwiderte Fedora eindringlich.

„Um dich zu retten?" Ahmed lachte höhnisch auf. „Aus den Fängen des ungläubigen Teufels, der deine Tugend bedrohte?"

„Bitte verzeih mir", bat Fedora. „Ich tat es nicht, um dich zu hintergehen."

„Weshalb bist du nicht mitgegangen?"", fragte er mit einem verächtlichen Blick, als er ihre Hand, die sich an seinen Arm klammerte, abstreifte wie lästiges Ungeziefer.

„Wie hätte ich dich denn verlassen können?", fragte Fedora fassungslos. „Glaubst du denn, ich hätte auch nur einen Moment daran gedacht, fortzugehen?"

„Hattest du Angst, du könntest bei der Flucht ertappt werden? Oder hast du dich noch rechtzeitig in Sicherheit gebracht, um nicht mit deinem Geliebten gemeinsam gefasst zu werden?"

Fedora wurde blass. „Man hat ihn gefasst?"

„Hast du solche Angst um ihn, dass dein Gesicht so bleich wird, meine untreue Byzantinerin?" Ahmed fragte das mit Zorn, aus dem jedoch deutlich sein Schmerz herauszuhören war. „Nun, du wirst Zeit und Gelegenheit haben, ihn zu sehen, wenn der Henker sein Werk an ihm vollzieht!"

„Der Henker?!", rief Fedora entsetzt aus. „Aber er hat doch nichts getan! Ebenso wenig wie ich, die ich dir weder mit meinem Herzen noch mit meinem Körper untreu war! Wie sollte er denn wissen, dass ich freiwillig hier bin", fuhr sie fort. „Seit ich aus Konstantinopel verschwunden bin, hat er nach mir gesucht und mich endlich gefunden. Hatte er denn nicht das Recht dazu? Hättest du an seiner Stelle nicht ebenso gehandelt?"

„Ich wäre bis an Ende der Welt gegangen, um dich wiederzufinden", antwortete Ahmed müde. „Aber ich hätte nicht versucht, dich heimlich zu entführen, sondern wäre offen vor den anderen hingetreten, um dich zurückzufordern."

Fedora griff nach seiner Hand. „Aber dir wäre ich niemals entwichen. Und ich bin auch jetzt freiwillig hier. Aus Liebe zu dir."

„Aus Liebe?" Ahmed lachte höhnisch. Er zog ein verknittertes Stück Pergament hervor und hielt es ihr hin. „Hier. Dieser Brief wurde bei ihm gefunden."

Fedora starrte auf das Pergament. Es war ihr Brief. Jener Brief, den sie an Ahmed geschrieben hatte, der dann aber im Tumult des Wiedersehens mit Leon auf geheimnisvolle Weise verlorengegangen war. „Aber ...", fing sie an.

„Sind das nicht die Worte, die du mir gesagt hast, bevor ich fortging? Hast du nicht mit denselben Liebesworten mein Herz betört, die du nun einem anderen geschrieben hast? Willst du leugnen, ihn verfasst zu haben?", fragte Ahmed weiter. „Oder mich jetzt glauben machen, dass du diesen Mann, diesen Leon, nicht kennst?"

„Doch, ich kenne ihn!", sagte sie bestürzt, weil sie erkannte, dass jemand Änderungen an dem Brief vorgenommen, ihn beendet haben musste. Allerdings auf eine Art, die ihre Untreue belegen sollte. Er war an Leon gerichtet, und es war von heimlichen Treffen die Rede, von ihrer Liebe zu ihm und von ihrer Sehnsucht, mit ihm zu fliehen. „Aber das sind nicht alles meine Worte, nur jene, die dir galten, mein Liebster! Ein anderer hat sie geschrieben!"

„Willst du jetzt auch noch meinen Verstand beleidigen?", fragte Ahmed mit kalter Wut. Er klatschte in die Hände und Ali trat ein, das Gesicht in Sorgenfalten gelegt, als er den finsteren Blick seines Herrn bemerkte.

Er machte einen Schritt nach vorn und stürzte Ahmed zu Füßen. „Gebieter! Verzeiht Eurem unwürdigen Diener! Ich habe ...“

Fedora krallte sich in Ahmeds Gewand. „Ahmed, ich bitte dich, zürne nicht Ali! Bestrafe ihn nicht!“

Ahmed stieß sie von sich weg. „Schweigt, alle beide! Ich will nichts mehr hören! Was immer hier geschehen ist, konnte nicht ohne dein Wissen passieren, Eunuch! Ich könnte dich für deine Untreue töten lassen, aber vermutlich hat dich dieses Weib ebenso verhext, wie sie es mit mir tat! Und ich vergesse nicht all das Gute, das du mir in der Vergangenheit erwiesen hast. Du darfst im Palast bleiben, wirst aber diese Frau nicht wieder sehen, um nicht ein weiteres Mal ihrem bösen Einfluss zu erliegen. Aber ich rate dir wohl, dir meine Gunst kein zweites Mal zu verscherzen und mir in Zukunft mehr Treue zu bewahren als du es hier getan hast!“ Er wies verächtlich auf Fedora. „Bring die Sklavin jetzt zu den anderen Frauen in den Harem. Ich will sie nicht mehr sehen.“

❃ ❃ ❃

Ali führte Fedora, die ihre eigenen Gemächer bisher nur ein einziges Mal verlassen hatte, in einen anderen Teil des weitläufigen Palastes. Die Gänge waren mit weichen Teppichen ausgelegt, die Wände bedeckten Malereien und zarte Vorhänge, und bis auf zwei Dienerinnen, die mit gesenktem Blick vorbeihuschten, und einigen bewaffneten Eunuchen schien der Palast leer zu sein. Erst als sie sich ihrem Bestimmungsort näherten, hörte Fedora Stimmen und leises Lachen. Sie konnte immer noch nicht fassen, was geschehen war. Ahmed hatte Worte gesagt, die immer noch wie Messerstiche schmerzten, hatte ihr nicht einmal mehr zuhören wollen und sie einfach aus seiner Nähe gewiesen. *Sklavin* hatte er sie verächtlich genannt, und Fedora, die in ihrer Liebe zu ihm und eingehüllt in seine Zuneigung, fast vergessen hatte, dass sie hier nicht mehr war als ein Stück Besitz, war mit einem Schlag wieder bewusst geworden, wie hilflos sie Ahmed und seinen Befehlen ausgeliefert war, und wie angewiesen sie war auf sein Wohlwollen.

„Hier ist es?“, fragte sie, als Ali einen Vorhang zur Seite schob, der den Blick in einen lichten Raum öffnete.

Der Eunuch nickte nur und sah zu Boden.

Fedora legte ihm die Hand auf den Arm. „Mein lieber Ali, verzeih mir bitte, was ich dir angetan habe.“

Ein kleines Lächeln glitt über Alis Gesicht. „Es gibt nichts zu verzeihen, meine Herrin. Ich tat es freiwillig, und weil ich überzeugt davon war, richtig zu handeln, auch wenn ich meinen Herrn damit verraten habe.“ Er beugte sich aus seiner imponierenden Höhe herab, nahm ihre Hand und zog sie an seine Stirn. „Ich bin kein junger Mann mehr – gar kein Mann, könnte man sagen – hatte niemals die Freude, meine eigenen Kinder heranwachsen zu sehen, und werde niemals Enkelkinder haben. Aber ich bete zu Allah, dass er den Sinn des Prinzen wieder ändert und sein Herz erweicht. Ich möchte wieder ein Kind in meinen Armen wiegen, mich von ihm am spärlichen grauen Bart ziehen lassen und mich daran erfreuen, wie es blüht und gedeiht und heranwächst."

„Wie deine Rosen", sagte Fedora leise, mit Tränen in den Augen.

„Wie meine Rosen."

„Was wird mit meinem Freund geschehen?", fragte Fedora ängstlich. „Du weißt, dass nichts zwischen uns vorgefallen ist, das auch nur einen Tadel verdiente."

Der Eunuch zuckte mit den Schultern. „Alles, was ich über ihn erfahren konnte, Herrin, ist, dass er durch Zufall in die Hände von Ibrahims Leuten fiel und dieser ihn dem Kalifen übergeben ließ, da der Prinz nicht in der Stadt weilte."

„Ibrahim?" Fedoras Augen weiteten sich. „*Er* hat Leon gefangen gesetzt?! Wie konnte das geschehen? Wie konnte er auch nur ahnen, dass er im Palast war – und wie er ihn wieder verlassen hat?"

„Es tut mir leid, Gebieterin, mehr kann ich dazu nicht sagen. Aber ich werde Hayana befragen, die vom Prinzen zurück in den Palast seines Vaters geschickt wurde, wo sie wieder ihrer früheren Herrin dient. Sie wird Euch gewiss mehr erzählen können, wenn sie Euch besucht."

„Man wird Leon doch nicht foltern oder töten?!" Die Angst um ihren Jugendfreund war weit größer als die Sorge um ihr eigenes Schicksal. Irgendwann musste sich ihre Unschuld herausstellen und Ahmed ihr Glauben schenken, aber bis dahin konnte es für Leon zu spät sein.

„Das ist nicht die Art des Prinzen", erwiderte Ali, „auch wenn er ihn verhören wird. Vorläufig ist Euer Freund noch im Palast des Kalifen, auf dessen Befehl unser Gebieter zurückgeholt wurde, um die Ehre seines Hauses wieder herzustellen und die Schuldigen zu bestrafen." Er strich zart über Fedoras Wange. „Aber sorgt Euch nicht. Allah wird alles zum Guten wenden, davon bin ich überzeugt."

Fedora wandte sich zögernd um und blickte in jenen Teil des Palastes, der von nun an ihre Heimat war. Sofort sah sie den Unterschied zu ihren früheren Gemächern. Der Raum, in den sie trat, war zwar größer, nicht weniger kostbar ausgestattet als ihrer, aber er war weitaus gedrängter. Während sie fast alleine gewohnt hatte, nur mit Hayana und einigen Dienerinnen, die jedoch unauffällig um sie herum gewesen waren, niemals aufdringlich, saßen hier überall Frauen. Manche unterhielten sich, eine spielte auf einer Laute. Andere wieder waren mit einem Äffchen beschäftigt, und zwei lachten über einen exotischen Vogel, den sie mit Leckerbissen fütterten.

Ali führte sie in eine Ecke, dabei einen scharfen Blick auf die anderen Frauen werfend, die neugierig herübersahen, angesichts seiner finsteren Miene jedoch schnell wegblickten. „Sie werden es nicht wagen, Euch dreiste Fragen zu stellen oder gar, Euch zu belästigen", sagte er ruhig.

„Belästigen?"

„Diese Frauen sind wie ... nun ... sie bleiben sich eben viel selbst überlassen", sagte Ali verlegen.

Fedora hockte sich auf einige Kissen, die er ihr fürsorglich hinschob. Sie zog den dichten Schleier enger um sich, der ihr das Gefühl gab, vor den Blicken der anderen verborgen zu bleiben. Besonders eine von ihnen, eine üppige Schönheit mit tiefschwarzem Haar und einem Muttermal auf der Wange, die ihre Augen dick mit schwarzem Kohl umrandet hatte, warf ihr Blicke zu, die sie wie spitze Nadeln trafen. Sie hatte diesen Frauen nichts getan, hatte sie bisher nicht einmal gesehen, und doch kamen sie ihr mit offensichtlicher Abneigung entgegen.

„Hayana wird später nach Euch sehen", sprach Ali weiter. „Sie weint heiße Tränen über Euer Schicksal und wird gewiss Mittel und Wege finden, Euch aufzusuchen."

„Wo wirst du sein?", fragte Fedora schnell, als er sich entfernen wollte.

„Der Prinz hat verboten, dass ich in Eurer Nähe bleibe, aber ich werde Euch so oft besuchen, so oft ich nur kann, meine schöne Gebieterin", lächelte er. „Aber nun darf ich mich nicht zu lange hier aufhalten. Die anderen Frauen wissen jedoch, dass ich ein wachsames Auge auf Euch haben werde und werden Euch daher in Ruhe lassen."

✂ ✂ ✂

Dananir sah ihrem Sohn aufmerksam entgegen, als er eintrat. „Hast du mit der Byzantinerin gesprochen?"

Ahmed nickte. Er trat an das vergitterte Fenster und blickte in den Garten hinaus, hatte jedoch kein Auge für die blühende Pracht. Seit sein Vater ihn vom Kampf zurückgeholt und ihm von dem Griechen erzählt hatte, der heimlich in seinem Palast und bei Fedora gewesen war, war die Welt für ihn dunkler und kälter geworden. „Sie behauptet, er sei ihr Jugendfreund, der sie retten und heimbringen wollte", sagte er ruhig, den Blick seiner Mutter vermeidend. Sie hatte ihn gebeten, ihn aufzusuchen, aber er, der ihr sonst jeden Wunsch gerne erfüllte, war dieses Mal nur widerwillig gekommen.

„Aber du glaubst nicht daran?"

„Der Brief, den sie bei ihm fanden und der von ihrer Hand stammt, spricht eine andere Sprache, allerdings ..." Er verstummte. Der Brief war seltsam. Es war ihm im ersten Zorn, als er, rasend vor Eifersucht und Schmerz, kaum hatte denken können, nicht aufgefallen – aber welchen Grund sollte Fedora haben, ihrem griechischen Geliebten in einer fremden Sprache zu schreiben? Wenn der Brief tatsächlich verfälscht worden war? Da war natürlich immer noch die Tatsache, dass sie in seiner Abwesenheit einen anderen Mann in ihren Gemächern versteckt und dann auch noch den Schlüssel benutzt hatte, um ihn an den Wachen vorbei in die Freiheit zu lassen. Aber wenn dieser Grieche wirklich nur ein Freund war? Wie ein Bruder für sie? Er war mit jeder Stunde, die verging, geneigter, ihren Erklärungen zu glauben, da es ihm fast unmöglich erschien, seine stolze Geliebte könnte ihn so frech belügen.

„Dann musst du ihn foltern lassen, um das Geständnis aus ihm herauszupressen", sagte Dananir in seine Gedanken hinein.

„Folter war in meinen Augen noch niemals ein Mittel, die Wahrheit zu erfahren", erwiderte Ahmed abweisend, während er düster einem kleinen Vogel nachsah, der lebenslustig von Ast zu Ast hüpfte. „Wer würde nicht eine Lüge vorziehen, um sich die Folter zu ersparen und sich damit einen schnellen Tod erkaufen?"

„Aber wie willst du denn sonst die Wahrheit erfahren?", fragte Dananir verwundert. „Wie du ja selbst weißt, ist der heilige Schwur bei diesen Ungläubigen nicht viel wert. Du denkst, deine Byzantinerin habe dich hintergangen und belogen, glaubst ihren Worten nicht, mit denen sie das Gegenteil behauptet, und willst die Wahrheit auch aus ihm nicht herauspressen?"

Als er nicht antwortete, sondern nur finster vor sich hinstarrte, dabei mit der Hand über seinen Bart strich, wie immer, wenn ihn etwas sehr beschäftigte, sprach sie weiter: „Hast du Angst davor, etwas zu hören, dass diese Frau belasten würde?"

Ahmed wandte sich ihr heftig zu. „Hältst du mich für einen Feigling, der die Wahrheit nicht erträgt?!"

„Ich halte dich für einen sehr vernarrten Mann, der seine Geliebte nicht verlieren will. Aber du musst dir Gewissheit verschaffen, und je eher du das tust, desto besser." Sie streichelte ihrem Sohn liebevoll über die Wange. „Geh, mein Liebling, und finde die Wahrheit heraus. Und ich bete zu Allah, dass ich dich bald wieder glücklich sehen werde."

✄ ✄ ✄

Als Ahmed den Kerker betrat, mussten sich seine Augen erst an das Dämmerlicht gewöhnen. Es herrschte ein dumpfer Geruch in diesen unterirdischen Gewölben, wo niemals das Tageslicht hinkam, und die Fackeln an den Wänden verbreiteten einen beißenden Rauch, der in den Augen und in den Lugen brannte. Er ging langsam weiter, bis er vor Leon stehen blieb, der ausgestreckt auf einer Art Bank lag und ihm aufmerksam entgegenblickte. Er war an Händen und Füßen gefesselt, sodass er sich kaum rühren konnte.

Ahmed wandte sich an die Wächter, die Statuen gleich neben dem Gefesselten verharrten. „Geht! Ich will mit dem Gefangenen alleine sprechen."

„Bist du der Mann, in dessen Harem sich Fedora befindet?", fragte Leon heiser. Man hatte ihn zwar nicht verletzt, ihn aber auch nicht sehr rücksichtsvoll behandelt. Seine Glieder waren starr von der unbequemen Haltung, die Fesseln schnitten in sein Fleisch, und er sehnte sich nach einem Schluck Wasser, um den brennenden Durst zu löschen, der seine Zunge am Gaumen kleben ließ.

„Ich bin der Mann, in dessen Haus du eingedrungen bist, um sein Weib zu stehlen", erwiderte Ahmed kalt.

„Dein Weib?" Leon sah ihn finster an. „Eine Sklavin, die du in deinem Harem hältst und deren Sinn du verwirrt hast, sodass sie die Sklaverei der Freiheit vorzieht."

Ahmed betrachtete ihn eine Weile ruhig. „Sie wollte nicht mit dir gehen?", fragte er schließlich.

„Nein. Sie schickte mich fort." Leon starrte ihn entsetzt an, als ihm plötzlich ein Gedanke kam. „Was ist mit ihr? Hast du ihr etwas getan? Wo ist sie? Ich will sie sehen! Will wissen, dass es ihr gut geht!"

„Niemand hat ihr etwas getan. Und was mit ihr weiter geschehen wird, hängt von deiner Antwort ab." Ahmed zog den Brief hervor. „Dieser Brief wurde bei dir gefunden, als man dich ergriff. Bist du der Mann, an den er gerichtet ist?"

Leon blickte kaum auf das mit arabischen Zeichen bedeckte Pergament. „Ein Brief? Dieses Schreiben habe ich noch nie gesehen."

„Du lügst aus Angst!"

„Und wenn er mir gehörte?", fragte Leon zurück. „Was würde das ändern?"

„Viel. Es wäre der Beweis für ihre Untreue."

„Dann brauche ich den Brief erst gar nicht anzusehen, da er nicht mir gehören kann", erwiderte Leon verächtlich. „Außerdem könnte ich ihn ja nicht einmal lesen, er ist in deiner Sprache geschrieben."

„Und jener hier?" Ahmed zog ein weiteres Schreiben hervor, das in griechischer Sprache abgefasst war. Er hatte den versiegelten Brief noch nicht geöffnet, sondern wollte erst von dem Gefangenen hören, was er beinhaltete. Wenn er ihn hierin belog ...

Leon runzelte die Stirn. „Dieser Brief ist nicht für dich bestimmt! Wie kannst du es wagen, ihn an dich zu bringen!"

„An wen ist er gerichtet?"

„An Fedoras Vater. Aber jetzt, wo dieses Schreiben ebenso in deiner Hand ist wie ich, wird er wohl niemals erfahren, dass seine Tochter lebt." Er sah Ahmed abfällig an. „Aber vielleicht ist das ganz gut so. Es hätte ihm das Herz gebrochen, zu erfahren, dass sie in der Gewalt eines Mannes ist, der nicht nur Briefe stiehlt, die nicht an ihn gerichtet sind, sondern auch eine Frau, die einem anderen hätte angehören sollen!"

Ahmeds Augen wurden dunkler. Fedoras Worte, dass sie einem anderen versprochen gewesen war, hatten sich ihm damals tief eingebrannt. War es etwa doch dieser Mann vor ihm? Hatte sie ihn doch belogen, ihm vorgemacht, dieser Mann wäre nur ein Freund, um sein Leben zu schützen?

Vermutlich. Wer sonst hätte es gewagt, ihr nachzureisen und in einen fremden Harem einzudringen? Er selbst hätte wohl nicht anders gehandelt, sondern nichts unversucht gelassen, diese die Sinne verwirrende Frau wiederzubekommen. „Bist du derjenige, den man ihr zum Gatten bestimmt hatte?"

Leon leckte sich über die aufgesprungenen Lippen. Es war ihm klar, dass sein Leben verwirkt war und in jedem Fall der Tod auf ihn wartete. Er selbst hatte nichts mehr zu verlieren, aber Fedora war in Gefahr. Wenn er starb, dann war niemand mehr hier, der ihr helfen konnte oder auch nur über ihr Schicksal Bescheid wusste. Es waren ihm schon viele Geschichten zu Ohren gekommen, wie diese Sarazenen mit Frauen umgingen, die sie für treulos hielten und bestrafen wollten. Umgekehrt wusste er aber auch, dass sie einen starken Sinn für

Ehre hatten und viele Auseinandersetzungen im Zweikampf lösten. Er musterte Ahmed prüfend. Dieser hier sah nicht aus wie ein Barbar, der nichts von Ehre hielt. Vielleicht ... „Es stimmt", sagte er mühsam, weil seine Stimme ihm vor Durst kaum mehr gehorchen wollte, „sie war mir versprochen, und wenn du auch nur einen Funken Ehre im Leib hättest, würdest du sie gehen lassen."

„Das kann ich nicht", erwiderte Ahmed scharf. Seine Hand umklammerte das schwere Schwert an seiner Seite, dass seine Knöchel weiß hervortraten. Also hatte Fedora ihn doch belogen, und dieser Mann war nicht ihr Ziehbruder, sondern ein Rivale, den er nicht am Leben lassen würde. „Sie gehört mir jetzt, gleichgültig, was vorher war."

„Ich habe ältere Rechte auf sie", begehrte Leon auf. „Ich liebe sie und ich bin gekommen, um sie mitzunehmen und zu meiner Frau zu machen!" Das war zum Teil ja auch die Wahrheit. Er hatte Fedora seine Hand zum Ehebund geboten, wenn auch nicht aus Leidenschaft, sondern aus brüderlicher Liebe, um sie zu schützen und ihr zu helfen. „Wenn ... wenn du Mut hast", fuhr er fort, „dann kämpfst du mit mir um sie! Wenn ich gewinne, darf ich gehen und Fedora mit mir nehmen. Wenn du gewinnst ..."

„... werdet ihr beide sterben?", ergänzte Ahmed mit rauer Stimme seinen Satz. „Ist das in deiner Heimat so üblich?"

„Nicht ganz so", sagte Leon, der gut mit dem Schwert umgehen konnte, Fedora aber in jedem Fall in Sicherheit wissen wollte. „Wenn du gewinnst, bleibt Fedora bei dir, und niemand wird sie dir mehr streitig machen."

„Dann soll es auch einen Kampf geben, in dem du dein Leben verlieren wirst", erwiderte Ahmed mit einem gefährlichen Aufblitzen in seinen Augen. „Es soll nicht heißen, ich hätte unrechtmäßig ein Weib gestohlen und in meinem Harem verborgen! Es wird mir eine Genugtuung sein, dich zu töten und deinen Kopf an der Brücke zur Schau stellen zu lassen, wie es bei uns hier die Sitte ist!"

Er winkte den Wächtern. „Bindet diesen Mann los! Gebt ihm zu essen und zu trinken und ein gutes Lager! Er soll kräftig sein, wenn er morgen gegen mich kämpft."

❦ ❦ ❦

„Es betrübt mein Herz, dich so niedergeschlagen zu sehen", sagte Dananir, als sie am selben Abend neben ihren Sohn trat, der in Fedoras verlassenen Gemächern saß und auf den Brunnen starrte, als könne er dort das Gesicht seiner Geliebten erblicken. Die Sorge hatte ihr keine Ruhe gelassen, und sie hatte sich in ihrer Sänfte von einigen Eunuchen zu Ahmeds Palast bringen lassen, um zu sehen, wie es ihrem Sohn ging.

Ahmed sah auf. „Niedergeschlagen? Nein, keineswegs. Ich bin nur müde."

Seine Mutter wollte ihm über sein Haar streichen, aber Ahmed wich aus, sprang auf und trat zum Tor, das in den Garten führte. Auf diese zärtliche, tröstliche Weise wollte er sich nur von Fedora berühren lassen und von niemandem sonst. Er konnte seiner Mutter seine Enttäuschung über seine rothaarige Byzantinerin nicht preisgeben, sondern wollte alleine sein, um über alles Nachdenken zu können. Über Fedoras Lüge, mit der sie den Mann vor seinem gerechten Zorn hatte retten wollen, den gefälschten Brief und darüber, was er mit seiner unaufrichtigen Huri tun sollte. Das Gerücht über ihre Untreue hatte sich – wie ihn sein Onkel hatte wissen lassen – bereits in halb Bagdad verbreitet, und er musste einen Weg finden, seine Ehre wiederherzustellen, ohne dabei auf Fedora verzichten zu müssen.

Wie schön hätte er es jetzt mit ihr haben können – sie würden im Pavillon sitzen, sie würde ihm auf diese sinnliche, liebevolle Weise mit den Fingern durch sein Haar fahren, und er würde sie küssen ... Unwillkürlich schloss er die Augen und griff nach dem goldenen Medaillon, in dem Fedoras rote Haarlocke war, die sie am Tage ihrer Trennung um den für ihn so kostbaren Brief gewunden hatte. Er hatte es bisher kein einziges Mal abgelegt, sondern gehütet wie ein Kleinod.

„Hast du den Gefangenen schon verhört?"

„Ja." Mehr sagte er nicht, da ihm vor Sehnsucht nach Fedora die Stimme zu versagen drohte. Seine Mutter hatte feine Ohren, und er konnte ihr Mitleid nicht ertragen.

„Was wirst du tun?"

„Ihn töten." Dies sagte er mit eiskalter Ruhe und ohne den geringsten Zweifel. Er konnte vielleicht Fedora vergeben, weil er sie so sehr liebte, dass er nicht ohne sie leben wollte, aber nicht diesem Mann, der es wagte, Anspruch auf sie zu erheben, und den sie hatte vor ihm retten wollen. Wäre der Mann nicht gefasst worden, so hätte er von ihr vermutlich niemals auch nur ein Wort über ihn gehört.

„Und sie?"

Ahmed antwortete nicht.

Dananir musterte ihn nachdenklich, dann ließ sie sich neben dem Brunnen nieder und tauchte ihre Hand in das plätschernde Wasser. „Ich denke, ich weiß, was dich peinigt", mein Sohn", sagte sie schließlich. „Es ist allein nicht der Gedanke an den Verrat dieser Frau, sondern die Tatsache, dass deine Ehre und dein Stolz gekränkt sind, die dich nicht zur Ruhe kommen lassen. In diesem Fall solltest du keine Gnade walten lassen. Sie hat dich hintergangen und hat Strafe verdient. Was wirst du mit ihr tun?"

Ahmed wandte sich halb nach ihr um. „Mit ihr tun?"

„Nun, du wirst sie ja hoffentlich nicht einfach dort bei den anderen Frauen lassen, damit diese sehen, wie leicht man mit Ungehorsam und Lügen davonkommt!", sagte Dananir empört.

„Und was schlägst du vor?", fragte Ahmed stirnrunzelnd.

„Einhundert Peitschenhiebe sind die übliche Strafe", entgegnete Dananir lebhaft. „Und dann kannst du dich immer noch entscheiden, ob du ihr das Leben schenkst und sie aus dem Palast wirfst. Oder ob du ihr die Nase abschneiden lässt. Du könntest sie auch blenden lassen, damit sie gar nicht mehr auf die Idee kommt, einem anderen Mann auch nur einen Blick zu schenken." Sie schlug vor Begeisterung die Hände zusammen. „Ja, das wäre eine gute Idee, dazu würde ich dir raten! Zuerst die einhundert Peitschenhiebe und dann blenden lassen. Oder umgekehrt! Was vielleicht noch reizvoller wäre." Sie gab sich ausgiebig dieser Vorstellung hin, ließ sich noch weitere Strafen für die untreue Sklavin einfallen, aber als ihr Sohn bei Weitem nicht dieselbe Freude an diesem Spiel aufzubringen schien, erhob sie sich.

Sie trat zu Ahmed hin, der sie die ganze Zeit über nur stumm angeblickt hatte, sichtlich abgestoßen von ihren Vorschlägen und kaum geneigt, auch nur einen davon in die Tat umzusetzen. „Nichts anderes wäre hart genug, um sie dafür zu bestrafen, dass sie meinen Sohn so gekränkt hat." Sie strich ihm liebevoll über die Wange, drehte sich um und ging.

Ahmed sah ihr nach, ohne sich zu rühren. Die Vorstellung, seine Geliebte schlagen zu lassen oder ihr gar die Augen auszustechen, verursachte ihm körperliche Pein, die noch schlimmer war als der Schmerz über ihre Lüge.

Er schloss die Augen und atmete tief durch, den Zorn und die Eifersucht, die in ihm hochstiegen, niederkämpfend. Es wäre ihm ein Leichtes gewesen, den anderen vor seinen Augen in Stücke hauen zu lassen, ihn bei lebendigem Leib gepfählt zur Schau zu stellen, aber das war ihm zu wenig. Es gab ihm keine Befriedigung zuzusehen, wie ein Hilfloser auf seinen Befehl hin starb oder gemartert wurde, aber er brannte förmlich darauf, diesen Mann, dem er Tage der Qualen und der Eifersucht zu verdanken hatte, selbst zu töten. Sein Leben auszulöschen und über ihn zu triumphieren, wie er das mit jedem tun würde, der versuchte, ihm seine kostbare Geliebte wegzunehmen, oder dem auch nur ein Teil der Liebe gehörte, die er für sich alleine wollte.

Er erinnerte sich an den Brief, zog ihn hervor und las ihn, wohl schon zum hundertsten Mal. Der Brief war zweifellos unecht, wenn auch nicht alles daran ... Da waren die Zeichen, wie Fedora sie machte, mit dem ihr eigenen, fremdländischen Schwung. Aber dann wieder waren sie vollkommen unterschiedlich, so, als hätte eine andere Hand noch etwas eingefügt und ergänzt. Nun, sie hatte zumindest darin nicht gelogen, und jemand hatte versucht, den Brief zu fälschen.

Er hatte Feinde in Bagdad. Neider, die sehr wohl in der Lage gewesen wären, eine solche Intrige zu ersinnen und sie auch durchzuführen. Ibrahim war einer davon und der Zufall, der ihm den flüchtenden Griechen in die Arme getrieben haben sollte, war unglaubwürdig. Er musste herausbekommen haben, dass dieser Mann im Palast gewesen war, und ihm bei seiner Flucht aufgelauert haben. Ahmed biss die Zähne zusammen, als er begriff, was geschehen war. Dieser Hund musste Spione im Palast haben. Diener oder Dienerinnen, die ihren Gebieter verrieten und seinem Feind noch vor dem Herrn selbst wissen ließen, dass ein Fremder eingedrungen war. Er ging in Gedanken alle seine Leute durch. Die Eunuchen, die Diener, die Frauen im Harem. Jeder oder jede von ihnen konnte bestochen worden sein und besonders unter den Frauen war wohl so manche, die es ganz gerne gesehen hätte, wenn die byzantinische Rivalin in Ungnade fiel.

Es gab wohl nur einen einzigen im Palast, der ganz gewiss nicht Teil von Ibrahims Intrige war, und mit ihm musste er sprechen. Ahmed klatschte in die Hände und eine Dienerin erschien, ihn schüchtern anblickend. „Lass Ali kommen, schnell!"

✄ ✄ ✄

„Es ist geglückt", sagte Zaida zufrieden, als Ibrahim sie zu sich rufen ließ. „Die Tochter einer warzigen Kröte hat ihr Reich verlassen müssen und lebt nun mit uns anderen Frauen. Der Prinz hat noch keine Entscheidung über sie gefällt, ich habe jedoch gehört, dass er morgen mit dem Griechen kämpfen wird, der behauptet, ältere Rechte auf sie zu haben."

„Wo wird der Kampf stattfinden?", fragte Ibrahim rasch.

„Im Palast des Kalifen. Sein Vater will zusehen, wie Ahmed diesen Fremden tötet. Es hat sich schon herumgesprochen, dass seine Sklavin einen anderen in ihren Gemächern empfangen hat, und Ahmeds Ehre wird erst wieder hergestellt sein, wenn er diesen tötet und sie bestraft."

„Das bedeutet, dass sein Palast vermutlich fast völlig unbewacht ist und niemand darauf achten wird, was dort geschieht." Ibrahim stand auf und ging im Raum hin und her. „Eine bessere Gelegenheit wird nicht so bald kommen. Wir müssen rasch handeln."

„Ich kann nicht verstehen, was der Prinz an ihr findet", sprach Zaida weiter. „Sie ist flach wie ein Kamel, das die Wüste durchquert hat, ohne auch nur einen Tropfen Wasser gesehen zu haben. Es muss etwas anderes sein, was ihn an ihr so angezogen hat, dass er nicht einmal den Ablauf von drei Monaten wartete, bis er sie zu seinem Weib machte, um sicher zu gehen, dass nicht eine fremde Frucht in ihr heranwächst. Aber jetzt wird es nicht mehr lange dauern, und sie wird den Palast verlassen müssen. Und in der Zwischenzeit werde ich dafür sorgen, dass sie keine Sekunde, die sie im Harem verbringt, genießen kann."

„Du wirst nichts dergleichen tun!", fuhr Ibrahim sie an. „Du wirst deinen Hass beherrschen, bevor jemand dahinterkommen kann, dass du die Hand im Spiel hattest! Dieser Ali hat scharfe Augen und er ist ihr treu ergeben, und auch Hayana, die Lieblingsdienerin einer der Gattinnen des Kalifen, ist gefährlich. Sie hat großen Einfluss auf Dananir, und wenn es ihr gelingt, sie von der Unschuld dieser Frau zu überzeugen, kann ich meinen Plan nicht ausführen." Er packte Zaida, die erschrocken einen Schritt zurückgetreten war, am Arm. „Hör gut zu: Einer der Eunuchen ist dir doch hörig, nicht wahr? Du wirst ihn dazu bringen, die anderen zu betäuben, wenn wir in den Palast eindringen. Hier!" Er entnahm einer Schatulle eine kleine Flasche, die er Zaida hinreichte. „Dies ist ein schnell wirkendes Gift für die Wächter. Aber", er brachte sein Gesicht dicht vor ihres, „nicht einmal der Teufel wird dir helfen, wenn du es auch dieser Byzantinerin gibst, nur um deinen Hass und deine Eifersucht zu befriedigen. Ich will dieses Weib lebend haben! Ich will sie besitzen, bevor ich sie eigenhändig zu Tode peitsche, um meine Schmach zu rächen! Hast du mich verstanden?"

Zaida nickte eingeschüchtert, nahm die Flasche und verneigte sich. „Wie Ihr wünscht, erhabener Gebieter. Es soll so geschehen."

✳ ✳ ✳

Als Hayana am nächsten Tag kam, nahm sie die junge Frau einfach in die Arme und wiegte sie wie ein kleines Kind. „Mein armer Liebling, was hat man dir nur angetan?"

Fedora klammerte sich an sie, fast unfähig, ihre Tränen noch zurückzuhalten. „Wie geht es ihm? Wie geht es Ahmed? Wo ist er jetzt? Ist er wieder in den Kampf gezogen?"

„Nein, er ist hier."

„Er denkt, ich hätte ihn betrogen", sagte Fedora erstickt. „Aber ich wäre doch niemals mitgegangen oder ...".

„Ich weiß, mein Liebchen, ich weiß", sagte Hayana beruhigend. „Aber das allein ist es nicht. Allein schon, dass du heimlich mit einem anderen Mann – einem vollständigen Mann – gesprochen hast, war ein Bruch der Gesetze. Untreue, in Prinz Ahmeds Augen."

„Soll ich nie wieder mit einem Mann sprechen dürfen, nur weil er mich gekauft hat?", begehrte Fedora auf.

„Höchstens in seiner Gegenwart."

„Aber das ist doch ...!", rief Fedora aus.

Hayana unterbrach sie. „Das ist hier der Brauch, wie ich es dir schon sagte, und du weißt es sehr wohl. Prinz Ahmed ist auch nur ein Mann. Und dazu ein sehr eifersüchtiger, der vor Liebe kaum noch denken kann. Er lebt in diesem Land, mit diesen Bräuchen, und wäre er weniger besonnen oder beherrschter, und hätte er nicht sein Herz so sehr an dich verloren, dass er dir kein Haar krümmen kann, so müsstest du jetzt damit rechnen, bestraft zu werden."

„Bin ich das nicht schon?", fragte Fedora mit Tränen in den Augen. „Er hat mich aus seiner Nähe gewiesen."

„Aber du lebst noch, und darüber solltest du froh sein. Sein Großvater, der berühmte Harun al-Raschid, war weitaus jähzorniger und kannte kein Verzeihen. Er hat seine eigene Schwester in eine Truhe sperren und lebendig begraben lassen, weil sie gegen seinen Willen heimlich einem Mann angehört hatte. Und dieser verlor ebenfalls sein Leben."

„Wie unmenschlich!", sagte Fedora entsetzt.

„Niemand hätte es ihm verbieten können. Dabei waren die beiden verheiratet, er wünschte jedoch nicht, dass die Ehe vollzogen wurde, weil der Mann nicht standesgemäß war." Sie tätschelte beruhigend Fedoras Hand. „Prinz Ahmed würde so etwas niemals tun. Hätte er dich allerdings mit dem anderen Mann angetroffen, so hätte er euch im Zorn vermutlich beide auf der Stelle getötet."

Fedora senkte den Kopf. „Das wäre Unrecht gewesen."

„Das ist hier das Recht", widersprach Hayana. „Du bist sein Eigentum und kein anderer darf ohne sein Einverständnis mit dir sprechen oder dich auch nur sehen."

„Werde ich jetzt hier bleiben?", fragte Fedora verzweifelt. „Wird er mich denn nicht rufen lassen, um mir die Gelegenheit zu geben, ihm noch einmal alles zu sagen und seine Verzeihung zu erlangen?"

„Geht es dir um seine Verzeihung?", fragte Hayana nachdenklich. „Oder geht es dir um das prächtige Leben, das du hattest? Deine Gemächer, den Garten, all die Vorteile, die diese Frauen hier nicht erhalten?"

„Um seine Verzeihung geht es mir. Vor allem für Leon, der nur aus brüderlicher Liebe gehandelt hat! Und was mich selbst betrifft", flüsterte Fedora erstickt, „was bedeutet mir all die Pracht und der Reichtum, wenn ich ihn nicht sehen und mit ihm sprechen kann. Bin ich nicht aus Byzanz geflohen? Habe ich nicht das alles und noch mehr aufgegeben, nur weil ich nicht einem ungeliebten Mann angehören wollte? Und jetzt, wo mir das Schicksal den Mann geschenkt hat, den ich mehr liebe als mich selbst, soll ich ihn wieder verlieren? Nur, weil er an meiner Treue zweifelt?"

„Du bist aus Byzanz geflohen?", fragte Hayana überrascht.

Fedora senkte den Blick. „Ja. Zwei Tage vor der Hochzeit. Aber Gott hat mich bestraft. Er hat mich in die Hände eines Sklavenhändlers geworfen, der mich verschleppte. Und anstatt in den Westen zu reisen, um dort am Hofe des neuen römischen Kaisers Schutz zu finden, gelangte ich auf einen Sklavenmarkt in Bagdad."

„Aber der dir zugedachte Ehemann hat dich verfolgt."

„Nein, doch nicht er, sondern Leon, mein Milchbruder. Von dessen Mutter ich gestillt wurde, als meine eigene bald nach meiner Geburt starb. Er wollte mich mitnehmen, aber ... aber ich konnte doch nicht gehen! Wie sollte ich denn Ahmed, den ich so sehr liebe, verlassen?! Und jetzt ist nicht nur Ahmed gekränkt, sondern auch Leon in Gefahr!" Als sie sah, wie Hayana den Blick senkte, griff sie nach ihrem Gewand. „Er lebt doch noch, oder?!"

„Gewiss, gewiss und es geht ihm gut", sagte Hayana beruhigend, unfähig, ihr zu sagen, dass am nächsten Tag ein Zweikampf stattfinden sollte, den nach den Regeln nur einer überleben durfte. Sie selbst wusste, dass Ahmed ein erfahrener Kämpfer war, aber wie der Kampf auch ausgehen würde, Fedora würde in jedem Fall einen Menschen, der ihr etwas bedeutete, verlieren. Entweder Ahmed, den Mann, den sie liebte, oder diesen anderen, der mit ihr aufgezogen worden war und wie ein Bruder für sie war. „Du hast viel Schweres durchgemacht", sagte sie und strich über Fedoras rote Locken. „Sehr viel Schweres ... aber es wird sich alles finden."

❃ ❃ ❃

„Komm, schnell", winkte Dananir ungeduldig, als Hayana bei der Tür hereinhuschte. „Hast du mit ihr sprechen können?"

Die Dienerin nickte. „Ja, und ich denke, ich habe sogar noch mehr erfahren als ich zuvor glaubte." Sie wischte sich eine Träne aus dem Augenwinkel. „Das arme Kind ist so unglücklich, ganz blass und traurig sieht es aus. Isst kaum etwas, sitzt nur herum und starrt trübe vor sich hin. Ich brachte es nicht über mich, ihr von dem morgigen Zweikampf zu erzählen."

„Glaubst du nicht, dass sie nur Angst hat?", fragte Dananir gespannt. „Angst vor der Strafe?"

„Wohl mehr Angst, ihren Prinzen nicht mehr zu sehen." Hayana beugte sich ein wenig näher. „Sie hat mir erzählt, dass sie aus Konstantinopel geflohen ist, weil man sie verheiraten wollte, und dann einem Sklavenhändler in den Rachen fiel, der sie verkaufte." Sie deutete um sich. „All das hier und mehr, sagte sie, hätte sie auch daheim gehabt, aber nicht Prinz Ahmed." Hayana lächelte. „Ich möchte jeden Eid darauf schwören, dass sie die Wahrheit sagt. Der andere wäre nur ihr Milchbruder gewesen, der sie gesucht hätte. Und Ihr? Habt Ihr mit *ihm* gesprochen?"

Dananir nickte. „Es gelang mir zwar nicht, ihm etwas zu entlocken, aber ich bin mir jetzt vollkommen sicher, dass er es schon zutiefst bereut, sie aus seiner Nähe entfernt zu haben, und er einen Weg sucht, ihr verzeihen zu können, ohne dabei seine Ehre zu verlieren." Sie lächelte leicht. „Du hättest nur sein Gesicht sehen sollen, als ich davon sprach, sie zu bestrafen. Ganz blass ist er geworden und angesehen hat er mich, als wäre ich der Teufel persönlich."

„Der Prinz ist entschlossen, seine Ehre zu verteidigen?", fragte Hayana.

„Er ist entschlossen, seinem Rivalen das Leben zu nehmen", erwiderte Dananir mit einem Seufzen. „Nicht, dass ich Mitleid mit diesem Griechen hätte, der die Wangen meines Sohnes bleich gemacht und sein Auge verdunkelt hat! Wäre er doch niemals gekommen, so müsste er jetzt nicht sterben, und Ahmed könnte sich ohne jeden Zweifel in seiner Brust seiner byzantinischen Geliebten erfreuen."

✄ ✄ ✄

Als Ahmed am nächsten Morgen den Palast seines Vaters aufsuchte, fand er schon alles für den Kampf vorbereitet. Er hatte gehofft, ohne großes Aufsehen gegen den Griechen kämpfen und ihn töten zu können, und war zornig, als er erfuhr, dass sich fast der ganze Hofstaat seines Vaters versammelt hatte, um dem Kampf beizuwohnen.

Seine Mutter winkte ihn zu sich. „Es tut mir leid, mein Sohn, aber ich konnte es nicht verhindern. Obwohl ich alle Mittel anwandte, es deinem Vater auszureden. Er ist jedoch erzürnt über die Anmaßung dieses Fremden und darüber, dass die Ehre eines seiner Söhne gekränkt wurde, und möchte nun, dass alle Zeuge sind, wie sie durch den Tod dieses Mannes wieder reingewaschen wird. Der ganze Palast spricht von nichts anderem. Offenbar hat Ibrahim keine Zeit verloren, seine eigene Schmach zu übertünchen, indem er deine verbreitete." Sie seufzte.

„Diese Byzantinerin scheint es besser als jede andere zu verstehen, die Männer zum Gespött der Leute zu machen."

Ahmed zog die Augenbrauen zusammen. „Das ist nicht ihre Schuld, sondern die Ibrahims, der dafür bezahlen wird. Aber vorerst wird dieser Grieche für seine Unverschämtheit büßen." Er betrat den Hof, wo Leon bereits wartete. Er stand zwischen zwei Wächtern, die Hände vor dem Körper zusammengebunden, und sah ihm ruhig entgegen.

Ahmed trat zu ihm. „Fühlst du dich in der Lage zu kämpfen, Grieche? Es bringt mir weder Ehre noch Freude ein, einen Mann zu erschlagen, der zu schwach ist, sich zu verteidigen."

„Sei versichert, dass ich es noch leicht mit dir aufnehmen werde!", erwiderte Leon grimmig. Er deutete mit dem Kopf in die Runde. Alle Fenster waren mit Schaulustigen besetzt, und sogar im Hof hatten sich etliche Bewohner des Palastes eingefunden, um sich dieses Schauspiel nicht entgehen zu lassen. „Hattest du Angst, alleine gegen mich anzutreten, dass du halb Bagdad um dich versammelt hast?"

„Dein Hohn wird dir bald vergehen", erwiderte Ahmed gelassen. Er winkte zwei Männern zu, die ihn begleitet hatten. „Bringt die Schwerter und bindet den Mann los!" Ahmed achtete nicht mehr darauf, dass seine Befehle befolgt wurden, sondern hatte bereits seinen Turban abgelegt und streifte nun den Mantel und das Obergewand ab, die ihn beim Kampf nur behindert hätten.

Auch Leon, dem man die Fesseln gelöst hatte, warf sein zerrissenes Hemd zur Seite. Er rieb sich die Handgelenke, an denen die Fesseln eingeschnitten hatten, streckte und dehnte seine Arme, um sie geschmeidig zu machen. Er war etwas kleiner als Ahmed, aber schwerer gebaut mit kräftigen Muskeln auf Armen und Brust. Ein aufgeregtes Flüstern und Kichern hinter einem der Fenster ließ Ahmed einen scharfen Blick hinüberwerfen. Das Tuscheln verstummte, und Ahmed wandte sich Leon zu.

„Du kannst deine Waffe auswählen. Beide gehören mir und sind von hervorragenden Meistern der Waffenkunst hergestellt worden."

Leon griff nach einem der Schwerter und wog es in der Hand, bevor er einige Schläge in die Luft machte, um es auszuprobieren. „Eine gute Waffe", sagte er anerkennend. „Ausgewogen und überraschend leicht."

„Kannst du damit umgehen?"

„Natürlich."

„Gut." Ahmed ging einige Schritte zurück in die Mitte des Hofes. „Dann können wir beginnen."

Leon folgte ihm. „Warte! Wie kann ich die Gewissheit haben, dass wir in Frieden ziehen dürfen, wenn ich gewinne?"

„Du hast mein Wort. Meine Leute werden dich und mei ... die Sklavin bis an die Grenze geleiten, dafür habe ich schon gesorgt."

„Und wenn ich verliere? Was geschieht mit Fedora? Du wirst ihr doch nichts antun? Sie nicht für etwas bestrafen lassen, das sie nicht getan hat?!"

„Ich werde sie so behandeln, wie es mir richtig erscheint", erwiderte Ahmed kalt. „Und nun fang an! Oder willst du den Tag mit Schwätzen verbringen wie ein altes Weib?"

Leon warf ihm einen wütenden Blick zu und stürzte sich dann ohne ein weiteres Wort auf ihn. Ahmed wich aus und parierte die nächsten Schläge, seinen Gegner vorerst prüfend, bevor er selbst zum Angriff überging. Der Grieche war ein gewandter und entschlossener Kämpfer, hatte jedoch bei Weitem nicht Ahmeds Meisterschaft und würde schnell unterliegen. Aber der Kampf reizte Ahmed, er wollte ihn auskosten, den Moment hinauszögern, in dem er seinem Rivalen den Todesstoß versetzte. Schon längst hatte er die Zuschauer um sich herum vergessen, war völlig konzentriert auf Leon und dessen Angriffe. Gerade wollte er wieder zur Seite weichen, als er plötzlich hinter sich Schritte hörte. Im gleichen Moment schrie seine Mutter, die mit den anderen Frauen dem Kampf beiwohnte, laut auf.

Instinktiv fuhr Ahmed herum, warf sich zur Seite und entging so einem Schlag, der ihn zweifellos das Leben gekostet hätte. Es war ein Mann in der schwarzen Kleidung des Kalifenhofes mit einem Turban, dessen Ende er vor das Gesicht gewickelt hatte, sodass man ihn nicht erkennen konnte. Schon war er über ihm, hob das Schwert. Ahmed rollte sich herum, trat dem Angreifer die Beine weg, dass dieser stürzte. Noch zwei weitere stürmten herbei, Ahmed sprang auf, duckte sich unter dem nächsten Schlag, aber da war auch schon Leon da und schlug einen der Männer mit einem Streich nieder, während Ahmed den zweiten tötete.

In diesem Moment stürmten die Wachen herbei, aber Ahmed hielt sie zurück, als sie mit Lanzen und Säbeln auf den dritten Angreifer losgingen. „Halt! Ich will diesen Mann lebend!"

Man warf den Mann auf die Erde, und zwei Leute hielten ihn fest.

Ahmed wandte sich Leon zu, der mit dem blutigen Schwert in der Hand abwartend daneben stand. „Weshalb hast du mir geholfen?", fragte er verwundert. „Du hättest die Gelegenheit nutzen sollen, um mich zu töten."

„Und mich damit weniger ehrenhaft zeigen als du das getan hast?", fragte Leon zurück. „Du hast dich mir gegenüber als Ehrenmann erwiesen, das erkenne ich auch bei einem Feind an. Diese hier sind jedoch nichts weiter als gemeine Mörder."

Ahmed sah ihn nachdenklich an. „Wolltest du nicht mein Weib haben, um es mit dir zu nehmen, würde ich dir jetzt das Leben schenken. So jedoch werden wir später weiterkämpfen." Er wandte sich dem Gefangenen zu. „Du bist einer der Eunuchen von Ibrahim", fuhr er den vor ihm am Boden liegenden Mann an, „ich habe dich oft bei ihm gesehen. Und du hast es gewagt, deine Hand an mich zu legen?!"

„Ich tat es auf Geheiß meines Herrn", erwiderte der andere.

Ahmed setzte ihm das Schwert an den Hals. „Weshalb hat er dich geschickt, um mich zu töten? Los, sprich, sonst schlage ich dir auf der Stelle den Kopf ab!"

„Ich bin ohnehin ein toter Mann, wenn Ibrahim erfährt, dass ich versagt habe. Tötet mich, sonst tut er es."

„Und wenn ich dich leben lasse?", fragte Ahmed kalt. „Lange genug, um dich bei vollem Bewusstsein Stück für Stück auseinanderzuhacken? Wenn ich einen Schlachter kommen lasse, der dein Fleisch von den Knochen löst, ebenso wie mein Großvater dies einst mit einem Rebellenführer tat?"

Der andere wurde bleich.

„Los! Sprich schon, sonst wirst du flehen, in die Hölle zu kommen, nur um mir zu entgehen!"

„Aus Rache, mein Herr", sagte der Mann. „Er hat es nicht verwunden, dass Ihr ihm die rothaarige Sklavin nahmt."

„Er hat genug Gold für sie bekommen!"

„Er wollte seine Rache. Und er will sie noch. Und wenn Ihr ihm nicht mehr im Wege steht, kann er sie ungehindert auskosten ...."

„Soll das heißen, dieser Sohn einer Hündin würde es wagen, Hand an meine ... an meine Sklavin zu legen?" Ahmeds helle Augen waren plötzlich dunkel vor Zorn.

„Das war sein Plan. Wir sollten Euch töten, während ...."

Ahmed hörte das Ende des Satzes nicht mehr, sondern hatte schon den Hof verlassen, einige Leute, die ihm im Weg standen, beiseite stoßend. Leon, auf den keiner mehr achtete, rannte hinter ihm her. Ahmed hörte die Stimme seines Vaters, der ihm etwas nachrief, lief jedoch weiter. Jetzt war ihm Ibrahims Plan klar, und er verstand selbst nicht, wie einfältig er gewesen war! Natürlich hatte der Sohn des Wesirs diesen Tag genutzt, an dem sich alles auf den Zweikampf konzentrierte, um in seinen Palast einzudringen. Hatte Ahmed noch soeben darauf gebrannt, den Rivalen seiner Geliebten zu töten, so war er nun noch weitaus mehr mit Angst um sie erfüllt. Ibrahim war ein Tier, das alles tun würde, um seine Rache an ihm und Fedora zu genießen.

Er hatte den Hof erreicht, in dem sein Pferd von einem Diener gehalten wurde, schwang sich hinauf und wollte lospreschen, als Leon sich an den Zügel klammerte.

„Nimm mich mit! Ich werde nicht hierbleiben, wenn meine Schwester in Gefahr ist!"

„Deine Schwester?" Ahmed ließ den Fuß, mit dem er Leon schon hatte wegtreten wollen, sinken.

Dieser sprach drängend weiter. „Meine Milchschwester. Es ist die Wahrheit! Meine Mutter hat uns beide genährt, aber ich habe dich belogen, weil ich hoffte, dich bei einem Zweikampf besiegen zu können!"

„Du Narr!", rief Ahmed zornig. „Mit dieser Lüge hättest du dich beinahe selbst getötet und mir den Glauben an mein Weib genommen! Aber jetzt komm!" Er reichte ihm die Hand hinunter, um ihn hinter sich aufs Pferd zu ziehen.

Fedora war erst seit zwei Tagen bei den anderen im Harem, aber es schien ihr eine Ewigkeit zu sein. Man hatte ihr einen Platz in einer der Schlafkammern zugewiesen, die sie mit einigen anderen teilen musste. Tagsüber saß sie immer abseits der anderen Frauen, die sich von ihr fernhielten und sie bestaunten, über sie tuschelten. Manche warfen ihr mitleidige Blicke zu, andere neugierige, aber nur die eine, diese Schönheit mit nachtschwarzem Haar und Augen betrachtete sie weiterhin mit einer Mischung aus Hass und Genugtuung.

Plötzlich kam eine der anderen auf sie zu, kniete vor ihr nieder und berührte ihren Arm. „Bist du das?", fragte sie leise auf Griechisch.

Fedora, die traurig vor sich hingestarrt hatte, hob den Kopf. Eine blonde junge Frau saß vor ihr, bildschön wie auch die anderen, in einem kostbaren Gewand. Sie trug goldene Armreifen und Perlenbänder um die Arme, und durch das Haar war eine Kette schwarzer Perlen geflochten.

„Helena?", fragte Fedora nach einigen Momenten der Überraschung.

„Dann bist du also diese rothaarige Gazelle, von der man tuschelte", flüsterte Helena weiter, „die den Herrn dieses Palastes so in ihren Bann gezogen hat, dass er sich niemals hier sehen lässt? Und seine anderen Frauen so sehr vernachlässigt, dass sie schon Angst haben, seine Gunst nie wieder gewinnen zu können?"

Fedora senkte nur den Kopf. Fast ständig hatte sie der Gedanke gequält, Ahmed könnte seine anderen Frauen aufsuchen, sich mit ihnen vergnügen, während sie in ihrem Garten saß und an nichts anderes mehr denken konnte als an ihn. Jetzt hörte sie zum ersten Mal, dass dem nicht so war. Jetzt, wo es zu spät war, und er sie verstoßen hatte.

„Und du?", fragte sie schließlich. „Wie bist du hierher gekommen?"

„Ich bin ein Geschenk seiner Mutter", schmunzelte Helena. „Sie hat mich und vier andere Frauen gekauft, um ihm eine Freude zu bereiten. Aber er hat uns nicht einmal richtig angesehen. Er ist zwar freundlich, wenn er kommt, bringt uns Geschenke, fragt uns nach unseren Wünschen, lässt sich etwas vortanzen, vorspielen oder Verse rezitieren. Dann streichelt er uns über die Wange oder übers Haar, wie Kindern, und geht wieder. Bisher hat er noch keine von uns rufen lassen, und wenn es stimmt, was mir die anderen erzählen, dann schon nicht mehr seit vielen Wochen." Sie warf einen spöttischen Blick nach hinten. „Nun wetteifern sie darin, wer die nächste Frau wird. Wenn es einer von ihnen gelingt, den Prinzen auf ihr Lager zu ziehen und einem Kind das Leben zu schenken, kann sie vielleicht die Glückliche sein." Sie beugte sich etwas näher. „Wusstest du, dass diese Gottlosen vier rechtmäßige Ehefrauen haben können?"

Fedora zuckte mit den Schultern. Sie durfte sich wohl schon glücklich schätzen, wenn er sie auch nur mit einem Blick belohnte. „Du siehst sehr zufrieden aus", sagte sie, „stört es dich denn gar nicht, als Sklavin in einem Harem zu leben?"

„Aber ich bin keine Sklavin! Niemand von uns hier ist eine. Der Prinz schenkt jeder, die neu in seinen Harem kommt, spätestens nach einigen Wochen die Freiheit. Wir könnten gehen, wohin wir wollten, aber wohin sollen wir? Es geht uns gut. Mir jedenfalls weitaus besser als früher, als ich noch mit meiner Familie

Hunger leiden und Angst haben musste, dass mein Vater mich des Geldes wegen verkauft."

„Ihr seid frei?" Fedora konnte nicht fassen, was sie hörte.

„Du denn nicht?"

Fedora gab keine Antwort. Keine dieser Frauen war eine Sklavin, alle waren frei und lebten hier als seine Konkubinen! Nur ihr hatte er nie ihre Freiheit schenken wollen. Warum hatte er gerade ihr niemals gegeben, wonach sie so sehr verlangt hatte? *Weil er Angst hatte, ich würde ihn dann verlassen*, beantwortete sie ihre Frage selbst. Tränen traten in ihre Augen. Ahmed hatte ihr aus Liebe nicht die Freiheit geschenkt. Um sie nicht zu verlieren. Es war ein Widerspruch, aber er passte zu ihm, zu seiner Denkweise. Er hatte sie völlig besitzen wollen.

„Warum weinst du denn?", fragte Helena bestürzt. „Bist du deshalb traurig?"

„Nein", erwiderte Fedora erstickt. Sie war nicht traurig, denn sie wusste nun, dass sie in jeder Hinsicht etwas ganz Besonderes für ihn gewesen war, und ihre angebliche Untreue ihn weitaus tiefer geschmerzt als seine Ehre verletzt hatte. Mehr denn je war ihr nun bewusst, dass sie einen Weg finden musste, Ahmeds Verzeihung zu erlangen und ihn von ihrer Unschuld zu überzeugen.

Außerdem hatte nicht nur jemand verraten, dass Leon in den Palast eingedrungen war, sondern auch den von ihr geschriebenen Brief verfälscht an Ahmed weitergegeben. Da nur die Dienerinnen Zugang zu ihren Gemächern gehabt hatten, musste die Verräterin wohl unter ihnen zu suchen sein. Zweifellos die Vertraute einer dieser Frauen im Harem, die die Rivalin hatte beiseite schaffen wollen. Fedora hob den Kopf und ließ ihre Blicke heimlich über die anderen gleiten. Keine sah her, jede war mit sich selbst oder anderen Dingen beschäftigt, und nur jene mit dem Leberfleck auf der Wange saß drüben auf einem Kissen, streichelte einen kleinen Affen und starrte unentwegt herüber. Der Hass in ihren Augen war ebenso eindeutig wie die höhnische Genugtuung. Vielleicht war sie diejenige, die Ahmed und sie betrogen und den Brief so ergänzt hatte, dass Ahmed einfach an ihre Schuld glauben musste.

Aber um das herauszufinden, musste sie vorerst mit Ahmed reden, und das geschah am Besten an einem der Audienz-Tage, die er zweimal in der Woche abhielt, und wo jeder, der ein Anliegen hatte, vorsprechen konnte. Der Beherrscher der Gläubigen selbst stand zu hoch über dem Volk, um sich für seine Nöte Zeit zu nehmen, Ahmed jedoch hörte sich zahllose Bittsteller an, prüfte deren Glaubwürdigkeit und trug ihre Wünsche dann seinerseits dem Kalifen vor, der immer geneigt war, den Worten seines Lieblingssohnes Gehör zu schenken. Zu diesen Audienzen konnte jeder kommen, ungeachtet des Ranges oder Namens, und da er diesen Brauch selbst so eingeführt hatte, konnte er auch sie nicht abweisen – eine seiner Frauen, die bei ihm in Ungnade gefallen war.

Sie verlangte von einer Dienerin Papier, Tinte und Feder. Ahmed liebte die Poesie, und obwohl sie keine Dichterin war, mussten ihre Verse eindringlich genug sein, um wenigstens zu erreichen, dass sie ihn sehen und sprechen konnte. Sie überlegte, dann tauchte sie die Feder in die Tinte und schrieb.

Sie war ganz vertieft in ihre Tätigkeit, als Unruhe vor dem Saal entstand. Ein Mann schrie auf, ein grauenvolles Stöhnen, und dann drängten plötzlich Männer mit schwarzen Turbanen, deren Enden ihre Gesichter verdeckten, herein. Nur einer davon war nicht verhüllt, und ihn kannte sie. Es war Ibrahim, der Sohn des Wesirs.

Er trat mit gezogenem Schwert mitten in den Raum und sah sich um. „Hört auf mit dem Gekreische!", fuhr er die Frauen an, die sich aufschreiend in die hintersten Ecken geflüchtet hatten. „Von euch will ich nichts, ich will nur die eine haben ... diese rothaarige Hündin!" In diesem Moment fiel sein Blick auf sie. „Da bist du ja! Los! Packt sie!"

Fedora sprang auf und warf dem Ersten, der auf sie zukam, das Tintenfass ins Gesicht, der aber wischte sich die Farbe nur ab und griff nach ihr, und schon war ein zweiter da, der sie so fest am Arm fasste, dass sie aufschrie.

„Du wirst noch mehr schreien, wenn ich mit dir beginne!", sagte Ibrahim bösartig. „Und später wirst du wimmern, weil du nicht mehr schreien kannst. Bringt sie hinaus!"

„Ahmed wird Euch dafür töten!", fauchte Fedora.

„Dein Ahmed ist schon längst tot", lachte Ibrahim böse. „In diesem Moment röchelt er vermutlich sein elendes Leben aus."

„Was habt Ihr ihm angetan?!", schrie Fedora, außer sich vor Zorn und Angst.

„Ihm das gegeben, was er verdient hat." Er wandte sich dem Ausgang zu. „Jetzt schnell, bevor noch weitere Wachen kommen!"

Obwohl Fedora sich mit allen Kräften wehrte, wurde sie mitgeschleppt. Vor dem Eingang zu den Haremsgemächern lagen mehrere Tote. Fedora blickte auf die verkrümmten Gestalten ohne sie wirklich wahrzunehmen. Ein unbändiger Hass stieg in ihr auf und füllte ihr ganzes Denken aus, sodass es ihr vollkommen gleichgültig war, was mit ihr geschah. Aber wenn Ahmed tot sein sollte, dann durfte Ibrahim, dieser Mörder, nicht davonkommen.

Ein großer Schatten versperrte den Weg – Ali. Er hatte in jeder Hand einen großen Krummsäbel, und sein Gesichtsausdruck war kalt und entschlossen. „Ihr werdet es nicht wagen, meine Gebieterin zu verschleppen", sagte er mit einer Härte, die Fedora niemals zuvor bei ihm gehört hatte.

„Willst du alleine mich etwa daran hindern?", fragte Ibrahim höhnisch zurück. Fedora sah jetzt erst, dass er noch mehr Männer dabei hatte, die sich nun näherten, die blanken Schwerter in der Hand. Es war eine Übermacht, mit der selbst der riesige Ali nicht fertig werden konnte.

„Er sagt, er hätte Prinz Ahmed ermorden lassen", rief sie wild. Sie selbst würde Ibrahim nicht töten können, um ihn für den Mord an Ahmed büßen zu lassen, aber Ali war dazu in der Lage. „Du darfst ihn nicht entkommen lassen, Ali! Achte nicht auf mich, sondern töte ihn, und wenn es das Letzte ist, was du tust!"

Ali zögerte nicht lange und stürzte sich – mit beiden Säbeln rechts und links tödliche Schläge austeilend – auf die Angreifer, immer darauf bedacht, in Ibrahims Nähe zu kommen. Der stieß seine Männer vorwärts, während er sich Fedoras bemächtigte und sie in die andere Richtung zerrte. Ali brüllte vor Zorn laut auf und Fedora, die sich gegen den harten Griff Ibrahims wehrte, sah, wie zwei Männer tödlich getroffen zu Boden sanken. Dennoch waren noch fünf übrig, die sich nun alle gleichzeitig auf ihren tapferen Beschützer warfen.

Im selben Moment hörte sie trotz des Kampfgetümmels und des Klirrens der Säbel Hufschlag, und da preschte auch schon in dem mit kostbaren Teppichen ausgelegten Gang ein Schimmel heran. Der Reiter sprang ab, bevor das Tier zum Stehen kam, und schlug einen Mann, der Ali besonders zu schaffen gemacht hatte, nieder. Der Eunuch blutete schon aus mehreren Wunden, aber immer noch kämpfte er wie ein Besessener, und nun erhielt er auch noch Hilfe von einem weiteren Mann, der einem der erschlagenen Gegner ein Schwert entriss und damit auf die anderen einhieb: Leon, ihr Freund, lebte und war hier.

Aber noch weitaus wichtiger war der andere für sie. „Ahmed …“, Fedoras Stimme versagte vor Erleichterung, ihren Geliebten lebend zu sehen.

Als Ibrahim sah, wer ihn verfolgte, zerrte er Fedora eng an sich und hielt sie schützend vor seinen Körper. Sie fühlte ein Messer an ihrer Brust. „Einen Schritt noch, und auf der Brust deiner kostbaren Sklavin wird die rote Blume des Todes blühen!“

Ahmed war stehen geblieben und bedachte Ibrahim mit einem Blick, in dem blanker Hass lag. „Wenn du sie tötest, ist dein Leben ebenfalls verwirkt“, presste er zwischen den Zähnen hervor. „Lass sie los und kämpfe wie ein Mann gegen mich!“

Ibrahim lachte höhnisch auf, aber da wandte sich Fedora wie eine Katze in seinen Armen um und kratzte ihm quer über das Gesicht. Er ließ sie los, und sie sprang taumelnd zur Seite, direkt in Ahmeds Arme, der sie auffing und, nachdem er sich überzeugt hatte, dass sie unverletzt war, zur Seite schob, um Ibrahim zu verfolgen, der abermals die Flucht ergriffen hatte.

Fedora, die mehr Angst um ihren Geliebten hatte als um sich selbst, lief den beiden nach und kam gerade dazu, wie Ibrahim sein Schwert zog und damit auf Ahmed einschlug.

„Dies ist das zweite Mal, dass du diese Frau mit dem Tod bedroht hast“, keuchte Ahmed, heiser vor Zorn.

„Ich werde sie nicht nur bedrohen, sondern sie auch töten, wenn ich dich erst in die Hölle geschickt habe!“, brüllte Ibrahim. Fedora, die dem feisten Mann nicht zugetraut hatte, sich derart gekonnt zur Wehr zu setzen, schrie entsetzt auf, als Ahmed strauchelte und zu Boden ging. Im nächsten Moment war er jedoch schon wieder auf den Beinen und schlug so rasend auf Ibrahim ein, dass dieser zurückweichen musste.

Schlag auf Schlag ging es, keiner der Gegner gönnte dem anderen nur auch den geringsten Vorteil. Beide waren schon verletzt, bluteten aus mehreren, wenn auch unbedeutenden Wunden, als Fedora hinter sich eilige Schritte hörte. Es war Ali.

„Rasch! Hilf unserem Gebieter!“, rief sie.

„Wage es nicht, mir die Genugtuung zu nehmen, diesen Hund selbst zu töten“, grollte Ahmed. Fedora erkannte ihn kaum wieder. Aus dem meist lächelnden, gelassenen Prinzen, den sie selbst mit ihren heftigsten Worten nicht hatte ernsthaft erzürnen können, war ein unversöhnlicher Mann geworden, dessen Augen von Mordlust erfüllt waren. „Sieh lieber zu, dass du sie in Sicherheit bringst!"

Ali nickte nur und griff nach Fedora, die sich gegen ihn wehrte. „Ich werde keinen Schritt von hier weichen, so lange mein Geliebter in Gefahr ist!", fuhr sie den Eunuchen an.

„Gewiss, meine Gebieterin, aber habt keine Sorge. Prinz Ahmed ist Ibrahim weit überlegen, auch wenn die beiden den gleichen Meister zum Lehrer hatten."

Er hatte kaum ausgesprochen, als Ahmed einen triumphierenden Schrei ausstieß. Sein Schwert schnitt durch die Luft, und im nächsten Moment rollte Ibrahims Kopf über den Boden und Fedora direkt vor die Füße.

Sie starrte entsetzt darauf, sah das letzte, krampfhafte Zucken in dem vom restlichen Körper getrennten Gesicht und blickte dann auf Ahmed, in dessen Augen sich wilder Triumph über seinen Feind spiegelte.

Und dann wurde es schwarz um sie.

❈ ❈ ❈

Als sie wieder erwachte, lag sie auf einem weichen Lager, um sie herum waren besorgte Gesichter, und jemand fächerte ihr Luft zu.

„Bleib noch liegen, mein Kindchen", hörte sie Hayanas beruhigende Stimme. Die Dienerin beugte sich über sie, strich ihr mit einem feuchten Tuch über die Stirn und lächelte sie aufmunternd an. „Es ist alles in Ordnung. Ibrahim ist tot."

„Ahmed", flüsterte Fedora. „Er war verletzt ... was ist ..."

„Es geht ihm gut. Die Wunden sind kaum der Rede wert, nichts, was einen Mann wie ihn lange belästigen würde."

„Und Ali?"

„Der liegt in seinen Gemächern und lässt sich von den anderen Eunuchen pflegen. Und dein Freund Leon ist ebenfalls in Sicherheit. Prinz Ahmed hat ihm das Leben geschenkt, auch wenn er ihm streng verboten hat, dich noch einmal zu sehen. Er ist jetzt in einem anderen Teil des Palastes und lässt sich von hübschen Dienerinnen trösten."

Einige der Frauen kicherten, und Fedora verzog den Mund. Man hatte sie wieder in den allgemeinen Harem zurückgebracht, sie lag in der ihr zugeteilten Schlafecke, und die meisten der anderen Frauen umstanden sie, lächelten und nickten ihr zu.

„Wie konnte Ibrahim nur in den Palast kommen?", fragte sie müde, während sie versuchte, sich aufzusetzen. Sie fühlte sich so erschöpft wie nie zuvor in ihrem Leben.

„Er hatte eine Freundin hier", sagte Hayana grimmig. „Erinnerst du dich noch an die Dunkelhaarige mit dem Muttermal auf der Wange? Sie war ein Geschenk des Kalifen, der sie jedoch von Ibrahim empfohlen bekommen hatte. Sie spielte ein falsches Spiel, verriet ihren neuen Gebieter und ermordete einige der Wachen mit Gift. Nun sitzt sie in einer dunklen Kammer und wartet darauf, welches Urteil der Prinz über sie verhängen wird."

„Wird er sie töten lassen?", fragte Fedora schaudernd.

„Das denke ich nicht, der Prinz würde niemals eine Frau zum Tode verurteilen oder zulassen, dass man sie tötet. Sie wird wohl bestraft und dann aus dem Palast gewiesen."

„War ... war sie es, die den Brief fälschte, der Ahmed meine Untreue beweisen sollte?"

„Dieser Brief? Sehr wahrscheinlich", erwiderte Hayana, die stets über alles Bescheid wusste. „Sie hat es noch nicht zugegeben, aber man wird es schon aus ihr herausbekommen. Welch ein Glück aber, mein Liebchen, dass Ali ganz in der Nähe war, als dieser Sohn eines stinkenden Schweins dich rauben wollte." Sie beugte sich näher zu Fedoras Ohr und flüsterte, damit die anderen sie nicht verstehen konnten. „Es war Prinz Ahmed selbst, der ihm den Befehl gab, sich nicht von dir zu entfernen und dich zu beschützen." Sie lächelte, als sie Fedoras aufleuchtende Augen sah. „Er hat sich wohl selbst schon gesagt, dass hier einiges nicht so sein konnte, wie es den Anschein hatte ..." Sie winkte eine Dienerin herbei, die ein Tablett mit allerlei Leckerbissen vor Fedora auf den Boden stellte.

„Ich kann jetzt nichts essen", wehrte Fedora ab.

„Oh doch, du musst etwas essen. Ganz dünn bist du geworden!" Hayana nahm ein Stück gebratenes Hähnchen und hielt es ihrem Schützling hin. „Du hättest nur sehen sollen, wie er davongestürmt ist, als er hörte, dass du in Gefahr bist", sprach sie weiter. „Ich war ja dabei, und bin Ahmed nachgelaufen, als er aus dem Palast hinausritt. Er hat nicht sein Boot genommen, das am Ufer auf ihn wartete, sondern ist mit seinem Hengst einfach über die Brücke aus Booten galoppiert, die beide Ufer des Tigris verbindet. Die Leute haben geschrien, ein Händler ist samt zwei Ballen Seide ins Wasser gefallen, und eine Alte hat ihm sämtliche Dämonen der Hölle an den Hals gewünscht!" Sie lachte bei der Erinnerung. „Und dein Freund Leon hing hinter ihm am Pferd und fluchte wohl nicht weniger!"

Fedora musste ebenfalls lachen, als sie dies hörte, und ließ sich willig noch ein Stückchen Fleisch in den Mund schieben.

„Iss nur schön, mein Täubchen. Du willst doch nicht so blass und mit dunklen Ringen unter den Augen vor den Prinzen treten, wenn er dich rufen lässt. Und das tut er ganz gewiss, da bin ich mir vollkommen sicher."

❄ ❄ ❄

„Und bist du jetzt klüger?", fragte Dananir ihren Sohn, als dieser sie auf ihren Wunsch hin aufsuchte. Sie versuchte in seinen Augen zu lesen, aber diese waren dunkler als sonst.

„Nein. Aber ich hatte immerhin die Befriedigung, Ibrahim in die Hölle zu schicken", erwiderte er mit kalter Genugtuung. „Schon lange habe ich auf diesen Tag gewartet, um ihn dafür büßen zu lassen, dass er meine ..." Er unterbrach sich und setzte fort: „Aber was macht das jetzt noch aus?" Er trat unter den

Torbogen, der zu Dananirs Garten führte und blickte hinaus. Er hatte ein langes Gespräch mit diesem Griechen gehabt, der nun endlich die volle Wahrheit gestanden hatte. Fedora hatte ihn nur darin hintergangen, dass sie ihren Freund heimlich aus dem Palast geschmuggelt hatte. Ein Fehler, der in Ahmeds Augen mit jedem Moment verzeihlicher wurde. „Ich werde sie doch verlieren. Sie wird heimkehren, um dort die Gemahlin des zukünftigen byzantinischen Kaisers zu werden."

„Hast du Angst vor einem Krieg, wenn du sie hierbehältst?"

„Ich?" Ahmed schüttelte den Kopf. „Wenn ich annehmen könnte, dass sie sich für mich entscheidet, würde ich diesen Alexios zum Zweikampf herausfordern, um ihn zu besiegen und sie als meinen rechtmäßigen Besitz heimzuführen und zu meiner Ehefrau zu machen. Aber sie wollte immer schon von mir fort. Und jetzt, da ich weiß, was sie in die Heimat trieb, werde ich sie gehen lassen."

„Und wenn sie aus Liebe bei dir bliebe?"

„Sie liebt mich – oder liebte mich – dessen bin ich mir gewiss", erwiderte Ahmed. „Und bevor ich wusste, wer sie ist, dachte ich, meine Liebe könnte ihr genügen, um hier glücklich zu werden. Aber ... ich habe noch vier Brüder, die vor mir Anspruch auf den Rang des Kalifen haben – glaubst du, ich könnte ihr das bieten, was sie daheim hat? Die Kaiserin eines Reiches zu werden? Eine Frau wie sie gäbe sich nicht mit weniger zufrieden, und ich bin umgekehrt zu stolz, eine Frau in meinem Harem zu haben, die mich immer mit dem Gatten vergleicht, den sie hätte haben können."

„Du solltest noch einmal mit ihr sprechen."

„Wozu?" Ahmed zögerte, dann senkte er den Kopf und sprach leise weiter. „Ich habe nicht die Kraft, sie noch einmal zu sehen, um sie dann ziehen zu lassen. Und sie wird gehen, nachdem sie so von mir behandelt wurde." Er sprach jetzt das aus, was ihn wirklich peinigte. Fedora war eine stolze Frau, deren Liebe er so schwer errungen und wegen seiner ungerechtfertigten Eifersucht so leichtfertig aufs Spiel gesetzt hatte. Seine wunderbare Byzantinerin, die ihn bereits auf dem Sklavenmarkt mit ihrer Schönheit und ihrem ungebrochenen Stolz beeindruckt hatte und noch viel mehr einige Tage später, als Ibrahims Henker sie mit der Peitsche schlug, und nicht ein einziger Laut des Schmerzes über ihre Lippen gekommen war.

Gewiss konnte er sie einfach hier behalten, aber wie er sie kannte, würde sie es ihm schwer machen, sich ihr wieder zu nähern, und er wollte sich nicht vor ihr demütigen, indem er sie um Verzeihung bat und sie anflehte, bei ihm zu bleiben.

„Dann lies dies hier." Dananir hielt ihrem Sohn ein Stück Pergament hin. Es war dasselbe, an dem Fedora geschrieben hatte, als Ibrahim mit seinen Männern eingedrungen war, um sie zu rauben.

Ahmed nahm es stirnrunzelnd entgegen, überflog die Worte, las es noch einmal und dann ein weiteres Mal.

„Nun?", fragte Dananir, als er es endlich sinken ließ. „Schreibt so eine Frau, die ihren Prinzen nicht liebt?"

„Ich muss Gewissheit haben, das alleine genügt nicht", sagte Ahmed gequält.

Dananir schlug die Hände zusammen. „Welch ein eigensinniger Mann, den ich geboren und großgezogen habe! Schlimmer als alle Ungläubigen zusammen ist er! So stell sie eben auf die Probe! Höre es aus ihrem eigenen Mund! Und wenn du dann noch nicht von ihrer Liebe überzeugt bist, dann lass sie gehen und nimm dir einige neue Sklavinnen, die dein Herz erfreuen und deine Sinne erregen."

„Wie soll ich sie auf die Probe stellen?"

„Mein kluger Sohn", lachte Dananir, „der niemals um eine Antwort verlegen ist, braucht seine Mutter, damit sie ihm sagt, wie er herausfinden kann, ob seine Geliebte ihn noch will oder nicht! Und wie er sie behalten kann, ohne sich ihr zu Füßen zu werfen und ihre Vergebung für seine wilde Eifersucht erflehen zu müssen! Du musst es eben so anstellen, dass sie sich im Unrecht fühlt und im Gegenteil deine Verzeihung erbittet! Und nun setze dich zu mir und höre mir gut zu ..."

Die Versöhnung

Als Fedora den Pavillon betrat, saß Ahmed auf einigen Kissen, hatte ein Pergament in der Hand und las. Er war barhäuptig und trug nur einen einfachen Mantel über seiner Hose, ganz so, als würde er seine Lieblingsfrau empfangen und nicht eine Sklavin, die er verstoßen wollte. Sie machte einige schnelle Schritte auf ihn zu, aber als er aufsah, und sein kalter Blick sie traf, blieb sie unwillkürlich stehen.

„Da wo du weilst, da hält mich Liebe fest", las er spöttisch vor. „Hast du diese Worte ersonnen, in der Hoffnung, mit ihnen mein Herz und meinen Sinn zu ändern?"

„Ich möchte dort sein, wo auch du bist", erwiderte Fedora mit einem schüchternen Lächeln. Nach allem, was Hayana ihr von Ahmed erzählt hatte, war sie in dem Glauben gekommen, er würde sie sofort in die Arme schließen, und fühlte sich nun zutiefst verunsichert durch sein kaltes Benehmen.

„Du hast das Gesetz gebrochen, indem du nicht nur einem Mann erlaubt hast, dich alleine zu sprechen, sondern ihn auch noch verborgen und ihm dann zur Flucht verholfen hast. Du denkst doch nicht, dass ich dir das so einfach vergeben kann?"

„Ich tat es nicht in böser Absicht! Ich ..."

„Fasse dich kurz, ich habe nicht viel Zeit. Du wolltest mich unbedingt sprechen und hast dich dabei auf das von mir gewährte Recht der Audienz berufen. Also sag, was du von mir willst."

„Deine Verzeihung", sagte Fedora leise. „Vor allem für Leon. Lass ihn gehen, ich bitte dich."

Ahmed senkte den Kopf, tat als würde er überlegen, dabei gedankenvoll das Pergament, das vor ihm lag, glattstreifend. „Ihm ist bereits verziehen. Er hat aus Zuneigung und Liebe gehandelt und tapfer gekämpft, als Ibrahim in den Frieden meines Hauses eindrang. Dafür werde ich ihm die Strafe für seine Anmaßung erlassen und ihm die Freiheit geben. Aber du wirst mit ihm den Palast verlassen."

Er dachte nicht im Geringsten daran, Fedora gehen zu lassen, aber er folgte dem Ratschlag seiner Mutter, um sicher sein zu können, dass die Frau, die er zu seiner Gattin machen wollte, voll und ganz ihm gehörte und nicht einmal im geheimsten Winkel ihres Herzens an ihre ehemalige Heimat dachte und sich danach sehnte.

„Das will ich nicht!", rief Fedora zu seiner Erleichterung entsetzt aus.

„Dein Freund hat mir gesagt, was du mir bisher verschwiegen hast: Dass du dem Sohn des byzantinischen Kaisers zur Frau bestimmt warst."

„Ich will aber bei dir bleiben!" Sie lief auf ihn zu und kniete vor ihm nieder, nach seinen Händen fassend.

„Du hast jetzt die Möglichkeit, in deine Heimat zurückzukehren und willst nicht?", fragte Ahmed ruhig, während er kaum seinen Blick von ihren wunderbaren smaragdgrünen Augen lassen konnte, in deren Tiefe er am liebsten versunken wäre. „Überwältigt dich nicht die Sehnsucht nach deinem Vater, von dem du mir erzählt hast?"

Fedora senkte den Kopf. „Es betrübt mich, an ihn zu denken, aber wenn du Leon gehen lässt, wird er ihm Nachricht von mir bringen, das wird seinen Schmerz um mich lindern."

Ahmed strich sich nachdenklich über den Bart. „So", sagte er schließlich, „und dein zukünftiger Gemahl?"

„Ich wollte ihn nie zum Gatten", flüsterte Fedora. „Kurz vor der Hochzeit habe ich mich davongeschlichen wie eine Diebin, bin geflohen. Ich wollte weg, so weit wie möglich, nach Jerusalem, wo Christen wohnen, die mich gewiss aufgenommen hätten, und dann weiter über das Meer in den Westen."

„Und statt dessen bist du einem Sklavenhändler in die Hände gefallen." Ahmed betrachtete mit steigender Liebe ihr Gesicht, fast schon unfähig, sie nicht in seine Arme zu reißen. Aber er musste jetzt und hier die völlige Gewissheit haben. Er war ihr schon zu sehr verfallen, um in Zukunft auch nur den leisesten Zweifel ertragen zu können, sie würde ihn nicht ebenso bedingungslos lieben wie er sie. „Du hast also guten Grund, nicht zurückzukehren. Willst du, dass ich dir helfe, deine Reise fortzusetzen? Ich könnte dir Männer geben, die dich begleiten, bis du in Sicherheit bist."

„Was soll ich in einem anderen Land?!", rief Fedora ungeduldig, weil er einfach nicht begreifen wollte.

„Was willst du hier? Bei einem Barbaren? Einem Feind deines Landes? Einem Gottlosen? Ich hätte gedacht, dass du es kaum erwarten kannst, mich zu verlassen. Umso mehr, als nicht einmal ein Schneider auf dich wartet, mit dem du in Armut lebst, sondern der künftige Kaiser von Byzanz selbst." Er schüttelte den Kopf. „Wie lächerlich muss ich dir erschienen sein, als ich deiner deshalb spottete. Und wie nahe war ich der Wahrheit! Nein, du musst fort, ich kann dich nicht behalten."

„Du kannst mich nicht so einfach wegschicken!"

„Aber wenn du bleibst, muss ich dich bestrafen, das verlangt meine Ehre. Du hast die Wahl: Entweder du gehst fort oder du bleibst hier und erträgst die Strafe, die ich dir auferlege." Es war ihm fast unmöglich, diese harten Worte auszusprechen, aber er musste jetzt standhaft bleiben, sie prüfen ...

„Strafe? Ich habe aber nichts getan!", begehrte Fedora auf.

„Du hast mich betrogen", erwiderte Ahmed ungerührt. „Warst mir untreu."

„Niemals! Wie oft soll ich dir das noch sagen!" Langsam fühlte Fedora, wie die Ungeduld mit seiner Begriffsstutzigkeit einem steigenden Ärger wich.

Er zuckte mit den Achseln. „Nun, wie ich dir schon sagte: Du kannst in Frieden ziehen und niemand wird dir auch nur ein Haar krümmen. Wenn du aber bleibst, dann nur, um die Strafe zu akzeptieren."

„Wenn ich dich also nicht verlassen und bei dir bleiben will", sagte Fedora wütend, „dann nur, wenn ich mich von dir für etwas bestrafen lasse, das ich nicht getan habe?!"

„Ich würde das Gesicht verlieren, wenn ich es zuließe, dass eine meiner Sklavinnen mich vor aller Welt betrügt, und ich sie dann straflos davonkommen lasse." Er senkte den Blick wieder auf das Pergament, äußerlich kalt, innerlich vor ihrer Antwort zitternd. Wenn sie jetzt nachgab, hatte er gewonnen. Dann hatte er sie so weit, dass sie ihn wirklich als ihren Gebieter anerkannte, wie sich das für eine Frau gehörte. Er liebte sie mehr als alles andere, weitaus mehr sogar als seine schöne, sanfte Salimana, an die er mit ruhiger Zärtlichkeit dachte. Diese eigenwillige Byzantinerin jedoch hatte nicht nur sein Herz im Sturm erobert, sondern fesselte auch seine Gedanken, seinen Geist und seinen Körper. Wenn er jetzt nachgab, würde sie das sehr schnell merken und seine Schwäche ihr gegenüber ausnutzen. Und dann würde der Herr dieses Palastes vermutlich nicht mehr Ahmed heißen, sondern Fedora.

Fedora dagegen konnte kaum fassen, was sie da hörte. War das wirklich noch ihr Ahmed, ihr Geliebter, der so zärtlich sein konnte, der sie über Wochen hinweg umworben hatte, nur um ihr Herz zu gewinnen? Sie ließ langsam seine Hände los, die sie flehentlich umklammert gehabt hatte. „Du hast dich sehr verändert", sagte sie bitter.

„Nicht im Geringsten, meine Byzantinerin. Du hast lediglich noch nicht mein anderes Gesicht gesehen. Das Gesicht meines Volkes, mit seinen Sitten und Gesetzen, denen auch ich selbst gehorche."

„Nun denn", sagte Fedora zornig, „dann bestrafe mich eben, wenn dir der Sinn danach steht und eure Gesetze dir dies gebieten!"

Ahmed blickte schnell auf. „Du würdest tatsächlich die Strafe auf dich nehmen und hierbleiben?"

„Ich habe dir mein Herz gegeben", erwiderte Fedora finster, „wo soll ich hin, wenn es zurückbleibt?"

Er stand auf, weil er ihre Nähe nicht mehr ertrug. „Du wirst dir das noch einmal überlegen, wenn du die Bestrafung hörst, die untreuen Sklavinnen droht."

„Willst du mir das Haar abscheren, um dessentwillen du mich überhaupt erst erworben hast?", fragte Fedora spitz, sich dabei aus ihrer knienden Position erhebend. „Oder willst du mir die Nase abschneiden und mich damit für deinen Harem unbrauchbar machen? Willst du mich schlagen?"

Ahmed hatte sich bei ihren ersten Worten umgewandt und aus dem Fenster gesehen, weil ihr Tonfall und ihre Worte ihm ein Lächeln entlockt hatten, jetzt drehte er sich wieder zu ihr herum. „Einhundert Schläge auf den Rücken", sagte er ausdruckslos. „Das ist die Strafe für treulose Sklavinnen."

„Einhundert Schläge!", wiederholte Fedora fassungslos. „Und dann? Wenn ich diese einhundert Schläge überlebe, was geschieht dann?"

„Dann kannst du in meinem Harem bleiben."

„Bei den anderen Frauen?"

Er nickte.

„Werde ich dich sehen können?" Ihre Stimme bebte, aber er wusste nicht, ob es aus Zorn war oder Zweifel. So wie er sie kannte, war es wohl eher ersteres.

„Gewiss, sogar mit mir sprechen, wenn du den Wunsch hegst."

„Und sonst ...?"

„Und sonst?" Er räusperte sich. „Nun, ich habe dreißig Frauen in meinem Harem. Schon möglich, dass du mich von Zeit zu Zeit erfreuen darfst."

„Du bist abscheulich!", fuhr Fedora wutentbrannt auf. „Grausam und abscheulich! Und ich hasse mich dafür, dass ich dich so sehr liebe!" Sie lief zur Wand, griff nach der Peitsche mit dem edelsteinbesetzten Griff, und schleuderte sie Ahmed vor die Füße. „Da! Fang an! Lass es mich hinter mich bringen!"

Sie drehte sich um und streifte ihr Gewand von ihren Schultern. „Schlag mich, wenn es dir dein dummer Stolz und dein Eigensinn gebieten, mit denen du eher Lügnern glaubst als mir!"

Sie hörte, wie Ahmed die Peitsche vom Boden aufhob und langsam näher kam. *Ich nehme mein Wort nicht zurück*, hatte er einmal gesagt. Und obwohl sie es im Grunde nicht glauben konnte – er hatte ihr die Strafe angedroht, und sie musste sich darauf gefasst machen, dass er sie auch ausführte. *Ein Schlag nur*, dachte sie jedoch, vor Zorn zitternd, *und er wird noch mehr Barthaare lassen müssen als Ibrahim! Soll er mich dann meinetwegen auch lebendig begraben lassen, das ist mir gleichgültig!*

Ein Aufprall, ein Klirren. Sie wandte den Kopf und sah, dass eine der kostbaren Vasen zerbrochen war. Daneben lag die Peitsche.

Ahmed stand dicht hinter ihr und blickte auf sie herab. „Allein schon der Gedanke, sie könnte deine Haut verletzen, schmerzt mich", sagte er ruhig, aber in seinen Augen lag ein Glitzern.

Ein triumphierendes Glitzern, fand Fedora. Weil sie ihn gebeten hatte, hier bleiben zu dürfen, weil sie sich aus Angst, ihn zu verlieren, so sehr erniedrigt hatte. „Deshalb zögerst du noch?", fragte sie zornig. „Willst du diese schmutzige Arbeit deinen Eunuchen überlassen? Soll ich Ali für dich rufen, damit er es tut?"

„Der würde eher sich selbst schlagen als dich. Oder sogar mich." Er drehte sie zu sich herum, fasste nach ihrer Hand und zog sie an seine Lippen. „Jeder, der es wagen würde, dich zu schlagen oder zu verletzen, wäre des Todes. Verzeih mir, meine Geliebte. Verzeih mir dieses Spiel. Ich tat es nur, weil ich mir deiner Liebe und Treue sicher sein wollte."

„Und meinem Wort allein hast du nicht geglaubt?" Sie entzog ihm ihre Hand und trat einen Schritt zurück, ihr Gewand wieder über ihre Schulter streifend, um ihre Brüste zu bedecken. Es war ihm nicht genug gewesen, ihre vollkommene Liebe und Hingabe zu besitzen, nein, er hatte sie völlig in der Hand haben wollen. Ihre Zähmung vollständig machen! Und sie hatte tatsächlich nachgegeben! Er hatte keine Stute aus ihr gemacht, die ihm treu folgte, sondern einen Hund, der beinahe die Hand geleckt hätte, die ihn schlug! Kein Mann würde so mit einer Frau umgehen, die er wahrhaft liebte. Sie musste vor Zuneigung den Verstand verloren gehabt haben! Wie hatte sie sich nur so hinreißen lassen können!

Du hast lediglich noch nicht mein anderes Gesicht gesehen, hatte er gesagt. Das Gesicht eines Mannes, der sich einen ganzen Harem hielt und sich einen Spaß daraus machte, sich seine Frauen zu unterwerfen, indem er sie glauben machte, seine Liebe gehörte ihnen. Ein Spiel! Auf die Probe hatte er sie stellen wollen! Zorn stieg in Fedora hoch, wie sie ihn in dieser Heftigkeit noch nie zuvor auf Ahmed gefühlt hatte.

„Ich war so gekränkt und verblendet", erwiderte er sanft, während sein Blick wie ein Streicheln über sie glitt.

„So?" Fedoras Stimme klang kalt. Als er nach ihr greifen wollte, trat sie einen Schritt zurück. „Einen Moment, Prinz Ahmed", sagte sie kühl.

„Prinz Ahmed?" Er lächelte, sichtlich im Glauben seines Sieges über sie. „Nicht mehr dein Gebieter? Dein Geliebter?"

„Ich habe es mir anders überlegt." Noch hatte er nicht völlig über sie gesiegt. Der Zorn hatte sie wieder ernüchtert, und sie konnte denken, ohne aus Liebe zu ihm verwirrt zu sein.

Ahmed hatte die Hände erhoben, um sie an sich zu ziehen und erstarrte in der Bewegung. „Anders überlegt?"

Sie nickte. „Allerdings. Ich werde Euer großzügiges Angebot annehmen und mit meinem Ziehbruder heimkehren."

Ahmeds Augen verdunkelten sich. „Um diesen Alexios ... diesen Barbaren zu heiraten, vor dem du geflohen bist?"

Sie zuckte mit den Schultern. „Vielleicht. Aber vor allem, um bei meinem Vater zu leben. Leon hat mir angeboten, auf dem Landgut seines Vaters Zuflucht zu finden. Dort bin ich ein freier Mensch und keine Sklavin."

„Der Sinn eines Weibes ist wie ein Blatt im Winde", sagte Ahmed zornig. „Soeben wolltest du noch bei mir bleiben, hast mich angefleht, dir zu verzeihen, wolltest sogar die Strafe auf dich nehmen, und nun sagst du mir genau das Gegenteil!"

„Weil ich zuvor noch glaubte, es wäre so etwas wie Liebe für mich in Euch. Aber das stimmt nicht, das habe ich jetzt erkannt! Und ich danke meinem Schöpfer, dass er mir noch rechtzeitig die Augen geöffnet hat!" Sie wandte sich um, wollte den Pavillon verlassen. „Nehmt Euch eine andere Sklavin, die Ihr nach Belieben verstoßen und dann wieder mit schönen Worten verführen könnt. Ich eigne mich nicht dazu!"

„Warte!"

Sie ging weiter.

„Fedora!"

Fedora blieb stehen und sah ihm kühl entgegen, als er rasch auf sie zutrat. Der triumphierende, selbstsichere Ausdruck in seinen Augen war verschwunden.

„Mir gefällt Euer ‚anderes' Gesicht nicht, Prinz Ahmed", sagte sie abweisend. „Vermutlich verbindet uns doch weniger als uns trennt. Ihr mögt auf uns Byzantiner herabsehen, aber ein Mann meines Volkes, der behauptet, dass er mich liebt, hätte mich angehört, hätte mich nicht verstoßen und am Ende auch noch dieses unwürdige Spiel ersonnen, um mich auf die Probe zu stellen! Bleibt bei Euren Sklavinnen und Konkubinen, und ich suche mir daheim einen Mann, dessen Lebensart ich besser verstehe als die Eure."

„Du hast mein Angebot zuvor ausgeschlagen. Du kannst nicht mehr zurück", sagte er heftig.

„Der Sinn eines Mannes ist wie ein Blatt im Winde", hielt Fedora ihm entgegen. „Ich wusste nicht, dass Euer Angebot einer zeitlichen Beschränkung unterworfen war. Ihr wolltet mich gehen lassen, und ich nehme Euch nun beim Wort, das Euch so heilig ist. Lebt wohl." Sie wandte sich wieder um.

„Du hast sehr wohl die ungeschriebenen und geschriebenen Gesetze meines Landes gebrochen und solltest froh sein, wenn ich Dir so entgegenkomme!"

„Das nächste Mal werde ich mit Freuden ein Schwert nehmen und es meinem Ziehbruder in die Brust rammen, nur um Euch damit Gelegenheit zu geben, mich gehorsam zu finden!", erwiderte Fedora mit heißem Spott. Sie machte sich wieder auf den Weg zum Tor, hoffte jedoch inniglich, dass Ahmed die richtigen Worte finden würde, um sie zurückzuhalten. Um nichts in der Welt wollte sie ihn verlassen, aber wenn sie tatsächlich bei ihm blieb, dann nicht als seine ergebene Sklavin, sondern als eine Frau, die er liebte und achtete und auch so behandelte.

„Was muss ich tun, um dich zum Bleiben zu bewegen?" Ahmeds Stimme klang gepresst. Er war erschrocken über die Wendung, die seine Prüfung genommen hatte. Natürlich war es ein Leichtes, sie einfach hier festzuhalten, aber was hätte er schon davon? Eine Frau, die vermutlich noch weitaus widerspenstiger sein würde als jemals zuvor; deren Körper er nur mit Gewalt würde besitzen können, deren Seele ihm jedoch verschlossen war.

„Mich um Verzeihung bitten", sagte Fedora. „Das wäre das Mindeste gewesen." Sie sah ihn flammend an. „Ihr wolltet mich prüfen? Nein, ich habe Euch geprüft und für zu ... für zu leicht befunden!", schleuderte sie ihm ein Zitat ihrer christlichen Bibel entgegen.

„Du musst bei mir bleiben. Ich ... Verzeih mir, Fedora."

„Von den anderen Frauen hörte ich, dass ich die einzige Sklavin in diesem Palast bin. Alle anderen hattet Ihr schon längst freigegeben. Weshalb nicht mich?"

„Wie konnte ich einer Frau die Freiheit schenken, von der ich annehmen musste, dass sie mich dann sofort verlassen würde?" In Ahmeds Stimme klang nun wieder jene Sanftheit, die Fedoras Knie zittern ließ. „Die anderen mögen gehen, aber ohne dich wäre mein Leben leer und freudlos."

Er trat knapp zu ihr hin, fasste sie an den Schultern. „Tausend Frauen in meinem Besitz könnten mir nicht das geben, was ich in dir gefunden habe, meine geliebte Byzantinerin. Bleib bei mir, und ich schwöre dir, du wirst keinen Grund finden, es zu bereuen."

Fedora drehte den Kopf weg, aber er hob die Hand, legte sie an ihre Wange und zwang sie sanft, ihn anzusehen. „Lass mich gleich damit beginnen, dich von meiner Aufrichtigkeit und Liebe zu überzeugen."

Fedora wehrte sich zum Schein, war jedoch viel zu sehr von dem Wunsch durchdrungen, sich von ihm überzeugen zu lassen, um ihm allzu großen Widerstand entgegenzusetzen. Und in dem Moment, als seine Lippen auf den ihren lagen, wusste sie, dass es nicht mehr lange dauern würde, bis sie in seinen Armen dahinschmolz und ihm jedes Zugeständnis machte.

Selbst etwas atemlos löste er sich nach einer Ewigkeit von ihr. „Wie sehr habe ich mir in den vergangenen Wochen gewünscht, das tun zu können", murmelte er. „Von dem Tag, an dem ich dich verließ, um mit dem Heer meines Vaters zu reiten, habe ich jede Nacht von dir geträumt, und wenn ich wachte, so sah ich immer nur dich vor mir, hörte deine Stimme. Ich konnte oft an nichts anderes denken als an dich und verbrannte fast an dem Wunsch, dich in meinen Armen zu halten und zu streicheln und dir Liebesworte ins Ohr zu flüstern."

„Es waren aber keine Liebesworte, die Ihr mir dann sagtet ..."

„Noch nie hat mich etwas mehr gekränkt und verletzt als deine vermeintliche Untreue." Er machte sich an ihren Kleidern zu schaffen, aber Fedora schob seine Hände weg.

„Meine geliebte Huri, wenn du mir nun eine Gnade tun willst, dann verbirg nicht diesen wunderbaren Körper vor meinen Blicken. Lass mich dich ansehen, ich habe mich so sehr danach gesehnt." Sie gab zögernd nach, und er streifte ihr ungeduldig den leichten Stoff von ihren Schultern, wobei sie bemerkte, dass seine Hände zitterten, dann kniete er vor ihr nieder, um auch die seidige Hose von ihren Hüften zu ziehen. Als sie nackt vor ihm stand, immer noch schwankend zwischen Liebe, Erleichterung und Zorn, umschlang er sie mit den Armen und presste sein Gesicht an ihren Körper.

Fedora atmete zitternd ein, als er ihren Leib zu küssen begann, während seine Hände über ihren Rücken und ihre Beine streichelten. Nicht so bedächtig und bewusst ihre Leidenschaft erregend wie früher, sondern unbeherrscht und voller Begehren.

„Verzeihst du mir, meine Geliebte?"

„Wie könnte ich das nicht", erwiderte sie unwillig. „Aber ich habe Angst. Angst vor der nächsten Lüge, der du mehr vertraust als mir!"

„Das wird nicht mehr geschehen, das schwöre ich dir, Fedora." Er presste sie fest an sich. „Sag es mir wieder!", bat er leidenschaftlich.

„Was?"

„Wie du mich genannt hast, bevor ich abreiste. Sag es mir."

„Du hast mir verboten, dich so zu nennen", erwiderte Fedora beleidigt.

„Sag es mir, bitte", seine Küsse wanderten über ihren Bauch, tiefer hinab. Fedora erzitterte, als er seinen Mund auf die weichen Lippen ihrer Scham presste und seine Zunge ungeduldig den Weg noch tiefer hinein fand. Ihre Knie gaben unter seinen heftigen Zärtlichkeiten nach, sie sank – von seinen Armen aufgefangen – zu Boden, schmiegte sich an ihn, all jene Teile seines Halses und seiner Schulter küssend, die nicht durch seinen Mantel verdeckt waren. Es war unfassbar schön, ihn wieder zu fühlen, seine Stimme zu hören und zu wissen, dass alles wieder gut war.

„Sag es mir, mein widerspenstiges Weib", wiederholte er drängend.

„Gebieter meines Herzens", hauchte Fedora in sein Ohr.

Ahmed lachte glücklich auf, nahm sich jedoch nicht mehr die Zeit, sie auf die weichen Kissen zu tragen, sondern bettete sie gleich auf der Stelle auf den Boden und glitt über sie, ihren Körper mit Küssen bedeckend. Als er sich abermals ihrer Scham zuwandte, ließ er nicht eher von ihr ab, bis sie sich hilflos vor Wonne unter seinen Liebkosungen, dem Druck seiner Zunge, dem Saugen seiner Lippen wand. Seine Zärtlichkeiten waren anders als früher, unbeherrschter. Gerade so, als ginge es ihm nicht mehr darum, sie mit seiner Kunst zu verführen, sondern als könne er nicht genug von ihr bekommen. Als stände im Mittelpunkt seiner heftigen Liebkosungen nicht ihre Unterwerfung, sondern sein eigenes Begehren, das ihn mitriss.

„Meine Geliebte ..." Er hielt sie fest, als sie vom Gipfel der Leidenschaft erfasst zuckte, sich aufbäumte, glitt dann, kaum dass sie zu Atem gekommen war, über sie, presste verlangend seine Lippen auf ihre, sich förmlich festsaugend und ihren Atem trinkend, während er mit seinem Glied ungestüm in ihre feuchte Enge eindrang. Kein Gedanke mehr an hinausgezögerte Lust, gezügelte Leidenschaft, als er sich heftig in ihr bewegte, sie dabei küsste, streichelte, wieder küsste und dann endlich mit einem wilden Aufstöhnen in ihr die Befriedigung seiner Begierde fand, während Fedora, mitgerissen von seiner Erregung, ihre Finger in seine Schultern krallte und einen kleinen Schrei ausstieß, als sie zum zweiten Mal ins Paradies einging.

Als er endlich zufrieden auf sie sank, legte sie ihre Arme um ihn und hielt ihn fest.

„Ich hätte es nicht mehr lange ohne dich ertragen", flüsterte er leidenschaftlich an ihrem Mund. „Ich war fast krank vor Sehnsucht nach dir und deinem Körper. Nach diesen Lippen, diesen Augen, diesen Wangen", er küsste sie, schob seine Hand unter ihren Kopf, um sie festzuhalten, während sein Verlangen wieder zu steigen schien. Fedora erwiderte seine Küsse, bewegte sich leicht unter ihm, als sie fühlte, dass sein Glied in ihrem Inneren wieder härter wurde.

Plötzlich hielt er inne, schien sich seiner selbst bewusst zu werden. „Verzeih mir, meine Geliebte", murmelte er, als er bemerkte, wie unbequem sie auf dem harten Boden, der nur von einem Teppich bedeckt war, liegen musste. „Es ... ich konnte mich nicht mehr zurückhalten."

„Es war wunderbar", hauchte Fedora. Sie gab ihn nur unwillig frei, als er sich von ihr löste, und sein Glied sanft aus ihrem Körper zog. Er erhob sich, trug sie auf seinen Armen zu den weichen Kissen und legte sie unendlich vorsichtig darauf nieder, bevor er sich ihr wieder näherte.

Dieses Mal ließ er sich Zeit. Er legte ihr Bein über seine Schulter, öffnete ihre Schenkel etwas weiter, um mit seinen Fingern den empfindlichsten Punkt ihrer Weiblichkeit zu erfreuen, während er sich kreisend in ihr bewegte, bis sie gemeinsam wieder fortgetragen wurden in ihr irdisches Paradies, das sie beide in der vergangenen Wochen so sehr vermisst hatten.

❊ ❊ ❊

Fedora erwachte erst wieder, als Ahmed zu ihr zurückkehrte. Sie hatten sich stundenlang geliebt, er hatte sie mit immer neuen Zärtlichkeiten verführt, sie von einer Sehnsucht und Begierde in die andere getragen, bis sie völlig erschöpft eingeschlafen war. Sie roch nach seiner Haut, nach ihrer beider Leidenschaft, schmeckte immer noch seine Küsse. Als sie nun die Arme nach ihm ausstreckte, wehrte er ab. „Noch nicht, meine Geliebte, lass mich dich zuerst anders verwöhnen." Er hatte eine Schatulle mitgebracht, ähnlich jener, die er bei dem Schachspiel verwendet hatte, und öffnete sie. Auch dieses Mal war sie mit

Geschmeide gefüllt, wenn die Steine und Schmuckstücke auch noch weitaus kostbarer zu sein schienen.

Ahmed drückte sie wieder zurück auf ihr Lager, als sie sich neugierig aufsetzte, beugte sich über sie und Fedora lächelte überrascht, als er zwei riesige Smaragdringe nahm und sie ihr über die Finger streifte. „So kostbaren Schmuck schenkst du mir?"

„Der Schmuck ganz Arabiens wäre weitaus weniger kostbar als meine stolze Byzantinerin und ist wertloser Plunder verglichen mit den Smaragden deiner Augen, den Perlen deiner Zähne und dem Rubinrot deines Mundes." Ahmed beugte sich über sie, Fedora legte die Arme um ihn, zog ihn an sich und für unendliche Augenblicke streichelten sie einander mit ihren Lippen, kosteten den Geschmack des anderen aus, bis nicht nur ihre Zungen vereint waren, sondern auch ihre Herzen im gleichen Takt schlugen.

Fedora schloss die Augen, seufzte wohlig und rekelte sich unter seinen Händen und Lippen, während er sie liebkoste, ihre Brüste küsste und an den Spitzen sog, bis sie hart wurden, und das vertraute Pochen zwischen ihren Beinen ihr sagte, dass sie schon wieder auf dem Weg der Leidenschaft war, von dem es keine Rückkehr gab, sondern nur ein ständiges Vorwärtsschreiten bis zur Erfüllung durch ihren Geliebten.

Er löste sich jedoch wieder von ihr, nahm weitere Schmuckstücke, Ringe, Ketten heraus, schmückte sie, wand Perlenketten in ihr Haar und um ihre Arme, dazwischen immer wieder Liebkosungen und Küsse auf ihrem ganzen Körper verteilend.

„Weshalb tust du das, mein Gebieter?" Fedora lag weitaus weniger an diesen Edelsteinen als an seinen Berührungen und Küssen, und sie wurde langsam ungeduldig, weil er sich so lange damit aufhielt, eine Goldkette um ihren zarten Fußknöchel zu legen.

Ahmed hielt inne und beugte sich über sie, ihr Gesicht mit einem liebevollen Blick umfassend. „Das ist meine Brautgabe an dich, meine süße Huri."

Sie riss die Augen auf. „Brautgabe?"

„Nun, gewiss", antwortete er, während seine Lippen mit ihrem Ohr spielten. „Ich denke nämlich gar nicht daran, dich freizugeben und dir damit die Gelegenheit zu bieten, mich jederzeit, wenn es dir in den Sinn kommt, zu verlassen. Ganz im Gegenteil ...", seine Lippen waren jetzt auf ihrer Wange, dann auf ihrem Mund, „du wirst meine rechtmäßige Gattin. Auf diese Weise bist du frei und doch in meinem Besitz."

„Sagtest du Gattin?!"

„Meine einzige", antwortete er zärtlich.

„Aber ... willst du etwa damit sagen, dass du mich zu deiner Frau machen willst? Zu einer richtigen Ehefrau?"

„Das war meine Absicht. Es war dir doch so sehr darum zu tun, dein himmlisches Paradies zu verlieren, wenn du mir angehörst. Und so ... vielleicht gibt es irgendwo im Siebten Himmel einen Punkt, in dem sich unsere Paradiese berühren, und ich dich in der Ewigkeit wiedertreffen kann." Er hob den Kopf, um sie besser ansehen zu können, als sie schwieg. „Es sei denn, du hättest Einwände."

„Ja ... nein ...", Fedora stammelte vor Freude und Überraschung zugleich. „... natürlich nicht ... das heißt: Was geschieht mit den anderen Frauen?"

„Bleiben im Harem."

„Ja, aber ...?"

„Was noch, meine Geliebte?"

„Willst du ihnen nicht die Möglichkeit geben, sich einen Mann zu nehmen?", fragte Fedora vorsichtig.

„Wozu?"

„Nun ... es ist doch ... sollen sie nur im Harem leben ...? Ich meine, es wird ihnen doch ... Du willst sie doch nicht etwa aufsuchen, um das mit ihnen zu teilen, was ich alleine haben will?!", fragte sie entsetzt.

„Meine unschuldige Geliebte", sagte Ahmed erheitert, „wie gut, dass ich dich nicht länger als einige Tage bei den anderen ließ. Wie schnell hättest du sonst herausgefunden, dass diese Frauen es gewöhnt sind, sich untereinander mit Liebesspielen zu verwöhnen." Er lachte, als er Fedoras verblüfftes Gesicht sah. „Meine süße Huri, ich habe nur dreißig Frauen. Was meinst du wohl, wenn es zweihundert wären? Selbst der stärkste Mann könnte auf Dauer nicht alle zufriedenstellen! Und jetzt sei bitte still, ich möchte dieses Zusammensein mit dir auskosten."

Fedora schwieg, schloss die Augen und ließ sich seine Berührungen gefallen, die bald heftiger und drängender wurden. Bis ihr etwas einfiel. „Stimmt es, was man mir gesagt hat? Hat eine Ehefrau das Recht, sich von ihrem Mann zu trennen, wenn er neben ihr noch eine andere zu seiner Ehefrau macht?"

„Wer erzählt dir so etwas?", fragte Ahmed stirnrunzelnd.

„Stimmt es?", bohrte Fedora nach, in der der heftige Wunsch erwacht war, die einzige Gattin ihres Liebsten zu sein und ihn mit keiner anderen Frau teilen zu müssen. Und schon gar nicht mit einer Ehefrau, die ihr gleichgestellt war. Die anderen sollten sich vergnügen, wie es ihnen gefiel, ihr war es nur wichtig, ihren Prinzen für sich alleine zu haben.

„Schweig endlich, Fedora, bevor du mir mit diesen Fragen die Stimmung verdirbst", erwiderte Ahmed ausweichend, der genau wusste, wohin diese Neugierde führen würde.

„Aber ..."

„Nicht jetzt." Er wandte sich wieder ihren Brüsten zu, deren hellrote Spitzen so verlockend nahe vor seinem Gesicht waren.

„Ahmed?"

„Ja, meine süße Huri?" Wenn Fedora sich etwas in den Kopf gesetzt hatte, war es nicht so leicht, sie wieder davon abzubringen.

„Das Gedicht, das ich damals las ..."

„Das über meine Tochter?"

„Ja, auch jenes, aber ich dachte jetzt vielmehr an das andere." Die Worte hatten sich in ihr Gedächtnis eingeprägt, und sie hatte sich seitdem wohl an die hundert

Mal gefragt, an wen er dabei gedacht hatte. „*Mein Leib schmilzt von der Glut des Herzens, Mein Herz kann selbst nicht mehr bestehen...*" Sie stockte, bevor sie die Frage stellte, voller Angst vor seiner Antwort. „War ... war es deiner Gattin, Salimana, gewidmet?"

Ahmed rieb leicht seine Wange an ihrer, zögerte jedoch mit der Antwort. „Nein", sagte er schließlich, „meine Gefühle für Salimana waren ganz anderer Art. Zärtlich, aber wesentlich ruhiger ... Nein, meine verführerische Huri, als ich diese Worte schrieb, habe ich an dich gedacht. An meine Liebe, die ich kaum noch ertragen konnte und meine Sehnsucht nach dir, immer voller Zweifel, ob ich jemals dieselben Gefühle in dir für mich würde erwecken können."

Fedora legte zufrieden die Arme um ihn und zog ihn eng an sich. „Das hast du, Gebieter meines Herzens. Damals schon, und daran wird sich niemals etwas ändern ..."

Der Kalif

„Sie soll kommen, bevor er die Gesandten von Konstantinopel empfängt. Er will sie zuerst alleine sehen. Und um ihr seine Gunst zu beweisen und dem ganzen Hofstaat zu zeigen, dass er sie trotz der vergangenen Geschehnisse als deine Gattin anerkennt, darf sie danach mit den anderen Frauen hinter dem Vorhang der Zeremonie bewohnen."

Fedora war bereits seit zwei Monden Ahmeds rechtmäßige Ehefrau, aber der Kalif hatte damals verboten, dass – wie sonst zu diesen Anlässen üblich – ein großes Fest gefeiert wurde. Die Ehre seiner Familie war gekränkt geworden und nur die Tatsache, dass Ibrahims Intrige ans Tageslicht gekommen und in der Stadt verbreitet worden war sowie Fedoras edle Abstammung hatten ihn besänftigten können.

„Das ist nicht möglich", sagte Ahmed zögernd, als seine Mutter ihm den Befehl des Kalifen überbrachte. Er sah sehr nachdenklich aus, als er sich mit der Hand über den Bart strich.

„Und weshalb nicht?", fragte Dananir erstaunt. „Fürchtest du, Fedora könnte diese Gelegenheit zur Flucht nutzen? Den Gesandten bitten, sie von hier fortzubringen? Diese Angst musst du nicht haben, mein Sohn", fuhr sie beruhigend fort, „du hast ihr diese Gelegenheit angeboten und sie ist ..."

„Weil die Zeremonie vorschreibt, dass man sich dem Kalifen auf seinen Knien nähert und seine Hände und Füße küsst", erwiderte Ahmed mit einem kaum unterdrückten Seufzen.

„Und du meinst, dass Fedora dazu nicht bereit sei?!" Um Dananirs Lippen spielte ein amüsiertes Lächeln.

„Ich glaube nicht, dass ich sie dazu überreden kann."

„Du solltest wirklich etwas Ordnung in deinen Harem bringen, mein lieber Sohn", schalt seine Mutter. „Als deine Ehefrau muss sie sich den Sitten beugen, und sie muss dem Kalifen, deinem Vater, vorgestellt werden!"

Sie wird sagen: Eine Byzantinerin kniet nur vor Gott!, dachte Ahmed zweifelnd.

❆ ❆ ❆

„Ich soll was?!!", fragte Fedora empört. „Eine Byzantinerin kniet nur vor Gott! Und ich küsse bestenfalls dem byzantinischen Patriarchen die Hand! Und schon gar nicht die Füße!"

„Nun, das mag schon so sein", erwiderte Hayana trocken, der man die heikle Aufgabe übertragen hatte, Fedora über das Zeremoniell in Kenntnis zu setzen. Sie kannte jedoch ihren Schützling schon gut genug, um zu wissen, wie man sie dazu brachte, Vernunft anzunehmen. „Aber sieh es doch so: Du tust es nicht für den Kalifen, sondern für Ahmed, der sein Gesicht verlieren würde, wenn seine rechtmäßige Gattin sich in aller Öffentlichkeit so unbotmäßig verhält und die Sitten mit Füßen tritt. Und du würdest vielleicht sogar den Zorn des Kalifen auf Ahmeds Haupt laden, der nicht verstehen würde, dass ein Mann, und noch dazu einer seiner Söhne, nicht in der Lage ist, seiner Frau die Grundregeln des Anstands beizubringen!"

Hayana hatte sich heute wieder besonders viel Mühe mit Fedoras Kleidung und Putz gegeben und war nun dabei, ein Netz aus glänzenden Perlen um ihren Kopf zu schlingen, während sie ihr Haar, das sie wieder über Nacht geflochten gehabt hatte, damit es lockig wurde, offen über die Schultern fallen ließ.

Fedora strich nachdenklich mit der Hand über das Kollier aus Smaragden, das Ahmed ihr geschenkt hatte. „Meinst du wirklich, dass er Ahmed die Schuld geben würde?"

„Ganz bestimmt sogar", sagte Hayana mit Überzeugung, trat einen Schritt zurück und betrachtete ihr Werk voller Stolz.

Sie hatte ihr ein grünseidenes Hemd angelegt, dessen lange Ärmel dicht mit Goldfäden und Perlen bestickt war, eine ebensolche Hose, dann ein enganliegendes ärmelloses Kleid aus kostbarem goldurchwirkten Brokat, das in der Taille mit einem breiten, aber feingewebten und edelsteinbesetzten Gürtel zusammengehalten wurde, sodass ihre Hüften hervortraten und ihre Brüste sich deutlich abzeichneten. „Wie Granatäpfel", hatte Ahmed bewundernd gesagt, als er zuvor hereingekommen war, um die Smaragdkette um ihren Hals zu legen.

Über ihre Arme hatte Hayana wieder Goldreifen geschoben, und ihre Füße steckten in edelsteinverzierten Schuhen, passend zum Gürtel. Sie hatte ihr auch noch einen Schleier aus derselben Seide wie das Unterhemd umgelegt, mit goldenen Borten und einen kleinen Gesichtsschleier, den sie tragen musste, wenn sie ihre Gemächer verließ. Fedora war daran gewöhnt, nicht unverschleiert auf die Straße zu gehen. In Byzanz war dies den Frauen zwar im Gegensatz zu hier erlaubt, aber Fedora war niemals ohne Schleier gewesen, sie hatte ihn als Wahrung ihrer Persönlichkeit empfunden, als Schutz vor neugierigen und aufdringlichen Blicken.

Sie stieg kurz darauf in eine Sänfte, die von zwei kräftigen Eunuchen getragen wurde, und wurde durch einen Nebengang zum Fluss hinuntergebracht, auf dem bereits Ahmeds kostbar ausgestattetes Boot wartete, um sie auf die andere Seite des Tigris überzusetzen. Ali schritt stolz mit einem Säbel in der Hand daneben her und Ahmed, der ganz in Schwarz, die Farbe des Kalifen und seines Hofes gehüllt war, ritt auf einem weißen Pferd, das so schön aufgezäumt war, dass Fedora kaum den Blick von den beiden lösen konnte. Das Tier tänzelte ein wenig, als er es auf das Boot führte, gehorchte dann jedoch seiner ruhigen Stimme und blieb geduldig stehen, als die Männer sich daran machten, das Boot ans andere Ufer zu rudern. Es war wohl derselbe Weg, auf dem sie damals halb bewusstlos in Ahmeds Palast gebracht worden war. Wie anders war jetzt alles im Vergleich zu dem Tag, an dem sie als Ibrahims Sklavin dessen Diener in den Palast gefolgt war! Wie eine Prinzessin war sie unterwegs, um nichts weniger glanzvoll als in den Tagen in Konstantinopel, als sie noch die zukünftige Gattin des ältesten Kaisersohnes gewesen war.

Fedora zog immer wieder neugierig den Vorhang der Sänfte zur Seite, um einen Blick auf ihre Umgebung werfen zu können. Bagdad war von Kanälen durchzogen, über die sich viele kleine Holzbrücken spannten, und über den breiten, von Palmen gesäumten Tigris selbst führten mehrere Schiffsbrücken, die es den Einwohnern ermöglichten, den Fluss bequem zu überqueren. Hayana hatte ihr erzählt, dass fast jeder in Bagdad ein eigenes Boot hatte, wie auch ein Esel zu jedem Haus gehörte, da ein großer Teil der Waren und Menschen über das Wasser transportiert wurde. Sie freute sich plötzlich darauf, in Zukunft hier zu leben. Diese Stadt war faszinierend, bunt, lebendig, ebenso das Zentrum des sarazenischen Reiches wie Konstantinopel es für das oströmische Reich war. Und vor allem: Ahmed lebte hier. Nun, da er nicht mehr befürchten musste, dass sie die Gelegenheit zur Flucht nutzte, hatte er ihr jede Freiheit gegeben, die sie nur wünschen konnte. Sie durfte – allerdings nur in der Begleitung Alis, der streng darüber wachte, dass ihr nichts geschah - gehen, wohin sie wollte. Ahmed selbst hatte sie schon einige Male begleitet, war mit seiner tiefverschleierten Frau durch die Basare gegangen, hatte ihr durch die Diener jeden Unfug kaufen lassen, den sie dort sah, sie mit Leckereien und Süßigkeiten verwöhnt und hatte mit ihr sogar die Mauern der Stadt verlassen, um ihr das Land zu zeigen, in dem sie nun lebte.

Fedora, die sich kaum satt sehen konnte an dem bunten Treiben, das am Fluss herrschte, folgte ihrem Gatten nur wenig später aufgeregt in die Privatgemächer des Kalifen. Sie betrat hinter ihm den Saal und blieb dort auf Ahmeds Wink hin stehen, sich unter halb gesenkten Wimpern neugierig umsehend. Ahmed ging vor, verneigte sich vor seinem Vater, kniete zu Fedoras Überraschung sogar vor ihm nieder, um mit der Stirn den Boden zu berühren und seine Hand zu küssen, und nahm dann neben ihm auf einem Kissen Platz. Auf der anderen Seite des Kalifen saß eine außergewöhnlich schöne Frau mit hellen Augen, die ihr einen lächelnden Blick zuwarf. Fedora näherte sich erst, als sie von Ahmed das Zeichen dazu erhielt, und sie zögerte keinen Moment, Hayanas gute Ratschläge anzunehmen. Sie fiel dreimal vor dem Beherrscher der Gläubigen in die Knie, dieser nickte ihr gnädig zu und winkte ihr, näher zu kommen. Gehorsam erhob sie sich wieder, kniete nochmals vor ihm nieder, küsste seine Hände – und ohne lange nachzudenken – seine Füße. Auf einen Wink des Kalifen nahm sie den kleinen Schleier ab, der ihr Gesicht verdeckte, und dann auch den größeren, unter dem ihr rotes Haar verborgen war. Es war den Frauen der Sarazenen offenbar erlaubt, ohne Schleier vor die Väter ihrer Männer zu treten.

Der Kalif sah sie lange an und nickte dann Ahmed zu. „Du hast gut gewählt, mein Sohn. Die edle Schönheit dieser Frau ist das Übel wert, mit dem eure Beziehung begann. Meine Gattin hat mir gesagt, dass du aus der Familie des ehemaligen Kaisers von Byzanz stammst", sagte er zu Fedora gewandt.

Fedora senkte zustimmend den Kopf. „Ja, erhabener Gebieter." Hayana hatte ihr eingeschärft, den Kalifen nicht durch unnötige Reden zu langweilen oder gar zu erzürnen. „Der Kalif ist nicht wie Ahmed", hatte sie eindringlich gesagt. „Er weiß zwar die Klugheit einer Frau zu schätzen, aber nicht ihr lockeres Geschwätz, und schon gar nicht, wenn sie ihm widerspricht."

„Und mein Sohn hat mir erzählt, dass du eine Meisterin des Schachspiels bist. Ich selbst liebe dieses Spiel ebenfalls und würde mich freuen, mein Können einmal an deinem zu messen."

Fedora wurde tiefrot bei diesen Worten. Zu gut erinnerte sie sich an die Niederlage, die Ahmed ihr damals beim Spiel zugefügt hatte. An diesem Tag hatte das begonnen, was er Zähmung genannt hatte. Das Spiel der Liebe und Leidenschaft, das ihre Sinne so sehr gefesselt hatte, dass ihr kaum bewusst geworden war, wie schnell und vollständig sie dabei ihr Herz an den Prinzen verlor.

Der Kalif hielt ihr verschämtes Schweigen und ihre roten Wangen für scheue Ehrfurcht und lächelte ihr wohlwollend zu. „Du magst jetzt gehen, mein Kind. Meine Gattin wird dich zu den anderen Frauen geleiten, und von dort aus darfst du dem Empfang der fremden Gäste beiwohnen."

Dananir erhob sich anmutig, fasste Fedora bei der Hand und führte sie weg, dabei einen Blick ihres Sohnes auffangend, der auf seiner neuvermählten Ehefrau ruhte und reinste Dankbarkeit und Anbetung ausdrückte.

❧ ❧ ❧

Fedora wäre zwar lieber bei Ahmed geblieben, folgte Dananir – die ihr bedeutet hatte, wieder den Schleier umzulegen – jedoch gehorsam in ein Gemach, in dem ihr reichgeschmückte Frauen neugierig entgegensahen. Die andere Seite des Raumes war von einem geschnitzten Ebenholzgitter begrenzt. Ahmeds Mutter führte sie hin und ließ sie hindurchblicken.

„Dahinter ist der Saal, in dem der Beherrscher der Gläubigen seine Gäste empfängt", erklärte sie ihr. „Du kannst von hier aus alles beobachten, was darin vorgeht, ohne selbst gesehen zu werden. Aber vorerst lass dich von mir umarmen, mein Kind, und dich als meine Tochter willkommen heißen."

„So seid ihr Ahmeds Mutter?", fragte Fedora, die von Hayana schon viel über Dananir gehört, diese bisher jedoch noch nie zu Gesicht bekommen hatte.

„Und jetzt auch die deine", erwiderte Dananir warm, Fedora herzlich an sich drückend. „Du hast uns viele Sorgen bereitet", fuhr sie dann fort, zart über die samtene Wange ihrer Schwiegertochter streichelnd, „aber nun hat sich ja alles zum Guten gewendet." Sie zog sie an ihre Seite, ließ die Dienerinnen Leckerbissen und eisgekühltes, mit Moschus und Rosenwasser parfümiertes Zuckerwasser auftragen und unterhielt sich mit ihr, lachte und plauderte, bis sie bemerkte, dass sich der Nebenraum füllte.

Fedora eilte zum Gitter, in der Hoffnung, einen Blick auf Ahmed werfen zu können. Und da war er auch schon. Größer und schlanker als sein Vater und die meisten anderen Männer und weitaus hoheitsvoller anzusehen als alle Würdenträger des Kalifen zusammen. Sie beobachtete ihn voller Stolz. Wie anders war er doch hier, viel ernster, würdevoller, und mit welcher Ehrfurcht und Höflichkeit er doch behandelt wurde!

„Er ist der Schönste der Söhne des Kalifen", flüsterte Dananir ihr ins Ohr, um die anderen Frauen nicht zu kränken, die nahe daneben standen. „Und der Edelste. Wahrlich schade, dass er niemals Kalif werden wird, da er noch vier Brüder hat, die vor ihm diese Würde tragen werden."

„Er soll auch gar nicht Kalif werden", flüsterte Fedora zurück. „Dann hätte er keine Zeit mehr für mich, wäre ständig von seinen Würdenträgern und Beratern umgeben und hätte nicht dreißig, sondern zweihundert Frauen in seinem Harem, die um seine Gunst wetteifern."

„Zweihundertundvierundsechzig", erwiderte Dananir seufzend. „Und die meisten davon jünger und schöner als ich."

Fedora musterte ihre Schwiegermutter, dann rief sie in ehrlicher Bewunderung aus: „Gewiss nicht schöner!"

Dananir lachte und drückte ihren Arm. „Hab Dank, mein Kind, aber still, man kann dich hören."

Tatsächlich war man auf der anderen Seite des Ebenholzgitters auf sie aufmerksam geworden, und Ahmed trat unauffällig einige Schritte zurück, näher an sie heran.

„Amüsierst du dich gut, meine süße Byzantinerin?", flüsterte er herüber.

Fedora streckte einen Finger durch eine der kleinen Öffnungen und berührte ihn an der Schulter. „Doch, aber du fehlst mir, mein Gebieter."

„Hinfort mit dir!", schalt Dananir, als Ahmed Anstalten machte, den zarten, ringgeschmückten Finger zu küssen. Er ging lachend wieder an seinen Platz zurück, und bald schon wurde Fedoras Aufmerksamkeit von anderen Leuten und der Pracht, die sich vor ihren Augen entfaltete, abgelenkt.

Durch das Holzgitter vor Blicken geschützt, konnte sie gut beobachten, was auf der anderen Seite vor sich ging. Der Audienzsaal war von einer hohen Kuppel überwölbt, die von schlanken Säulen getragen wurde, und dazwischen standen Töpfe mit Blumen sowie kostbare Schalen aus Kristall und Jade. Der Boden war mit einem großen Teppich ausgelegt, dessen Farben die Bemalung der Kuppel widerspiegelten, und dessen Muster sich sogar in den kleinen bunten Kieseln der Gartenwege fortsetzten. Es war nicht viel anders als am Hof des oströmischen Kaisers, der sich mit einer Aura der Heiligkeit und Unnahbarkeit umgab. Auch der Kalif, als Beherrscher der Gläubigen, empfing seine Gäste unter einem Baldachin, mit gekreuzten Beinen auf einer Art Bett sitzend und vor den Blicken der anderen durch einen Vorhang verborgen, der nur für den Gesandten geöffnet wurde. Fedora kannte den Mann, den der Kaiser geschickt hatte, flüchtig. Es war einer seiner engsten Vertrauten, der nun vom Kämmerer hinter den Vorhang geführt wurde, wo er dem Kalifen Hände und Füße küsste, bevor er die Erlaubnis erhielt, auf einem Polster Platz zu nehmen. Man brachte die Geschenke herein, mit kostbarer Seide und goldenem Geschirr gefüllte Truhen, und Fedora presste die Lippen zusammen, als sie sah, wie dreißig der erlesensten Mädchen aus Byzanz in kostbaren Gewändern vorgeführt wurden. Sie traten mit gesenktem Blick ein, unverschleiert, damit der Kalif sich an ihrer Schönheit weiden konnte.

Dann kamen fünfzig Kriegersklaven in Gewändern aus Brokat und mit Gürteln aus Silber und Gold.

„Bei der heutigen Gelegenheit werden nicht nur Geschenke gemacht", flüsterte ihr Dananir zu. „Der Gesandte ist auch gekommen, um Gefangene auszutauschen, die man auf beiden Seiten gemacht hat. Und er hat Gelehrte bei sich, die eine Zeit lang hier verweilen wollen, um zu lehren und von uns zu lernen. Der Kalif liebt die Diskussion und den Gedankenaustausch in allen Bereichen, und Ahmed ist ihm hierin sehr ähnlich." Sie senkte ihre Stimme noch ein wenig, sodass Fedora sie kaum noch verstehen konnte. „Er ist der einzige Sohn meines Gatten, der die Gelehrsamkeit über alles stellt, und ist bekannt dafür, sie zu fördern, wo immer es ihm möglich ist. Auch heute sind einige der Gelehrten aus deiner Heimat auf seinen ausdrücklichen Wunsch hin gekommen."

Fedora nickte nur. Sie wusste, wie sehr Ahmed Wissenschaft und Künste liebte, und da er ihr seit ihrer Hochzeit wesentlich mehr Zeit widmete als zuvor, oftmals Tag und Nacht mit ihr zusammen war, ohne sich auch nur eine kurze Weile von ihr zu trennen, hatten sie viele Stunden nicht nur mit Tändeleien und Liebesspielen verbracht, die Verliebte so ergötzlich finden, sondern auch mit ernsthaften Gesprächen. Und sie hatte mit jedem Tag mehr über ihn und sein Wissen gestaunt und war stolz darauf, von einem Mann wie ihm geliebt und bevorzugt zu werden.

Als sie einen der Gäste nach dem anderen neugierig musterte, schien ihr jedoch plötzlich das Herz stehen bleiben zu wollen. Der alte Mann, der soeben etwas gebeugt hereinkam, das graue Haar mit einer Kappe bedeckt, die den Gelehrten in ihm erkennen ließ, der weiße Bart voll und dicht, war niemand anderer als ihr Vater!

„Still!", flüsterte Dananir, die sehr wohl bemerkt hatte, dass der Neuankömmling einen besonderen Eindruck auf ihre Schwiegertochter machte.

„Aber", stammelte Fedora, „dieser Mann dort ist mein Vater! Ich muss doch zu ihm hin! Muss ihm sagen, dass ich hier bin! Dass ich lebe!"

„Still jetzt!", fuhr Dananir sie mit unterdrückter Stimme an. „Oder willst du den Kalifen so erzürnen, dass er dich von hier entfernen lässt?!"

„Nein, nein ..." Fedora presste ihr Gesicht ans Gitter, verfolgte die Schritte ihres Vaters, sich nur hin und wieder über die Augen reibend, aus denen die Tränen über ihre Wangen rollten. Längst schon hatte sich der schwarze Kohl um ihre Augen verwischt und unschöne, dunkle Streifen auf ihrer Haut hinterlassen.

In diesem Moment erhob sich Ahmed, trat zu dem alten Mann hin, der sich wie die anderen dem Kalifen unterwürfig genähert hatte, nahm ihn bei der Hand und führte ihn zu seinem Vater.

„Erlauchter Herrscher", sagte er laut und deutlich, „gewähre mir die Gunst, dir den Vater meiner geliebten Gattin zuzuführen, der auf meine Bitte kam, um hier zu leben und uns mit seiner Gelehrsamkeit zu erfreuen."

Fedora presste den Zipfel ihres Schleiers auf ihre Augen und begann leise zu schluchzen.

Der Palast des Paradieses

Fedora hatte von Ahmed die Erlaubnis erhalten, sich von den Feierlichkeiten im Palast des Kalifen zu entfernen, und war mit ihrem Vater gemeinsam in ihr eigenes Heim zurückgekehrt, wo beide viele tränenreiche und glückliche Stunden damit verbracht hatten, über die vergangenen Monate zu sprechen, und das kaum noch erhoffte Wiedersehen zu feiern.

Nachdem ihr Vater sich in seine Gemächer zurückgezogen hatte, konnte Fedora es kaum erwarten, Ahmed zu sehen, und sie flog förmlich in seine Arme, als er eintrat. „Ich kann dir gar nicht genug danken, mein Gebieter", sagte sie mit Tränen in den Augen. „Niemals mehr hatte ich erwartet, das geliebte Antlitz meines Vaters wiederzusehen, und du hast ihn mir gebracht."

„Als Gelehrter ist er bei uns sehr willkommen", erwiderte Ahmed lächelnd und ließ sich die Küsse, mit denen sie seine Wangen bedeckte, nur allzu gerne gefallen. „Aber der größere Dank gehört wohl dir, meine Geliebte. Du hast dem Kalifen die Ehre erwiesen, die ihm gebührt, und damit die meine bewahrt."

„Ich habe es nur für dich getan", flüsterte Fedora zärtlich. „Nichts sonst hätte mich dazu bewegen können, einem fremden Mann die Füße zu küssen. Bei dir jedoch, Gebieter meines Körpers und meines Herzens, möchte ich es jetzt tun, um dir meine Dankbarkeit zu beweisen." Sie sank vor ihm in die Knie, aber Ahmed beugte sich sofort nieder, um sie wieder aufzuheben.

„Nein, niemals sollst du vor mir liegen, meine stolze Byzantinerin." Er hob sie auf seine Arme und trug sie durch den Garten in den Pavillon. Dort ließ er sie sanft auf die Kissen nieder, die schon so oft Zeuge ihrer Leidenschaft und Liebe geworden waren, bevor er ihr ungeduldig die kostbaren Kleider vom Leib streifte. Überall standen Vasen mit Rosen aller Farben, und ihr Duft erfüllte den Raum und erweckte sinnliche Wünsche in Fedora.

„Was tut Ihr mit mir, mein Gebieter?", fragte sie lächelnd. „Eine weitere Lektion, nach der ich mich schon sehne, seit Ihr mich gestern verlassen habt?"

„Keine Lektion, meine berauschende Huri, sondern ein Gedicht, das ich jetzt auf dich sprechen werde."

Fedora setzte sich halb auf. „Noch ein Gedicht für mich? Sag es mir!", bat sie neugierig.

„Die Sprache der Blumen wird es für mich tun", erwiderte Ahmed.

Sie sah ihm erwartungsvoll nach, als er aus einer Vase die schönste und dunkelste Rose wählte. Dann kniete er sich neben sie auf die Kissen, stützte sich mit der linken Hand neben ihrem Körper auf, während er mit der Rechten die Rosenblüte wie einen Hauch über ihre Stirn, ihre Wangen und ihre Lippen führte. Fedora sank tief aufseufzend zurück und schloss die Augen, als sie fühlte, wie die Rose weiter hinabglitt, sanft über ihren Hals strich und endlich ihre Brüste erreichte, deren Spitzen sich durch die zarte Berührung aufstellten.

Ahmed hielt sich lange Zeit damit auf, ihre Brüste zu streicheln. Die samtenen, duftenden Blütenblätter zogen feurige Kreise darum, die von der Mitte ausgehend immer größer wurden und dann wieder bei den dunkelroten Spitzen endeten. Als sie die Erwartung schon kaum mehr ertragen konnte, glitt seine Hand weiter hinunter, und die Rose folgte mit leichtem Druck, tanzte in ihrem Nabel, auf ihrem Bauch und erreichte endlich ihre Scham.

„Ahmed ...“

„Geduld, meine Geliebte“, flüsterte er ihr zu.

„Küss mich wenigstens“, bat sie sehnsüchtig.

Er beugte sich zu ihr hinunter, seine Lippen fanden ihren Mund, und sie schlang die Arme um seinen Hals. Seine Zunge fuhr so zart wie zuvor die Rose zwischen ihre Lippen und erweckte in ihr den Wunsch, noch mehr davon zu bekommen. Als sie ihre Hände jedoch von seinem Hals über seine Schultern abwärts gleiten ließ, machte er sich von ihr los.

„Gebieter meines Herzens“, flüsterte sie, „lass deine Sklavin nicht zu lange warten.“

„Nicht meine Sklavin. Meine Ehefrau“, murmelte er an ihren Brüsten, diese mit seinen Küssen bedeckend.

„Die du gezähmt hast“, lächelte Fedora, „sodass sie dir folgen will, wohin immer du gehst und vor deiner Zelttür wartet, bis du sie rufen lässt.“

„Noch nie hat mich etwas mehr beglückt als deine Liebe zu erringen“, erwiderte Ahmed sanft. Er glitt an ihr hinunter. „Und nichts kann mich mehr erregen, als die duftende Blume deiner Scham und die kostbare Knospe deiner und meiner Lust, die ich jetzt ebenfalls mit meinen Küssen bedecken will.“

Fedora öffnete willig ihre Schenkel, nahm seine Lippen nicht weniger erregt auf als sein Glied und genoss jede Zärtlichkeit, jede Berührung, die er ihr schenkte. Viel zu früh löste er sich von ihr, um das erregende Spiel mit der Rose fortzusetzen. Er neckte sie damit eine schier endlos lange Zeit und heizte ihr Verlangen bis zur Unerträglichkeit auf.

„Das ist ... wundervoll“, hauchte sie, außer sich vor Lust, als Ahmed sich nicht mehr damit begnügte, sie mit der Rose zu streicheln, sondern auch noch seine Hand dazunahm, über ihren Körper strich, über all jene Stellen, die das Feuer in ihr noch weiter anfachten.

Er fuhr fort sie zu streicheln, bis sie glaubte, es nicht mehr ertragen zu können und endlich fühlte, wie ihre Empfindungen so unerträglich lustvoll wurden, dass sie mit einem Aufbäumen und einem unterdrückten Schrei ihren Höhepunkt erreichte, der ihr endlos zu dauern schien. Eine Dauer jenseits der Zeit, in der sie sich in den weichen Seidenkissen festkrallte, ihr Körper sich wand, und sie jedes Gefühl für ihre Umgebung verlor und in einen Abgrund der Lust stürzte, aus dem sie völlig erschöpft wieder hervorkam, kaum wissend, wo sie sich befand und nur gewahr, dass Ahmed neben ihr lag, sie festhielt und leidenschaftlich küsste, bevor er endlich über sie glitt und sie mit seinem Körper zur nächsten Ekstase trieb.

„Das muss das Paradies sein“, flüsterte sie, als sie danach in seinen Armen lag, während er ihr Gesicht mit Küssen bedeckte, und sie ihn zärtlich streichelte.

„Das ist es, meine süße Byzantinerin. Unser eigenes Paradies, in dem wir leben wollen.“

Epilog

„Und so endet unser schönes Märchen, meine lieblichen Gazellen", sagte der alte Mann zu seinen Zuhörerinnen, die keinen Blick von seinen Lippen gelassen hatten und nun mit sehnsuchtvollem Seufzen leise nickten und einander leicht die Hände drückten. Jede Einzelne von ihnen träumte von einer Liebe und Leidenschaft, wie Fedora und ihr Prinz sie gefunden hatten, und es war keine darunter, die nicht voller Glut hoffte, auch ihr würde das Schicksal einmal einen Mann senden, der sie ebenso liebte und begehrte.

„Ein Märchen, das in Wahrheit keines war, auch wenn es von einem Dichter hätte erfunden sein können. Sie alle haben gelebt und leben noch fort in unserer Erinnerung."

„Aber wenn ihr mir nicht glaubt", sprach der alte Mann weiter, als er einige zweifelnde Blicke auffing, „so seht dort hinüber auf die andere Seite des Tigris, auf der der Palast von Prinz Ahmed steht, der heute noch der „Palast des Paradieses" genannt wird."

Nachwort

Inspiriert zu dieser Geschichte haben mich unter anderem wunderschöne Verse aus Arabien und Persien aus dem 7. bis 11. Jahrhundert. Einige davon habe ich - zum Teil aber leicht verändert und der Situation angepasst - in die Geschichte übernommen. Ich lege sie gelegentlich auch Ahmed bei seinem Werben um Fedora in den Mund. Sie stammen unter anderem von Kais ibn Dharich, Baschschar ibn Burd, Ibn Wakil, Feridaddin Attar (Quelle: Lyrik des Ostens, Carl Hanser Verlag, München 1978).

Die Märchen über 1001 Nacht, in denen oftmals Harun al Raschid (der Großvater „meines" Ahmed und ein Zeitgenosse Karls des Großen) eine Rolle spielt, geben das prächtige Leben am Kalifenhof dieser Zeit wohl weitaus realer wieder als die Berichte über das Haremsleben im späteren türkischen Reich. All die Bücher, die später über den Harem geschrieben wurden (speziell über das Leben im Topkapi Palast in Istanbul), beziehen sich auf veränderte Verhältnisse und können wohl nicht mit dem Abbasiden-Reich verglichen werden. Aber die Lektüre darüber ist dennoch hochinteressant, wenn auch nicht völlig relevant für Harun al Raschids Zeit.

Das Bagdad der Kalifen des 9. Jahrhunderts n.Chr. ist - im Gegensatz zum Topkapi Palast in Istanbul - unwiderbringlich verschwunden. Aber man könnte es sich, wenn man den Berichten von Botschaftern und Reisenden Glauben schenkt, noch wesentlich prächtiger und großzügiger vorstellen als das nachfolgende Leben unter türkischer Herrschaft, die sich erst viele Jahre danach bildete. Bagdad war eine blühende Stadt, von Kanälen durchzogen, Palmen wuchsen an den Ufern. Die in „Im Harem des Prinzen" beschriebenen Gärten waren - wenn die Reisenden nicht gelogen haben - wohl Realität.

Das Leben der „Reichen" mutet darin so prächtig an, wie es nicht einmal Hollywood erfinden könnte. Von den Armen wird in den Berichten weniger erwähnt, die hatte man schließlich auch daheim - nicht aber die überwältigende und wahrhaft exotische Pracht eines arabischen Herrschers.

Mona Vara

Mona Vara
Der Kuss des Vampirs
Erotischer Liebesoman

Barlem Castle

Ein fiktives Schloss in Exmoor, in der Grafschaft Devon
Mitte des 19. Jahrhunderts

Es war nicht das erste Mal, dass Pat in der Nacht aufwachte. Aber es war nicht das Gewitter gewesen, das sie geweckt hatte, sondern diese unheimlichen Geräusche, die sie jedes Mal veranlassten, etwas mehr in die Kissen zu kriechen und die Decke so weit hinaufzuziehen, dass gerade noch ihre Nasenspitze hervorschaute.

Da! Das war ganz deutlich ein Frauenlachen, sehr tief und erotisch. Einige Türen schlugen, ein Poltern, ein Blitz zuckte auf, sodass das Zimmer trotz der dichten Vorhänge taghell erleuchtet war. Ein Aufschrei, der halb vom unmittelbar darauffolgenden Donner erstickt wurde. Pat verkroch sich noch tiefer, als vom Wald her das schaurige Heulen eines Hundes ertönte. Oder war es gar ein Wolf? Gab es hier überhaupt Wölfe? Sie bemerkte, wie ihre Fingerspitzen vor Aufregung kalt wurden, legte die Arme schützend um den Körper und schob die Hände unter die Achselhöhlen. Die Kerze, die sie am Abend hatte brennen lassen, weil sie es nicht ertrug, in diesem unheimlichen Schloss im Dunkeln zu liegen, war fast völlig heruntergebrannt. Als längere Zeit alles still war, kroch sie so leise wie möglich aus dem Bett, schlich auf Zehenspitzen hinüber zum Tisch, holte eine neue Kerze und zündete sie an.

Sie hielt inne, als das Frauenlachen näher kam. Jemand war auf dem Gang vor Pats Tür. Die gurrende Frauenstimme sagte etwas und eine andere, männliche, antwortete. Pat lauschte dem Klang dieser zweiten Stimme unwillkürlich nach. Sie war sehr angenehm, volltönend und dunkel, auch wenn ihr Besitzer sich einer Sprache bediente, die Pat fremd war. Wieder ein Blitz und fast gleichzeitig ein Donner, der das ganze Schloss erbeben ließ. Der Wind heulte um das Haus und der Regen prasselte gegen die Fensterscheiben, als würde jemand ganze Fässer vom Himmel schütten. Sie hörte das ängstliche Wiehern eines Pferdes und schlich zum Fenster, um vorsichtig die Vorhänge zur Seite zu schieben und hinauszuspähen. Blitze durchzuckten die Nacht, erhellten die Wiese vor dem Schloss und die dunklen Bäume des kleinen Parks, der das Anwesen vom Moor trennte, dennoch konnte sie nicht sehen, was unten vor dem Eingangstor vor sich ging. Kurz darauf vernahm sie wieder dieses Frauenlachen und dann Peitschenknallen. Abermals ein Wiehern und dann der Klang einer anfahrenden Kutsche. Trotz des Regens konnte sie den dunklen Schatten erkennen, der sich langsam durch den regennassen und lehmigen Weg vorwärtsbewegte. Plötzlich zuckte ein Blitz auf, die Kutsche war taghell beleuchtet, Pat sah ganz deutlich vier schwarze Pferde, das nassglänzende Dach, den bedauernswerten Lakaien hinten am Wagen. Noch ein Aufblitzen, ein ohrenbetäubender Donner und die Kutsche war verschwunden.

Pat starrte verblüfft hinaus in die Dunkelheit, drückte sich fast die Nase am Fenster platt, aber da war nichts mehr. Sie öffnete, ungeachtet des hereinpeitschenden Regens, das Fenster und lehnte sich hinaus. Das ging ja wohl nicht mit rechten Dingen zu! Eine Kutsche konnte sich doch nicht einfach in Luft auflösen! Sie spürte, wie der Wind an ihrem offenen Haar zerrte, es weit hinausflattern ließ. Wieder ein Blitz. Die Kutsche war zwar fort, aber dort unten, auf der Wiese vor dem Schloss, stand jemand im strömenden Regen. Der Sturm riss an seinem Mantel, peitschte den Regen auf ihn herab, er rührte sich jedoch nicht, sondern stand nur ruhig da. Es ging etwas Unwirkliches von ihm aus, und Pat lehnte sich, obwohl ihr Haar und ihr Gesicht schon ganz nass waren, noch ein wenig weiter hinaus, um ihn besser sehen zu können. Da wandte er sich um und trotz der Entfernung und der Dunkelheit hätte Pat schwören können, dass er sie ansah. Sie starrte hinunter, fasziniert von dieser unwirklichen Gestalt, die so gleichgültig Wind und Wetter trotzte. Im selben Moment zuckte es vom Himmel, ein gewaltiger Donner folgte, der die Mauern erschütterte. Pat schloss geblendet die Augen und als sie sie wieder öffnete, war der Mann fort. Ebenso verschwunden wie die Kutsche.

Der Regen wurde noch heftiger und Pat schloss hastig die Fensterflügel und zog die Vorhänge zu. Ihr Haar, ihr Gesicht und ihre Arme waren tropfnass. Sie wollte nach einem Handtuch greifen um sich trockenzureiben, blieb jedoch wie angewurzelt mitten im Zimmer stehen, als Schritte erklangen. Energische, feste, die unmöglich von dem stets gemessen dahinschreitenden Butler stammen konnten und zu Pats Entsetzen genau vor ihrer Tür verharrten. Sie hatte nicht den geringsten Zweifel, dass es der unheimliche Mann war, den sie soeben vor dem Schloss gesehen hatte.

Erst jetzt fiel ihr auf, wie still es plötzlich war. Der Regen schien mit dem letzten Donnerschlag aufgehört zu haben, und es herrschte eine fast tödliche Ruhe, die ihr bis in die Haarspitzen ging. Sie lauschte mit angehaltenem Atem, trotz des vorgeschobenen Riegels voller Furcht, dieser unheimliche nächtliche Spaziergänger könnte auf die Idee kommen, sie noch besuchen zu wollen. Offenbar stand dieser andere aber vor der Tür und lauschte ebenso hinein wie sie hinaus - ein Umstand, der sie nicht eben beruhigen konnte.

Es schien eine Ewigkeit zu vergehen, in der Pat zitternd und schnatternd vor Kälte dastand, bis sich die Schritte wieder entfernten. Dann hastete sie zu ihrem Bett, sprang hinein und versteckte sich unter der Decke.

Am nächsten Tag schien wieder die Sonne, und Pat, die ihrer Arbeit in der Bibliothek von Barlem Castle nachging, gewann fast den Eindruck, als wäre dieses nächtliche Erlebnis nur einem Albtraum entsprungen. Ihre Angst war einfach unsinnig gewesen. Es war vollkommen unmöglich, dass eine Kutsche oder ein Mensch sich von einem Moment auf den anderen in Luft auflösten.

Alles nur Hirngespinste, die an einem so wunderbaren Tag nicht lange überlebten. Und sie hatte ohnehin Wichtigeres zu tun, als darüber nachzudenken.

Sie saß an einem dunklen, glänzend polierten Tisch inmitten von Bücherwänden, die an drei Seiten bis zur Decke der Bibliothek hinauf reichten, sodass die oberen Reihen nur mit der Leiter erreichbar waren. Vor und neben sich hatte sie mehrere Stapel von Büchern, über die sie nicht einmal mehr stehend hinwegblicken konnte, sowie mehrere Bogen Papier, ein Tintenfass und Federn, von denen man einigen bereits den recht energischen Gebrauch ansah. Sie hatte eines der Bücher aufgeschlagen und folgte mit dem Zeigefinger den Eintragungen, während sie mit kratzender Feder der schon recht umfangreichen Liste den Titel des Buches, den Autor, das Erscheinungsjahr und einige Bemerkungen zum Inhalt hinzufügte. Seit fast zwei Wochen machte sie das nun schon. Und zwar seit dem Tag, an dem sie in Dunster in Lord Churthams altmodisches, dafür aber sehr bequemes Gefährt gestiegen und damit drei Stunden lang über schlechte Wege geschaukelt war, ehe sie einen ersten Blick auf dieses alte Schloss hatte werfen können.

Barlem Castle befand sich in der Grafschaft Devon, im Westen Englands, und lag, wie der freundliche Wirt in Dunster sie informiert hatte, etwa auf dem halben Weg zwischen der Hafenstadt Minehead und Exford. Das Anwesen befand sich in einem dichten Wald, den sie hier nicht vermutet hätte. Sie hatte sich unter dem Gebiet von „Exmoor" eine einsame, wenn auch durchaus reizvolle Gegend vorgestellt, die im Norden an das Meer grenzte und in der sich unheimliche Moorgebiete mit weiten, sanft gewellten Hügeln und leuchtend gelben Ginsterflächen abwechselten. Ihre Erwartungen hatten sie auch nicht getäuscht, aber gegen Ende der Reise waren sie längere Zeit neben einem Fluss bergauf durch eine dicht bewaldete Schlucht gefahren, an deren Ende endlich Barlem Castle gelegen war. Das *Schloss* war vielmehr eine alte Burg aus dem vierzehnten Jahrhundert, die später umgebaut worden war, und bestand aus einem gedrungenen, drei Stockwerke hohen Mittelteil, das beidseitig von runden Wehrtürmen flankiert war. Einer davon war schon halb verfallen und konnte deshalb nicht mehr betreten werden. Der Hausherr lebte in dem zweiten, offenbar in besserem Zustand erhaltenen Turm, und sie selbst war im ersten Stock des Haupttraktes untergebracht, in einem freundlichen, hell getäfelten Zimmer mit zierlichen Möbeln. Dem, soweit sie das beurteilen konnte, einzigen gemütlichen Raum in diesem zugigen Gemäuer. Alles, was sie sonst von dem Schloss und dessen Eigentümer wusste, war, dass sich dieses Anwesen schon seit über fünf Jahrhunderten im Besitz der Earls of Barlem befand, es jedoch viele Jahre leer gestanden hatte, bis der jetzige Herr im Jahre 1802, also vor etwa fünfzig Jahren, zurückgekehrt war, um das Schloss und die dazugehörigen Ländereien zu beanspruchen.

Pat schlug das Buch zu, legte es auf den Stapel zu ihrer Rechten und nahm ein anderes. Während sie es öffnete und begann, Titel und Autor abzuschreiben, lächelte sie zufrieden bei dem Gedanken, dass sie ihrer Familie und ihrem Beinahe-Verlobten entkommen war. Sie hatten die Rechnung ohne sie gemacht, hatten gedacht, sie mit dieser Verlobung überrumpeln zu können. Aber sie war ihnen zuvorgekommen, hatte bei Nacht und Nebel ihre Tasche gepackt und diese Stellung hier angenommen. Pat Smith war eben immer noch ihrer Mutter Tochter, auch wenn sie seit dem Tod ihrer Eltern die letzten zehn Jahre ihres Lebens in England verbracht hatte. In Brighton genau genommen. Zuerst unter der Aufsicht ihres geliebten Großvaters und das letzte Jahr unter der unliebsamen Herrschaft ihres Onkels und ihrer Tante.

Ihr Vater war Engländer gewesen, der nach Amerika ausgewandert war und dort die ebenso reizvolle wie energische Tochter eines reichen Kaufmanns gefreit und geehelicht hatte. Pat war als einziges Kind aus dieser Ehe hervorgegangen, die Erbin eines nicht unbeträchtlichen Vermögens, das allerdings von ihrem Vater kurz vor seinem Ableben in Form von Wertpapieren nach England geschafft worden war. Pat war bald darauf ihrem Vermögen gefolgt und hatte seitdem bei ihrem Großvater gelebt, der zu ihrem größten Leidwesen ebenfalls gestorben war. Und ihr Onkel hatte nichts Eiligeres zu tun gehabt, als die Verlobung zwischen seiner Nichte und einem Lord ‚Irgendwas' bekannt zu geben. Einem langweiligen, dicklichen Menschen, dessen einziger Vorzug darin bestand, ein mittelloser Adeliger zu sein - für ihre aus dem Kaufmannsstand stammenden Verwandten Grund genug, ihn unbedingt in ihrer Familie haben zu wollen. Pat dagegen, mit der Aussicht auf ein hübsches Vermögen sowie dank ihres Großvaters auch im Besitz einer guten Ausbildung, fühlte sich selbständig und frei genug, um alleine leben zu können oder einen Mann zu heiraten, zu dem sie sich wirklich hingezogen fühlte – ganz unabhängig von dessen Vermögen oder Rang.

Bei dem Gedanken an Heirat wandten sich ihre Augen wie von selbst dem Porträt über dem Kamin zu. Seit sie das erste Mal diese Bibliothek betreten hatte, war sie von diesem Bild bezaubert gewesen und auch jetzt vergaß sie über den Anblick schnell ihre Familie, ihre Arbeit und die Reihen noch unbearbeiteter Bücher. Ein außergewöhnlich gutaussehender Mann war das, mit dunklen, sehr eindringlichen Augen und schulterlangem, leicht gewelltem, schwarzem Haar, das mit einigen Silberfäden durchzogen war. *So* konnte sie sich ihren zukünftigen Ehemann schon eher vorstellen. Ein stattlicher Mann. Nein, nicht *stattlich*, diesen Ausdruck verwendete man höflichkeitshalber meist für dicke Männer, und dick war er wahrhaftig nicht, sondern schlank, aber mit breiten Schultern. Und wenn ihn der Maler nicht größer hatte erscheinen lassen, dann war er zweifellos auch nicht gerade ein Zwerg. Sehr imponierend und eindrucksvoll sah er aus mit dem dunkelblauen Samtwams, den eleganten Spitzenmanschetten und dem weißen Spitzenkragen. Sehr romantisch. Pat seufzte ein wenig.

Angeblich stellte dieses Bild einen Ahnherrn von Lord Churtham dar, und sie hätte doch zu gerne gewusst, ob der alte Gentleman eine gewisse Ähnlichkeit mit seinem Vorfahren hatte. Seine Lordschaft lebte allerdings sehr zurückgezogen und legte offenbar auch keinen besonderen Wert darauf, mit Leuten wie ihr in Berührung zu kommen. Zumal Simmons, der Butler, ihr bei ihrer Ankunft unmissverständlich zu verstehen gegeben hatte, dass man an ihrer Statt einen Mann erwartet hatte, und es dem Schlossherrn nicht gefallen würde, nun eine

Frau in seiner Bibliothek sitzen zu haben. Pat war ohne hemmende Gewissensbisse über diesen Vorwurf hinweggegangen. Sie hatte schließlich absichtlich ihren Namen abgekürzt, da die meisten Arbeitgeber für eine solche Position einen Mann vorgezogen hätten. Aber sie hatte leider weder die Wahl noch die Zeit gehabt, etwas anderes zu suchen, da sie dieser ungewünschten Verlobung möglichst schnell hatte entgehen wollen. Ganz abgesehen davon verstand sie etwas von Büchern, hatte auch schon die Bibliothek ihres Großvaters unter seiner fachmännischen Leitung geordnet und mochte die Arbeit gerne. Auf jeden Fall war es besser, anstatt sich als Gouvernante den ganzen Tag mit einigen verzogenen Kindern herumzuärgern. Und es war ja nicht für lange. Wenn dieses eine, letzte Jahr vorüber war, und sie mit sechsundzwanzig Jahren endlich Zugriff auf ihr Erbe bekam, würde alles viel einfacher sein. Aber bis dahin musste sie sich eben noch so durchschlagen.

Mrs. Simmons kam herein, Pat aus ihren Betrachtungen reißend. „Ich dachte, meine Liebe, Sie hätten vielleicht gerne ein Tässchen Tee." Mrs. Simmons war die Einzige, die nichts gegen Pats Anwesenheit im Schloss zu haben schien. Ihr Mann, der Butler, war höflich, aber es lag in seinem Benehmen ihr gegenüber immer eine gewisse unausgesprochene Indignation, als würde er es als völlig unpassend für sie erachten, sich in hier aufzuhalten. Seine Frau dagegen freute sich sichtlich über die weibliche Gesellschaft in diesem großen, aber einsamen Schloss, von dessen etwa fünfzig Räumen nur ganz wenige bewohnt waren. Außer den Simmons zählten lediglich ein betagtes, fast taubes Zimmermädchen, das an drei Tagen in der Woche vom Dorf heraufkam, ein schielender Stallbursche und ein wortkarger Kutscher zu dem schmächtigen Haushalt. Aber diese anderen drückten sich, wenn sie Pat begegneten, immer gleich scheu zur Seite und antworteten nur schüchtern auf ihren Gruß.

Pat widmete sich, nachdem Mrs. Simmons wieder gegangen war, abermals dem Studium dieses faszinierenden Bildes, als sie plötzlich ein kalter Luftzug traf. Sie sah sich unbehaglich um und zog ihr Schultertuch etwas enger um sich. Seltsam, wie unheimlich ihr diese Bibliothek in manchen Momenten erschien. Es war nicht das erste Mal, dass unvermittelt ein kalter Hauch durchzog, obwohl draußen die Sonne schien und alle Fenster fest verschlossen waren. Und außerdem hatte sie, wie schon so oft, die unangenehme Empfindung, von jemandem heimlich beobachtet zu werden. Dabei war das lächerlich. Die hohen Fenster, die fast die ganze linke Seite der Bibliothek einnahmen, lagen so hoch über dem Park, dass niemand davor stehen und hereinsehen konnte. Pat stand oft dort und blickte hinaus, denn sie waren die wenigen in diesem Schloss, die nicht aus kleinen, in Blei gefassten Scheiben bestanden, sondern die Sonne ebenso ungeteilt herein ließen, wie sie den Blick auf die vor dem Schloss liegenden Wiesen und den angrenzenden Wald freigaben.

Die seltsamen Worte ihres Reisegefährten kamen ihr wieder in den Sinn. William Pentwell, ein Gentleman, der wie ein rettender Engel erschienen war, als die Postkutsche etwa eine Wegstunde vor Dunster in den Graben gerutscht war. Der Fahrer hatte einem anderen Wagen ausweichen müssen, dessen Kutscher wie ein Besessener die Peitsche geschwungen hatte, die Pferde waren im Galopp an ihnen vorbeigezogen, und sie selbst waren mit einem gebrochenen Rad im Graben gelandet. Es war schon dunkel gewesen, Pat und die anderen Fahrgäste waren hungernd und ungemütlich in dem feuchten Gras neben dem Fahrweg gesessen und hatten darauf gewartet, dass Hilfe kam. Und sie war auch gekommen, nämlich in der Person von Mr. Pentwell, einem offensichtlich wohlhabenden Gentleman, der von London unterwegs nach Dunster war. Er hatte Pat und zwei andere Frauen mitgenommen und sie zum besten Gasthof der Stadt gebracht. Die beiden anderen hatten bald Gelegenheit gehabt, den Weg nach Minehead, ihrem Ziel, fortzusetzen, Pat hatte aber auf die Kutsche von Lord Churtham gewartet. Diese traf allerdings erst im Laufe des nächsten Tages ein, da Pat trotz des Unfalls früher in Dunster angekommen war, als sie gedacht hatte.

Pentwell hatte sich als wahrer Kavalier und liebenswürdiger Gesellschafter entpuppt. Er hatte sogar ein Extrazimmer gemietet, wo Pat sich aufhalten konnte, ohne bei den etwas derben Gästen in der Wirtsstube sitzen zu müssen, und er hatte ihr am Abend bei einem erfreulich wohlschmeckenden Dinner Gesellschaft geleistet. Es war das erste gute Essen gewesen, seit sie von Brighton aufgebrochen war. Obwohl ihr Gastgeber über eine gewisse Indisposition klagte, die es ihm unmöglich machte mit ihr zu speisen, hatte Pat herzhaft zugegriffen und es sich schmecken lassen.

An diesem Abend waren sie auch auf das Ziel ihrer Reise zu sprechen gekommen, und Pat war nicht entgangen, dass Pentwell sichtlich zusammengezuckt war, als sie Lord Churtham und Barlem Castle erwähnt hatte. Er hatte sich schnell wieder gefangen, sie aber von Zeit zu Zeit mit seltsam besorgten Blicken gemustert und ihr dann beim Abschied wärmstens ans Herz gelegt, nur ja recht vorsichtig zu sein. Pat hatte sich damals gewundert, diese Warnung jedoch mehr als Ausdruck der Höflichkeit dieses äußerst zuvorkommenden Gentlemans angesehen und sich nicht weiter den Kopf darüber zerbrochen.

Barlem Castle hatte aber tatsächlich etwas Unheimliches an sich. Was natürlich an den alten Mauern liegen konnte, dem Krachen im wurmstichigen Gebälk und den dunklen Winkeln, die kaum von den flackernden Kerzen erhellt wurden. Nicht zu vergessen natürlich diese befremdlichen Geräusche, die nächtlichen Stimmen und …

Der Luftzug verstärkte sich und Pat fröstelte. Warum hatte sie nur plötzlich wieder das unheimliche Gefühl, beobachtet zu werden?! Sie klappte entschlossen das Buch zu, an dem sie soeben gearbeitet hatte, und lief in ihr Zimmer, um Hut und Mantel zu holen. Es war ein schöner Tag, den sie dazu nutzen konnte, im Dorf einige Besorgungen für Mrs. Simmons zu machen, die dankbar war, wenn sie den weiten Weg nicht selbst zurücklegen musste.

Draußen war es hell und freundlich, die Sonne schien warm herunter, obwohl es des Nachts schon recht kühl wurde, und man das Nahen des Herbstes fühlen konnte. Pat marschierte fröhlich los, sich an den letzten blühenden

Spätsommerblumen erfreuend. Der Wald war zwar ein wenig dunkel, als sie dem Weg entlang des Flusslaufs folgte, aber sie war froh, aus dem noch düstereren Schloss entkommen zu sein. Hier summten wenigstens einige Insekten, man hörte von Zeit zu Zeit die Vögel rufen, auch wenn die Zeit ihres Gesanges schon vorbei war, und es herrschte nicht die drückende Stille wie im Schloss. Nach etwa einer halben Stunde stieg der Weg wieder an und sie fand sich auf einer offenen Hochebene wieder, von der aus man einen wunderbaren Blick über das Moorland hatte. Nur noch eine weitere knappe halbe Stunde und dann hatte sie das Dorf auch schon erreicht.

Sie war schon einmal dort gewesen, einige Tage nach ihrer Ankunft, weil Mrs. Simmons sie gebeten hatte, etwas aus dem Laden abzuholen, der über ein erstaunlich umfangreiches Angebot verfügte. Aber obwohl das Dorf mit den kleinen Steinhäusern und niedrigen Mauern sehr romantisch aussah und so ganz anders war als alles, was sie von Brighton oder aus ihrer Heimat kannte, hatte Pat sich nicht sehr wohl gefühlt. Das hatte an den Leuten gelegen, die ihren Gruß höflich erwidert hatten, ihr jedoch ausgewichen waren. Nicht einmal die Kinder, die sonst neugierig herankamen, sobald Fremde ein Dorf betraten, waren zu sehen gewesen. Einige davon waren bei ihrem Anblick sogar ängstlich davon gelaufen, hatten sich hinter den Haustüren versteckt und sie nur verstohlen beobachtet. Pat hatte sich nur kurz und verlegen umgesehen, die Besorgungen erledigt und hatte dann gemacht, dass sie schnell wieder zurück zum Schloss kam.

Auch dieses Mal war es nicht anders. Die Leute verschwanden von der Straße, wenn sie in die Nähe kam, ein Kind lief weinend davon und die Frau des Ladenbesitzers machte mehrere Kreuzzeichen hintereinander, als Pat eintrat, und mindestens die doppelte Anzahl, als sie den Laden wieder verließ. Nur eine alte Frau blieb stehen und sah ihr entgegen, als sie halb erleichtert, halb gekränkt ihre Schritte Richtung Schloss lenkte.

„Ich wünsche Ihnen einen schönen Tag", sagte die Alte.

Pat erwiderte dankbar den freundlichen Gruß und wollte weitergehen, aber die Frau vertrat ihr den Weg.

„Und den Segen des Lichts ..."

Pat lächelte verwundert. „Das wünsche ich Ihnen auch." Sie wollte vorbei, aber die Alte gab den Weg nicht frei.

„... und all seiner Wesen."

„... danke ..." Pat lächelte verkrampft und blieb stehen, während die Alte ihre Blicke freimütig über Pats Gesicht und ihre Gestalt wandern ließ.

„Es gehen hier seltsame Dinge vor", sagte sie plötzlich. „Sie sollten sich in Acht nehmen."

„Vor wem?", fragte Pat verblüfft.

„Vor den Mächten der Finsternis." Sie trat vertraulich einen Schritt näher. „Sie sind noch jung und unschuldig und die Dämonen des Bösen werden von der Unschuld angezogen."

„So ...?" Pat machte unauffällig einen kleinen Schritt zur Seite. Die arme Alte war wohl nicht mehr ganz richtig im Kopf.

„Sie glauben mir nicht?", fragte diese mit einem Lächeln, das zu Pats Erstaunen zwei Reihen blendendweißer und gesunder Zähne freigab. „Das sollten Sie aber. Ich weiß mehr als die anderen hier. Die fürchten sich nur und verkriechen sich in ihren Häusern, wenn das Böse durch den Wald und die Straßen geht. Aber ich habe keine Angst. Ich kenne mich mit Vampiren und Dämonen aus und weiß, wie man ihnen beikommen kann." Sie nickte Pat zu, die alle Beherrschung brauchte, um nicht mit fliegenden Röcken wegzulaufen. „Gib Acht auf dich, mein Kind", rief ihr die Alte nach, als Pat ihre Schritte beschleunigte, um so schnell wie möglich aus dem Dorf zu kommen. „Das Böse schläft niemals! Und es ist näher, als du denkst!"

Als Pat erschöpft und undamenhaft schwitzend heimkam, dämmerte es bereits. Simmons begrüßte sie wie üblich ungnädig, nahm ihr dann jedoch höflich den Korb mit den Einkäufen ab und brachte ihr sogar persönlich das Nachtmahl, das sie immer in ihrem Zimmer einnahm. Pat aß mit gutem Appetit, schüttelte jedoch bei der Erinnerung an die seltsame Alte den Kopf. Und was sie da nur geredet hatte! Von Vampiren und von dem Bösen, das niemals schlief? Welch ein Unsinn! Jetzt, wo sie hier, in ihrem heimeligen Zimmer war und den bedrohlich düsteren Wald hinter sich hatte, konnte Pat nur den Kopf über sich selbst und ihre Dummheit schütteln. Und sie hatte sich davon solche Angst einjagen lassen, dass sie hinter jedem Busch einen Feind vermutet hatte, der sich auf sie stürzen und sie umbringen wollte, sodass sie fast den ganzen Weg über gelaufen war.

Da sie noch nicht müde war, beschloss sie, nach dem Essen noch einmal in die Bibliothek zu gehen, um die am Nachmittag unterbrochene Arbeit fortzusetzen. Sie brachte zuerst das Tablett mit den leeren Tellern wieder zu Mrs. Simmons in die im Halbkeller befindliche Küche, unterhielt sich für einige Minuten angeregt mit ihr und ging dann die wenigen Stiegen hinauf in die weitläufige Halle, die erstaunlich groß war, sodass Pat vermutete, sie sei früher jener zentrale Raum der Burg gewesen, in dem sich die Gefolgschaft um den Herrn dieses Schlosses versammelt hatte. Wenn sie ein wenig ihre Fantasie spielen ließ, so konnte sie sich lebhaft vorstellen, wie Ritter und Knappen gemeinsam mit den schönen Edelfräulein um lange Tafeln saßen, die Bediensteten Platten mit halben Ochsen hereinschleppten und die Hunde sich im Hintergrund um die halb abgenagten Knochen balgten. Die in den dunklen Ecken stehenden halbverrosteten Ritterrüstungen fügten sich hervorragend in dieses Bild ein und sie versank, während sie langsam die Halle durchquerte und die Bibliothek betrat, in der romantischen Vorstellung, wie sie selbst an der Tafel saß, in einem der fließenden langen Gewänder dieser Zeit, mit einem Schleier über dem Haar, der mit einem Goldreif festgehalten wurde. Und neben ihr saß der gutaussehende Ahnherr von Lord Churtham, beugte sich zu ihr, flüsterte etwas in ihr Ohr, das sie zum Lachen brachte, und dann …

… und dann sah sie es! Jemand war hier gewesen! Ihre Listen lagen an einem anderen Ort, waren nicht mehr in der richtigen Reihenfolge, und auch die Bücher waren anders gestapelt als zuvor.

Pat brauchte geschlagene fünf Minuten um ihren Ärger hinunterzuschlucken, dann zog sie an der Glocke. Als der Butler erschien, sah sie ihn streng an. „Mr. Simmons …"

„Simmons", unterbrach er sie würdevoll, „einfach nur Simmons, Miss Smith."

Pat räusperte sich ungeduldig. „Nun gut. Also, Simmons, ich hatte Sie doch gebeten, meine Listen nicht anzurühren, wenn ich sie hier auf dem Tisch liegen lasse, und auch nicht die Stapel umzuschichten. Es ist ja nicht so, dass ich besonders pedantisch wäre, aber es bringt meine Ordnung durcheinander."

Simmons sah sie ausdruckslos an. „Das war niemand vom Personal, Miss Smith. Aber Lord Churtham selbst hat sich kurz in der Bibliothek aufgehalten. Möglicherweise hat er ein bestimmtes Buch gesucht."

Pat würgte die Mitteilung hinunter, dass auch dieser geheimnisvolle Lord Churtham besser seine Finger von ihren Bücherstapeln lassen sollte. Sobald sie mit dieser Arbeit fertig war, konnte er dann umschichten und Unordnung verbreiten wie er wollte, aber bis dahin war die Bibliothek ganz allein ihr Reich. Zumindest war das *ihre* Ansicht. „Ich würde doch zu gerne einmal Lord Churtham persönlich sprechen", sagte sie fest.

„Lord Churtham lebt sehr zurückgezogen", erwiderte Simmons unverbindlich. „Er empfängt niemanden und er …"

„Ich bin nicht *niemand*", regte sich Pat auf, „ich bin immerhin seine Angestellte!"

„… und er sieht auch keinen Grund, mit seinen Dienstboten persönlich zu verkehren", fuhr Simmons unbeeindruckt fort. „Dies zu tun gehört zu meinen Aufgaben."

Pat schluckte hart an dieser Mitteilung. Als reiche und ungewöhnlich selbstständig erzogene junge Frau hatte sie sich nie als Dienstbote gesehen. Zumal die wenigen, aber langgedienten Beschäftigten in ihrem Elternhaus fast immer wie Familienmitglieder behandelt worden waren. „Er hat aber *sehr* wohl auch Besucher!", widersprach sie. „Ich habe erst gestern Nacht wieder Stimmen gehört."

„Ob Lord Churtham Besucher empfängt oder nicht, gehört nicht zu den Dingen, die seine Bediensteten zu diskutieren haben", wurde sie kühl abgefertigt.

„Natürlich nicht", gab Pat zu, „aber …"

„Sie entschuldigen mich jetzt bitte, Miss Smith, ich habe meinen Pflichten nachzukommen. Gute Nacht."

„Gute Nacht", brummte ihm Pat nach. Sekundenlang starrte sie auf die Tür, die sich leise hinter ihm geschlossen hatte, dann wandte sie sich seufzend ihrem Bücherstapel zu. Nun musste sie also fast vierzig Bücher wieder umsortieren, nur weil dieser *unsichtbare* Lord Churtham es für richtig befunden hatte, ausgerechnet bei denen zu suchen, die sie gerade bearbeitete. Es war natürlich nur eine Arbeit von wenigen Minuten, aber es ging ihr ums Prinzip.

Sie trug soeben einen der großen handgeschriebenen und sehr kostbaren Folianten aus dem vierzehnten Jahrhundert – einer ihrer bewunderten Lieblinge mit wunderbar ausgeführten, kunstvollen Miniaturen - von einer Tischseite zur anderen, als plötzlich wieder ein leichter Luftzug durch das Zimmer wehte. Die

Kerzen flackerten und Pat sah sich misstrauisch um, als sie das Geräusch von Schritten hörte, das direkt aus der Wand zu kommen schien. Sie legte das Buch vorsichtig ab und ging dem verhallenden Ton nach, bis sie an einer der Bücherwände an der Rückseite der Bibliothek anstieß. Die Schritte waren von dort gekommen, dessen war sie sich ganz sicher. Ob die Mauer etwa ein Loch hatte? Diese alten Schlösser und Burgen waren doch bekannt dafür, mit verborgenen Gängen und Türen ausgestattet zu sein. Sie schob einige Bücher zur Seite, fand dahinter jedoch nur eine stabile Holzwand. Gab es hier vielleicht eine Geheimtür? Von Neugier überwältigt rückte sie noch einige Bücher weg und tastete, auf der Suche nach einem Mechanismus, über das Holz dahinter.

Mitten in die Stille waren wieder diese Schritte zu vernehmen. Sie näherten sich. Ein Knarren ertönte, das Pat durch Mark und Bein ging, dann war es wieder ruhig. Unheimlich still. Sie lauschte mit angehaltenem Atem, das Ohr knapp an der Bücherwand, als mit einem Mal eines der großen Fenster mit einem lauten Krachen aufflog. Ein hereinbrausender Sturmwind ließ nicht nur die Vorhänge flattern, sondern auch Pats Röcke und riss kleine Haarsträhnen aus ihrem festen Knoten. Gleichzeitig erloschen alle Kerzen und der Raum wurde nur noch durch das Feuer im Kamin erhellt, das allerdings so jäh und wild aufloderte, dass Pat das Prasseln der Flammen hören konnte. Obwohl sie zuerst furchtbar erschrocken gewesen war, nahm sie sich zusammen und wollte soeben auf das Fenster zugehen, um es zu schließen, als sie das Gefühl hatte, nicht mehr alleine zu sein. Sie sah sich mit weit aufgerissenen Augen in dem fast dunklen Raum um. War da nicht ein Schatten, der auf sie zukam?

Plötzlich zuckte sie zusammen. Etwas hatte sie am Arm berührt So, als hätte ein Unsichtbarer seine Finger über ihren Arm gleiten lassen. Sie fühlte, wie sich ganz langsam sämtliche Härchen an ihrem Körper sträubten. In der aufsteigenden Panik vermeinte sie sogar, den Atem einer anderen Person, die dicht neben ihr stand, zu hören und zu fühlen.

Das war der Augenblick, wo Pat jeglicher Mut verließ. Sie machte sich nicht mehr die Mühe, das Fenster wieder zu schließen, sondern durchquerte weniger elegant als eilig den Raum, in dem sicheren Bewusstsein, von einem Gespenst verfolgt zu werden. Sie riss die Tür auf, lief durch die Halle, wobei sie beinahe die halb verrostete Ritterrüstung gleich neben dem Treppenaufgang umrannte, und hetzte dann die Treppe hinauf, weiter über den mit flackerndem Kerzenlicht beleuchteten Gang. Sie lief vorbei an den wild tanzenden unheimlichen Schatten, die an jeder Ecke nach ihr zu greifen schienen, vorbei an den Ritterrüstungen, die ihrer Meinung nach ohnehin nur dazu aufgestellt waren, um harmlose junge Frauen zu erschrecken, und erreichte endlich ihr Zimmer. Sie stürzte hinein, warf die Tür hinter sich zu und schob energisch den Riegel vor. Dann lehnte sie sich aufatmend und an allen Gliedern zitternd an die Tür.

In Sicherheit. Auch wenn sie nicht einmal wusste, wovor sie überhaupt geflohen war.

Als Pat oben angekommen war, löste sich eine Gestalt aus dem Schatten der Treppe. Es war ein hochgewachsener Mann mit schulterlangem schwarzem Haar, der in einen dunklen Mantel gehüllt war. Er blieb eine Weile reglos stehen, blickte hinauf, wo Pat verschwunden war, dann wandte er sich um und verließ das Schloss. Die schwere, eisenbeschlagene Tür schien sich wie von selbst vor ihm zu öffnen und glitt hinter ihm unhörbar wieder zu.

Im Bordell

Es war schon Mitternacht, als ein dunkelhaariger Mann das „Chez Haga" betrat, das berüchtigtste und teuerste Bordell Londons, das sich damit brüsten konnte, selbst die ausgefallensten Wünsche seiner Kunden nicht unerfüllt zu lassen. Der neue Gast trug einen langen schwarzen Mantel, den er gemeinsam mit Hut und Handschuhen einer der leichtbekleideten jungen Frauen in die Hand drückte und es sich nicht nehmen ließ, im Vorübergehen die rosigen Brustspitzen zu zwicken, die so einladend über dem Mieder herauslugten.

„Hast du gesehen?", fragte eine blonde Schöne ihre Freundin, als er vorbeischlenderte, wobei seine scharfen Augen alles wahrzunehmen schienen. „Strigon ist wieder zu Besuch gekommen." Sie standen halb verdeckt hinter einer der roten Samtportieren und beobachteten, was in dem Saal vor sich ging.

Strigon, oder Graf Strigon, wie er sich in diesem Kreis aus Eingeweihten auch gerne nennen ließ, war ein guter Kunde. Einer von der anspruchsvollen Sorte mit sehr ausgefallenen Wünschen, der aber auch angemessen dafür bezahlte. Sein Name war fast keiner von ihnen fremd, auch wenn er das Etablissement nun schon längere Zeit nicht mehr aufgesucht hatte.

Die schwarzhaarige Frau, die während der Abwesenheit ihrer Herrin hier die Aufsicht hatte, blinzelte nervös. „Haga möchte sicher nicht, dass wir einen guten Kunden verlieren. Am besten, ich stelle ihm einige unserer Vampirmädchen zur Verfügung, die können von ihm nicht mehr verseucht werden." Sie blickte fahrig zu der großen Standuhr in der Ecke, die von Säulen in der Form vergoldeter Nymphen getragen wurde. „Wenn nur Haga schon wieder hier wäre. Ich kann mich gut erinnern, dass es bei seinem letzten Aufenthalt einen richtigen Skandal gab, als er zwei der Mädchen gebissen hat. Wäre Haga nicht dazwischen gefahren, hätte er sie auf der Stelle ausgesaugt. Sollte so etwas wieder geschehen, möchte ich nicht dabei sein, wenn sie einen Wutanfall bekommt."

Die Blonde zog unbehaglich die Schultern zusammen. Hagazussas Wutanfällen setzte man sich nicht freiwillig aus. Sie genossen hier zwar alle gewisse exotische Neigungen, hatten nichts gegen einige feste Peitschenhiebe einzuwenden, aber wenn die Herrin dieses Etablissements einmal wütend wurde, dann wollte ihr keiner zu nahe kommen.

In der Zwischenzeit war der Gast von einem der dienstbeflissenen Knaben in einen Extraraum geführt worden, zu dessen Ausstattung ein übergroßes, einladendes Bett gehörte, dessen Baldachin von vier gedrehten vergoldeten Säulen getragen wurde, sowie eine ganze Reihe goldumrahmter Spiegel, die Hagazussa Kunden ihre erotischen Spiele auch optisch genießen ließen. An der Wand neben dem Bett befand sich ein Glasschrank, dessen Inhalt nicht nur aus einer Reihe verschiedener Peitschen und Fesseln bestand, sondern auch noch aus anderen Geräten, die dem geneigten Betrachter schon beim Ansehen ein wohliges Schaudern schenkten.

Zwei kichernde junge Schönheiten reichten ihm ein mit Champagner gefülltes Glas. Er nahm es entgegen, nippte kurz daran und schüttete den Inhalt dann zornig in den Kamin, dass die Flammen prasselten. „Was soll ich damit?", fragte er gereizt. „Ist das die neue Art, wie man hier als Gast empfangen wird?"

„Verzeihen Sie diesen kleinen Irrtum", ließ sich eine Stimme vernehmen, deren erotisches Timbre ihn veranlasste, sich schnell umzudrehen. Vor ihm stand eine üppige Frau mit vollen schwarzen Locken, die bis auf ihre Hüften hinabflossen. Sie war in ein rotes Seidenkleid gehüllt und hielt einen Kristallkelch, worin sich die Farbe ihres Kleides widerzuspiegeln schien.

Strigon nahm ihn aus ihrer Hand entgegen und kostete, dann trank er das Glas gierig in einem Zug leer. Die tiefrote Flüssigkeit hinterließ kleine Perlen auf seinen Lippen. „Ausgezeichnet."

„Das frischeste Getränk, das wir derzeit zu bieten haben", erwiderte die Schwarzhaarige.

„Wie heißt du, meine Schöne?"

„Mandara. Ich vertrete Hagazussa in ihrer Abwesenheit. Und wie darf ich Sie heute ansprechen?" Sie kam ein wenig näher an ihn heran, lächelte und tupfte mit dem Finger eine der roten Perlen von seinen Lippen, bevor sie ihn an ihre eigenen führte und ihn mit einem genussvollen Ausdruck ableckte.

Der Mann sah ihr aufmerksam zu. „Mit dem Namen, den ich hier immer benütze", entgegnete er heiser, während sein Blick an ihren roten Lippen hing.

„Gerne. Und was können wir heute für einen seltenen Gast wie Sie tun, Graf Strigon?"

Seine Hand schob ihr langes Haar zur Seite und glitt über ihren weißen Hals. „Vor allem noch ein bisschen mehr von diesem Getränk. Und vor allem *ganz* frisch." Er brachte seine Lippen näher, aber sie wich ihm mit einer eleganten Bewegung aus.

„Sie wissen selbst, Graf, dass diese Art von Betreuung nicht bei uns angeboten wird. Wir haben strikte Anweisungen unserer Herrin."

„Hagazussa wird prüde", entgegnete er ungeduldig. „Muss ich mir etwa ein anderes Bordell suchen, wo man als guter Kunde bekommt, was man sucht?"

„Ach, wir haben durchaus so einiges zu bieten." Sie zog an einer Klingelschnur, und fast im selben Moment traten zwei in durchsichtige Seidentücher gehüllte Frauen ein, die sich glichen wie ein Ei dem anderen. Das Auffallendste an ihnen waren aber weder ihre Ähnlichkeit noch ihr weißes Haar oder die alabasterne, makellose Haut, sondern ihre roten Augen und die spitzen scharfen Zähne, die beim Lächeln hervorblitzten.

„Das ist für den Anfang ganz gut, aber noch nicht ausreichend." Er zog einen schweren Geldbeutel hervor und warf ihn auf den Tisch.

Mandara griff danach und sah hinein. „Und welche Art von Dienst können wir Ihnen sonst noch anbieten, Graf Strigon?"

Er ging zum Glasschrank und zog nach kurzer Überlegung eine Peitsche hervor, eine sogenannte neunschwänzige Katze, wie sie auf Schiffen zur Bestrafung der Matrosen verwendet wurde. Ein sehr exquisites Spielzeug in der Hand eines Mannes, der es auch zu verwenden verstand. Mandara sah sekundenlang darauf, dann nickte sie. „Ich verstehe." Was auch stimmte, denn sie kannte ihr Gewerbe schließlich schon lange und gründlich genug um zu wissen, was ein Vampir, den man davon abhielt, die Damen auszusaugen, mit einer Peitsche anfangen konnte. „Ich komme sofort wieder."

Sie verschwand aus dem Zimmer, Strigon in der Obhut der beiden weißhaarigen Frauen zurücklassend, die keine Sekunde verloren, den gutaussehenden Gast zu umschmeicheln. Sie selbst eilte ein Stockwerk hinab, wo sie in einem der verschwenderisch mit Samt und Gold ausgestatteten Zimmer genau das fand, was sie gesucht hatte. Es war eine hübsche kleine Blonde in einem hauchdünnen, lose geschnittenen Seidenkaftan, die sich in einem Polstersessel räkelte und zusah, wie einer der Gäste sich heftig stöhnend in einer ihrer Kolleginnen auf und ab bewegte, während eine andere hinter ihm stand und sein bereits gerötetes Hinterteil mit einem mehrfach zusammengelegten Strick bearbeitete. Der Mann ächzte, pumpte härter und härter. Die Blonde ließ keinen Blick von den dreien, während sie ihre ringgeschmückten Finger zwischen ihre Beine gleiten ließ, sich massierte und dabei vor steigender Lust halb die Augen schloss. Der Mann hatte sie zusammen mit den beiden anderen gemietet. Allerdings bestand ihre Rolle lediglich darin, ihm bei seinen Spielen zuzusehen, was ihm noch zusätzliche Befriedigung zu verschaffen schien. Da ihr dies jedoch mit der Zeit langweilig geworden hatte, hatte sie begonnen, ihren eigenen Körper zu streicheln.

Mandara riss sie aus ihrer Unterhaltung. „Lass das jetzt, Venetia, du wirst oben gebraucht."

„Oben?" Die kleine Blonde war sichtlich nicht geneigt, der Aufforderung nachzukommen. Ihre Finger spielten zwischen ihren Beinen, tanzten auf ihrem empfindlichsten Punkt, während das Stöhnen des Mannes, der - fasziniert von ihrer hingebungsvollen Art sich selbst eine Freude zu machen - herüberstarrte, immer lauter wurde. Die Frau hinter ihm schlug noch kräftiger zu, er warf den Kopf in den Nacken, ächzte und fiel dann in ekstatischen Zuckungen auf die unter ihm liegende Frau.

„Sie entschuldigen uns bitte, Sir Raymond?" Mandara warf ihm einen geschäftsmäßigen Blick zu und zerrte dabei Venetia aus dem Sessel.

„Ich will aber nicht!", fauchte Venetia, als Mandara sie die Treppe hinaufschleppte und über den Gang zu dem Zimmer schob, wo Strigon sich gerade mit den beiden Vampirinnen vergnügte. „Ich will nur zusehen, das ist so vereinbart. Das wird Madame Haga auch nicht Recht sein, dass du ausgerechnet mich nimmst!"

„Es wird dir aber gefallen, Venetia", zischte Mandara zurück. „Außerdem brauche ich hier jemanden, auf den ich mich verlassen kann. Jemand, der klug genug ist, nicht auf seine Tricks hereinzufallen und sich aussaugen zu lassen! Und im Übrigen", fügte sie von oben herab hinzu, „weiß ich genau, dass du diese Art von Unterhaltung liebst."

Venetia strich sich eines ihrer Löckchen aus dem Gesicht und blickte durch die halb geöffnete Tür in das Zimmer, wo sie die schlanke, breitschultrige Gestalt des Mannes sehen konnte. Er hatte seine Jacke und sein Hemd abgelegt, eine der jungen weißhaarigen Frauen streichelte mit ihren Brüsten seinen Rücken, während die andere nackt vor ihm kniete und eifrig an seinem Glied leckte, das schon hart und vielversprechend aus der Hose empor stand.

Venetia fuhr sich mit der Zunge über die Lippen. „Nun ..." Das klang schon halb überzeugt.

„Na also. Dann geh schon!" Mandara schob sie durch die Tür und schloss sie hinter ihr vernehmlich. Natürlich würde es Hagazussa nicht recht sein, wenn sie ausgerechnet ihr Lieblingsspielzeug an die Gäste verborgte, aber in diesem Fall hatte sie wohl keine andere Wahl. Venetia war eine der wenigen im Haus, die gegen den Biss eines Vampirs immun waren. Und außerdem würde sie selbst in der Nähe bleiben um zur Stelle zu sein, falls es Unannehmlichkeiten gab.

Drinnen im Zimmer sah Strigon zu, wie Venetia sich langsam und anmutig vor ihm entkleidete, das seidige Gewand über ihre Schultern und dann über ihre Brüste schob, bis sie vor ihm freilagen. Es fiel mit einem zarten Rascheln zu Boden und er spürte ein Brennen in der Kehle, als er ihren Körper betrachtete. Sein Blick glitt über ihre Beine, ihren Bauch, die dunklen Spitzen ihrer Brüste und hin zu ihrem Hals. Er hielt die Peitsche in der Hand und konnte es kaum noch erwarten, sie auch anzuwenden. Der Durst war beinahe unerträglich und er hatte keine Lust mehr, sich mit albernen Spielen aufzuhalten.

„Leg dich auf den Boden. Mit dem Gesicht nach unten. Mach schon!"

Venetia zögerte, blickte zuerst auf die Peitsche, dann auf sein erregt zuckendes Glied, das sich ihr verheißungsvoll entgegenreckte, und ließ sich schließlich auf die Knie nieder, bevor sie sich mit einer graziösen Bewegung ausstreckte. Sie lächelte. Das versprach eine durchaus reizvolle Nacht zu werden. Und außerdem geschah es ihrer Herrin ganz recht, wenn sie sich andere Unterhaltung suchte. Wenn Hagazussa sie vernachlässigte und sich stattdessen mit Männern herumtrieb, dann hatte sie ebenfalls das Recht dazu.

Die beiden Weißhaarigen knieten sich auf seinen Wink links und rechts neben das Mädchen und hielten es an den Armen fest, während Strigon zwischen ihren gespreizten Beinen stand und die geknüpften Enden der Peitschenschnüre spielerisch über ihren Rücken, ihr rundliches Gesäß und ihre Schenkel gleiten ließ. „Es wird ein bisschen weh tun, mein hübsches Kind", sagte er mit einem kalten Lächeln, „aber du wirst das schnell vergessen, wenn ich dich dann wieder *beruhige*."

Er hob die Peitsche, holte aus und schlug zu. Ein zwischen Lust und Schmerz schwankender Laut entrang sich Venetias Lippen. Er blickte auf die Striemen, die sich hellrot auf der weißen Haut abzeichneten. Allerdings nicht rot genug. Er schlug nochmals zu, diesmal stärker. Die kleine Blonde gab einen Schrei von sich, und Strigon sah befriedigt auf die winzig kleinen Blutstropfen, die sich auf der Haut bildeten. Nun war es richtig, genauso mochte er es. Nicht zu hart, sonst kreischten die Weiber zu sehr und fielen in Ohnmacht, und nicht zu schwach, sonst platzte die Haut nicht auf. Und das musste sie, damit das Blut zum Vorschein kam. Frisches, hellrotes und überaus köstliches Blut.

Er widerstand dem Drang, sich sofort auf sie zu werfen, um es aufzulecken, sondern ging langsam um sie im Kreis herum, schlug immer wieder zu, stets darauf bedacht, das richtige Maß nicht zu überschreiten, während er dazwischen immer wieder eine Pause machte, sie mit den Riemen streichelte und neckte, bevor er wieder zuschlug. Venetia bemerkte sehr schnell, dass sie hier an jemanden gekommen war, der es verstand, das Spiel zwischen Schmerz und der Erwartung des Schmerzes auszukosten und auskosten zu lassen.

Dennoch wurden seine Schläge mit seiner wachsenden Gier auf ihr Blut und ihren Körper kräftiger, bis Venetia sich so wand und zuckte, dass die beiden Vampirinnen sie mit aller Kraft festhalten mussten. Deren Lippen waren geöffnet und Strigon sah deutlich die spitzen Zähne, während ihre rotglühenden Augen fest auf das zappelnde Mädchen und das Blut gerichtet waren.

Als eine von ihnen sich hinabbeugen wollte, um schnell über einen blutigen Striemen zu lecken, schlug er ihr die Peitsche mehrmals mit aller Kraft quer über den Rücken. „Wage es nicht!", fauchte er sie an. Sie kreischte, ließ die kleine Blonde los und zog sich in die Zimmerecke zurück. Die andere folgte ihr auf seinen Wink hin, und Strigon kniete sich, ohne länger auf die beiden zu achten, zwischen die Beine des Mädchens. Er stützte sich links und rechts neben ihrem Körper ab und senkte sich langsam auf sie. Zufrieden betrachtete er sein Werk. Die Haut war nicht zu stark aufgerissen und der Duft ihres Blutes vermischte sich mit dem ihres Körpers. Ein süßer, sinnesbetörender Geruch. Schon lange hatte er es nicht mehr so genossen, sich an einer Frau zu befriedigen. Er würde sie nicht beißen, nicht aussaugen, aber kosten. Für Sekunden blitzte ein anderes Bild vor ihm auf. Eine schlanke Frau mit braunem Haar und blauen Augen. Zweifellos würde sie noch besser schmecken, unschuldiger als diese kleine Hure vor ihm. Aber sie war im Moment unerreichbar, und er würde jetzt nehmen, was sich bot.

Er senkte seinen Mund auf die blutigen Spuren seiner Peitschenhiebe. Venetia stöhnte auf, als sie seine Zunge spürte, die liebkosend über die offenen Striemen leckte. Ihr Rücken schmerzte, die Wunden brannten, aber noch viel stärker glühte die Lust in ihr. Sie hob ihm ihr Becken entgegen, als er weiter hinunterglitt, um die kleinen Blutströpfchen aufzunehmen, und sie fühlte, wie seine Hand suchend über ihre Schenkel fuhr und tief in ihre Gesäßspalte griff. Sie wusste, dass sie schon längst erregt und feucht war. Ebenso erregt wie er, dessen hartes Glied sie, als er zuvor halb über ihr gelegen war, deutlich auf ihrem Schenkel hatte fühlen können.

Er sprach kein Wort mit ihr, kostete nur ihr Blut, leckte auch das kleinste Bisschen von ihr ab, und sie begann, sich unter seinen Berührungen zu winden.

Seine Hand war noch tiefer zwischen ihre Beine geglitten. Seine Finger spielten mit ihrer Klitoris, glitten in ihre heiße Enge, und sie konnte die Erwartung, ihn ganz in sich zu spüren, nicht mehr ertragen. „Meister", flüsterte sie, „bitte, Meister, bitte …" Seit Hagazussa, die Herrin dieses Bordells und auch die ihre, sie in ihrem Zimmer wohnen ließ, hatte sie keine Gelegenheit mehr gehabt, einen Mann in sich zu fühlen. Dieser war zwar ein Vampir, ein Untoter, seine Hände und sein Glied waren kalt, fühlten sich jedoch sehr lebendig an.

„Schweig."

Sie gehorchte, spürte aber, wie er ihre Hüften umfasste und sie anhob. Seine rechte Hand griff in ihr Haar, zog sie hoch, bis sie, auf die Hände gestützt, vor ihm kniete, während seine Linke ihre Beine ein wenig mehr spreizte. Ihre feuchte Scham lag nun frei vor ihm, mehr als bereit, sein pochendes Glied aufzunehmen. Sie stemmte sich dagegen, als er mit einem harten Stoß in sie eindrang. Für Sekunden blieb er ruhig in ihr, mit seinem Oberkörper über sie gebeugt, während seine Zunge sich schmerzhaft in eine der Wunden bohrte um sie weiter zu öffnen, bevor er sich wieder löste und abermals zustieß, immer schneller, schneller. Venetia fühlte die heißen, raschen und harten Stöße, seine Finger auf ihrer Klitoris, seine Lippen, die sich an ihr festgesaugt hatten. Ein Wirbel aus Lust und Schmerz erfasste sie, schien ihren Körper auseinanderreißen zu wollen, bevor sie laut aufschrie und dann zu Boden sank.

„Was habe ich gehört, Mandara?" Die Bordellbesitzerin, eine außergewöhnliche Schönheit mit rotem Haar und grünen Augen, zog die fein gezeichneten Brauen zusammen. „Graf Strigon war wieder hier?" Sie schlug mit der Reitgerte gegen eine der Säulen in der Halle. „Zu dumm, dass ich unterwegs war." Sie hatte sich mit einem ihrer Lieblingskunden getroffen. Nun, Kunde konnte man ihn wohl nicht nennen, wohl eher einen Liebhaber, bei dem es ihr nicht eingefallen wäre, Geld für ihre Dienste zu nehmen. Ihre Augen glitten über die anwesenden Gäste, die sich zu dieser frühen Morgenstunde schon recht müde und zufrieden erschöpft in den weichen Sesseln und Kissen räkelten. Es schien alles ganz normal zu sein, aber der Schein konnte trügen. „Hat es Schwierigkeiten gegeben?"

Ihre Stellvertreterin schüttelte den Kopf, „Nein. Er war nicht leicht zufrieden zu stellen, wie immer, aber er hat niemanden gebissen."

„Wen hast du ihm vorgesetzt?"

Mandara zögerte etwas. „Zwei Vampirinnen, aber damit war er nicht zufrieden, wollte unbedingt mit der Peitsche arbeiten. Also habe ich…", sie schluckte unter dem Blick der anderen, „also habe ich ihm Venetia hineingeschickt."

Hagazussa starrte sie an. „Venetia?"

„Sie war die Einzige, die zur Verfügung stand. Und vor allem eine Succubi, eine Hexe. Selbst wenn er sie wirklich gebissen hätte, so wäre ihr nicht viel geschehen."

Ihre Herrin musterte sie kalt, dann nickte sie. „Das war vernünftig. Und Venetia mag so etwas ohnehin." Sie blickte die Treppe hinauf, wo ihre eigenen Zimmer lagen. „Wie geht es ihr jetzt?"

„Ganz gut." Mandara lächelte erleichtert, weil der erwartete Wutanfall ausgeblieben war, vermutlich hatte die Herrin dieses Etablissements eine zufriedenstellende Nacht in den Armen eines ihrer Favoriten gehabt. „Sie scheint es sehr genossen zu haben, ist jetzt aber erschöpft."

Hagazussa stieg langsam die Treppe hinauf. „Ich werde mich um sie kümmern. Wo ist Strigon?"

„Er ist schon wieder fort und hat einige der Frauen mitgenommen."

Die schöne Hexe blieb stehen und sah sie alarmiert an.

„Nur Vampirinnen", beruhigte sie Mandara.

„Vermutlich hat er im Moment genügend andere Opfer", sagte Hagazussa unbehaglich.

„Das könnte stimmen", nickte Mandara, „er hat Venetia gegenüber einige Worte fallen lassen über eine Sterbliche, die seine Aufmerksamkeit erregt hat. Vielleicht …"

„Auf gar keinen Fall sollte er mit Lord Gharmond zusammentreffen", unterbrach sie Hagazussa, die nicht das geringste Interesse an den privaten Aktivitäten ihrer Kunden hatte. „Haltet auf alle Fälle Augen und Ohren offen und gebt mir Bescheid, sobald einer der beiden das nächste Mal hier eintrifft." Sie seufzte. „Mögen die Mächte verhindern, dass sie zur gleichen Zeit hier auftauchen. Ich habe nicht die geringste Lust, Gharmond auf Vampirjagd zu erleben."

Die Augen der Schwarzhaarigen leuchteten auf. Als sie jedoch den scharfen Blick ihrer Herrin sah, senkte sie schnell die dunklen Wimpern. „Wird Lord Gharmond denn erwartet?" Sie versuchte, unbeteiligt zu klingen.

„Das kann man bei ihm nie wissen, und ich möchte keinen Streit haben. Und vor allem möchte ich nicht, dass Gharmond vor Zorn mein schönes Bordell niederbrennt. Er hasst Strigon bis aufs Blut und würde ihn lieber tot als lebendig sehen." ,Und nicht ganz zu Unrecht', dachte sie.

„Lord Gharmond wird seine guten Gründe haben", erwiderte die schwarzhaarige Succubi mit gesenktem Blick. Sie war nicht die einzige in diesem Etablissement, die für den äußerst gut aussehenden Lord Gharmond schwärmte, der, wenn er in der richtigen Laune war, so ungemein charmant sein konnte und in jedem Fall ein hinreißender, wenn auch sehr dominanter Liebhaber war. Ob Sterbliche oder Hexe wie sie selbst, Gharmond war ein Mann, dem sie alle gerne bei seinen Liebesspielen gedient hätten. Er war der Favorit aller Damen in diesem Etablissement, auch wenn er sich seit einigen Jahren leider nicht allzu oft hier blicken ließ.

„Dennoch will ich hier keine Auseinandersetzung haben. Es ist nicht gut fürs Geschäft, wenn die Hälfte der Kunden mit angesengtem Hosenboden hier herausläuft", erwiderte Hagazussa finster. Sie stieg nachdenklich in ihre Privatgemächer hinauf. Strigon war zwar früher ein guter Kunde gewesen, aber obwohl sie Verständnis für Gelüste aller Art hatte und alles anbot, was sich ein lustvolles Gehirn nur ausdenken konnte, waren seine blutsaugenden Perversitäten selbst ihr zuviel. Vampire waren ihr unheimlich. Tote, die eigentlich im Grab liegen und vor sich hinmodern sollten, stattdessen aber in der Dunkelheit fröhlich herumspazierten und Leute aussaugten, waren einfach nicht normal! Sie schüttelte sich, nahm sich jedoch zusammen, als sie die Tür zu ihrem Schlafzimmer öffnete. Sie blieb kurz stehen und blickte auf das Bild, das sich ihr bot.

Venetia hatte sich auf den roten Seidenkissen zusammengerollt, ein leichtes Tuch bedeckte ihren Körper. Ihre blonden Löckchen hingen ihr ins Gesicht und die roten Lippen waren im Schlaf halb geöffnet. Hagazussa mochte diese kleine Succubi. Sie bereitete ihr Freude und war eine nette Abwechslung zwischen all den Männern, die um ihr Wohlwollen eiferten. Ihre Gedanken glitten zurück zu ihrem Liebhaber, den sie vor kurzem verlassen hatte. Gharmond allerdings war einer von der Sorte, die einer Frau genügte. Einer, der alles von ihr verlangte und selbst keinen Wunsch offen ließ. Aber er war auch nicht zu fassen, schenkte ihr seine Gunst, wenn ihm danach war und kümmerte sich dann wieder wochenlang nicht um sie. Sie war allerdings froh, dass sie sich heute an einem anderen Ort getroffen hatten, andernfalls wäre ihm bestimmt Strigon in die Hände gelaufen.

Sie seufzte leicht und Venetia, die diesen kleinen Laut gehört haben musste, öffnete die Augen. Sie setzte sich auf, aber sehr vorsichtig, und als Hagazussa das leichte Tuch wegnahm, sah sie die dunkel verfärbten und zum Teil noch blutigen Striemen. Die Kleine zuckte zusammen, als sie sachte mit den Fingern darüber fuhr.

„Du hast dich also in meiner Abwesenheit gut amüsiert?" Ihre Stimme klang dunkel und kühl, und Venetias blaue Augen flackerten. Hagazussa legte ihre Hand unter das kleine Kinn und betrachtete sie eindringlich. „Eigentlich sollte ich dich dafür bestrafen."

„Verzeih mir, Herrin." Sie sah blass und ängstlich aus und hatte offenbar Schmerzen.

,Lust und Schmerz liegen so nahe beieinander', dachte Hagazussa wehmütig. *,Aber wie oft bleibt uns am Ende nur das Letztere.'* Sie überlegte kurz, dann stand sie auf und ging zu einem kleinen Schrank. Venetia verkroch sich in den Kissen, als sie bemerkte, wie ihre Herrin eine Peitsche in die Hand nahm. So gerne sie diese Spiele sonst auch mochte, für heute hatte sie genug davon. Zu ihrer Erleichterung legte Hagazussa die Peitsche jedoch zur Seite und holte einen kleinen Tiegel hervor, dann schloss sie den Schrank wieder und kam zurück.

„Leg dich auf den Bauch, Kleines."

Venetia streckte sich aus und fühlte die zarten Berührungen, mit denen Hagazussa die Salbe auf ihrem Rücken verteilte. „Es tut mir leid", flüsterte sie undeutlich.

„Schon gut. Mandara hat mir alles erzählt." Sie lächelte. „War es wenigstens schön?"

„Es ... war außergewöhnlich."

„Das ist es mit Vampiren immer", erwiderte Hagazussa. Sie strich vorsichtig über die Wunden, massierte die Salbe sanft ein. *Fast als wäre ich ihre Mutter*, dachte sie mit einem belustigten Kopfschütteln. Ihre Berührungen waren zart und liebevoll und sie bemerkte, dass Venetia sich schnell entspannte. Als sie an den regelmäßigen Atemzügen erkannte, dass die kleine Succubi eingeschlafen war, zog sie die Decke über sie und stellte den Tiegel mit der Salbe zur Seite, bevor sie die Kerzen löschte. Danach entkleidete sie sich, schlüpfte neben Venetia unter die Decke und schloss die Augen. Aber bevor sie einschlief, dachte sie sehnsüchtig an Lord Gharmond und seine leidenschaftlichen Umarmungen.

Als der Earl of Barlem kurz vor dem Morgengrauen das Schloss betrat, führten ihn seine Schritte gewohnheitsmäßig gleich in die Bibliothek. Das war immer schon der Ort gewesen, wo er das erste Licht des Tages erwartet hatte, um der bedrohlichen Sonne dann zu weichen und sich auf sein Zimmer zurückzuziehen. Seit einiger Zeit war ihm dieser Raum jedoch noch aus einem ganz anderen Grund höchst interessant erschienen. Interessanter sogar, als er es vor sich selbst zugeben wollte. Er schlenderte hinein. Wie immer brannten überall Kerzen. Simmons wusste, dass der Earl es hell mochte. Wenn er schon gezwungen war, in der Nacht und der Dunkelheit zu leben, dann wenigstens bei ausreichendem Kerzenschein. Er blieb unwillkürlich stehen, als sein Blick auf die schmale Hand fiel, die auf der Armstütze des bequemen Lehnsessels beim Kamin ruhte. Reglos lag sie dort, so, als wäre ihre Besitzerin eingeschlafen. Leise ging er um den Sessel herum und tatsächlich, da war sie, den Kopf an die Sessellehne gestützt, das Kinn etwas herabgesunken, der Mund leicht geöffnet, und schlief tief und fest. Sie hatte ein Buch auf den Knien liegen, vermutlich war sie beim Lesen eingeschlafen. Einige Locken ihres braunen Haares hatten sich aus dem Knoten gelöst und fielen ihr ins Gesicht, was ihr ein fast kindliches Aussehen gab. Dabei war sie nach menschlichen Maßstäben nicht mehr jung, fünfundzwanzig, ein Alter, in dem die meisten Mädchen dieser Zeit bereits verheiratet waren.

Er hatte sie seit dem Tag beobachtet, an dem sie sein Haus betreten hatte, auch wenn er es vorzog, ihr nicht zu begegnen - der zarte Duft, der das Schloss erfüllte, war ohnehin immer gegenwärtig. Aber dies war das erste Mal, dass er sie in Ruhe aus unmittelbarer Nähe betrachten konnte, und er würde sich diese Gelegenheit nicht entgehen lassen.

Sein Blick glitt über sie, über ihre Gestalt. Sie war nicht gerade klein für ein Mädchen, aber sehr schlank, schlanker fast, als es ihm an einer Frau sonst gefiel. Und dennoch hatte sie etwas an sich, das seine Sinne reizte. Die kleinen Brüste, die sich unter der züchtig hochgeschlossenen weißen Bluse abzeichneten, die schmale Taille, die entgegen der Mode nicht in ein krachendes Korsett gezwängt war, die weichen Rundungen ihrer Hüften und ihre langen Beine. Der Wunsch, diese schlanken Schenkel ohne den störenden Stoff zu sehen, die zarte Haut zwischen ihren Beinen mit Mund und Händen zu genießen und dann endlich die lockenden und unberührten Geheimnisse zwischen ihren Schenkeln bloßzulegen, wurde fast übermächtig in ihm. Zweifellos war ihre Haut an jeder Stelle ihres Körpers so weich und weiß wie an ihrem Hals. Er spürte sein wachsendes Verlangen, als er hauchzart seine Finger über ihre Wange und ihren Hals gleiten ließ, dann griff er nach einer der dunklen Locken. Seidenweich war sie, genauso, wie er es sich gedacht hatte, auch wenn ihm sonst niemals eingefallen wäre, sie zu berühren. Das wäre nicht angemessen gewesen, die Kluft zwischen ihnen beiden war zu groß. Er erinnerte sich daran, wie er sie eines Morgens aus dem sicheren Schatten heraus beobachtet hatte, als sie auf der Wiese vor dem Schloss tanzte. Nun, vielleicht hatte sie nicht sonderlich anmutig getanzt, aber fröhlich herumgesprungen war sie - frisch, lebendig und unschuldig. ,*Ich sollte nicht dulden, dass diese kleine Versuchung hier vor meiner Nase herumläuft. Es ist weder für sie gut noch für mich. Für sie ist es sogar gefährlich.*'

„Mylord?"

Churtham zuckte zusammen und wandte sich heftig um, wütend über seinen Diener, der ihn störte, und noch mehr über sich selbst, weil er so vertieft in den reizvollen Anblick gewesen war, dass er ihn nicht hatte kommen hören. Um nichts in der Welt hätte er jetzt von dieser jungen Frau dabei ertappt werden wollen, wie er neben ihr stand und sie betrachtete. Er trat leise von ihr weg und verließ den Raum.

Draußen sah er seinen Butler mit einem kalten Funkeln an. „Gibt es etwas, Simmons?"

Sein Butler lachte nie und lächelte kaum, aber diesmal wirkte er noch ernster als sonst, er senkte zwar unter diesem Blick die Lider, aber seine Augen suchten die Tür zur Bibliothek. „Nein, Mylord."

Churtham sah ebenfalls hinüber. Er wusste genau, was in seinem alten Diener vor sich ging, und er wusste noch besser, dass es keine gute Idee gewesen war, dieses junge Ding hier im Haus arbeiten zu lassen. Er wandte sich scharf ab und ging hinüber zur Treppe, die ins Turmzimmer führte.

„Gute Nacht, Mylord", hörte er hinter sich Simmons' Stimme.

„Gute Nacht."

Der Schlossherr

Nur wenige Tage, nachdem sie der plötzliche Sturm so erschreckt hatte, dass sie schon Gespenster zu sehen und zu spüren vermeint hatte, huschte Pat eines

Nachts leise die Treppe hinunter. Sie vermied die Stufe, die beim Drauftreten immer so auffällig knarrte, durchquerte die hohe und düstere Halle, die nicht einmal am Tag richtig ausgeleuchtet war, und betrat die Bibliothek. Zum Glück hatte sie niemand gesehen. Sie hatte schon ihr Kleid abgelegt gehabt um zu Bett zu gehen, als ihr eingefallen war, dass sie unbedingt dieses eine interessante Buch lesen wollte. Es war ein Gedichtband von Lord Byron, jenem Dichter, der es so gut verstand, die romantischen Fantasien seiner Leser zu wecken und ihr Herz zu berühren. Also hatte sie schnell ihren Schlafrock über ihr Unterkleid geworfen und war losgelaufen, um das Buch zu holen. Sogar ihre Tante hatte von ihm geschwärmt. Und obwohl sie sonst in keinem Punkt jemals mit ihr übereingestimmt hatte, so war dieser vor fast dreißig Jahren verstorbene Dichter auch ihr immer einer der liebsten gewesen.

In der Bibliothek brannten noch alle Kerzen. Pat lief zum Bücherregal, kletterte auf die Leiter und zog nach kurzer Suche das gewünschte Buch heraus. Gerade aber, als sie die Bibliothek wieder verlassen wollte, hörte sie Schritte, die schnell näher kamen. Sie wollte auf keinen Fall von Simmons überrascht werden, der eine unangenehm überlegene Art hatte, sie von oben herab anzusehen, und so huschte sie zum nächstgelegenen, von schweren Vorhängen verdeckten Fenster und verbarg sich dahinter.

Keine Sekunde zu früh, denn schon betrat jemand die Bibliothek und machte sich bei den Bücherregalen zu schaffen. Vorsichtig steckte sie die Nase hinter dem Vorhang hervor. Zu ihrer Verblüffung sah sie jedoch nicht Simmons oder einen der anderen ihr schon bekannten Mitbewohner, sondern einen hochgewachsenen Mann, der in Stiefeln und Reitanzug vor der Bücherwand stand, Bücher herausnahm, kurz darin blätterte und sie dann wieder zurückstellte.

Neugierig schob Pat den Vorhang noch ein wenig mehr zur Seite. Der Mann hatte schwarzes Haar. Er trug es unmodisch lang und hielt es am Hinterkopf mit einer schwarzen Schleife zusammen. Sofort fiel ihr wieder dieser geheimnisvolle Fremde ein, den sie während des Gewitters vor dem Schloss gesehen hatte.

„Wünschen Sie vielleicht Tee, Mylord?" Simmons war hereingekommen, ohne dass Pat ihn bemerkt hatte. Sie zog sich zurück, ehe er oder der andere, der sich nun umwandte, sie entdecken konnten. *Mylord?* Das konnte doch wohl nicht der alte Schlossherr sein!

„Nein, danke, Simmons. Ich reite noch aus. Ich war lediglich interessiert, ob diese Miss Smith ihre Arbeit auch versteht."

„Den Eindruck macht mir die junge Dame durchaus", ließ sich der Butler gemessen vernehmen. „Sie arbeitet auch sehr fleißig, wenn ich mir die Bemerkung erlauben darf, Mylord, und es scheint kein Fehler gewesen zu sein, ihr diese Stellung übertragen zu haben."

„Tatsächlich." Das klang nicht sehr überzeugt. „Nun gut, ich werde die Arbeit ein andermal überprüfen."

Pats Augen wurden bei diesen Worten schmal. Überprüfen? Was bildete sich dieser Mensch denn eigentlich ein?

„Jawohl, Mylord."

Pat hatte erwartet, dass der Mann nun ebenfalls den Raum verlassen würde, aber statt dessen hörte sie, wie er zur rückwärtigen Seite der Bibliothek ging, genau zu dem Bücherregal, wo sie zuletzt diese mysteriösen Geräusche gehört hatte. Sie lugte vorsichtig durch einen kleinen Spalt zwischen den beiden schweren Samtvorhängen. Der Fremde machte sich am Regal zu schaffen, griff nach einem Buch und zog es heraus. Pat hätte beinahe einen überraschten Schrei ausgestoßen, als sich ein Teil der Wand bewegte. Also doch eine Geheimtür!

Der Mann sah sich kurz um, Pat zuckte zurück, dann hörte sie ein schabendes Geräusch und ein kleines Klicken. Als sie wieder hinter dem Vorhang vorzusehen wagte, war die Bibliothek leer und die Geheimtür wieder geschlossen.

Pat wartete noch einige Minuten, aber als draußen alles still blieb, traute sie sich aus ihrem Versteck hervor. Ein unverschämter Kerl! Wagte es, an ihrer Arbeit zu zweifeln! Na, sie würde schon herausfinden, wer dieser unbekannte Nörgler war. Sie stand minutenlang mitten im Raum, mit sich selbst unschlüssig, ob sie nun ihr Zimmer aufsuchen oder lieber diesem aufregenden Geheimnis nachspüren sollte.

Es kostete sie nicht viel Überwindung, sich für das Zweite zu entscheiden, und schon huschte sie auf Zehenspitzen zu der Bücherwand. Sie war zwar vor wenigen Tagen in Panik geflohen, als der Wind das Fenster aufgestoßen hatte, aber so lächerlich würde sie sich heute gewiss nicht benehmen. Sie war schließlich eine gebildete, erwachsene Frau, die nicht an Geister oder übernatürliche Kräfte glaubte, und dieses Mal würde sie dem Rätsel auf die Spur kommen. Sie blickte prüfend auf die Reihen der Bücher. Es war etwa in Kopfhöhe gewesen, wo der Mann dieses Buch herausgezogen hatte. Sie tastete die Reihe entlang, befühlte jeden der dicken Bände. Aber in Kopfhöhe war bei ihm wohl eine Reihe darüber. Sie glitt mit den Fingerspitzen über die Buchrücken. Hier! Dieses Buch hatte zwar ebenso einen Ledereinband wie die anderen, aber es fühlte sich ein bisschen anders an, als würde es nicht frei stehen, sondern befestigt sein. Sie atmete tief durch, fasste mit zwei Händen zu und zog langsam an. Das Buch gab nach. Sie zog ein bisschen fester und plötzlich gab es ein Klicken und dann schwang die Tür auf. Pat musste zur Seite springen, sonst wäre sie ihr gegen die Nase geprallt.

Ein kalter Luftzug drang heraus, ließ die Kerzenflammen flackern, und Pat spähte in ein gähnend schwarzes Loch hinunter. Es waren Stufen zu sehen, die in eine geheimnisvolle Finsternis führten. Was, um alles in der Welt, tat dieser Mann da unten? Er hatte doch das Haus verlassen wollen! Und was mochte wohl in dieser Finsternis verborgen sein? Der Weinkeller? Wohl kaum. Ein geheimer Ausgang? Die Verliese? Ein wohliger Schauer rannte über Pats Rücken. Wie romantisch! Sie war in einer modernen Großstadt geboren und aufgewachsen, wo es schon lange Gaslicht gab, und wo man sogar schon mit Elektrizität, dieser neumodischen Erfindung, herumexperimentierte. Hier konnte natürlich von alldem nicht die Rede sein und der Gedanke an Geheimgänge und Verliese brachte ihre ohnehin schon knospende Fantasie zum Erblühen. Sie nahm einen kleinen Kerzenhalter von einem der Seitentische und schlich zurück zur Treppe. Sie sah sich vorsichtig um, bevor sie näher trat und hinunterlauschte. Nichts, kein Geräusch war zu hören.

Pat zögerte nur eine Sekunde, dann machte sie einen Schritt hinab in die undurchdringliche Finsternis. Sie beugte sich ein wenig vor, als sie sich mit dem Kerzenhalter in der rechten Hand die Steintreppe hinuntertastete. Es gab kein Geländer, sie stützte sich mit der linken Hand an der teilweise schon etwas bröckeligen Mauer ab und zählte mit. Zweiunddreißig ausgetretene Stufen waren es, bis sie unten ankam, und mit jedem Schritt wurde die Luft dumpfer und kälter. Sie fröstelte ein wenig und hielt die Kerze hoch, um besser sehen zu können. Vor ihr lag ein großer Raum, dessen Ausmaße in dem armseligen Licht kaum bis gar nicht auszumachen waren. Sie bemerkte, dass die Decke über ihr aus Gewölben bestand, links und rechts waren Holzkisten gestapelt. Offenbar war jedoch schon lange niemand mehr hier gewesen um Ordnung zu machen, denn überall hingen dicke Spinnweben, die schon seit vielen Jahren nichts anderes einfingen als Staub, und deren Eigentümer gewiss schon vor langer Zeit ins Jenseits hinübergekrabbelt waren.

Ein kleines Geräusch, ein Huschen, ließ sie zusammenzucken. Mäuse vermutlich oder sogar Ratten. Sie schauderte, überwand sich jedoch, da ihre Neugier bei weitem größer war als ihr Ekel, und tastete sich ein Stückchen weiter in die Finsternis hinein. Sie musste vorsichtig sein, denn wenn es hier doch keinen zweiten Ausgang gab, dann musste sich dieser Mann immer noch hier befinden und den Schein ihrer Kerze entdecken. Bei dieser Überlegung runzelte sie die Stirn. Soviel sie gesehen hatte, hatte er allerdings keinen Leuchter in der Hand gehabt.

Sie ging noch einige Schritte weiter. Als sie sich umsah, erkannte sie mit Bestürzung, dass das spärliche Licht der Kerze nicht ausreichte, um den Aufgang mit den Stiegen auszumachen, und sie fühlte sich mit einem Mal nicht mehr tapfer und neugierig, sondern sehr allein in dieser Dunkelheit aus Spinnweben, huschenden Nagern und dem modrigen Geruch halbverfaulter Leichen ...

Leichen?! Sie schüttelte sich und versuchte, diesen absurden Gedanken wegzuschieben. Lächerlich! Weshalb sollte jemand hier Leichen verbergen wollen? Das Schloss wirkte in der Nacht – und manchmal auch tagsüber - zwar unheimlich, aber die Bewohner schienen ganz normal zu sein und hatten absolut nichts Mörderisches an sich. Und nicht einmal dieser geheimnisvolle Fremde, der ihre Arbeit angezweifelt hatte, war ihr gefährlich erschienen. Unsympathisch und anmaßend vielleicht, aber gewiss nicht bedrohlich.

Energisch stapfte sie mit festen Schritten, um sich selbst Mut zu machen, weiter und ... erstarrte. Schräg vor ihr stand etwas, das einem Sarkophag zum Verwechseln ähnlich sah, und der Gedanke an Leichen stieg diesmal fast überdeutlich in Pat hoch. Der Deckel war zur Seite geschoben und gab den Blick auf das Innere frei.

In diesem Moment ging ein scharfer Luftzug durch das Gewölbe. Pats Mut sank, als das spärliche Kerzenflämmchen zitterte und zu erlöschen drohte. Angst und Grauen krochen gleichzeitig mit der Kälte, die hier unten herrschte, über ihre Zehenspitzen, die Knöchel empor bis zu ihren Knien und dann weiter, bis sie ihren Magen und ihr Herz erreicht hatten. Alleine schon die Vorstellung, hier im

Dunkel zurückzubleiben, ließ ihr das Blut in den Adern gefrieren. Höchste Zeit, diesen finsteren Ort zu verlassen und in die weitaus hellere und heimeligere Bibliothek zurückzukehren. Sekundenlang zauderte sie, dann ging sie, von einem morbiden Drang geleitet, jedoch noch zwei Schritte weiter und leuchtete in den Sarg hinein. Leer. Sie stieß hörbar den Atem aus. Lächerlich, ihre Ängste. Vielleicht war das gar kein Sarg, sondern nur eine Art Steinkiste, in der die Schlossbewohner früher ihre Schätze oder Lebensmittel versteckt hatten.

Daneben stand noch eine steinerne Kiste. Auch hier war der Deckel verschoben. Pat leuchtete neugierig hinein. Zunächst erkannte sie nichts, aber dann grinste ihr etwas entgegen.

Ein löchriges Gebiss. Und darüber zwei leere Augenhöhlen.

Sie stieß einen kleinen Schrei aus, fuhr zurück, die Kerze fiel ihr aus der Hand, in den Sarg hinein und genau auf den Totenschädel. Dann war es stockfinster. Pat nahm sich nicht mehr die Zeit, die Kerze zu retten, die sie ohnehin nicht mehr entzünden hätte können, sondern suchte in panischem Schrecken ihren Weg durch die Dunkelheit. Sie rannte gegen undefinierbare Gegenstände, die in ihrer aufgepeitschten Fantasie zu herumliegenden Skeletten wurden, schlug sich den Kopf an, stolperte, hetzte weiter, immer in die Richtung, in der sie den Aufgang vermutete.

Als sie endlich gegen eine Wand stieß, wusste sie, dass sie sich verlaufen hatte. Es kostete sie fast übermenschliche Kraft, ruhig stehen zu bleiben und sich zu fassen. Sie musste kühlen Kopf bewahren, mit Panik alleine konnte sie hier nicht herausfinden. Der Luftzug wurde stärker und kälter und sie verkrampfte ihre Finger ineinander. Es war aber nicht alleine dieser Lufthauch, die Särge in ihrem Rücken und die Finsternis, die ihr Angstschauer über den Rücken jagten, sondern die plötzliche Gewissheit, dass sie nicht alleine war. Irgendetwas anderes, Gefährliches und Furchterregendes war außer ihr noch da.

Irgendetwas oder irgendjemand.

Pat versuchte tief durchzuatmen, drehte sich um, wollte sich weiter vortasten, als …

„Was haben Sie hier unten verloren?"

Die Stimme, kaum einen Schritt hinter ihr, war noch nicht verklungen, als Pat auch schon einen markerschütternden, ausdauernden Schrei ausstieß, dann einen Sprung nach vorn machte, über irgendetwas stolperte und der Länge nach hinfiel. Sie rollte sich mit einer Behändigkeit, die sie selbst erstaunte, auf den Rücken, setzte sich auf und starrte mit weitaufgerissenen Augen ins undurchdringliche Dunkel hinein.

Fast eine Minute lang war es vollkommen still und Pat, die vor Angst kaum denken konnte, lauschte mit angehaltenem Atem. Weit über ihr schien etwas zu leuchten, zwei phosphoreszierende Flecken, hellblauen Wolfsaugen gleich, die näher kamen. Dann griff eine Hand nach ihr.

Pat versuchte, sich hastig wieder aufzurappeln, weg von der Gestalt, die wie aus dem Nichts hinter ihr aufgetaucht war. Sie öffnete den Mund, um einen weiteren

Schrei auszustoßen, als sich eine kräftige Männerhand darüber legte. Ihr Schrei ging in einem undeutlichen, verzweifelten Gurgeln unter.

„Nein, nicht noch einmal", hörte sie eine dunkle Stimme nahe an ihrem Ohr. „Nicht noch einmal! Oder wollen Sie, dass das ganze Schloss über uns einstürzt?"

Pat griff nach der Hand, versuchte sie wegzuzerren und zappelte wie verrückt um freizukommen.

„Ich lasse Sie nur los, wenn Sie mir versprechen, nicht wieder einen so infernalischen Schrei auszustoßen", sagte die dunkle Stimme mit eiserner Entschlossenheit. „Sie wecken ja sämtliche Tote in der Gruft auf."

Pat nickte schwach, jetzt ohnehin unfähig, auch nur einen Laut von sich zu geben. Die Hand zog sich zurück, dann waren da wieder diese beiden hellblauen, unheimlichen Augen und schließlich flammte eine Kerze auf und Pat konnte im Schein einen Mann erkennen, der knapp neben ihr stand. Sie blinzelte. Den Reitstiefeln nach zu urteilen musste das der Mann sein, der zuvor in der Bibliothek gewesen war.

„So, und jetzt sagen Sie mir, was Sie hier unten zu suchen haben."

Pat musste sich einige Male räuspern. „Ich … ich habe die Geheimtür gesehen …" Sie verschwieg wohlweislich, dass sie sich versteckt und ihn dabei beobachtet hatte, wie er hier hinuntergegangen war. „Und da …"

„Sie sind nicht nur stimmgewaltig, sondern auch noch dazu neugierig", vermerkte der Fremde missbilligend.

„Nun ja …" Pat raffte sich mit erstarkendem Mut, wenn auch zittrigen Knien, auf und putzte sich Spinnweben und Staub von ihrem Kleid. So sah der geheimnisvolle Fremde also von vorne aus. Nun, er machte zumindest nicht den Eindruck eines Meuchelmörders oder Ungeheuers. Die zitternde Kerzenflamme warf scharfe Schatten auf sein Gesicht, das vermutlich gar nicht so furchterregend gewesen wäre, fand Pat, wenn er sich zu einem freundlichen Lächeln hätte durchringen können. „Ein *bisschen* neugierig vielleicht, aber das ist in diesem Schloss ja auch kein Wunder."

„Tatsächlich?" Die Stimme war kalt und der Blick durchdringend. Pat fand, dass sie noch nie zuvor einen Menschen getroffen hatte, der so schauen konnte. Und dessen Augen so unheimlich glänzten. Zu ihrer Erleichterung hörte sie Schritte und es wurde schnell heller. Es war Simmons, der mit einem großen Kerzenleuchter in der Hand herankam. Der Schein breitete sich beruhigend über die Wände aus und beleuchtete nicht nur Simmons' wie übliche ausdruckslose Miene, sondern auch den Fremden genauer.

Pat versteinerte im selben Moment. Das war der Mann von dem Bild! Ganz eindeutig! Und hätte er nicht diesen Reitanzug getragen, sondern die dunkelblaue Samtweste eines Edlen des siebzehnten Jahrhunderts, so hätte sie geglaubt, der verstorbene Schlossherr selbst wäre vom Bild gestiegen, um hier vor ihr zu erscheinen. Sie starrte mit offenem Mund und fühlte, wie sich ganz langsam sämtliche Härchen auf ihrem Körper sträubten.

„Ich habe einen Schrei gehört", sagte Simmons höflich, „und wollte mich davon überzeugen, dass Miss Smith wohlauf ist."

„Miss Smith vermutlich", ließ sich ihr neuer Bekannter unterkühlt vernehmen, „aber der Rest des Schlosses wird wahrscheinlich noch tagelang unter tauben Ohren zu leiden haben."

„Ich bedaure den Vorfall, Mylord", sagte Simmons, würdevoll bis in die letzte Haarspitze.

Pat gab ein hilfloses Ächzen von sich.

Der Doppelgänger ihres gutaussehenden Ahnherrn wandte sich ihr zu und verbeugte sich ironisch. „Ich habe mich übrigens noch nicht vorgestellt. Ich bin Maximilian Churtham."

Pat ließ keinen Blick von seinem Gesicht, das dem Mann auf dem Bild so ähnlich war. Nun wäre angesichts der zweihundert Jahre, die zwischen ihnen lagen, schon eine gewisse Familienähnlichkeit überraschend gewesen, aber dass sie das genaue Abbild dieses faszinierenden Mannes vor sich hatte, verblüffte sie bis zur Fassungslosigkeit. „Ich hatte Sie mir älter vorgestellt", würgte sie hervor.

Von Simmons Seite her kam ein dezentes Räuspern.

„So?" Der Schlossherr musterte sie von oben bis unten und löste seinen Blick auch nicht von ihr, als er seinen Butler fortwinkte. „Schon gut, Simmons, ich werde die junge Dame hinausbegleiten."

„Gewiss, Mylord." Simmons zog sich zu Pats Missvergnügen mitsamt dem heimeligen Kerzenleuchter wieder in die oberen Regionen zurück, und Pat blieb unsicher neben dem Schlossherrn stehen. Einerseits tat es gut, einen lebendigen Menschen neben sich zu wissen, aber andererseits schien ihr die kleine Kerze doch nur wenig Schutz zu bieten.

Sein Blick wurde noch intensiver. „Darf ich fragen, was Sie bewogen hat, sich zuvor hinter dem Vorhang zu verbergen?"

Pat wurde blutrot und war mit einem Mal wieder dankbar für die schlechte Beleuchtung. „Sie haben mich bemerkt?"

„Sie waren nicht zu übersehen, Miss Smith."

Sie räusperte sich. „Ich fand mich nicht angemessen gekleidet."

Churtham blickte an ihr hinab. „Der Schlafrock erschien Ihnen nicht angemessen genug, mir in der Bibliothek zu begegnen, aber durchaus akzeptabel, um mir damit in die Kellergewölbe zu folgen?"

„Sie sind sehr ... ungalant", brachte sie heraus, während sie ihre eiskalten Zehen in den leichten Pantöffelchen krümmte. „Nicht nur wegen dieser Bemerkung, sondern auch, weil Sie genau wussten, dass ich in der Bibliothek war, als Sie meine Arbeit in Zweifel gezogen haben."

„Habe ich das? Wie unhöflich von mir." Er klang spöttisch und zu Pats Ärger erschien ein arrogantes Lächeln um seine schmalen Lippen, das ihr deutlich zeigte, dass er sich nicht im Geringsten darum kümmerte, ob er eine seiner Bediensteten beleidigt hatte.

Aber Pat war ja keine der üblichen Bediensteten, die darauf angewiesen waren, ihren Lebensunterhalt zu verdienen, und demütig jede Kränkung erdulden mussten. Wenigstens hatte der Ärger wieder ihre Fassung zurückgebracht. Sie drehte sich auf dem Absatz herum, um energisch Richtung Treppe zu stapfen, war jedoch keine zwei Schritte weit gekommen, als eine Hand nach ihrem Arm griff.

„Aber Miss Smith, Sie sind doch hier heruntergekommen, um sich ein wenig umzusehen. Es wäre schade, wenn Sie diese Gelegenheit, die vielleicht nicht so schnell wiederkommt, versäumten."

Churtham hatte leise gesprochen, aber Pat zuckte sowohl vor diesem gefährlich sanften Tonfall zurück wie auch vor dem befremdlichen blauen Glitzern in seinen Augen. Es war nicht nur der Schein dieser Kerze, der seine Augen leuchten ließ, sondern das Glimmen kam von ihnen selbst. So wie zuvor, als es völlig dunkel gewesen war. Sie trat zurück. „Ich habe schon genug gesehen", erwiderte sie, wobei sie ihrer Stimme möglichst Festigkeit zu verleihen suchte. Sie wollte ihren Arm von seinem Griff losmachen, er hielt sie jedoch fest.

„Aber doch nur einen Teil dieser unterirdischen Gewölbe", entgegnete er, während er sie tiefer hinein in die Dunkelheit zog. „Kommen Sie, Miss Smith. Ich werde Sie mit den Sehenswürdigkeiten dieses Schlosses vertraut machen." Er zerrte sie mit sich, vorbei an weiteren Särgen, deren Deckel sich im Licht der Kerze zu bewegen schienen.

Der Weg führte sie durch endlose, einander kreuzende, schaurige Gänge. Pat stolperte hinter Churtham her und versuchte gar nicht erst, sich von ihm loszureißen. Sie wusste nur zu gut, dass sie in dieser Finsternis ohne Kerze nicht mehr hinausfinden konnte, wenn sie sich nicht ohnehin in diesem Labyrinth aus Gängen und Spinnweben verlaufen hätte. Das leise Huschen von Ratten hallte in ihren Ohren und irgendwo tropfte Wasser. Es war feucht und kalt und sie schauderte.

„Es ist unheimlich hier unten, nicht wahr?" Seine Stimme klang laut durch die Dunkelheit, obwohl er leise sprach. „Hier befand sich einmal ein Friedhof. Das ist allerdings schon so viele hundert Jahre her, sodass sich keiner der jetzt lebenden Menschen daran erinnert. Über die Gräber wurde später eine Kirche gebaut und darunter hat man Katakomben angelegt." Er deutete auf einige halb vermoderte Holzsärge und Knochen, die vor Pats entsetzten Augen im Schein der Kerze zu tanzen begannen. „Während einer Epidemie hat man die Leute hier hinunter gelegt, mehrere in einen Sarg, oder einfach nur so hingeworfen. Die Kirche und das Kloster wurden von den Mönchen verlassen, nachdem die Normannen hier Einzug hielten. Einer von ihnen hat dann die Steine der zerstörten Kirche dazu verwendet, um an ihrer Stelle diese Burg zu erbauen. Seitdem wurden diese unterirdischen Gewölbe als Gruft für die Herren dieses alten Gemäuers verwendet." Er blieb vor einem großen, steinernen Sarkophag stehen, auf dessen Deckel ein Ritter aus Stein ruhte. Er lag auf dem Rücken, hatte sein Schwert auf sich liegen und hielt den Griff fest zwischen den gefalteten Händen. Churtham ließ die Kerze über der Figur schweben. „Das war einer der ersten Earls of Barlem, Ritter John. Er ist schon seit über fünfhundert Jahren tot."

Zum ersten Mal, seit er sie hier hinter sich her zerrte, sah er Pat an, die den toten Ritter fasziniert anstarrte. „Wollen Sie ihn sehen, Miss Smith? Soll ich den

Deckel für Sie zur Seite schieben, damit Sie sehen, was fünfhundert Jahre aus den sterblichen Überresten eines Menschen machen?"

„Nein!", sagte Pat entsetzt. Sie hatte wahrlich bereits mehr als genug gesehen.

Churtham musterte sie spöttisch. „Doch nicht neugierig genug, Miss Smith? Oder wollen Sie lieber einen der anderen betrachten?"

„Hören Sie auf damit!", fuhr Pat ihn an. „Ich will gar nichts mehr hier unten sehen! Ich will sofort wieder hinauf!" Ihre Stimme hallte schaurig wieder, schien sich in den alten Gewölben zu überschlagen und von allen Seiten wieder auf sie einzudringen. So, als würden die Toten, die hier unten lagen, sie verspotten. „Ich will sofort wieder hinauf!", wiederholte sie, diesmal allerdings mit einem mitleiderregenden Piepsen, weil ihr vor Angst die Stimme zu versagen drohte.

Churtham musterte sie mit kaltem Hohn, dann ließ er unvermittelt ihren Arm los. „Bitte sehr! Sie können jederzeit wieder hinaufgehen. Ich hindere Sie gewiss nicht daran."

Pat sah sich panisch um und war drauf und dran, sich an die elegante Reitjacke des Schlossherrn zu krallen. Er war arrogant, grausam und machte sich über sie lustig, aber er war immerhin das einzige noch lebende menschliche Wesen hier unten, und seine Nähe bedeutete eine gewisse – wenn auch dürftige – Sicherheit. „Sie sollten sich schämen, mich so zu behandeln", stieß sie hervor.

Das unheimliche Glimmen in seinen Augen verstärkte sich. „Es hat Sie niemand aufgefordert, die Geheimtür zu öffnen und hier herunterzukommen", erwiderte er kalt.

Nun, wenn es danach ging, konnte er Gift darauf nehmen, dass ihr das kein zweites Mal einfallen würde. „Ich will wieder zurück", sagte sie zittrig.

Sekundenlang bohrte sich Churthams durchdringender Blick in ihren, dann nickte er. „Gut." Seine Stimme klang plötzlich ganz anders, der spöttische Tonfall war daraus verschwunden, als er sich umwandte und auf einen der Gänge zuschritt, der Pat wie ein gähnendes schwarzes Tor zur Hölle erschien.

„Von hier sind wir aber nicht gekommen", wandte sie ein.

„Aber dort geht es auf dem kürzesten Weg hinaus. Nur wenige Stufen und wir sind außerhalb des Schlosses." Er sah über seine Schulter. „Oder ziehen Sie es vor, den langen Weg zurück zu nehmen?"

„Nein." Pat stolperte hinter ihm drein, verzweifelt versuchend, mit ihm Schritt zu halten. Die Luft veränderte sich mit jedem Moment, wurde reiner, und in den modrigen kalten Geruch, der ihr wohl noch tagelang in der Nase haften bleiben würde, mischte sich jener von Wald und frischer Erde. Sie kletterte hinter dem Earl eine steile Steintreppe hinauf und sah mit Erleichterung einen kleinen Schimmer von Helligkeit. Churtham öffnete, oben angekommen, eine knarrende, mit Eisen beschlagene Holztür, und sie schlüpfte an ihm vorbei hinaus ins Freie, während er hinter ihnen die Tür wieder schloss.

Es war zwar dunkel hier draußen, aber weitaus heller als unten in diesen abscheulichen Gewölben, zwischen all den Särgen. Pat atmete tief die reine Luft von Wald und Wiesen ein und blickte unendlich erleichtert in den nächtlichen sternenübersäten Himmel hinauf. Es zogen Wolken darüber, die von Zeit zu Zeit die Sterne verdeckten, aber Pat hatte sich unter dem freien Himmel noch nie so sicher gefühlt und war so dankbar gewesen für jedes auch noch so kleinste Lichtchen, das sich über ihr zeigte.

„Ich hoffe, dass Ihre Neugier jetzt befriedigt ist", hörte sie Churthams sarkastische Stimme in ihrem Rücken. „Und Sie nicht mehr in Gefahr sind, auf eigene Faust Erkundungen anzutreten, die Ihnen nicht bekommen könnten."

Sie wollte ihm eine heftige Antwort geben, als etwas geschah, das sie alles vergessen ließ.

„Aaaahhhhhhh!!"Im nächsten Moment sprang sie auch schon herum, sich dabei mit beiden Händen das Haar wühlend, in dem sich etwas Entsetzliches verfangen hatte. Es war etwa so groß wie ein Adler, hatte scharfe Krallen und stieß Laute aus, die nichts ähnelten, was Pat jemals gehört hatte.

Churtham ließ die Kerze fallen, versuchte mit der einen Hand Pat den Mund zuzuhalten und mit der anderen nach dem Untier in ihrem Haar zu greifen. „Hören Sie um alles in der Welt mit diesem Todesschrei auf, Sie entsetzliche Person! Sie wecken ja sämtliche Moorleichen auf und schrecken alles im Umkreis von zwanzig Meilen auf!"

Pat gelang es, ihren Mund freizukämpfen. Das Wort *Moorleichen* war nicht gerade Balsam für ihre Nerven. „WAS IST DAS!!!???"

„Nichts weiter als eine Fledermaus. Eine harmlose kleine Fledermaus!"

„TUN SIE DAS UNTIER WEG! SOFORT!!!"

„Aber Miss Smith, eine unerschrockene Frau wie Sie wird doch nicht etwa Angst vor Fledermäusen haben!" Seine Stimme klang spöttisch, aber es lag nicht der kalte Hohn darin, der ihr in der Gruft Schauer über den Rücken gejagt hatte, sondern ein kleiner amüsierter Ton, der sie noch mehr aufregte.

„Tun Sie das sofort weg!! Sie reißt mir ja alle Haare aus!"

„Schon gut, schon gut. Die Leute sagen, dass wäre ein Zeichen dafür, dass Sie in diesem Fall entweder ledig bleiben oder einen unmoralischen Lebenswandel führen werden", meinte Churtham ironisch, während er das kaum weniger entsetzte Tierchen vorsichtig aus ihrem Haar entfernte. „Wobei ich Ihnen aber zu Zweitem raten würde. Sie haben dann gewiss mehr Spaß am Leben." Er betrachtete die Fledermaus eingehend, dann warf er sie in die Luft und sie flatterte eilig davon. „Die Fledermaus soll aus einem Kuss entstanden sein, den der Teufel einem schlafenden Weib gab", setzte er sinnend hinzu.

„Der Teufel?! Na, der fehlte mir noch", regte sich Pat auf, während sie versuchte, ihre gesträubten Locken in Ordnung zu bringen. Ihr ganzer Ärger über die Behandlung, die ihr von Churthams Seite zuteil geworden war, die Angst, die sie hatte ausstehen müssen, brachen hervor und sie war drauf und dran, mit den Fäusten auf ihn einzuschlagen.

„Ach", Churtham hatte einen rätselhaften Ausdruck in seinen Augen, als er nach einer ihrer Haarsträhnen griff und sie sanft um seinen Finger wickelte, „ich denke, Sie würden einige von seiner Sippe unter Umständen sogar ganz sympathisch zu finden."

Pat schlug erbost seine Hand weg. „Sie alleine reichen mir völlig! Und es würde mich nicht wundern", fuhr sie erbittert fort, „wenn diese Fledermaus eine Verwandte von Ihnen wäre!"

Sekundenlang starrte Churtham sie kalt an, aber dann bemerkte sie zu ihrer Verwunderung ein Zucken um seine Mundwinkel. „Sie haben eine gehörige Portion Unverschämtheit für so ein kleines Mädchen."

„Ich bin nicht klein!" Was auch stimmte, sie war etwas über mittelgroß, aber gegen ihn, der sie beinahe um Haupteslänge überragte, wirkte sie tatsächlich klein. „Hören Sie auf, sich mir gegenüber so arrogant zu benehmen! Das können Sie vielleicht mit einer anderen machen, aber nicht mit mir!"

„Nicht, dass ich Temperament und Feuer an einer Frau nicht zu schätzen wüsste, aber haben Sie keine Angst, damit einmal an den Falschen zu kommen?" Seine Stimme klang jetzt wieder sanft, aber Pat ahnte nach den Erlebnissen der letzten Stunde schon, dass dies kein gutes Zeichen bei ihm war. Sie wich vorsichtshalber zurück, als er näher kam, fand sich zu ihrem Schrecken jedoch plötzlich mit dem Rücken zur Schlossmauer, die ihre weitere Flucht behinderte. Sie starrte ihn an, als er die Hand unter ihr Kinn legte und sie so zwang, ihn anzusehen.

Zu ihrem Erstaunen lächelte er plötzlich, und Pat fühlte, wie eine Wärme ihren Körper ergriff, die sie in dieser Art noch nie zuvor gespürt hatte. Ihre Haut schien zu prickeln und sie fühlte sich so unwiderstehlich von Churthams Lächeln und seinen hellblau schimmernden Augen angezogen, dass sie die Augen schloss, um dem fremden Zauber zu entgehen.

Seine Stimme klang eindringlich. „Sie sollten vorsichtiger sein, Miss Smith. Sie mögen vielleicht Mut haben, aber begehen Sie niemals den Fehler, etwas zu unterschätzen, das Sie nicht kennen. Das Ihrem Wesen viel zu fremd ist, als dass Sie auch nur ahnen, wie gefährlich es für Sie werden könnte." Sie fühlte seine Hand, die wie ein Hauch über ihren Hals fuhr, und hätte schwören können, seine Lippen auf ihrer Haut zu spüren. Als sie jedoch wieder die Augen öffnete, war sie alleine und weit und breit war nichts von Churtham zu sehen.

Pat bemühte sich um Fassung und schlich dann, sich nach allen Seiten umsehend, die Schlossmauer entlang, immer gewärtig, dass entweder der Schlossherr oder gar die Fledermaus jederzeit wieder auftauchen konnten. Sie befand sich offenbar an der Rückseite, gleich neben einem der beiden Türme, die das Gebäude flankierten. Sie presste sich blitzschnell an die Mauer, als plötzlich, wie aus dem Nichts, ein schwarzes Pferd um die Ecke galoppiert kam, dessen Reiter sie unschwer als Lord Churtham erkannte. Er preschte in vollem Galopp und ohne sie zu beachten an ihr vorbei, als wären sämtliche Furien des Altertums hinter ihm her.

Sie lief erst weiter, als der Hufschlag verklungen war. Das Eingangstor war zum Glück unverschlossen, und sie glitt hinein in die Halle und warf die Tür laut hinter sich zu. Dann rannte sie, immer zwei Stufen auf einmal nehmend die Treppe hinauf, hetzte den Gang entlang und erreichte endlich ihr Zimmer, fest entschlossen, es erst bei hellem Tageslicht - oder noch besser, gar nicht wieder - zu verlassen.

Sie wusste wirklich nicht, was sie von ihrem seltsamen Arbeitgeber halten sollte, aber eines jedenfalls stand für sie mit unumstößlicher Sicherheit fest: Nämlich, dass der Earl of Barlem alles andere als ein Gentleman war.

Während Pat Churtham in den ersten Wochen ihres Aufenthalts kein einziges Mal zu Gesicht bekommen hatte, geschah es nun täglich, dass er ihr am Abend, kurz bevor sie sich in ihr Zimmer zurückzog, entweder am Gang oder in der Halle begegnete. Sie hatte nach dem Tag, als sie ihm über die Geheimtreppe in diese grausige Gruft nachgeschlichen war, mit dem Gedanken gespielt, das Schloss zu verlassen, aber dann hatte sie es sich anders überlegt. Es war schwierig für sie, so schnell eine andere Arbeit zu finden. Und da es völlig inakzeptabel war, in das Haus ihrer Onkels zurückzukehren, musste sie wohl oder übel ausharren. Churtham machte bei diesen zufälligen Treffen ohnehin keine Anstalten, sie auch nur anzusprechen, sondern schien sie kaum zu bemerken, und nickte ihr bestenfalls mit jener Herablassung zu, die ein Mann seines Standes einer tief unter ihm stehenden Untergebenen gegenüber zeigte. Pat verstimmte es insgeheim, dass er sie so offensichtlich übersah, zumal sie selbst sich zu ihrem eigenen Ärger in Gedanken viel zu sehr mit ihm befasste.

Aber wenn ihr Lord Churtham selbst schon mysteriös schien, so gab ihr das Bild in der Bibliothek noch mehr Rätsel auf. Pat ertappte sich immer öfter dabei, wie sie während der Arbeit hochblickte, es anstarrte und dabei stets von Neuem über die Ähnlichkeit dieses vor zweihundert Jahren verstorbenen Mannes mit Lord Churtham verblüfft war.

Auch an diesem Abend, als sie nach dem Abendessen zurück in die Bibliothek gegangen war, um noch einige der Bücher zu sortieren, wurden ihre Blicke wieder wie magisch von dem kantigen Gesicht mit den scharfen, ein wenig dämonisch blickenden Augen angezogen. Der Maler hätte den jetzigen Earl of Barlem nicht besser und ähnlicher treffen können. Dieselben harten, aber doch gutgeschnittenen Züge, das etwas arrogante und gleichzeitig grausame Lächeln um den Mund, das sie zur Genüge an Churtham selbst hatte bewundern können. Und noch etwas schien gleich zu sein: Beide wirkten sie zeitlos, wie Wesen, die immer schon so ausgesehen hatten und niemals altern würden.

Sie stand nachdenklich, mit vor der Brust verschränkten Armen vor dem Gemälde und betrachtete es, als sie plötzlich hinter sich eine Stimme hörte, die sie so erschreckte, dass sie einen kleinen Satz nach vorn machte.

„Das Bild scheint Sie zu faszinieren, Miss Smith."

Sie presste die Hände auf ihr wild schlagendes Herz und wandte sich um. „Sie scheinen die Angewohnheit zu haben, andere Leute zu überraschen, Mylord", stieß sie hervor.

„Es tut mir leid", erwiderte er mit dieser dunklen, aber arroganten Stimme, während sein Blick eingehend über ihr Gesicht und ihre Gestalt glitt.

„Es sieht Ihnen sehr ähnlich", sagte Pat, der diese Musterung unendlich peinlich war und sie mehr verwirrte, als sie vor sich selbst zugegeben hätte.

Churtham sah gelangweilt aus, als er endlich seinen Blick von ihr löste und das Bild betrachtete. „Tatsächlich?"

„Ein Ahnherr von Ihnen, nicht wahr?" Jetzt, wo sie Churtham neben dem Bild sah, war die Ähnlichkeit noch viel verblüffender.

Er starrte auf das Bild. „Ist die Ähnlichkeit wirklich so groß?"

„Ja, sehr sogar. Sehen Sie es nicht selbst?"

„Nicht unbedingt", erwiderte er kalt.

„Wie ist denn sein Name?", bohrte Pat weiter. Sie wollte noch mehr über diesen Mann auf dem Bild wissen, der sie auf den ersten Blick interessiert hatte. Ebenso wie sein Nachkomme, der sich gleich bei ihrem ersten Zusammentreffen ihr gegenüber so schändlich verhalten und sie in Angst und Schrecken versetzt hatte, und an den sie trotzdem – oder eben deswegen – so oft denken musste.

„Er war eines von jenen Geschöpfen, die nicht einmal die Hölle haben will", sagte Churtham kalt. „Sein Name tut nichts zur Sache." Er wandte sich nach ihr um. „Und Sie braucht er ebenfalls nicht zu interessieren. Von Wesen wie ihm sollte sich jemand wie Sie ohnehin fernhalten."

Über Pats Rücken war wieder einer jener Schauer gelaufen, die immer dann auftraten, wenn sie geradezu fasziniert neugierig war. „Er sieht aber nicht böse oder schlecht aus", sagte sie nachdenklich, „sondern eher wie ein Mann, der wenig Licht in seinem Leben gehabt hat."

Churthams durchdringender Blick brannte sich in ihren. „Wenig Licht...", wiederholte er tonlos. „Ja, das stimmt wohl."

Pat, die es nicht mehr ertrug, dass er sie so ansah, wandte sich einem der Bücherschränke neben dem Kamin zu. Sie wäre zwar am liebsten aus dem Zimmer gegangen, aber sie wollte Churtham nicht zeigen, dass sie seine Gegenwart scheute. Das ließ ihr Stolz nicht zu. Sie würde auf eine gute Gelegenheit warten und sich dann mit aller Würde verabschieden. Sie ging die Bücherreihen entlang, suchte wahllos Titel heraus, tat sehr geschäftig, stapelte die Bücher sinnlos auf dem Tisch und war sich die ganze Zeit so sehr seiner Blicke bewusst, dass ihre Hände zitterten.

„Weshalb haben Sie sich eigentlich für diese Stellung beworben? Soweit ich aus Ihrem Schreiben ersehen habe, hatten Sie nicht einmal einschlägige Berufserfahrung."

Pat war erstaunt über dieses plötzliche Interesse an ihrer Person, entschloss sich jedoch, keine Ausflüchte zu machen. „Ich wollte so schnell wie möglich aus Brighton weg", erwiderte sie so ruhig, wie es ihr unter diesem prüfenden Blick möglich war, der ihre Haarspitzen zum Knistern brachte. Was hatte dieser Mann nur an sich, das sie so beunruhigen konnte?

„Sagen Sie nicht, Sie hätten Ihre Herrschaft bestohlen", sagte Churtham spöttisch, „und mussten deshalb flüchten."

„Ich wollte nur nicht verheiratet werden", entgegnete sie verärgert.

Seine Augenbrauen gingen mit spöttischem Interesse hoch. „Verheiratet mit wem?"

„Mit einem Mann", sagte sie kurz angebunden.

„Tatsächlich? Jetzt bin ich überrascht." Um seine Lippen spielte ein mokantes Lächeln.

Pat wurde rot und wandte sich wieder ab. Es wäre jetzt höchste Zeit gewesen, Gute Nacht zu sagen, aber irgendetwas hielt sie in seiner Nähe fest. Sie tat so, als würde sie ihn nicht beachten, obwohl ihre Knie unter seinen Blicken weich wurden. Und zu allem Überfluss fiel ihr wieder ein, wie er sie berührt hatte. Noch immer vermochte sie seine Hand auf ihrer Haut spüren, das zarte Streicheln, mit dem seine Finger von ihrer Wange zu ihrem Hals geglitten waren. Wie eine Liebkosung war es gewesen, verführerisch und doch beängstigend. Wenn sie nicht eine so nüchterne, moderne Frau gewesen wäre, hätte sie geschworen, dass dieser Mann irgendeinen dunklen Zauber auf sie gelegt hatte. Unauffällig betrachtete sie aus den Augenwinkeln sein Gesicht. Es war trotz seines arroganten Ausdrucks anziehend. Seine Augen waren faszinierend und seine Lippen schmal und männlich. Sie hatte sich, alleine in ihrem Zimmer und auch während der Arbeit, wohl schon hundert Mal vorgestellt, wie es sein musste, seine Lippen auf den ihren zu fühlen. Eine unsinnige Idee, die sie nicht loswerden konnte. Dabei hätte sie nach diesem grauenvollen Abend in der Gruft viel mehr Grund gehabt, ihn nie wieder sehen zu wollen.

Sie zuckte zusammen, als er auf sie zukam.

„Gute Nacht, Miss Smith."

„Gute Nacht, Mylord." Sie wollte ihn nicht ansehen, aber als er ihr die Hand hinhielt, blieb ihr nichts anderes übrig und sie legte ihre zögernd hinein.

Er stand jetzt so nahe, dass ein kleiner Schritt genügte, um ihn zu berühren. Es war verrückt, unverständlich und geradezu liederlich von ihr, dass sie genau das auch wollte. Bei einem Mann, den sie kaum kannte, und der außer seinem anziehenden Äußeren nichts an sich hatte, was für ihn sprach. Im Gegenteil. Er war unhöflich, arrogant und …

Als er diesen Schritt tatsächlich tat und so dicht vor sie hintrat, dass sie die Wärme seines Körpers fühlen konnte, schnappte sie nach Luft. Wie unerträglich heiß und stickig es doch plötzlich im Raum geworden war. So warm, dass sie kaum atmen konnte.

Er war so nahe, dass er nur ein wenig den Kopf vorbeugen musste, um sie küssen zu können. „Weshalb sind Sie ihm davongelaufen?"

„Wem davongelaufen?" Sie konnte kaum den Blick von seinen Lippen lösen, obwohl sie verzweifelt versuchte, sich auf sein kunstvoll und elegant gebundenes Halstuch zu konzentrieren.

„Dem Mann, mit dem man Sie verheiraten wollte." Seine Stimme klang ruhig, aber Pat vermeinte, eine gewisse Spannung darin zu hören.

„Ich … konnte ihn nicht ausstehen."

Ein langsames Lächeln erschien auf seinen Lippen, wie sie es noch nie bei einem anderen Menschen bemerkt hatte. Es war das überlegene Lächeln eines Mannes, dem nichts mehr fremd war. Der schon Dinge im Leben gesehen hatte, von denen sie nicht einmal ahnte, dass sie überhaupt existierten, und der dabei so ungemein anziehend und überwältigend romantisch aussah. Weitaus romantischer als sämtliche Helden der Romane, die sie bisher gelesen hatte. Außerdem wurde ihr heiß, richtig undamenhaft heiß …

„Hat er Sie geküsst?"

Sie wollte heftig den Kopf schütteln, brachte jedoch angesichts seiner Nähe nur ein undeutliches „Nein" hervor.

„Welch ein Narr …" Sie atmete zitternd ein, als er die Hände um ihr Gesicht legte und es zu sich emporhob. Während seine rechte Hand in ihren Nacken glitt, sie dort streichelte, mit seinen Fingern in ihr Haar fuhr, berührte er mit dem Mittelfinger der anderen Hand ihre Lippen, fuhr die geschwungenen Linien nach, streichelte zart darüber. Es kitzelte, machte sie nervös, erweckte etwas in ihr, das ihr fremd war. Seine Augen, in deren Tiefen wieder dieses hellblaue Glimmen war, schienen sich an ihren Lippen festzusaugen, während sie wie betäubt dastand und unfähig war, sich zu rühren oder auch nur den Kopf wegzudrehen.

Im Gegenteil, der Wunsch nach dieser Berührung wurde immer heftiger, bis sie die Lippen etwas öffnete und seinem Finger so Gelegenheit gab, sie intensiver zu streicheln, bis dorthin, wo ihr Mund warm und feucht war. Ihr eigener Wille schmolz unter seinen Berührungen und seinem Blick dahin, sie schloss die Augen und zu ihrem eigenen Erstaunen ertappte sie sich dabei, wie sie ihm ihre Zungenspitze entgegenschob, seinen Finger damit berührte. Sie war schon geküsst worden. Nicht von ihrem unwillkommenen Verlobten, sondern vor etwa vier Jahren, von einem jugendlichen Verehrer, in den sie sich tatsächlich ein wenig verliebt gehabt hatte. Sie war neugierig gewesen und hatte nachgegeben, als er sie im Garten des Hauses heimlich geküsst hatte. Seine Zunge hatte sich zwischen ihre Lippen und ihre Zähne geschoben und nach der ihren gesucht. Sie hatte still gehalten, einerseits abgestoßen von dieser intimen Vertraulichkeit, andererseits voller Neugier.

Aber das hier war anders. Ein weitaus intensiveres Gefühl eines Kusses, auch wenn sein Mund den ihren nicht einmal berührte. Sie legte ihre Lippen um seinen Finger, saugte leicht daran und ließ ihre Zungenspitze darum kreisen. Ganz langsam und bedächtig, während sie die Augen schloss und kein Gedanke daran in ihr hochstieg, dass das, was sie hier tat, wohl äußerst ungehörig war. Sie dachte überhaupt nicht in diesem Moment, fühlte nur, gab sich einem Zauber hin, der sie ganz erfüllte. Die Finger seiner anderen Hand spielten warm an ihrem Nacken, ließen kleine Flammen über ihre Haut und durch ihren Körper wandern, streichelten, liebkosten, erweckten in ihr neue und beängstigende Gefühle und Sehnsüchte. Es war, als wäre sie plötzlich von Fieber befallen, heiße und kalte

Schauer rannten über ihren Leib, ließen ihre Knie zittern und ihr Herz so laut schlagen, dass sie glaubte, es müsse zerspringen.

Sie stieß ein leises Seufzen aus, als er sich von ihr zurückzog. Dieses zarte und doch intensive Spiel konnte nur wenige Minuten gedauert haben, aber Pat hatte das Gefühl, als wäre die Zeit stehen geblieben. Sie öffnete erst die Augen, als sie seinen schweren Atem hörte. Sein Gesicht war dicht vor ihrem und obwohl sie vor dem Glühen in seinen Augen hätte erschrecken müssen, hatte sie keine Angst. Auch nicht vor dem unverhohlenen Begehren, das aus seinem Blick sprach und sie bis zu Stellen erwärmte, über die eine sittsame junge Frau nicht einmal nachdachte. Sie hätte so gerne das Samtband gelöst, das sein dichtes schwarzes Haar hinten zusammenhielt, um dann mit beiden Händen hineinzugreifen und seinen Kopf zu sich herunterzuziehen. Sie blieb jedoch reglos stehen und starrte ihn nur an. Endlich wandte er sich ohne ein weiteres Wort ab und verließ den Raum.

Und ließ Pat in einem Aufruhr der Gefühle zurück, wie sie ihn bisher noch nie verspürt hatte.

Vampire

Es war ein schöner Tag und Pat wanderte leise vor sich hinsingend und summend zum Dorf. Obwohl die Mehrzahl der Dorfbewohner ihr immer noch auswich, freute sie sich, als die ersten Häuser in ihr Blickfeld kamen. Manche der grauen Steinhäuser waren zwar sehr baufällig und armselig, andere jedoch wiederum waren gepflegt und von Blumen- und Gemüsebeeten, blühenden Sträuchern und Hecken umgeben. Die tief heruntergezogenen, dicken Reetdächer gaben ihnen ein verträumtes Aussehen und aus den stämmigen Schornsteinen stieg Rauch empor. Pat, die sich selbst in einem ungewohnt verträumten Zustand befand, schlenderte glücklich durch die Straßen, winkte einigen misstrauischen Kindern lustig zu und betrat dann schließlich den Laden.

Da seine Frau heute nicht hier war, zeigte sich der Inhaber, Mr. Beadweather, weitaus gesprächiger als das letzte Mal. Pat hielt sich lange bei ihm auf, um all die hübschen Kostbarkeiten und Kleinigkeiten zu bewundern, die er feilbot. „Schön, Sie wieder zu sehen, Miss", sagte er und betrachtete wohlwollend das kleine Hütchen, das sie zur Feier des Ausflugs aufgesetzt hatte. „Sie kommen nicht oft ins Dorf."

„Es ist doch etwas weit zu gehen", erwiderte Pat, während sie ihre Finger über einen Ballen seidigen Stoffes wandern ließ. Sie hatte, als sie damals so überstürzt aus Brighton abgereist war, nur das Nötigste mitgenommen und bedauerte es nun, nicht mehr und vor allem hübschere Kleider dabei zu haben. Es war doch zu ärgerlich, dass sie außer diesem dunklen Reisekleid, einem festen Rock, zwei weißen Blusen und einem grauen Wollkleid nichts anzuziehen hatte. Sie war niemals besonders eitel gewesen, aber aus einem Grund, über den sie nicht näher nachdenken wollte, störte es sie, dass Lord Churtham sie immer nur in diesen Sachen sah. Vielleicht sollte sie sich ein Kleid nähen lassen? Sie selbst war schrecklich ungeschickt mit Nadel und Faden, aber Mrs. Simmons hatte ihr von einer Frau im Dorf erzählt, die sehr hübsche Kleider machte. Natürlich konnte sie auch nach Minehead oder Dunster fahren, aber dazu hätte sie Churtham oder Simmons um die Kutsche bitten müssen und das war ihr unangenehm.

„Der Earl, Lord Churtham selbst", fuhr Mr. Beadweather fort, „kommt ja nur selten ins Dorf. Zumindest kann ich mich nicht erinnern, ihn je hier gesehen zu haben. Und von den anderen Dorfbewohnern hat ihn ebenfalls nie jemand hier getroffen, jedenfalls nicht tagsüber."

„Lord Churtham geht nicht viel aus", erwiderte Pat mit höflicher Abwehr. Sie mochte nicht mit den Leuten über ihren Arbeitgeber klatschen. Und schon gar nicht über *diesen*. Sie wandte sich einem anderen Stoffballen zu. Vielleicht sollte sie doch ausprobieren, wie gut diese Frau hier nähen konnte? Es war ein ganz reizender Stoff, Baumwolle mit buntem Blumendruck. Etwas zu kühl für diese Jahreszeit vielleicht, aber wenn sie ihren weiten, pelzverbrämten Wollumhang darüber trug, würde es schon gehen. Und im Schloss war ohnehin immer jeder Kamin beheizt.

„In der Nacht aber doch", ließ der Ladenbesitzer nicht locker. „Der Wirt hat ihn beobachtet, wie er auf seinem schwarzen Hengst durch die Straße geprescht ist, als wären alle Dämonen der Hölle hinter ihm her. Und Wilkins, der Bauer, der seinen Hof eine Meile östlich von hier hat, schwört Stein und Bein, dass er ihn gesehen hat. Er ist durch die Luft geritten, quer über das Moorland, bei Vollmond. Und es ist gar kein Zweifel, dass er es war."

Pat wandte sich dem Studium einiger hübscher Haarbänder zu. Dieses rote hier würde vermutlich sehr gut zu ihrem dunkelbraunen Haar passen. Wenn sie es hochsteckte und die widerspenstigen Locken dann mit diesem Band zurückhielt … Dazu dieses bedruckte Kleid mit den roten Blümchen …

„… und der Schwester meiner Frau, die ihn einmal vom Fenster aus gesehen hat, ist aufgefallen, wie jung er noch aussieht. Sehr jung sogar, dabei munkelt man, dass er schon ziemlich alt sein müsste, zumindest wenn man nachrechnet, wann er ins Schloss eingezogen ist."

„Ich nehme dieses Tuch", sagte Pat, entschlossen weitere Bemerkungen über Churtham zu unterbinden. Sie griff nach einem kleinen Seidentüchlein, mit dem sie ihr graues Wollkleid etwas aufputzen konnte, zahlte und atmete auf, als sie den neugierigen Fragen und dem Geklatsche dieses Mannes entkam. Durch die Luft reiten! Sie schüttelte ärgerlich den Kopf. Wie dumm waren die Leute hier eigentlich?! Der Bauer musste vollkommen betrunken gewesen sein!

Sie lenkte ihre Schritte energisch zu der bezaubernden kleinen Kirche, die ihr bereits beim ersten Mal aufgefallen war. Damals war sie wegen der Unfreundlichkeit der Leute zu schüchtern gewesen, sie zu besichtigen, aber dieses Mal trat sie ein. Sie schob die schwere, liebevoll mit Schnitzereien verzierte

Holztür auf und fühlte sich sofort von der friedvollen Stille dieses Ortes umgeben. Sie ging langsam herum, besah sich einige einfache, aber sehr hübsch bemalte Statuen und blieb dann vor einer alten Wandmalerei stehen, die wohl schon einige hundert Jahre alt sein musste. Die beiden Figuren darauf waren erstaunlich lebensecht gezeichnet und standen einander gegenüber. Während eine jedoch helles Haar hatte, sanft lächelte und von einer Art Gloriole umgeben war, die ihr Gesicht leuchten ließ, so hatte die andere schwarzes Haar, blickte finster und fast dämonisch. Aber es war nicht die hübsche blonde Gestalt, die Pats Aufmerksamkeit anzog, sondern jene andere, deren Gesicht halb im Schatten lag. Sie war ihr seltsam vertraut und sie überlegte soeben, wo sie eine ähnliche Darstellung schon einmal gesehen haben könnte, als sie plötzlich angesprochen wurde.

„Der Engel des Lichts und der Engel der Finsternis", sagte eine Männerstimme neben ihr. Pat blickte sich um. Der Mann trug einen dunklen Anzug, mochte so um die sechzig sein, hatte einen Kranz weißen Haares um den Kopf und ein warmes Lächeln auf den vollen Lippen. Seine Augen waren von einem hellen Blau und Pat sah erstaunt, dass er ihr zublinzelte. „Ich bin der Pastor hier. Jeremias Soames. Und Sie müssen Miss Smith sein, die seit einigen Wochen oben im Schloss arbeitet."

Pat ergriff die raue Hand, die ihr zeigte, dass der Pastor auch zupacken konnte und wohl noch anderer Arbeit nachging als nur seine Schäfchen zu hüten. Sie erwiderte seinen festen Händedruck. „Ja, ich bin Patricia Smith. Es freut mich, Sie kennen zu lernen, Pastor Soames."

Er nickte ihr lächelnd zu und wandte sich dann wieder dem Gemälde zu. „Ein wirklich interessantes Bild. Es ist schon zweihundert Jahre alt und eng mit den Herren dieses Schlosses verknüpft."

„Ja …?" Pat liebte alte Geschichten und besonders, wenn sie mit Churtham und seinem Schloss zu tun hatten.

„Es heißt, dass der damalige Schlossherr, der Earl of Barlem, für den Engel der Finsternis Modell gestanden sein soll. Nicht freiwillig natürlich, aber der Maler, der das hier schuf, gab diesem Engel sein Gesicht."

Pat starrte auf das Bild. Natürlich! Deshalb waren ihr diese Züge so bekannt vorgekommen. Sie ähnelten dem Bild, das in der Bibliothek hing. Und damit natürlich auch Churtham.

„Weshalb sollte er ausgerechnet den Schlossherrn als Modell genommen haben?", fragte sie erstaunt.

„Der damalige Earl of Barlem war … nun, im Land nicht gerade beliebt. Er war eines Tages da, niemand wusste, woher er kam. Aber er hatte einen sehr schlechten Ruf, dem er auch nur zu gerecht geworden sein soll. Ich weiß das natürlich nur aus einer alten Chronik, die meine Vorgänger geführt haben. Das Bild stammt aus der Zeit, wo Oliver Cromwells Leute das Land von Andersdenkenden säuberten. Auch Dunster Castle ist von Ihnen geschliffen worden. Unser Dorf jedoch und das Schloss blieben wie durch ein Wunder verschont." Er blickte nachdenklich auf das Bild, „Vielleicht hat ihn der Künstler deshalb nicht als Teufel gemalt, sondern nur als Engel der Finsternis, weil er sich ganz alleine den Truppen entgegengestellt und sie von seinem Land verjagt haben soll. Barlem Village war eines der wenigen Dörfer, die damals nicht so stark unter den puritanischen Einfluss gekommen sind."

„Was ist aus ihm geworden?"

„In der Chronik steht, dass er eines Tages verschwunden ist. Die Leute haben gemunkelt, dass ihn der Teufel geholt hat." Er lachte. „Ich sollte dem ja nicht widersprechen, aber ich denke, er ist wohl eher von irgendjemandem aus Rache ermordet worden."

Pat spürte den bekannten kleinen Schauder über ihren Rücken wandern. Natürlich, Lord Churtham hatte doch eine ähnliche Bemerkung über seinen Ahnen gemacht. Er wäre eines von jenen Geschöpfen gewesen, die nicht einmal die Hölle hatte haben wollen. „Zu wenig Licht", murmelte sie plötzlich.

Pastor Soames sah sie erstaunt an. „Wie bitte?"

Sie zuckte verlegen mit den Schultern. „Nichts weiter, ich habe nur an etwas gedacht." Sie reichte dem Pastor die Hand. „Ich glaube, es wird Zeit, dass ich mich verabschiede, ich habe noch einen weiten Rückweg."

Mr. Soames sah sie besorgt an. „Es wird bald dämmern, Miss Smith, Sie sollten nicht alleine unterwegs sein."

„Gibt es hier etwa Räuber?", fragte sie lächelnd.

„Nein, keine Räuber, aber …", er zögerte, „die Gegend ist seit einiger Zeit etwas unsicher geworden. Ich würde Sie ja selbst begleiten, aber ich muss noch einen Krankenbesuch machen. Sie sollten aber hier bei mir warten, ich schicke einen Burschen ins Schloss hinauf, damit man die Kutsche bringt."

„Das wird nicht nötig sein, vielen Dank", sagte Pat selbstbewusst. Sie warf noch einen letzten Blick auf das Gemälde, entschlossen, dieser faszinierenden Geschichte ein anderes Mal nachzugehen, und trat wieder hinaus auf die Straße. Sie hatte nicht die geringste Absicht, sich Simmons' indigniertem Gesichtsausdruck auszusetzen, nur weil sie sich verspätet hatte und nun zu feig war alleine heimzugehen.

Als sie die Tür hinter sich schloss, stand wie aus dem Boden gewachsen ihre seltsame alte Bekannte vor ihr. Pat, die wenig Lust hatte, das unheimliche Gespräch fortzusetzen, wollte mit einem freundlichen Gruß weitergehen, aber die alte Frau hielt sie auf. „Die Kirche ist ein guter, sicherer Ort. Man sagt, Vampire können das Portal einer Kirche nicht durchschreiten, sonst würden sie auf der Stelle zu Staub zerfallen." Sie sah sich bei diesen Worten um, als würde sie jeden Moment erwarten, dass einer der Schlossbewohner hinter einer Hausmauer hervorsprang und ihr Leben forderte.

„Wie bitte?", fragte Pat verblüfft.

Die Alte musterte sie aus von vielen kleinen Falten umgebenen, aber überraschend klaren Augen. „Sagen Sie nicht, dass Sie noch nichts bemerkt haben, Kindchen."

„Was denn bemerkt?" Pat runzelte die Stirn und trat einen Schritt zurück. Die alte Frau war gekleidet wie beim letzten Mal. Mit einem langen Wollrock und einem verfärbten Tuch um Schultern und Kopf. Sie sah nicht sehr sauber aus und sie roch nach allem Möglichen. Vor allem nach Knoblauch.

„Dass das Böse hier ist!" Die Alte war ihr nachgekommen und beugte sich näher zu ihr. „Seit längerem schon verschwinden junge Mädchen aus der Umgebung. Manches Mal findet man sie dann mit zwei Löchern am Hals." Sie deutete auf eine Stelle unter dem Ohr. „Ausgesaugt bis zum letzten Blutstropfen … Es gehen böse Dinge um. Sehr böse … Sie sollten sich vorsehen, mein Kind."

„Ich glaube nicht an solche Dinge", verwahrte sich Pat energisch, obwohl sich alle Härchen auf ihrem Körper sträubten.

„Das haben die anderen auch nicht", sagte die Alte, nicht ein bisschen beleidigt über Pats Ungläubigkeit, „und haben es mit ihrem Leben bezahlen müssen." Sie kam noch ein wenig näher, Pat folgend, die Schritt für Schritt zurückwich. „Man munkelt, dass sogar einige Mädchen aus den weiter entfernten Nachbardörfern spurlos verschwunden seien. Aber nicht auf *natürlichem* Wege." Sie zog zu Pats größter Überraschung eine Schnur heraus, auf der Knoblauchzehen aufgereiht waren, und hängte sie Pat, ohne auf deren Abwehr zu achten, um den Hals. Dabei bemerkte Pat, wie zart und schlank ihre Hände waren, fast wie die eines jungen Mädchens, das den ganzen Tag mit zierlichen Handarbeiten verbrachte statt mit harter Arbeit, wie diese Menschen hier das tun mussten.

„Und jetzt geh mein Kind, aber sei vorsichtig, hörst du? Nimm diese Kette nicht ab und traue keinem, der davor zurückschreckt." Sie sah sich misstrauisch um und entfernte sich dann langsam, wobei sie leicht humpelte.

Erschöpft ging Pat weiter. Was sie heute wieder gehört hatte, war ein bisschen zuviel gewesen. Nichts als Unsinn und Aberglauben. Lächerlich! Immerhin lebten die Leute hier nicht mehr im Mittelalter, sondern Mitte des Neunzehnten Jahrhunderts, aber das hatte sich offenbar noch nicht bis zu diesen einfältigen Menschen herumgesprochen. Vampire! Churtham, der in der Nacht über die Felder flog! Das war zuviel.

Sie beschleunigte ihren Schritt, als sie bemerkte, dass in der Zwischenzeit schon die Dämmerung hereingebrochen war. Nicht, dass sie sich vor Vampiren und ähnlichem Gezücht fürchtete, aber sie hatte doch keine sonderliche Lust, im Dunkeln durch den dichten Wald zu stolpern.

Sie schritt herzhaft aus, sah jedoch bald ein, dass sie es unmöglich schaffen konnte, das Schloss noch vor Einbruch der Dunkelheit zu erreichen. Ein kleines Gefühl der Angst stieg ärgerlicherweise in ihr hoch. Daran hatten nur diese Leute und ihr dummes Gerede Schuld! Sie sah sich vorsichtig um, als sie sich der Geräusche um sie herum bewusster wurde als zuvor. Alles nur natürlichen Ursprungs, machte sie sich klar, aber trotzdem im Dämmerlicht unheimlich. Ein Rascheln im Gebüsch, der Schrei eines Vogels, das Heulen eines Hundes, der vermutlich an einem fernen Hof an der Kette hing, all das verdichtete sich zu einem Gefühl der Angst, wie Pat sie noch vor kurzem nicht gekannt hatte. Sie war wohl zimperlicher geworden, ein bisschen ängstlich, nicht mehr die alte Pat, die sich früher vor nichts und niemandem gefürchtet hatte. Und das seltsame Verhalten dieser Leute hier tat natürlich ein Übriges, um ihre ohnehin schon etwas angegriffenen Nerven noch weiter zu beunruhigen. Dennoch schien ihr, als hätte sich der Wald auf rätselhafte Weise verändert. Die etwas schief gewachsenen alten Eichen, die sie noch beim Hinweg so bewundert hatte, schienen jetzt lebendig zu werden und verkrüppelten Riesen gleich mit ihren Ästen nach ihr zu greifen.

Wieder ein Rascheln. Ein Knacken von Zweigen, die zertreten wurden. Pat fing an zu keuchen, als sie schneller ging und über die alte Steinbrücke lief, die hier den Fluss überquerte. Waren das nicht Schritte, ganz in ihrer Nähe? Oder war es nur der dumpfe Schlag ihres Herzens, der in ihren Ohren dröhnte? Dass ein Vampir hier sein Unwesen treiben sollte, war natürlich reinster Unsinn, aber am Ende hatten sich die Leute aus dem Dorf über sie lustig gemacht und wollten sich nun einen Spaß daraus machen, sie zu erschrecken. Wenn sie nur schon näher dem Schloss wäre, das ihr plötzlich, trotz – oder wegen - seines Herrn, als Ort der Sicherheit erschien. Wie sehr wünschte sie sich jetzt Lord Churtham an ihre Seite!

Da! Das waren Schritte! Diesmal ganz deutlich! Jemand kam ihr aus dem Dunkel entgegen. Eine schemenhafte Gestalt. Pat blieb wie angewurzelt stehen, als sie bemerkte, wie schnell sich dieser unheimliche Fremde ihr näherte. Und da war er schon. Er trug einen weiten langen Mantel und einen Hut, der so tief in seine Stirn gezogen war, dass sein Gesicht völlig im Schatten lag. Ohne ein Wort zu sprechen sprang er mit einem letzten riesigen Satz auf sie zu und hatte sie auch schon gepackt.

Pat schrie entsetzt auf und versuchte sich aus den Händen des Mannes zu befreien, die, Klauen gleich, ihre Oberarme gepackt hatten. „Hilfe!! Hilfe!" Sie wusste zwar nicht, wer ihr zu Hilfe kommen sollte, aber sie hoffte, dass sie den Kerl allein schon mit ihrem Schreien vertreiben konnte. Wortlos legte er ihr eine eiskalte Hand über den Mund, während seine andere sich um ihre Taille krallte und sie so eng an sich zog, dass sie kaum noch atmen konnte. Er war ziemlich groß und stark und mit steigender Angst bemerkte sie, dass er den Kopf zu ihr hinunterbeugte und seinen Mund an ihren Hals brachte. Die gruselige Geschichte von den Vampiren, über die sie zuvor noch den Kopf geschüttelt hatte, schien ihr plötzlich weitaus weniger absonderlich zu sein, und sie trat ihn unter Aufbietung all ihrer Kräfte ans Schienbein.

Sein Griff lockerte sich und sie konnte ihn wegstoßen. Sie taumelte zurück, wandte sich um und wollte weglaufen, als er sie schon wieder gepackt hatte. Diesmal schrie sie in den höchsten Tönen um Hilfe, kreischte, zappelte und wehrte sich wie eine Besessene, stolperte jedoch und fiel hin.

Er war eben im Begriff, sich auf sie zu werfen, als sie sich an die Warnung der alten Frau erinnerte. Verzweifelt zerrte sie mit der freien Hand die unter ihrem Umhang verborgene Knoblauchkette hervor. Im selben Moment zuckte der Angreifer zurück und schwankte nach hinten, so, als hätte sie ihn geschlagen.

Pat konnte es kaum fassen, aber diese Kette schien tatsächlich zu wirken! Der Fremde hob die Hände, fauchte wie eine wütende Katze und wich vor ihr zurück.

Da hörte Pat eine scharfe Stimme. „Was ist hier los?!"

Der Angreifer blickte auf den Mann, der mit einer Laterne bewaffnet aus der Richtung, in der das Dorf lag, herbeieilte, dann wandte er sich um und rannte davon, sich wie ein Schemen in den Schatten auflösend. Der andere kam mit raschen Schritten auf Pat zu und beugte sich zu ihr hinunter. „Ist Ihnen etwas geschehen, Madam?"

„Nein, nein, es ist alles in Ordnung. Ich bin nur etwas erschrocken."

Er half ihr aufzustehen und hob dann auch den Korb auf, der ihr aus der Hand gefallen war. Dabei fiel das Licht der Laterne auf sein Gesicht. „Mr. Pentwell?", fragte Pat überrascht, während sie ihr Hütchen gerade rückte, das ihr bei dem Angriff halb ins Gesicht gerutscht war.

Er fasste nach ihrer Hand und drückte sie fest. „Meine liebe Miss Smith, welch eine Freude, Sie zu sehen. Leider unter diesen Umständen ... Sind Sie auch ganz sicher, dass es Ihnen gut geht?"

Die Sorge in seiner Stimme tat ihr wohl, und Pat blickte auf, voller Dankbarkeit, dass ein Bekannter hier erschienen war und damit diesen Geisteskranken vertrieben hatte. „Vielen Dank, Sir", sagte sie etwas atemlos. „Sie haben mich wirklich gerettet. Ich hätte nicht gewusst, was ich sonst getan hätte. Der Mann muss verrückt sein! Vermutlich einer aus dem Dorf, der mir Angst einjagen wollte."

„Sie sollten nicht alleine hier spazieren gehen, Miss Smith", sagte er mit freundlicher Besorgnis. „Und schon gar nicht nach der Dämmerung. Es treibt sich hier viel Gesindel herum und selbst wenn Ihnen der Mann wirklich nur Angst hatte einjagen wollen, so darf ich gar nicht daran denken, was alles hätte geschehen können!"

„Ich bin sehr überrascht, Sie hier zu sehen, Mr. Pentwell!"

Er lächelte verlegen. „Es ist so, Miss Smith, dass ich Sie im Dorf gesehen habe. Und da ich besorgt war, als Sie sich so alleine auf den Weg machten, entschloss ich mich, Ihnen nachzugehen."

„Das ist sehr liebenswürdig von Ihnen gewesen", erwiderte Pat mit rosigen Wangen. Sie verbarg verlegen die Knoblauchkette unter ihrem Umhang, bevor Pentwell sie zu sehen bekommen konnte. „Aber ich bin überhaupt verwundert, Sie hier zu treffen. Nach allem, was Sie mir erzählt haben, nachdem Sie die Liebenswürdigkeit hatten, meine Reisegefährtinnen und mich aus dieser lästigen Lage zu befreien, hatte ich gedacht, dass Sie in Dunster bleiben wollten."

Er zögerte sekundenlang. „Ich ... habe es mir anders überlegt, Miss Smith. Diese Gegend erschien mir plötzlich wesentlich reizvoller. Aber nun sagen Sie mir, weshalb Sie sich alleine hier im Wald befinden."

„Ich bin auf dem Rückweg zum Schloss. Ich habe mich ein wenig zu lange im Dorf aufgehalten, deshalb ist es schon etwas dunkel geworden."

„Sie wohnen also tatsächlich im Schloss?" Ihr Begleiter sah plötzlich sehr ernst aus. „Ich hatte gehofft, Sie hätten sich meine Worte zu Herzen genommen. Haben Sie ... den Schlossherrn bereits kennen gelernt?"

Pat stutzte bei dem Unterton. „Gewiss, ich hatte Ihnen doch erzählt, dass ich hier eine Stellung angenommen habe."

Es war, als müsste Pentwell sich zwingen weiterzusprechen. „Und … welchen Eindruck hat er auf Sie gemacht?"

„Unsere Begegnung war so kurz, dass ich dazu nichts sagen kann", entgegnete Pat ausweichend. Sie wurde in der Erinnerung an ihr letztes Treffen mit Lord Churtham ein bisschen rot, was man in der Dunkelheit jedoch zum Glück nicht erkennen konnte. Und außerdem schwor sie sich, niemals etwas davon zu erzählen, dass sie dem Schlossherrn das erste Mal in einer Gruft begegnet war, wo er wie ein Gespenst im Dunkeln herumgeschlichen war und sie zu Tode erschreckt hatte.

„Dann ist Ihnen also nichts aufgefallen?"

Sie schüttelte den Kopf. „Nein, was denn?"

Er schien erleichtert zu sein. „Nun, vielleicht täusche ich mich ja und Sie sind nicht in so großer Gefahr wie ich dachte. Er wird sich hüten …" Er unterbrach sich hastig.

„Sie haben mich schon einmal gewarnt, Mr. Pentwell", sagte Pat energisch, weil sie es langsam wirklich mit der Angst zu tun bekam. Dieses bizarre Verhalten der Dorfbewohner, die alte Frau, die sie sogar mit einer übelriechenden Kette aus Knoblauch geschmückt hatte, Pentwells warnende Worte und nun auch noch der Verrückte, der sie überfallen hatte. „Ich wäre Ihnen dankbar, wenn Sie sich etwas deutlicher ausdrücken könnten."

„Nein, ich sage besser nichts. Es könnte mir als Gehässigkeit ausgelegt werden." Er rang sich die weiteren Worte sichtlich ab, als Pats großer, fragender Blick auf ihm ruhte. „Es ist nämlich so, dass Lord Churtham …", wieder ein Zögern und sein Gesicht verschloss sich, „… und mich nicht gerade Freundschaft verbindet."

„Oh", sagte Pat nur. Sie brannte darauf, mehr zu erfahren, wollte jedoch nicht unhöflich genug sein, zu fragen, und so ging sie eine ganze Weile schweigend neben ihrem Begleiter her, der plötzlich in düsteren Gedanken versunken schien, während sich im schwachen Schein der Laterne einander widerstreitende Gefühle auf seinem sympathischen Gesicht abzeichneten. Plötzlich ging ein Ruck durch seine Gestalt, er blieb stehen und hob den Kopf. „Ich habe mit mir gerungen, Miss Smith, aber ich sehe jetzt ein, dass es meine Pflicht ist, Sie zu warnen." Er fuhr sich mit der Hand über die Augen, als wollte er eine Erinnerung auslöschen, etwas, das nur er sehen konnte. „Es tut mir leid, dass ich nicht schon früher gesprochen habe. Und ich würde das nicht tun, wenn ich nicht überzeugt wäre, dass Sie vollkommen ahnungslos in dieses Schloss gekommen sind."

„Wie meinen Sie das?", fragte Pat stirnrunzelnd. Langsam bekam sie vor Aufregung wieder kalte Finger.

„Es ist mit dem Schloss und seinem derzeitigen Eigentümer nicht alles so, wie es zu sein scheint."

„Ach ja …?" Ganz hatte sich Pat diesem Eindruck bisher auch nicht zu entziehen vermocht. Es war wirklich etwas sehr seltsam mit diesem Schloss und seinem Herrn, aber das hätte sie auch ohne diese Leute und die Warnungen gespürt. Aber wirklich *gefährlich* war ihr Churtham eigentlich nicht erschienen. Und wenn, dann nur in einem ganz anderen Sinn.

Ihr Begleiter gab sich einen weiteren Ruck. „Lord Churtham ist ein Betrüger, Miss Smith." Er hob die Hand, „Ich weiß, das klingt alles sehr unglaubwürdig, aber ich muss Sie einfach bitten, mir, einem Fremden, zu vertrauen. Schon in Ihrem eigenen Interesse."

„Aber das muss ein Missverständnis sein", stammelte Pat. Churtham jetzt wiederum ein Betrüger? Was denn noch alles?

Petnwell legte die Hand auf ihren Arm und sah sie eindringlich an, seine grauen Augen schimmerten leicht im Schein der Laterne. „Miss Smith, Patricia, ich hätte Ihnen diese Eröffnungen nicht gemacht, wenn ich nicht annähme, dass Sie in Gefahr sind." Er holte tief Luft. „Es ist nämlich so, dass Churtham ein … Er ist kein … wie soll ich sagen … kein *normaler* Mensch."

Pat sah ihn fassungslos an. „Sie wollen mir jetzt doch hoffentlich nicht erzählen, er sei ein Vampir?!"

Pentwells Stimme wurde schärfer. „Soll das heißen, man hat Sie bereits gewarnt?"

Sie nickte. „Die Leute aus dem Dorf. Sie sind immer so komisch, wenn ich komme und heute hat mich eine alte Frau vor Vampiren gewarnt! So ein Unsinn!"

Pentwell blickte sie sehr ernst an. „Ich muss Sie bitten, diese Warnungen nicht leicht zu nehmen, Miss Smith. Ich weiß, es klingt unglaubwürdig, aber Lord Churtham ist tatsächlich ein Vampir. Ich weiß es gewiss. Leider kann ich es nicht beweisen, sonst hätte ich schon die Behörden verständigt." Er atmete tief durch und schloss sekundenlang die Augen, während Pat dastand und ihn ungläubig anstarrte. „Es ist so, dass er …", er rang mit sich, „dass er vor Jahren meine Verlobte getötet hat." Es zuckte in seinem Gesicht und er wandte sich schnell ab, die Hände zu Fäusten geballt. „Er hat sie einfach getötet, Miss Smith, auf abscheulichste Art. Wie nur ein Vampir töten kann. Ich bin niemals darüber hinweggekommen …" Seine Stimme war leiser geworden und brach ab.

Pat fühlte sich bemüßigt, ihm tröstend die Hand auf den Arm zu legen. „Es tut mir leid, dass Sie Ihre Verlobte verloren haben, Mr. Pentwell, aber es ist für mich einfach unvorstellbar, dass Lord Churtham ein Vampir oder auch nur Verbrecher sein soll." Sie schüttelte den Kopf. Unsinn. Er war vielleicht spöttisch, arrogant und geheimnisvoll, aber bestimmt kein blutsaugender Mörder. Waren denn hier alle verrückt geworden?

„Ich hege den tiefsten und aufrichtigsten Wunsch, Miss Smith, dass Sie Ihre Vertrauensseligkeit nie bereuen mögen", sagte Pentwell ernst. „Ich persönlich bin überzeugt davon, dass es mir früher oder später gelingen wird, Churtham zu fassen und das Verschwinden der vielen jungen Frauen oder vielmehr ihre Ermordung aufzuklären. Bitte zögern Sie nicht, sofort zu mir zu kommen, wenn er Sie bedrohen sollte. Ich habe Mittel und Wege, Ihnen zu helfen."

Bevor Pat noch eine vernünftige und einigermaßen höfliche Antwort formulieren konnte, durchbrach ein Schein die Dunkelheit zwischen den Bäumen und eine bekannte Stimme drang an Pats Ohr. „Miss Smith?!"

Sie atmete erleichtert auf. Pentwell war zwar sympathisch, er hatte sie auch gerettet, aber dennoch war sie froh, mit ihm und seinen schaurigen Erzählungen nicht mehr alleine zu sein. „Das ist Simmons, Lord Churthams Butler", erklärte sie, als Pentwell aufmerksam auf das sich nähernde Licht blickte.

Pentwell wandte sich wieder ihr zu. „Dann verlasse ich Sie jetzt besser, Miss Smith. Es wäre nicht klug, mich einem der Bediensteten dieses ... Vampirs zu zeigen. Ich möchte nicht, dass er etwas von meiner Anwesenheit erfährt. Es könnte Sie ebenso gefährden wie mich."

„W ... was haben Sie denn vor?", stotterte Pat.

„Ich werde ihm das Handwerk legen", erklärte Pentwell kalt. „Er soll für das büßen, was er getan ..." Er unterbrach sich und drückte ihr die Laterne in die Hand. Simmons war schon zu nahe. „Leben Sie wohl", flüsterte er ihr hastig zu, bevor er sich zurückzog, „und geben Sie auf sich Acht."

„Miss Smith?"

Pat starrte Pentwell sekundenlang nach, dann wandte sie sich um und ging rasch auf Simmons zu. „Hier, Simmons."

Im Schein der Laterne sah sie Simmons indigniertes und zugleich erleichtertes Gesicht. „Wir hatten befürchtet, dass Sie sich im Dunkel verlaufen hätten, Miss Smith, also bin ich gekommen, um Sie zu suchen."

„Das ist sehr liebenswürdig von Ihnen", sagte Pat voller Wärme, obwohl sie genau wusste, dass Mrs. Simmons vermutlich noch weitaus besorgter gewesen war und ihren Mann losgeschickt hatte.

„Sie sollten sich nicht so lange im Dorf aufhalten", tadelte er weiter. „Und wenn, wäre es vernünftiger, jemandem nach der Kutsche zu senden, anstatt hier alleine durch den Wald zu laufen."

„Jetzt fangen Sie nicht auch noch damit an, Simmons", sagte Pat ungehalten. „Oder wollen Sie mir etwa auch weismachen, dass sich hier Vampire herumtreiben?"

„Vampire?!" Simmons stolperte über einen Stein und die Lampe fiel ihm fast aus der Hand. „Wer hat etwas von Vampiren gesagt?!"

„Ach, nur eine alte Frau", wehrte Pat ab, die aus einem unerfindlichen Grund ihren Retter nicht verraten wollte. Aber während sie in Simmons' Begleitung zum Schloss zurückging, befasste sie sich immer noch mit Pentwell und mit dem, was er ihr erzählt hatte.

Pat sah auf die Uhr auf dem Kaminsims. Es hatte gerade zehn Uhr geschlagen, aber sie konnte nicht glauben, dass es tatsächlich so spät sein sollte. Sie sah sich jetzt schon seit fast zwei Stunden der Unmöglichkeit gegenüber, seine Lordschaft allein zu lassen und schlafen zu gehen. Zu ihrem Erstaunen hatte er sie bei ihrer Heimkehr in der Bibliothek aufgesucht und ihr mit einigen sehr harschen Worten klargemacht, wie unpassend es für eine in seinen Diensten stehende junge Dame war, sich des Nachts alleine im Wald herumzutreiben. Gerade jedoch, als sie ihrem Ärger über seine Einmischung hatte Ausdruck geben wollen, war Simmons mit einer Weinkaraffe hereingekommen, und Churtham hatte seinen Tonfall gewechselt und sie zu ihrer Überraschung eingeladen, mit ihm ein Glas zu trinken. Und nun saß er ihr gegenüber und fragte sie ebenso auffällig wie geschickt über ihr Leben aus, obwohl es da wirklich nicht allzu viel zu erzählen gab.

Sie hätte ihm aber umgekehrt ebenso gerne Fragen gestellt. Vor allem, was Pentwells Warnung und die Leute im Dorf betraf, aber es war ihr aus verständlichen Gründen unmöglich, ihren Arbeitgeber direkt ins Gesicht zu fragen, ob er ein Vampir sei oder nicht. Sie musste allein schon bei der Vorstellung daran ein Kichern unterdrücken.

„Noch ein Glas Wein?" Churtham lächelte wieder dieses ein wenig arrogante Lächeln, das sein Gesicht so erstaunlich anziehend machte und ihm diesen etwas diabolischen Ausdruck nahm, der ihr schon am Bild seines Vorfahren aufgefallen war.

„Gerne." Es war mehr als unvernünftig, noch mehr zu trinken, aber das Zusammensein mit Churtham war das Risiko gewiss wert.

Er beugte sich vor und schenkte aus der Karaffe nach. Es war Weißwein, der die Kehle hinunterfloss wie süßer Traubensaft. Sie drehte das Glas verlegen in den Händen und ließ ihre Blicke durch den Raum schweifen, um dem Schlossherrn nicht in die Augen sehen zu müssen, die jedes Mal, wenn er die Lider hob, so intensiv glänzten. Es war des Abends nun schon sehr kühl und es tat ihr gut, die Wärme des Feuers auf ihrem Gesicht und ihren eiskalten Händen zu spüren.

Draußen war schon tiefste Nacht. Simmons hatte dieses Mal nicht wie sonst üblich die Vorhänge zugezogen und sie konnte sehen, wie sich der ganze Raum in den Glasscheiben spiegelte. Da sie es nicht wagte, Churtham weiterhin so offen zu betrachten, blickte sie ins Fenster, in der Hoffnung, ihn dort ungestörter beobachten zu können.

Sie blickte hin, blinzelte, fuhr sich über die Augen, sah noch einmal genau hin, blinzelte wieder. Im nächsten Moment entfiel das Glas ihrer Hand und zerschellte mit einem melodischen Klirren auf dem kostbaren Holzboden.

„Oh nein!" Sie beugte sich nach den Resten des zerbrochenen Glases, fasste vor Verlegenheit und Aufregung zu hastig und zu fest zu und schnitt sich. Sie zuckte zusammen. „Oh! Wie konnte ich nur so ungeschickt sein!" Sie suchte mit der linken Hand in der Tasche ihres Kleides, während sie die Rechte hochhielt. „Haben Sie vielleicht ein Taschentuch für mich, bevor ich hier alles schmutzig mache?"

Sie sah hoch, als sie keine Antwort bekam. Churtham war aufgesprungen, stand ohne sich zu rühren da und starrte auf die Wunde, aus der frisches, hellrotes Blut tropfte.

„Mylord?", fragte Pat ungeduldig, als er keine Anstalten machte, ihr zu Hilfe zu eilen.

„Ja ...?" Churthams Stimme klang heiser und er schien unfähig, seinen Blick von ihrer Hand zu lösen.

„Haben Sie vielleicht ein Taschentuch?", wiederholte Pat ungeduldig, während sie aufstand. Die Wunde brannte. Sie schien ziemlich tief zu sein und blutete stark.

„Wie ...?" Er blickte sie wie erwachend an. Sein Gesicht war so blass, wie sie es noch nie zuvor gesehen hatte und seine rechte Hand fuhr an seinen Kragen, als sei ihm dieser plötzlich zu eng geworden.

„Sie können kein Blut sehen, nicht wahr?" Sie versuchte verständnisvoll zu klingen. Jeder hatte so seine kleinen Schwächen und selbst ein Mann, der so kühl und selbstsicher wirkte wie Churtham, war wohl gegen so etwas nicht gefeit.

„... nein ..." Er starrte wieder auf ihre Hand, kam einige Schritte näher, bis er dicht neben ihr stand. Dieses fremde blaue Licht war plötzlich in seinen sonst dunklen Augen. Sie schienen von innen heraus zu leuchten, noch stärker als sonst, sodass man es sogar im hellen Schein der Kerzen sehen konnte. Sein Atem ging schwer, als er seine Hand ausstreckte, ihren Arm berührte und seine Finger sanft daran entlang gleiten ließ, bis dorthin, wo das Blut hervorperlte.

Sie entzog ihm ihre Hand und wollte ihren Finger in den Mund stecken, als er sie aufhielt.

„Nicht, lassen Sie mich das tun ..." Seine Stimme klang undeutlich, als er ihre Hand umfasste.

„Sie werden doch wohl nicht das Blut ablecken wollen!", rief sie entsetzt aus.

Er erstarrte mitten in der Bewegung, die Augen fest auf das Blut ihres Fingers gerichtet, seine Hand, die ihre hielt, zitterte leicht.

„Ein Taschentuch!", piepste Pat. Seine Berührung jagte ihr kleine Schauer über den Rücken. „Ein Taschentuch wäre besser."

Churtham schüttelte den Kopf. Er schloss die Augen, als seine Lippen ihren Finger berührten, vorsichtig das Blut herunterküssten. Sie fühlte seine Zungenspitze, die die kleinen Blutstropfen aufnahm, zärtlich über die Haut leckte.

„Meine Hand ist bestimmt schmutzig", wisperte sie.

„Sie ist köstlich", murmelte er.

Pat versuchte, ihm ihre Hand zu entreißen. „Was tun Sie denn da?!" Churtham hielt sie eisern fest, der Druck seiner Lippen verstärkte sich und plötzlich vermeinte sie ein leises Saugen zu spüren.

„Nicht!"

Er hielt inne. Seine Augen öffneten sich und Pat erschrak vor dem Leuchten darin. Das waren keine menschlichen Augen mehr. Wären sie grün und nicht von diesem strahlenden, schönen Blau gewesen, hätte Pat vermeint, wahrhaftig in die eines Wolfs zu blicken. Das war schon öfters der Fall gewesen, aber nun jagte es ihr Furcht ein.

„Nicht ...", wiederholte sie, diesmal bittend. „Ich ... habe Angst vor Ihnen ..."

Etwas in Churthams Ausdruck veränderte sich. Das Leuchten in seinen Augen verschwand und an der Stelle dieses menschlichen Wolfes blickte sie wieder Maximilian Churtham, Earl of Barlem, an. Er schien wie aus einer Trance zu erwachen, sah von ihr auf ihre Hand, die er immer noch umklammert hielt. Er ließ sie los als hätte er sich verbrannt und trat hastig einige Schritte zurück. Als er den ängstlichen Ausdruck in ihren Augen sah, senkte er den Blick.

„Verzeihen Sie bitte", murmelte er, „das ... wollte ich nicht. Ich wollte Sie nicht erschrecken oder ängstigen. Ich wollte nur ..." Er unterbrach sich und atmete tief durch. „Ich weiß selbst nicht, was ich wollte. Verzeihen Sie bitte." Damit wandte er sich um und rannte aus dem Zimmer, die Tür hinter sich zuschlagend.

Pat sah ihm nicht nach, sie starrte auf ihre Hand. Die Wunde hatte nicht nur aufgehört zu bluten. Sie war fort, völlig verschwunden. Und der Finger sah aus, als wäre er niemals verletzt gewesen. Sie grübelte einige Minuten verständnislos darüber nach, dann blickte sie zum Fenster. Der ganze Raum spiegelte sich darin. Sie sah sich selbst dort stehen, wo sie auch gestanden hatte, als Churtham noch nahe bei ihr gewesen war. Sie sah die Kerzenleuchter, den Tisch, die Bücher, die darauf aufgestapelt waren. Und wieder fiel ihr ein, dass etwas darin gefehlt hatte.

Maximilian Churtham.

Sie hatte sich nicht getäuscht gehabt, als ihr zuvor vor Schreck das Glas entglitten war. Maximilian Churtham war nicht im Spiegelbild erschienen.

Pat raffte sich, nachdem ihr die entsetzliche Bedeutung dieses Umstandes klar geworden war, auf und lief zur Bücherwand, um dort hastig nach Büchern über Vampire und andere Monster zu suchen. Zum Glück verfügte die Bibliothek über eine erstaunlich umfangreiche Sammlung zu diesem Thema. Sie presste den kleinen Stoß an ihre Brust, während sie ohne sich umzusehen hinauf in ihr Zimmer lief, immer mit dem schrecklichen Verdacht, Churtham könnte aus einer dunklen Ecke stürzen und ihr an die Gurgel springen. Sie hatten also wohl doch alle Recht gehabt, obwohl sie es nicht hatte glauben wollen: Maximilian Churtham war ein Vampir. Jedes Kind wusste schließlich, dass Vampire sich nicht spiegelten.

Sie entzündete alle Kerzen und setzte sich an den zierlichen kleinen Schreibtisch, den Sessel dabei so rückend, dass sie sowohl die versperrte Tür als auch das fest verschlossene Fenster im Auge behalten konnte. Wie sie früher einmal gelesen hatte, konnten Vampire sich in alle möglichen Tiere verwandeln, und die Vorstellung, Churtham als Fledermaus in ihr Zimmer geflattert zu sehen, brachte sie halb um ihre Vernunft. Kein Wunder, dass er dieses Untier, das sich kürzlich in ihrem Haar verfangen hatte, so freundlich behandelt hatte.

Das erste Buch, das sie aufschlug, um ihr Wissen über Vampire auf theoretischem Wege zu vertiefen, bevor sie in der Gestalt von Churtham wieder mit der Realität konfrontiert wurde, verursachte, dass eine gewisse Übelkeit in ihr hochstieg. Diese Schrift stammte von einem gewissen Diakonus Michael Ranft, war bereits vor über hundert Jahren in Deutschland erschienen und offenbar auch sehr schnell ins Englische übersetzt worden. Das bedeutsame Werk trug den sprechenden Titel „*Traktat von dem Kauen und Schmatzen der Toten in Gräbern.*" Pat las eine Weile schaudernd darin, wandte sich dann jedoch mit größerem Interesse einer anderen, später entstandenen und plausibleren Arbeit zu.

Die Lektüre erwies sich insgesamt als äußerst aufschlussreich. Zum Beispiel sahen Vampire nicht nur äußerst gut aus, was ihnen bei der Annäherung an ihr armes Opfer offensichtliche Vorteile brachte, sondern waren auch ausschweifend, wollüstig, herzlos, grausam und … unwiderstehlich. Und sie spiegelten sich nicht. Pat seufzte. Zumindest drei dieser Prädikate schienen auf Churtham zuzutreffen. Es stand völlig außer Zweifel, dass er sich nicht spiegelte, ebenso, dass er blendend aussah. Und wie unwiderstehlich er war, hatte sie schon lange am eigenen Leib erfahren. Aber die anderen Eigenschaften …? Pat zuckte mit den Schultern. Was wusste sie schon, womit der geheimnisvolle Schlossherr seine Nächte verbrachte? Auch wenn sie jetzt allen Grund zur Annahme hatte, dass er ,auswärts speiste', so hatte sie doch keinen Beweis dafür.

Sie las weiter und sah mit Schaudern die Abbildung eines phantasievollen Malers, der lebensecht darstellte, wie einem mit zentimeterlangen Reißzähnen ausgestatteten Vampir und seinem Opfer das Grab als schauriger Ort der Liebesvereinigung diente. Sie starrte minutenlang auf das Bild, versuchte sich Churtham vorzustellen, wie er junge Frauen in die Gruft unter das Schloss zerrte, sie dort leidenschaftlich liebte und sie dann endlich biss und aussaugte. Zweifellos war dies auch der Ort, wo er sich tagsüber, wenn nichts von ihm zu sehen war, zur Ruhe begab. Kein Wunder, dass er so ungehalten gewesen war, als sie dort eingedrungen war. Vermutlich hätte sie nicht anders reagiert, wenn jemand ungeladen in ihrem Schlafzimmer erschienen wäre.

Das war aber noch nicht alles. Dieses aufschlussreiche Buch bot noch viele gute Anregungen für die Verteidigung gegen Vampire. Ein äußerst wirksames Mittel, um einen Vampir ein für alle Mal aus der Welt zu schaffen, war angeblich eine Kombination aus einem geweihten Pfahl aus Eschenholz und dem Abschlagen des Kopfes. Pat verzog das Gesicht. Der Gedanke, Churtham den Kopf abzuschlagen und ihm auch noch einen Pfahl ins Herz zu rammen, drehte ihr den Magen um, und der Ratschlag, Feuer auf seinen Sarg zu legen, war nicht viel besser. Da waren Weihwasser, Hostien und Knoblauch schon viel mehr nach ihrem Geschmack. Abschreckungsmaßnahmen eben, sie wollte ihn ja schließlich nicht gleich umbringen. Nein, umbringen auf gar keinen Fall. Allein die Vorstellung, Churtham könnte sterben, tat ihr so weh, dass es völlig klar war, dass sie ihn sogar ein bisschen mehr als nur *mochte*. Sie seufzte niedergeschlagen. So etwas konnte auch nur ihr passieren. Da hatte sie immerhin fast sechsundzwanzig Jahre gelebt, ohne Gefühle in der Heftigkeit wie dieses kennenzulernen, und dann verlor sie ihr Herz ausgerechnet an einen Vampir.

Offenbar waren Vampire jedoch nicht die einzigen unheimlichen Lebewesen, die den Menschen ins Verderben ziehen, ihn aussaugen oder ihm sonst wie schaden wollten. Auch über Dämonen stand etwas in den Büchern. Um ehemalige Lichtwesen sollte es sich dabei handeln, die in den Bann des Bösen geraten und zum Leben in Dunkelheit verurteilt worden waren. Düster wie ein Schatten sollte ein Dämon sein. Es gab kein Licht in seinem Körper und in seinem Leben und in der Nacht streifte er in entlegenen Gegenden umher, an unbewohnten Orten. Dämonen hatten menschliche Eigenschaften, einen menschlichen Körper bei Tag, nur in der Nacht verfügten sie über unheimliche Fähigkeiten und Kräfte, konnten wie ein Schatten das Land durchziehen, in einem Moment hier, im anderen schon meilenweit entfernt. Sie besaßen körperliche Unsterblichkeit und wie menschliche Wesen Leidenschaften, allerdings solche finsterster Natur. Wenn jedoch das Licht der Sonne sie erfasste, mussten sie verbrennen, wie alles Dunkle dem Licht weichen musste. Minutenlang kam Pat vom Thema ab und dachte statt über Vampire über diese Engel der Dunkelheit nach, die sich vom Bösen hatten anziehen lassen und dann verdammt waren, in einem menschlichen Körper zu leben, abseits von Licht und Wärme. Sie erinnerte sich an das Wandgemälde in der Dorfkirche. Der Engel des Lichts und der Engel der Finsternis ...

Schließlich klappte sie die Bücher zu und bedachte gründlich ihre Möglichkeiten. Sie hatte leider kein Weihwasser und keine Hostien zur Hand, ebenso wenig wie einen schwarzen Hund zur Verfügung, dem sie mit weißer Farbe zwei zusätzliche Augen aufmalen konnte – in zwei der Schriften als unfehlbares Mittel gegen Vampire empfohlen – aber sie war immerhin in der Lage, größte Genugtuung aus dem Besitz ihrer Knoblauchkette zu ziehen. Ein wahres Kleinod von unschätzbarem Wert! Sie stand auf, griff in die Lade wo sie sie aufbewahrt hatte und legte sie sich vorbeugend um den Hals.

Das Beste war aber wohl abzureisen, und Churtham einfach seinem Schicksal zu überlassen. Schließlich war sie nicht mit Mühe einem unliebsamen Verlobten entronnen, um jetzt einem Vampir in die Hände oder vielmehr in die Zähne zu fallen. Sobald es Tag war, würde sie sich auf den Weg zum Dorf machen und eine Kutsche nach Dunster mieten. Oder nach Minehead, von wo aus regelmäßig Handelsschiffe abfuhren. Je eher sie diese Gegend und dieses unheimliche Schloss verließ, desto besser. Sie hatte zwar immer noch keinen endgültigen Beweis, dass Maximilian Churtham ein Vampir war, aber es lag ihr auch herzlich wenig daran, einen dafür zu finden und vielleicht sogar als sein nächstes Opfer zu enden.

Energisch zog sie ihre Reisetasche hervor und stopfte ihre Sachen hinein. Sie war soeben damit fertig, als es klopfte.

Pat fuhr zusammen und griff unwillkürlich an die Knoblauchkette. „Ja?"

„Ich bin es, Kindchen, Mrs. Simmons."

Pat atmete auf, als sie die Stimme erkannte. Sie ging zur Tür, schob den schweren Riegel zurück und öffnete. Die Frau des Butlers mochte sie und würde sie gewiss nicht anspringen, um sie auf der Stelle auszusaugen.

Mrs. Simmons schlüpfte herein und schloss hinter sich wieder ab. Sie hatte ein Päckchen in der Hand. „Hier ist eine Kleinigkeit zum Essen, meine Liebe. Ich helfe Ihnen packen, Sie müssen heute noch fort."

Pat beschloss, sich über nichts mehr zu wundern, und zeigte wortlos auf die bereits gepackte Tasche. Mrs. Simmons nickte zufrieden. „Sehr gut. Sehr vernünftig." Sie lächelte zaghaft. „Wissen Sie, Kindchen, seine Lordschaft ist nicht von Grund auf böse, nein, das kann man nicht sagen. Es ist nur …", sie zögerte, suchte nach den richtigen Worten, „es steckt da etwas in ihm, das man nicht immer abschätzen kann … etwas … Dämonisches … Sie verstehen?" Also auch Mrs. Simmons! Auch sie glaubte daran, dass Churtham ein Vampir war!

„Nur zu gut", erwiderte Pat trocken. „Deshalb will ich auch fort."

„Jetzt ist eine gute Gelegenheit."

„Jetzt?" Pat hatte keine Lust, in Nacht und Dunkelheit durch den Wald zu laufen, und vielleicht noch weiteren Verrückten zu begegnen, aber Mrs. Simmons hatte schon nach ihrer Tasche gegriffen.

„Ja, jetzt. Unbedingt. Morgen kann es schon zu spät sein. Lord Churtham hat vor einer Stunde das Haus verlassen, das ist die beste Zeit für Sie, ebenfalls zu gehen." Sie öffnete die Tür wieder, lugte hinaus, dann bedeutete sie Pat, ihr leise zu folgen. Sie schlichen auf Zehenspitzen den Gang entlang, wobei der flackernde Schein der Kerzen ihre Schatten gespenstisch an die Wände warf, hasteten die Treppe hinunter und erreichten die schwere, mit Schmiedeeisen verstärkte Haustür. Pat sah zurück und dachte daran, wie sehr sie dieses alte Schloss anfangs eingeschüchtert hatte, wenn in der Nacht die Balken krachten und ächzten, oder wenn der Wind durch die Spalten in den Fenstern und über die Gänge und alten Treppen heulte. Aber inzwischen hatte sie sich schon daran gewöhnt und sie hatte beinahe das Gefühl, ihr Heim verlassen zu müssen.

Mrs. Simmons legte den Finger auf die Lippen. „Mein Mann weiß nichts davon, Kindchen. Andernfalls hätte er mir ohnehin verboten, das zu tun, weil er Angst vor den Folgen hat."

Pat wurde blass. „Das würde ich aber niemals wollen, Mrs. Simmons…"

Die ältere Frau winkte ab. „Ach was, seine Lordschaft würde mir niemals etwas tun, das weiß ich so sicher, wie morgen die Sonne wieder aufgeht. Vielleicht tobt er ein bisschen, aber dann wird er sich beruhigen." Sie drückte die schwere Klinke hinunter und zog an, bis die Tür einen Spalt offen war, gerade breit genug, um Pat hindurchzulassen. „Leben Sie wohl, Kindchen. Verstecken Sie sich, sobald Sie im Dorf sind, in der Kirche, die betritt er gewiss nicht. Und morgen früh sehen Sie zu, dass Sie einen Wagen nach Dunster bekommen. Übernachten Sie immer in Kirchen – hören Sie? Das ist ganz wichtig! Nur in Kirchen übernachten und ja nur bei Tag reisen!" Sie zog Pats Kopf zu sich hinunter und küsste sie herzhaft auf beide Wangen. „Er wird sich bald beruhigen. Wenn Sie einige Tage durchhalten, wird er Sie gewiss nicht länger verfolgen. Gehen Sie mit Gott, mein Kind, und leben Sie wohl."

Pat schlich hinaus und hinter ihr schloss sich das Tor lautlos. Langsam schien es ihr Schicksal zu sein, bei Nacht und Nebel flüchten zu müssen. Es irritierte sie, dass Mrs. Simmons offenbar annahm, seine Lordschaft lege so großen Wert auf ihre Anwesenheit, dass er sogar zornig werden könnte, wenn sie verschwand. Waren ihm die anderen Opfer etwa bereits ausgegangen? Stand er im Begriff zu verhungern?

Aber wie auch immer, soweit war alles gut gegangen, auch wenn es verrückt war, jetzt loszuziehen. Sie musste etwa drei Meilen zurücklegen, bis sie nach

Barlem Village kam. Drei Meilen lang unheimliches Moor, Fledermäuse und dichter Wald. Und dabei noch immer die Angst, von einem hungrigen Vampir verfolgt zu werden. Sie hastete los. Im Hof brannten Fackeln, sie hielt sich dicht an der Wand, dann war sie auch schon außerhalb der kleinen Mauer, die das Hauptgebäude vom Park trennte. Etwas Nasses lief ihr die Wangen hinunter und trübte gleichzeitig ihren Blick. Sie schniefte auf und wischte sich energisch über die Augen.

Sie eilte den Weg neben dem Fluss entlang, bis der Wald heller wurde und das Moor begann. Die Tasche wurde immer schwerer, obwohl sie schon alle paar Meter von einer Hand in die andere wechselte. Endlich blieb Pat stehen und stellte sie auf den Boden, um nach Luft zu schnappen. Sie hatte einige Dinge im Schloss gelassen, die sie nicht unbedingt benötigte, um nicht zu schwer zu tragen, aber dennoch bemerkte sie das Gewicht immer mehr und mehr. Aber es nützte nichts, sie musste weiter.

Sie seufzte, wollte die Tasche soeben wieder aufnehmen, als ein Schrei über das Moor erklang. Nein, nicht nur einfach ein Schrei, sondern ein Aufheulen, Anschwellen, Gurgeln, Keuchen, das die Finsternis erfasste und von allen Seiten auf sie zuzukommen schien.

Danach herrschte Stille.

Pat war sekundenlang wie gelähmt gewesen, dann hatte sie die Tasche fallen lassen und sich ins nächste Gebüsch verkrochen. Dort hockte sie nun, mit gesträubten Körperhärchen und an allen Gliedern zitternd. Das war ein menschlicher Schrei gewesen. Der Schrei eines Menschen in Todesnot. Zuvor hatten noch einige Frösche in einem Tümpel gequakt, einige Grillen gezirpt, aber nun herrschte Totenstille über dem Moor. Sie zitterte so sehr, dass ihre Zähne aufeinander schlugen. Kein Mensch schrie auf diese Art, wenn er nur stolperte und hinfiel oder Fledermäuse im Haar hatte oder … eines natürlichen Todes starb.

Hier war jemand ermordet worden. Grauenhaft ermordet worden.

Sie lauschte dem Schrei in ihrem Inneren nach. Eine Frau war das gewesen, ganz eindeutig. Und der Schrei war von überall gekommen, vielleicht auch aus der Richtung in die sie musste, wenn sie ins Dorf wollte.

Sie hatte jetzt zwei Möglichkeiten: Entweder sie versuchte wieder heil zurück zum Schloss zu gelangen, wo sie Gefahr lief, einem hungrigen Vampir in die Arme zu laufen, oder sie blieb hier im Gebüsch sitzen, wartete darauf, bis die Sonne wieder aufging und riskierte damit, von dem unbekannten Mörder aufgespürt zu werden. Vielleicht war es aber gar kein Mensch gewesen, sondern wilde Tiere? In diesem Fall war es wohl keine gute Idee, hier sitzen zu bleiben, denn diese würden sie in jedem Fall hier finden. Pat verfluchte ihre Idee, jemals hierher gekommen zu sein, als sie mit vor Angst zitternden Händen und Füßen vorsichtig wieder aus dem Gebüsch kroch, nach allen Seiten in die vom zunehmenden Mond erhellte Dunkelheit blickte und dann hastig weiterlief, dem Dorf zu. Wenn sie es schaffte durchzukommen, dann war sie dort in Sicherheit. Ihre Tasche ließ sie einfach liegen. Geld und Ausweispapiere trug sie ohnehin in einem Stoffbeutel um den Hals. Sie fasste in ihre Rocktasche und fühlte die beruhigende Kälte eines Metalls. Der Knauf der modernen kleinen Handfeuerwaffe, die sie schon von daheim mitgebracht hatte, fühlte sich gut in ihrer Hand an.

Sie war jedoch kaum hundert Schritte gelaufen, als sie wie angewurzelt stehen blieb und auf die grausige Szene starrte, die sich einige Meter vor ihr abspielte.

Ein weißer Körper lag reglos am Boden.

Es war eine Frau.

Sie war nackt.

Und mit ziemlicher Sicherheit war sie tot.

Ein Mann kniete daneben, in einen dunklen, weiten Mantel gehüllt. Sein Haar war schwarz, fiel bis auf seine Schultern und in sein Gesicht, als er sich vorbeugte.

Maximilian Churtham.

Er sah sie fast zur gleichen Zeit und sprang auf. „Sie?! Was zum Teufel machen Sie hier?!"

Pat griff in die Manteltasche und zog den Revolver hervor, während sie sich gehetzt umsah. Es gab nichts, wo sie hinlaufen und sich hätte verstecken können, die dürftigen Gebüsche boten wenig Schutz, und außerdem hätte Churtham sie ohnehin schnell eingeholt. Sie hob den Revolver, als Churtham Anstalten machte auf sie zuzukommen. „Bleiben Sie stehen oder ich schieße!"

„Was Sie hier machen, habe ich Sie gefragt!", herrschte er sie an. „Haben Sie den Verstand verloren, alleine und im Dunkeln hier herumzulaufen?! Wissen Sie nicht, wie gefährlich das ist?!"

„Das sehe ich jetzt ja auch ein", erwiderte Pat mit möglichst fester Stimme, dabei mit dem Kopf auf die tote Frau weisend.

„Eben", sagte Churtham grimmig, „und genauso könnte es Ihnen ebenfalls gehen."

„Ach ja?", fragte Pat heiser. Die Enttäuschung, ihren Verdacht bestätigt zu sehen, brach ihr fast das Herz. Bis zuletzt hatte sie im Innersten gehofft, es könnte sich alles nur um einen Irrtum handeln.

Er blickte mit einem grimmigen Ausdruck auf die Leiche der jungen Frau. Sie hatte zarte Glieder, ihre Haut war weiß und ihr langes blondes Haar breitete sich auf dem grasigen Boden aus wie ein Fächer. Eine wunderschöne Frau. Pat vermeinte ein Lächeln auf ihren Lippen zu sehen. Und wären da nicht die blutigen Male auf ihrem makellosen Hals gewesen, hätte man schwören können, sie schliefe.

Das war aber noch nicht alles, weitaus grausiger steckte direkt in ihrem Herzen ein Pfahl.

Pat fühlte ein Würgen im Hals.

„Das war ich nicht", sagte Churtham. „Zumindest stammen diese Bisswunden nicht von mir."

„Ich werde trotzdem nicht riskieren, Sie näher als fünf Schritte an mich herankommen zu lassen!" Pat wedelte mit der Waffe herum, um Churtham, der offenbar so wenig Angst davor hatte, einzuschüchtern. „Da sind silberne Kugeln drinnen", ließ sie ihn vorsichtshalber wissen.

„Silberne Kugeln? Halten Sie mich etwa für einen Werwolf?"

„Nein, für einen Vampir."

„Sie müssen verrückt sein!"

„Alle halten Sie für einen. Auch die Leute im Dorf." Sie wollte ihm schon sagen, dass auch William Pentwell sie gewarnt hatte, aber dann schwieg sie. Pentwell hatte einen guten Grund gehabt, seinen Aufenthalt hier geheim zu halten, und jetzt wo sie wusste, dass sein Verdacht nur allzu wahr war, würde sie ihn nicht verraten. „Und ich weiß es jetzt genau, dass Sie einer sind." Pats Stimme war von unerschütterlicher Überzeugung und zugleich tiefster Verzweiflung durchdrungen.

„Hirngespinste. Absoluter Unsinn!"

„Als ich mir gestern in den Finger schnitt", hielt sie ihm entgegen, „da waren Sie drauf und dran, daran zu lutschen."

„Ich hätte lieber an etwas ganz anderem …!" Churtham unterbrach sich und schloss sekundenlang gequält die Augen. „Und jetzt hören Sie gefälligst auf mit diesem Unsinn!"

„Sie werfen keinen Schatten …", fuhr Pat ungerührt fort.

„Wäre auch schwierig im Dunkeln."

„Und Ihre Augen leuchten. Hellblau."

„Hellblau?!"

„Wie bei einem Wolf …" *Nur viel schöner*, hätte sie fast hinzugefügt, aber sie unterbrach sich rechtzeitig. „… und Sie spiegeln sich nicht im Fenster!", triumphierte sie.

„Im Fenster?" Jetzt war Churtham sichtlich erschüttert.

„Sie haben's gehört", sagte Pat abschließend. „Ich werde Ihnen sagen, was ich jetzt mache: Ich werde hier an Ihnen vorbeigehen, Richtung Dorf, und Sie werden mich nicht aufhalten. Ich werde abreisen und Sie werden sich in Ihre Gruft oder was immer zurückziehen."

„Den Teufel werde ich tun!", brauste Churtham auf und machte einige schnelle Schritte auf Pat zu, um ihr die Pistole aus der Hand zu schlagen.

„Ich werde schießen!" Ihre Stimme klang hoch und ängstlich. Vor allem deshalb, weil sie genau wusste, dass sie niemals den Mut haben würde, tatsächlich auf ihn zu schießen. Vampir hin, Vampir her, sie mochte diesen Mann eben.

Er blieb stehen, als er sah, dass sie auf eine sensible Stelle an seinem Körper zielte. „Keine wohlerzogene junge Dame würde ausgerechnet hierher zielen", sagte er mit leichtem Tadel in der Stimme. „Es wird mich bestimmt nicht töten, Patricia, gleichgültig, wohin Sie mir diese verdammte Kugel schießen, aber es wird unangenehm sein. Also geben Sie mir diesen Revolver, bevor etwas passiert, das Sie bereuen. Außerdem werde ich Sie ganz bestimmt *nicht* alleine durch den Wald laufen lassen." Er deutete auf die Tote. „Wer das getan hat, wird auch nicht davor zurückschrecken, Sie ebenfalls umzubringen."

„Jemand anderer als Sie ist aber nicht hier." Hatte er sie tatsächlich soeben *Patricia* genannt?

Churtham warf ihr einen wütenden Blick zu, der seine Augen hellrot durch die Dunkelheit glühen ließ, drehte sich auf dem Absatz um und ging zu der Ermordeten zurück.

Pat suchte nach Blutspuren an Churthams Kleidung und vor allem in seinem Gesicht. Er sah ganz sauber aus, das weiße Hemd, das in der Dunkelheit blitzte, war immer noch blütenweiß, nur seine Hände waren blutig. Sie musterte Churtham misstrauisch, er beachtete sie jedoch gar nicht mehr, sondern bückte sich schon nach der jungen Frau und hob sie mit einer Leichtigkeit auf seine Arme, die Pat verblüffte. Der Kopf der Toten rollte haltlos zur Seite und gab den Blick auf die grauenvollen blutigen Löcher am Hals frei, wo mitleidlose Vampirzähne das Leben ausgesaugt hatten. Pat unterdrückte ein Schaudern, eine plötzliche aufsteigende Übelkeit. „Bringen Sie die Frau jetzt in die Gruft zu den anderen?"

Churtham warf ihr einen Blick völliger Fassungslosigkeit zu, dann ging er los, knapp an ihr vorbei, aber plötzlich blieb er stehen. „Was riecht denn da so komisch?"

Pat schnupperte ebenfalls. „Ich weiß nicht. Ich rieche nichts. Feuchter Waldboden vielleicht oder irgendeine Pflanze."

„Knoblauch!", rief er voller Ekel aus. „Haben Sie etwa dieses stinkende Zeug bei sich?"

„Eine Knoblauchkette, die mir eine alte Frau geschenkt hat", erwiderte Pat.

„Ich verabscheue Knoblauch", sagte er angeekelt und ging weiter. Pat lächelte zufrieden. Dann war ja alles in Ordnung. Es war zwar noch ein weiterer Beweis dafür, dass Churtham ein Vampir war, aber offenbar bot dieses streng riechende Schmuckstück doch einen gewissen Schutz. Als sie keine Anstalten machte zu folgen, drehte er sich um.

„Was ist? Sie brauchen im Moment wirklich keine Angst vor mir zu haben", sagte er mit triefendem Sarkasmus. „Dieses Mahl war ausgiebig, ich bin jetzt für eine ganze Weile satt."

Sie schnaubte etwas Ungehöriges. „Ich komme nicht mit!"

„Oh doch, das werden Sie!"

„Wenn ich das tue, werden Sie mich ebenfalls umbringen!"

„Das werde ich ganz bestimmt nicht", knurrte Churtham gereizt. „Ich habe im Gegenteil verflucht wenig Interesse daran, Sie tot zu sehen. Sie können nicht alleine hier zurückbleiben, das ist zu gefährlich. Er könnte durchaus noch in der Nähe sein."

„Wer *er*?"

„Der verdammte Vampir, der dieses Mädchen umgebracht hat", fuhr er sie ungeduldig an. Er drehte sich wieder um und ging los. Pat steckte die Pistole in die Manteltasche und lief ihm, sich scheu umsehend, eiligst nach.

„Dann waren Sie es also doch nicht?", fragte sie schüchtern, während sie hinter ihm hertrottete.

Keine Antwort.

„Haben *Sie* ihr dieses Stück Holz hineingebohrt? Um zu verhindern, dass sie ebenfalls ein Vampir wird?"

Churtham wandte den Kopf und musterte sie kurz, aber eindringlich. „Sie haben sich wirklich gut informiert, nicht wahr?"

Sie zuckte mit den Schultern. „Stand alles in Ihren Büchern."

„Das kommt davon, wenn Frauen wie Sie lesen lernen", sagte Churtham erbittert und schritt verärgert schneller aus.

Sie kamen mit jedem Schritt tiefer in den dichten Wald. Churtham nahm nicht die breite Straße, auf der auch die Kutsche Platz hatte, sondern folgte einem kleinen, kaum ausgetretenen Pfad. Es war stockdunkel unter den Bäumen, Pat streifte immer wieder an Ästen, die sich in ihren Haaren und ihrem Hut verfingen, stolperte über Wurzeln und Steine. Churtham dagegen, dessen faszinierende Augen durch die Finsternis glühten, schien zu sehen wie am hellen Tag. Als sie schon das dritte Mal strauchelte und fast zu Boden fiel, blieb er stehen.

„Halten Sie sich an mir fest, Sie ungeschickte Person. Ich habe keine Lust, Sie dann auch noch heimzutragen, nur weil Sie sich den Fuß verstaucht haben."

Pat griff zögernd nach seinem Mantel und klammerte sich daran fest, ihre Schritte seinen langen anpassend. Es ging jetzt viel besser und es dauerte nicht lange, bis sie endlich ein waldloses Gebiet erreichten, wo sie besser sehen konnte.

„Wohin gehen wir denn?", fragte sie.

„Ins Moor natürlich. Es gibt einige Sumpflöcher hier, allerdings nur ganz wenige, die tief genug sind."

Der Mond erhellte die gespenstische Szene, als Churtham sogar noch unbeirrt weiter schritt, als Pat schon bis zu den Knöcheln im Wasser versank. Dieser Teil hatte nichts mehr mit der lieblichen Moorlandschaft zu tun, die Pat bisher gesehen hatte, und wo Ginstersträucher und Wiesenblumen wuchsen. Überall aus dem Moor ragten abgestorbene Bäume, von denen - riesigen Spinnweben gleich - Moosflechten von den Aststümpfen baumelten. Zu allem Überfluss sah sie auch noch, wie sich etwas auf der Wasseroberfläche bewegte. Eine Schlange, die sich allerdings rasch vor etwas zweifellos noch Gefährlicherem, wie einem Vampir, in Sicherheit brachte. Churtham deutete mit dem Kopf nach links. „Das dort ist die beste Stelle. Das Moor ist hier tief wie ein See und nichts, was es verschlingt, taucht jemals wieder auf."

Tief wie ein See? Hier? Pat fühlte, wie der nachgiebige Boden an ihren Schuhen saugte, sie hinunterziehen wollte. „Wir werden versinken!"

„Nein, halten Sie sich nur an mir fest, dann passiert Ihnen nichts." Er warf ihr einen spöttischen Blick zu. „Vampire versinken nicht im Moor, wissen Sie."

„Ich bin aber kein Vampir." Ihr Rock war schon bis zu den Knien nass und klebrig, und es machte bei jedem Schritt, den sie tat, ein unschönes, schmatzendes Geräusch.

„Noch nicht!", kam es zynisch zurück.

Pat ließ vor Schreck Churthams Mantel los, an den sie sich bisher geklammert hatte, und fiel der Länge nach in die stinkende Brühe. Sie machte den Mund zu einem Schrei auf, bekam sofort einen ganzen Schwall Sumpfwasser hinein und hustete um ihr Leben, während sie versuchte, sich aus dem Sog zu befreien, der sie mit einem Mal erfasst hatte. Ihre Knie sanken immer weiter, ihre Hände, die sie aufzustützen versuchte, gruben sich in den Schlamm und sie merkte, dass sie schon ziemlich schnell unter der Wasseroberfläche sein würde. Sie versuchte zu schreien, Churtham um Hilfe zu rufen, aber der Schlamm in ihrem Mund hinderte sie daran und sie brachte nur einen gurgelnden Ton hervor.

Kurz bevor ihre Nasenspitze in dem fauligen Wasser untertauchte, hörte sie ein Aufklatschen, dann griff jemand nach ihr, packte sie an den Haaren und am Kragen und zog sie hoch. Sie spuckte, hustete, keuchte, während Churtham sie festhielt, ihr auf den Rücken klopfte und dabei leise Verwünschungen ausstieß, die zu Pats Erstaunen allerdings nicht gegen sie, sondern gegen ihn selbst und den Rest der Welt gerichtet waren. Schließlich, als sie wieder Luft bekam, hob er sie hoch und trug sie, bis sie festen Boden unter den Füßen erreicht hatten. Dort setzte er sie ab. Pat sank sofort erschöpft in sich zusammen und spuckte noch das ganze restliche Sumpfwasser aus, das ihr in die Kehle gekommen war. Sie sah erst auf, als sie fühlte, wie jemand sanft mit einem Taschentuch über ihr Gesicht wischte. Churtham hockte vor ihr und versuchte, soviel Schlamm wie möglich von ihren Wangen, ihren Augen und ihren Lippen zu entfernen. Sein eleganter Anzug war nun nicht weniger schmutzig als Pats Kleidung.

„Ich hätte mir denken können, dass Sie hineinfallen." Zum ersten Mal klang seine Stimme freundlich.

Pat legte die Hand auf ihren Magen. Ihr Kleid war nass und klebrig, ihre Haare hingen in Strähnen über ihr Gesicht und sie fühlte sich furchtbar elend. „Ich glaube, mir wird schlecht."

„Bleiben Sie noch ein bisschen sitzen, Patricia, ruhen Sie sich aus und dann gehen wir zurück. Mrs. Simmons wird Ihnen ein schönes heißes Bad richten und Sie werden sehen, danach sieht die Welt wieder ganz anders aus."

Die Welt würde vielleicht ganz anders aussehen, aber bestimmt nicht so wie früher. Hatte er sie tatsächlich schon wieder Patricia genannt? Sie hatte keine Zeit mehr darüber nachzudenken, denn sie krümmte sich zusammen ...

Churtham strich ihr die Haare aus dem Gesicht, murmelte beruhigende Worte und wartete bis sie fertig war, bevor er sie einfach hochhob. Pat, die halb ohnmächtig war, bemerkte nur verschleiert, dass er sie sicher durch den dunklen Wald bis zum Schloss zurücktrug. Sie kam erst wieder völlig zu sich, als sie in der bis oben hin mit heißem Wasser gefüllten Badewanne ruhte, und die fassungslose Mrs. Simmons ihr einen Krug warmen Wassers über ihr verklebtes Haar goss. Mrs. Simmons verlor kein Wort über die so offensichtlich missglückte Flucht, wirkte aber sehr besorgt.

Als Pat endlich erschöpft im Bett lag, bis zur Nasenspitze zugedeckt und mit Mrs. Simmons an ihrer Seite, die ihr mit stummer Anteilnahme die Hand streichelte, klopfte es an der Tür.

„Nein, Mylord!", empörte sich Mrs. Simmons. „Miss Smith ist schon zu Bett."

„Das stört mich nicht", kam es gelassen. Die Tür öffnete sich, Churtham kam herein, schob Mrs. Simmons zur Seite, die sich mit blitzenden Augen und ausgebreiteten Armen vor ihrem Schützling aufgebaut hatte, und reichte Pat einen Becher hin. „Hier, trinken Sie, das wird Ihnen gut tun."

Pat sah in den Becher, eine weißliche Flüssigkeit war darin. „Was ist das?", fragte sie erschöpft. „Fliegenpilzsuppe?" Aus irgendeinem Grund fand sie es in ihrem Zustand völlig normal, dass er sie jetzt auch noch im Bett auffand. Er hatte sie getröstet, als sie ihre ganze Angst und den Schrecken ausgespuckt hatte, da konnte nichts mehr peinlicher sein.

„So etwas Ähnliches." Über Churthams Gesicht glitt jenes seltene Lächeln, das ihr bereits angenehm an ihm aufgefallen war. Es machte sein Gesicht weicher, weniger unnahbar und unglaublich … anziehend.

Ein anziehender Vampir. Das hatte ihr noch gefehlt.

Sie schnupperte, dann kostete sie. „Milch mit Alkohol?"

„Guter schottischer Whisky." Er wandte sich Mrs. Simmons zu, die daneben stand und ihn aufmerksam beobachtete. „Würden Sie uns jetzt bitte alleine lassen, Mrs. Simmons? Ich habe etwas mit Miss Smith zu besprechen."

Mrs. Simmons warf Pat einen zweifelnden Blick zu, aber da diese bei der Aussicht, mit seiner Lordschaft alleine zu bleiben, keine Anzeichen eines hysterischen Anfalls zeigte, nickte sie widerwillig, ging zögernd hinaus und schloss dann ganz langsam die Tür.

Churtham lächelte spöttisch. „Ich bin sicher, sie wird jetzt vor der Tür stehen bleiben und Wache halten." Er zog sich einen Sessel neben das Bett und setzte sich hin, etwas vorgebeugt, die Ellbogen auf die Knie gestützt und betrachtete Pat, während sie die Milch schlürfte. Sie war ein wenig verlegen unter seinem Blick, aber sie sah nicht den geringsten Grund, Angst zu haben. Es war überhaupt seltsam, wie wenig gefährlich er wirkte, mit dem leichten Lächeln und dem Blick, der so weich auf ihr ruhte. Fast hätte sie den Becher weggestellt und die Hand ausgestreckt, um ihn zu berühren und mit den Fingern durch sein offenes Haar zu fahren.

„Fühlen Sie sich schon besser?", fragte er, als sie ein wenig später die Milch ausgetrunken hatte.

Sie nickte nur und zwang sich, auf sein Halstuch zu sehen, um nicht in Versuchung zu kommen, zu tief in seinen Blick einzutauchen. Er hatte seinen von ihr völlig verdreckten Anzug bereits gegen einen anderen getauscht und sah wie immer sehr elegant aus.

„Ich weiß, dass Sie fortwollten, aber ich kann Sie nicht gehen lassen, Patricia", sagte er ruhig. „Es ist zu Ihrem eigenen Besten, wenn ich es nicht tue." Er nahm ihre Hand und Pat überließ ihm sie so willig, dass es sie selbst erstaunte. „Es passieren gefährliche Dinge, Patricia, aber wenn Sie im Schloss bleiben, sind Sie in Sicherheit. Niemand wird es wagen, Ihnen etwas zu tun, solange ich hier bin." Er lächelte leicht, sein Blick glitt warm über ihr Gesicht und blieb an ihren Augen hängen. „Bitte vertrauen Sie mir, Pat."

„Ja … aber … ich …" Ihr versagte die Stimme, als er ihre Hand an seine Lippen führte.

„Das können Sie, Pat." Seine Lippen lagen für Sekunden weich und warm auf ihrer Haut, dann drehte er ihre Hand um, betrachtete die Handinnenfläche und strich leicht mit den Fingerspitzen darüber. Seine Berührung schickte einen feurigen Strahl in ihren ganzen Körper. „Sie haben ganz kalte Finger."

„Die habe ich immer, wenn ich aufgeregt bin", flüsterte sie. Sie zuckte zurück, als er begann, ihre Finger zu küssen, aber er hielt ihre Hand fest. Ihr wurde warm, sehr warm und an dieser gewissen Stelle zwischen ihren Beinen sogar heiß. Churthams Blick glitt geradezu ungehörig intensiv über sie, wanderte ihren Hals entlang und weiter hinunter. Die Decke war ein wenig verrutscht und als sie seinem Blick, der sich an ihrer Brust festsaugte, folgte, bemerkte sie zu ihrem Entsetzten, dass sich ihre Brustspitzen deutlich unter dem dünnen Baumwollnachthemd abzeichneten. Sie versuchte flacher zu atmen, die Brust einzuziehen, erreichte damit jedoch nur, dass sich die Spitzen noch ein wenig mehr unter seinem Blick erhoben. Endlich sah er weg, aber anstatt dezent zur Seite zu blicken, glitt sein Blick an ihrem Körper weiter hinunter über ihren Bauch und ihre Schenkel, die unter der Decke unverkennbar waren.

Es war genau die Situation, die sie sich in den einsamen Nächten ausgemalt hatte. Maximilian Churtham, der sie ansah wie ein Mann, der eine Frau begehrte, bevor er sie ganz langsam und zärtlich entkleidete, sie mit Küssen bedeckte und dann seine Hand über ihren Körper wandern ließ. Wunderbare Fantasien waren das gewesen, die sie sehr unschicklich erregt hatten, so sehr, dass sie sogar eine irritierende Feuchtigkeit zwischen ihren Beinen verspürt hatte und das dringende Bedürfnis, sich dort zu streicheln. Sie hatte nachgegeben, sich dabei vorgestellt, es wäre Churtham, der sie berührte, rieb. Die Erinnerung daran ließ ihre Wangen blutrot werden und ihre Finger völlig zu Eis gefrieren. Sie starrte auf den Boden, in der Hoffnung, Vampire verfügten nicht über die Fähigkeit, anderer Leute Gedanken zu lesen. Sie zuckte ertappt zusammen, als er sprach.

„Versprechen Sie mir, nicht wieder davonzulaufen, Patricia, sondern im Schloss zu bleiben."

Pat starrte ihn an und bemerkte wie jedes Mal in seiner Gegenwart, dass ihr eigener Wille schwächer wurde. Sie nickte. „Ja, ich verspreche es."

„Und dass Sie mir vertrauen." Seine Augen waren ganz weich und der hellblaue Schimmer darin war nicht furchterregend, sondern zärtlich. Pat hätte sich am liebsten in seine Arme geschmiegt.

Sie nickte wieder. „Ja."

Churtham presste zu ihrem Entsetzen und gleichzeitiger Genugtuung seine Lippen auf ihre Hand und stand dann hastig auf. „Dann wünsche ich Ihnen angenehme Träume, Pat."

Sie sah ihm noch nach, als sich die Tür schon längst hinter ihm geschlossen hatte, bevor sie sich tiefer in ihre Kissen kuschelte. Zum ersten Mal, seit sie in dieses Schloss gekommen war, kam ihr nicht in den Sinn, die Tür zu verriegeln. Sie fühlte sich plötzlich sehr sicher und geborgen. Churtham hatte gesagt, sie könne ihm vertrauen, und wenn sie darüber nachdachte, dann war es genau das, was sie auch wollte.

Pat ... er hatte sie heute mehrmals Patricia und sogar Pat genannt. Niemand hatte sie mehr so angesprochen, seit ihre Eltern gestorben waren. Und wie zärtlich und weich er ihren Namen ausgesprochen hatte.

„Maximilian", flüsterte sie in die Kissen hinein. Sie zog das Kissen enger an sich, stellte sich vor, es wäre Churtham, den sie umarmte, und schlief ein.

Am nächsten Tag sah sie wie üblich nichts von Churtham. Was auch nicht weiter verwunderlich war, denn jemand hatte von außen ihre Tür verschlossen. Da sie jedoch beim Aufwachen nicht nur ihre Tasche vorgefunden hatte, die jemand geholt und neben ihr Bett gestellt hatte, sondern auch ein ganzes Tablett voller Speisen, lief sie wenigstens nicht Gefahr, zu verhungern. Die Tür öffnete sich erst wieder, nachdem die Sonne untergegangen war. Pat zögerte zuerst, ging jedoch dann hinunter, in der Hoffnung, Churtham zu treffen. Er saß auch tatsächlich in seinem Lehnsessel am Kamin und hielt ein Glas mit einer roten Flüssigkeit in der Hand. Pat starrte schockiert darauf.

Er bemerkte ihren Blick und verzog den Mund zu einem spöttischen Lächeln. „Blut. Ich habe mir etwas von der Unglücklichen abgezweigt. Man kann nicht alles auf einmal zu sich nehmen, das schlägt sich auf den Magen." Er wirkte ganz anders als am Vorabend, als seine Augen so irritierend weich und sein Lächeln so anziehend gewesen war. Sie hatte die halbe Nacht von ihm geträumt und hatte den folgenden halben Tag gebraucht, um sich von der erotischen Intensität des Traumes wieder zu erholen.

„Dann haben Sie mich gestern Abend also doch belogen? Und es stimmt also doch, was die Leute von Ihnen sagen?!"

„Was sagen sie denn von mir?"

„Dass Sie regelmäßig junge Mädchen entführen und töten."

„So. Sagt man das." Er starrte sekundenlang ins Glas, dann stellte er es mit einem leichten Klirren auf den Tisch. Er erhob sich, ging zum Fenster und sah mit auf dem Rücken verschränkten Händen hinaus. Wieder fiel es Pat auf, dass der gesamte Raum sich in dem Glas spiegelte, nicht jedoch Churtham, obwohl er direkt davor stand.

Sie griff heimlich nach dem Glas, in der Hoffnung er würde es nicht bemerken, und roch daran, bevor sie vorsichtig kostete.

Rotwein? Es war Rotwein!

Endlich wandte er sich um. „Hatten Sie wirklich gedacht es wäre Blut?"

„Natürlich!"

Er zögerte etwas. „Es ... tut mir leid, dass ich Sie gestern dazu gebracht habe, mich ins Moor zu begleiten. Das war nicht richtig von mir und unnötig grausam.

Aber ich war wütend auf Sie." Er kam etwas näher. „Weil Sie einfach davon laufen wollten." Etwas schwang in Churthams Stimme mit, aber Pat konnte nicht sagen, was es war. Zorn, Enttäuschung, Verbitterung. Vielleicht etwas von allem.

„Es stand etwas in einem Ihrer Bücher", sagte Pat schließlich langsam. Vielleicht gab es ja sogar eine vernünftige Erklärung für seinen Blutdurst. „Es gibt angeblich eine Krankheit, die manchmal bei Adeligen vorkommen soll. Vielleicht leiden Sie ja ebenfalls darunter? Es ist eine Art Blutschwäche. Aber dann gibt es gewiss Mittel und Wege, um Sie zu heilen. Sie können ja schließlich nichts dafür, dass Sie krank sind. Und …", sie würgte an diesen Worten, sprach jedoch tapfer weiter, „ich finde, dass Sie sonst sehr nett sind. Ich … mag Sie sogar recht gerne. Ich würde gerne hier bleiben und Ihnen helfen." Sie hatte den ganzen Tag Zeit gehabt, darüber nachzudenken. Sie hatte tatsächlich in einem der Bücher über Vampire über so etwas gelesen, allerdings hatte der Verfasser dieser Theorie sich nicht näher darüber ausgelassen, aber es gab sicherlich noch medizinische Bücher, wo man mehr über diese seltene Krankheit fand.

In Churthams Gesicht veränderte sich etwas, der Spott war völlig daraus verschwunden. Er kam langsam auf sie zu, dabei keinen Moment lang den Blick von ihr lassend. „Sie wollen mir helfen? Ist es das wirklich? Oder reizt Sie das Abenteuer?" Sein Blick schien sich in ihren hineinzubrennen. „Ja, das ist es, genau das", murmelte er endlich. „Die Faszination des Bösen, des Gefährlichen."

„V … vielleicht", stotterte Pat, unfähig zuzugeben, dass sie bis über beide Ohren in ihn verliebt war.

Er kam näher, nahm ihre Hand und fuhr zart mit den Fingerspitzen die Linien ihrer Handinnenfläche nach, bevor er seine Lippen darauf drückte. „Sie haben schon wieder ganz kalte Finger, Patricia."

Sie sah ihn zweifelnd an. Obwohl er freundlich war, bemerkte sie wieder dieses hellblaue Flackern in seinen Augen, das sie einschüchterte und zugleich anzog. „Tut es weh, von einem Vampir gebissen zu werden?", fragte sie scheu, als Churtham begann, jeden einzelnen ihrer Finger zu küssen. Warum tat er das bloß immer! Sah er denn nicht, wie sehr sie das verwirrte?! Aber er schien ganz im Gegenteil eine seltsame Genugtuung darin zu finden, sie zu berühren und damit in sprachlose Verlegenheit zu stürzen.

Churtham lächelte leicht, während er seine Küsse auch auf ihr Handgelenk ausdehnte, dort, wo unter der zarten Haut der Puls zu sehen und zu fühlen war. „Nein, der Kuss des Vampirs bringt der Frau, die er begehrt, sogar höchste Lust. Nur wenn sie sich wehrt, ist es zu Beginn etwas unangenehm für sie, aber dann verfällt sie ihm bis zur Ekstase."

„Hat sie deshalb gelächelt?"

„Sie wollen es oft selbst", fuhr er wie zu sich selbst fort. „Statt die Gefahr zu meiden, laufen sie ihr auch noch nach. Es ist die Angst vor dem Tod und zugleich die Sehnsucht nach einer verzehrenden Leidenschaft, die alles auslöscht, sogar wenn es das eigene Leben ist. Es ist die sexuelle Macht, die sie anzieht."

Pat wurde rot. „Ich finde absolut nichts Erotisches am Tod." Wogegen sie es jedoch sehr erotisch fand, von Churtham berührt zu werden.

„Es ist für einen Vampir erotisch, einen Menschen zu beißen, sein Blut und seine Lebenskraft zu fordern, ihn auszusaugen und zu verzehren. Ihn damit ganz zu besitzen."

„Aber nur den Körper ..."

„Nein", Churthams Stimme klang heiser, „es ist viel mehr – nicht nur für einen Vampir, auch für andere Wesen, die ... Nun, in diesem einen Moment, in dem das Leben oder sein Wille dem Opfer entflieht, besitzt man alles von ihm. Seine Gedanken, seine Gefühle, seine Kraft und seine Leidenschaft." Er sah sie eindringlich an. „Ist es das, was Sie fasziniert? Die Macht? Das Unheimliche? Die Sehnsucht nach dem Bösen, das Sie sonst nicht auszuleben wagen? Die Erfüllung erotischer Fantasien? Geben Sie es zu, Pat. Sie können vielleicht mich belügen, aber nicht sich selbst." Er hob langsam, wie von einer unwiderstehlichen Macht getrieben, die Hände, ergriff Pat an den Schultern und zog sie näher an sich. Sie zitterte, wusste jedoch nicht, ob es aus Freude war von ihm berührt und vielleicht endlich geküsst zu werden oder aus Angst vor dem, was jetzt unausweichlich auf sie zukommen würde. In dem Moment als er sie anfasste, schien Pats eigener Wille erloschen zu sein und sie schalt sich nicht einmal dafür, dass sie vergessen hatte, die hilfreiche Knoblauchkette umzulegen. Er küsste sie jedoch nicht wie gehofft auf den Mund, sondern legte nur seine Lippen an ihre Wangen, streichelte über die zarte Haut.

„Sie fühlen sich wunderbar an, Patricia. Lebendig, wie das Licht und das Leben. Ich wollte ..."

Sie erschauerte unter dem rauen, verlangenden Ton seiner Stimme. „Was?", fragte sie atemlos, als er nicht weitersprach, sondern nur seine Lippen über ihren Hals wandern ließ und dann weiter hinunterglitt, die sanfte Wölbung entlang, bis sie den Kopf in den Nacken legte und ihm damit unbewusst ihre Kehle darbot. Für die Gefühle, die er in ihr auslöste, fand sie keine Worte mehr. Sie wollte mehr davon, mehr von seinen Berührungen, aber als sie sich in seine Jacke krallte, um ihn näher an sich zu ziehen, schien ihn das zu ernüchtern. Er trat heftig atmend einen Schritt zurück und löste ihre Hände von seinen Jackenaufschlägen, hielt sie jedoch in den seinen, als wäre er unfähig sie nicht doch zu berühren.

„Nicht. Es tut mir leid ... Ich ..."

„Mir nicht", flüsterte sie sehnsüchtig.

„Es ist ein Spiel mit dem Feuer, Patricia."

„Es wird mich nicht verbrennen", flüsterte sie zurück.

Er studierte endlos lange ihr Gesicht, fuhr zart mit dem Finger die Linie ihrer Wangen und ihrer Lippen nach, ein fast schmerzhaftes Verlangen in den Augen, das sie erstaunte. Pat sah ihn atemlos und fasziniert an. Das war nicht mehr das zeitlose Gesicht, das sie auch von dem Bild kannte, sondern das eines Mannes, der schon alles gesehen und erlebt hatte. Aber am meisten berührten sie seine Augen. Das helle Glimmen daraus war verschwunden und stattdessen waren sie von einem dunklen Blau, in dem sich seine Pupillen schwarz und unergründlich abzeichneten. Für Sekunden hatte Pat das Gefühl, tiefer in ihn hineinzublicken als jemals zuvor in einen Menschen. Es lag Zorn in seinen Augen, Verwirrung und Schmerz. Dann erlosch auch dieser Ausdruck und eine tiefe Müdigkeit und Bitterkeit machten sich darin bemerkbar, die Pat tief ins Herz trafen.

Fast eine Minute blickte er sie so an, dann ließ er sie los und trat von ihr weg. „Nein, es wird Sie nicht verbrennen. Nicht, wenn ich es verhindern kann", erwiderte er ernst.

Er wollte gehen, aber Pat hielt ihn am Ärmel zurück. Es war eine Sehnsucht in ihr erwacht, die noch stärker war als der Wunsch, von ihm geküsst und gehalten zu werden. Sie wollte mit ihm sprechen, ihn trösten. „Maximilian?" Es tat ihr weh, ihn unter dieser vertraulichen Anrede zusammenzucken zu sehen. Sekundenlang starrte er sie an, dann machte er sich sanft von ihrem Griff frei und ging.

Churtham war auf dem schnellsten Wege in sein Zimmer gegangen und hatte die Tür hinter sich versperrt, als könnte er damit verhindern, zu Pat zurückzukehren. Er schloss die Augen, fuhr sich mit der Hand über das Gesicht und lehnte sich erschöpft an die Wand. Es war ein Fehler gewesen, sie so nahe kommen zu lassen, sich an sie zu gewöhnen, und ein noch größerer, sie abermals und abermals zu berühren. Es hatte ihn amüsiert, sie anfangs heimlich zu beobachten und dann ihre Bekanntschaft zu vertiefen, aber jetzt war es höchste Zeit, sich von ihr zurückzuziehen.

Er dachte daran, wie sie sich verletzt hatte. Es war ein kleiner, unbedeutender Schnitt gewesen, aber der Anblick ihres Blutes hatte ihn verwirrt. Er hatte es aus gutem Grund bisher vermieden gehabt, sie anzufassen, aber in diesem Moment, als seine Lippen ihren Finger berührt hatten um das Blut wegzuküssen, war er überwältigt gewesen. Ihre Haut hatte köstlich geschmeckt. Nach mehr. Er hatte plötzlich ihren ganzen Körper, ihr Wesen, ihre Seele besitzen wollen, und viel hatte nicht gefehlt und er wäre über sie hergefallen.

Eine schon seit langem unter Kontrolle geglaubte Leidenschaft war in ihm erwacht, derer er sich kaum hatte erwehren können. Bis er die Angst in ihren Augen gesehen und ihr vor Schreck dünnes Stimmchen gehört hatte.

Früher hätte er sich nicht um ihre Angst gekümmert, sondern sich im Gegenteil daran ergötzt oder versucht, sie zu betören, aber nun hatte ihre Furcht ihn selbst verstört, sodass er förmlich vor ihr geflohen war. Schon seit längerem hatte sich etwas anderes in seine Beziehung zu Pat gemischt. In das anfängliche Amüsement war Begierde getreten. Der heftige Wunsch, sie zu besitzen, ihren schlanken Körper auszukosten und in ihr all die überwältigende Lust zu suchen, die ihm andere Frauen trotz aller raffinierten und zum Teil grausamen Liebesspiele nicht mehr geben konnten.

Er begehrte sie wie schon lange keine Frau mehr zuvor, mit einer Leidenschaft, die seine Hände zittern ließ. Wie lange war es schon her, dass er ein unschuldiges

Mädchen unter sich liegen gehabt hatte, wie Pat ganz zweifellos eines war? Das Verlangen sie zu verführen, mit allen Mitteln gefügig zu machen und in ihr die Wollust zu wecken, bis sie ihm mit Leib und Seele ausgeliefert war, war unerträglich stark. Ein Gefühl, das er gut kannte, dem er aber nicht nachgeben wollte. Nicht bei Pat, sie war zu schade, um von ihm hinabgezogen zu werden.

„Verflixter Narr", murmelte er erbittert, als er eine halbe Stunde später auf der Wiese vor dem Schloss stand und hinauf zu Pats Fenster blickte, als könne er einen Blick auf dieses Mädchen erhaschen. Schließlich wandte er sich entschlossen um und ging.

Lord Gharmond

Eine atemberaubend schöne und verführerische Frau mit einer schwarzen Halbmaske, die ihren sinnlichen Mund freiließ, kam mit ausgestreckten Armen auf Lord Gharmond zu, als er jene Räumlichkeiten betrat, die nur ganz besonderen Gästen zugänglich waren. „Gharmond! Welch ein seltener Gast! So habe ich mich also nicht getäuscht! Die Luft schien sich zu erwärmen in dem Moment, in dem du das Haus betreten hast!"

„Hagazussa, wie nett, dich wiederzusehen."

Die rothaarige Schönheit schürzte die vollen Lippen. „Nett? Nur einfach nett? Ist das alles?"

„Du hast Recht, es war wohl nicht sehr höflich von mir."

„Du bist und bleibst doch wirklich der Alte", sagte sie kopfschüttelnd, „unhöflich und herzlos. Aber genau das mochte ich immer so an dir." Sie presste sich kurz, aber sehr intensiv an ihn. „Ich muss mich nur noch schnell um einen anderen *Spezialgast* kümmern", flüsterte sie ihm zu, „dann komme ich zu dir." Sie trug ein langes, elegantes, schwarzes Kleid, dessen rotes Seidenmieder vorne so weit ausgeschnitten war, dass man einen ungehinderten Blick auf ihre schönen Brüste und die dunkelroten Spitzen werfen konnte. In der Hand hielt sie eine Peitsche, an der Blut klebte. Menschenblut.

Er verzog das Gesicht, aber Hagazussa hob lächelnd die Schultern, ihre grünen Augen blitzten. „Früher hast du so etwas auch ganz gerne gemocht, auch wenn ich damals die Peitsche immer nur in deiner Hand gesehen habe. Dieser Gast jedoch zieht es vor, *meine* Befehle zu befolgen und sich *mir* zu unterwerfen." Sie trat noch einmal näher, schmiegte ihren Körper an ihn, ohne ihn mit den Händen zu berühren. Er spürte ihre vollen Brüste, ihren Bauch, ihre Hüften, die sich an ihm rieben. „Dabei hatten wir immer so viel Spaß. Ich kann mich nicht erinnern, etwas mehr genossen zu haben." Sie schwang die Peitsche immer selbst, unterwarf sich jene Männer, die danach gierten, geschlagen und getreten zu werden, am Boden zu liegen und ihre in spitzen Schuhen steckenden Füße auf ihrem Körper zu fühlen, vor ihr zu kriechen, sie um Gnade und gleichzeitig um noch mehr anzubetteln. Aber bei Gharmond hatte sie stets eine Ausnahme gemacht. Weil Gharmond anders war. Ein Feuerdämon, der nicht nur Teppiche und Möbel in Brand setzen konnte, wenn er wütend war, sondern auch das Feuer und die Leidenschaft der Frauen erweckte, die das Glück hatten, seine Aufmerksamkeit zu erringen.

„Das ist lange her", sagte Gharmond nachlässig.

„Du bist ja so sanftmütig geworden", lächelte die verführerische Frau ironisch. „Fast schon ein bisschen bieder. Und wenn ich es nicht besser wüsste, würde ich sagen, *langweilig*. Aber ich kann mich gut erinnern, dass es früher andere Zeiten gegeben hat. Gelegenheiten, wo du den armen Mädchen bestenfalls die Wahl ihrer Qual gelassen hast." Sie hob ihre Hand und berührte mit dem Zeigefinger ihre Lippen, strich darüber, saugte an der Fingerspitze, bevor sie Gharmond damit auf seiner Wange berührte. „Soll ich dir in der Zwischenzeit einige hübsche Sklavinnen schicken, um dir die Wartezeit zu verkürzen?"

„Heute nicht. Aber beeile dich."

Sie lachte dunkel und wandte sich zum Gehen. „Ach ja", sie drehte sich, schon halb aus der Tür, nochmals um, „tu mir einen Gefallen, Gharmond, küsse diesmal keine meiner Bediensteten. Ich hatte letztens ungeheure Schwierigkeiten, geeignete Nachfolgerinnen zu finden."

Er verneigte sich spöttisch und sah Hagazussa nach, wie sie das Zimmer verließ. Allein gelassen, ließ er sich in einen der bequemen Lehnstühle vor dem Kamin fallen, legte die Füße auf ein kleines Tischchen und nahm aus der Hand einer nackten jungen Frau, die wie aus dem Nichts neben ihm aufgetaucht war, ein mit Champagner gefülltes Glas entgegen. Ihr liebliches, herzförmiges Gesicht war von blonden Löckchen umrahmt.

Die Kleine kniete sich neben ihm nieder und sah ihm zu, wie er an dem Champagner nippte.

„Kann ich etwas für Sie tun, Meister?" Sie sah ihn aus großen blauen Augen an, beugte sich vor und ihre spitze kleine Zunge berührte seinen Handrücken, während sie mit den Fingern ihre Brustwarzen umfasste und genussvoll rieb, bis sie hart wegstanden.

Er betrachtete sie. Wirklich ein hübsches Kind, mit vollen schönen Brüsten und einem dichten dunkelblonden Dreieck zwischen den Beinen, zu dem sie jetzt ihre rechte Hand gleiten ließ, als sie seinen Blick bemerkte. Aber er hatte Lust auf etwas ganz anderes, dieses hübsche Hürchen konnte ihn im Moment nicht reizen. Als sie nach seiner Hand griff, um sie zwischen ihre Beine zu ziehen und ihn die erregte Feuchtigkeit ihrer Scham spüren zu lassen, machte er sich, plötzlich von ihrer Zudringlichkeit angewidert, frei.

„Nein. Ich werde dich rufen, wenn ich etwas brauche."

„Mein Name ist Venetia." Sie ließ sich offenbar nicht so leicht abschütteln. „Es wäre mir eine Ehre, Ihnen zu Diensten sein zu dürfen, Lord Gharmond. Ich habe schon viel von Ihnen gehört."

Er nickte nur.

„Soll ich vielleicht das Feuer etwas schüren?" Es war klar, dass sie nicht das spärlich flackernde Feuer im Kamin meinte. Sie lächelte ihn verführerisch an und strich mit den Fingerspitzen seinen Oberschenkel entlang, immer weiter hinauf.

„Das tu ich selbst." Eine lässige Bewegung mit seiner Hand und im selben Moment loderten die Flammen hoch auf und aus dem Kamin heraus, fast bis zum Lehnsessel. Die Kleine sprang erschrocken auf und machte, dass sie davonkam. Von irgendwo her, einige Räume weiter, hörte er das zwischen Schmerz und Lust pendelnde Stöhnen eines Mannes und seine Schreie. Hagazussa war offenbar schon wieder ganz bei der Arbeit. Und wenn jemand etwas davon verstand, dann sie.

Er grinste nur müde, lehnte sich zurück, leerte das Glas in einem Zug und dachte dabei an die schöne Hexe. Wirklich eine sehr reizvolle Frau. Es war eine gute Idee gewesen, wieder einmal hierher zu kommen. Es würde ihn von einer ganz bestimmten anderen ablenken. Der Gedanke an sie krampfte seine Kehle schmerzhaft zusammen. Noch nie hatte er etwas so sehr gewollt wie diese Frau und noch nie war ihm etwas so unerreichbar erschienen. Unerreichbarer fast als das Licht. Und wenn er sich nicht sehr vorsah, dann würde sie ihn ebenso verbrennen. Oder er sie.

Er war so in Gedanken versunken, dass er zusammenzuckte, als Hagazussa wieder das Zimmer betrat. Sie hatte sich umgezogen, trug nun ein grünes Seidenkleid in der Farbe ihrer Augen und sah umwerfend verführerisch darin aus.

„Ein hoher Regierungsbeamter", gurrte sie und wies mit dem Kopf bedeutsam zur Tür, durch die sie gekommen war. „Er frisst mir aus der Hand."

„Das ist doch nichts Neues", erwiderte er unbeeindruckt. Hagazussa war unter den Eingeweihten auf der ganzen Welt berühmt für ihre Liebeskünste. Und das schon seit mehreren hundert Jahren. Es gab nichts, das sie einem männlichen Wesen, das ihre Gunst gewonnen hatte, nicht zu bieten imstande und willens war.

Hagazussa warf einen Blick auf die geschwärzte Umrahmung des Kamins, immer noch loderte das Feuer heftig, wenn auch nicht mehr mit dieser Kraft wie zuvor. „Wurden hier etwa Feuerspielchen gemacht?", fragte sie amüsiert. „Sag es mir gleich, mein unbarmherziger Freund – welche meiner Dienerinnen hast du in Flammen aufgehen lassen?"

„Sie hieß, wenn ich mir den Namen richtig gemerkt habe, Venetia. Aber ich kann dich beruhigen, sie hat den Raum unversehrt verlassen."

Hagazussa hob die Augenbrauen. „Venetia? Ach, wirklich? Die Kleine wird langsam sehr abenteuerlustig." Sie setzte sich auf die Lehne seines Sessels und strich ihm mit den Fingerspitzen durch das Haar, sodass er die scharfen Ränder ihrer langen Nägel auf seiner Haut spürte. „Wie lange warst Du schon nicht mehr hier?", fragte sie. „Wochen? Nein, es müssen sogar mehrere Monate sein. Wenn ich dich nicht gelegentlich besuchte, bekäme ich dich überhaupt nicht mehr zu Gesicht." Sie beugte sich ein wenig vor, vergönnte ihm einen tiefen Einblick in ihr spitzenumsäumtes Dekolleté und strich mit den Lippen über seine Schläfen.

„Ich hatte zu tun." Gharmonds Stimme klang kühl.

„Zu tun? Sag nicht, du hast diesen irritierenden Zeitvertreib immer noch nicht aufgegeben."

„Ich weiß nicht, wovon du sprichst."

„Von deiner Vampirjagd, mein Süßer. Von deiner ebenso perversen wie erregenden Idee, auf Vampirfang zu gehen. Aber tu nur, was dir Spaß macht – solange du dich gut unterhältst … Wenn du willst, kannst du dir sogar einige dieser Geschöpfe vornehmen."

„Hast du etwa auch Vampirinnen hier?"

„Natürlich!" Hagazussa lächelte. „Soll ich eine für dich rufen, damit du deine schlechte Laune an ihr auslassen kannst? Das Angenehme an diesen Wesen ist, dass man sie nicht so leicht umbringen kann, sie stehen immer wieder auf und leben einfach weiter."

Er starrte ins Feuer, das zunehmend wieder kräftiger wurde. Bilder blitzten in ihm auf. Mit Ketten und Stricken gefesselte Frauen, die zuerst vor Angst geschrien hatten und dann vor Lust, bis sie endlich reglos dalagen. Sich windende Körper, lautlose Schreie, Peitschen, Blut, der Geruch der Lust und des Todes.

„Ich verabscheue Vampire", sagte er schließlich kalt. „Perverse Geschöpfe. Untote, die sich von menschlichem Blut ernähren müssen, um leben zu können. Aber nicht genug damit, infizieren sie auch noch andere mit ihrer Pest, nehmen ihnen das Leben und geben ihnen dafür ein Dasein in der Dunkelheit, in der sie aus ihren Grüften und Gräbern steigen, um zu töten und ihre Seuche weiterzuverbreiten."

Hagazussa blickte zum Kamin hinüber. „Wir sollten das Thema wechseln, Gharmond, mein feuriger Geliebter, die Flammen erreichen schon fast mein Kleid und der kostbare Teppich ist bereits etwas angesengt."

Er räusperte sich. „Verzeihung, ich war wohl etwas unachtsam." Das Feuer zog sich wieder zurück und flackerte sittsam an seinem angestammten Platz weiter. „Ich bin ja auch hergekommen, um mich ein wenig zu entspannen und nicht, um diese alten Geschichten aufzuwärmen."

„Ja, natürlich", Hagazussas Stimme klang nun ganz sanft. Ihre Hand wanderte von Gharmonds Schulter abwärts, seine Brust entlang, bis zwischen seine Beine. „Und das scheinst du auch bitter nötig zu haben, mein armer Lieber", sagte sie verständnisvoll. „Du bist wirklich sehr angespannt … Willst du es gleich hier tun? Wir können aber auch in mein Schlafzimmer gehen, dort ist es gemütlicher."

„Gleich hier." Er zog sie von der Lehne herab, sodass sie mit dem Gesicht zu ihm auf seinen Knien zu sitzen kam. Hagazussa sah nicht nur sinnlich aus, sie war die Sinnlichkeit in Person. Er beobachtete, wie ihre Zungenspitze genussvoll über ihre Lippen fuhr, sie befeuchtete, während sie mit ihren Händen sein Glied liebkoste, das sich ihr durch den Stoff der Hose entgegendrängte.

„Soll ich dein Lieblingsspielzeug holen, mein Liebster?", fragte sie mit dieser dunklen, erotischen Stimme. „Du könntest mich wieder fesseln, wie früher, und mir dann die Kleider vom Leib peitschen, bevor du über mich herfällst und mich liebst, bis ich um Gnade winsle und fast ohnmächtig werde …" Sie beugte sich etwas vor, während sie mit den Händen ihre Brüste umfasste und halb aus dem Mieder hob.

Er ließ seine Finger nachdenklich von ihrem Hals abwärts in die tiefe Spalte zwischen den vollen Hügeln gleiten. „Nein, heute nicht." Er hatte etwas völlig anderes im Sinn als seine Begierde mit grausamen Spielen zu befriedigen. Und zwar etwas, das Hagazussa, könnte sie seine Gedanken erraten, so gegen ihn aufbrächte, dass sie vermutlich versuchen würde, *ihn* die Peitsche kosten zu lassen. Allerdings nicht zum Zweck des Lustgewinns, sondern aus blankem Zorn. „Heute will ich etwas anderes ausprobieren", fuhr er fort, während er ihr enges Mieder öffnete und seine langen Finger tiefer hineingleiten ließ. Diese andere ging ihm nicht aus dem Kopf, aber wenn er sich vorstellte, sie an Hagazussas Statt in den Armen zu halten, in ihr zu vergehen, dann würde ihn das wahrscheinlich wirklich entspannen und diese Sehnsucht nehmen, die er an ihr nicht löschen konnte. Hagazussa, die köstlichste und berühmteste Liebeshexe von allen als Ersatz für eine normale Frau! Sie hätte vermutlich sogar versucht, ihn umzubringen.

Er lehnte sich zurück und schloss die Augen. „Du und ich, wir stammen nicht von Menschen ab", sagte er aus seinen Gedanken heraus, während Hagazussas Lippen spielerisch über sein Kinn und weiter hinunterglitten. „Wir sind aus der Kraft des Bösen, aus der Dunkelheit geboren."

Sie öffnete seine Seidenweste, ebenso das darunter befindliche Hemd und kratzte mit ihren langen, zugespitzten Nägeln provozierend über das gekrauste schwarze Haar auf seiner Brust, dabei zarte, hellrote Blutspuren auf seiner Haut hinterlassend. Er schien jedoch weder ihre Berührung zu spüren noch den Schmerz.

„Ja, da hast du Recht und es macht mir auch verdammt viel Spaß, böse zu sein. Es ist so einfach. Man muss sich dabei kaum anstrengen, es kommt wie von selbst." Sie lachte dieses dunkle, verführerische Lachen. „Ich frage mich, was dich daran plötzlich stört."

„Es wird mit der Zeit langweilig", erwiderte er schläfrig, als sie sich vorbeugte, um die kleinen Blutstropfen abzulecken. „Nichts Neues. Ich möchte einmal die andere Seite sehen und erleben."

„Diese ungesunden Tendenzen hast du schon früher gezeigt", sagte Hagazussa unbehaglich. „Als diese Antoinette in dein Leben gekommen ist." Sie hob den Kopf und musterte sein ausdrucksloses Gesicht eingehend. Immer, wenn er so dürftig auf sie reagierte, war etwas nicht in Ordnung. „Sag nicht, da steckt schon wieder eines dieser Geschöpfe dahinter."

„Und wenn es so wäre, ginge es dich auch nichts an." Seine Stimme klang völlig gelassen.

„Flausen", erwiderte sie ärgerlich. „Nichts als dumme Flausen." Sie glitt an ihm hinab, kniete sich zwischen seine Beine und öffnete langsam und bedächtig seinen Gürtel. „Aber ich weiß zum Glück ein gutes Mittel, sie zu vertreiben." Er lag völlig entspannt und geradezu ärgerlich gleichgültig im Sessel, als sie sein für ihre Künste weitaus empfänglicheres Glied liebkoste, ihre Zunge darum tanzen ließ, mit der Spitze in das dunkelrote Zentrum hineinbohrte, seine festen Hoden küsste und streichelte, bis er unter ihren Lippen und Händen noch härter wurde. Schließlich umfasste sie ihn mit den Lippen und begann zu saugen. Er blieb zu ihrem geheimen Ärger völlig ruhig, fast unbeteiligt, öffnete auch nicht die Augen, als er sagte: „Hör auf damit."

„Warum darf ich denn nicht?" Hagazussa gurrte förmlich.

„Das weißt du sehr wohl."

„Hast du Angst, dass ich damit zu viel Macht über dich gewinne, wenn ich deinen Samen koste? Jemand wie du sollte über diesen alten Aberglauben erhaben sein." Sie lächelte verführerisch. Sie wusste sehr wohl, dass an diesem alten Aberglauben mehr dran war, jedenfalls, wenn es sich um Dämonen handelte. Aber ein bisschen mehr Macht über Gharmond zu bekommen war etwas, das jeder Hexe, die einmal seinen Weg gekreuzt hatte, nur zu gut gefallen hätte. Und dies war eben eines der wenigen Mittel, die bei einem Dämonen Erfolg versprachen.

„Gerade jemand wie ich weiß sehr wohl, dass an diesem Aberglauben mehr dran ist, als mir lieb sein könnte", erwiderte Gharmond ungerührt.

Hagazussa war klug genug nachzugeben, als er die Augen öffnete und sein harter Blick sie traf. Sie erhob sich, öffnete mit einigen schnellen Handgriffen ihren Rock und schob ihn von ihren Hüften. Sie hatte darunter nichts an, und er betrachte mit Wohlgefallen ihre schmale Taille, die von dem eng geschnürten Mieder noch betont wurde, die breiten Hüften und das dunkelrote Dreieck zwischen ihren Beinen. Sie hatte lange, schlanke Beine, und auf dem lockigen Haar waren bereits einige Tröpfchen zu sehen, als sie sich mit gespreizten Beinen auf seine Knie setzte. Als er jedoch nach ihrem Kopf griff um sie festzuhalten und seinen Mund an ihren brachte, fuhr sie zurück.

„Es ist immer dasselbe", sagte er gelangweilt. „Nichts, was nicht schon da gewesen wäre." Sein Lächeln wurde plötzlich gefährlich. „Aber vielleicht sollte ich einmal wieder etwas wirklich Bösartiges tun." Er strich mit dem Daumen ganz langsam über ihre Lippen. „So furchtsam, meine schöne Freundin?", fragte er spöttisch, als sie versuchte, sich aus seinem festen Griff zu befreien.

„Es steht geschrieben, dass der Kuss eines Dämons noch sicherer den Tod bringt als der eines Vampirs", erwiderte sie atemlos.

„Es steht aber auch geschrieben, dass er das Leben bringen kann", erwiderte er mit einem kalten Lächeln.

„Aber nur, wenn er wahrhaft liebt und damit dem Himmel näher ist als der Verdammnis." Hagazussa sprach plötzlich mit ungewohntem Ernst und in ihren grünen Augen lag eine unbestimmte Sehnsucht.

„Nun, *diese* Gefahr besteht bei mir wohl kaum", erwiderte er spöttisch. „Aber hast du Angst, ich könnte dich damit töten? Dir deine schwarze Seele heraussaugen und dich damit unterwerfen, bis du mir völlig hörig bist?"

Hagazussa zuckte mit den Schultern. „Ich bin nur eine einfache Hexe, Meister." Sie versuchte, leicht zu klingen, aber das ängstliche Flackern in ihren Augen verstärkte sich, während sie ihn anstarrte. „Aber eine, die gerne lebt und nur sich selbst gehört."

Er ließ endlich ihren Kopf los, lehnte sich wieder im Sessel zurück. „Dann mach weiter, Haga, meine schöne Freundin. Tu das, was du am besten kannst ... Bring mich auf andere Gedanken."

Hagazussa atmete auf. Gharmond schien heute wirklich in einer sehr gefährlichen Stimmung zu sein. Er liebte zwar jede Art von Machtspiel, und sie hatte sich immer sehr willig unterworfen, aber mit dem Tod hatte er sie noch nie zuvor bedroht. Sie rutschte näher an seinen Körper heran, führte sein Glied den richtigen Weg und genoss den erregenden Druck, während sie sich auf ihn senkte. Zuerst blieb sie ruhig auf ihm sitzen, die Dehnung auskostend, während sich ihr Inneres um ihn schlang, ihn noch weiter hineinziehen wollte, bis sie sich in einem immer schneller werdenden Rhythmus auf ihm bewegte, ihre langen, spitzen Nägel Male auf seiner Brust und seinen Schultern hinterließen, und sie in jene Bereiche der Lust eintrat, die zu erreichen sie nur mit Gharmond imstande war.

Viele Stunden später befanden sie sich in Hagazussas Schlafzimmer. Die schöne Hexe ruhte, erschöpft von den wilden Vergnügungen, die hinter ihnen lagen, halb über seiner Brust und spielte mit den hellroten Spitzen, die so hübsch hart wurden, und mit der weitaus größeren und verlockenderen Spitze zwischen seinen Beinen. Er hatte die Hände unter seinen Kopf geschoben und starrte, völlig in Gedanken versunken, zur Decke empor. Aber sie hoffte, dass es nicht lange dauern würde, bis sein Verlangen wieder stärker wurde als seine derzeitige, geradezu beleidigende Gleichgültigkeit.

„Strigon war übrigens auch hier", sagte sie schließlich. Sie hatte sich schon lange überlegt, wie sie es Gharmond sagen sollte. Es war natürlich auch möglich, es ihm zu verschweigen, aber dann wäre er, sobald er es herausgefunden hätte, ziemlich wütend geworden.

Sein Kopf ruckte herum. „Das sagst du mir jetzt erst?!"

Sie zuckte mit den Schultern. „Wir waren eben so beschäftigt, dass ich nicht daran gedacht habe."

„Einen ganzen Tag und eine halbe Nacht lang zu beschäftigt?" Er bedachte sie mit einem scharfen Blick. „Das heißt, er hat das Loch verlassen, in dem er sich bisher verkrochen hat", sagte er kalt, wie zu sich selbst, während seine Augen kaum das rötliche Funkeln verbargen. „Dabei hätte ich mir das denken können. Ich möchte nämlich schwören, dass dort, wo er auftaucht, sein Gestank noch wochenlang haften bleibt."

Hagazussa schnupperte irritiert in die Luft. Sie roch jedoch nichts anderes als ihr Parfüm, die verkohlenden Holzscheite im Kamin und ihren und Gharmonds heiße Körper. Aber Strigon wäre auch der letzte gewesen, den sie in ihren Privaträumen oder gar in ihrem Bett geduldet hätte. „Er hält sich übrigens in der Nähe von Dunster auf", fuhr sie nach einigem Zögern fort. „Und er hat etwas von einer Frau erwähnt, einer Sterblichen, auf die er ein Auge geworfen hat."

Gharmonds Augen glühten, aber dieses Mal war es ein kaltes Feuer. „Ich hätte nicht gedacht, dass er es wagen würde, sich ihr zu nähern."

Hagazussas Blick wurde misstrauisch. „Du kennst diese Frau ebenfalls?"

„Sie ist mir begegnet", erwiderte er abweisend, während er die schöne Hexe von sich hinunterschob und die Beine aus dem Bett schwang, ohne auf sein erregtes Glied zu achten, das dank Hagazussas Liebkosungen wieder zum Leben erwacht war. Er hatte es jetzt plötzlich sehr eilig, sie zu verlassen. Er hatte schon geahnt, dass Patricia in Gefahr war, aber nun hatte er die Bestätigung. Strigon würde es gefallen, sie an sich zu binden, aber das musste er unter allen Umständen verhindern. Strigon hatte Antoinette auf dem Gewissen. Aber dass Patricia nichts geschah, dafür würde er sorgen.

Pat hatte bis in die Nachtstunden gearbeitet. Weniger aus Pflichtbewusstsein, sondern vielmehr in der Hoffnung, der Schlossherr würde vielleicht zu ihr in die Bibliothek kommen. Er war am vorigen Abend nicht erschienen und hatte ihr tatsächlich gefehlt. Nun, da sie sich entschlossen hatte, ihm zu vertrauen, sehnte sie sich auch danach, ihn zu sehen und mit ihm zu sprechen.

Sie starrte ins Feuer, das die vom Wald und nahen Moor hereinziehende Feuchtigkeit vertrieb und den Raum heimeliger machte. Es war ihr, als könnte sie in den züngelnden Flammen das Gesicht des Earls sehen. Maximilian … Sie lächelte unwillkürlich. Sie mochte diesen Namen und weshalb sollte sie ihn nicht bei sich *Maximilian* nennen? Schließlich ging es ihn überhaupt nichts an, was sich in ihrem Kopf tat. Ebenso wenig wie ihn anging, dass sie jedes Mal weiche Knie bekam, wenn er den Raum betrat, und zittrige Hände, sobald er sie anlächelte oder ihr gar so nahe kam, dass sie ihn berühren konnte. Und ebenso wenig wie ihre sehnsüchtigen, sehr unzüchtigen Träumereien.

Sie sah auf die Uhr. Es war schon nach zehn Uhr nachts. Es wäre natürlich lächerlich gewesen, hier zu sitzen und zu warten, bis er heimkehrte, aber zum Glück hatte sie ja noch genug zu tun und wenn er – hoffentlich bald – kam, dann fand er sie eben noch arbeitend vor.

Ihre Gedanken begannen um ihn zu kreisen. Ob er diesmal wieder die ganze Nacht fortblieb? Und vor allem: Wo war er? War er unterwegs, um sich ein Opfer zu suchen? Sie schauderte, zwang sich jedoch, auch praktisch zu denken - er musste ja schließlich von etwas leben. Aber vielleicht traf er sich ja auch mit seinesgleichen … Eine Vampir-Frau? Eine Geliebte? Der Gedanke ließ ihre Fingerspitzen kalt werden und sekundenlang ihr Herz stillstehen. Natürlich! Jeder Mann hatte doch eine Geliebte und erst recht ein so gutaussehender wie Churtham. Ihre Augen wurden schmal, als sie das Bild betrachtete, als könnte sie in seinem Gesicht die Antwort ablesen. Das Bild schwieg jedoch und Pat grübelte weiter, völlig auf ihre Arbeit vergessend.

Als es weit nach Mitternacht war, hatte sie es sich schon längst im Lehnsessel bequem gemacht, mit einem Buch in der Hand, um dann, wenn Churtham zurückkam, so zu tun, als hätte sie über dem Lesen die Zeit vergessen. Sie schlug das Buch auf, las die erste Seite, aber dann wurde ihr Blick vom Feuer angezogen, das lustig im Kamin flackerte und so angenehm ihre Beine und ihr Gesicht wärmte. Hübsch war es, hier zu sitzen, aber noch hübscher wäre es gewesen, wenn Maximilian ihr dabei Gesellschaft geleistet hätte. Sie seufzte leicht, während sich ihr Blick in den züngelnden Flammen verlor.

„Ein Gentleman möchte Sie sprechen, Miss Smith."

Pat fiel vor Schreck das Buch aus der Hand, als sie sich plötzlich Simmons gegenüber sah, der unbemerkt eingetreten war. „Ein Gentleman? Jemand aus dem Dorf?"

Simmons reichte ihr schweigend ein Tablett, auf dem eine Karte lag. Sie nahm die Karte auf. William Pentwell. Schnell sah sie auf Simmons, aber der schien durch sie hindurchzublicken. „Ach ja", murmelte sie, „das ist ein Gentleman, den ich auf der Reise kennen gelernt habe." Sie bemerkte sofort Simmons' fast unmerklich hochgezogene Augenbrauen. „Er war sehr liebenswürdig und hilfsbereit", fühlte sie sich zu einer Erklärung genötigt.

„War dem so, Madam?", kam es unverbindlich zurück. Sogar ihm, dem Butler eines Vampirs, der die Nacht zum Tag machte, musste es auffallen, wenn jemand sie mitten in der Nacht aufsuchte. „Dann werde ich dem Gentleman also sagen, dass Sie daheim sind, und ihn hereinführen."

Pentwell trat rasch ein, blieb jedoch stehen, als er ihrer ansichtig wurde. Dann kam er langsam auf sie zu, sie dabei nicht aus den Augen lassend. Er wirkte sehr besorgt. „Meine liebe Miss Smith, welch eine Freude, Sie gesund wiederzusehen."

„Guten Tag, Mr. Pentwell. Aber weshalb sollte das nicht der Fall sein?" Sie musterte ihn unauffällig. Niemand hätte Pentwell hässlich nennen können. Im Gegenteil, er war sogar sehr gutaussehend, fast so groß wie Churtham, schlank, mit einem gutgeschnittenen Gesicht, schwarzem Haar, das sich in gepflegten Wellen an den Kopf schmiegte. Seine Kleidung war unauffällig, aber zweifellos vom besten Londoner Schneider, und er trug sie mit einer nicht zu bestreitenden Eleganz.

Er ergriff ihre Hand und Pat fiel auf, wie unangenehm kalt sich seine anfühlte. „Ich bin gekommen, um Sie zu bitten, sofort Ihre Sachen zu packen und mit mir zu kommen, Miss Smith. Sie sind in großer Gefahr. Erst vor kurzem ist wieder ein Mädchen verschwunden. Das halbe Dorf ist in Aufruhr, man hat sie überall gesucht." Er atmete tief durch. „Ich habe ihre Spuren verfolgt. Sie war auf dem Weg zum Schloss, als man sie das letzte Mal sah."

Pat dachte an die Tote im Wald, die nächtlichen Stimmen, die unheimlichen, undefinierbaren Geräusche, und es lief ihr eiskalt den Rücken hinunter. „Was sollte sie denn hier wollen?", fragte sie unschuldig. Sie war stolz drauf, wie gut es ihr gelang, Haltung zu bewahren angesichts der Tatsache, dass sie Churtham mehr oder weniger dabei behilflich gewesen war, die Leiche dieser Unglücklichen verschwinden zu lassen.

Er lächelte bitter. „Ihr Arbeitgeber scheint es leider sehr gut zu verstehen, Frauen und besonders unschuldige Mädchen für sich zu gewinnen. Die Leute aus dem Dorf haben mir erzählt, dass er nach Einbruch der Dunkelheit oftmals *Gast* im Dorf war. Und dass er gelegentlich eines der jungen Dinger sogar dazu überredet hat, ihn hier zu besuchen. Meist sind diese jungen Frauen dann über kurz oder lang verschwunden." Er sah sie eindringlich an. „Sie sind ebenfalls in Gefahr, Patricia. Ich kann Ihnen nicht sagen, woher ich das weiß, aber Sie müssen aus dem Schloss sein, bevor Churtham wiederkommt. Bitte, vertrauen Sie mir."

Pat starrte auf ihre Finger, die sie ineinander verkrampft hatte, und schwieg. Um dasselbe hatte auch Churtham sie gebeten. Und sie hatte, nach allem was geschehen war, wohl weitaus weniger Grund, ihm zu glauben und zu vertrauen als Pentwell.

Sie atmete tief durch und entschied sich dann spielend leicht für Maximilian. „Ich glaube nicht, Mr. Pentwell, dass ich in Gefahr bin."

Pentwell machte eine ungeduldige Handbewegung und wandte sich verärgert ab, dabei fiel sein Blick auf das Bild. Er zuckte sichtlich zusammen. „Das ist er! Das ist er selbst…"

„Unmöglich", erwiderte Pat, wider besserer Ahnung. „Das Bild wurde vor zweihundert Jahren gemalt. Kein Mensch kann so alt werden."

Pentwells Stimme klang belegt. „Wie ich Ihnen schon sagte, meine liebe Miss Smith, er ist kein Mensch." Er kam näher. „Es ist dies jetzt keine gute Gelegenheit und Sie werden vielleicht vermuten, dass ich Ihre derzeitige Lage ausnütze, aber das liegt mir fern." Er quälte sich ein Lächeln ab. „Es ist so, Patricia, dass Sie einen sehr tiefen Eindruck auf mich gemacht haben, was mich selbst erschüttert, da ich seit dem Tod Antoinettes, meiner ermordeten Verlobten, keiner derartigen Gefühle mehr fähig zu sein glaubte…" Er unterbrach sich rasch, als er Pats abweisenden Ausdruck sah. „Aber davon später. Jetzt ist es wichtiger, dass ich Sie in Sicherheit bringe."

„Ich werde das Schloss nicht verlassen", sagte Pat ruhig. Pentwell war ein Gentleman, darüber konnte vermutlich kein Zweifel bestehen, und wohl ebenso ein Ehrenmann wie Churtham ein Vampir war, aber sie hatte keine Angst vor Maximilian. Er mochte vielleicht gefährlich sein, aber er würde ihr niemals etwas tun, und sie fühlte sich hier und in seiner Nähe sicherer als draußen in der Dunkelheit oder mit Pentwell.

Die Augen ihres Besuchers veränderten sich und Pat glaubte sekundenlang zu bemerken, wie sie sich rot färbten. In Maximilians Augen hatte sie schon mehr als einmal ein rötliches Glimmen bemerkt, aber bei Pentwell war es anders. Gefährlicher und fast ein wenig abstoßend, da nicht nur seine Pupillen leuchteten, wie bei Maximilian dies der Fall war, sondern die ganze Iris rot war. Sie musste sich jedoch getäuscht haben, denn er senkte die Lider und als er sie wieder hob, hatten seine Augen wieder dasselbe Grau wie immer. „Das werden Sie bereuen, Miss Smith", sagte er gepresst. „Sie werden das noch sehr bereuen und ich hoffe, dass ich dann in der Nähe sein werde, um Sie vor diesem … Mann zu schützen. Aber ich sehe, dass er bereits seinen ganzen unheilvollen Einfluss auf Sie ausgeübt hat."

„Es tut mir leid, dass Sie sich vergeblich hierher bemüht haben, Mr. Pentwell", sagte Pat höflich, der das Gespräch schon unangenehm wurde, und der es lieber gewesen wäre, ihr später Gast hätte sich verabschiedet.

Er trat noch näher an sie heran, und sie widerstand dem Drang, sich zurückzuziehen. „Ich kann Sie leider nicht zwingen, mir zu vertrauen oder mit mir dieses Schloss zu verlassen, aber Sie wissen, wo Sie mich finden können." Er beugte sich herab und küsste sie zart auf die Wange. Pat hielt widerwillig still, aber als er Anstalten machte, seine Arme um sie zu legen, entwand sie sich ihm entschlossen und trat schnell einige Schritte von ihm weg. Etwas Unheimliches war plötzlich von ihm ausgegangen und hatte Abscheu in ihr ausgelöst. Es war, als würde er vor ihr etwas verbergen, ein anders Ich, das unter der äußeren Höflichkeit schlummerte und jederzeit hervorbrechen konnte.

Pentwell blieb schweratmend stehen, dann wischte er sich über die Augen und verbeugte sich steif vor ihr. „Verzeihen Sie bitte, meine liebe Patricia. Sie … bedeuten mir sehr viel, aber ich hätte mich nicht gehen lassen dürfen."

„Ich weiß Ihre Sorge um mich sehr zu schätzen", sagte Pat höflich. „Aber mein Entschluss steht fest. Ich werde das Schloss nicht verlassen."

„Wie Sie es wünschen, Miss Smith. Aber bitte denken Sie immer daran, dass Churtham über jedes Mittel verfügt, Sie sich gefügig zu machen."

Nachdem Pentwell mit einem sehr bewegten Gesichtsausdruck und einem langen Blick in ihre Augen Abschied genommen hatte, lief Pat nervös im Zimmer hin und her. Es war nicht das erste Mal, dass sie den Eindruck gehabt hatte, hinter Pentwells Höflichkeit verberge sich etwas anderes, auch wenn sie diesen Gedanken immer schnell von sich geschoben hatte. Vielleicht lag es ja auch nur daran, dass er Churtham nicht mochte und sie ihm das insgeheim übel nahm.

Bei Maximilian dagegen hatte sie niemals den Eindruck, er würde sein wahres Ich verstecken. Wenn er freundlich zu ihr war, dann glaubte sie es ihm mit jeder Faser ihres Herzens. Sie blieb, wie so oft, vor dem Bild stehen und betrachtete es. Seine Lippen waren viel schmaler als die von Pentwell und weitaus männlicher, auch wenn sie fast ständig von diesem etwas spöttischen und arroganten Lächeln umspielt waren. Und doch erschienen sie ihr so viel anziehender. Wenn *er* sie gehalten und versucht hätte sie zu küssen, hätte sie ihn gewiss nicht zurückgestoßen. Sie wurde bei diesem Gedanken ein bisschen rot und stieß ein sehnsuchtsvolles Seufzen aus.

Churtham war ohne jeden Zweifel ein Vampir, der keinen Schatten warf, in einem Sarg schlief und sich nicht spiegelte. Vermutlich hätte sie das Pentwell auf der Stelle sagen müssen, aber es war ihr unmöglich, Churtham zu hintergehen. Er hatte ihr auch nie etwas getan, sie nicht einmal bedroht. Nun gut, er hatte ein wenig an ihrem Finger gesaugt, aber dafür konnte sie Verständnis aufbringen. Welcher Vampir würde schon dem Anblick frischen, roten Blutes widerstehen können? Eine schier unmenschliche Selbstverleugnung wäre dies gewesen. Außerdem brauchte er Blut um zu leben. Sie holte tief Luft, als sie erkannte, dass sie tatsächlich nach einer Entschuldigung für Churtham suchte. „Maximilian", flüsterte sie leise vor sich hin. Diese rätselhafte Anziehungskraft war plötzlich wieder da. Pentwell hatte sie davor gewarnt, aber sie konnte nicht glauben, dass Churtham tatsächlich auf eine Art Zauberei zurückgriff, um sie zu beeinflussen. Ihre Gefühle für ihn fühlten sich so echt an, kamen aus ihrem tiefsten Herzen, sodass es unmöglich war, sie für irgendeine Form von Hexerei zu halten.

Sie war völlig in den Anblick des Bildes versunken, als sich die Tür öffnete und Lord Churtham hereinkam. Es war zum Glück bereits eine Weile her, dass Pentwell das Haus verlassen hatte, und ein zufälliges Zusammentreffen der beiden auf dem Weg zum Schloss war unwahrscheinlich. Wobei sie nicht wusste, um wen sie sich in diesem Fall mehr hätte sorgen müssen.

„Schön, dass ich Sie noch hier antreffe, Miss Smith." Er kam quer durch den Raum auf sie zu und trat dicht vor sie hin.

Pat strahlte ihn an, voller Freude ihn zu sehen, aber dann erstarrte ihr Lächeln. Seltsamerweise fühlte sie heute in seiner Gegenwart ein gewisses Grauen. Er war so anders als sonst. Kälter, fremder. Und etwas an der Art, wie er sie lauernd betrachtete, gefiel ihr nicht. Sie konnte nur hoffen, dass er nicht hungrig heimgekommen war.

Unauffällig trat sie einige Schritte weg, aber er ging ihr nach. Pat wich weiter zurück, bewegte sich langsam und mit steigendem Misstrauen um den Tisch herum. Was war nur los mit ihm? Und mit ihr? Weshalb verursachte ihr seine Nähe heute ein körperliches Missbehagen, während sie ihm sonst nicht nahe genug kommen konnte? Sie zuckte zusammen, als er plötzlich die Hand nach ihr ausstreckte.

„Was wollen Sie denn von mir?" Sie wich noch weiter zurück, als er nach ihr griff. „Lassen Sie mich!"

„Nein, meine Süße", sagte er mit einem ironischen Lächeln, „lassen wir lieber diese Spiele." Er sprang blitzschnell vor, packte sie am Arm und zerrte sie an sich.

„Spiele?", fragte Pat panisch. Sie versuchte sich von ihm freizumachen und es gelang ihr, sich loszureißen.

„So zier dich doch nicht so", fuhr er sie ungeduldig an. „Ich bin es nicht gewöhnt, abgewiesen zu werden und du kannst noch froh sein, wenn ich dich so höflich bitte und mir nicht gleich nehme, was ich will."

„Wenn Sie mir zu nahe kommen, schreie ich um Hilfe!" Pat funkelte ihn hinter dem Lehnstuhl, wo sie sich in Sicherheit gebracht hatte, halb ängstlich, halb wütend an.

„Was glaubst du wohl, wer dir hier zu Hilfe kommen wird?", fragte er höhnisch. „Vielleicht der Butler? Der sollte es nicht wagen, mich aufzuhalten! Man hat dir doch von meinem Ruf erzählt, oder? Von meinem nicht ganz einwandfreien Lebenswandel? Du hättest auf die Leute hören sollen. Auf diesen Mr. Pentwell, der mich schon so lange verfolgt und mir doch nichts anhaben kann. Hat er dich nicht vor meinen verschiedenen perversen Leidenschaften gewarnt? War er nicht heute hier, um dich mitzunehmen? Hat er dir nicht erzählt, dass von Zeit zu Zeit junge Mädchen aus den umliegenden Dörfern verschwinden? Teilweise spurlos, aber einige hat man gefunden. Tot. Mit durchbissener Kehle und blutleer, ausgesaugt. Und der Arzt schwört, dass es kein wildes Tier war."

Pat spürte eine unangenehme Kälte von den Beinen aufwärts kriechen, bis sie ihr Herz erreichte. Sie hätte Churtham verzeihen können ein Vampir zu sein, aber sie ertrug es nicht, dass er sie belogen und sie ihm sogar geglaubt hatte. Und ihm vertraut ...

Churtham lachte spöttisch. „Die Leute bekreuzigen sich, wenn der Name *Churtham* fällt."

Das war ihr allerdings nicht neu. „Lassen Sie mich sofort in Ruhe!"

Er kam um den Sessel herum. „Du hättest auf die Leute hören sollen, statt mit dieser verlockenden weißen Kehle vor meiner Nase herumzutanzen." Seine Augen waren blutunterlaufen und Pat sah voller Bestürzung die spitzen Eckzähne, die unter seiner bösartig hochgezogenen Oberlippe zum Vorschein kamen. Im nächsten Moment hatte er sie auch schon gefasst, schneller, als sie überhaupt denken konnte, und presste seinen Mund auf ihren Hals. Pat zappelte und dann tat sie etwas, das ihre wohlerzogene Familie vermutlich zu einem Kopfschütteln veranlasst hätte.

Churtham taumelte zurück und krümmte sich, die Hände über einen gewissen Punkt zwischen seinen Beinen haltend. „Na warte, du kleine Hexe, wenn ich dich bekomme! Zuerst mache ich dich fertig, bis du kreischt, und dann sauge ich dich bis zum letzten Blutstropfen aus!"

Pat war mit einigen raschen Schritten beim Kamin und zog den Schürhaken aus dem Holz. Churtham griff abermals nach ihr, aber sie wich aus. Er stolperte, fiel, und in diesem Moment schloss sie die Augen und schlug zu. Ihr war selbst nicht klar, ob sie ihn tatsächlich töten oder ihn einfach nur daran hindern wollte, sie zu beißen. Als er jedoch röchelnd mit dem Gesicht nach unten zu Boden fiel, war der fatale Erfolg ihres Angriffs unzweifelhaft. Sie starrte ihn fassungslos an und griff sich entsetzt an die Kehle, während sich eine immer größer werdende Blutlache am Boden ausbreitete. Sie hatte Maximilan Churtham erschlagen! Einen Vampir, der sie hatte angreifen wollen. Aber vor allem einen, in den sie geradezu maßlos verliebt war.

„Oh Gott! Was habe ich nur getan!" Sie fiel neben ihm auf die Knie. Sie musste etwas tun! Ihm helfen!

Sie wollte soeben mit zittrigen Händen vorsichtig das Mordinstrument entfernen, als neben Churthams Kopf ein Paar glänzender Stiefel auftauchte. Sie sah langsam hoch, fast unfähig, sich von dem grausigen Anblick und ihrem Entsetzen loszureißen, und rang nach Luft, als sie den Mann erkannte, der wie aus dem Nichts hier aufgetaucht war.

Er hielt seine Handschuhe und seinen Hut in der Hand und sah stirnrunzelnd auf sie hinunter, bevor er den reglosen Körper eingehend musterte. Der Tote lag mit dem Gesicht nach unten da, Arme und Beine weit von sich gestreckt, und der Schürhaken steckte noch in seiner Hirnschale.

„Das sieht nicht gerade nach einem Unfall aus."

„Das war es auch nicht", keuchte Pat, am ganzen Leib zitternd. Sie fühlte sich schwindlig, und schwarze Pünktchen vor ihren Augen hinderten sie daran, klar zu sehen. Sie kroch auf den Knien zurück, weg von der Leiche und dem Mann, der daneben stand, und lehnte sich halb ohnmächtig an einen Sessel.

„Ich hoffe, Sie werden mich in Ihr Vertrauen ziehen, weshalb Sie es für nötig befunden haben, diesen Mann mittels eines Schürhakens ins Jenseits zu befördern", sagte Churtham höflich. Er hatte Hut und Handschuhe auf einen kleinen Tisch geworfen und kniete sich nun neben dem anderen hin, um seinen Puls zu fühlen.

„Um Himmels willen! Ich dachte, Sie wären es!", stieß sie krächzend hervor.

Churthams Kopf fuhr herum und für Sekundenbruchteile stand eine schmerzliche Fassungslosigkeit in seinen Augen, dann hatte er sich wieder in der Gewalt. Er stand langsam auf. „Wie war das?"

„Er …" Pat konnte es immer noch nicht begreifen, aber das bekannte Leuchten in Churthams Augen, seine sichere und vertraute Gegenwart sagten ihr, dass dieser Mann vor ihr wirklich Maximilian Churtham war. „Er war plötzlich im Zimmer und er sah genauso aus wie Sie!", schluchzte sie trocken auf, taumelte hoch und wollte sich schutz- und trostsuchend an ihn schmiegen, aber er fasste sie an den Armen und hielt sie ein wenig von sich ab.

„Und das schien Ihnen Grund genug, ihn zu erschlagen?", fragte er sarkastisch.

Pat schüttelte langsam den Kopf, kaum in der Lage, einen vernünftigen Gedanken zu fassen. Aber jetzt, wo Churtham zweifelsfrei lebte, sie sich an seinen Mantel klammern konnte, sie seine Hände warm und tröstlich auf ihren Armen und seinen Atem auf ihrem Gesicht fühlte, war ihr gleich viel wohler. Nicht, dass ihre entsetzliche Tat sie nicht mehr schockierte – aber es war eben alles leichter, solange Maximilian Churtham nur lebte, sogar unverletzt war und sie nicht hatte angreifen wollen. Auch wenn das alles war, was sie begriff. Es war wenig genug, aber im Moment genügte es ihr vollkommen.

„Und was haben Sie jetzt mit ihm vor?", fragte er kühl. Sehr kühl sogar. Ganz offensichtlich nahm er ihr übel, dass sie seinen Doppelgänger erschlagen hatte.

Pat schielte über die Schulter auf den Toten. „Wir könnten ihn im Keller verstecken", schlug sie schüchtern vor.

„Nein, auf gar keinen Fall", kam es entschieden zurück. „Ich habe definitiv etwas dagegen, wenn Sie Ihre Leichen in meinem Keller verbergen wollen."

„Wenn ich vielleicht das Moor vorschlagen darf?" Simmons war unbemerkt näher gekommen und betrachtete den Toten mit der undurchdringlichen Miene des gut geschulten Butlers. Pat musterte Churtham mit erstarkender Hoffnung.

„Wie stellen Sie sich das vor?", fragte der Schlossherr mit Missfallen in der Stimme. „Sollen wir diese Leiche etwa in die draußen wartende Kutsche legen und dem Kutscher Anweisung geben, sie Richtung Moor zu bringen und dort zu versenken?"

„Ich hätte nicht gedacht, dass Sie so wenig hilfsbereit sind", piepste Pat mit leichtem Vorwurf in der zittrigen Stimme.

„Hilfsbereit?" Er sah sie an, als könne er seinen Ohren nicht trauen, hielt sie jedoch immer noch an den Armen, als hätte er Angst, sie könnte zusammensinken, sobald er sie losließ.

„Außerdem kann es Ihnen doch wohl nicht darauf ankommen oder?", setzte sie in der Erinnerung an die Tote im Wald hinzu.

„Wie meinen Sie das?" In Churthams Augen erschien wieder dieses mysteriöse Licht.

„Wenn ich vielleicht vorschlagen darf, unfruchtbare Diskussionen auf einen späteren Zeitpunkt zu verschieben", war Simmons' kultivierte Stimme zu vernehmen. „Gegenwärtig erscheint es mir von Bedeutung, wenn alle Schlossbewohner bei der Lösung dieses ... äh ... unästhetischen Problems Einigkeit zeigen. Außerdem sollten wir vielleicht auch eine Möglichkeit finden, den Kutscher fortzuschicken, ohne dass er misstrauisch wird."

Churtham sah von Pat, die unter seiner eindringlichen Musterung etwas rosig geworden war, auf Simmons. „Ist es einer vom Dorf?"

„Soviel ich weiß, nein, Mylord. Es ist eine Mietkutsche aus Dunster."

„Gut, ich erledige das. Rufen Sie in der Zwischenzeit Andrews, damit er Ihnen hilft, die Leiche hinauszutragen. Und dann soll Mrs. Simmons das Blut entfernen, es sieht hier aus wie in einem Schlachthof." Er ließ Pat los, nachdem er sich überzeugt hatte, dass sie allein stehen konnte, drehte sich in der Tür aber noch einmal um. „Miss Smith, ich halte es für angebracht, dass Sie Mrs. Simmons bei dieser Arbeit behilflich sind."

Pat schluckte, hockte sich mit weichen Knien auf einen Stuhl und wartete regungslos, bis Simmons mit dem Kutscher zurückkam.

„Meiner Treu", sagte dieser, während er seine verfilzte Kappe abnahm. „So 'ne Schweinerei hab' ich nich' mehr gesehen, seit mein Onkel, Gott hab ihn selig, von meiner Tante dabei erwischt wurde wie ..."

„Ihre Erinnerungen sind im Moment nicht gefragt, Andrews", unterbrach ihn Simmons ungnädig. Er trug eine Decke in der Hand, die er neben Churthams Doppelgänger ausbreitete. Dann zog er den elenden Schürhaken mit einem Ruck heraus und fasste den Mann bei den Beinen, während Andrews ihn bei den Armen nahm. Pat sah blicklos zu, wie sie ihn auf die Decke legten und ihn darin einwickelten.

In diesem Moment kam der Schlossherr wieder herein.

„Ist der Kutscher ohne zu fragen weggefahren?", fragte Pat besorgt.

„Natürlich. Ich verfüge schließlich über gewisse Möglichkeiten, Leute zu beeinflussen."

„Geistige Beeinflussung?" Sie konnte sich erinnern, so etwas Ähnliches einmal gelesen zu haben.

„Geld, Miss Smith. Ich habe von *Geld* gesprochen." Er nickte Simmons und Andrews zu. „Tragen Sie den Mann jetzt hinaus in meine Kutsche, dann spannen Sie an. Ich werde Sie zum Moor begleiten, um sicher zu gehen, dass keine weiteren Zwischenfälle eintreten. Und Sie Mrs. Simmons", wandte er sich an seine Haushälterin, die mit einem Eimer Wasser durch die Tür trat, und deutete dabei auf die Blutflecken an der Wand und der Tür und auf die kleine Lache am Boden, „sind so gütig, Miss Smith bei der Bereinigung dieser blutigen Angelegenheit zu unterstützen."

Der Mann griff sich stöhnend an den Kopf, als er in der schaukelnden Kutsche erwachte. „Verdammtes Höllenweib", knurrte er böse. Er setzte sich ein wenig auf, öffnete die Augen und erstarrte. Sekundenlang brachte er kein Wort heraus und was er dann sagte, glich mehr einem Ächzen. „Sie … Sie sind hier?"

„Ja, ich." Churtham saß wie unbeteiligt auf der anderen Seite, lässig zurückgelehnt, die Hände in den Manteltaschen vergraben, ein Bein über das andere gelegt. Er wirkte ganz harmlos, aber der Blick, mit dem er den anderen bedachte, war weit davon entfernt, auf diesen beruhigend zu wirken. Seine Augen hatten ein zartes rötliches Glühen angenommen, das sein Gegenüber veranlasste, sich etwas tiefer in die Polster zu drücken.

„Was wollen Sie von mir?"

„Du lässt nach", erwiderte Churtham spöttisch. „Früher hättest du gewusst, mit wem du dich anlegst. Es sollte nämlich eher heißen: Was wolltest *du* in meinem Haus, Muran?"

Die Hand des Mannes fuhr an seinen Kragen. „Ihr Haus? Wieso denn? Ich wollte doch nur …" Er lachte gezwungen und hob abwehrend die Hände. „Ich war doch nur wegen dieser Frau dort." Er versuchte ein Lächeln. „Sie verstehen?"

„Sollte ich?" Churthams Blick brannte förmlich ein Loch in die Haut des anderen, dann wandte er sich ab und sah zum Fenster hinaus. Es war dunkle Nacht, der Mond war schon wieder untergegangen und die vorbeirasende Umgebung wurde nur durch den matten Schein der Sterne erhellt. „War es deine Idee, hier aufzutauchen und sie anzugreifen?", fragte er nach einer kurzen Pause.

„Ich habe sie nicht angegriffen", erwiderte der andere hastig. „Das wäre mir niemals eingefallen! Ich hatte kaum das Zimmer betreten, als sie auch schon auf mich einschlug."

„Das hört sich fast so an, als müsste ich dir sogar dankbar sein, dass sie dich für mich gehalten hat, sonst hätte sie vermutlich versucht, mich zu erschlagen." Er klang völlig unbeteiligt, aber das gefährliche Glühen in seinen Augen hatte sich verstärkt.

„Aber es war doch nicht meine Idee! Sondern *seine*. Mir würde es im Traum nicht einfallen, mich mit Ihnen anlegen zu wollen", ächzte Muran entsetzt. „Ich weiß nicht, was er damit bezweckt hat, nur, dass er diese Frau schon länger kennt und sie haben will. Er war noch kurz vorher bei ihr und hat mit ihr gesprochen. Vermutlich hat er sie dazu angestiftet, mir eins drüberzuziehen."

Churtham musste nicht erst fragen, wer *er* war. Er wusste es zu gut. „Wie nennt er sich jetzt?", fragte er nur. Draußen in der Welt wechselten sie ständig ihren Namen, je nach Lust und Laune und Bedarf, aber die Eingeweihten, Freunde wie Feinde, verwendeten untereinander ihre richtigen Namen. Seine Hände hatten sich in den Manteltaschen zu Fäusten geballt und aus seinen Augen zuckten Flammen.

„Pentwell", keuchte Muran. „William Pentwell." Er kroch in sich zusammen, als er die Veränderung bemerkte, die in seinem Gegenüber vor sich ging. „Es war ein Fehler von mir! Ein großer Fehler und ich schwöre, dass ich diesem Schloss oder diesem Weibsstück nie wieder nahe kommen werde!"

Über Churthams Gesicht flog ein kaltes Lächeln. „Dessen bin ich mir sogar völlig sicher."

Churtham stand nach seiner Rückkehr an einem großen Fenster in der Bibliothek und starrte in die Dunkelheit hinaus. Er hatte beide Flügel weit geöffnet, sodass die kühle Nachtluft ins Zimmer drang und den Geruch des Waldes, des Moors und unzähliger Pflanzen mit sich brachte.

Er sah oder spürte davon jedoch nichts, sondern war so von kochendem Zorn erfüllt, dass er kaum noch einen klaren Gedanken fassen konnte. Vor allem konzentrierte sich seine Wut auf Patricia. Diese Patricia Smith, die ihn hintergangen hatte. Er hatte noch so einiges von Muran erfahren, bevor dieser für immer sein elendes Leben ausgehaucht hatte, und es konnte – selbst wenn man nur die Hälfte davon glaubte - kein Zweifel bestehen, dass Patricia gemeinsame Sache mit seinem größten Feind gemacht hatte.

Dafür würde sie bezahlen. Er hatte schon viel zu lange geduldet, dass diese Frau einen solchen Einfluss auf ihn ausübte, und hatte sich zum Narren gemacht, als er sie beschützt und auf sie verzichtet hatte, obwohl ihn das Verlangen nach ihr lichterloh brennen ließ. Aber nun würde er sie nehmen, wie er das schon gewollt hatte, seit sie in dieses Schloss gekommen war, und dafür sorgen, dass sie in Zukunft nicht einmal mehr daran dachte, ihn zu betrügen und zu belügen.

Das Feuer im Kamin hinter ihm flackerte, brannte immer höher, kleine Funken stoben heraus, mehr und mehr, bis sich ein glühender Ball aus ihnen formte, der sich vom Kamin weg bewegte und dann einige Schritte hinter Churtham verharrte.

Er wandte sich um und sah aus schmalen Augen auf die Feuerkugel, die zunehmend heller wurde, bis sie nur noch aus reinem Licht zu bestehen schien. „Welch seltener Besuch", sagte er ironisch. „Es kommt nicht oft vor, dass sich jemand von euch hierher verirrt. Was verschafft mir die Ehre?"

Die leuchtende Kugel schwebte reglos vor ihm. Eine sanfte, weiche Stimme erfüllte plötzlich den Raum. Churtham wusste, dass sie von der Feuerkugel ausging, obwohl sie von allen Seiten gleichzeitig auf ihn einzudringen schien. „Ein Besuch bei einem alten Freund, nicht mehr und nicht weniger …"

„Freund?" Churthams Lippen verzogen sich zu einem sarkastischen Lächeln, als er langsam um die Kugel herumging.

„Schon seit undenklichen Zeiten", erwiderte die Stimme sanft.

Churtham lachte kurz und bitter auf. „Was willst du von mir?"

„Sehen, wie es dir geht."

Churtham ließ sich in einen Lehnsessel fallen und musterte das Wesen unter halbgeschlossenen Lidern. „Seit wann so besorgt?"

„Fühlst du dich wohl mit deinem Leben?", fragte die Feuerkugel. Sie begann ihre Gestalt zu verändern, ein Lichtkörper bildete sich heraus, die Konturen einer schlanken Frau mit langem, leuchtendem Haar.

„Wohlfühlen?" Er hob die Augenbrauen. „Hätte ich es sonst gewählt, wenn ich es nicht so wollte wie es ist?"

Die Lichtgestalt hob die Schultern und machte eine ungeduldige Geste mit den Händen.

„Bist du unterwegs auf Seelenfang?", fragte Churtham spöttisch.

Der Körper glühte kurz und zornig auf. Churtham lachte und beugte sich ein wenig vor. „Geht es dabei um meine oder die von jemandem anderen?"

„Gewiss nicht um deine", kam es abweisend.

„Patricia Smith also." Churthams Lächeln wurde eisig.

„Sie ist eine Chance", sagte die leuchtende Gestalt. „Vielleicht solltest du darüber nachdenken, bevor du sie zu dir hinabziehst und sie vernichtest."

Churthams Augen wurden schmal, aber das Flackern darin war unverkennbar. „Du solltest dich nicht in meine Angelegenheiten mischen", erwiderte er kalt. „Und schon gar nicht hier, wo du keinen Einfluss hast."

„Ich weiß, die Dunkelheit ist dein Reich und das von deinesgleichen", erwiderte die weiche Stimme, „aber ich habe keine Angst vor dir."

Churtham lehnte sich im Sessel zurück und schlug die Beine übereinander. „Geh dahin, wo du her gekommen bist, und lass mich in Ruhe, bevor ich mich ernsthaft von dir gestört fühle und vielleicht auf unsere alte *Freundschaft* vergesse."

Das leuchtende Geschöpf kam schnell und zornig näher, blieb dann jedoch stehen. „Du bist unbelehrbar! Meinst du, du könntest wirklich so schnell mit mir fertig werden wie mit diesem armseligen Wesen, das du heute getötet hast?!"

Churtham machte eine vage Handbewegung und grinste spöttisch. „Willst du es darauf ankommen lassen?"

„Du Narr!"

Er verzog den Mund. „Schon möglich. Aber nicht genug, um mich länger mit dir zu unterhalten."

Die Gestalt vor ihm stand sekundenlang regungslos, dann wurde ihr Leuchten schwächer und schwächer, bis sie nur mehr aus ganz kleinen Lichtpünktchen zu bestehen schien, die langsam erloschen …

Pat hatte mit Mrs. Simmons schon alle Spuren beseitigt, ihr von Blutspritzern beschmutztes Kleid gewaschen und saß nun, nur mit Nachthemd und Schlafrock bekleidet, in ihrem Zimmer, um auf Churtham zu warten. Das Erlebte war noch viel zu frisch und zu schrecklich in ihrer Erinnerung, um sie Ruhe finden zu lassen. Aber noch mehr wollte sie Churtham sehen, ihm erklären, weshalb sie diesen Mann erschlagen hatte.

Obwohl sie darauf gewartet oder sogar gehofft hatte, zuckte sie zusammen, als es an ihrer Tür klopfte.

Es war Simmons. „Miss Smith, Lord Churtham bittet Sie, in die Bibliothek zu kommen."

„Ja, ich komme schon." Pat raffte ihren Schlafrock zusammen und wollte an Simmons vorbei, aber der stand so in der Tür, dass sie nicht durchkonnte. Sein Blick war sehr besorgt.

„Was ist denn?"

„Ich würde Ihnen gerne raten, nicht hinunterzugehen", sagte er vorsichtig, „aber das würde nichts nützen und seine Lordschaft nur noch mehr aufbringen."

„Ist er sehr verärgert?", fragte Pat betroffen.

Simmons senkte den Blick. „Ja, so könnte man es nennen."

„Das ist umso mehr Grund, dass ich mit ihm spreche." Sie schob Simmons zur Seite.

„Seien bitte vorsichtig, Miss Smith, und reizen Sie seine Lordschaft nicht noch zusätzlich."

Pat dachte kurz nach, dann huschte sie nochmals ins Zimmer und holte etwas aus ihrer Kommode, bevor sie den dunklen Gang entlang lief.

Als sie in die Bibliothek trat, stand Churtham am Kamin, hatte einen Fuß auf den Sockel gestützt und lehnte mit dem Ellbogen am Sims. „Ach ja, Miss Smith. Wie liebenswürdig, dass Sie meiner Bitte Folge geleistet haben." Er deutete, ohne sich umzusehen, auf den Lehnsessel neben dem Kamin. „Nehmen Sie doch bitte Platz."

Pat setzte sich folgsam hin und sah ihn zweifelnd an. Ein allzu höflicher Churtham schien ihr tatsächlich verdächtig.

„Und jetzt haben Sie die Güte, mir mitzuteilen, was vorgefallen ist. Und zwar die Wahrheit."

Pat starrte ihn an. Die Wahrheit?

„Miss Smith, ich warte auf Antwort." Maximilians Stimme klang ruhig. Zu ruhig, fand Pat. Sie bemerkte wieder dieses Glimmen in seinen Augen, das ihn ihrer Ansicht nach fast noch attraktiver machte als der gutsitzende Anzug, seine männlichen Gesichtszüge und das lange dunkle Haar. Sie zuckte mit den Schultern, dankbar, dass sie trotz ihrer Müdigkeit und des erlebten Schreckens die Geistesgegenwart besessen hatte, sich die Knoblauchkette umzulegen. „Er hat mich angegriffen."

Churtham winkte ab. „Das ist Ihre Version, aber darum geht es jetzt nicht. Ich möchte wissen, was vorher war."

„Vorher?" Sie sah unsicher zu ihm hinüber. Sollte sie ihm tatsächlich von Pentwell erzählen? Sie dachte an die Warnung des Butlers. Wenn sie jetzt wirklich zugab, mit dem Vampirjäger Pentwell gesprochen zu haben, würde das Maximilian wohl nicht gerade besänftigen.

„Ob Sie Besuch hatten. Ein gewisser William Pentwell vielleicht, den Sie schon längere Zeit kennen? Den Sie auf der Reise und mehrmals im Dorf getroffen haben?" Seine Stimme war mit jedem Wort schneidender geworden, aber Pat sah nur zu Boden, ohne zu antworten. *Jetzt* war sie sich sogar völlig sicher, dass jedes weitere Wort ihn noch mehr aufbringen würde.

Es war eine Weile still zwischen ihnen, man hörte nur das immer lauter werdende Knacken der Holzscheite im Kamin, und als Pat vorsichtig hinüberschielte, bemerkte sie, dass das Feuer plötzlich noch viel heller brannte als zuvor. Die Flammen züngelten bis hoch hinauf und erreichten Maximilian, der furchtlos daneben lehnte und hineinstarrte. Sie schnupperte. Es ging ein leichter Brandgeruch von ihm aus, der sie irritierte.

„Hat *er* sie dazu angestiftet, mich anzugreifen?"

„Nein." Pat krampfte ihre Finger ineinander, damit er nicht sah, wie sie zitterten. Er hatte mit dieser Anschuldigung einen wunden Punkt getroffen. Nicht, was Pentwell betraf, sondern weil sie vor Angst so außer sich gewesen war, dass sie einen Mann erschlagen hatte, den sie für Maximilian gehalten hatte. Und dass sie zuvor von ihm angegriffen worden war, schien seine Lordschaft nicht zu interessieren. Aber wenn sie gerecht war, musste sie zugeben, dass sie an seiner Stelle wohl ähnlich empfunden hätte.

„Ich bedaure zutiefst, Sie mit meinen Fragen zu inkommodieren, Miss Smith", sagte er mit beißendem Spott, „aber Sie werden hoffentlich Verständnis dafür aufbringen, dass ich wissen möchte, weshalb Sie mit dieser Entschlossenheit versucht haben, meinem Leben ein Ende zu setzen." Er machte eine kurze Pause, bevor er weitersprach, während Pat mit hängendem Kopf dasaß. „Ich darf wohl davon ausgehen, dass diese Aversion Ihrerseits vielleicht doch vom Einfluss dieses gewissen Mr. Pentwell herrührt?" Er wandte den Kopf und als Pat aufsah, meinte sie, kleine Flämmchen in seinen Augen und an seinen Haarspitzen zu sehen. Sie fand, dass er ganz anders aussah als sonst: wilder, fremder, interessanter und dabei überaus anziehend.

Alles Eigenschaften, die es ihr ratsam erscheinen ließen, schnellstens ihr Zimmer aufzusuchen. Sie stand auf. „Gute Nacht oder besser: guten Morgen, Mylord. Ich werde mich jetzt zurückziehen. Vielleicht sollten wir morgen weitersprechen." Churtham war jetzt offenbar in einer Stimmung, wo jedes weitere Wort sinnlos war.

Er kam auf sie zu, ihr den Weg zur Tür abschneidend.

Pat wich aus. „Bleiben Sie, wo Sie sind!"

„Wollen Sie mich etwa auch mit dem Schürhaken niederschlagen?" Er fragte das sehr sanft, aber das flackernde Feuer in seinen Augen war stärker geworden. „Dieses Mal würden Sie sogar den richtigen treffen, das kann ich Ihnen versichern."

„Nein, das will ich auf keinen Fall! Und das wollte ich auch nicht!" Pat griff nach der Knoblauchkette, betend, dass der Knoblauch auch wirklich nutzte.

„Oder wollen Sie mich statt dessen gar mit Knoblauch bewerfen?", fragte er noch sanfter. Er war jetzt schon ganz nahe und ein verächtliches Lächeln zuckte kurz um seine Mundwinkel, bevor er nach der Kette griff, sie mit einem Ruck herunterriss und in das hell lodernde Kaminfeuer schleuderte. „Ich verabscheue diesen Geruch, Miss Smith, das sagte ich Ihnen ja schon. Aber das ist auch schon alles." Er ging langsam um sie herum. „Aber jetzt interessiert es mich viel mehr, was zwischen Ihnen und diesem sauberen Mr. Pentwell war."

Pat schnappte nach Luft als sie seinen Atem in ihrem Nacken fühlte, und machte einen schnellen Schritt nach vorn. „Es war nichts!" So ganz rein war ihr Gewissen dennoch nicht. Schließlich hatte sie sich lange genug Pentwells abfällige Reden über Churtham angehört, ohne diesem davon zu erzählen. Was er jetzt irgendwie herausgefunden hatte und ihr offensichtlich sehr übel nahm.

„So? Meinen Sie? Das sehe ich anders." Er packte sie an den Schultern und drehte sie zu sich herum. „Ich denke doch, dass ich ein gewisses Recht darauf besitze zu erfahren, was war. Schließlich würde es mich doch zu sehr interessieren, ob Sie Ihre bisherige Harmlosigkeit und Unschuld nur vorgetäuscht haben. Oder ob Sie sogar gemeinsame Sache mit diesem Pentwell machen? Einem erklärten Feind von mir?"

„Lassen Sie mich! Ich will auf mein Zimmer." Sie machte sich los, lief zur Tür, aber als sie diese erreicht hatte und öffnen wollte, stand Churtham schon dort und drückte sie wieder zu. Er presste Pat mit dem Rücken gegen die Wand, und sie atmete zitternd ein, als er sich vorbeugte, bis seine Lippen ihre Wange berührten, sie streichelten, über ihr Ohr abwärts glitten. „Natürlich ist etwas gewesen", flüsterte er an ihrem Hals, dort, wo ihr Puls heftig pochte. Sein Atem strich dabei verführerisch über ihre Haut. „Du kannst es nicht abstreiten, meine falsche kleine Unschuld. Außerdem kenne ich seine Methoden, jemanden wie dich zu überzeugen, nur zu gut."

„Sie haben versprochen, mir nichts zu tun", hauchte sie. Sie hörte ihr Herz bis zum Hals hinauf schlagen, wusste jedoch selbst nicht, ob es aus Angst war oder aus Erregung, weil er ihr so nahe war und sie berührte. Die Hitze, die von ihm ausging, ließ ihre Haut glühen.

„Das habe ich niemals gesagt. Ich habe dich gebeten, mir zu vertrauen. Was du aber, wie es nun scheint, nicht getan, sondern im Gegenteil die erstbeste Gelegenheit ergriffen hast, dich gegen mich zu stellen."

„Das war nicht so ..."

„So? Dann sag mir, wie es war." Seine Stimme klang dunkel, erotisch und ungemein anziehend. Pat wusste, dass sie versuchen sollte zu entkommen, fühlte sich im Moment aber nicht in der Lage, sich von ihm freizumachen. Sie fürchtete sich zwar, hatte aber, so sagte ihr der Verstand, noch viel zu wenig Angst vor ihm. Seine Lippen glitten noch weiter hinab, über ihr züchtig bedecktes Dekolleté, bis dorthin, wo ihre Brüste begannen. Sie fühlte die Wärme seiner Berührung bis auf die Haut und stöhnte leise, als er begann, ihre Brüste zu küssen, fest und eindringlich, dabei feuchte Stellen hinterlassend, die sie durch den Stoff hindurch spürte. Während er sie mit der rechten Hand weiterhin festhielt, wanderte seine linke hinab, streichelte über ihren Arm, glitt über ihre Taille, ihre Hüfte und dann nach hinten. Sie unterdrückte nur mit Mühe einen überraschten Schrei, als sie seine Hand spürte, die mit einem entschlossenen Griff ihren Unterkörper fest an seinen zog, sodass sie seine Schenkel fühlte und noch etwas anderes, Hartes, das sich in ihren Körper bohrte und eine so heftige, leidenschaftliche Gefühlsregung in ihr auslöste, dass sie glaubte, im Körper einer Fremden zu stecken.

Irgendetwas in ihrem Hinterkopf raunte ihr eindringlich zu, dass sie sich wehren sollte, bevor es zu spät war. Er war so unheimlich, ganz anders als der Maximilian Churtham, den sie in der letzten Zeit kennen gelernt hatte. Fast so wie damals, als er sie durch die Gruft geschleppt und verhöhnt hatte. Sie hob die Arme und stieß ihn mit aller Kraft von sich weg. Er taumelte einen Schritt zurück, Pat nutzte ihre Freiheit, um die Tür aufzureißen und wie von wilden Tieren gejagt durch die Halle und hinauf in ihr Zimmer zu rennen.

Oben angekommen schlüpfte sie durch die Tür, schloss hinter sich ab und schob dann noch ein kleines Tischchen vor, in der Hoffnung, seine blutsaugende und im Moment etwas beängstigende Lordschaft würde nicht auf die Idee kommen, die Tür aufbrechen zu wollen. Sie blieb einige Schritte dahinter stehen und lauschte hinaus. Draußen war alles ruhig. Also war ihre Sorge unbegründet gewesen und er hatte nicht die Absicht, sie zu verfolgen und weiter zu bedrängen. Sie wollte sich soeben erleichtert aufs Bett setzen, als die Tür mit einem lauten Krachen aus den Angeln barst und mitsamt dem Tisch quer durch das Zimmer flog. Pat starrte zuerst fassungslos auf die Tür, dann auf Churtham, der wie aus dem Boden gewachsen knapp neben ihr stand.

„Ich mag es nicht, wenn man mich in meinem eigenen Haus aussperrt", sagte er mit jener sanften Stimme, die das Höllenfeuer in seinen Augen Lügen strafte, und Pat sofort kleine Kälteschauer der Angst über den Rücken jagte. Sie hob abwehrend die Hände, aber da hatte er sie auch schon in seine Arme gerissen und hielt sie so fest, dass sie sich nicht mehr aus seinem Griff befreien konnte.

„Nicht", bat Pat erstickt. Sie fühlte, wie sich seine Brust bei jedem Atemzug hob, spürte seinen Atem auf ihrem Gesicht, die Hitze, die durch seine Nähe in ihr aufstieg, auch wenn das Gefühl fast übermächtiger Anziehung mit Furcht vermischt war.

„Es wird dir gefallen", flüsterte er heiser an ihrer Haut. Seine Lippen glitten, eine glühende Spur hinterlassend, über ihren Hals, ihre Wangen. „Und mir gefällt es, wenn du dich wehrst, das macht die Sache sogar noch interessanter."

Maximilian spürte deutlich ihr Zittern, ihre leise Furcht, die ihn noch mehr erregte. Hatte er sie nicht schon die längste Zeit haben wollen und nur in seiner unsäglichen Dummheit auf sie verzichtet? Jetzt war der Moment gekommen, wo er dieser in ihm brennenden Begierde endlich nachgeben würde. Und sie gleichzeitig für ihren Verrat bestrafen. Er hatte sie schon so lange begehrenswert gefunden, so sehr, dass ihn bisher nichts von der Vorstellung, sie zu besitzen, hatte befreien können, und nun gab es keinen Grund mehr, sie unangetastet zu lassen.

Seine rechte Hand öffnete ihren Schlafrock, während die andere sie unnachgiebig festhielt. Pat spürte, wie seine Finger in den Ausschnitt ihres Nachthemds glitten, ihre Brust suchten und sie umfassten. „Am Ende wirst du doch nachgeben. Wir haben viel Zeit, meine falsche kleine Unschuld. Unendlich viel Zeit", sprach er weiter. Seine Stimme klang sehr dunkel und sanft, aber Pat hatte den Eindruck, durch seine Augen hindurch in ein Flammenmeer zu blicken.

Sie zuckte zusammen, als er zuerst den Schlafrock von ihren Schultern schob und gleich darauf das Nachthemd mit einem derben Ruck aufriss und den zerfetzten Stoff abstreifte. Jeder Gedanke an Gegenwehr war plötzlich verschwunden, und sie war wie hypnotisiert von seiner Stimme, seinen Berührungen und seinen Augen. Der Stoff fiel mit einem leisen Rascheln zu Boden und sein Blick wanderte, gefolgt von seinen Händen, besitzergreifend minutenlang über ihren entblößten Körper, strich über ihre Brüste, ihren Bauch, ihre Hüften und Schenkel. Ihre Nacktheit löste bei ihr keineswegs jene zu erwartende jungfräuliche Schamhaftigkeit aus und sie wehrte sich nicht, als er sie hochhob. Sie schauderte erst, als er sie anstatt auf das Bett zu legen, auf den Gang hinaustrug und mit ihr die Treppe hinunterstieg. Jetzt würde er sie also dorthin bringen, wo auch die anderen gewesen waren. Wo er seine Opfer liebte, bevor er ihnen die Kehle durchbiss. Sie hatte nun keinen Zweifel mehr daran, dass die Hälfte der Särge unten in der Gruft mit diesen bedauernswerten Frauen gefüllt war.

Sie musste nachdenken, ihren in Scherben gebrochenen Verstand zusammenkratzen und sich von diesem gefährlichen Bann befreien, der sich über sie gelegt hatte. Sie musste mit ihm reden, ihn davon abhalten, sie dort hinunter zu bringen und sein grausiges Werk zu tun. Das Gefühl jedoch, nackt von ihm auf seinen Armen getragen zu werden, während er kaum auf den Weg zu achten schien, sondern sein Blick mit sichtlichem Wohlgefallen über ihren bei jedem Schritt leicht wippenden Busen glitt, war so überwältigend, dass sie im Gegenteil die Arme um ihn legte und sich etwas enger anschmiegte.

Zu ihrer Überraschung und unendlichen Erleichterung durchquerte er jedoch mit ihr die Halle und nahm den Weg, der zum Turm führte. Er stieg mit ihr die von Fackeln erhellte Wendeltreppe hinauf, eine Tür öffnete sich wie von selbst vor ihnen und schloss sich dann wieder wie von Zauberhand, während er sie auf ein weiches, mit roten Seidenlaken überzogenes Bett legte. Im selben Moment flammten alle Kerzen im Raum auf.

„Wie ... wie haben Sie das gemacht?", stotterte sie verblüfft.

„Mit Zauberei", murmelte er an ihrem Ohr. „Du wolltest einen Vampir, mein neugieriges, vom Bösen fasziniertes Mädchen und du bekommst einen. Und noch viel mehr dazu. Mehr als du dir in deinen ruchlosesten Träumen vorgestellt hast." Eine Strähne seines langen Haares fiel ihm in die Stirn und gab ihm ein sehr romantisches Aussehen, als er sich über sie beugte.

„Ich bin nicht vom Bösen fasziniert", erwiderte Pat atemlos, als seine Lippen ihren Hals entlang glitten, während seine Hand sich um ihre Brust schloss und sie sanft massierte.

„Sondern?" Seine Stimme war dunkel, samtweich und unendlich verführerisch. Aber Pat wusste zugleich auch, dass es jetzt tatsächlich zu spät war, ihm zu entkommen. Er würde sie nicht mehr gehen lassen. Nun, sie hatte nicht wirklich vor zu flüchten, überhaupt jetzt, wo sie statt im kalten Steinsarg in seinem weichen Bett gelandet war. Und verfallen war sie ihrem Vampir ohnehin schon. Welche andere Frau hätte sonst jeden vernünftigen Gedanken beiseite geschoben, um sich in die Arme eines Mannes zu werfen, von dem sie wusste, dass er sie aussaugen würde, bis sie selbst zu einem Vampir wurde. Einem Geschöpf, das das Tageslicht scheuen musste, sich vom Blut seiner Opfer ernährte und eines Tages vermutlich mit einem geweihten Pfahl in der Brust aufwachen würde. Sie musste vor Liebe wirklich völlig den Verstand verloren haben.

Seine Hände hielten sie an den Schultern in die weichen Kissen gepresst, während seine Lippen über ihr Gesicht und ihren Hals wanderten, ihre Brüste streichelten. Seine Zunge spielte mit ihren Brustspitzen und Pat spürte ein süßes Gefühl der Schwäche in sich hochsteigen. Mit nichts zu vergleichen, was sie jemals erlebt hatte. Schließlich brachte er seinen Mund nahe an ihr Ohr, seine Zunge glitt hinein, kitzelte und erregte zugleich. „Erzähl mir von ihm", flüsterte er heiser.

Pat schwieg, weil ihr die Stimme versagte, und sie sah mit einem Anflug von Angst, dass sich die Flammen in Maximilians Augen zornig verstärkten. Sie wollte sich aus seinem Griff befreien, aber da hatte er auch schon grob ihre Handgelenke gepackt und hielt ihre Arme eisern mit seiner linken Hand über ihrem Kopf fest, während er seine Rechte über ihren Körper wandern ließ. Sie zappelte ein wenig, hielt dann jedoch still, überwältigt von seiner Berührung und ihren eigenen leidenschaftlichen Gefühlen für ihn.

„Wirst du mich jetzt töten?", brachte sie heraus.

Er lächelte grausam, sich ihrer erregenden Hilflosigkeit und seiner vollkommenen Macht über sie bewusst. „Ich glaube nicht, dass ich dich gleich aussaugen werde. Vielleicht erst beim zweiten oder dritten Mal." Seine Lippen lagen dicht an ihrem Mund, er hätte sie zu gerne geküsst, aber dann hätte er vermutlich völlig die Beherrschung verloren und sie mit seiner Leidenschaft getötet. Es machte ihm Spaß, sie in dem Glauben zu lassen, er würde sie aussaugen. Aber was er wirklich von ihr wollte, war viel mehr. Ihre Seele und ihren Geist wollte er in Besitz nehmen. Er würde ihre Haut küssen, bis sie nur noch nach ihm schmeckte, ihr Körper nach ihm roch und sie keinen anderen Gedanken mehr hatte als ihn. Und er mit ihr tun konnte, was ihm gefiel.

Irgendetwas flüsterte ihm zu, dass er ihr damit genau das nehmen würde, das er an ihr mochte und das ihn reizte. Nämlich ihren unabhängigen Verstand, ihre bemerkenswerte Neugier und ihre kleinen Eigenheiten. Aber die Gefahr, sie eben dadurch an einen anderen – und ausgerechnet diesen - zu verlieren, war zu groß. Er kannte die Methoden seines Gegners nur zu gut. Pentwell hatte versucht, sie zu beeinflussen, und sie war in seiner Hand bereits zu einem Werkzeug geworden, das versucht hatte, ihn zu vernichten. Wie Muran ihm erzählt hatte, war es nicht Pentwells erster Versuch gewesen, sie für ihn einzunehmen. Aber das würde er zu verhindern wissen. Wenn er sie bei Tagesanbruch verließ, so würde sie sein Geschöpf sein, solange sie lebte.

Was war es, das ihn so trieb? Er versuchte, dieser Empfindung nachzuspüren. Zum einen war da ein unbändiger, leidenschaftlicher Zorn, der ihn sie derber anfassen ließ, als er es bei ihr sonst getan hätte. Hass auf diese elende Kreatur, die es gewagt hatte, ihr Vertrauen zu erringen, und die sie so weit gebracht hatte, ihn oder jemanden, den sie für ihn hielt, töten zu wollen. Hass war ein Gefühl, das er kannte, aber es war noch etwas anderes da. Ein fremder, ziehender Schmerz, der in seinen Eingeweiden tobte und nach Erlösung suchte. Eine Erlösung, die ihre Unterwerfung und ihren Schmerz verlangte.

Er wollte ihre verlockend zarten Brustspitzen erregen und beißen, bis sie bluteten und sie vor Lust und Schmerz zugleich schrie. Er wollte sie leiden sehen, so wie sie ihn durch diesen Verrat hatte leiden lassen. Seine Hand suchte rücksichtslos den Weg zwischen ihre weichen Schenkel. Warm und überraschend feucht war sie dort, ungemein aufreizend, und es würde nicht lange dauern, bis das Feuer in ihm so hochschlug, dass er sich auf sie stürzen und sie förmlich verschlingen würde, wie er dies schon so oft mit Frauen getan hatte.

Die heiße Leidenschaft in seinem Inneren stieg höher, er ließ sie los, setzte sich ungeduldig auf und riss sich seine Anzugjacke vom Körper, das Hemd, seine Hose. Er wollte ihre nackten Brüste spüren, ihre weiche Haut auf seiner. Und dann würde er sie nehmen. Endlos lange. Die ganze Nacht hindurch, bis sie vor Erschöpfung halb bewusstlos war. Er wollte sie besitzen. Vollständig. Unzählige Nächte lang, bis er seine Lust völlig ausgekostet hatte und seine Leidenschaft ausgebrannt war. Aber wenn er sie ansah, ihren weichen biegsamen Leib spürte, dann wusste er, dass dies lange nicht der Fall sein würde.

Pat zitterte am ganzen Körper, als sie seinen Körper sah und fühlte. So war das also, wenn man von einem Vampir gebissen wurde. Man war nackt, wurde gestreichelt, liebkost und dann gebissen. Churtham sah so gut aus, mit seinen breiten Schultern, den schmalen Hüften und ... sie schloss die Augen, als ihr Blick auf etwas fiel, das sie sich bisher immer nur vorgestellt hatte, dann blickte sie wieder hin. *So* also sah er aus. Größer als sie geglaubt hatte, geradezu erschreckend groß. Das Verlangen, ihn zu berühren, zu ertasten, wurde fast übermächtig und sie legte die Arme um Maximilian, als er wieder über sie glitt, streichelte zaghaft über seinen Rücken und seine Schultern.

Maximilian war irritiert über die scheue Zärtlichkeit, die sie ihm entgegenbrachte. Das stimmte nicht, sie sollte Angst haben, ihn fürchten wie die anderen ihn gefürchtet und zugleich begehrt hatten, und ihn nicht so unendlich zart streicheln, dass sich seine Haut unter ihrer Berührung zusammenzog und zu glühen schien.

„Jetzt rede endlich, erzähl mir", sagte er fordernd, das weiche Gefühl, das für sie in ihm hochsteigen wollte, niederkämpfend. Er glitt besitzergreifend mit der

Hand zwischen ihre Beine und ließ seine Finger so ungestüm in die feuchte Weichheit hineingleiten, dass Pat leise aufschrie. So war es richtig, sie sollte fühlen, dass sie in seiner Gewalt war. Er wusste, dass er ihr weh tat und er tat es mit Bedacht, um sie für ihre Treulosigkeit zu strafen. Aber während er es sonst genossen hatte, sich Frauen durch Lust und Schmerz zugleich zu unterwerfen, fand er zum ersten Mal keinen Gefallen daran. „Erzähl mir davon. Was war mit ihm?"

„Es … es war aber gar nichts", stammelte Pat, die kaum wusste, was mit ihr geschah. Einerseits war es die Erfüllung ihrer Wünsche, in Maximilians Armen zu liegen, und andererseits war er jetzt so anders. Unheimlicher und gefährlich. Seine Hände und Berührungen erregten sie, machten ihr aber auch Angst und taten weh. Es war alles so plötzlich gegangen, viel zu schnell. Und er war zwar verführerisch, aber wesentlich weniger zärtlich als sie sich erhofft und in ihren Träumen vorgestellt hatte. Sie hatte sich, seit ihr Interesse an Churtham geradezu schmerzhaft sehnsüchtig geworden war, zwar selbst dort gestreichelt, um dieses leise Pochen, das sie beim Gedanken an ihn fühlte, zu befriedigen, aber was er jetzt mit ihr tat, war etwas völlig anderes. Überwältigender und schmerzhafter zugleich. „Er hat mich immer wieder gewarnt und heute war er da und wollte, dass ich mitgehe, aber … ich … wollte nicht …"

Maximilian hielt inne, hob den Kopf und sah sie an. „Sprich weiter." Er sagte das in einem harten Befehlston.

Pat holte tief Luft. „Er sagte, in diesem Schloss ginge etwas nicht mit rechten Dingen zu, und du wärst Schuld am Verschwinden vieler junger Mädchen. Und ich sollte mit ihm gehen, er würde mich in Sicherheit bringen. Aber ich wollte nicht. Ich hatte dir doch versprochen, dir zu vertrauen und das tat ich auch. Aber …", ihre Stimme wurde wieder zu einem Piepsen, als sie seinen durchdringenden Blick auf sich ruhen fühlte, „kaum war er weg, kam dieser Mann. Er sah genauso aus wie du, aber er hat mich bedroht … er hat mir solche Abscheu und Angst eingeflößt mit seinen Zähnen und seinen Reden und ich … aber als ich dachte, ich hätte dich erschlagen … Es war furchtbar für mich … und wenn du dann nicht gekommen wärst …" Ihre Hände waren eiskalt, ihre Wangen bleich und ihre Augen groß und dunkel vor Angst.

Und diese Angst war es, die etwas in ihm veränderte. Pats Angst, die es ihm unmöglich machte, ihr wehzutun. Er zog langsam seine Hand zurück und lag minutenlang völlig ruhig neben ihr. In diesem Moment wurde ihm klar, was wirklich geschehen war. Dieses Ungeheuer, das sich Pentwell nannte, hatte versucht, Pat auf seine Seite zu ziehen. Als er jedoch erkannt hatte, dass Pat sich nicht überzeugen ließ, hatte er Muran geschickt. Wie schon einmal im Wald, wie Muran zugegeben hatte, um Pentwell Gelegenheit zu bieten, sich als Retter aufzuspielen. Dieses Mal jedoch hatte Muran seine, Maximilians Gestalt, angenommen, um Pat anzugreifen, und sie hatte sich in ihrer Todesangst gewehrt. Pentwell hatte wohl nicht damit gerechnet, dass er seinen Gehilfen fassen und weitere Informationen aus ihm herauspressen würde. Muran hatte den Auftrag gehabt, sie aus dem Schloss zu verjagen. Und sobald Patricia diesen schützenden Bereich verlassen hätte, wäre Pentwell als Retter aufgetaucht und hätte nicht mehr lange gebraucht, um sie zu verführen. Er raubte seine Opfer nur sehr selten, sondern zog es vor, sie freiwillig in seine Arme laufen zu lassen. Und besonderen Genuss bereitete es ihm, Frauen an sich zu ziehen, die einem anderen gehörten.

Dieses Mal war es jedoch falsch gelaufen. Muran hatte in seiner Blutgier versucht Pat zu beißen, und diese hatte sich verteidigt.

„Weshalb hast du dich *jetzt* nicht mehr gewehrt?", fragte er aus diesem Gedanken heraus. Sie hatte zwar zuerst davon laufen wollen, war aber dann doch überraschend nachgiebig gewesen.

„Weil ... es anders war ... Er war so abstoßend, widerwärtig und böse. Ganz anders als du ...“

Maximilan verzog den Mund zu einem bitteren Lächeln, aber etwas veränderte sich an ihm, seine Augen wurden weicher, das rötliche Glitzern erlosch langsam. „... du hast ja keine Ahnung, wenn du annimmst, ich wäre nicht böse.“

„Aber da bin ich mir ganz sicher“, flüsterte sie. „Außerdem könnte ich niemals Angst vor jemandem haben, den ich liebe. Ein bisschen vielleicht vor dem, was du mit mir tun wirst, aber bestimmt nicht vor dir.“

Maximilian war bei ihren Worten zusammengezuckt, als hätte sie ihn geschlagen. „Wie war das soeben?“ Sein Blick bohrte sich in ihren, und ganz tief in ihm, kaum fassbar, stieg etwas hoch. Eine Art Hoffnung, der ebenso schmerzhafte wie sehnsüchtige Wunsch, ihr zu glauben. Und die Angst davor, er könnte sich zum Narren machen.

„Ich habe mich verliebt“, wisperte Pat. Sie hob die Hand und strich über sein Gesicht, zog mit dem Finger scheu die Linie seiner Wange nach, sein Kinn. „Ich war fasziniert von dem Moment an, als ich das Bild sah, das dir so ähnlich ist. Und dann ... habe ich mich in dich verliebt.“ Sie redete immer schneller. Er konnte sie jeden Moment beißen, und sie wollte ihm zuvor noch alles sagen. „Ich wollte es gar nicht. Überhaupt nicht. Aber dann war da diese Art wie du lächelst, deine Ironie, die Art, wie du finster drein schaust, und ich dabei doch weiß, dass du nicht böse sein kannst. Du siehst natürlich auch gut aus“, fügte sie ehrlich hinzu, „möglich, dass mich das auch angezogen hat. Aber das tun ja, soviel ich weiß, alle Vampire.“

Ihre Augen waren jetzt ganz weich, groß und unschuldig. Und es lag etwas darin, das ihn bis ins Mark traf. Maximilian sah sie an, als erblicke er sie zum ersten Mal. „Pat ...“, murmelte er. „Pat, mein Liebstes. Ist das die Wahrheit?“ *Mein Liebstes?* Hatte er tatsächlich *mein Liebstes* zu ihr gesagt? Noch nie zuvor hatte er eine Frau so angesprochen. Nicht einmal die betörende und wunderbare Antoinette, die damals eine so große Zuneigung in ihm erweckt hatte.

„Natürlich. Im Angesicht des Todes ist das wohl auch nicht verkehrt“, erwiderte sie tapfer.

Maximilian starrte sie fassungslos an und schwieg endlos lange. Dann legte er geradezu erschüttert seine Wange an Pats weiche und zog sie eng an sich. Er war so verwirrt wie noch nie zuvor in seinem immerhin schon sehr langen Leben. Sie hatte ja keine Ahnung. Nicht den leisesten Schimmer einer Ahnung, was das für ihn bedeutete. Er hatte angenommen, dass sie aus Neugier und Angst zugleich nachgegeben hatte. Aber plötzlich war es ihm unerträglich, dass sie tatsächlich Angst vor ihm haben oder um ihr Leben fürchten könnte. Ihr Leben, das für ihn noch weitaus kostbarer geworden war als sein eigenes.

Seine Stimme klang rau als er sprach. „Meine süße Pat. Du musst keine Angst haben." Er beugte sich über sie, küsste mit unterdrückter Leidenschaft die blauen Augen, die ihn einerseits so liebevoll und andererseits so ängstlich ansahen, ihre Wangen, ihren Hals, streichelte sie zärtlich und beruhigend. Er hatte niemals die geringste Absicht gehabt, sie zu töten. Sie sollte sich ihm nur völlig unterwerfen, und er wollte sie vollkommen besitzen. Er war zornig gewesen, weil er gedacht hatte, sie hätte ihn hintergangen. Und eifer … Maximilian versteinerte bei diesem Gedanken. *Eifersüchtig und gekränkt.* Er horchte in sich hinein, zutiefst verblüfft über diese Erkenntnis. Dieser Zorn, vermischt mit ziehenden Magenschmerzen, waren Eifersucht und Kränkung. Oder zumindest schien ihm diese Bezeichnung für etwas, das er bisher nicht gekannt hatte, richtig zu sein. ‚*Was ist das?*' dachte er. ‚*Was geht nur in mir vor?*'

„Es ist kein Wunder, wenn du zornig warst, weil du dachtest, ich hätte dich erschlagen wollen", flüsterte Pat. Der Augenblick dieser grauenvollen Angst vor diesem Vampir kam wieder in ihrer Erinnerung hoch und dieses Entsetzen, als sie gedacht hatte, dass sie Churtham erschlagen hätte.

„Du hast ihn nicht erschlagen", sagte er nach einem kleinen Zögern. „*Ich* habe ihn getötet."

Pats Augen wurden groß und sie rückte ein Stückchen von ihm weg, um ihn besser ansehen zu können. „Du? Aber das ist völlig unmöglich! Ich habe ihn erschlagen! Mit dem Schürhaken. Du hast ihn selbst gesehen. Er war so tot wie ein Mensch nur tot sein kann!"

„Möglich", murmelte Maximilian, ihr Gesicht nicht aus den Augen lassend. „Nur, dieser Mann war kein Mensch. Du hattest jeden Grund, Angst vor ihm zu haben."

„War er also tatsächlich …?"

„Ein Vampir. Die Wunde war weniger schlimm als es den Anschein hatte. Ich habe noch nachgeholfen." Er hatte ihn aus Zorn getötet, weil er es gewagt hatte, in sein Haus einzudringen. Muran hatte gegen ihn nicht die geringste Chance gehabt. Und dann hatte er ihn ins Moor geworfen und zufrieden zugesehen, wie der leblose Körper hinabgesunken war. „Manche Vampire haben die Fähigkeit, ihr Aussehen zu ändern, jede beliebige Gestalt anzunehmen."

Pat erschauerte und krallte sich unwillkürlich in seinen Arm.

Maximilian küsste ihre Stirn. „Lass uns nicht mehr darüber sprechen. Es gibt Dinge, die mir jetzt weitaus wichtiger sind." Das war auch die Wahrheit. Sein Zorn war völlig verflogen, und er wollte jetzt nur noch eines: Pat fühlen, sie auskosten, genießen, streicheln und lieben. Die Hitze, die ihr Körper, ihr Geruch in ihm ausgelöst hatte, war nicht vergangen, aber sie hatte sich verändert, war weniger zornig geworden, aber auf geheimnisvolle Weise intensiver. Fast unerträglich intensiv. Er hatte bis vor kurzem nicht gewusst, dass es schmerzhaft sein konnte, eine Frau zu begehren.

Er begann, ihr Gesicht mit Küssen zu bedecken und Pat schloss die Augen, als er diese Zärtlichkeiten auch auf ihren Körper ausdehnte, sanfter, wenn auch nicht weniger leidenschaftlich als zuvor. Sie fühlte bei seinen Berührungen wieder diese ungewohnte Wärme in sich aufsteigen. Ihre Haut schien unter seinen Händen, die sich langsam und genießerisch über ihren Körper bewegten, zu prickeln, das Prickeln ging in ein Brennen über, das ihren ganzen Körper erfasste.

„Ich hatte gedacht, du schläfst im Keller, in einem Sarg", flüsterte sie.

„Ich hoffe, du bist nicht enttäuscht. Ich finde Särge so unbequem."

„Ja", meinte Pat, „natürlich. Daran habe ich nicht gedacht. Sie sind zweifellos zu eng für zwei Personen."

Es zuckte um Maximilians Lippen, als er sich über sie beugte. „Ich muss gestehen, ich habe noch nie eine Frau im Bett gehabt, die so praktisch veranlagt ist wie du."

Unendlich sanft ließ er seine Lippen über ihr Gesicht gleiten, verharrte an ihrem Mundwinkel, koste ihre Wangen, ihre Stirn und kam wieder zurück. Es war ein Gefühl für sie in ihm, das ihm den Atem nahm. Es war schon vorher da gewesen, das war ihm nun klar, aber jetzt brach es mit einer Vehemenz durch, die ihn verwirrte. Nicht mehr die gefühllose Leidenschaft, die jede Rücksicht auslöschte und nur die eigene Befriedigung verlangte, zu welchem Preis auch immer, sondern Wärme. Freude daran, auch ihr Vergnügen zu bereiten, ihre Lust zu entfachen, sie mit ihr gemeinsam zu erreichen und dann in ihr zu vergehen.

Pat seufzte vor sich hin, räkelte sich genussvoll. Maximilians Hände schienen überall zu sein, streichelten sie, massierten ihre Brüste, ihren Bauch, ihre Schenkel, einmal fester, dann zart, bis sich ihre Haut zusammenzog und der zarte Flaum ihrer Härchen sich aufstellte. Seine Lippen zogen eine feuchte, warme Spur über ihren Leib, und als seine Hand abermals die Weichheit zwischen ihren Beinen suchte, wesentlich rücksichtsvoller als zuvor, seufzte sie glücklich auf. So war es richtig, so musste es sein, wenn der Mann, den man liebte, einen mit Liebkosungen beglückte. Er streichelte sie, fand mit seinen Fingern den Eingang in ihr Inneres, ließ seinen Daumen um ihren pochenden Punkt kreisen, bis sie kaum noch atmen konnte, sich wand, während heiße Wellen über ihren Körper rollten und ihr Denken vollkommen ausschalteten. Er ließ erst von ihr ab, als sich ihr Körper aufbäumte, sie ihre Fingernägel in seinen Arm krallte und vor Lust fast zu schreien begann.

Er streichelte sie sanft, als sie dann verblüfft in seinen Armen lag und kaum fassen konnte, was mit ihr geschehen war.

„Was w ... war das?"

„Das war der erste Teil." Seine Lippen spielten mit ihrem Ohrläppchen. „Aber es kommt noch viel mehr. Kann es dann weitergehen, mein süßes Vampirliebchen?"

„Noch mehr?" Sie löste langsam ihre Finger von seinem Arm. Ihre Nägel hatten tiefe Eindrücke hinterlassen. „Oh, es ... tut mir leid. Habe ich dich gekratzt?"

„Genau so wie es mir gefällt", erwiderte er lächelnd. Es war ein Lächeln, wie sie es noch nie zuvor an ihm gesehen hatte. Weich, zärtlich, verführerisch und einfach überwältigend. Sein Blick glitt über sie. „Du bist wunderschön", flüsterte er zu ihrer Überraschung. „Ich habe noch nie so vollendet schöne Brüste und Brustspitzen gesehen. So rosig und so erregend." Sie streichelte über sein Haar, als er sich herabbeugte, um abermals ihre Brüste zu küssen. Er hielt sich lange damit auf, ihre Brustspitzen mit der Zunge zu necken, bis sie noch härter empor standen, und Pat grub unwillkürlich wieder ihre Nägel in seine Schulter, als er begann, abwechselnd daran zu saugen und sie zwischen seine Zähne zu ziehen.

„Du hältst mich tatsächlich für hübsch?"

„Hübsch?" Maximilian hielt inne und betrachtete ihr Gesicht. „Ich habe noch nie eine Frau gesehen, an der ich alles so unglaublich schön finde wie an dir, Patricia Smith." Er sprach an ihren Lippen weiter. „Du ziehst mich so sehr an, dass ich mich nicht wiedererkenne. Alleine schon, wenn du den Raum betrittst, kann ich nicht mehr denken, ich sehe nur dich, will dich anfassen, dich in die Arme nehmen ..."

„Liebst du mich denn?", fragte sie schüchtern und voller Sehnsucht. Liebe war wichtig für sie. Sie gehörte zum Leben. Ihr Vater hatte ihre Mutter geliebt. Zumindest hatte sie das oftmals von ihm gehört.

„Liebe?" Sekundenlang war er betroffen von diesem Gedanken. „Pat, mein Liebling, ich begehre dich, du nimmst alle meine Sinne ein, aber ein Wesen wie ich kann nicht lieben." Er streichelte ihre Wange. „Ich empfinde mehr für dich, als ich seit unendlich langer Zeit fühlen konnte, aber erwarte keine Liebe von mir, Pat. Niemals. Dessen bin ich nicht fähig." Ihr enttäuschter Blick traf ihn bis ins Herz, aber er wollte jetzt keine sinnlosen Diskussionen über menschliche Gefühle führen, sondern sie und ihren Körper spüren und endlich dieses Verlangen löschen, das ihn verzehrte. Er nahm ihre Hand und legte sie auf seine Brust. „Aber jetzt komm, tu noch mehr für mich. Hab keine Scheu. Ich kann es schon nicht mehr erwarten."

Das konnte Pat ebenfalls nicht. Ihre Hände glitten über seine Brust, die weichen dunklen Haare. „Ich dachte immer, Männer wären viel struppiger ..." Sie hob den Kopf, um sein Kinn zu küssen, seinen Hals, und seine Brust mit den Lippen zu berühren. Sie glitt mit ihren Fingern langsam an ihm entlang, liebkoste schüchtern seine Brustwarzen, zupfte ein wenig an dem dunklen Haar, bis sie seinen Bauch erreichte und jenen Teil seines Körpers, der sie im Moment besonders faszinierte.

Er zog scharf die Luft ein, als Pat ihn berührte, zuerst scheu und unter seinen Aufmunterungen dann immer mutiger zugriff, ihn streichelte. Sie hatte nicht gedacht, dass er so hart sein könnte, so überwältigend groß und heiß. Sein Glied pochte und zuckte zwischen ihren Händen, und sie fühlte ein ganz neues Gefühl der Macht, als sie Maximilian dazu bringen konnte, unterdrückt zu stöhnen. Sie ertastete die weiche Haut, fuhr mit den Fingerspitzen eine Ader nach, berührte dann neugierig die dunkelrote, feuchte Spitze, die unter ihren Fingern noch aufzuschwellen schien.

Ihre Liebkosungen waren lange nicht so erfahren und gekonnt wie die anderer Frauen, derer er sich bisher bedient hatte, aber aus einem ihm unerfindlichen Grund weitaus erregender, und Maximilian merkte zu seiner eigenen Verwunderung, wie er sich unter ihren Berührungen wand. Er hauchte Liebkosungen an ihrer Wange, ihren Lippen, deren Sinn ihm selbst nicht mehr ganz klar war, und als Pat dann schließlich dem sanften Druck seiner Hände nachgab und sich ihm öffnete, glitt er mit einem unbeschreiblichen Gefühl der Vorfreude zwischen ihre Beine.

Pat hörte und fühlte ihr Herz schlagen, als er sich endlich auf sie senkte. Sein Glied pochte so hart und groß an ihr, dass sie sekundenlang mit Panik und Angst kämpfte, aber dann überwand er die Enge mit einem raschen, glühenden und schmerzhaften Stoß, der ihr einen kleinen Schrei entlockte, und glitt tief, immer tiefer, bis ihre beiden Körper eng aneinander lagen und ihre Schenkel seine Hüften umfassten. Sie schloss die Augen, gab sich völlig diesem Gefühl leidenschaftlicher Ohnmacht und Hilflosigkeit hin, als er sich in ihr zu bewegen begann, zuerst langsam und bedächtig, dann immer schneller, bis er einen heiseren Laut ausstieß, noch einmal tief in sie eindrang und dann über sie sank.

Pat legte ihre Arme um ihn, um ihn festzuhalten und zu streicheln. Sie genoss es, ihn in sich zu fühlen. Das ungewohnte und noch ein wenig schmerzhafte Gefühl der Dehnung, die Hitze seines Körpers, sein Gewicht, das ihr ein wenig den Atem nahm, sein Geruch, ein bisschen nach Schweiß und etwas anderem, dem sie keinen Namen geben konnte, das sie jedoch erregte. Er löste sich zu ihrer Genugtuung auch nicht von ihr, sondern blieb eine Weile in ihr liegen, sich von Zeit zu Zeit langsam in ihr bewegend, bis sein Glied wieder härter zu werden schien. Seine Lippen wanderten über ihre Wange, ihren Hals und als sie sich dort festsaugten, schloss sie die Augen. Und dann ging abermals alles in einem Rausch der Lust und Leidenschaft unter, der ihr fast die Sinne nahm.

Pat hielt es später für Einbildung, aber in dem Moment, als seine Lippen, sein Körper und sein Glied sie unaufhaltsam diesem unfassbaren Höhepunkt zutrieben, bis sie sich unter ihm aufbäumte, einen erstickten Schrei ausstieß und sich dem Tod näher fühlte als dem Leben und doch niemals so intensiv gelebt hatte wie in diesem Augenblick, in diesem Moment war ihr, als wären ihre beiden Körper von einem rötlichen Licht umgeben.

Maximilian lag im Bett und starrte zur dunklen Decke hinauf. Die Kerzen waren schon längst ausgegangen, und nur das Feuer im Kamin erhellte noch den Raum. Er wandte den Kopf und sah auf Pat, die eng an ihn geschmiegt dem Vergnügen und der Gnade des Schlafes frönte. Etwas, das ihm niemals zuteil wurde. Bezaubernd sah sie aus mit den braunen Locken, die ihr ins Gesicht fielen, dem zarten Näschen und dem kleinen, aber sehr sinnlichen Mund.

Welch ein Unterschied war diese Nacht gewesen zu allen anderen in seinem Leben. Die Freude am Spiel mit Lust und Schmerz hatte mit Antoinettes Tod geendet. Seitdem hatte er sich verändert, zurückgezogen gelebt und es vermieden, an den verworfenen Unterhaltungen seiner Freunde teilzunehmen. Nun, *Freunde* konnte man sie wohl kaum nennen, eher Gleichgesinnte, die sich ebenso der Leidenschaft am Bösen hingegeben hatten wie er selbst.

Antoinette … Noch jetzt, nach fast sechzig Jahren, verfolgte ihn ihr bleiches Gesicht, ihr Wimmern, ihr Flehen und der unmenschliche Schrei, als er sie getötet hatte. Die Erinnerung daran war er niemals wieder losgeworden, sie war zwar etwas verblasst, gewann jedoch gerade dann wieder an Deutlichkeit, wenn er am wenigsten damit rechnete.

Pat bewegte sich neben ihm. Er wandte sich ihr zu und strich hauchzart mit der Fingerspitze über ihre Wange, hin- und hergerissen zwischen dem Wunsch sie im Schlaf zu betrachten und dem Verlangen, sie wach neben sich zu haben. Wenn sie lächelte, hatte sie Grübchen in den Wangen. Nicht immer, nur wenn sie es auf eine ganz bestimmte, schelmische Art tat. Sie regte sich ein bisschen mehr, streckte sich, ihre Hand tastete über seine Brust. Er betrachtete sie. Oft schon hatte er diese Sterblichen um ihre Fähigkeit beneidet, einfach zu schlafen und sich selbst und die Welt herum vergessen zu können. Die Decke war ein wenig verrutscht und gab den Blick auf eine weiße runde Brust frei, deren rosige Spitze noch die Spuren seiner heftigen Liebkosungen trug. Der Duft ihres Körpers stieg ihm so unwiderstehlich in die Nase, dass er sich vorbeugte, seinen Mund auf ihre Brust legte und seine Zunge zwischen seine Lippen schob, um sie besser auskosten zu können. Endlich öffnete sie die Augen.

„Weißt du, wie reizend du aussiehst, wenn du schläfst und dann erwachst?" Er küsste sie auf die Augen, als sie blinzelte. Zuerst erschrocken, aber dann, als sie ihn erkannte, lächelte sie so zärtlich, dass er fühlte, wie eine Wärme in ihm hochstieg, die er bisher nie gekannt hatte. Sie immer so halten können, sie für immer besitzen und jeden Tag ihr Erwachen zu erleben. Diesen erstaunlichen Wunsch hatte er bisher noch bei keiner Frau verspürt.

„Ich sollte auf mein Zimmer gehen", flüsterte sie, sich ein bisschen enger an ihn schmiegend. Die vergangenen Stunden waren unfassbar gewesen. Viel besser als alles, was sie sich bisher vorgestellt hatte. Maximilians überwältigende Kunstfertigkeit in diesen Dingen war nur noch durch seine Zärtlichkeit überboten worden, und sie hatte sich selbstvergessen und hemmungslos seinen Liebkosungen hingegeben, bis sie vor Erschöpfung eingeschlafen war.

„Bleib noch bei mir."

„Es wird schon hell. Und was … was soll Simmons von mir denken, wenn er kommt und mich hier vorfindet."

„Dann warte wenigstens solange, bis die Sonne aufgeht." Er lächelte, zog sie etwas enger und begann ihre Schläfe zu küssen. „Außerdem wird er dich hier nicht finden, ich werde dich einfach verstecken."

„Musst du nicht …"

„In meinen Sarg?", beendete er mit einem amüsierten Lächeln ihren Satz. „Nein, heute ausnahmsweise nicht. Heute bleibe ich hier. Und du bekommst einen Tag frei, den du mit mir in meinem Zimmer verbringen wirst." Er wickelte sich eine Strähne ihres braunen Haares um den Finger und versank in ihren blauen Augen. „Hast du Hunger? Soll ich Simmons läuten, damit er dein Frühstück bringt?"

„Ist es nicht noch ein bisschen früh dafür?"

„Das macht nichts, Simmons ist daran gewöhnt."

Pat sah ihm zu, wie er sich einen Schlafrock umlegte, bevor er die Bettvorhänge schloss. Sie erwartete, dass er an der Klingel zog und Simmons kam, aber nichts geschah. Als er ausblieb, schob sie den Vorhang ein wenig zur Seite und lugte hinaus.

Maximilian stand am Fenster. Noch war es draußen dunkel, auch wenn man den Tag schon ahnen konnte. Pat hüllte sich in die Decke, kroch aus dem Bett und tapste auf nackten Füßen zu Maximilian hinüber. Er wandte sich nicht um, als sie von hinten die Arme um ihn legte, sich an seinen Rücken schmiegte, der sich so gut auf ihrem Körper anfühlte, und über seine Schulter hinausblickte. Er ergriff ihre Hände und zog sie an seine Lippen.

„Die Dämmerung", murmelte er. „Wie oft bin ich schon so gestanden und habe sie erwartet. Wenn es am Horizont heller wird und das Licht den Tag und das Leben ankündigt, bis die Dunkelheit der Sonne weicht. So wie ich ihr weichen muss."

Pat, die seinen Schmerz mitfühlte, jedoch nicht wusste, was sie sagen sollte, presste sich enger an ihn. Von diesem Fenster aus konnte man über das Moor sehen und der Blick verlor sich in der Weite. Sie standen dort, bis die ersten Strahlen des Tages die Landschaft berührten, dann erst schloss Maximilian die Fensterläden, zog die Vorhänge zu und nahm Pat ein weiteres Mal in die Arme.

Als Maximilian am Abend die tief und fest schlafende Pat verließ und hinunter in die Bibliothek ging, tat er das so gut gelaunt wie seit unzähligen Jahren nicht mehr.

„Ein Glas Rotwein, Mylord?" Simmons trat mit einem Tablett und einer Karaffe näher, in der dieser etwas herbe Rotwein schimmerte, den der Hausherr so gerne mochte.

„Ja, danke, Simmons." Maximilian trat an die Bücherwand, wo die bisher von Pat schon katalogisierten Bücher in perfekter Ordnung standen. Die Arbeit war zügig vorangeschritten, bald würde sie beendet sein, und er konnte nur hoffen, dass Pat dann nicht auf die Idee kam, abzureisen. Sie hatte ihm erzählt, dass sie in weniger als einem Jahr Zugriff auf ihr Erbe erhalten und damit unabhängig sein würde. Wenn er sie dann nicht verlieren wollte, musste er wohl lernen, auf andere Überredungskünste als die übliche Gewalt zurückzugreifen - Pat war für zärtliche

Überzeugung zweifellos empfänglicher. Aber falls alles schief ging, konnte er immer noch die Listen ins Feuer werfen und sie wieder von vorn beginnen lassen. Er lächelte bei dem Gedanken, ging die Reihe entlang, nahm gelegentlich ein Buch heraus, blätterte darin, stellte es wieder zurück. Bis er sich umdrehte und Simmons unverwandten Blick auf sich ruhen sah. „Was gibt es noch, Simmons?"

„Mylord, darf ich offen sprechen?"

Maximilian sah ihn erstaunt an.

Der Butler schloss zuvor sorgfältig die Tür. Seine Stimme klang ruhig wie immer, aber es lag ein gewisser Unterton darin, der seinem Herrn nicht entging. „Mylord, ich weiß, es steht mir nicht zu, Ihnen … ähem Ratschläge zu erteilen, und ich habe in all den Jahren, die ich die Ehre hatte, für Eure Lordschaft tätig zu sein, …"

„Sparen Sie sich das mit der Lordschaft", unterbrach ihn Maximilian kurz, „und kommen Sie endlich zur Sache."

„Jawohl, Mylord. Es geht um diese junge Dame, um Miss Smith."

„So?" Maximilians Blick wurde wachsam.

„Wie schon gesagt, Mylord, und wie ich sagen wollte, bevor Sie mich zu unterbrechen geruhten, ich habe Ihnen immer treu gedient, Sie in allem unterstützt, keine Fragen gestellt und Ihnen keine *Ratschläge* erteilt. Sie konnten und können sich jederzeit auf meine Ergebenheit verlassen …"

„Ja, ja", nickte Maximilian ungeduldig, „reden Sie schon weiter."

„Sie können sich auf mich verlassen", betonte Simmons nochmals etwas nervös, „aber dieses eine Mal möchte ich Sie bitten, über weitere Schritte nachzudenken und gegebenenfalls davon Abstand zu nehmen." Er selbst hätte den Schlossherrn vermutlich nicht herauszufordern gewagt, aber Mrs. Simmons war ihm so in den Ohren gelegen, dass er schließlich nachgegeben hatte. Und da seine Lordschaft heute etwas besser gelaunt schien, konnte er sogar hoffen, zu überleben. „Selbst auf die Gefahr hin, Mylord, dass Sie mir jetzt den Kopf abreißen oder meine Kleidung anzünden – wozu Sie, wie ich sehr wohl weiß, mit Leichtigkeit imstande wären – möchte ich Sie bitten, davon Abstand zu nehmen, Miss Smith zu Ihrem … Spielzeug zu machen."

Maximilian starrte ihn fast eine Minute lang schweigend an, das bedrohliche Glimmen, das nach Simmons' ersten Worten in seine Augen getreten war, verstärkte sich. „Legen Sie es etwa darauf an, mich ernsthaft wütend zu machen, Simmons?" Seine Stimme klang gefährlich leise.

„Das kann gewiss nicht in meiner Absicht liegen, Mylord", erklärte der Butler würdevoll, „ich bin weit davon entfernt, Selbstmordabsichten zu hegen. Aber auch Mrs. Simmons ist der Meinung …"

Der Schlossherr hob abwehrend die Hand. „Drohen Sie mir nicht mit Ihrer Frau, Simmons." Das gefährliche Licht aus seinen Augen war verschwunden, sie waren wieder von einem ruhigen, dunklen Blau, und es zuckte amüsiert um seine Lippen, als er sich abwandte, einen der Stühle vom Tisch wegzog und sich darauf fallen ließ. Die dunkle, lackierte Tischplatte glänzte und spiegelte im Schein der Kerzen, und Maximilian starrte sekundenlang auf das undeutliche Abbild von

Simmons Gesicht. „Und jetzt lassen Sie mich bitte allein. Ich habe Ihre Einmischung in meine Privatangelegenheiten schon langsam satt, Simmons."

„Sehr wohl, Mylord." Der Butler wandte sich mit einem abgrundtiefen Seufzen zum Gehen.

„Simmons?"

„Mylord?"

Maximilian lächelte ihn an. Etwas, das seinem Butler in all den langen Jahren, in denen er nun schon in Lord Churthams Diensten stand, noch niemals passiert war und ihn fast um die Fassung brachte. „Ich mag Miss Smith sehr, alter Freund. Sie können Mrs. Simmons ausrichten, dass Miss Smith nirgendwo besser aufgehoben ist als unter meinem Dach."

Ihre Blicke trafen einander sekundenlang, dann nickte der Butler. Er musste sich zweimal räuspern. *Alter Freund?* „Jawohl, Mylord. Das wird sie sehr freuen."

Als er gegangen war, starrte Maximilian selbstvergessen ins Feuer und lächelte dabei.

Als Pat einige Tage später von einem Ausflug ins Dorf zurückkehrte, den Maximilian ihr unter Andrews Obhut erlaubt hatte, bat Simmons sie, sofort in Lord Churthams private Gemächer zu kommen. Sie nahm sich kaum Zeit, den Hut abzunehmen, warf ihn hinter sich auf den kleinen Empiretisch in der Halle, auch die Handschuhe, und dann lief sie auch schon die Wendeltreppe zum Turm hinauf, bis sie vor Maximilians Zimmer stand. Die Tür öffnete sich, ohne dass sie anklopfen musste, Maximilian zog sie herein und in seine Arme. Wie immer waren die Fensterläden fest verschlossen, die Vorhänge zugezogen und der Raum wurde nur von Kerzen erhellt.

Maximilian sah in Pats Augen. Sie waren licht wie der Himmel, unter dem sie sich gerade aufgehalten hatte. „Du riechst so wunderbar", flüsterte er, während seine Lippen den Weg von ihrem Hals über ihre Schultern und Arme nahmen. „Du duftest nach Licht und Sonne, unzähligen Pflanzen … und nach dem Leben." Eine gewisse Sehnsucht klang aus seiner Stimme und Pat, die ahnte, was in ihm vorging, schmiegte sich eng an ihn.

Maximilian zog ihre Haarnadeln heraus, bis Pats braunes Haar voll und lockig über ihre Schultern fiel. Er grub seine Finger hinein, als er begann, ihr Gesicht zu küssen. Als er ihre Lippen erreichte, hielt er inne, viele Herzschläge lang.

„Warum küsst du mich nie?", fragte Pat enttäuscht, als er auch diesmal wieder weiterglitt, ohne sie auf diese gewisse Art zu küssen, die ihr schon lange vorschwebte. Nämlich innig. Sie nicht nur den Hauch seiner Lippen fühlen ließ, sondern alles. Sie auskostete und auch ihr erlaubte, ihn auszukosten, seine Zunge mit der ihren zu streicheln. Bisher hatte er jedoch ihre schüchternen Versuche entweder ignoriert oder sie mit anderen Zärtlichkeiten abgelenkt. „Ich sehne mich so sehr danach."

„Du hast doch in deinen klugen Büchern gelesen", erwiderte er leichthin, als sie die Frage zum zweiten Mal gestellt hatte, „küsse niemals einen Vampir."

„Ich glaube gar nicht mehr, dass du wirklich einer bist, Maximilian", sagte Pat streng. „Und dass du nie in die Sonne gehen kannst, liegt an dieser elenden Krankheit." Sie löste sich von ihm. „Ich war heute nicht ohne Grund im Dorf", erklärte sie weiter. „Ich habe Bücher bestellt, die ich in einigen Wochen abholen kann. Du bist einfach nur krank, Maximilian. Ich weiß es jetzt genau. Es ist eine Blutkrankheit, die es dir unmöglich macht, dich dem Tageslicht auszusetzen, weil deine Haut und deine Augen zu empfindlich sind." Jedenfalls hatte sie sich entschlossen, fest daran zu glauben.

„Und dass ich mich nicht spiegle …", lächelte Maximilian bitter, „kommt das auch von der Krankheit? Oder sind etwa die Spiegel ebenfalls infiziert?"

„Ich habe dich noch nie vor einem richtigen Spiegel gesehen", sagte Pat energisch. „Nur vor dem Fenster und wer weiß, was ich da alles übersehen habe, vor lauter Aufregung, weil ich so sehr in dich verliebt war."

„Warst du das tatsächlich?" Der bittere Zug war aus Maximilians Gesicht verschwunden und er lächelte zärtlich. „Aufgeregt aus Liebe zu mir?" Er nahm sie wieder in die Arme. „Und jetzt? Bist du jetzt auch noch aufgeregt?"

„Nein … ja … natürlich! Aber jetzt sei bitte ernst, Maximilian!"

„Später, mein Liebling, später."

Pat fühlte, wie Maximilians Finger über ihren Körper glitten, sich am Verschluss ihres Kleides zu schaffen machten. Es dauerte nicht lange, da fiel das dunkelgraue Gewand zu Boden. Für Sekunden erinnerte sie sich daran, dass sie es noch immer nicht geschafft hatte, sich ein anderes Kleid nähen zu lassen, aber dann ging dieser Gedanke unter seinen Liebkosungen verloren, und sie hielt still, als er mit Bedacht die Bänder ihres Mieders löste und jedes freie Stückchen ihrer warmen Haut küsste, ohne sie jedoch völlig auszuziehen. Sie wusste, dass es ihn reizte, den Moment, wo sie völlig nackt vor ihm stand, hinauszuzögern. Sie war schon wieder einmal nahe daran, wie ein Kätzchen zu schnurren, als er sich hinunterbeugte und mit seinen Lippen von ihrem Hals abwärts fuhr, bis er ihre Brüste erreichte.

Maximilians Sinne waren von seiner Geliebten gefangen. Er konnte ihren Mund nicht küssen, aber er konnte sich an ihrem ganzen restlichen Körper schadlos halten. An ihren zarten Brustspitzen, ihrer nach Lust duftenden Haut, ihrer Scham. Noch nie zuvor hatte er eine Frau gekostet, die überall so köstlich schmeckte. Er hob ihre rechte Brust leicht aus dem Mieder, um sie mit Küssen zu bedecken, ohne jedoch die sich ihm bereits entgegenreckende Brustspitze zu berühren. Pat sehnte sich schon nach weit mehr und wusste kaum noch, wie sie es ertragen sollte, nicht endlich in seinen Armen zu liegen. „Maximilian …"

„Ein bisschen Geduld noch." Er verfuhr mit ihrer zweiten Brust ebenso, während sie sich an seinen Schultern festhielt, weil sie sich nicht mehr ganz sicher auf den Beinen fühlte.

„Du bist grausam, Maximilian." Pat sagte diese Worte, ohne sie wirklich so zu meinen. Die Tatsache, dass sie vor ihrem blutsaugenden Liebhaber stand, der seine Aufmerksamkeiten bald von ihren Brüsten auf ihren Bauch, ihren Rücken, ihre Arme und noch weitaus empfindsamere Körperteile ausdehnen würde, bis sie seine Zunge zwischen den weichen Lippen ihrer Scham fühlte, erregte sie in einem Ausmaß, das sie bisher noch nie gekannt hatte.

Als er jedoch weitermachen wollte, schob sie ihn, einer plötzlichen Eingebung folgend, weg. „Jetzt komme ich!"

Das bekannte blaue Glitzern war in seinen Augen, als sie seine Jacke öffnete, von seinen Schultern streifte, auf einen Sessel warf und dann langsam und fast bedächtig die elegant gebundene Halsschleife öffnete, sie provozierend aus ihrer hochgehobenen Hand zu Boden flattern ließ, und endlich begann, das Hemd zu öffnen, wobei sie die darunter zum Vorschein kommende Haut mit Küssen bedeckte. „Du machst das wunderbar", sagte Maximilian heiser, „so erotisch ausgezogen worden bin ich noch nie."

„Ich gebe mir auch alle Mühe", erwiderte sie mit einem kleinen Lachen und machte weiter, bis sie das Hemd zur Seite werfen konnte. Ihre Hände glitten warm über seine Schultern und seine Brust. Sie ging um ihn herum, ihre Lippen folgten ihren Händen und sie bemerkte, wie Maximilian die Augen schloss, um ihre Berührungen noch mehr genießen zu können. Sie selbst fühlte sich kaum noch in der Lage, das Verlangen nach ihm zu unterdrücken. Sie wollte ihren Liebsten nackt sehen und sank an seinem Körper zu Boden, bis sie vor ihm kniete und ihm ungeduldig die Hose von den Hüften zerrte. Er öffnete die Augen und sah sie erstaunt an. „Pat?"

Sie legte den Finger auf den Mund. „Pst." Dann hockte sie sich auf die Fersen und betrachtete ihn, wobei sie mit nicht geringer Genugtuung sah, dass ihn alleine schon die bisherigen Zärtlichkeiten und ihre forschenden Blicke alles andere als ungerührt ließen.

Pat hatte – von Statuen und Gemälden abgesehen - keine Vergleichsmöglichkeiten, was nackte Männer betraf, aber sie fand, dass Maximilian einen wunderbaren Körper hatte. Ihr Blick glitt von seinen hellblau leuchtenden Augen über sein Gesicht, seine schmalen Lippen, die diesmal nicht das übliche spöttisch-arrogante Lächeln trugen, sondern belustigte Verwunderung, dann weiter an ihm herab, über seine Schultern, die angespannten Muskeln seiner Brust, die ihr zeigten, wie erregt er war. Er wollte nach ihr greifen, aber sie wich aus. „Bleib so stehen! Ich will dich ansehen."

Sie bemerkte mit einem Lächeln, dass er nach Luft schnappte, als sie begann, auch mit ihren Fingern zu *sehen*, sie über seinen flachen Bauch, die schmalen Hüften und dann weiter zu dem dichten gekrausten Haar führte. Sie sah, wie er sich erwartungsvoll verspannte, als sie näher kam, wich jedoch seitlich aus und strich hinab über seine kräftigen Schenkel. Dann stand sie auf, legte beide Hände auf seine Brust und drängte ihn zurück, bis er mit dem Rücken an der Wand stand.

„Was ...?"

„Sei still und bleib so stehen!"

„Pat, was tust du da?"

„Genau das, was du früher schon mit mir gemacht hast und jetzt wieder machen wolltest", meinte sie, während sie vor ihm hinkniete. Sie hatte ihn zwar schon berührt, gestreichelt und ertastet, aber noch niemals aus dieser Perspektive gesehen. Und sie mochte diesen Anblick. Sein Glied war schon wunderbar hart, stand vielversprechend empor, und während die Haut zuvor noch weiß gewesen war, mit einer dunkelroten Spitze, zeichneten sich nun deutlich Adern ab, die unter der samtweichen Haut bläulich durchschimmerten. Sie hauchte Küsse darauf, die ihn erschauern ließen, und ihre Finger zogen Linien von der Spitze bis zu jenem Teil, der in dem dichten Haar verschwand, und wieder zurück.

Dann befühlte sie neugierig seine Hoden unter dem harten Schaft, der sich vor ihrem Gesicht emporreckte, streichelte sie mit ihren Fingerspitzen. Als sie spürte, dass er zusammenschauderte, wurde sie noch ein bisschen intensiver, nahm sie ohne lange zu überlegen in die Hand, küsste sie und ließ ihre Zunge darüber gleiten bis dorthin, wo sie mit seinem Glied verwachsen waren. Maximilians heftige Reaktion erstaunte sie. Sein Glied zuckte im Rhythmus seines Herzschlags und ein tiefes, fast schmerzliches Stöhnen entrang sich ihm. Sie fand es interessant, erregend, spürte das leichte Pochen zwischen ihren Beinen und das noch weitaus stärkere und verführerische Zucken zwischen ihren Lippen, als sie die geschwollene Eichel damit umfasste. Sie ließ ihre Zunge darum tanzen, tastete sich unter die Vorhaut, saugte zart daran und kostete den ihr noch fremden Geschmack aus, bis sie endlich kurzentschlossen ihren Mund ganz darüber stülpte und ihn in sich einsaugte. An seiner Erschütterung sah sie, dass es genau das Richtige zu sein schien.

„Nicht, Pat …" Das klang sehr halbherzig und Pat achtete nicht darauf, sondern machte einfach weiter.

Maximilian hatte die Hände auf ihren Kopf gelegt, um sie wegzuschieben, fand dann jedoch nicht die Kraft dazu, sondern streichelte darüber, wickelte sich Strähnen ihres weichen Haares um die Finger. Er wusste, dass es Zeit war, ihr Einhalt zu gebieten, sah sich jedoch außerstande, Pat von sich zu schieben, sondern gab sich dem Genuss, den ihre Lippen und ihre Zunge bei ihm auslösten, mit einer Befriedigung hin, die er bisher nie verspürt hatte. Es würde ihren Einfluss auf ihn noch stärken, jenes seltsame Gefühl intensivieren, das ihm von Zeit zu Zeit, alleine schon wenn er sie nur ansah oder auch nur an sie dachte, alles im Leib herumdrehte, sein Herz schneller schlagen, seine Hände zittern ließ und ihm den Atem nahm. Es war wie eine Krankheit, obwohl er niemals krank wurde. Ein körperliches Leiden, das er, der Unsterbliche, bisher niemals gekannt hatte. Es war ebenso schön wie gefährlich, aber daran wollte er im Moment nicht denken. Nicht bei Pat. Sie hatte ihm ihr Vertrauen geschenkt und besaß auch das seine.

Es war mehr als nur ein leises Stöhnen, das sich ihm entrang, als er – oder vielmehr Pat - den Punkt seiner letzten Befürchtungen überwunden hatte, und er sich völlig dem Gefühl der Lust und der zu erwartenden Befriedigung hingab. Er presste die Kiefer aufeinander und schloss die Augen, als sie den Arm um seinen Schenkel schlang, ihn festhielt, während ihre andere Hand auf seinem Gesäß lag und in kreisenden Bewegungen darüber streichelte.

Vor einer Frau zu stehen, die ihn festhielt und auf sanfte, aber doch unmissverständliche Art zwang, ihr zu Willen zu sein, und ihr auch noch nachzugeben, war etwas völlig Neues und äußerst Reizvolles für ihn. Allein schon die Erkenntnis, dass er völlig nackt vor ihr stand, während sie selbst noch halb bekleidet war, sie ihn festhielt, ließ Schweißperlen auf seine Stirn treten, jagte Lustschauer durch seinen Körper und ließ ihn hart wie Stein werden. Er hatte ähnliche Spiele schon mit Frauen getrieben, um sie zu unterwerfen, sie seine Macht spüren zu lassen, aber dieses Mal war er in Pats Hand.

In ihrer Hand …, in ihrem Mund …

Sie bewegte ihre Lippen mit festem Druck auf und ab, die Enge ihres Leibes imitierend, und wenn er hinabblickte, sah er erregt, wie sein Glied zwischen ihren Lippen verschwand, sie ihn in sich aufsaugte. Dazwischen ließ sie ihn ihre Zunge spüren, die sich hart in seine pochende Spitze bohrte und dann wieder ihre Zähne, die sich aufreizend, aber voller Bedachtsamkeit und sehr vorsichtig in seine Haut gruben, gerade so viel, dass er nur einen Anflug von Schmerz spürte.

Er lehnte sich an die Wand, presste die Handflächen auf der Suche nach einem Halt dagegen und schloss wieder die Augen. Es war unfassbar, was ihre Lippen und ihre Zunge in ihm auslösten. Seine Erregung wurde quälend, sein Glied schmerzhaft hart. Aber in dem Moment, als er das Gefühl hatte, vor Lust schreien oder zerbersten zu müssen, zuckte ein Blitz durch seinen Körper, ließ ihn erbeben und sich mit einem heiseren Laut, der tief aus seinem Leib zu kommen schien, zusammenkrümmen. Und als er endlich mit mehreren, wilden Zuckungen die Erlösung in ihrem Mund fand, dabei trotz aller Heftigkeit verzweifelt darauf bedacht, nicht rücksichtslos zwischen Pats Lippen zu stoßen und ihr weh zu tun, glaubte er, Sterne explodieren zu sehen. Seine Knie wollten nachgeben, aber immer noch ließ Pat ihn nicht los, saugte weiter, als wollte sie ihm auch noch das letzte Bisschen seines Samens entreißen.

Endlich zog sie sich fast widerwillig von ihm zurück, und er sank keuchend und überwältigt von den Gefühlen, die Pats Lippen, ihre Zunge, die feuchte, warme Höhle ihres Mundes in ihm ausgelöst hatten, vor ihr in die Knie. Er sah sie an, als sähe er sie zum ersten Mal. Was für eine Frau! Überwältigend, erotisch, hinreißend! Und zwar so überwältigend, dass seine Hände dunkle Brandspuren an der Wand hinterlassen hatten.

Es war erst so kurze Zeit her, dass sie völlig unschuldig in seinen Armen gelegen war, und jetzt das! Ein Ausbund an Verführung! Woher konnte sie das? Wurden Frauen wie sie schon mit dem Wissen geboren, wie man einen Mann am besten um den Verstand brachte?

Pat hockte da, wischte sich mit dem Zeigefinger über die Mundwinkel und fuhr sich mit der Zunge über die Lippen. „Schmeckt seltsam", sagte sie endlich. „Ein bisschen bitter vielleicht, salzig. Aber sonst nicht übel. Ich hatte es mir schlimmer vorgestellt. Und ich glaube, ich möchte das sogar ziemlich bald wieder tun."

„Pat …" Er legte die Arme um sie, zog sie an sich und lachte leise und sehr zärtlich.

Seit von Maximilian entschieden worden war, dass Pat mehr Zeit mit ihm zu verbringen hatte, nutzte er auch die Stunden des Tages, um mit ihr zusammen sein zu können. Und so kam es, dass die Vorhänge der Bibliothek und in allen anderen Räumen des Schlosses immer fest zugezogen blieben, und Pat bei Kerzenlicht arbeitete, während Maximilian etwas abseits in seinem Lieblingslehnsessel saß, ein Bein lässig über das andere geschlagen, ein Glas mit seinem besten Rotwein in der Hand hielt und von Zeit zu Zeit davon nippte, Pat dabei über den Rand des Glases hinweg beobachtend. Da er im Halbschatten saß, lag sein Gesicht im Dunkeln und sie konnte, wenn sie hinüberblickte – was sehr häufig der Fall war – deutlich das blaue Leuchten seiner Augen sehen.

Sie kannte dieses Phänomen inzwischen schon sehr gut. Blau bedeutete – je nach Intensität – Amüsement, Zuneigung, unausgesprochene Erotik und der Wunsch, sie in den Armen zu halten. Begannen sie dagegen rötlich zu schimmern, so war Maximilian verärgert. Das rötliche Licht konnte sich natürlich auch zu einem heftigen Flackern steigern, bis Flammen aus seinen Augen zu lodern schienen, und am Ende oft sogar rötliche Blitze hervorschossen. Aber dieses Stadium hatte sie nicht mehr gesehen, seit dieser abscheuliche Vampir versucht hatte, sie zu überfallen.

„Du solltest mich nicht so ansehen, Max", sagte sie über die Schulter, während sie einen der schweren Folianten wieder zurück in den schön geschnitzten Bücherschrank stellte. „Das lenkt mich von meiner Arbeit ab."

Maximilian hielt es nicht der Mühe wert, auf ihren Vorwurf einzugehen. „Ich mag es, wie du mich ‚Max' nennst. Das ist bisher noch niemandem eingefallen." Er lächelte lasziv und seine dunkle Stimme troff vor Erotik. Sie blickte wieder hinüber, diesmal jedoch einen Augenblick zu lang. Eine Welle schier unwiderstehlicher Anziehungskraft wogte aus seinen Augen und seinem Lächeln zu ihr herüber und erfasste sie. Pat zögerte nicht länger, warf das Buch, das sie soeben aus dem Regal genommen hatte, auf den Tisch und saß eine Sekunde später auf Maximilians Knien.

„So ist es schon besser, mein Liebchen", murmelte er, während er sich an ihrem Mieder zu schaffen machte.

„Und *ich* mag es, wie du mich ‚Liebchen' nennst", flüsterte Pat zurück, seine langen schlanken Finger genießend, die schon den richtigen Weg in ihren Ausschnitt gefunden hatten und dort ihre zarten Brustspitzen erfreuten. Sie kam sich wieder einmal so herrlich verworfen vor. Wenn sie darüber nachdachte – was sehr selten geschah – so konnte sie es immer noch nicht fassen, dass aus der tugendhaften Miss Smith innerhalb einiger Wochen eine Frau geworden war, die ihre Lieblingsbeschäftigung darin sah, mit ihrem Geliebten zu turteln und noch weitaus interessantere Dinge zu tun.

Er hauchte unzählige Küsse auf ihren Hals, einer zarter und doch heißer als der andere, bis Pats Haut wieder einmal zu prickeln begann, ganz so, als würden unter seinen Berührungen kleine Funken sprühen. Diese in der Zwischenzeit schon wohlbekannte Wärme durchflutete sie und sammelte sich in ihren intimsten Körperstellen, als er begann, unendlich zart und erotisch an ihrem Ohrläppchen zu knabbern.

Sie war soeben dabei, sich an seinem Halstuch zu vergreifen, als ein dezentes Klopfen ertönte. Früher war Simmons einfach hereingekommen, aber seit einer gewissen Zeit hatte er es sich angewöhnt, vorher zu klopfen und dann noch eine Anstandsminute zu warten, bevor er die Tür öffnete. Als er diesmal eintrat, blickte er starr zur Decke hinauf. „Es ist Besuch für Sie gekommen, Mylord."

„Besuch?" Maximilian schien hinauszuhorchen, dann verfinsterte sich sein Gesicht. „Führen Sie die Dame bitte in den Salon, ich komme sofort."

„Sehr wohl, Mylord." Simmons schloss die Tür wieder sehr sorgfältig hinter sich und Maximilian erhob sich mit einem Seufzen, Pat mit sich hochziehend.

„Es tut mir leid, aber ich fürchte, ich muss diese Dame empfangen." Er brachte, während er sprach, seine Kleidung wieder in Ordnung, aber Pat konnte ihm deutlich ansehen, dass er es vorgezogen hätte, in einem noch weitaus derangierteren Zustand bei ihr zu bleiben.

„Was ist das denn für eine Dame?"

„Eine alte Freundin", erwiderte er leichthin. Er beugte sich zu ihr und gab ihr einen schnellen Kuss auf die Wange. „Es dauert bestimmt nicht lange, Pat. Dann machen wir da weiter, wo wir jetzt aufgehört haben. Warte hier schön brav auf mich."

Pat lächelte ihm nach, machte sich jedoch, nachdem die Tür hinter ihm zugefallen war, ebenfalls besucherfähig. Irgendwie würde sie es schon schaffen, wenigstens einen Blick auf diese geheimnisvolle Dame zu werfen.

„Welch eine unerwartete Überraschung", sagte Maximilian ohne sein Missvergnügen zu verbergen, als er in den Salon trat und sich Hagazussa gegenübersah. Dabei sah die schöne Hexe wieder geradezu umwerfend aus mit ihrem brandroten Haar, das sie in Locken hochgesteckt hatte, dem eleganten dunkelgrünen Reisekleid und den leuchtend grünen Augen, die eine Sinnlichkeit ausstrahlten, die einen weniger abgehärteten – und vor allem weniger verliebten - Mann als Maximilian vermutlich sofort zu ihren Füßen geworfen hätte, um ihre Gunst zu erflehen.

Ihr schöner Mund verzog sich zu einem strahlenden Lächeln, als sie mit ausgestreckten Händen auf ihn zuging, nein, *schwebte*. Pat dagegen schwebte niemals. Pat stapfte wohl eher. Er hatte, bis er Pat getroffen hatte, nicht einmal gewusst, wie überaus reizend er stapfende Frauen fand.

„Ach, Maximilian, mein Geliebter, ich konnte es einfach nicht mehr ohne dich aushalten und da ich ganz in der Nähe war …" Sie bemerkte, dass er die junge Frau betrachtete, die etwas abseits stand und ihn neugierig ansah. „Das ist

Venetia, meine süße kleine Succubi", gurrte sie. „Sie begleitet mich, damit mir auf der Reise nicht langweilig wird. Und kommen musste ich, nachdem ich dich so lange nicht mehr gesehen hatte. Aber ich glaube, ihr kennt euch ja schon."

„Flüchtig." Seine Augen glitten desinteressiert von Hagazussa Lieblingsspielzeug wieder zu ihr zurück.

„Nun ja …" Sie trat etwas näher und senkte die Stimme zu einem Flüstern: „Es ist auch so, dass ich Neuigkeiten für dich habe, die dich ganz gewiss interessieren werden."

„Tatsächlich?" Er klang völlig unverbindlich, hatte die Hände am Rücken verschränkt und musterte Hagazussa gleichmütig.

Die Hexe zog sich die Handschuhe aus. „Du könntest ruhig etwas zuvorkommender sein und uns zum Beispiel etwas zu trinken anbieten."

„Ah ja, natürlich. Verzeihung." Maximilian klang zwar höflich, aber unbeeindruckt, als er an der Klingel zog und dem auf sein Läuten erscheinenden Simmons Anweisung gab, Erfrischungen zu servieren.

Hagazussa winkte ihrer Begleiterin zu. „Am besten, mein Kindchen, du lässt uns jetzt alleine. Sieh dich einfach ein bisschen im Schloss um, Lord Churtham und ich haben einiges zu besprechen." Wie immer, wenn sie sich im Rahmen des Lebens trafen, das sie in der Welt der Menschen führten, verwendete sie wie selbstverständlich seinen angenommenen Namen.

„Ja, Herrin." Die Kleine knickste vor Maximilian und verließ das Zimmer. Hagazussa sah ihr wohlwollend nach. „Ein süßer Fratz. Und noch so verspielt."

„Du bist gewiss nicht nur gekommen, um mir deine Bettgefährtin vorzustellen", erwiderte Maximilian kühl. Er wollte die schöne Hexe so schnell wie möglich aus dem Haus haben, bevor Pat am Ende noch auf die Idee kam, sich diese Besucherin näher anzusehen. Er konnte Komplikationen dieser Art wahrlich nicht gebrauchen.

„Nein", Hagazussa musterte ihn unter halbgesenkten Liedern. Es war ein sehr erotischer Blick, aber Maximilian war dank Pat gegen alles gewappnet. „Obwohl es mich gefreut hätte, dich ein wenig eifersüchtig zu sehen, mein kühler Freund."

„Eifersucht?", fragte er mit hochgezogenen Augenbrauen. „Seit wann hältst du mich derartig lächerlicher Gefühle für fähig?"

„Nein, natürlich nicht." Hagazussa klang etwas verstimmt. Sie sah sich um und ging langsam im Zimmer auf und ab, dabei gereizt ihre Handschuhe in ihre flache Hand schlagend. „Hast du nicht früher schon einmal hier gelebt?"

„Vor vielen Jahren, das stimmt. Die Burg war damals herrenlos, der letzte Earl of Barlem war schon lange verstorben, und so nahm ich eben seinen Platz ein. Allerdings nur eine gewisse Zeit, dann hatte diese neue Art von Sesshaftigkeit ihren Reiz für mich verloren."

„Aber es scheint dich wieder hierher zurückgezogen zu haben …"

Er zuckte mit den Schultern. „Es gab auf der Welt nichts mehr zu sehen, was sich gelohnt hätte. Und dieses Schloss stand immer noch leer. Es hatte seit meinem letzten Aufenthalt hier keinen besonders guten Ruf, also hat niemals jemand Anspruch darauf erhoben."

„Und dann ist dir ja auch diese Frau über den Weg gelaufen." Hagazussa blieb vor dem Kamin stehen. Wie in jedem Raum brannte auch im Salon ein Feuer und sie sah nachdenklich in die Flammen. „Diese Antoinette. Ich kann mich gut an sie erinnern. Du warst so verrückt nach ihr, dass ich fast eifersüchtig geworden wäre, wenn ich dieser Absurdität überhaupt fähig wäre."

Maximilian gab keine Antwort, sondern starrte ebenfalls ins Feuer, das zunehmend kräftiger wurde.

Die schöne Hexe sank anmutig in einen Sessel. „Sag mir, Maximilian, geht uns wirklich etwas verloren, wenn wir so leben?"

„Wir leben im Schatten ..."

„Aber ich kann mich im Gegensatz zu dir im Licht bewegen, mich tötet es nicht." Sie wies dabei auf die fest geschlossenen Vorhänge und die Kerzen, die den Raum erhellten.

„Und dennoch lebst du in der Dunkelheit." Maximilian sprach mehr zu sich selbst. „Das ist kein Licht, was du siehst, nur ein schaler Abglanz davon."

„Hast du nicht selbst einmal gesagt, man müsse das Böse in der Welt verbreiten, damit endlich alles zugrunde geht?", sprach sie weiter.

„Ich war ein zynischer Narr", sagte Maximilian bitter. „Und ein wahrhaft *verdammter* noch dazu."

Hagazussa zögerte, bevor sie die nächsten Worte aussprach. „Aber du hast dir vor gar nicht allzu langer Zeit ein bisschen Licht ins Haus geholt, nicht wahr?" Sie lächelte bemüht, als er ihr seinen durchdringenden Blick zuwandte. „Eine Frau. Eine ganz normale Frau, die in der Sonne lebt, keinen bösen Gedanken hat und dir alles das gibt, was du sonst vermissen müsstest." Sie betrachtete ihn sinnend. „Was ist es, das du bei ihr suchst? Zuneigung? Gefühle?"

„Schon möglich." Haga wäre die letzte gewesen, mit der er über dieses verwirrende Gefühl für Pat gesprochen hätte, das seinen ganzen Körper besaß, ihm schon bei ihrem Anblick vor Zuneigung förmlich alles im Leib herumzudrehen schien, und seine Hände zittern ließ. Außerdem war Pat mehr für ihn als nur Licht, sie war wie eine Sonne, die ihn wärmte.

„Nun, wenn es nur das ist", sagte sie mit einem gezwungen Auflachen, „das hättest du auch bei mir haben können. Ich ... mochte dich auch immer ... sehr gerne."

„Das war etwas anderes, Haga. Etwas völlig anderes. Glaub mir, ich kenne den Unterschied."

Hagazussa starrte ihn minutenlang schweigend an, dann erhob sie sich abrupt. „Ja, vermutlich. Ich glaube, es wird jetzt Zeit, dass ich gehe." Ein spöttisches Lächeln glitt über ihr Gesicht. „Ich möchte das traute Glück nicht länger stören."

„Das ist sehr aufmerksam von dir", erwiderte Maximilian, ihrem Spott gegenüber völlig unempfindlich.

Die Hexe rauschte mit wehenden Röcken an ihm vorbei. Kurz vor der Tür drehte sie sich noch einmal um. „Ach, was ich noch sagen wollte: Angeblich wurde Muran vor kurzem hier in der Nähe gesichtet."

„Tatsächlich?"

Hagazussa trat auf Maximilian zu, einen besorgten Ausdruck in den Augen. „Nimm diesen Vampir nicht zu leicht, Maximilian, mein Lieber. Er steht in Strigons Diensten und kann sehr gefährlich werden."

Maximilian zog die Augenbrauen hoch. „Meinst du? Nun er war tatsächlich schon hier, um sein Unwesen zu treiben, aber wie ich feststellen durfte, kann eine entschlossene Frau durchaus mit Hilfe eines Schürhakens mit ihm fertig werden."

Sie sah ihn zuerst verständnislos an, dann begann sie an zu lachen. „Du willst doch nicht wirklich … Ach, du machst dich über mich lustig! Hat …", sie deutete zur Tür, „hat sie wirklich? Mit einem Schürhaken?"

„Es war ein bezaubernder Anblick, wie er da lag, mit dem Haken im Schädel, alles voller Blut. Ich habe es wirklich genossen. Allerdings hielt die Betäubung nicht lange an, und ich musste dann zu stärkeren Mitteln greifen um ihn loszuwerden." Maximilian grinste. Das war etwas, das Hagazussa noch nie an ihm gesehen hatte. Und er sah so jung, so unglaublich anziehend dabei aus, dass sie spürte, wie ihr Herz schneller schlug, und es warm in ihre Wangen stieg.

Sie senkte die langen Wimpern, und ein boshaftes Lächeln spielte um ihren Mund. „Soll das heißen, dass wir vermutlich nie wieder etwas von ihm hören werden?"

„Das hoffe ich doch sehr."

„Das hast du gut gemacht", lächelte Hagazussa. „Sehr gut, ich konnte dieses miese Stück niemals leiden." Sie trat aus der Tür, die Maximilian zuvorkommend für sie öffnete, und sah sich um. „Wo ist denn mein kleiner Liebling? Ach ja, dort!" Und noch ehe Maximilian sie daran hindern konnte, war sie auch schon quer durch die Halle gerauscht und hatte die Bibliothek betreten.

Pat saß mit einer sehr hübschen jungen Frau zusammen, die sie, nachdem Maximilian seine Besucherin empfangen hatte, aufgesucht hatte. Sie sah ganz bezaubernd aus, ihr Kopf schien nur aus kleinen goldenen Löckchen zu bestehen, und das Gesicht war liebreizend, mit großen, unschuldigen blauen Augen. Pat hatte sich schnell mit ihr angefreundet und lauschte nun mit steigender Verwunderung ihren Erzählungen.

„… und dann hat sie diesen Trank in unsere Becher geschöpft und wir haben getrunken und schwebten plötzlich ganz oben an der Decke. Immer zwei zur gleichen Zeit, wo wir uns dann endlos lange liebten …" Sie seufzte sehnsüchtig bei der Erinnerung. „Ach, war das schön." Als Pats verblüfftes Schweigen zu lange anhielt, sah sie sie fragend an. „Sie führen doch auch sexualmagische Praktiken durch, nicht wahr? Ich sage immer, es gibt nichts Aufreizenderes und Erbaulicheres. Aber vielleicht sehen wir uns ja bei der nächsten Messe. Sie müssen unbedingt kommen! Sie versäumen etwas!"

„Wirklich?", fragte Pat staunend. „Aber üblicherweise stehen diese schwarzen Messen doch in einem eher schlechten Ruf. Erst kürzlich habe ich etwas darüber gelesen, wo …"

Die Kleine winkte ab. „Ach, das sind doch nur alles Leute, die keine Ahnung davon haben, was richtig Spaß macht. Alles nur Spießer, die jeden Scherz verderben!" Sie beugte sich etwas näher. „Meine Herrin, Madame Hagazussa, mag diese Messen auch nicht, sie sagt, es treibe sich der ganze Pöbel dort herum. Aber ich finde …" Sie unterbrach sich und wandte sich um, als sie Pats Blick fest auf die Tür gehaftet sah.

Hagazussa stand darin, und Pat hielt sekundenlang die Luft an, geblendet von der Erscheinung der anderen. Noch nie zuvor hatte sie eine so schöne Frau gesehen. Im nächsten Moment stieg eine Welle der Eifersucht in ihr hoch, von der sie bisher nicht einmal geahnt hatte, dass sie dazu überhaupt fähig wäre. *Das war also Maximilians Besucherin!* Und so wie sie ihn ansah, sich nach ihm umdrehte, ihn anlächelte, nicht gerade eine oberflächliche Bekanntschaft. Sie kam näher, dicht gefolgt von Maximilian, dessen Augenbrauen sich bedenklich zusammengezogen hatten.

„Sie müssen also Maximilians guter Stern sein!" Die schöne Fremde trat mit ausgestreckten Händen auf sie zu. Pat erhob sich höflich, wollte eine der gepflegten weißen Hände ergreifen, aber die andere hatte sie schon an sich gezogen wie eine gute alte Freundin und küsste sie anmutig auf beide Wangen. Ein geradezu betäubender Duft stieg Pat in die Nase und machte sie schwindlig, dann war sie wieder frei, und der wohlwollende Blick der Besucherin glitt von ihr zu der Blonden. „Ihr beide habt euch wohl gut verstanden?"

„Ich habe Patricia eingeladen, mit mir das nächste Mal eine schwarze Messe zu besuchen", sagte die Kleine eifrig.

Hagazussa Lächeln wurde zuckersüß. „Wirklich? Was für eine reizende Idee!" Sie zuckte zusammen, als sie plötzlich Maximilians festen Griff um ihren wohlgeformten Oberarm fühlte.

„Schade, dass du schon gehen musst."

„Aber …"

„Ich will dich nicht aufhalten." Er zog sie zur Tür. „So, das reicht jetzt. Nimm dieses kleine höllische Luder", zischte er Hagazussa so leise zu, dass nur sie ihn verstehen konnte, „und sorge dafür, dass es nie wieder in dieses Haus oder auch nur in Pats Nähe kommt! Sonst werdet ihr es beide bereuen!"

„Aber ja doch!" Hagazussa warf noch ein strahlendes Lächeln in Pats Richtung, bevor Maximilian sie energisch zur Tür hinaus durch die Halle schob und dafür sorgte, dass sowohl sie als auch die Kleine das Schloss verließen und in ihre Kutsche stiegen.

„Das soll ein Feuerdämon sein?", fragte Venetia abfällig, als sie in der Kutsche saßen und die Pferde anzogen. Sie hatte, nach allem was ihr von ihm zu Ohren gekommen war, eine Attraktion erwartet und war schon nach seinem Besuch im „Chez Haga" von ihm enttäuscht gewesen. Und was fand sie hier vor? Einen zwar äußerst gutaussehenden, aber langweiligen Mann, der nicht im Geringsten ihrer Vorstellung eines wirklich verworfenen Dämons ähnelte.

Hagazussa lächelte leicht. „Ja, und was für einer."

„Er sieht aber so bieder aus", sprach die kleine Succubi weiter. „Und war noch langweiliger als zuletzt, als er dich im Bordell aufgesucht hat."

„Er hat sich heute eben von seiner besten Seite gezeigt", erwiderte Hagazussa mit spöttisch herabgezogenen Mundwinkeln. „Obgleich", fügte sie dann schulterzuckend hinzu, „mir seine schlechteste immer wesentlich reizvoller erschienen ist."

„Aber ..."

Hagazussa lachte freudlos. „Reiz ihn nur, dann wirst du schon sehen, wie gefährlich er wirklich ist." Hagazussas Augen sprühten nicht weniger Feuer als jene von Maximilian, wenn auch in einer weitaus harmloseren Art. Er hatte sie doch tatsächlich hinausgeworfen! Wegen dieser dummen, menschlichen Gans!

„Die junge Frau war sehr nett, die in der Bibliothek arbeitet", fuhr ihre unbedarfte kleine Begleiterin fort. „Hast du gesehen, Herrin, wie sie ihn angesehen hat und er sie? Ich glaube fast, er fühlt sich zu ihr hingezogen."

Hagazussas Antwort bestand in einer schallenden Ohrfeige. Die Kleine brach sofort in heftiges Schluchzen aus und hielt sich die Wange. „Warum denn? Was habe ich denn gesagt?"

„Unbeschreiblichen Unsinn, du hirnlose Gans!", fuhr Hagazussa sie wütend an. „Halt endlich den Mund! Musst du ununterbrochen plappern?" Sie warf ihrer kleinen Freundin noch einen gereizten Blick zu und lehnte sich dann in die weichen Polster der Kutsche zurück.

Natürlich fühlte er sich zu dieser Frau - diesem Nichts - hingezogen! *Mehr* als hingezogen sogar, wenn ihr für Schwächen anderer geschultes Auge sie nicht im Stich gelassen hatte. Jeden anderen Mann hätte sie schon längst in ihrem Bann gehabt. Und wenn nicht freiwillig, dann eben mit Hilfe ihrer unfehlbaren Beschwörungsformeln oder gewisser Liebestränke, die sie zuzubereiten verstand wie niemand sonst. Maximilian war jedoch gegen alles immun gewesen. Nicht allerdings gegen dieses unscheinbare Gänschen, das ebenfalls bis über beide Ohren in ihn verliebt war.

Und sie stand mit leeren Händen da.

„Ich würde gerne einmal zu einer schwarzen Messe gehen", erklärte Pat, als sie am Abend in Maximilians Schlafzimmer waren. Sie war bereits ausgekleidet und hatte nur noch der Form halber ihren Schlafrock umgeworfen.

Maximilian drehte sich so schnell nach ihr um, dass sie zusammenzuckte. Zum ersten Mal seit langer Zeit war wieder dieses rötliche Funkeln in seinen Augen, ein Zeichen, dass er wütend war. „Sag so etwas nie wieder, hörst du?!"

„Warum denn nicht?", fragte sie erstaunt. „Du warst doch auch immer dort. Zumindest hat das dieses Mädchen behauptet."

„Dieses Mädchen", erwiderte Maximilian mit vor Ärger bebender Stimme, „ist eines der albernsten Geschöpfe, die mir jemals untergekommen sind. Ich wünsche auf gar keinen Fall, dass du mit diesem verkommenen Subjekt in Zukunft auch nur den geringsten Kontakt hast!" Er sah Pat scharf an. „Weißt du überhaupt, was eine schwarze Messe ist?"

„Es klingt sehr verworfen, so wie sie es geschildert hat", antwortete Pat mit einem wohligen Schaudern.

„So?! Nun, ich hoffe doch nicht, dass dir so etwas gefällt! Alle tanzen nackt herum …"

„Aber das haben wir doch auch schon gemacht", kicherte Pat unverbesserlich. „Und ich fand es *sehr* schön."

Maximilian rang sichtlich nach Worten. „Du bist das Unverfrorenste, das mir jemals untergekommen ist. Außerdem", belehrte er sie zu ihrer größten Verblüffung wie ein Schullehrer mit mahnend erhobenem Zeigefinger, „sind das dort keine normalen Menschen, sondern ein Haufen von Hexen und Dämonen …"

„Dämonen?" Pat bekam große Augen. „Von Dämonen habe ich gelesen, aber ich habe nicht dran geglaubt." Sie blinzelte ihm übermütig zu. „Eher noch an Vampire."

Maximilian atmete tief durch. Vielleicht wäre es jetzt an der Zeit gewesen, Pat über einiges aufzuklären, aber er hatte eine unbestimmte Scheu davor, ihr zu sagen, wer oder was er wirklich war. „Und doch gibt es sie, Pat. Und sie können schlechter sein als alles, was du dir vorstellen kannst. Schlimmer als dein schlimmster Albtraum."

„Aber wenn du mitgehst …"

„Nein! Das ist kein Spaß, Pat! Du würdest schnell die Flucht ergreifen, wenn du zusiehst, wie sie sich völlig hemmungslos übereinander und untereinander wälzen, jeder treibt mit jedem, Männer mit Frauen, Männer mit Männern, Frauen mit Frauen …"

„Es treiben? Männer mit Männern? Frauen mit Frauen?" Pat hatte rosige Wangen bekommen. Sie hatte zwar schon viel von ihrer früheren Sittsamkeit abgelegt, seit sie das erste Mal die Leidenschaft in Maximilians Armen kennen gelernt hatte, aber diese Vorstellung fand sie doch etwas lose.

„Du wirst ja schon rot, wenn ich es nur ausspreche", sagte Maximilian wütend. „Aber die Orgien wären noch das Harmloseste. Schlimmer wird es dann, wenn Blut fließt und am Ende sogar unschuldige Menschen dafür sterben müssen. Kinder, deren Blut von diesen Geschöpfen getrunken wird!"

Es war still.

„Und solche Leute kennst du?", fragte Pat nach einigen Minuten schockierten Schweigens. Ein Vampir, der nicht verhungern wollte, war eine Sache, aber aus purem Spaß Menschenblut zu trinken war furchtbar.

„Ja. Und ich bin wahrhaftig nicht stolz darauf. Aber wenn du mir noch ein einziges Mal mit der Idee kommst, zu so etwas gehen zu wollen, dann lege ich dich über das Knie, mein verderbtes Früchtchen, und prügle dich windelweich!"

In Pats Augen blitzte es schalkhaft auf, sie setzte sich aufs Bett, zog die Knie an und verschränkte die Arme darum. „Wenn du mir drohst, sollte ich wohl besser abreisen. Ich lasse mich nämlich nicht gerne verprügeln." Sie kannte ihren Maximilian inzwischen schon gut genug um zu wissen, dass er sie nicht einmal mit dem Finger anstupsen würde.

„Zu spät", brummte Maximilian, sie schon wieder wesentlich sanfter anblickend, da er sich außerstande sah, den reizenden Grübchen auf ihren Wangen lange Widerstand zu leisten, „Du kannst jetzt nicht mehr weg."

Pat sprang auf und stemmte herausfordernd die Hände in die Hüften. „Ach und weshalb nicht?"

„Weil ich besessen von dir bin", erwiderte er grinsend. Es war die Wahrheit und es erstaunte ihn selbst jedes Mal wieder. Er hatte sie besitzen, sie sich zu eigen machen wollen, und dann hatte sich plötzlich etwas verändert. Er konnte jetzt noch weniger auf sie verzichten als zuvor, aber er würde niemals mehr Gewalt anwenden, um sie zum Bleiben zu zwingen. Wenn er auch sonst gewissenlos jede andere Möglichkeit der Überredung ausnutzen würde.

„So", sagte Pat, „wenn du wirklich so versessen auf mich bist, dann beweise es!" Sie stieß ihn zum Bett hin, riss sein Hemd mit einem Ruck auf und gab ihm einen Schubs, dass er auf den Rücken fiel, bevor sie sich auf ihn warf und sich mit gespreizten Beinen auf seine Oberschenkel setzte. „Und jetzt will ich wissen, was es mit diesen sexualmagischen Praktiken auf sich hat, von denen dieses Mädchen gesprochen hat."

„So lange habt ihr euch doch gar nicht unterhalten", sagte Maximilian mit hochgezogenen Augenbrauen. Er hatte sich auf die Ellbogen gestützt und sah sie mit diesem berüchtigten lasziven Lächeln an. „Ihr habt die kurze Zeit tatsächlich zu nützen gewusst."

„Wir konnten aber nicht ins Detail gehen", erwiderte Pat. „Deshalb will ich jetzt alles von *dir* wissen."

Maximilian grinste. „Hast du keine Angst, dass wir dann beide morgen in der Hölle aufwachen, mein Engel?" Noch während er sprach, wusste er, dass er mit sämtlichen Dämonen der Hölle und aller Welten kämpfen würde, um das zu verhindern.

„Und wenn schon. Ich kauf uns wieder frei. Angeblich soll der Teufel für Geschäfte ja recht empfänglich sein", meinte Pat ungerührt. „Und ich will es jetzt jedenfalls *magisch* und *dämonisch*! Ich will wissen, was dahinter ist!"

„Das ist zwar sehr schmeichelhaft, aber ich glaube nicht, dass du das wirklich wissen willst."

„Oh doch!"

„Du wirst danach entsetzt sein, meine Süße", sagte er halb abwehrend, während Pat sah, dass in seine Augen langsam wieder dieses hellblaue Flackern trat.

„Versuchen wir's doch einfach", gab sie mit einem Lächeln zurück, das sofort die Wärme in seine empfindlichsten Körperteile trieb.

„Na schön", brummte er, „aber beschwer dich dann nicht bei mir."

Pat schnappte überrascht nach Luft, als er sie mit einem blitzschnellen Griff neben sich auf das Bett zog und sie zurückdrückte, bis sie auf dem Rücken lag. Dann kniete er sich zwischen ihre Schenkel, hob sie an den Hüften hoch und legte sich ihre Beine so über die Schultern, dass ihre Knie rechts und links neben seinem Kopf lagen.

„Das wird jetzt dämonisch?", fragte Pat aufgeregt. Ihre geöffnete Scham lag knapp vor seinem Gesicht und allein schon der Gedanke, was er alles aus nächster Nähe sehen konnte, ließ sie vor Erregung feucht werden.

Maximilian grinste nur. Das hellblaue Licht in seinen Augen strahlte stärker als die Kerzen auf dem Tisch, als er einen Arm um ihren Leib schlang und sich langsam erhob.

„Was tust du denn da?", fragte Pat verblüfft, als sie mit ihrem Rücken an seinem Körper liegend hinunterhing und nur mit Kopf und Schultern auf den seidigen Laken auflag.

„Ich liebe dich dämonisch, das wolltest du doch. Eigentlich solltest du dabei nicht so bequem liegen, sondern kopfüber hängen und gerade noch mit den Fingerspitzen den Boden berühren, aber das können wir uns ja für ein anderes Mal aufheben."

„Ja, aber …"

„Psst …"

Pat gab ein kleines, genussvolles Stöhnen von sich, als er seinen Kopf vorbeugte und seine Zunge und Lippen begannen, geduldig die empfindlichsten Stellen zwischen ihren Schenkeln zu suchen. Maximilian war ein wahrer Meister darin, sie durch gezielte Berührungen, wie das Streicheln seiner Zunge, das Saugen seiner Lippen und mit seinen Händen, die unaufhörlich über ihren Körper glitten, in einen Zustand zu versetzen, der wahrhaftig dämonische Ausmaße annahm. Zuerst zappelte sie ein wenig, dann, als sie sein hartes Glied spürte, das sich in ihren Rücken bohrte, wand sie sich bereits und nach einer endlos langen Zeit, in der er sich trotz ihres Keuchens und ihrer eindringlicher werdenden Bitten geweigert hatte, von ihr abzulassen, stieß sie kleine Schreie der Verzückung aus und klammerte sich mit ihren Beinen so fest an seinen Hals und seine Schultern, dass ein weniger kräftiger Mann als er vermutlich schon längst halb erwürgt worden wäre.

„Diese Stellung hat mir ein alter Venezianer empfohlen", murmelte Maximilian, als er ihr einige wenige Sekunden Ruhe gönnte, bevor er wieder mit seinen heftigen Liebkosungen fortfuhr, die Pat fast um den Verstand brachten. Sie hatte es geschafft, ein Kissen heranzuziehen, klammerte sich nun daran fest und krallte ihre Finger so hinein, dass beinahe ihre Nägel abbrachen.

Kleine Flammen züngelten aus Maximilians Fingern, krochen auf Pat hinab, bis ihr Körper glühte, ihr ganzer Leib im Rhythmus schnell aufeinanderfolgender

Orgasmen pulsierte, die sogar ihre Haarspitzen zu erfassen schienen, während alles an ihr, völlig losgelöst von jedem Gedanken, zuckte und vibrierte.

„Dieser Venezianer war ein Könner in der Kunst der Liebe", sprach er weiter, als er sie endlich sanft zurück auf die Matratze gleiten ließ, wo sie vor Erschöpfung so liegen blieb, wie er sie hingelegt hatte, Arme und Beine weit von sich gestreckt.

„Ich möchte nicht wissen", stöhnte Pat, halb bewusstlos vor überstandener Lust, „was er im Gegenzug von dir gelernt hat."

Maximilian lachte leise, aber in seinen Augen brannte ein leidenschaftliches Begehren. „Leider", flüsterte er heiser, „kann ich dir jetzt noch keine Ruhe gönnen, mein neugieriges Dämonenliebchen, weil ich sonst vor Sehnsucht nach dir sterbe." Sein ungeduldiges Glied streifte ihren Schenkel, als er über sie glitt und ihre Beine noch etwas weiter öffnete.

Pat fühlte auf der Stelle neue Kräfte in sich erwachen und rekelte sich wohlig unter ihm, als er mit einem schnellen, ungeduldigen Stoß Besitz von ihr ergriff, sich kreisend in ihr bewegte und ihren Körper abermals so erhitzte, dass sie nach Atem rang, als er schneller und schneller zustieß, bis sie sich unter einem weiteren Höhepunkt ihrer Lust wild aufbäumte. Und obwohl sie hätte schwören können, dass er selbst auch jene Gefilde erreicht hatte, die – zumindest kurzzeitig - Befriedigung und Erlösung brachten, fand sie sich zu ihrer größten Überraschung fast unmittelbar darauf mit gespreizten Beinen auf ihm sitzend, während er ihre Hüften festhielt und sie so heftig auf ihm auf und ab bewegte, dass sie kaum noch Luft zum Stöhnen hatte.

„Du hattest Recht", sagte Pat, als sie einige Stunden später, in denen sie in seinen Armen und unter seinen Händen von einer Ekstase in die andere getaumelt war, ihren eigenen Willen dabei mit jeder Liebkosung mehr verlierend, bis sie, ohne nachzudenken, jedem seiner Winke, Blicke und Berührungen Folge geleistet hatte. Solange, bis von Patricia Smith nur mehr ein zitterndes, leidenschaftliches Etwas übrig geblieben war, das lediglich aus erfüllter, unerfüllter und ständig neu zu befriedigender Wollust bestanden hatte. Nun lag sie erschöpft, aber glücklich und geborgen in seinen Armen und er küsste zart ihr Gesicht. Das Glühen in seinen Augen war wieder diesem zärtlichen Blick gewichen, mit dem er alles von ihr haben konnte. „Du hattest Recht", wiederholte sie, „ich *bin* entsetzt. Und", fügte sie hinzu, als er den Kopf hob, um sie eingehend zu mustern, „ich möchte nicht eine einzige Sekunde davon missen … Bin ich jetzt eigentlich reif für die Hölle?", fragte sie eine schläfrige Minute später gedankenverloren.

Maximilian grinste. „Ich glaube nicht, mein Unschuldslämmchen."

„Und wenn ich nicht genug bekomme? Und zu einer Männerverführerin werde? Du selbst hast mir geraten, einen unmoralischen Lebenswandel zu führen."

Er runzelte die Stirn. „Ich? Wann wäre das gewesen?"

„Damals in der Nacht, als die Fledermaus sich in meinem Haar verfing."

Zu ihrer Verwunderung lachte Maximilian plötzlich los. Sie hatte ihn noch nie lachen gesehen, höchstens grinsen, fand jedoch, dass er hinreißend dabei aussah.

„Was ist denn so lustig?“

„Dein Anblick damals, als du herumgesprungen bist, als wärst du in einen Ameisenhaufen getreten und ebenso geschrien hast. Ich glaube, ich habe noch nie zuvor etwas so Komisches gesehen.“

„Würdest du auch noch lachen, wenn ich es wahr machte?“, fragte sie beleidigt.

Maximilian konnte sich vor Heiterkeit kaum fassen. „Nur zu, aber dann ausschließlich mit mir. Andernfalls bekommst du einen Keuschheitsgürtel.“

Pat kicherte und schmiegte sich enger an ihn, wobei sie schon halb im Schlaf der Erschöpfung bemerkte, dass er sie ganz an sich zog.

„Ich hätte das doch nicht tun sollen“, sagte Maximilian, als er am nächsten Tag an Pats Bewegungen bemerkte, wie wund sie war. Aber es hatte ihn dann doch überwältigt: Ihre Neugier, ihre Bereitwilligkeit und seine eigene Leidenschaft. Es hatte ihn mitgerissen und er hatte sie in Stellungen geliebt, die er ihr sonst nicht zuzumuten gewagt hätte.

Sie hob die Schultern. „Nun, ein bisschen wild war es vielleicht schon. Und vor allem so lange und ausdauernd.“ Sie blickte ihn prüfend an. Er lag nackt auf dem Bett, hatte die Hände unter den Kopf geschoben und beobachtete sie mit jenem Lächeln, der ihr sofort wieder die Hitze in die Wangen und … andere Körperteile trieb. Sie ließ ihren Blick unauffällig, aber genussvoll über seinen Körper gleiten. „Bist du nicht ebenfalls wund?“

Er grinste. „Nur ein bisschen. Dort, wo du deine Zahn- und Nagelabdrücke hinterlassen hast, mein Liebling. Aber ich mag das ja.“

Pat bückte sich nach ihrem Schlafrock und stöhnte leicht auf. „Mein Rücken tut weh. Was um alles in der Welt hast du nur mit meinem Rücken gemacht?! Das muss gewesen sein, als du mich über den Hocker gelegt und dann …“ Sie brach mit einem leichten Erröten ab. Ein bisschen seltsam war sie sich schon vorgekommen, als Maximilian sie auf dem Bauch liegend mit dem Kopf nach unten über den weichen Hocker gelegt und sich lustvoll von hinten zwischen ihren Beinen getummelt hatte. Und das nicht nur einmal. Aber wie auch immer, in jedem Fall hatte die vergangene Nacht ihren Horizont, was hemmungslose Liebestellungen betraf, um ein Beträchtliches erweitert.

Maximilian erhob sich schwungvoll, trat mit seinem ebenso überwältigenden wie unwiderstehlichen Körper auf sie zu, nahm ihr den Schlafrock aus der Hand und warf ihn hinter sich, bevor er sie auf seine Arme hob. „Wenn ich es mir recht überlege, dann wolltest du es ja so“, sagte er mitleidslos, aber sehr zärtlich. „*Dämonisch.*“ Er trug sie durch seinen Ankleideraum hindurch bis in diesen kleinen Raum, der ihm als Badezimmer diente. Pat sah mit wohliger Vorfreude, dass die Wanne dank Mrs. Simmons gefüllt war, und seufzte zufrieden auf, als Maximilian sie vorsichtig hineinlegte. Sie tauchte in dem warmen Wasser unter, ihre nicht sehr großen Brüste stiegen empor und die Spitzen sahen neckisch heraus. Maximilian musste dies ebenfalls bemerkt haben, denn er beugte sich zu ihr hinunter. Pat hielt sich am Rand der Wanne fest, als er eine der dunklen harten Warzen zwischen seine Lippen nahm und zu sich empor saugte, aus dem Wasser heraus. Als sie jedoch zusammenzuckte, ließ er sofort los, die ein wenig wunden Spitzen betrachtend.

„Es tut mir leid. Es war wohl doch alles zuviel."

Pat lächelte. „Es ist nie zuviel. Und es tut kaum weh. Wenn du willst, mach nur weiter." Es war die Wahrheit, sie konnte wirklich nicht genug von ihm bekommen. Auch wenn sie sich schon überall wund fühlte, so war da immer noch das Verlangen nach seinen Berührungen und Liebkosungen. Sie strich ihm zart über die Wange, ergriff seine Hand und zog sie sanft in das warme Wasser hinein bis zwischen ihre Beine. Etwas, das ihm sofort das Blut in die Stirn trieb. „Ich mag immer alles, was du mit mir machst."

Maximilian schloss die Augen. Das Verlangen, sie zu besitzen, wurde mit keinem der Male, in denen er in ihr lag, schwächer, sondern noch stärker. Auch jetzt stieg es wieder in ihm hoch und er fühlte nur zu deutlich das Anschwellen seiner Männlichkeit und den unwiderstehlichen Drang, Pat einfach aus dem Bad zu heben, sie gleich hier auf den Boden zu legen und sich in ihr zu vergraben. Und es erregte ihn noch mehr, dass sie alles gut hieß, was er tat, gewillt, sich ihm einfach hinzugeben, gleichgültig wie müde und wund sie sein mochte. Zum ersten Mal stieg in ihm das Bewusstsein empor, dass er sie tatsächlich völlig besaß. So wie er das gewollt hatte. Aber es war nicht ihr gewaltsamer Besitz, sondern ihre freiwillige Hingabe, die ihn zutiefst befriedigte und zugleich seine Leidenschaft noch heftiger entfachte. Er öffnete die Augen, als er ihr Flüstern hörte.

„Hatten wir eigentlich schon die Sache mit der Sexualmagie? Wo man an der Decke schwebt und sich dort liebt?"

Er schüttelte den Kopf und musste plötzlich grinsen. Der Gedanke, mit Pat ganz oben an der Decke zu schweben, hatte durchaus etwas Reizvolles. Aber …

„Das ist leider etwas, das ich dir nicht bieten kann, meine Liebe." Jedenfalls nicht tagsüber, wenn er fast ausschließlich auf seine rein menschlichen Fähigkeiten beschränkt war.

Sie wirkte enttäuscht. „Weshalb denn nicht?"

„Weil es nur eine Illusion ist, meine Liebste."

„Aber rein hypothetisch", ließ sie nicht nach, „wie würde es funktionieren?"

Jetzt war es endgültig mit seiner Beherrschung vorbei. Er hob sie einfach tropfnass aus dem Bad und drückte sie mit gespreizten Schenkeln an seinen nackten Körper. Ihr Körper war heiß und er hätte schwören können, dass die Feuchtigkeit auf ihrer rosigen Scham nicht alleine vom Wasser stammte. Sein Glied war allein schon von dem Gedanken an sie und ihre samtene Scheide hart, pochte schmerzhaft und sehnte sich wohl nicht weniger nach Pats warmer Umarmung als er selbst. Sie legte die Arme um seine Schultern, klammerte sich fest und hielt den Atem an, als er ihre Hüften ein wenig von sich weghob und dann langsam und vorsichtig, um ihr nicht wehzutun, in sie eindrang. „Bequem so?", murmelte er an ihrem Ohr. Seine Hände lagen warm unter ihrem Gesäß, hielten sie fest.

Sie nickte nur und flüsterte: „Sexualmagie ..."

Er musste lachen. „Warte, gleich. Wir werden zwar nicht an der Decke schweben, aber ich denke, es wird dir trotzdem gefallen."

Seine Umarmung wurde fester, wärmer. Pat vermeinte, kleine Flammen aus seiner Haut kriechen zu sehen, und zu spüren wie sie auf sie übergriffen. Er hielt sie ganz ruhig, bewegte sich nicht, aber sein Glied pochte in ihrem Leib, ihr Körper wurde heißer, und Wellen unaussprechlicher Lust durchrasten sie, ließen ihr Inneres zusammenziehen, pressten ihn. Sie klammerte sich stärker an Max, während ihr Leib zuckte, ihr nicht mehr gehorchte, bis sie in endlosen Spiralen bis an die Decke zu schweben und sich endlich in einer Wolke aus Flammen und Lust aufzulösen schien.

Minuten später hob sie das Gesicht von seiner Schulter und sah sich verständnislos um. Maximilian kniete mit ihr am Boden. Er war ebenso schweißnass und hatte vermutlich den gleichen Ausdruck von erschöpfter Zufriedenheit im Gesicht wie sie. „Du hast mich angeschwindelt", hauchte sie, immer noch atemlos. Ihr Körper glühte, der Raum drehte sich um sie und sie konnte kaum einen zusammenhängenden Satz herausbringen. „Wir waren doch an der Decke ... Und es war ... großartig ... Und jetzt noch einmal, bitte ..."

Das Ende eines Dämons

„Vielleicht sollte Sie Sam doch ein Stück begleiten", sagte Mr. Denvers, der alte Gastwirt, als er Pat das schwere Paket mit den Büchern übergab. „Ist viel zu schwer für 'ne zarte Lady wie Sie, Miss Smith."

„Aber nein, das schaffe ich schon, vielen Dank, Mr. Denvers." Pat lächelte ihn an. Mr. Denvers war einer der wenigen in Barlem Village, der ihr nicht auswich, sondern sogar mit Freundlichkeit begegnete, wenn sie ins Dorf kam. Nicht, dass sie sich oft hier blicken ließ, vor allem nun, da sie das Schloss mitsamt seinem Herrn wesentlich anziehender fand als das kleine Dorf, aber dieses Mal hatte sie einen guten Grund gehabt, herzukommen. Sie hatte an einen großen Buchhändler in London geschrieben, mit dem auch schon ihr Großvater laufend korrespondiert hatte, und ihn gebeten, ihr Bücher zuzusenden, in denen sie die neuesten wissenschaftlichen Erkenntnisse über Vampire zu finden hoffte. Sie sah sich außerstande, sich damit abzufinden, dass Maximilian bis zum jüngsten Tag dazu verdammt war, im Dunkeln zu leben und Leute auszusaugen, um nicht zu verhungern.

Pat nahm das schwere Paket mit den Büchern unter den linken Arm, reichte dem Gastwirt die Hand und blieb wie angewurzelt stehen, als sie sich plötzlich

Pentwell gegenüber sah, der im Dunkel der Treppe auf sie wartete. Sie erschrak. Ihn hatte sie in ihrer Zuneigung zu Maximilian völlig vergessen gehabt.

Sie wollte mit einem scheuen Gruß an ihm vorbei, aber er trat ihr in den Weg. „Miss Smith, Patricia, bitte weichen Sie mir nicht aus." Seine Stimme klang leise, aber eindringlich. „Ich muss Sie sprechen, es ist sehr wichtig." Als er seinen Worten noch ein dringendes *Bitte* hinzufügte, gab Pat nach und ließ sich von ihm in ein kleines Extrazimmer führen, das vom Schein einiger Kerzen erleuchtet war.

„Ich dachte, Sie hätten das Dorf schon längst verlassen", sagte sie abweisend, als er nach ihrer Hand greifen wollte.

„Ich war auch tatsächlich für einige Zeit verreist, bin aber gestern Abend wieder angekommen." Er bemerkte ihren befremdeten Blick auf die zugezogenen Vorhänge. „Angesichts meiner Aufgabe wage ich es nicht Gefahr zu laufen, gesehen zu werden. Ich kann es nicht riskieren, dass man mich beobachtet und Churtham zu früh von meiner Anwesenheit erfährt. Das ist auch der Grund, weshalb ich das Haus nur nachts verlasse."

Pat hatte schon den Mund aufgemacht um zu sagen, dass Maximilian nur zu gut über ihn Bescheid wusste, besann sich dann jedoch eines Besseren. „Wenn Sie mir wieder solchen Unsinn über Lord Churtham erzählen wollen wie das letzte Mal, Mr. Pentwell, dann ...", setzte sie entschieden an, wurde jedoch unterbrochen.

„Unsinn?" Pentwells Gesicht verzog sich zu einem bitteren Lächeln, als er auf das Paket unter ihrem Arm wies. „Weshalb haben Sie dann diese Bücher bestellt, wenn Sie meine Worte tatsächlich für Unsinn gehalten haben?"

Pat wurde zuerst bleich und dann rot. „Sie ... Sie haben in das Paket gesehen?! Dazu hatten Sie kein Recht!"

„Vielleicht nicht", erwiderte er achselzuckend. „In meinem speziellen Fall allerdings ..."

„Ihr *spezieller Fall* geht mich nichts an!", fuhr Pat ihn an. „Ich glaube Ihnen ohnehin kein Wort! Und habe Ihnen nie geglaubt! Allein schon die Tatsache, Lord Churtham als Vampir zu bezeichnen, ist lächerlich!"

„Ich weiß zu gut, wer Churtham in Wirklichkeit ist", antwortete Pentwell heftig. „Mich kann seine Maske nicht täuschen! Aber", fuhr er fort, wobei ein unruhiges, zorniges Licht in seine Augen trat, „wenn Sie mir nicht glauben, Patricia, dann fragen Sie ihn doch selbst! Fragen Sie ihn nach Antoinette! Und ob er sie getötet hat! Er wird nicht imstande sein, es zu leugnen!"

Pat warf ihm einen wütenden Blick zu, wandte sich um und lief hinaus. Als sie den Gasthof verließ, sah sie auf der anderen Seite die Alte stehen, die sie offenbar beobachtete. Pat sah, wie sie ihre schlanke, wohlgeformte Hand zum Gruß hob, dann zog sie das Tuch vor ihr Gesicht, wandte sich um und humpelte davon.

Pat starrte ihr sekundenlang nach, bevor sie sich energisch auf den Heimweg machte. Es war schon spät, sie hatte sich wieder länger aufgehalten als sie gedacht hatte und sollte sich beeilen, wenn sie nicht in die Dämmerung kommen wollte. Sie lief los, traf jedoch zu ihrer Erleichterung bereits nach wenigen Minuten auf Simmons und Andrews, die ihr mit missbilligenden Blicken und stummen

Vorwürfen das schwere Paket abnahmen und sie heimbegleiteten. Als sie das Schloss erreichten, und Mrs. Simmons ihr nicht minder vorwurfsvoll die eisenbeschlagene Tür öffnete, sah sie im Hintergrund der Halle schon Maximilians vertraute Gestalt. Seine Lippen waren fest zusammengepresst, als er, das letzte Tageslicht vermeidend, mit einigen raschen Schritten auf sie zukam, sie energisch am Arm packte und in die Bibliothek zog, deren Fenster wie immer von den dichten Vorhängen geschützt waren.

„Wo zum Teufel warst du?" Sie war ihm heimlich und ohne Begleitung entwischt und über drei Stunden ausgeblieben, während er durch das Tageslicht ans Schloss gefesselt gewesen war, voller Sorge, es könnte ihr etwas zustoßen. Wäre er ein Sterblicher gewesen, hätten ihn diese drei Stunden vermutlich Jahre seines Lebens gekostet.

„Ich war im Dorf. Ein Paket abholen", erwiderte Pat, verblüfft über die ganze Aufregung.

„Hast du den Verstand verloren, alleine dort draußen herumzulaufen?", fragte er aufgebracht. Er hatte ihr, in der Annahme sie wäre spazieren gegangen, sofort Simmons und Andrews nachgeschickt, die zuerst die Umgebung des Schlosses und dann den halben Wald vergeblich nach ihr abgesucht hatten.

„Hör auf, mich so anzuschreien!", sagte Pat empört, obwohl Maximilian weit davon entfernt war zu schreien, wenn seine Stimme auch entschieden schärfer geklungen hatte als sonst.

„Das nächste Mal schicke Simmons", fuhr er erzürnt fort, ohne auf ihren Einwand zu achten. „Ich habe dir doch gesagt, du sollst das Schloss nicht alleine verlassen!"

„Es war aber heller Tag!", wehrte sich Pat verärgert. Sie machte sich los und trat einige Schritte zurück. Wenn sie ihm zu nahe war, sah sie sich außerstande, mit ihm zu streiten.

„Das ist gleichgültig!", kam es entschieden zurück. „Ich habe dir gesagt, was ich wünsche und das sollte reichen."

„Bin ich hier etwa eine Gefangene?!"

„Natürlich nicht!" Maximilian musterte sie durchdringend. „Es geht nicht darum, dass ich dir verbieten will das Schloss zu verlassen, sondern darum, dass du in Gefahr bist!"

„Wer sollte mir schon etwas tun?", fragte sie spitz. „Soviel ich weiß, bist du der einzige Vampir in der Umgebung."

„Hör auf damit, Patricia", kam es drohend zurück.

„Und wenn nicht?", entgegnete sie heftig.

Maximilian sah sie zornig an, und sie konnte deutlich das gefährliche Flackern in seinen Augen erkennen. Es war vielleicht keine gute Gelegenheit, ihn ausgerechnet jetzt zu fragen, aber wenn sie schon bei einem Streit waren, konnte es wohl nicht viel schlimmer werden. Außerdem hatte sie nicht die geringste Angst vor ihm, auch wenn das Feuer im Kamin jedes Mal, wenn er zornig wurde, zu lodern begann, und der Raum um ihn herum heißer wurde. Es war ein Phänomen, mit dem sie sich abgefunden hatte.

„Was war mit Antoinette?"

Sekundenlang starrte er sie fassungslos an, dann kam er langsam näher, die kleinen roten Flämmchen in seinen Augen hatten sich zu einem ausgewachsenen Brand entwickelt.

„Wer zur Hölle hat dir von Antoinette erzählt?"

Als Pat schwieg, fasste er sie fast grob an den Schultern. „Los, sprich schon! Wer war es?!"

„Mr. Pentwell", gab Pat trotzig zu.

Der Druck von Maximilans Händen verstärkte sich, sodass Pat einen kleinen Schmerzenslaut unterdrücken musste. „Pentwell? Wann?"

„Jetzt im Dorf. Er hat mich im Gasthof getroffen."

Maximilian gab keine Antwort, aber der Brand in seinen Augen wurde zu einem lodernden Höllenfeuer. Wenn Pat ihn nicht so sehr geliebt hätte, wäre sie jetzt wohl doch ängstlich geworden. „Dieser verfluchte ..." Er atmete tief durch. „Er hat es also wieder gewagt, sich dir zu nähern", sagte er dann überraschend ruhig. „Dafür wird er bezahlen. Dafür und für alles andere." Er hatte in den Stunden der Nacht, in denen Pat geschlafen hatte, die Gegend auf der Suche nach dem Feind durchstreift, ihn aber nicht aufspüren können.

„Was *andere*?", fragte Pat. Als sie keine Antwort erhielt, griff sie nach Maximilians Jackenaufschlägen und zog heftig daran. „Was war mit dieser Antoinette? War sie seine Verlobte?"

„Hat er dir das erzählt?"

„Ja. Und stimmt es?"

„Nein. Sie war meine Geliebte ..."

Pat schluckte. „Hast du sie getötet?"

Mit einem Schlag erlosch das Flackern in Maximilians Augen und sein Blick wurde dunkel und schmerzlich. „Ja", erwiderte er nach einem fast unmerklichen Zögern.

„We ... weshalb?"

Er schloss sekundenlang die Augen, bevor er antwortete. „Weil es notwendig war. Ich konnte sie nicht leben lassen."

Er löste den festen Griff um ihre Schultern und strich zärtlich über Pats bleiche Wangen, bevor er sie in die Arme schloss und eng an sich zog. „Meine süße Pat, vertrau mir. Ich werde dir alles erklären, aber erst später. Zuerst muss ich fort, um diesem sauberen Mr. Pentwell das Handwerk zu legen."

„Er ist deinetwegen hier", flüsterte Pat in seine blütenweiße Hemdbrust hinein. „Er hat es mir gesagt, bald nachdem ich hierher auf das Schloss kam." Sie schlang die Arme um ihn. „Ich dachte, er wäre schon lange fort, aber heute bin ich ihm wieder begegnet, als ich die Bücher vom Gasthof holte."

„Die Bücher über die Heilung von Vampiren?", fragte Maximilian. Sie konnte ein ganz leichtes amüsiertes Zittern in seiner Stimme hören und wusste, dass er ihr nicht mehr böse war.

„Ja ..."

Er schob sie ein wenig von sich weg, aber nur so weit, dass er ihr Gesicht zu sich empor heben konnte, um es zu küssen. „Dummes Ding", flüsterte er dabei sehr zärtlich.

Pat fühlte die vertraute Erregung in sich hochsteigen, das Verlangen, noch enger und fester in seinen Armen zu liegen. Sie wollte seinen warmen Körper fühlen, über seine nackte, weiche Haut streicheln und unter seinen Liebkosungen vergehen. Immerhin war sie über drei Stunden von ihm getrennt gewesen. „Ich würde jetzt gerne hinaufgehen, auf mein Zimmer", flüsterte sie, als seine rechte Hand sich in ihr Haar grub, ihre Frisur zerstörte, und seine linke Hand weiter hinabrutschte, bis er ihre Hüften eng an seinen Körper presste, wo sie schon eine vielversprechende Ausbuchtung spürte.

Sie bereute ihre Worte jedoch schon im nächsten Moment, denn Maximilian lockerte seinen Griff und hörte auf, mit seinen Lippen an ihrem Ohrläppchen Dinge zu tun, die ihre Knie weich und ihre Schenkel heiß werden ließen.

„Das würde ich auch gerne", erwiderte er rau, „aber es geht nicht. Zuvor muss ich etwas erledigen."

Pat war auf der Stelle ernüchtert. „Pentwell?", fragte sie entsetzt. „Du willst doch nicht etwa gar Mr. Pentwell aufsuchen!?"

„Jetzt weiß ich, dass er in der Nähe ist. Und je eher ich es hinter mich bringe, desto eher bist du in Sicherheit", sagte er ruhig, aber mit einer Stimme, die keinen Widerspruch duldete. „Dieser Mann ist sehr gefährlich, Pat. Du musst mir versprechen, während ich fort bin, nicht aus dem Haus zu gehen. Unter keinen Umständen, hörst du?"

„Aber ..."

„Unter keinen Umständen!"

Pat saß ebenso missgelaunt wie besorgt in der Bibliothek und starrte ins Feuer. Maximilian war schon seit Stunden fort, und ihre Angst um ihn war mit jeder Minute gewachsen. Sie wusste nicht, wie gefährlich Pentwell werden konnte, aber in ihrer von Schreckensbildern geplagten Fantasie wandte er gerade alle jene Maßnahmen gegen Maximilian an, die einem Vampir angeblich das Leben kosten konnten.

Sie fröstelte und sah auf, als plötzlich ein kalter Luftzug durch den Raum ging. Da! Geräusche, die hinter der Geheimtür zu vernehmen waren! Ein Poltern, das lange nachhallte. Das konnte niemand anderer als Maximilian sein, der durch die Tür an der hinteren Seite des Schlosses hereingekommen war.

Sie trat zu der Bücherwand hin und lauschte. Jemand rief sie. Es war eindeutig Maximilians Stimme, aber er hörte sich sehr schwach an.

„Bist du das, Maximilian?"

„Ja", die Stimme klang ersterbend. „Komm zu mir, Patricia. Bitte, hilf mir ..."

Er hatte kaum ausgesprochen, als Pat auch schon einen der Kerzenleuchter an sich riss, mit zittrigen Fingern das Buch herauszog, das den Mechanismus der Geheimtür in Gang setzte, und kaum, dass die Tür auch nur halb aufgeschwungen war, schon die dunkle und enge Treppe hinabstürmte. Er musste verletzt sein, hatte sich wohl nur mit letzter Kraft durch die unheimlichen Katakomben schleppen können und schaffte es nun nicht mehr, alleine hochzusteigen. Vor ihrem geistigen Auge sah sie ihn am Fuß der Treppe liegen, einen geweihten Pfahl im Leib, den Pentwell, dieser verteufelte Vampirjäger, ihm hineingestoßen hatte.

Sie blieb auf der untersten Stufe stehen, um mit der Kerze in die Runde zu leuchten. „Max! Wo bist du?!"

In diesem Moment legten sich zwei kräftige Hände um ihren Hals.

Pat versuchte, den Angreifer mit dem Kerzenleuchter abzuwehren, hörte auch einen unterdrückten Schmerzenslaut, das Zischen einer Flamme, die auf Fleisch oder Haare traf, und einen bösartigen Fluch, aber dann legten sich die Hände umso fester um ihre Kehle und sie verlor das Bewusstsein.

Als Pat wieder erwachte, fand sie sich in einer äußerst unbequemen Lage wieder. Noch im Halbdämmer versuchte sie, sich zu bewegen, fand sich dazu jedoch außerstande und war mit einem Schlag munter, obwohl es in ihren Ohren dröhnte und ihr Kopf schmerzte. Sie gab einen erstickten Laut von sich, als sie bemerkte, dass sie festgebunden war, ihr Kopf hinten überhing und sich eine kalte Kante schmerzhaft in ihr Genick grub. Langsam kam die Erinnerung zurück. Maximilian hatte sie gerufen, sie hatte die Geheimtür geöffnet und war die Treppe hinuntergelaufen. Jemand hatte sie überfallen, gewürgt und dann … setzte ihre Erinnerung aus.

Sie hob mühsam den Kopf und versuchte sich umzusehen. Sie befand sich in einer Höhle …, nein, nicht Höhle, der Raum hatte halb zerfallene Steinwände, über die dank einiger mächtiger Kerzenleuchter lebendige Schatten zuckten. Über ihr konnte sie den sternenübersäten Himmel sehen. Als sie vorsichtig ihren schmerzenden Kopf wandte, sah sie zu ihrem Entsetzen überall steinerne Särge stehen. Obwohl sie sich kaum rühren konnte, drehte sie den Kopf so weit, bis sie erkannte, dass sie auf einer Art Altar lag, der sich in einem kleinen Alkoven befand.

Ein Altar, auf dem man das Opfer festgebunden hat, schoss es ihr durch den Kopf. Sie versuchte sich zu bewegen, aber die Stricke, die man ihr um die Hand- und Fußgelenke gewunden hatte, waren mit dem Tisch verbunden und so fest gezurrt, dass sie sie nicht einmal einen Fingerbreit bewegen konnte. Sie war bis auf die dünne Baumwollspitzenhose und ihr Mieder nackt, zitterte vor Angst und Kälte und verwünschte ihre Idee, so ahnungslos diese Geheimtreppe hinuntergelaufen zu sein. An der Wand ihr gegenüber war das beunruhigende Relief einer Frau mit Flügeln. Neben ihr waren ähnliche, wenn auch kleinere Geschöpfe abgebildet und unter ihr eine Art Drache.

Sie zuckte zusammen, als sie gewahr wurde, dass noch andere Leute anwesend waren. Allerdings standen diese weiter entfernt im Schatten, wohin das Licht der Kerzen und der Sterne nicht reichte, sie fühlte ihre bedrohliche Gegenwart jedoch fast körperlich. „Was wollen Sie von mir? Binden Sie mich los!"

Sie riss den Kopf herum, als jemand sie berührte. „Mr. Pentwell?!" Was machte Pentwell hier? Und wenn er hier war, wo war dann Maximilian?

Pentwell stand regungslos neben ihr und sah auf sie hinab. Seine Augen waren gerötet, blutunterlaufen. „Hatte ich Ihnen nicht gesagt, Sie würden es bereuen, nicht mit mir gekommen zu sein?", sagte er mit einem kalten Lächeln. „Aber Sie wollten ja nicht auf mich hören. Es wäre dann alles viel einfacher für Sie gewesen."

„Wieso? Was hat das damit zu tun? Man hat mich niedergeschlagen und hier gefesselt. Bitte lösen Sie meine Fesseln!"

„Das kann ich nicht. Dazu ist es noch zu früh."

„Zu früh?" Pat zerrte an den Stricken.

„Sie würden davonlaufen. *Noch* würden Sie davonlaufen." Sein Lächeln verstärkte sich. „Später, wenn alles vorbei ist, lasse ich Sie frei."

„Vorbei …", Pat sah sich gehetzt um. Diese vermummten Gestalten machten ihr Angst. „Was denn vorbei?" Ihre Angst um Maximilian stieg. Wo war er nur? Hatte Pentwell ihn ebenso gefangen genommen wie sie selbst?

Pentwells Stimme klang sanft, als er sich über sie beugte und seine Fingerspitzen über ihren Körper wandern ließ. Sie waren wie Eis auf ihrer Haut. „Wenn Sie dann eine von uns sind."

Pat machte einen hilflosen Versuch, seiner Hand auszuweichen. „Eine von Ihnen?"

Er lächelte und Pat bemerkte mit Entsetzen die beiden langen und spitzen Eckzähne, die dabei zum Vorschein kamen. „Ein Vampir, meine liebe Patricia. Wir sind so alt wie die Gottheiten, als sie sich in Gute und Böse schieden. Unendlich alt und mächtig."

„Ich will sofort von hier weg!" Pats Stimme dröhnte ihr selbst in den Ohren. Sie hatte nicht nur Angst, sondern war geradezu panisch vor Furcht. Pentwell war ein Vampir. Er hatte sie vor Maximilian gewarnt und war dabei selbst noch etwas viel Schlimmeres. Sie hätte schreien können bei dem Gedanken, dass er tatsächlich versucht hatte, sie gegen Maximilian einzunehmen und sie einmal nahe daran gewesen war, ihm zu glauben. „Lassen Sie mich gehen, Sie Scheusal!"

„Scheusal? So nennst du deinen zukünftigen Herren?" Er schüttelte den Kopf. „Das waren noch Zeiten", sagte er melancholisch, „als wir tun und lassen konnten, was wir wollten. Wo es das Volk nicht wagte, sich gegen uns aufzulehnen, wir die absoluten Herren waren und gefürchtet. Aber diese unleidige Revolution, diese Aufklärung hat uns alles verdorben. Keiner hat mehr den Respekt vor uns, der uns zusteht."

„Ich bestimmt nicht!", fauchte Pat, die verzweifelt versuchte, die Fesseln zu lösen, die sie auf dem Altar festhielten. „Lord Churtham wird mich hier finden." Zumindest hoffte sie das. Und vor allem hoffte sie, dass er überhaupt noch lebte und in Freiheit war.

„Wir sind aber viele Meilen vom Schloss entfernt." Pentwell beugte sich näher. „Und dein Geliebter wird lange brauchen, um dich hier zu finden. Zu lange." Er kam noch näher. „Du hast mit ihm gesündigt, nicht wahr?" Seine Stimme war eindringlich, sogar verführerisch … und entsetzlich abstoßend. „Du warst unzüchtig. Und ohne dass Blut vergossen wird, gibt es keine Vergebung. So will es das Gesetz. Du gibst mir dein Blut zur Sühne und mir gibt es Kraft zum Leben. Und dann werde ich dich zu meiner Gefährtin machen." Er lachte böse. „Ich möchte doch zu gerne sein Gesicht sehen, wenn er erkennt, dass seine Geliebte nun mir gehört und selbst zu einem Vampir geworden ist. Einem Wesen, das mir hörig ist."

„Hörig?!" Pat schnaubte verächtlich, um nicht zu zeigen, dass sie vor Angst fast ohnmächtig war. Wie sehr sehnte sie jetzt Maximilian herbei! Sie wusste nicht woher sie diese Sicherheit hatte, glaubte jedoch fest daran, dass er der einzige war, der sie vor diesem Ungeheuer retten konnte. Wie Recht hatte er doch mit seiner Warnung vor Pentwell gehabt!

„Du bildest dir wohl ein, ihn zu lieben, nicht wahr? Er hat dich verzaubert, dich in seinen Bann geschlagen, aber du wirst ihn in dem Moment vergessen, in dem ich dich beiße, meine Hübsche. Jeder Gedanke wird von diesem Moment an nur mir gelten. Du wirst mir verfallen sein. Genauso war es auch mit dieser Antoinette, die er so eifersüchtig bewacht hat und die mir dann so völlig ergeben war, dass er sie im Zorn getötet hat."

„Antoinette war nicht Ihre Verlobte", sagte Pat, bebend vor Zorn und Angst. „Aber das war nicht der einzige Punkt, in dem Sie mich belogen haben. Gehen Sie fort, Sie abscheuliches Ungeheuer! Lassen Sie mich in Ruhe!"

„Ungeheuer?" Pentwell lachte hässlich. „Der Unterschied zwischen deinem Maximilian und mir ist geringer als du meinst."

„Oh nein!", rief Pat leidenschaftlich. „Maximilian hat nicht die geringste Ähnlichkeit mit Ihnen!"

„Da mag schon stimmen. In Wahrheit ist er nicht mehr als ein böser, verführerischer Gedanke."

Sie drehte den Kopf zur Seite, als sein Gesicht ihrem nahe kam. „Er wird kommen und Sie dafür zur Rechenschaft ziehen!"

„Er wird kommen um zu sterben."

Pat kroch in sich zusammen, als seine Finger, die sich in lange Krallen verwandelt hatten, über ihr Gesicht strichen. Sie wandte sich an die anderen, die näher gekommen waren, sichtlich gierig, das Schauspiel, das sie erwartete, zu genießen. „Bitte! Sie müssen mir helfen! Dieser Mann will mich umbringen!" Ihr Blick fiel auf eine Gestalt, die ganz in der Nähe stand. Sie hatte den Umhang etwas von ihrem Gesicht zurückgezogen und Pat erkannte die alte Frau, die sie vor Vampiren gewarnt und ihr die Knoblauchkette umgelegt hatte. *Sie* hätte sie hier zuletzt erwartet. Pat sah sie flehend an. „Bitte, helfen Sie mir. Sie können es, ich weiß es."

Die Alte stand nur ruhig da und lächelte sie aus klaren Augen an. Pat vermeinte ihre Stimme zu hören, obwohl sie die Lippen nicht bewegte. „Hab keine Angst", sagte sie. „Es wird jetzt alles gut."

„Wer sind Sie?", flüsterte Pat. „Bitte ..."

Pentwell lachte. „Sie werden dir ganz gewiss nicht helfen. Du wirst bald eine von ihnen sein." Seine Lippen glitten über ihren Hals. Sein Atem stank nach Verwesung und Pat fühlte, wie Übelkeit in ihr hochstieg. Seine krallenartigen, kalten Finger fuhren die Linie ihres Halses entlang, schoben den Stoff ihres Mieders zur Seite und erreichten ihre Brüste. „Du wirst für immer leben. Der Tod, der größte Schrecken der Menschen, wird für dich auf ewig gebannt sein. Du wirst mein Geschöpf werden, an dem ich meinen Durst stille, bevor es sich mir wollüstig hingibt!"

Zu Pats Entsetzen glitt er auf den Altar und legte sich über sie. Sein Glied war hart zwischen ihren Beinen und es schüttelte sie vor Ekel, wenn sie daran dachte, dass er vielleicht in sie eindringen könnte. Sie wand sich, versuchte ihn abzuwerfen, aber selbst wenn sie nicht gefesselt gewesen wäre, so war er zu schwer und zu stark für sie. „Nein, hab keine Sorge", lächelte er böse, „nicht vor all den Leuten. Das tue ich später, wenn wir alleine sind und du mich anflehst, dich in Entzücken zu versetzen."

Er beugte sich näher, immer näher, Pat schrie auf, aber seine Finger legten sich über ihren Mund, während er mit der anderen Hand ihren Kopf weiter zurückbog, bis ihre weiße Kehle ihm hilflos dargeboten war. Zuerst fühlte sie seine kalten Lippen auf ihrer Haut, dann seine Zunge, die über ihren Puls leckte, und am Ende einen scharfen, fast unerträglichen Schmerz, als er seine Zähne in ihr weiches Fleisch grub.

Pat würgte und spürte ein unsägliches Grauen. Sie dachte daran, was Maximilian ihr gesagt hatte über den Kuss des Vampirs, der unangenehm sein sollte, wenn sich die Frau dagegen wehrte. Aber jetzt fand sie, dass er maßlos untertrieben hatte. Es war nicht nur unangenehm, es war grauenvoll, schmerzhaft und ganz entsetzlich. Ebenso abstoßend wie die Vorstellung, diesem Unwesen zu verfallen.

Der Schmerz ließ nicht nach, wurde heftiger, als er an ihr zu saugen begann. Zuerst verschwamm alles vor ihren Augen, und sie glaubte, in Ohnmacht zu fallen, aber dann wurden die Konturen wieder schärfer. Sie lag völlig regungslos da, ihr Kopf hing hinunter und sie bemerkte mit erschreckender Klarheit, dass sich hinter ihr dasselbe Abbild dieser furchtbaren Göttin befand. Sie starrte auf das Bild, der Urmutter aller Dämonen und Vampire, das von ihrem Blickwinkel aus auf dem Kopf stand. Es schien vor ihren Augen zu tanzen, die Gestalt bewegte sich. Pentwell saugte immer noch an ihrem Hals. Sie spürte den Druck und den Schmerz seiner Zähne, fühlte, wie sich etwas in ihr veränderte, als er ihr Blut und ihr Leben aussaugte, bis die Kälte des Todes durch ihre Glieder kroch. Die Welt herum schien anders zu werden. Langsam verschwand ihre Angst und ein Durst stieg in ihr auf ... Ein grauenvoller Durst.

Pentwell ließ von ihr ab, betrachtete sie zufrieden und strich mit seinen klauenartigen Fingern über ihren Hals. „Es ist vorbei ... War es so schlimm?" Ein kleines Rinnsal aus Blut, ihrem Blut, floss aus seinem Mundwinkel über sein Kinn und tropfte auf ihre weiße Brust.

Pat merkte, wie ihre Fesseln gelöst wurden. Sie war zu schwach, um sich aufzusetzen oder gar zu fliehen, aber mehrere der dunklen Gestalten näherten sich, hoben sie von dem Altar herab. Jetzt erst begriff sie, dass dieses monotone Geräusch, das den Raum erfüllt hatte, das Flüstern der Leute war, die ständig ein und denselben Satz wiederholten, in einer Sprache, die sie nicht verstand.

Jemand zerrte ein halb bewusstloses junges Mädchen in ihr Blickfeld. „Hier, meine Liebe, hier kommt deine erste Nahrung ...“

Sie schüttelte den Kopf, kroch rückwärts, bis sie mit dem Rücken an der Wand lehnte. „Nein, das würde ich niemals tun. Niemals ... Das ist grauenhaft."

„Wirklich?" Pentwell legte das Mädchen auf den Steintisch, bog seinen Kopf zurück, bis Pat den leisen Puls an ihrem Hals sehen konnte. Er strich langsam und genießerisch darüber, beugte sich über sie, und Pat sah mit Ekel, wie er mit seiner Zunge über die weiße Haut leckte. „Siehst du, hier ist die Stelle. Hier ist der Puls ihres Lebens, das dir gehören könnte. Du musst es gleich tun. Es wird dich stärken, dich schnell zu einer von uns machen."

„Nein!" Sie presste sich an die bröckelige Wand. Das Murmeln der Leute wurde lauter, immer dieselbe Wiederholung von Worten, die sie nicht verstand. Sie presste die Hände auf die Ohren und schloss die Augen. „Nicht! Aufhören! Sofort aufhören!"

Die Stimmen wurden eindringlicher, dröhnender, und Pat glaubte, fast schon den Verstand zu verlieren, als plötzlich ein scharfer Windstoß durch die Ruine ging, der Sand und kleine Steinchen aufwirbelte. Das Murmeln war mit einem Schlag verstummt, und in der darauffolgenden Stille hätte man eine Nadel zu Boden fallen hören.

Pat nahm die Hände von den Ohren und öffnete die Augen. Alle standen still, keiner regte sich, aber sie hatten sich umgewandt und sahen zum Eingang des zerfallenen Gebäudes.

Pentwell hatte sich neben ihr aufgerichtet und blickte ebenfalls in diese Richtung. Er lachte hämisch. „Sieh da, unser letzter Gast! Seid mir in meinem Reich gegrüßt, Lord Gharmond!"

Die anderen wichen zurück und gaben den Blick auf einen Mann frei, der langsam näher kam. Er wirkte ganz ruhig, fast kühl. Und dennoch ging etwas Gefährliches von ihm aus, das jeden, den sein Blick traf, veranlasste, sich schnell von ihm zurückzuziehen. Die Leute bildeten eine Gasse, durch die er ohne jede Hast hindurchschritt, auf Pentwell zu. Er schien die anderen um ihn herum gar nicht zu beachten, als würde es sich nicht lohnen, sie auch nur zur Kenntnis zu nehmen.

Eine zierliche Gestalt in einem roten Umhang trippelte an ihn heran. Es war eine hübsche blonde Frau mit kleinen Löckchen, die jetzt die Kapuze abstreifte und ihn anlächelte. „Lord Gharmond! Wie schön, dass Sie ...“ Sie zuckte zurück, als sie ein Blick traf, der imstande war, ihre bezaubernden Löckchen zu versengen.

„Verschwinde von hier, du törichtes Geschöpf, bevor ich auf die Idee komme, Hagazussas Lieblingsspielzeug auf der Stelle in Flammen aufgehen zu lassen."

„Aber …"

Ein kurzes Aufglühen in den unheimlichen Augen, und die Kleine drehte auf der Stelle um und rannte hinaus.

„Du solltest nicht so angeben, Gharmond", ließ sich Pentwell vernehmen. „Du magst dir vielleicht stark und mächtig vorkommen, aber gegen uns wirst du unterliegen."

„Du hast etwas, das mir gehört", erwiderte der andere kalt. Sein Blick blieb an Pat haften, die bei seinem Anblick ein leises Schluchzen ausgestoßen hatte.

„Jetzt gehört es aber mir", entgegnete Pentwell höhnisch. „Daran kannst du nichts mehr ändern. Du bist zu spät gekommen. „Es war ein Fehler von dir, überhaupt hier einzudringen. Du bist hier in meinem Herrschaftsgebiet! Und wir sind so viele und du bist nur einer."

Ein verächtliches Lächeln glitt über die Züge des anderen. „Diese armseligen Kreaturen, die nur stark werden, wenn sie sich an der Angst anderer aufrichten können?" Er blickte in die Runde. „Alles elende Geschöpfe. Einige verkommene Hexen, die nicht einmal mehr ihresgleichen zu nahe kommen dürfen, menschlicher Abschaum und ein paar halb verrottete Vampire. Damit willst du mir drohen?"

„Los!", schrie Pentwell, „tötet ihn!"

„Nein!!!" Pats Schrei gellte durch die Luft, hallte von den zerfallenen Wänden wieder und veranlasste diese schrecklichen Gestalten, wie angewurzelt stehen zu bleiben. Sie raffte sich auf und stolperte auf den Neuankömmling zu. Im nächsten Moment schlossen sich seine Arme um sie, und sie barg ihr Gesicht an seiner Brust. Obwohl sie alle Anstalten machte, sich in seiner Anzugjacke zu verkriechen, bog er sanft ihren Kopf zur Seite und schob ihr langes Haar weg, sodass die beiden blutigen, von den Zähnen des Vampirs stammenden Male sichtbar wurden. Pat spürte, wie sich seine Muskeln anspannten und er scharf den Atem einzog.

„Es ist zu spät. Ich habe sie schon gebissen. Nicht lange und sie wird sich verändern", sagte Pentwell höhnisch. „Und du wirst in der Gewissheit sterben, dass sie mein Geschöpf und mir hörig sein wird. Du erinnerst dich doch an Antoinette, nicht wahr? Die schöne Antoinette – welch eine Verschwendung! Es wird dir auch hier nichts nützen. Du weißt genau, dass es nur eine Möglichkeit gibt, einen Vampir zu heilen – indem man ihn tötet. Was willst du tun? Ihr einen geweihten Pfahl ins Herz treiben, wie du es damals bei Antoinette getan hast? Ihr dann vielleicht auch noch den Kopf abschneiden?"

„An deiner Stelle würde ich hoffen, dass ich das nicht tun muss", sagte Maximilian, in dessen Augen Flammen züngelten. „Denn in diesem Fall wirst *du* am Leben bleiben. Und es bereuen. Und das sehr lange."

Pentwell verzog höhnisch den Mund. „Drohungen? Es gibt nichts, was einem Vampir geschehen könnte."

„Das weiß ich besser. Glaub mir. Viel besser." Maximilians Stimme klang gefährlich sanft. „Du würdest dich wundern, *was* zu tun ich mit einem Vampir imstande bin."

Die schwarzen Gestalten um sie herum setzten sich auf Pentwells Wink in Bewegung, kamen näher, bedrohlich, unheimlich und tödlich. Pat klammerte sich enger an Maximilian. Sie war einerseits unendlich glücklich, dass er hier war, und andererseits entsetzt darüber, dass er ihretwegen in Gefahr schwebte. Es waren zu viele. „Max, wir müssen hier weg, aber …"

„Schon gut, meine Liebste. Bleib ganz ruhig bei mir, dir wird nichts geschehen." Er zog seinen schweren Mantel schützend um sie, sodass sie völlig versteckt und von der Außenwelt abgeschirmt war, und legte fest die Arme um sie.

Nur einen Augenblick später schien um sie herum die Hölle entfesselt zu sein. Ein unglaublicher Tumult brach aus. Sie hörte lautes Kreischen, vermeinte das Prasseln von Feuer zu hören, vernahm das Geräusch schneller Schritte, das Stampfen und Fluchen von Menschen, die alle gleichzeitig um einen Fluchtweg kämpften und sich dabei niederstießen, die durchdringenden Schreie von Lebewesen in Todesangst.

Und dann wurde es ganz still um sie.

Totenstill.

Als sie es wieder wagte, das Gesicht aus der sicheren Zuflucht von Maximilians Anzugjacke zu heben, war der Raum leer. Leer bis auf sie, Maximilian und Pentwell, der wie angewurzelt dastand. Sie blickte sich um. Es lag ein unangenehmer Geruch verbrannter Kleider und angesengten Fleisches in der Luft, einige glimmende Stoffreste lagen am Boden und die Steinwände zeigten deutliche Spuren von Ruß. Aber auf dem Altar lag immer noch das junge Mädchen. Sie war völlig unversehrt, atmete schwer. An ihrem Hals pochte ihr Puls, ihr Leben …

Pat wandte sich nur mit Mühe ab, legte den Kopf in den Nacken und sah zu Maximilian empor. Aber der ließ keinen Blick von Pentwell.

„Wenn du auch nur eine Bewegung Richtung Ausgang machst", sagte er mit dieser gefährlichen Sanftheit in der Stimme, „dann sorge ich dafür, dass du die Tür nur noch als Fackel erreichst."

Pentwell wich Schritt um Schritt zurück, bis er mit dem Rücken an die Wand anstieß. „Ich habe dich tatsächlich unterschätzt, Gharmond. Ich hätte dir niemals zugetraut, dass du zu so etwas fähig bist."

„Das war ein Fehler", erwiderte Maximilian kalt. „Einer von vielen."

Jetzt, wo die Angst und die Aufregung nachließen, fühlte Pat sich plötzlich schwindlig. Eine unbekannte, beängstigende Kälte hatte sie erfasst, und sie hörte die Stimme des Vampirs wie aus weiter Ferne. Und da war immer noch dieser Durst … Sie konnte kaum den Blick von dem jungen Mädchen lösen. Der sichtbare Puls an ihrem Hals faszinierte sie.

Von draußen hörten sie Hufschlag. Schnelle Schritte. Dann stürzte Simmons herein. Hinter ihm trat zu Pats Überraschung die schöne Frau ein, die sie vor kurzem in Maximilians Schloss gesehen hatte. Sie hielt sich ein kleines Tüchlein vor die Nase und verzog das Gesicht. „Gharmond, mein feuriger Freund, du hast wieder deine üblichen Feuerspielchen abgehalten! Das ist ja fast wie in alten Zeiten!" Sie sah sich um. „Und da ist ja auch unser Graf Strigon." Sie musterte Pentwell mit offenem Abscheu. „Weshalb bin ich eigentlich nicht überrascht?"

„Ich weiß zwar nicht was dich oder Simmons hierher führt, Haga, aber ihr kommt genau richtig."

„Jemand ist in die Gruft eingedrungen, Mylord", erklärte Simmons, „es war mir jedoch zu meinem größten Bedauern unmöglich, die Entführung von Miss Smith zu verhindern. Und als dann Madame Hagazussa ins Schloss kam und von einer schwarzen Messe sprach, wuchs in mir ein Verdacht, und ich bat sie, mich mitzunehmen."

Maximilian nahm seinen Mantel ab und legte ihn um Pat. Sie fühlte sich so schwach, dass sie zusammensank, aber er griff schnell zu und hob sie in seine Arme.

„Was geschieht mit mir, Maximilian?", fragte sie zitternd. „Ist es wahr? Werde ich jetzt zu einem Vampir?"

„Nicht, wenn ich es abwenden kann."

Das heisere Lachen des Vampirs ließ Pat zusammenzucken. „Der Kuss der Liebe? Glaubst du etwa an Märchen, Gharmond? Spätestens bei der Sache mit Antoinette hättest du wissen müssen, dass es nicht funktioniert!"

Maximilian wandte sich der schönen Hexe zu. „Wärst du wohl so liebenswürdig, dich ein wenig um dieses Ungeheuer zu kümmern, während ich Pat hinausbringe?"

„Deshalb bin ich ja wohl da", entgegnete Hagazussa pikiert. „Und bestimmt nicht wegen dieser geheimnisvollen Einladung zur schwarzen Messe, die an uns alle ergangen ist." Sie nahm mit spitzen Fingern ein Kreuz entgegen, das Simmons ihr schweigend hinhielt, und richtete es auf Pentwell, der ängstlich zurückwich. „Geh nur, ich kann dir versichern, dass ich viel zu wütend auf dieses Geschöpf hier bin, als dass ich es entkommen lassen würde."

„Deine kleine Freundin war übrigens auch hier", sagte Maximilian beim Hinausgehen über die Schulter.

„Eben", sagte sie mit einem wütenden Aufblitzen in den schönen grünen Augen. „Und das obwohl ich es ihr streng verboten hatte! Aber sie darf sich schon auf die Strafe freuen", setzte sie mit einem genussvollen Lächeln hinzu.

Maximilian spürte Pats Erleichterung, als er sie aus der dumpfen Gruft hinaustrug, weg von Strigon und diesem grauenvollen Ort. Die Luft hatte sich bereits verändert, sie war feuchter geworden. Bald schon würde der Tau des Morgens auf Blättern und Gräsern liegen, und kurz darauf die Sonne aufgehen. Er musste sich beeilen und die letzten Minuten der Nacht nützen, um Pat mit seiner Kraft retten zu können. In seinen Gedanken hatte nichts anderes Platz als die Angst um sie. Er erinnerte sich nur zu gut an den Tag vor etwa sechzig

Jahren, als der Vampir Antoinette, Maximilians bezaubernde Geliebte, entführt und mit seiner Seuche infiziert hatte. Sie war eine schöne Frau gewesen, so voller Leben, aber als er sie endlich wiedergefunden hatte, in Strigons Schloss, nur mehr ein Schatten ihrer selbst. Ein Wesen, das des Nachts Menschen das Blut aussaugte und am Tag mit dem abstoßenden Vampir in einem Sarg schlief. Sie hatte sich, völlig diesem Geschöpf der Nacht verfallen, geweigert, mit ihm zu kommen. Und am Ende war sie durch seine eigene Hand gestorben. Er hatte es nicht ertragen, dass seine ehemalige Geliebte für alle Zeiten als Vampir umherging, sondern hatte sie getötet, ihr einen geweihten Pfahl durch das Herz gerammt.

Jetzt noch konnte er ihr Flehen hören, die Angst in ihren Augen sehen, als er mit dem Pfahl in der Hand vor ihr gestanden war. Und dann hatte er mit einem einzigen kräftigen Stoß ihr Herz durchbohrt. Antoinette hatte sich gewunden, sich aufgebäumt, geschrien, roter Schaum war aus ihrem Mund gequollen, bis sie endlich still gelegen war. Und im Sterben hatte sie sich verändert. Aus dem Vampir war wieder eine Frau geworden, eine Sterbliche, deren erloschene Augen er geküsst hatte. Danach hatte er sich auf das leerstehende Barlem Castle zurückgezogen. Weder im Guten noch im Bösen gelebt, nur ein Scheinwesen, das manchmal des Nachts alte *Freunde* besuchte.

Bis Patricia Smith in sein dunkles Leben getreten war.

Strigon, der sich jetzt Pentwell nannte, war ihm damals entkommen. Er hatte ihn gesucht, der Vampir hatte sich jedoch irgendwo verkrochen. Aber nun war er wieder aufgetaucht und hatte es sogar gewagt, Pat zu entführen.

Pat würde er niemals töten können, dessen war er sich gewiss, auch wenn Strigon sie gebissen und zu einem blutsaugenden Unwesen wie er selbst eines war, gemacht hatte. Wenn er Strigon jetzt vernichtete, würde sie das nicht mehr davor retten, selbst ein Vampir zu werden, auch wenn damit zumindest seinem Einfluss auf sie ein Ende gesetzt war.

„Bitte, ich möchte kein Vampir werden ... Nicht von dem da drinnen. Wenn schon, dann nur von dir", schluchzte Pat.

„Schon gut, mein Liebstes. Hab keine Angst, es wird alles gut."

Er setzte sie vorsichtig auf dem weichen Gras ab, breitete seine Jacke aus und legte sie dann darauf.

Pat schmiegte sich schutzsuchend an ihn. „War es so?", fragte sie zitternd, „war es so bei Antoinette? Hast du sie deshalb getötet?"

„Ja."

Pat fröstelte. „Wirst du es auch mit mir machen? Mir einen Pfahl ins Herz stechen und mir den Kopf abschneiden?"

„Mach dir darüber keine Gedanken, Pat", murmelte er an ihrem Haar. „Das werde ich niemals tun. Nichts dergleichen." Wenn es ihm nicht gelang, ihr zu helfen, dann würde er sie bei sich auf dem Schloss einschließen, damit sie nicht diesem unheilvollen Drang nachgeben konnte. Er würde sie lieben, umhegen und sie eher mit seinem eigenen Blut versorgen, als ihr einen Pfahl durch ihr Herz zu stoßen. Oder mit ihr gemeinsam sterben.

Pat nickte, aber plötzlich dachte sie an das junge Mädchen, das Strigon ihr angeboten hatte, und erschauderte. Alleine schon die Vorstellung, diese Frau in den Hals zu beißen, war grauenvoll. Sie drängte sich enger an Maximilian, fühlte die Wärme seines Körpers. Sie roch seine Haut, den ihm eigenen, männlichen Geruch und legte zart ihre Lippen auf seinen Hals, genau dort, wo sie das Pochen seines Pulses fühlte. Seine Haut schmeckte so köstlich, sie wollte noch mehr davon kosten, und nun mischte sich auch ein Durst in dieses Verlangen nach ihm, nach seiner Haut und … seinem Blut. Der Druck ihrer Lippen wurde stärker, sie öffnete den Mund, strich mit der Zungenspitze über das Pochen, immer und immer wieder, saugte an der Haut und begann zart zu knabbern.

„Pat …" Seine Stimme klang ganz sanft, obwohl er schon ihre Zähne spürte. Er hielt sie ruhig im Arm, machte keine Bewegung, um sie abzuwehren. „Pat, mein Liebstes, du musst dich dagegen wehren. Du darfst es nicht zulassen."

Der Druck ihrer Zähne verstärkte sich. Pat befand sich in einem Zustand der Unwirklichkeit, des Rausches. Seine Stimme klang wie aus weiter Ferne an ihre Ohren. Das Verlangen wurde stärker, wurde zur Gier. Sie fühlte die liebkosende Berührung seiner Hand auf ihrem Rücken, ihrem Kopf, fühlte, wie seine Finger zärtlich durch ihr Haar fuhren, während er sie, anstatt sie angeekelt von sich zu stoßen, eng an sich gepresst hielt.

„Pat, tu es nicht. Du kannst mich nicht infizieren, dieses Laster ist von allen das Einzige, gegen das ich immun bin. Aber du musst dich dennoch wehren. Du darfst dich nicht in die Dunkelheit hinabziehen lassen. Tu es nicht, mein Liebstes. Tu es nicht …"

Etwas in seiner Stimme durchbrach den Rausch, die Schwärze, den Durst nach Blut. Zitternd schloss Pat die Augen und vergrub ihr Gesicht an seiner Schulter. „Maximilian, hilf mir … Bitte …", flüsterte sie erstickt. „Es ist so stark, ich weiß nicht, wie lange ich mich zurückhalten kann. Es wird immer mächtiger in mir."

Seine Stimme war seidenweich. „Ganz ruhig, Pat. Ich werde alles tun, um dir zu helfen." Er löste sich etwas von ihr und brachte seine Lippen an die beiden blutigen Male an ihrem Hals, wo Strigon seine Zähne in ihr Fleisch geschlagen hatte. Sie zuckte zurück.

„Halt still …"

Pat gab nach, bog den Kopf zur Seite und schmiegte sich in seinen Arm, der sie warm umfangen hielt. Sie spürte, wie seine Lippen über ihren Hals strichen, dort, wo die Wunden brannten und pochten, fühlte die Feuchtigkeit seines Mundes, sein zartes Saugen, und ganz langsam hörte der Schmerz auf, wurde leichter, genauso wie damals, als sie sich am Finger verletzt und Maximilian sie dort geküsst hatte. Ein Gefühl der Wärme, Sicherheit und unendlicher Zuneigung erfüllte sie. „Maximilian …" Ihre Stimme war nur ein Hauch, sie lächelte, legte ihre Hand auf sein Haar und schmiegte sich enger an ihn. So, genau so, hatte sie es sich immer vorgestellt, von Maximilian zur Vampirin gemacht zu werden. Mit Zärtlichkeit, Leidenschaft. Der Kuss des Vampirs löste bei der Frau, die sich nicht wehrte, höchste Lust aus, hatte Maximilian ihr einmal erklärt, und jetzt hatte sie den Beweis dafür, auch wenn sie keine Lust empfand, sondern nur

Geborgenheit und Liebe. Alles andere trat zurück. Seine Gegenwart war das Einzige, das sie in der Dunkelheit, die sie umgab, noch erkennen konnte. Eine Dunkelheit, die trotz seiner Nähe tiefer, bedrohlicher wurde.

„Es wird immer dunkler ... und kälter. Mir ist so kalt ..., so furchtb ...“

Maximilian erstarrte, als ihr Kopf haltlos zurückfiel. „Pat? Pat!!“ Er drückte sie an sich, hielt sein Ohr an ihre Brust, brachte seine Lippen an die ihren, aber es war nichts mehr. Kein Atemzug, kein Klopfen des Herzens, das ihm sagte, dass sie noch lebte. Fassungslos sah er auf die beiden Male an ihrem Hals. Sie wurden zunehmend schwächer, kleiner und dann waren sie ganz verschwunden. Nur zarte weiße Haut ohne jede Verletzung. Ihr Körper hatte sich bereits verändert und sie war im Tod zu einem Vampir geworden. Wenn sie mit dem nächsten Sonnenuntergang wieder erwachte, würde sie sein wie Strigon.

Er dachte an die alte Sage. Der Kuss eines Dämons kann das Leben bringen, hieß es, er hatte zwar niemals wirklich daran geglaubt, es nur für ein Märchen, sinnloses Gerede gehalten, aber nun legte er seine Lippen auf ihre kalten, presste sie darauf, als könnte er ihr damit wieder das Leben einhauchen, das Gift, mit dem dieser Vampir sie verseucht hatte, entfernen.

Nichts.

Kein Widerhall. Nur die Kälte des Todes antwortete ihm.

Bei Antoinette hatte er es damals nicht einmal versucht. Es hatte ihm gegraut vor den scharfen spitzen Zähnen, dem Geruch der Verwesung, dem Ausdruck der Bösartigkeit in ihrem schönen Gesicht. Ganz anders als bei Pat. Weil er in Antoinette nur verliebt gewesen war. Pat dagegen liebte er. Mit seinem ganzen Körper und seiner ganzen verdorbenen Seele. Und dennoch hatte er sie nicht mehr retten können. Er zuckte zusammen, als er eine Hand auf seiner Schulter spürte. Es war Simmons. Seine Stimme klang wie immer völlig beherrscht. „Mylord, was geschieht mit diesem Vampir?“

Maximilian hatte das Gefühl, aus einem bodenlosen schwarzen Loch emporsteigen zu müssen. „Zuerst werde ich ihm einen Pfahl durch sein verrottetes Herz stoßen, und falls das nicht genügen sollte, werden wir ihn an einen Baum binden, damit er in der aufgehenden Sonne zu Staub verfällt“, erwiderte er hasserfüllt. Er legte Pat unendlich vorsichtig zurück auf die Jacke und hüllte sie fest in den Mantel ein. Dann stand er, wie von Zentnerlast zu Boden gezogen, auf und ging die Stufen zu der zerfallenen Krypta hinunter. Strigon starrte ihm hasserfüllt entgegen. Simmons war kein Risiko eingegangen, sondern hatte dem Vampir auch noch eine Knoblauchkette umgehängt, während Hagazussa dabeistand und zufrieden zusah, wie er sich wand.

„Das wird dir alles nichts nützen, Churtham“, spuckte er Gift und Galle, als er Maximilians ansichtig wurde. „Du kannst sie nicht retten und wenn du nicht schnell von hier verschwindest, dich selbst auch nicht mehr. Ich kann sie schon spüren, die Sonne. Bald wird sie aufgehen und ihre Strahlen werden dich verbrennen. Sollte ich sterben müssen, so wenigstens in der Genugtuung, dass auch du zu Asche zerfällst!“

Maximilian gab ihm keine Antwort, sondern packte ihn am Kragen seines staubigen Anzuges und zerrte ihn wie einen leeren Sack hinter sich hinaus ins Freie. Der Vampir heulte vor Zorn auf, wehrte sich, aber noch war Maximilian durch den nahenden Tag nicht geschwächt.

Simmons reichte seinem Herrn einen fast zwei Ellen langen Pfahl. „Esche, Mylord", sagte er würdevoll, „die Spitze ist im Feuer gehärtet und mit dem besten Weihwasser benetzt, das in Barlem Village zu haben war."

Maximilian nickte. „Gut, halte ihn fest."

Strigon fing an zu zetern, zu brüllen und zu wimmern. Er versuchte sich wegzurollen, aber Simmons ergriff ihn am Gewand und zerrte ihn zurück, bevor er sich hinter seinen Kopf kniete und ihn an den Schultern festhielt.

In diesem Moment waren deutlich Rufe zu hören, die sich schnell näherten. Hagazussa, die mit einem erwartungsvollen Lächeln dabei gestanden war, hob den Kopf.

„Da kommt jemand, Gharmond."

„Das sind Leute aus dem Dorf", sagte Simmons. „Mit Waffen. Wir haben sie zuvor überholt. Sie müssen gehen und sich in Sicherheit bringen, Mylord. Bevor es zu spät für Sie ist!"

Die Rufe wurden lauter, bedrohlicher und Maximilian starrte aus schmalen Augen den Weg entlang, dann blickte er zu Pat hinüber. Sie durfte ihnen nicht in die Hände fallen. Er musste mit ihr fliehen. Strigon konnte ihm nicht mehr entgehen, die Sonne ging bald auf und würde ihn töten. Der Butler band den Vampir an einen Baum, während Maximilian die leblose Pat aufhob, um zu Simmons' Pferd zu laufen. Er hatte bereits zu lange gewartet, konnte nun seine Kräfte nicht mehr ausspielen, die ihn mit dem ersten Schimmer der Dämmerung verließen. Er war jetzt nicht mehr als ein Mensch. Allerdings einer, den die Sonne töten würde.

Der Vampir heulte wie ein Wolf, als er sah, wie das Licht des Tages schon die Baumwipfel erreichte, und er die Stimmen der aufgebrachten Dorfbewohner hörte. „Jetzt werdet ihr beide genauso krepieren wie ich! Vermutlich werden sie dieses Weib als Hexe verbrennen, wenn ihnen nicht schon die Sonne die Arbeit abnimmt!" Sein Hohnlachen ging in dem Lärm unter, den die Dorfbewohner machten. Das Pferd scheute, riss sich los und galoppierte davon.

Maximilians Augen blitzten wütend auf, dann lief er mit Pat in den Armen los. Er musste Hagazussa finden, die wie vom Erdboden verschluckt war. Zweifellos war sie wieder mit ihrer Kutsche gekommen, wo er einen gewissen Schutz vor dem Tageslicht finden konnte. Sich in der Ruine oder im Wald zu verbergen war sinnlos. Er versuchte, auf die andere Seite der Ruine zu kommen, aber da waren schon die Leute und schnitten ihm den Weg ab. Er wandte sich um, bereit, Pat bis zum Letzten zu verteidigen. Als er auf die Zinken einer Mistgabel blickte, gab er jedoch auf.

„Fasst das Weibsstück auch gleich!", hörte er Strigon kreischen. „Sie ist eine Hexe! Besessen von ihm! Und sie wird euch alle verhexen, wenn ihr sie nicht tötet!"

„Wollt Ihr etwa auf dieses Geschöpf hören?!", donnerte Maximilian den Männern entgegen, die nach Pat greifen wollten. Er drehte sich so, dass er zwischen Pat und den Gabelzinken war.

„Seid vernünftig Leute", hörten sie plötzlich die ruhige Stimme des Pastors. Er drängte sich zwischen den aufgebrachten Leuten vorbei, gefolgt vom Constabler des Dorfes, einem gemütlichen, etwas rundlichen Mann, der sonst nur Streitigkeiten zwischen Betrunkenen schlichten musste und nun sichtlich erschrocken war. „Das geht so nicht. Hört auf damit. Das ist Aberglaube."

„Das ist ein Vampir", ließ sich einer der Männer vernehmen. „Ich weiß es genau. Ich habe ihn in der Nacht herumstreichen sehen, und dann war am Morgen wieder eines der Mädchen verschwunden."

Der Pfarrer trat näher und betrachtete Pat, die leblos in Maximilians Armen hing, bevor er sanft über ihr bleiches Gesicht strich. Er schüttelte traurig den Kopf. „Armes, armes Kind. Haben Sie die junge Frau getötet?"

„Nein, natürlich nicht." Maximilians Stimme wollte ihm vor Zorn kaum gehorchen. „Sie nicht und keine der anderen, die in der letzten Zeit starben."

„Dieser dort war es!" Simmons, der sich bisher im Hintergrund gehalten hatte, fand es an der Zeit, einzugreifen. „Dieses Ungeheuer dort! Er hat Miss Smith entführt und verletzt und Lord Churtham wollte sie retten."

„Weshalb wollten Sie dann fliehen?", fragte der Constabler.

„Ich wollte nicht fliehen, nur meine Verlobte heimbringen", erwiderte Maximilian so ruhig wie möglich. „Meine Kutsche steht hinter der Ruine." Es war nur eine Vermutung, eine vage Hoffnung, aber die Sonne stieg gefährlich höher, nicht mehr lange und sie würde das kleine Wäldchen erreichen, in dem sie sich nun befanden.

„Beim Tageslicht zerfallen Vampire zu Staub", erklärte einer der Männer, ein weißhaariger Alter, mit einem zerfurchten Gesicht. „Ich weiß das von meinem Großvater, der einmal mit einem Vampirjäger in Transsylvanien unterwegs war. Wir müssen nur abwarten, bis das Licht diese Männer erreicht. Wenn sie dann sterben …"

„So ein gottloser Unfug!", rief der Pastor erbost. Er wandte sich an den Constabler, der Strigon misstrauisch beäugte, „Bitte sorgen Sie dafür, dass diese Leute in Gewahrsam genommen werden. Sollte sich herausstellen, dass dieser Fremde dort", er wies auf Strigon, „oder Lord Churtham mit dem Verschwinden der Mädchen zu tun hatten, dann werden wir das durch Verhöre herausfinden."

„Nein! Ich sage euch, wir binden sie an und warten, bis die Sonne sie erreicht!" Mehrere Stimmen wurden laut.

Pastor Soames wurde überstimmt und der Constabler, der seine Mitbürger nicht gegen sich aufbringen wollte, gab lediglich Anweisung, darauf zu achten, dass niemand verletzt wurde.

„Sie müssen mich nicht binden. Ich werde Ihnen nicht davonlaufen". Maximilian lächelte nur spöttisch, als sie ihn aufforderten, sich auf die kleine Lichtung zu begeben. Es war jetzt ohnehin zu spät, die Kutsche zu erreichen. Nur noch wenige Augenblicke und die aufgehende Sonne würde über die niedrigen Büsche strahlen. Zuerst würde sie Strigon treffen und dieser zu Staub zerfallen. Und dann würde sie ihn erreichen. Dämonen wie er zerfielen nicht zu Staub. Sie brannten lichterloh. Er würde in Flammen aufgehen und in Sekunden zu nichts verbrannt sein.

Und Pat mit ihm. Sein Blick ruhte auf Pats blassem Gesicht und er fühlte zugleich mit dem Schmerz auch Wärme und Zärtlichkeit für sie hochsteigen. Pat. Seine Pat. Die einzige Frau, für die er jemals Gefühle gehabt hatte, die ihm das Herz im Leib herumgedreht hatten. Sie würde mit ihm sterben, aber das war besser für sie, als ohne seinen Schutz und seine Liebe ihre Nächte auf der Suche nach Blut zu verbringen oder von den anderen getötet zu werden. Sie würde in seinen Armen sterben, in den Armen des Mannes, den sie geliebt hatte, und der sie liebte. Die Stimmen der anderen drangen wie aus weiter Ferne zu ihm. Er konnte kaum seinen Blick von Pats Gesicht lassen. Er hatte sie niemals geküsst und wie sehr sehnte er sich nun danach, das zu tun. Seine Lippen auf den ihren liegen zu haben, die Feuchtigkeit ihres Mundes zu spüren. Es musste köstlich sein, sie zu schmecken und zu küssen, bis ihnen beiden die Luft ausging.

Er blickte auf, als sich plötzlich eine alte Frau durch die anderen drängte und dicht zu ihm hintrat. Sie hatte ein großes schwarzes Tuch um sich geschlungen, das ihre gebeugte Gestalt halb verdeckte. Sie musste schon sehr alt sein, aber ihre Finger, die durch Pats Haar und über ihre Wange fuhren, waren zart und fein wie die eines jungen Mädchens. Maximilian hatte die Frau schon zuvor gesehen, unter den anderen. Und er kannte sie gut, wenn auch nicht in dieser Gestalt.

„Es ist nicht lange her, dass wir uns zuletzt getroffen haben, Gharmond", sagte sie mit ihrer weichen, wohltönenden Stimme. „Und wie ich sehe, hast du meinen Rat befolgt." Mitleidig sah sie auf Pat. „Armes Kind, ich hatte sie vor diesem Untier gewarnt, das sich hier unter den Menschen eingenistet hatte. Es war nicht nötig, dass dies geschieht."

„Bist du hier, um deinen Triumph auszukosten?", fragte er bitter.

Sie hob den Blick und sah ihn ernst an. „Triumph? Aber nein! Und noch ist nicht alles zu Ende. Es liegt an dir, sie zu retten … und auch dich selbst. Sie ist deine Chance, ganz wie ich es dir sagte."

„Das kann ich nicht! Es ist gleichgültig, was mit mir geschieht, aber ihr kann ich nicht helfen! Ich habe es versucht, aber es hat nicht … Warte!"

„Es wird Zeit für mich, zu gehen." Sie hatte sich umgewandt. Ihre Gestalt schien sich im Gehen zu verwandeln und ihre Füße kaum den Boden zu berühren, als sie davon schritt, leichtfüßig und anmutig wie eine junge Frau.

Maximilian spürte eine wilde Verzweiflung in sich hochsteigen, die ihm die Kehle zusammenkrampfte. Er stieß einen Mann beiseite, der sich ihm in den Weg stellen wollte, und stolperte ihr mit Pat im Arm nach. „Warte! Bleib hier! Du musst ihr helfen!"

Sie blieb stehen und sah zurück. Das Tuch war verrutscht und einige Strähnen ihres Haares blitzten hervor. Es war hell, fast weiß und leuchtete wie die Sonne. „Das kann ich nicht, das kannst nur du. Die Liebe ist stärker als die Dunkelheit", erwiderte sie. „Denk daran, Gharmond. Denk daran, wann der Kuss eines

Dämons das Leben bringen kann." Sie lächelte und zeigte zwei Reihen blendend weißer Zähne, dann wandte sie sich um. Er wollte sie zurückrufen, sie anflehen hier zu bleiben und Pat zu retten, aber da war sie schon verschwunden, aufgelöst in einem Schimmer weißglühender Lichtfunken.

In diesem Moment erreichte der erste Sonnenstrahl den Vampir. Ein unmenschliches Aufheulen durchbrach das gespannte Schweigen der Leute. Strigon versuchte sich mit aller Macht loszureißen, aber die geweihten Stricke, mit denen Simmons ihn festgebunden hatte, hielten. Rauch stieg von seinem Arm auf, dort, wo der erste Lichtstrahl ihn getroffen hatte. Er wand sich, kreischend, schreiend, während andere Teile seines Körpers zu rauchen begannen. Die Leute starrten entsetzt auf das schreckliche Schauspiel. Einige machten ein Kreuzzeichen, andere knieten hin und beteten. Die Lippen des Pastors bewegten sich ebenfalls tonlos. Er hatte sein Kreuz unter seinem Rock hervorgeholt und hielt es gegen Strigon. Dieser löste sich Stück für Stück in Staub auf. Sein Heulen aber dröhnte den Menschen noch in den Ohren, als er schon längst völlig zerfallen war. Schaudernd blickten sie auf das Häufchen Schmutz, das von ihm zurückgeblieben war. Ein leichter Wind blies hindurch, vertrieb die Reste des Vampirs.

Maximilian sah ebenfalls hin, aber mit Genugtuung. Strigon - endlich war er tot. Er hatte Antoinette auf dem Gewissen gehabt, viele, viele unzählige mehr und am Ende hatte er es gewagt, Pat zu entführen und zu seinem Geschöpf zu machen. Er würde niemandem mehr das Blut aussaugen oder mit seinem dunklen Schattendasein infizieren. Er war tot. Für immer vernichtet.

Ebenso tot und vernichtet wie er bald sein würde. Nun, im Grunde durfte er sich nicht beklagen. Er hatte wahrhaftig ein langes Leben gehabt. Eines, das sehr viele Menschenleben lang vom Bösen beherrscht gewesen war. Von Grausamkeit, Herzlosigkeit, Kälte und Dunkelheit. Aber das Schicksal hatte es gut mit ihm gemeint, er hatte noch etwas anderes kennen lernen dürfen. Etwas, dass das Böse in seinem Leben fast ausgelöscht und ihn hatte vergessen lassen. Richtiges Leben. Wärme, Zuneigung und das Licht in Pats Augen. Und Liebe, die stärker war als die Dunkelheit.

In wenigen Augenblicken war es so weit. „Pat, mein Liebstes", flüsterte er in ihr Haar, obwohl sie ihn nicht hören konnte. Sie war tot und wäre erst wieder mit dem Einbruch der Dämmerung erwacht. „Es dauert nicht lange, es ist gleich vorbei. Ich liebe dich ..."

In dem Moment, als der erste Lichtstrahl ihn erreichte, sank er mit Pat in den Armen auf die Knie und legte seinen Mund auf ihren. Diesen blassen Mund, der noch vor kurzem so rot und lebendig gewesen war. Den er niemals geküsst hatte, weil er ihr damit hätte schaden können. Sie würden jetzt beide verbrennen, aber er wollte diesen ersten und letzten Kuss noch auskosten. Den einzigen, den er ihr jemals gegeben hatte. Er streichelte über die kalten Lippen, liebkoste sie mit seinen. So weich waren sie, so anziehend, trotz der Kälte des Todes. Er presste seinen Mund auf ihren, als könnte er ihr seinen Atem einhauchen und sie zum

Leben erwecken. Aber das war eine Kraft, die er nicht besaß. Wesen wie er waren nur imstande, den Tod oder die Verdammnis zu bringen.

Bildete er es sich nur ein oder gaben ihre Lippen tatsächlich nach? Waren sie nicht wärmer als noch zuvor? Die Sonne stieg höher, durchbrach die Schatten der Bäume und erfasste sie beide. Und er küsste Pat. Küsste warme Lippen, die den Kuss erwiderten. Ein endloser Kuss, ihre Arme lagen wie durch ein Wunder um seinen Hals, er spürte ihren warmen Atem, den Schlag ihres Herzens. Sie schmiegte sich eng an ihn, küsste ihn wieder, als gäbe es nichts außer ihnen beiden. Maximilian hatte jedes Zeitgefühl verloren, es war, als wären sie die einzigen Lebewesen in einer Unendlichkeit von Licht und Wärme. Wenn das eine Illusion im Moment des Todes sein sollte, dann war sie ihm willkommen.

Irgendwann, nach einer Ewigkeit, lösten sie sich voneinander. Pat lag in seinen Armen und lächelte ihn an. Er starrte sie minutenlang, ohne etwas zu begreifen, an und sah dann hoch. Die Leute waren immer noch da. Es war alles unverändert. Er wandte den Kopf. Dort, wo Strigon festgebunden gewesen war, befand sich nur mehr ein kleiner Rest von Staub.

Die Sonne stand am Himmel, beleuchtete die Dorfbewohner, ließ Pats dunkelbraunes Haar rötlich schimmern und lag warm auf seiner Haut. „Pat?"

Ihre Augen waren die eines Menschen. Warm und zärtlich, auch wenn sie müde und erschöpft aussah und sehr blass war. „Ich bin froh, dass du da bist, bei mir, Max …"

Er presste sie an sich, blickte hinauf in den Himmel und schloss die Augen. Licht. Er hatte vollkommen vergessen gehabt, wie wunderbar dieses Gefühl war. Zum ersten Mal seit undenklichen Zeiten war er wieder im Licht. Und Pat lebte.

Die Menge löste sich langsam auf und die Leute gingen fort, wieder dem Dorf zu, dabei scheue Blicke auf Maximilian und Pat zurückwerfend. Simmons stand daneben, hatte seinen Hut abgenommen und starrte sie beide fassungslos an.

„Sind sie weg?", fragte Pat, die keinen Blick von Maximilians Gesicht gelassen hatte. Er nickte, zog sie enger an sich und legte seine Wange auf ihr Haar. Er konnte nicht fassen, was geschehen war. Er war von diesem unglaublichen Glücksgefühl durchströmt gewesen, das alles Denken ausgeschaltet hatte. Es war wie eine leuchtende Erinnerung an längst vergangene Zeiten gewesen, und er hatte sich tatsächlich dem Himmel näher gefühlt als der Hölle.

Sein Blick fiel auf Hagazussa, die aus ihrem Versteck hervorgekommen war und sich zögernd näherte. Sie war sehr blass und der Blick, mit dem sie ihn ansah, war unsicher und ängstlich.

„Hagazussa, meine Liebe, du bist ja immer noch da."

Sie starrte ihn nur wortlos an.

Er stand mit Pat in den Armen auf. „Wo ist deine Kutsche?"

„Kutsche …?"

„Du wirst wohl kaum auf einem Besen hierher geflogen sein", erwiderte er mit leichter Ungeduld. Er wollte diesen Ort endlich verlassen und Pat nach Hause bringen. Sie war erschöpft und musste ruhen, wieder Kräfte sammeln. Und er selbst sah auch keinen Grund, noch länger hier zu verweilen.

Hagazussa deutete zur Straße hin, wo man das Nahen einer Kutsche hörte. Sie rollte, von vier prächtigen Rappen gezogen, unter den Bäumen hervor und blieb genau vor ihnen stehen. Ein Lakai sprang herab und öffnete die Tür.

Maximilian hob Pat hinein, während Simmons, zum ersten Mal seit er ihn kannte, von einem Ohr bis zum anderen grinsend, sich auf sein Pferd schwang, das von einem der Dorfbewohner zurückgebracht worden war. Als Maximilian neben der offenen Tür stehen blieb und der schönen Hexe die Hand hinhielt, um ihr beim Einsteigen behilflich zu sein, zuckte sie zurück, als hätte er eine ansteckende Krankheit.

Er hob die Augenbrauen. „Was ist denn mit dir los?"

Hagazussa vermied seinen Blick. „Nichts."

„Dann steig bitte ein. Ich möchte Pat so schnell wie möglich von hier wegbringen."

Hagazussa huschte an ihm vorbei, sehr darauf bedacht, ihn nicht zu berühren, und sprang in die Kutsche, wobei sie sich in die andere Ecke drückte.

Maximilian stieg kopfschüttelnd ebenfalls ein, der Lakai schlug die Tür zu und die Kutsche setzte sich in Bewegung. Pat kuschelte sich an Maximilian, der den Arm um sie legte und sie an sich zog.

Hagazussa zog langsam ihre Handschuhe aus, dabei immer wieder scheue Blicke zu Maximilian hinüberwerfend. Sie empfand eine ungewohnte Unsicherheit, Verblüffung und ein bisschen Furcht. Vielleicht sogar etwas wie leichten Ekel. Sie hatte es nicht ertragen können, von einer gerade nur durchschnittlich hübschen und todlangweiligen Sterblichen ausgestochen zu werden, und war in der Absicht zum Schloss gekommen, alles zu tun, um die andere zu vertreiben und Gharmond für sich zu gewinnen. Aber wenn sie sich die Sache nun überlegte, dann wollte sie Gharmond gar nicht mehr und die andere konnte ihn ruhig haben.

„Darf ich fragen, was an mir dir solche Angst einjagt?", fragte Maximilian ironisch.

„Du bist so anders …"

„Anders?" Maximilian fühlte sich nicht anders. Glücklich, ja, das schon. Weil Pat hier in seinem Arm lag, lebte und gerettet war. Und freier vielleicht, leichter, wärmer. Aber sonst war er ganz der Alte.

„Ich hätte geschworen, dass du in Flammen aufgehst und stirbst wie Strigon", murmelte Hagazussa.

„Er ist aber nicht wie Strigon!", mischte sich Pat ein. Sie war zwar noch müde, fühlte sich jedoch so erleichtert wie nie zuvor in ihrem Leben. „Hier!", sie deutete auf die Stelle an ihrem Hals, wo Strigon sie gebissen gehabt hatte. „Da hat er mich gebissen – dieser widerliche Kerl, meine ich – und ich dachte schon, ich würde ebenfalls zum Vampir werden. Aber dann hat Maximilian mich hier geküsst. Und sehen Sie …" Sie tastete über die glatte, unversehrte Haut.

Hagazussa lehnte sich vor und betrachtete Pats zarten Hals. „Tatsächlich. Ein bisschen schmutzig vielleicht, aber ganz unversehrt." Ihr Blick glitt zu Maximilian hin. „… dem Himmel näher als der Verdammnis …", sagte sie leise.

„Wie meinen Sie das?", fragte Pat. Sie glaubte diesen Satz schon einmal gehört zu haben. Oder gelesen, in einem der Bücher über Vampire und Dämonen.

Hagazussa wandte sich ihr zu. „Wissen Sie, Kindchen, diese schöne Welt ist nämlich nicht nur von Vampiren, Menschen und allerlei ähnlichem anderen Getier bevölkert, sondern auch von ganz anderen Geschöpfen, die so alt sind wie die Welt. Ehemalige Lichtwesen, denen es in ihrem schattenlosen Dasein zu langweilig war und die es nicht lassen konnten, ein wenig an der Sünde zu naschen. Dann ein bisschen mehr und mehr und noch mehr und am Ende wurden sie von der Dunkelheit angezogen und in ihr festgehalten."

„Ehemalige Lichtwesen? Ja, das habe ich gelesen. Dämonen …"

„Wenn man *sehr* freundlich sein wollte, könnte man sie auch als *gefallene Engel* bezeichnen", fuhr Hagazussa mit einem Seitenblick auf Maximilian fort. „Oder als Engel der Finsternis …"

Pat blickte prüfend auf Maximilian, der Hagazussa nachdenklich betrachtete.

„Und was sind Sie dann?", fragte sie schließlich, an Hagazussa gewandt.

„Nun, eine schöne Verführerin, ein verführerischer Engel … eine …"

„… eine Hexe", erklärte Maximilian mit einem amüsierten Lächeln.

„Aber wenn ich es Ihnen doch sage!", rief Mr. Beadweather, der Ladenbesitzer von Barlem Village, aufgebracht, weil sein Gesprächspartner ihm nicht glauben wollte. „Der Kerl ist einfach zu Staub zerfallen. Zuerst hat er gekreischt, geflucht, geschrien. Und dann ist er zerfallen. Wenn Sie mir nicht glauben, fragen Sie die anderen!"

Der Wirt kam mit einer Flasche seines besten Whiskeys, stellte sie vor die Männer, Gläser dazu, und ließ sich schwer neben dem Gast auf die Bank fallen. „Genau so war's. Bei meiner unsterblichen Seele. Zerfallen ist er. In nichts. Gar nichts. Den Staub hat dann der Wind verweht." Er schenkte allen dreien ein und hatte es sehr eilig, den ersten Schluck zu nehmen.

„Und der andere?", fragte der Gast ungläubig.

Mr. Beadweather starrte in das großzügig gefüllte Whiskeyglas. „Ja, der andere. Wir dachten zuerst, er sei auch so einer. Das heißt, ich habe das nicht gedacht, aber die Leute." Er lächelte entschuldigend, „Sie wissen ja, wie die Leute sind. Abergläubisch und so … Und denken von jedem gleich das Schlechteste. Dabei hat er den Vampir gefangen und gefesselt, weil er sein Mädchen verschleppt und offenbar getötet hat. Aber was dann geschah, das war noch viel wunderbarer …"

„Also, was geschah denn nun mit dem anderen?", ließ sich der Gast ungeduldig vernehmen. „Ist er auch zerfallen? Oder sonst was?"

Mr. Beadweather schüttelte den Kopf, und auf den Lippen des Wirts spielte ein entrücktes Lächeln. „Nein, gar nichts dergleichen. Als ihn nämlich die Sonne erreichte, da kniete er mit dem toten Mädchen im Arm und küsste es." Mr. Beadweather sprach jetzt ganz andächtig weiter: „Und da – ich schwör, so war's – fragen Sie die anderen - war plötzlich alles ganz hell. Wie pures Licht war er. Durchsichtig und hell wie der Himmel an einem schönen Tag und gestrahlt hat er, sodass wir geblendet waren … Ich weiß nicht, was oder wer er ist, aber bestimmt kein Teufel und kein Vampir. Und dann hat sie die Augen aufgemacht und ihn angelächelt." Er nahm einen tiefen Schluck aus dem Glas und nickte. „Ja, genau so war das."

Epilog

Pat lag in ihrem Zimmer auf dem Bett. Neben ihr lag Maximilian, hatte seinen Arm unter ihren Kopf geschoben und blickte durch das weit geöffnete Fenster in den nachtschwarzen Himmel hinaus. Es war ein milder Abend, wohl einer der letzten in diesem Jahr.

„Das Bild in der Bibliothek …", fing Pat an, weil ihr die Ähnlichkeit nicht aus dem Kopf gehen wollte.

Maximilian grinste schief. „Das bin ich selbst. Ich hatte es vor vielen Jahren malen lassen, weil es mir unangenehm war, nicht einmal zu wissen, wie ich aussehe. Wie du ja selbst sehr richtig festgestellt hast, spiegle ich mich nirgendwo. Es ist irritierend. Also habe ich einen Künstler beauftragt, mich zu malen."

Pat rollte sich in seinem Arm herum, sodass sie ihn ansehen konnte, ihre Fingerspitzen glitten über sein Gesicht, seine Züge, die so zeitlos waren wie jene des Gemäldes. „Er hat seine Arbeit verstanden und wirklich dein Wesen eingefangen. Ich habe mich vom ersten Moment an von diesem Bild angezogen gefühlt."

Maximilian lächelte sie amüsiert an. „Dann war es ja gut, dass ich es hängen ließ. Ich wollte es nämlich schon, kurz bevor du kamst, abnehmen lassen, damit mein neuer Sekretär nicht auf die Idee kommt, über eine gewisse Ähnlichkeit nachzudenken."

Pat dehnte ihre zärtlichen Berührungen von seinem Gesicht auf seine Brust aus, die hellroten Spitzen gedankenvoll umrundend. „Bist du wirklich so alt wie die Welt?", fragte sie schließlich.

Maximilian zuckte mit den Schultern. „Ich weiß es nicht. Meine Erinnerung setzt mit dem Moment ein, wo ich einen Körper erhielt, wo mein Geist sich in Materie manifestierte, und ich in die Dunkelheit gezogen wurde. Was vorher war, weiß ich nicht mehr. Nur ganz selten kommt eine Erinnerung an Licht und Unendlichkeit empor und an unvorstellbare Weiten und Freiheit. Aber das sind nur Blitze in der Dunkelheit. Sekunden der Helligkeit und dann ist alles wieder fort."

„*Das* bist du also", sagte sie leise, „ein ehemaliges Lichtwesen und kein Vampir, wie ich dachte. Ich war wohl sehr dumm, nicht wahr?"

Er drückte sie an sich. „Es bestehen schon gewisse Unterschiede, auf die ich größten Wert lege, meine Liebe. Aber im Grunde", fuhr er ernst fort, „sind Vampire wohl die unschuldigeren Lebewesen von uns. Es sind zum Großteil Menschen, die von dieser Seuche infiziert wurden und dann im Banne des Bösen leben. Aber Dämonen haben sich irgendwann einmal dem Bösen zugewandt … aus eigenem Entschluss."

„Was hast du eigentlich dort in dieser Ruine mit den Leuten gemacht?", fragte sie nachdenklich. „Ich habe nichts davon gesehen, weil du den Mantel um mich geschlungen hattest."

„Feuer gemacht", erwiderte er trocken.

Sie setzte sich auf. „Hast du … die Leute verbrannt?"

„Nein, nein, das war gar nicht nötig, nur ein bisschen angesengt." Er sah sie prüfend an. „Bist du entsetzt, mein Liebstes?"

„Nein", erwiderte Pat aufrichtig. „Nur beeindruckt."

„So?" Maximilian musste grinsen. Diese Patricia Smith war wirklich die beste Geliebte, die ein Dämon sich nur wünschen konnte.

Er zog sie an sich, und Pat schmiegte sich noch ein wenig enger an ihn. Sie hatten sich den ganzen Tag über an einem verschwiegenen Ort geliebt. Im hellen Tageslicht, in der Sonne, mitten in einer Wiese. Langsam, sinnlich und sehr, sehr gründlich. Es war bezaubernd gewesen, wunderbar und innig, anders als früher, bevor Strigon sie entführt hatte, denn zum ersten Mal hatte Pat nicht nur den Eindruck gehabt, ihren Leib mit dem Maximilians zu verschmelzen, sondern auch ihre Seele mit der seinen.

Maximilian schien ähnliche Gedanken zu haben, denn er beugte sich über sie, um mit ihren Lippen zu spielen. Das hatte er schon früher getan, aber nur scheu und sehnsüchtig, bevor er sich anderen Stellen an ihrem Gesicht und Körper zugewandt hatte, aber dieses Mal kam Pat ebenso auf ihre Kosten wie er selbst. Er hielt ihren Kopf fest, während er seinen Mund auf ihren legte, verlangend seine Zunge über ihre Lippen gleiten ließ, bis sie sich ihm öffnete und ihn weiter vordringen ließ. Sie schlang ihre Arme um seinen Hals um ihn festzuhalten, als er seinen Kuss intensivierte, ihre Zunge suchte, streichelte. Sie hatte bisher ja keine Ahnung gehabt, wie überwältigend Gefühle sein konnten, die davon ausgelöst wurden, dass ein Mann an ihren Lippen und ihrer Zunge saugte, sie zart seine Zähne darauf spüren ließ und sie so völlig mit seinem Geschmack und seinem Wesen erfüllte, dass sie dahinzuschmelzen meinte.

Als er sich nach einer Ewigkeit von ihr löste, waren sie beide atemlos. Er bedeckte ihr Gesicht, ihren Hals, den Ansatz ihrer Brüste mit Küssen, beschäftigte sich wieder mit ihren Lippen, während seine Hände unaufhörlich über ihren Körper strichen, so lange, bis sie schließlich derart leidenschaftlich darauf bestand, ihn in sich zu spüren, dass Maximilian sich nicht imstande fühlte, ihr diesen Wunsch abzuschlagen. Ihre zarten Brustspitzen schmerzten schon von seinen immer heftiger werdenden Liebkosungen, dem Saugen, dem leichten Knabbern, als er sich wieder ihrem Mund zuwandte, mit seinem in Besitz nahm, bevor er dasselbe auch mit ihrem restlichen Körper tat. Seine Hände schienen überall zu sein, seine Haut brannte auf ihrer, als sie seinem Druck willig nachgab, ihre Schenkel weiter für ihn öffnete, um dann ihre Beine um ihn zu schlingen und ihn ungeduldig in sich zu ziehen, bis er sie so vollständig ausfüllte, dass sie ein aus den Tiefen ihrer Seele kommendes, zitterndes Seufzen von sich gab.

„Wenn ich in dir liege, habe ich immer das Gefühl nicht mehr zu wissen, wo ich aufhöre und du anfängst", flüsterte Maximilian an ihrem Mund. „Es ist nicht so, als würde ich von Dir Besitz ergreifen, sondern gleichzeitig auch du von mir, als könnte ich dich bis in die letzte Faser meines Körpers fühlen."

„Genauso habe ich jetzt ebenfalls gedacht", hauchte sie zurück, ihn auch mit den Armen umschlingend, um dieses Gefühl auszukosten, das sich bald in seiner Intensität steigern würde, bis es gleichzeitig mit ihnen beiden seinen Höhepunkt erreichte. „Es ist, als wäre ich erst vollständig, wenn du ganz bei mir und in mir bist."

Maximilian ließ ihnen beiden Zeit, dehnte dieses Erleben aus, bewegte sich nur langsam in ihr, dazwischen immer wieder quälend lange Pausen machend, in denen er sie küsste, liebkoste, ihre Leidenschaft damit jedoch unaufhaltsam hochtrieb, bis Pat glaubte, es nicht mehr aushalten zu können, und nahe daran war, ihn anzuflehen, ihr endlich jenes Gefühl der Befriedigung zu verschaffen, das sie kaum noch erwarten konnte. Endlich löste er sich von ihr, um dann wieder umso heftiger in sie zurückzukehren in einem immer schneller werdenden Rhythmus, der sie dazu brachte sich zu winden, bevor ihr Inneres sich pulsierend um ihn presste, ihn weiter in sich hineinziehen wollte und sie sich in seinen Armen aufbäumte, sich an ihn klammerte, während seine Lippen auf den ihren lagen und gierig jeden Laut der Lust aufsogen.

„Glaubst du, ich werde irgendwann ohne Spiegelbild aufwachen, wenn ich so weitermache?", fragte sie, als sie später zufrieden in seinen Armen lag.

Maximilian lachte zärtlich. „Nein, dafür bist du viel zu reizend und zu liebenswert. Es ist unglaublich, dich zu küssen", flüsterte er an ihren Lippen, von denen er nicht mehr genug zu bekommen schien. „Ich hatte mich immer so sehr danach gesehnt und es niemals gewagt, aus Furcht, es könnte dir schaden."

„Ich wollte es doch auch immer", gab Pat zurück. „Und war so gekränkt, weil du es nie getan hast."

„Der Kuss eines Dämons kann das Leben bringen oder den Tod", murmelte Maximilian nachdenklich. „Ich habe nie eine Frau geküsst, die ich lebend haben wollte." Pat erschauderte unwillkürlich bei seinen Worten, und er küsste sie schnell. „Denk nicht daran, mein Liebling. Das ist jetzt vorbei."

„Du hast mich geküsst und mir das Leben gerettet", hauchte Pat überwältigt, weil sie immer noch nicht vollständig begreifen konnte, was geschehen war.

„Erstaunt es dich nicht, was danach mit mir passiert ist?", fragte er nachdenklich. „Als Schattenwesen hätte ich in der Sonne verbrennen müssen."

Pat musterte ihn eingehend. In ihren Augen lag so viel Liebe, dass sie ihn förmlich damit wärmen konnte. „Nein", sagte sie dann entschieden. „Ich war ja schließlich immer schon der Meinung, dass du es nicht verdienst, im Schatten zu leben."

„Es ist immer noch wie ein Wunder für mich." Er dachte an *Sie*. Die Freundin aus vergangenen Tagen oder Äonen. Sie hatte Recht gehabt. Pat war seine Chance gewesen. Ihre und seine Liebe hatte ihn aus diesem Schattendasein gerettet. Aber an noch etwas anderes dachte er und sein zärtliches Lächeln erlosch plötzlich und sein Gesicht wurde sehr ernst. „Pat, es gibt da etwas, worüber wir sprechen müssen."

Sie sah ihn forschend an, wartete jedoch ab.

Er lächelte wieder, diesmal jedoch sehr bemüht. „Vielleicht sollte ich dich dabei nicht in den Armen halten, aber es tut mir so wohl, dass ich dich einfach nicht loslassen kann."

„Das verlangt ja auch keiner", erwiderte Pat, sich schnell ein bisschen enger an ihn drückend.

„Nun, vielleicht nicht unmittelbar", murmelte er, „aber der Tag kann schnell kommen."

„Was soll das heißen?", fragte Pat entsetzt.

Maximilian zog mit dem Finger die Linie ihrer Lippen nach. „Das soll heißen, dass wir keine gemeinsame Zukunft haben können, Pat, mein Liebling."

„Du willst, dass ich gehe?" Pats Augen waren riesengroß vor Schrecken.

Maximilian lachte kurz und schmerzlich auf. „Von *wollen* kann gar keine Rede sein. Aber es wäre das Vernünftigste. Sieh doch Pat", sagte er zärtlich, „wir leben in verschiedenen Welten. Selbst wenn ich jetzt in der Lage bin, mich in der Sonne aufzuhalten, ohne sofort in Flammen aufzugehen, so heißt das noch lange nicht, dass ich ein Mensch bin oder ein normales Leben führen kann …"

„Wer will schon ein normales Leben führen!", unterbrach ihn Pat. „Mir gefällt das sehr gut, so wie es ist."

„Jetzt vielleicht", sagte er ruhig. „Aber was ist in einigen Jahren?" Er strich liebevoll über ihre Wange, und sie bemerkte, dass seine Hand zitterte. „Irgendwann wirst du eine Familie wollen. Kinder. Das ist etwas, das dir zusteht, Pat. Etwas, das *du* haben kannst, *ich* jedoch nicht. Du solltest einen Mann haben, mit dem du dein Leben teilen, mit dem du alt werden und zusehen kannst, wie eure Kinder groß werden. Und das bin nicht ich. Wie du sehr wohl weißt, ist ein Wesen, das sich nirgendwo spiegelt und Bilder malen lassen muss, damit es überhaupt weiß wie es aussieht, nicht der geeignete Lebensgefährte." Er musste den Verstand verloren haben, so zu reden. Noch vor kurzem wäre es ihm nicht im Traum eingefallen, Pat gehen zu lassen. Haga hatte wohl nicht ganz Unrecht damit, dass er sich durch die Ereignisse verändert hatte. Auch wenn es ihm nicht gerade Vorteile brachte, und er sich fühlte wie der reinste Narr.

Pat machte den Mund auf, aber er ließ sie erst gar nicht zu Wort kommen. „Wir müssen uns nicht heute trennen und auch nicht morgen. Aber mach dich mit dem Gedanken vertraut, dass es einmal sein wird, und denke immer daran, dass ich es auch für dich will." Er lächelte krampfhaft. „Glaube nicht, dass es mir leicht fällt, so zu sprechen." Das war es tatsächlich nicht, alleine schon der Gedanke, Pat könnte ihn verlassen, um einen dieser Sterblichen zu heiraten, in dessen Armen zu liegen statt in seinen und von ihm Kinder empfangen, brachte ihn halb um den Verstand. Aber er wusste, dass der Tag kommen würde, an dem sie Kinder wollte, etwas, das er ihr nicht schenken konnte. Zu diesem Zeitpunkt würde sie ihn verlassen und es war besser, wenn *er* es zuerst aussprach und nicht sie.

Pat sah ihn aufmerksam an. Das blaue Licht in seinen Augen war erloschen. Sie waren ruhig, dunkel und blickten sehr zärtlich. Die Augen eines Mannes, der sie liebte und nur das Beste für sie wollte, auch wenn es ihm Schmerz bereitete. Sie würde ihn wohl nie heiraten können, nie eine Familie mit ihm gründen können, aber war ihr das wirklich so wichtig? Sie hatte nur eine verschwommene Vorstellung davon, was diese Lichtwesen waren, wo und wie sie lebten, aber solange er hier bei ihr war und nicht auf die Idee kam, auf einer Wolke zu sitzen und dabei an einer Harfe zu zupfen, war ja alles in Ordnung. Sie kicherte bei der Vorstellung.

„Du hast ja nur Angst, dass ich alt und hässlich werde, und du dann nicht weißt, wie du mich auf elegante Art loswerden sollst", erwiderte sie dann leichthin. „Und du hast in gewisser Weise Recht, mir würde es wohl kaum gefallen, wenn du dir dann eine Jüngere ins Haus holst und mich als deine ältliche Haushälterin ausgibst. Vermutlich würde ich sogar wohl ziemlich verärgert reagieren."

Um Maximilians Lippen zuckte es. „Allein schon dieser Gedanke lässt meine Haare zu Berge stehen. Ich weiß schließlich nur zu gut, wie geschickt du einen Schürhaken zu handhaben verstehst."

Es klopfte und Simmons Stimme klang durch das Holz der Tür gedämpft zu ihnen herein. „Verzeihung, Mylord, aber Mrs. Simmons lässt ausrichten, dass das Dinner in wenigen Minuten fertig ist."

„Richten Sie Mrs. Simmons bitte aus", rief Maximilian zurück, während er aus dem Bett sprang, froh, dieses schmerzliche Thema vorerst beenden zu können, „dass wir in einigen Minuten unten sind."

„Sehr wohl, Mylord." Die Schritte entfernten sich. Maximilian küsste Pat noch schnell einmal, bevor er nach seinem Schlafrock griff und das Zimmer verließ. Sie sprang ebenfalls aus dem Bett. Es war keine Zeit mehr, sich vor dem Dinner frisch zu machen, aber schließlich waren sie ja alleine und da war es gleichgültig, ob ihre Haut mehr nach Maximilian roch als nach ihr selbst. Sie lächelte, während sie sich ankleidete, und vermeinte noch seine Lippen zu spüren, die jedes kleinste Fleckchen ihres Körpers mit Küssen bedeckt hatten. Sie stand gerade vor dem Spiegel und steckte ihr Haar hoch, als Maximilian wieder ins Zimmer trat und sie in die Arme nahm. Sie verbarg ihr Gesicht an seiner Brust, um nicht sein Fehlen im Spiegel bemerken zu müssen, das ihr nach wie vor ein wenig unheimlich war.

„Gibt es eigentlich viele, die so sind wie du?"

„Dämonen? Ja, natürlich. Unzählige. Vermutlich so viele wie es Bosheiten und Grausamkeiten auf der Welt gibt. Es ist alles recht einfach, sobald man den ersten Schritt getan hat."

„Wenn du dir etwas wünschen könntest?", fragte Pat nachdenklich, „was wäre das?"

Maximilian zögerte keine Sekunde. „Mit dir zu leben und alt werden zu können."

„Du wärst dann aber sterblich", führte Pat diesen Gedanken fort.

Maximilian zuckte nur gleichgültig mit den Schultern und zog sie fester in seine Arme. *,Ohne dich würde ich gar nicht leben wollen',* dachte er. *,Und ohne deine Liebe wäre ich schon längst tot. Verbrannt.'*

Pat warf nun doch einen Blick über seine Schulter und stieß im nächsten Moment einen durchdringenden Schrei aus. Maximilian, der sich gerade der Vorstellung eines ungetrübten Liebesglücks mit Pat hingegeben hatte, zuckte zusammen und schloss gequält die Augen. „Was ist denn jetzt wieder?"

„Der Spiegel!"

„Was ist denn damit?" Er wandte sich mit Pat im Arm um und blickte hinüber zum Spiegel. Wie immer sah er nur sie, aber je länger er schaute, desto mehr schien sich etwas zu verändern. Ein Schatten? Ein Reflex? Nein. Eine Kontur, die sich abzeichnete, sich immer deutlicher manifestierte, bis …

Pat sah andächtig auf Maximilians Spiegelbild, das so deutlich erschien wie ihr eigenes. Und auf seinem Gesicht lag eine törichte Fassungslosigkeit, die sie lächeln ließ.

Ende

Mona Vara

Zur erotischen Literatur kam Mona Vara mehr aus Neugier: um zu sehen, ob sie das, worüber man nicht - oder nur selten - spricht, überhaupt schreiben kann. Und sie fand heraus, dass es für sie keinen Unterschied machte. Denn das Wichtigste beim Schreiben ist für Mona Vara, Figuren zum Leben zu erwecken. Ihnen ganz spezifische Eigenschaften und Charaktere zu geben und ihre Gefühle und Erlebnisse auf eine Art auszudrücken, die sie nicht nur vor Mona Varas Augen, sondern auch vor denen ihrer Leser lebendig werden lässt. Und wenn dies manchmal auch noch zusätzlich mit einem Schmunzeln geschieht, so hat sie ihr Ziel erreicht...

Besuchen Sie auch die Website von Mona Vara:
www.mona-vara.cc

Mehr Romane von Mona Vara:

Laura – Venezianisches Maskenspiel
Taschenbuch: 15,90 Euro; ISBN 9783938281154

Süße Verführung
Klappenbroschur: 15,90 Euro; ISBN 9783938281437

Versuchung
Lizenzausgabe (Originaltitel: Katharina – Schatten der Vergangenheit)
Erschienen im Mira Verlag; 8,95 Euro; ISBN 9783899413212

Liebesnächte in Florenz
Lizenzausgabe (Originaltitel: Selina – Liebesnächte in Florenz)
Erschienen im Ullstein Verlag; 6,95 Euro; ISBN 9783548269153

Ebenfalls erhältlich:

Im Harem des Prinzen - Hörbuch
Sprecher: Konstantin Graudus
2 CDs, gekürzte Lesung
Hoffmann & Campe; 14,95 Euro; ISBN 9783455305067

Der Kuss des Vampirs - Erotischer Manga
Illustrationen: Christina Bäumerich
Ca. 9,95 Euro; ISBN: 9783938281468

Plaisir d'Amour

Erotische Romane von Frauen (nicht nur) für Frauen …

Jona Summersby
Venusakt
eBook (PDF)
Taschenbuch:
ISBN: 978-3-938281-25-3
€ 14,90 (D)

Zwei hinreißende Männer, eine Frau, zahllose sinnliche Berührungen und Verführungen …
Nur widerwillig fährt Lena mit ihrer Freundin Stella nach Italien zu diesem Kunst-Seminar, von dem Stella so schwärmt. Dort dämmert ihr, warum Stella so von den Künstlern Tom und Lucian schwärmt: Die beiden sind teuflisch attraktiv, und sie bescheren Lena sinnliche Tagträume. Lena wird von Tom und Lucian auserkoren, als Modell für ein erotisches Kunst-Projekt zu arbeiten. Immer wieder lässt sich Lena im Namen der Kunst verführen, und ihre lustvollsten Fantasien werden zur Wirklichkeit! Doch bald merkt sie, dass ihr Interesse an den Protagonisten dieses erotischen Spiels über reines Kunst-Interesse hinausgeht …

Patricia Amber
Kosakensklavin
eBook (PDF)
Klappenbroschur:
ISBN: 978-3-938281-35-2
€ 15,90 (D)

Russland im 18. Jahrhundert: Die adelige Sonja ist die einzige Hoffnung ihrer Familie - nur durch eine reiche Heirat Sonjas kann der finanzielle und gesellschaftliche Ruin aufgehalten werden. Als der reiche Fürst Baranow um Sonjas Hand anhält, ist ihre Familie begeistert. Sonja ist die Heirat mit dem grausamen Fürst jedoch zuwider. Auf der Reise zu Baranows Gut wird die Kutsche von rebellischen Kosaken überfallen und Sonja von ihnen entführt! Andrej, der wilde Anführer der Kosaken, beansprucht die schöne Beute für sich und obwohl Sonja sich zuerst noch abweisend zeigt, schmilzt sie bald unter seinen Verführungsversuchen dahin …

Das gesamte Verlagsprogramm finden Sie unter:
www.plaisirdamourbooks.com

www.ingramcontent.com/pod-product-compliance
Lightning Source LLC
Chambersburg PA
CBHW020435030726
47495CB00006B/1815